AF672954

GRöLS
Verlage

„Bücher sind wie Fallschirme. Sie nützen uns nichts, wenn wir sie nicht öffnen.“

Gröls Verlag

Redaktionelle Hinweise und Impressum

Das vorliegende Werk wurde zugunsten der Authentizität sehr zurückhaltend bearbeitet. So wurden etwa ursprüngliche Rechtschreibfehler *nicht* systematisch behoben, denn kleine Unvollkommenheiten machen das Buch – wie im Übrigen den Menschen – erst authentisch. Mitunter wurden jedoch zum Beispiel Absätze behutsam neu getrennt, um den Lesefluss zu erleichtern.

Um die Texte zu rekonstruieren, werden antiquarische Bücher von Lesegeräten gescannt und dann durch eine Software lesbar gemacht. Der so entstandene Text wird von Menschen gegengelesen und korrigiert – hierbei treten auch Fehler auf. Wenn Sie ebenfalls antiquarische Texte einreichen möchten, finden Sie weitere Informationen auf www.groels.de

Viel Freude bei der Lektüre wünscht Ihnen das Team des Gröls-Verlags.

Adressen

Verleger: Sophia Gröls, Im Borngrund 26, 61440 Oberursel

Externer Dienstleister für Distribution & Herstellung: BoD, In de Tarpen 42, 22848 Norderstedt

Unsere „Edition | Werke der Weltliteratur“ hat den Anspruch, eine der größten und vollständigsten Sammlungen klassischer Literatur in deutscher Sprache zu sein. Nach und nach versammeln wir hier nicht nur die „üblichen Verdächtigen“ von Goethe bis Schiller, sondern auch Kleinode der vergangenen Jahrhunderte, die – zu Unrecht – drohen, in Vergessenheit zu geraten. Wir kultivieren und kuratieren damit einen der wertvollsten Bereiche der abendländischen Kultur. Kleine Auswahl:

Francis Bacon • Neues Organon • **Balzac** • Glanz und Elend der Kurtisanen • **Joachim H. Campe** • Robinson der Jüngere • **Dante Alighieri** • Die Göttliche Komödie • **Daniel Defoe** • Robinson Crusoe • **Charles Dickens** • Oliver Twist • **Denis Diderot** • Jacques der Fatalist • **Fjodor Dostojewski** • Schuld und Sühne • **Arthur Conan Doyle** • Der Hund von Baskerville • **Marie von Ebner-Eschenbach** • Das Gemeindekind • **Elisabeth von Österreich** • Das Poetische Tagebuch • **Friedrich Engels** • Die Lage der arbeitenden Klasse • **Ludwig Feuerbach** • Das Wesen des Christentums • **Johann G. Fichte** • Reden an die deutsche Nation • **Fitzgerald** • Zärtlich ist die Nacht • **Flaubert** • Madame Bovary • **Gorch Fock** • Seefahrt ist not! • **Theodor Fontane** • Effi Briest • **Robert Musil** • Über die Dummheit • **Edgar Wallace** • Der Frosch mit der Maske • **Jakob Wassermann** • Der Fall Maurizius • **Oscar Wilde** • Das Bildnis des Dorian Grey • **Émile Zola** • Germinal • **Stefan Zweig** • Schachnovelle • **Hugo von Hofmannsthal** • Der Tor und der Tod • **Anton Tschechow** • Ein Heiratsantrag • **Arthur Schnitzler** • Reigen • **Friedrich Schiller** • Kabale und Liebe • **Nicolo Machiavelli** • Der Fürst • **Gotthold E. Lessing** • Nathan der Weise • **Augustinus** • Die Bekenntnisse des heiligen Augustinus • **Marcus Aurelius** • Selbstbetrachtungen • **Charles Baudelaire** • Die Blumen des Bösen • **Harriett Stowe** • Onkel Toms Hütte • **Walter Benjamin** • Deutsche Menschen • **Hugo Bettauer** • Die Stadt ohne Juden • **Lewis Caroll** • *und viele mehr….*

Victor Hugo

Notre-Dame in Paris

Erster und Zweiter Band

Übersetzung

von

Friedrich Bremer

Inhalt

Erstes Band

Erstes Buch

1. Der große Saal

Heute vor dreihundertachtundvierzig Jahren sechs Monaten und neunzehn Tagen erwachten die Pariser unter dem Geläute aller Glocken, welche innerhalb des dreifachen Bereiches der Altstadt, Südstadt oder des Universitätsviertels und der Nordstadt mit lautem Schalle ertönten.

Und dennoch ist der 6. Januar 1482 kein Tag, von dem die Geschichte eine Erinnerung bewahrt hat. Nichts Merkwürdiges war an dem Ereignisse, welches seit dem Morgen die Glocken und die Bürger von Paris so in Bewegung und Erregung versetzte. Weder war es ein Ueberfall der Picarden oder der Burgunder, noch ein glänzender Jagdaufzug, noch ein Studententumult im Weingarten von Laas, noch ein Einzug „unseres allergnädigsten Herrn, des sehr gefürchteten Herrn Königs“, noch auch eine hübsche Aufknüpfung von Spitzbuben und Diebinnen im Gerichtshofe zu Paris. Nein, nicht einmal die im fünfzehnten Jahrhunderte so häufige Ueberraschung durch irgend welche verbrämte und mit Federbüschen geschmückte Gesandtschaft war es. Vor kaum zwei Tagen hatte der letzte derartige Aufzug, nämlich derjenige der flamländischen Gesandten, welche mit Abschließung des Ehebündnisses zwischen dem Dauphin und Margarethen von Flandern beauftragt waren, seinen Einzug in Paris gehalten, zum großen Verdrusse des Herrn Cardinals von Bourbon, welcher, dem Könige zu gefallen, dieser ganzen tölpelhaften Gesellschaft flamländischer Bürgermeister höflich begegnen und sie in seinem Palaste Bourbon mit einem „viel köstlichen Moralitätsspiele, Possen- und Schwankspiele“ hatte unterhalten müssen, während ein Platzregen die prächtigen Teppiche vor seinem Thore überschwemmte.

Der 6. Januar, welcher „die ganze Bevölkerung von Paris in Bewegung brachte, wie Jehan von Troyes erzählt, vereinigte seit undenklicher Zeit ein Doppelfest in sich: das des Königstages und des Narrenfestes.

An diesem Tage mußte es Freudenfeuer auf dem Grèveplatze, Maibaum-Aufstellung bei der Kapelle Braque und geistliches Schauspiel im Justizpalaste geben. Am Abend vorher war es unter Trompetenschall in den Gassen durch des Herrn Oberrichters Leute in ihren Waffenröcken von violettem Camelot, mit großen weißen Kreuzen auf der Brust, ausgerufen worden.

Das Gedränge der Bürger und Bürgerinnen wogte also vom Morgen an, und nachdem Häuser und Verkaufsläden geschlossen waren, von allen Seiten nach einer der drei bezeichneten Stellen hin. Ein jeder hatte Partei genommen: der eine für das Freudenfeuer, der andere für die Maie, der dritte für das geistliche Schauspiel. Zum Ruhme des einfachen, gesunden Menschenverstandes der Pariser Maulaffen muß man sagen, daß der größte Teil der Menge seine Schritte nach dem Freudenfeuer lenkte, welches ganz zum Wetter paßte, oder nach dem Schauspiele, welches in dem wohl verdeckten und geschlossenen Saale des Palastes aufgeführt werden sollte; und daß die Schaulustigen übereingekommen waren, die arme, grüne Maie ganz allein unter dem Januarhimmel auf dem Kirchhofe der Kapelle Braque frieren zu lassen.

Das Volk wogte vornehmlich auf den Zugängen nach dem Justizpalaste, weil man wußte, daß die flamländischen Gesandten, welche vor zwei Tagen eingetroffen waren, sich entschlossen hatten, der Aufführung des Schauspiels und der Wahl des Narrenpapstes beizuwohnen, die gleichfalls im großen Saale stattfinden sollte.

Es war kein leichtes Vorhaben, an diesem Tage in jenen Saal zu gelangen, welcher damals für den größten bedeckten Raum, der in der Welt war, galt (freilich hatte Sauval den großen Saal des Schlosses Montargis noch nicht ausgemessen). Der menschenbedeckte Platz vor dem Palaste bot den Schaulustigen an den Fenstern den Anblick eines Meeres dar, in welches fünf bis sechs Straßen als ebenso viele Strommündungen jeden Augenblick neue Fluten von Köpfen ergossen. Die Wogen dieser unaufhörlich zunehmenden Menge brachen sich an den Ecken der Häuser, welche hier und da, wie ebenso viele Vorgebirge in das unregelmäßige Becken des Platzes hervortraten. In der Mitte der hohen gothischenFaçade des Palastes wogte die große Treppe unaufhörlich ein Doppelstrom auf und ab, welcher, nachdem er sich unter dem Zwischenperron gebrochen hatte, in großen Wellen auf seine beiden Seitentreppen hinströmte; ohngefähr, behaupte ich, wie eine Cascade in einen See spie die große Treppe unaufhörlich Menschen auf den Platz. Das Schreien, Lachen, Stampfen dieser Tausende von Füßen verursachte einen großen Lärm und mächtiges Toben. Von Zeit zu Zeit verdoppelten sich dieses Toben und Lärmen, sobald der Strom, welcher die ganze Menschenmasse nach der großen Treppe zu trieb, zurückprallte, durcheinander wogte und wirbelte; oder wenn ein Häscher Rippenstöße vertheilte, oder das Pferd eines Sergeanten vom Gerichtsamte hinten ausschlug, um die Ordnung wieder herzustellen: – eine herrliche Ueberlieferung, welche das Obergerichtsamt an die Landreiter, und die Landreiter an unsere Pariser Gendarmerie vererbt haben.

An den Thüren, in den Fenstern, an den Dachluken, auf den Dächern wimmelte es von Tausenden jener guten, ruhigen, rechtlichen Bürgergestalten, welche den Palast betrachteten, das Gedränge beobachteten und nichts weiter verlangten; denn sehr viele Leute in Paris sind schon zufrieden, Zuschauer von Zuschauern sein zu können, und für manche von uns ist schon eine Mauer, hinter der sich etwas ereignet, eine sehr merkwürdige Sache.

Wenn es uns, den Menschen von 1830, erlaubt wäre, im Gedanken uns unter diese Pariser des fünfzehnten Jahrhunderts zu mischen, und mit ihnen, gedrängt, gestoßen und getreten in den ungeheuern Saal des Palastes einzudringen, welcher am 6. Januar 1482 so beengt war, – dies Schauspiel würde für uns nicht ohne Reiz und Vergnügen sein, und wir würden so viel alterthümliche Gegenstände rings um uns erblicken, daß sie uns ganz neu erscheinen müßten.

Wenn es dem Leser recht ist, wollen wir versuchen, den Eindruck zu schildern, den er beim Eintritt in diesen Saal, mitten unter den Schwarm in Wamms, in Jacke und in Weiberrock mit uns empfangen haben würde.

Schon von vornherein sind unsere Ohren betäubt, unsere Augen geblendet. Ueber unseren Köpfen befindet sich ein doppelbogiges Gewölbe, mit Holzbildschnitzereien vertäfelt, azurblau gemalt und mit goldenen Blumen geschmückt; unter unseren Füßen ein abwechselnd aus weißem und schwarzen Marmor zusammengesetzter Boden. Einige Schritte von uns erhebt sich ein riesiger Pfeiler, dann ein zweiter, dann noch einer: im ganzen sieben Pfeiler in der Länge des Saales, der mitten in seiner Breite die Schwibbogen der Doppelwölbung trägt. Rings um die vier ersten Pfeiler stehen Kramläden, die von Glas und Flittertand glänzen, um die drei Letzten Bänke von Eichenholz, die von den Hosen der Processirenden und den Amtskleidern der Sachwalter abgenutzt und glatt gesessen sind. Ringsum im Saale, längs der hohen Wände, zwischen den Thüren, den Nischen und den Pfeilern befinden sich in unabsehbarer Reihe die Statuen aller Könige Frankreichs seit Pharamund: die schwachen Regenten unter ihnen mit herabhängenden Armen und gesenkten Blicken; die tapferen, schlachtberühmten mit muthig zum Himmel erhobenem Haupte und Händen. In den hohen Rundbogenfenstern aber glänzen tausendfarbige Scheiben; an den breiten Ausgängen des Saales sehen wir reiche Thüren mit schöner Holzschnitzerei; und das Ganze: Gewölbe, Pfeiler, Wände, Simswerk, Täfelung, Thüren und Statuen, ist von oben bis unten mit glänzender Malerei in Blau und Gold bedeckt, welche, als schon ein wenig gedunkelt in dem Zeitraume wo wir sie sehen, im Jahre der Gnade 1549, wo Du Breul sie nach der Überlieferung noch bewunderte, fast ganz unter dem Staube und den Spinneweben verschwunden war. Nun denke man sich diesen ungeheuren Saal in rechteckiger Gestalt erleuchtet von dem matten Lichte eines Januartages, überschwemmt von einer lärmenden und bunten Menge, die längs der Wände hinflutend um die sieben Pfeiler brandet, und man wird einen allgemeinen Eindruck von dem ganzen Gemälde haben, das wir in seinen merkwürdigen Einzelnheiten zu schildern versuchen wollen.

Sicher ist, daß, wenn Ravaillac Heinrich den Vierten überhaupt nicht ermordet hätte, es gar keine Proceßacten Ravaillacs, die in der Kanzlei des Justizpalastes lagen, gegeben haben würde; daß keine Mitschuldigen Interesse daran gehabt hätten, die genannten Acten verschwinden zu lassen; folglich keine Brandstifter erforderlich waren, um, mangels eines bessern Mittels, die Kanzlei anzuzünden, um die Acten zu verbrennen, und den Justizpalast einzuäschern, um die Kanzlei mit Feuer zu vernichten; in Folge wovon es schließlich 1618 keine Feuersbrunst gegeben hätte. Der alte Palast mit seinem alten großen Saale würde noch stehen, und ich könnte zum Leser sprechen: „Geh hin und sieh ihn an"; und wir würden demnach alle beide überhoben sein: ich, eine Beschreibung zu geben, und er, eine mittelmäßige Beschreibung zu lesen. – Diese neue Wahrheit beweist, daß große Ereignisse unberechenbare Folgen haben.

Freilich würde es sehr wohl möglich sein können, sobald Ravaillac keine Mitschuldigen hatte; hernach, daß seine Mitschuldigen, sofern er solche zufällig hatte, beim Brande von 1618 umsonst waren. Es giebt dafür zwei andere sehr annehmbare Erklärungen. Erstens: den großen flammenden Stern von ein Fuß Breite und einer Elle Höhe, der, wie jedermann weiß, am 7. März nach Mitternacht vom Himmel auf den Palast fiel. Zweitens: den vierzeiligen Vers Theophiles:

Der Spaß war wahrlich theuer,
Als in Paris der Dame Recht
Vom zu viel Schlingen wurde schlecht,
Der Palast ganz aufging in Feuer.

Was man von dieser dreifachen politischen, natürlichen und poetischen Erklärung des Brandes des Justizpalastes im Jahre 1618 auch denken mag, die unglücklicherweise feststehende Thatsache ist der Brand. Heute ist nur noch sehr wenig vorhanden, Dank diesem Unglücke, Dank vornehmlich den verschiedenen Wiederherstellungsversuchen im Laufe der Zeit, welche vollends zu Grunde gerichtet haben, was er verschont hatte; es ist nur noch sehr wenig von diesem ersten Aufenthaltsorte der französischen Könige, von diesem ursprünglichen Palastbaue des Louvre übrig, der schon zu Philipps des Schönen Zeit so alt war, daß man hier nach den Spuren der prächtigen Bauten forschte, die vom König Robert aufgeführt und von Helgaldus beschrieben worden sind. Fast alles ist verschwunden. Was ist aus dem Zimmer der Kanzlei geworden, wo der heilige Ludwig „seine Ehe vollzog"? Was aus dem Garten, wo er Recht sprach, „angethan mit einem Camelotrocke, mit einem grobwollenen Obergewande ohne Aermel, und mit einem Mantel darüber von schwarzem Sandal, auf Teppichen liegend mit Joinville"? Wo ist das Zimmer des Kaisers Sigismund? Dasjenige Karls des Vierten? Dasjenige Johanns ohne Land? Wo ist die Treppe, von welcher Karl der Sechste sein Gnadenedict verkündete? Die Steinplatte, wo Marcel, in Gegenwart des Dauphins, den Robert von Clermont und den Marschall von Champagne erwürgte? Das Pförtchen, wo die Bullen des Gegenpapstes Benedikt zerrissen wurden, und aus welchem diejenigen mit Spottchorröcken und Bischofsmützen angethan heraustraten, welche sie überbracht hatten, und welche öffentliche Buße durch ganz Paris thaten? Und wo der große Saal mit seiner Vergoldung, seinem Azurblau, seinen Spitzbogen, seinen Statuen, seinen

Pfeilern; wo sein ungeheures Gewölbe, das von Steinmetzarbeiten ganz überzogen war? Und das vergoldete Zimmer? Und der steinerne Löwe, der an der Thür stand, mit gesenktem Kopfe, den Schwanz zwischen den Beinen, wie die Löwen an Salomo's Throne, in der demüthigen Stellung, welche sich für die Stärke vor der Gerechtigkeit schickt? Und wo die schönen Thüren, und die farbenprächtigen Fenster? Wo die getriebenen Eisenbeschläge, welche Biscornette abschreckten? Und die zierlichen Schreinerarbeiten Du Hancys? . . . Was hat die Zeit, was haben die Menschen aus diesen Wunderwerken gemacht? Was hat man uns für alles das gegeben; für jene ganze Geschichte unserer Vorfahren, für jene ganze gothische Kunst? Die plumpen Halbwölbungen des Herrn de Brosse, dieses ungeschickten Baumeisters des Portals von Saint-Gervais – das hat man uns für die Kunst gegeben; und was die Geschichte betrifft, so haben wir die geschwätzigen Erinnerungen der dicken Schandsäule, die noch völlig wiederhallt von dem Altweibergewäsch der Leute wie Patru.Das hat keine Bedeutung. – Wir wollen zu dem wirklichen großen Saale in dem wirklichen alten Palaste zurückkehren.

Die beiden Endseiten dieses gigantischen Rechtecks waren gleichfalls nicht frei: die eine war von der berühmten Marmorplatte aus einem Stücke eingenommen, welche so lang, breit und dick war, wie man sie niemals gesehen hat, erzählen die alten Grundbuchacten in einem Stile, der die Begierde Gargantua's, „eines ähnlichen Marmorblockes in der Welt“ gereizt haben würde; an der andern Seite befand sich die Kapelle, in welcher Ludwig der Elfte, auf den Knien vor der heiligen Jungfrau liegend, sich in Marmor hatte abkonterfeien lassen, und wohin er, unbekümmert, daß zwei Nischen in der Reihe der königlichen Standbilder leer würden, diejenigen Karls des Großen und des heiligen Ludwig hatte bringen lassen, – zwei Heilige, von denen er glaubte, daß sie als Könige von Frankreich im Himmel großes Ansehn hätten. Diese noch neue, kaum seit sechs Jahren fertige Kapelle war ganz im reizenden Geschmacke jener feinen Bauart und wunderbaren Meisel- und Grabstichelarbeit ausgeführt, die in Frankreich das Ende der gothischen Bauperiode kennzeichnet, und bis zur Mitte des sechzehnten Jahrhunderts in den zauberischen Phantasiespielen der Renaissance fortdauert. Die kleine, durchbrochene Rosette über dem Portale besonders war ein Meisterwerk von Zartheit und Anmuth: man hätte sie für einen Stern aus Spitzen halten mögen.

Mitten im Saale, der großen Thür gegenüber, war eine mit Goldbrokat bedeckte Erhöhung, die bis an die Mauer reichte, errichtet worden, und auf ihr durch ein Fenster aus dem Gange zu dem sogenannten goldenen Zimmer, ein besonderer Eingang für die flamländischen Gesandten und andere hohe Personen hergestellt, die zur Aufführung des Schauspieles geladen worden waren.

Dieses Schauspiel mußte dem Herkommen gemäß auf der Marmorplatte aufgeführt werden. Am Morgen war sie dazu hergerichtet worden; die große Marmorfläche, die von den Absätzen der Parlamentsschreiber ganz zerritzt war, trug ein ziemlich hohes Balkengerüst, dessen Oberfläche, vom ganzen Saale aus sichtbar, als Theater dienen sollte, während sein mit Teppichen ringsum verhängtes Innere für die Personen des Stückes als Ankleidezimmer herhalten mußte. Eine Leiter, die offenherzig außerhalb angebracht war, sollte die Communication zwischen Scene und Ankleidezimmer unterhalten, und ihre steilen Sprossen den auf- und abtretenden Personen herleihen. Da gab es keine so plötzliche Erscheinung, keine Entwicklung im Schauspiel, keinen Theatereffect, der nicht gezwungen gewesen wäre, auf der Leiter hinaufzuklettern. – O du unschuldige, theuere Einfalt in Kunst und Maschinerien!

Vier Diener des Gerichtsvogtes, die gewöhnlichen Aufseher aller Volksbelustigungen sowohl an den Festtagen, als an den Hinrichtungstagen, standen an den vier Ecken der Marmorplatte. Erst mittags, beim zwölften Glockenschlage auf der großen Palastuhr sollte das Stück beginnen. Das war freilich recht spät für eine Theateraufführung; aber man hatte auf die Zeit der Gesandtschaft Rücksicht zu nehmen.

Nun wartete diese ganze Menge schon seit dem Morgen. Eine gute Anzahl dieser neugierigen Spießbürger fror seit Tagesanbruch vor der großen Treppe des Palastes; ja, einige versicherten, die ganze Nacht dem Thore gegenüber zugebracht zu haben, um sicher zuerst den Saal zu betreten. Die Menge wurde jeden Augenblick dichter, und wie ein Gewässer, das sein Bett verläßt, fing sie an längs der Wände in die Höhe zu steigen, um die Säulen herum anzuschwellen, an den Täfelungen, Karnießen, Fensterbrettern, an allen Vorsprüngen der Architektur und an allen Erhöhungen der Bildhauerarbeit hinaufzusteigen. Dazu der Zwang, die Ungeduld, die Langeweile, die Zügellosigkeit eines frechen Narrenfestes, die Streitigkeiten, welche bei jeder Gelegenheit wegen eines spitzen Ellenbogens, eines eisenbeschlagenen Schuhes ausbrachen, das ermüdend lange Warten, – alles das gaben schon lange vor der Zeit, in welcher die Gesandtschaften anlangen sollten, dem Geschrei dieses eingeschlossenen, eingepferchten, gequetschten, erstickten Volkes einen scharfen und bittern Ausdruck. Man hörte nur Klagen oder Verwünschungen gegen die Flamländer, gegen den Oberbürgermeister, den Cardinal von Bourbon, den Palastvogt, gegen Madame Margarethe von Oestreich, gegen die Polizisten, über Kälte, Hitze und schlechtes Wetter, gegen den Bischof von Paris, gegen den Narrenpapst, gegen die Pfeiler und Statuen, gegen diese verschlossene Thür und jenes offene Fenster, – alles das zur großen Belustigung der unter der Volksmenge zerstreuten Studenten- und Bedientenrudel, welche diese Unzufriedenheit durch ihre boshaften Neckereien erhöhten, und die allgemeine Mißstimmung, so zu sagen, mit Nadelstichen reizten.

Unter anderen befand sich ein Haufe dieser lustigen Teufel, welche die Scheiben eines Fensters eingestoßen und sich keck auf das Gesims gesetzt hatten, und von wo aus sie ihre Blicke und Spöttereien abwechselnd bald nach innen, bald nach außen, auf die Menge im Saale und auf die des Platzes hinschickten. An ihren äffenden Geberden, an ihrem lauten Gelächter, an den spöttischen Zurufen, welche sie von einem Ende des Saales bis zum andern mit ihren Kameraden wechselten, konnte man leicht erkennen, daß diese jungen Gelehrten nicht die Langeweile und die Ermüdung der übrigen Anwesenden theilten, sondern daß sie recht gut verstanden, bei dem, was unter ihren Augen vorging, zu ihrem Privatvergnügen ein Schauspiel zu genießen, welches sie das andere geduldig erwarten ließ.

„Bei meiner Seele, Ihr seid's, Johannes Frollo de Molendino!“ rief einer von ihnen einer Art kleinem blonden Teufel mit hübschem und schalkhaften Gesichte zu, der sich an das Laubwerk eines Säulenknaufes angeklammert hatte, „Ihr heißt ganz richtig Mühlenhannes, denn Eure zwei Arme und Beine sehen ganz wie vier Flügel aus, die im Winde tanzen. Seit wie lange seid Ihr hier?“

„Bei der Gnade des Teufels,“ antwortete Johannes Frollo, „seit mehr als vier Stunden, und ich hoffe mit Recht, daß sie mir dereinst auf meine Fegefeuerzeit angerechnet werden. Ich habe um Sieben die acht Sänger des Königs von Sicilien die erste Strophe des Hochamts in der heiligen Kapelle anstimmen hören.“

„Schöne Sänger das!“ versetzte der andere, „und die eine noch spitzere Stimme haben, als ihre Mütze. Ehe der König dem heiligen Herrn Johannes eine Messe stiftete, hätte er sich erst erkundigen sollen, ob der heilige Herr Johannes lateinischen Psalmengesang mit provençalischem Accent vertragen kann.“

„Blos um die verdammten Sänger des Königs von Sicilien anzubringen, hat er das gethan,“ rief ärgerlich ein altes Weib in der Menge unter dem Fenster. „Ich frage Euch nur! tausend Livres Pariser Münze für eine Messe! Und außerdem die Pachtung des Seefisches in den Markthallen von Paris auch noch!“

„Ruhig, Alte!“ versetzte ein dicker ernsthafter Mann, welcher sich neben dem Fischweibe die Nase zuhielt, „er mußte wohl eine Messe stiften. Möchtet Ihr etwa, daß der König wieder krank würde?“

„Brav gesprochen, Herr Gilles Lecornu, Meister Hofkürschner!“ rief der kleine Student, der am Säulenknaufe sich angeklammert hatte.

Ein lautes Gelächter aller Studenten bewillkommnete den unglücklichenNamen des armen Hofkürschners.

„Lecornu! Gilles Lecornu!“ riefen die einen.

„Cornutus et hirsutus,“entgegnete ein anderer.

„Ei gewiß,“ fuhr der Kleine oben auf dem Säulenknaufe fort. „Was ist da zu lachen? Ein Ehrenmann, der Gilles Lecornu, der Bruder des Meisters Johann Lecornu, des Profoß im königlichen Palaste, der Sohn vom Meister Mahiet Lecornu, dem Oberwaldhüter im Gehölz von Vincennes, – alles Bürger von Paris, alle verheirathet vom Vater bis zum Sohne!“

Die Ausgelassenheit verdoppelte sich. Der dicke Kürschner bemühte sich, ohne ein Wort zu sprechen, den Blicken sich zu entziehen, die überallher auf ihn gerichtet waren; – aber vergebens schwitzte und keuchte er: wie ein Keil, der ins Holz getrieben wird, dienten die Anstrengungen, die er machte, nur dazu, sein breites, aufgedunsenes, vor Zorn und Aerger purpurrotes Gesicht noch fester zwischen die Schultern seiner Nachbarn einzuklemmen. Endlich kam ihm einer von diesen, welche kurz, dick und ansehnlich wie er waren, zu Hilfe.

„Abscheulich! Schuljungen, die so mit einem Bürger sprechen! Zu meiner Zeit hätte man sie mit Ruthen ausgepeitscht, und dann hätte man sie verbrannt."

Die ganze Bande brach nun los.

„Holla he! wer liest da einem den Text? Wer ist der Unglücksrabe?"

„Warte, ich kenne ihn," sagte ein anderer, „es ist Meister Andry Musnier."

„Jawohl, es ist einer von den vier geschworenen Universitätsbuchhändlern," sagte ein anderer.

„Alles ist vierfach in dieser Bude," schrie ein dritter, „die vier Nationen, die vier Facultäten, die vier Feste, die vier Procuratoren, die vier Wahlmänner, die vier Buchhändler."

„Nun wohl," entgegnete Johann Frollo, „man muß ihnen auch den Teufel vervierfachen."

„Musnier, wir werden deine Bücher verbrennen."

„Musnier, wir werden deinen Diener prügeln."

„Musnier, wir werden deine Frau zerdrücken."

„Die gute, dicke Frau Oudarde."

„Die so frisch und so lustig ist, als wäre sie Witwe."

„Möge der Teufel euch holen!" brummte Meister Andry Musnier.

„Meister Andry," fing Johann wieder an, welcher immer noch an seinem Säulenknaufe hing, „sei stille, oder ich falle dir auf den Kopf!"

Meister Andry hob die Augen auf, schien einen Augenblick die Höhe des Pfeilers, die Schwere des Burschen zu taxiren, multiplicirte in Gedanken diese Schwere mit dem Quadrate der Geschwindigkeit, und schwieg.

Johann, Herr des Schlachtfeldes, fuhr triumphirend fort:

„Ja, das würde ich thun, obgleich ich der Bruder eines Archidiaconus bin!"

„Schöne Herren, unsere Leute von der Universität! nicht einmal an einem Tage, wie dem heutigen, unsere Privilegien in Ruhe zu lassen! Kurz, in der Nordstadt giebt's Maifest und Freudenfeuer, in der Altstadt Schauspiel, Narrenpapst und flamländische Gesandte, und im Universitätsviertel – nichts!"

„Und doch ist der Maubertsplatz groß genug!" entgegnete einer von den Burschen, die auf dem Fensterbrette campirten.

„Nieder mit dem Rector, mit den Wahlmännern, mit den Procuratoren!" rief Johann.

„Diesen Abend wird man im Champ-Gaillard ein Freudenfeuer machen müssen," fuhr der andere fort, „mit den Büchern Meister Andry's."

„Und mit den Pulten der Schreiber," sagte sein Nachbar.

„Und den Stöcken der Pedelle!"

„Und den Spucknäpfen der Decane!"

„Und den Aktenschränken der Procuratoren!"

„Und den Kasten der Wahlmänner!"

„Und den Fußschemeln des Rectors!"

„Nieder!" rief der kleine Johann mit falscher Baßstimme, „nieder mit Meister Andry, mit den Pedellen und Schreibern, nieder mit den Theologen, Medicinern und Decretisten; mit den Procuratoren, den Wahlmännern und mit dem Rector!"

„Das ist ja das Weltende!" murmelte Meister Andry, indem er sich die Ohren verstopfte.

„Ei seht da, der Rector! Da geht er auf dem Platze," rief einer von denen im Fenster. Die Folge war, daß sich alles nach dem Platze wandte.

„Ist das wirklich unser ehrwürdiger Rector, Meister Thibaut?" fragte Johann Frollo du Moulin, der an einem Pfeiler im Innern hängend, nicht sehen konnte, was draußen vorging.

„Ja, ja," antworteten alle andern, „gewiß, er ist es, Meister Thibaut, der Rector."

Es war in der That der Rector mit allen Würdenträgern der Universität, welche in feierlichem Zuge der Gesandtschaft entgegengingen, und in diesem Augenblicke den Platz des Palastes überschritten. Die in das Fenster gedrängten Studenten empfingen sie beim Vorübergehen mit Spottreden und ironischem Beifallsgeschrei. Der Rector, welcher dem Zuge voranschritt, erhielt die erste Salve; sie war stark.

„Guten Tag, Herr Rector! Holla! ei! Guten Tag denn!"

„Wie kommt es, daß er hier ist, der alte Spieler? Er hat also seine Würfel verlassen?"

„Wie er auf seinem Maulesel einhertrottet! der hat weniger lange Ohren, als er.“

„Holla, he! Guten Tag, Herr Rector Thibaut! Tybalde aleator!Alter Esel, alter Spieler!“

„Gott schütze Euch! Habt Ihr vergangene Nacht oft Doppel-Sechs geworfen?“

„O! seht einmal das hinfällige, bleifarbige, matte Gesicht, mit den Spuren der Spielwuth darin!“

„Wo geht es jetzt hin, Thibaut, Tybalde ad clades,weil Ihr der Universität den Rücken zugekehrt habt und nach der Stadt trabt?“

„Zweifelsohne will er eine Wohnung in der Straße Thibautodésuchen,“ schrie Johann du Moulin.

Die ganze Bande wiederholte den faulen Witz mit donnerndem Geschrei und wüthenden Händeklatschen.

„Ihr wollt Euch in der Straße Thibautodé Wohnung suchen, nicht wahr, Herr Rector, Ihr Spielcumpan des Teufels?“

Dann kamen die andern Würdenträger an die Reihe.

„Nieder mit den Pedellen! nieder mit den Stabträgern!“

„Sage mir doch, Robin Poussepain, wer ist denn jener dort?“

„Das ist Gilbert von Suilly, Gilbertus de Soliaco, der Kanzler des Collegiums Autun.“

„Da hast du meinen Schuh: wirf ihn diesem an den Kopf; du hast einen bequemeren Platz als ich.“

„Saturnalitias mittimus ecce nuces.“

„Nieder mit den sechs Theologen in ihren weißen Chorhemden!“

„Das dort sind die Theologen? – Ich dachte, es wären die sechs weißen Gänse, welche Sanct Genoveva der Stadt für das Lehngut von Roogny geweiht hat.“

„Nieder mit den Medicinern!“

„Fort mit den schwerfälligen und abgeschmackten Redeübungen!“

„Da fliegt dir meine Mütze an den Kopf, Kanzler von Sanct Genoveva! Du hast mir Unrecht gethan.“

„Jawohl! er hat meine Stelle in der normannischen Landsmannschaft dem kleinen Ascanio Falzaspada gegeben, der zur Provinz Bourges gehört, weil er ein Italiener ist.“

„Das ist eine Ungerechtigkeit,“ sagten alle Studenten. „Nieder mit dem Kanzler von Sanct Genoveva!“

„Ho he! Meister Joachim von Ladehors! Ho he! Ludwig Dahuille! Ho he! Lambert Hoctement!“

„Hole der Teufel den Procurator der deutschen Landsmannschaft!“

„Und die Kapläne der heiligen Kapelle in ihren grauen Pelzmänteln, cum tunicis grisis.“

„Seu de pellibus grisis fourratis!“

„Holla, seht, die Meister der freien Künste! Die ganzen schönen Schwarz- und Rothmäntel!“

„Die bilden einen schönen Schweif für den Rector!“

„Man möchte ihn für einen Dogen von Venedig halten, der sich mit dem Meere vermählen will.“

„Sind das die Canonici von Sanct Genoveva, Johann?“

„Zum Teufel mit den Canonicis!“

„Abt Claude Choart! Doctor Claude Choart! sucht Ihr Marie la Giffarde?“

„Sie wohnt in der Straße Glatigny.“

„Sie macht dem Hurenkönige das Bett.“

„Sie zahlt ihre vier Heller; quator denarios.“

„Aut unum bombum!“

„Soll sie Euch hinter die Ohren bezahlen?“

„Kameraden! Meister Simon Sanguin, der Wahlmann der Picarden, der seine Frau hinter sich auf dem Pferd hat!“

„Post equitem sedet atra cura.“

„Muthig, Meister Simon!“

„Guten Tag, Herr Wahlmann!“

„Gute Nacht, Frau Wählerin!“

„Sind die doch glücklich, alles sehen zu können,“ seufzte Johannes de Molendino, der immer noch am Blätterwerke seines Säulenknaufes hing.

Währenddem neigte sich Meister Andry Musnier, der geschworene Universitätsbuchhändler, zum Ohre des Hofkürschners, Meister Gilles Lecornu.

„Ich sage Euch, Herr, es ist das Ende der Welt da. Man hat wohl niemals solche Zügellosigkeiten der Studentenschaft gesehen! Das kommt aber von den verfluchten Erfindungen dieses Jahrhunderts, die noch alles verderben: von den Geschützen,

Feldschlangen und Donnerbüchsen, und vor allem vom Buchdruck, dieser zweiten deutschen Pest. Giebt's keine Manuscripte mehr, giebt's keine Bücher mehr! Der Buchdruck vernichtet den Buchhandel. Das Ende der Welt ist nahe."

„Ich merke es auch recht am Überhandnehmen der Sammetstoffe," sagte der Pelzhändler.

In demselben Augenblicke schlug es Zwölf.

„Ah! . . ." machte der ganze Haufe mit einem Munde.

Die Studenten schwiegen. Nun entstand eine große Verwirrung, eine geräuschvolle Bewegung der Füße und der Köpfe, ein starkes, allgemeines Gehuste und Geschneuze; jeder stellte sich zurecht, richtete sich in die Höhe. Nun tiefes Schweigen; alle Hälse blieben gereckt, alle Mäuler offen, alle Blicke nach der Marmortafel gerichtet . . . nichts war dort zu sehen. Die vier Diener des Vogtes waren immer noch da, starr und unbeweglich, wie vier bemalte Statuen. Alle Augen wandten sich nach der, für die flamländischen Gesandten bestimmten Tribüne. Die Thür blieb geschlossen, und die Tribüne leer. Diese Menschenmasse erwartete nun seit der Frühe dreierlei: die Mittagsstunde, die flandrische Gesandtschaft, das geistliche Schauspiel. Der Mittag allein war da, auf die Minute. Das war für diesmal zu viel!

Man wartete eine, zwei, drei, fünf Minuten, eine Viertelstunde: nichts kam. Die Tribüne blieb leer, das Theater stumm. Da folgte der Ungeduld der Zorn auf dem Fuße nach. Gereizte Worte flogen umher, allerdings noch mit leiser Stimme. „Das Schauspiel! das Schauspiel!" murmelte man dumpf. Die Köpfe erhitzten sich. Eine Wetterwolke, die nur erst noch grollte, zog über die Häupter dieser Menge hin und her.

Johann du Moulin war es, der ihr den ersten Funken entlockte.

„Das Schauspiel, und zum Teufel mit den Flamländern!" schrie er aus Leibeskräften, indem er sich wie eine Schlange um seinen Säulenknauf wand.

Die Menge klatschte in die Hände.

„Das Schauspiel," wiederholte sie, „und mit Flandern zu allen Teufeln!"

„Wir müssen das Stück auf der Stelle haben," fuhr der Student fort, „oder ich bin der Ansicht, wir hängen den Palastvogt, als Ersatz für Lustspiel und Schauspiel."

„Wohl gesprochen," schrie das Volk, „und laßt uns mit den Gerichtsdienern das Hängen beginnen."

Rauschender Beifall folgte. Die vier armen Teufel fingen an blaß zu werden und sich gegenseitig anzusehen. Die Menge drang auf sie ein, und sie sahen schon das schwache Holzgeländer, das sie von ihr trennte, sich biegen und unter dem Drängen der Menge zusammenbrechen. Der Augenblick war kritisch.

„Drauf! drauf!“ schrie man von allen Seiten.

In diesem Augenblicke hob sich der Teppich des Ankleidezimmers, welches wir oben beschrieben haben, und ließ eine Person herein, deren bloßer Anblick die Menge plötzlich zum Stehen brachte, und wie mit einem Zauberschlage ihren Zorn in Neugierde verwandelte.

„Still! still!“

Die Person trat, ziemlich bestürzt und an allen Gliedern zitternd, an den Rand der Marmorplatte unter vielen Verbeugungen, die, je näher sie kam, zu förmlichen Kniebeugungen wurden.

Indessen war die Ruhe nach und nach wieder hergestellt. Nur jenes leise Geräusch blieb übrig, das selbst noch beim Schweigen der Menge vernommen wird.

„Meine Herren Bürger,“ sagte die Person, „und meine werthen Bürgerinnen, wir sollen die Ehre haben, ein sehr schönes Schauspiel mit Namen: „Das gerechte Urtheil unserer lieben Jungfrau Maria“ vor Seiner Eminenz dem Herrn Cardinal vortragen und aufführen. Ich selbst gebe den Jupiter. Seine Eminenz begleitet in diesem Augenblicke die sehr ehrenwerthe Gesandtschaft des Herrn Herzogs von Oesterreich; diese ist gegenwärtig noch an der Pforte Baudets aufgehalten, um die Begrüßungsrede des Herrn Universitätsrectors anzuhören. Sobald der hochwürdigste Herr Cardinal angekommen sein wird, wollen wir anfangen.“

Sicherlich bedurfte es nichts weniger, als der Dazwischenkunft Jupiters, um die vier unglücklichen Diener des Palastvogtes vom Verderben zu retten. Wenn wir das Glück hätten, diese sehr glaubwürdige Geschichte erfunden zu haben, und folglich vor unserer Dame, der Kritik, dafür verantwortlich zu sein, so könnte man sich in diesem Augenblicke uns gegenüber nicht auf die klassische Vorschrift berufen: „Nec deus intersit.“

Uebrigens war das Costüm des Herrn Jupiter sehr schön, und hatte nicht wenig dazu beigetragen, die Menge zu beruhigen, deren ganze Aufmerksamkeit er auf sich zog. Herr Jupiter war in ein Panzerhemd aus schwarzem Sammet, der mit vergoldeten Nägeln beschlagen war, gekleidet; er trug einen Helm mit vergoldeten Silberknöpfen auf dem Kopfe; und wäre der rothe und lange Bart, welcher die Hälfte seines Gesichts bedeckte, wäre die Rolle vergoldeter Pappe nicht gewesen, die er, mit eisernen Haken übersäet und starrend von Flittergoldstreifen, in der Hand trug, und in welchem geübte Augen leicht den Blitzstrahl erkennen konnten; wären die fleischfarbenen, nach griechischer Weise bebänderten Beine nicht gewesen, er hätte wegen der Ernsthaftigkeit seiner Haltung mit einem bretonischen Bogenschützen vom Corps des Herrn von Berry den Vergleich aushalten können.

2. Peter Gringoire

Die Genugthuung und die Bewunderung, welche sein Costüm überall hervorgerufen hatte, verschwanden jedoch während seiner Ansprache; und als er mit den unglücklichen Worten schloß: „Wir werden anfangen, sobald seine Hochwürden, der Herr Cardinal angekommen sein wird," verschwand seine Stimme in einem donnernden Hohngeschrei.

„Fangt auf der Stelle an! Das Schauspiel! Auf der Stelle das Schauspiel!" schrie das Volk. Und über alle Stimmen hinweg hörte man diejenige des Johannes von Molendino, welche den Tumult durchdrang wie die Pfeife bei einer Katzenmusik in Nîmes: „Sofort anfangen!" kreischte der Student.

„Nieder mit Jupiter und dem Cardinal von Bourbon!" schrien Robin Poussepain und die andern im Fensterkreuz hockenden Studiosen.

„Sofort die Aufführung!" wiederholte die Menge, „sofort, auf der Stelle! Galgen und Rad für die Schauspieler und den Cardinal!"

Der arme Jupiter, verwirrt, bestürzt und unter seiner Schminke erbleichend, ließ seinen Donnerstrahl niederfallen und nahm seinen Helm in die Hand; dann grüßte er zitternd und stotterte heraus: „Seine Eminenz . . . die Gesandten . . . Frau Margarethe von Flandern . . ." Er wußte nicht, was sagen. Er fürchtete auch, gehangen zu werden. Gehangen durch den Pöbel, wenn er zögerte, gehangen vom Cardinal, wenn er früher angefangen hätte. So sah er von zwei Seiten einen Abgrund, d. h. den Galgen. Glücklicherweise erschien jemand, um ihn aus der Verlegenheit zu ziehen und die Verantwortlichkeit auf sich zu nehmen.

Ein Mensch, welcher sich diesseits des Geländers in dem rings um die Marmorplatte freigelassenen Raume befand, und den noch niemand bemerkt hatte, so vollständig war seine dürre, lange Figur für jedes Auge von dem Durchmesser der Säule, an welche er sich gelehnt hatte, verborgen worden, – dieser ziemlich große, magere, bleiche, blonde, trotz Falten an Stirn und Wangen noch junge Mann mit glänzenden Augen und lächelndem Munde, in schwarze, vom Alter abgenutzte und glänzende Sarsche gekleidet, näherte sich der Marmorplatte und gab dem armen Dulder ein Zeichen. Dieser aber, in seiner Bestürzung, sah ihn nicht.

Der Ankömmling trat einen Schritt näher.

„Jupiter! mein lieber Jupiter!" rief er.

Dieser hörte aber nichts.

Endlich schrie ihm der große Blonde ungeduldig geworden fast ins Gesicht:

„Michel Giborne!"

„Wer ruft mich?“ sagte Jupiter erschrocken, wie aus dem Schlafe erwachend.

„Ich,“ antwortete der Schwarzgekleidete.

„Ah!“ sagte Jupiter.

„Fangt gleich an,“ fuhr jener fort. „Stellt das Volk zufrieden; ich übernehme es, den Herrn Palastvogt zu beschwichtigen, der wieder den Herrn Cardinal beschwichtigen wird.“

Jupiter athmete auf.

„Meine Herren Bürger,“ rief er mit aller Kraft seiner Lungen der Menge zu, welche fortfuhr, ihn zu verhöhnen, „wir wollen sogleich beginnen.“

„Evoe Jupiter! Plaudite cives!“schrien die Studenten.

„Juchhe! Juchhe!“ schrie das Volk.

Ein betäubendes Händeklatschen begann, und Jupiter war schon hinter den Vorhang zurückgekehrt, als der Saal noch vom Beifallsgeschrei erzitterte.

Unterdessen war der Unbekannte, der auf so magische Weise „den Sturm in Stille“ verwandelt hatte, wie unser alter, lieber Corneille sagt, bescheiden in das Halbdunkel seines Pfeilers zurückgekehrt, und würde dort unsichtbar, unbeweglich und stumm wie zuvor geblieben sein, wenn ihn von hier nicht zwei junge Frauenzimmer, die in der Vorderreihe der Zuschauer standen, und die sein Zwiegespräch mit Michel Giborne-Jupiter beobachtet hatten, weggelockt hätten.

„Meister,“ sagte die eine von ihnen, die ihm mit der Hand ein Zeichen gab, heranzukommen . . .

„Schweiget doch, liebe Liénarde,“ sagte ihre reizende, junge und in ihrem Sonntagsstaate stattlich geputzte Nachbarin; „das ist kein Gelehrter, sondern ein Laie; und Ihr dürft nicht Meister,sondern müßt vielmehr Herr sprechen!“

„Herr,“ sagte Liénarde.

Der Unbekannte trat an das Geländer.

„Was wünscht ihr von mir, liebe Fräulein?“ fragte er eifrig.

„Oh! nichts,“ sagte Liénarde ganz verwirrt, „meine Nachbarin Gisquette la Gencienne ist es, die Euch sprechen will.“

„Ganz und gar nicht,“ versetzte Gisquette erröthend, „Liénarde hat Euch Meister gerufen, und ich sagte ihr, daß man Herr sagen müßte.“

Die beiden jungen Mädchen schlugen die Augen nieder. Jener der nichts angelegentlicher wünschte, als ein Gespräch anzuknüpfen, sah sie lächelnd an.

„Ihr habt mir also nichts zu sagen, werthe Fräulein?“

„Oh! ganz und gar nichts,“ antwortete Gisquette.

„Nein, nichts,“ sagte Liénarde.

Der große blonde junge Mann trat einen Schritt zurück; aber die beiden Neugierigen hatten nicht Lust, die Beute fahren zu lassen.

„Mein Herr,“ sagte Gisquette lebhaft und mit dem Ungestüm einer sich öffnenden Schleuse oder eines Weibes, die einen Entschluß faßt, „Ihr kennt also den Soldaten, der die Rolle der heiligen Jungfrau im Schauspiele geben wird?“

„Ihr wollt sagen die Rolle Jupiters?“ entgegnete der Unbekannte.

„Ei, ja!“ sagte Liénarde, „die Thörichte! Ihr kennt also den Jupiter?“

„Michel Giborne?“ antwortete der Unbekannte; „ja, werthes Fräulein.“

„Er hat einen prächtigen Bart!“ sagte Liénarde.

„Wird das hübsch sein, was man da oben sprechen wird?“ fragte schüchtern Gisquette.

„Sehr schön, mein Fräulein,“ entgegnete der Unbekannte ohne das geringste Zaudern.

„Was wird es denn sein?“ sagte Liénarde.

„Das gerechte Urtheil der heiligen Jungfrau, ein moralisches Stück, wenn's beliebt, mein Fräulein.“

„Ah! das ist etwas andres!“ versetzte Liénarde.

Ein kurzes Schweigen folgte. Der Unbekannte unterbrach es:

„Es ist ein ganz neues Stück, und noch gar nicht gegeben.“

„Es ist also nicht dasselbe,“ versetzte Gisquette, „welches man vor zwei Jahren, beim Einzuge des Herrn päpstlichen Gesandten gegeben hat, und in welchem drei hübsche Mädchen Rollen gaben . . .“

„Sirenen,“ sagte Liénarde.

„Und ganz nackt –“ fügte der junge Mann hinzu.

Liénarde schlug verschämt die Augen nieder. Gisquette sah sie an und machte es ebenso. Er fuhr lächelnd fort:

„Das war sehr spaßhaft zu sehen. Das heutige Schauspiel ist expreß für das gnädige Fräulein von Flandern gemacht.“

„Wird man Liebeslieder singen?“ fragte Gisquette.

„Pfui!“ sagte der Unbekannte, „in einem moralischen Stücke? Man darf die Gattungen nicht verwechseln. Wenn es eine Posse wäre, allerdings!“

„Schade!“ entgegnete Gisquette. „Damals gab es an der Fontaine von Ponceau wilde Männer und Frauen, welche mit einander kämpften, mehrere Gruppen aufführten und kleine Arien und Liebeslieder sangen.“

„Was für einen päpstlichen Gesandten paßt,“ sagte ziemlich trocken der Unbekannte, „paßt nicht für eine Prinzessin.“

„Und neben ihnen,“ fuhr Liénarde fort, „spielten mehrere dumpfe Instrumente prächtige Melodien.“

„Und zur Erfrischung der Vorübergehenden,“ fuhr Gisquette fort, „spie die Fontaine aus drei Mündungen Wein, Milch und Gewürzwein aus, wovon trank wer wollte.“

„Und ein wenig unterhalb Ponceau, bei der Trinité,“ sagte Liénarde, „gab es ein Stück aus der Leidensgeschichte Christi, von stummen Personen aufgeführt.“

„Ja, ich erinnere mich!“ rief Gisquette, „der Herr am Kreuze und die beiden Schächer links und rechts.“

Jetzt begannen die beiden Schwätzerinnen, in der Erinnerung an den Einzug des Herrn Legaten sich ereifernd, beide auf einmal zu sprechen.

„Und weiter vorwärts bei der Malerpforte waren andere sehr reich geschmückte Personen zu sehen.“

„Und bei der Fontaine Saint-Innocent der Jäger, welcher eine Hindin unter lautem Hundegebell und Hörnerschall verfolgte.“

„Und bei dem Schlachthause von Paris die Gerüste, welche die Burg von Dieppe vorstellten.“

„Und weißt du, Gisquette, als der Legat vorüberkam, spielte man die Erstürmung und allen Engländern kostete es die Köpfe.“

„Und nach dem Thore des Châtelet hin waren sehr schöne Figuren zu sehen!“

„Und auf der Wechslerbrücke, die oben ganz mit Teppichen behangen war.“

„Und als der Legat vorüberzog, ließ man auf der Brücke mehr als zweihundert Dutzend Vögel aller Art fliegen; das war herrlich, Liénarde.“

„Heute wird's viel schöner sein,“ fuhr endlich der Unbekannte fort, welcher ihnen anscheinend mit Ungeduld zuhörte.

„Ihr versprecht uns, daß dies Schauspiel schön sein wird?“ sagte Gisquette.

„Ohne Zweifel,“ antwortete er; dann fügte er mit einem gewissen Nachdrucke hinzu: „Meine Fräulein, der Verfasser desselben bin ich.“

„Wahrhaftig?“ riefen die jungen Mädchen ganz erstaunt.

„Gewiß!“ antwortete der Dichter, indem er sich vornehm in die Brust warf; „das heißt, wir sind zwei: Johann Marchand, der die Bretter zugeschnitten, das Gerüst des Theaters und das Holzwerk aufgebaut hat, und ich, der das Stück gemacht hat. Ich heiße Peter Gringoire.“

Der Dichter des „Cid“ hätte mit nicht mehr Stolz sagen können: „Peter Corneille.“

Unsere Leser haben bemerken können, daß schon eine gewisse Zeit verflossen sein mußte seit dem Augenblicke, wo Jupiter hinter den Vorhang zurückgekehrt war, und der Verfasser des neuen Stückes sich so plötzlich der naiven Bewunderung Gisquettens und Liénardens offenbart hatte. Sonderbare Thatsache! Diese ganze, wenige Minuten zuvor so unbändige Menge wartete jetzt mit Sanftmuth auf das Wort des Schauspielers hin; was die ewige und in unsern Theatern noch alle Tage erprobte Wahrheit darthut, daß das beste Mittel, das Publikum geduldig warten zu machen, das ist, ihm zu erklären, daß man sofort beginnen werde.

Jedoch der Student Johannes ließ sich nicht in Sicherheit einwiegen.

„Holla, he!“ schrie er auf einmal mitten in der ruhigen Erwartung, die dem Lärme gefolgt war: „Jupiter, heilige Jungfrau, Teufelsgaukler, wollt Ihr uns foppen? Das Stück, das Stück! Fangt an oder wir beginnen von neuem!“

Mehr brauchte es nicht.

Eine Musik von lauten und gedämpften Instrumenten ließ sich aus dem Innern des Gerüstes heraus vernehmen; der Vorhang hob sich; vier geputzte und geschminkte Personen traten hervor, kletterten die steile Theaterleiter hinauf und stellten sich, auf der obern Plattform angekommen, in einer Linie vor dem Publikum auf, welches sie mit tiefer Verbeugung begrüßten. Jetzt schwieg die Symphonie. Das Stück begann nun.

Nachdem die vier Personen das Beifallsklatschen für ihre Verbeugungen reichlich eingeerntet hatten, begannen sie unter andächtigem Schweigen der Hörer einen Prolog, mit dem wir den Leser bereitwillig verschonen wollen. Uebrigens beschäftigte sich das Publikum, wie heutzutage noch geschieht, mehr mit den Costümen, welche sie trugen, als mit der Rolle, die sie vortrugen; und in Wahrheit, es war in der Ordnung. Sie waren alle vier in halb gelbe und halb weiße Gewänder gekleidet, die sich von einander nur durch die Beschaffenheit des Stoffes unterschieden; die eine war in Gold- und Silberbrokat, die andere in Seide, die dritte in Wolle, die vierte in Leinwand gekleidet. Die erste Person trug ein Schwert in der Rechten, die zweite zwei goldne Schlüssel, die dritte eine Wage, die vierte einen Spaten; und um den beschränkteren Köpfen, welche die Bedeutung dieser Attribute nicht vollkommen klar hätten begreifen können, zu Hilfe zu kommen, konnte man unten auf der brokatenen Robe in großen, schwarzgestickten Buchstaben lesen: „Ich bin der Adel“; unten auf der seidenen: „Ich bin die Geistlichkeit“, auf der wollenen: „Ich bin der Handel“ und auf der leinenen: „Ich bin die Arbeit“. Das Geschlecht der beiden männlichen Figuren war für jeden urteilsfähigen Zuschauer an den weniger langen Gewändern und an der Mütze angedeutet, welche sie auf dem Kopfe trugen, während die beiden weiblichen Erscheinungen nicht so kurz gekleidet und mit einer Haube geschmückt waren.

Es hätte viel böser Wille dazu gehört, um aus dem Inhalte des Prologs nicht zu begreifen, daß die Arbeit mit dem Handel, die Geistlichkeit mit dem Adel vermählt war, und daß die zwei glücklichen Paare gemeinsam einen prächtigen Golddelphin hatten, den sie nur mit der Schönsten zu verbinden beabsichtigten. Sie zogen also durch die Welt, auf der Suche nach dieser Schönheit, und nachdem sie nach und nach die Königin von Golkonda, die Prinzessin von Trapezunt, die Tochter des Groß-Kans von der Tartarei u. s. w. u. s. w. verworfen hatten, waren Arbeit und Geistlichkeit, Adel und Handel nach dem Justizpalaste gekommen, um sich auf der Marmorplatte niederzulassen, und vor einem verehrungswürdigen Publikum so viele Sittensprüche und Maximen auszukramen, wie man damals bei der Facultät der freien Künste, in den Prüfungen, wo die Meister ihre Doctorhüte erlangten, Trugschlüsse, Determinationen, Redefiguren und Disputationen an den Mann bringen konnte.

Alles das war wahrhaftig sehr schön.

In dieser ganzen Menschenmenge jedoch, über welche die vier Erscheinungen um die Wette Fluten von Gleichnisreden ausschütteten, gab es kein aufmerksameres Ohr, kein klopfenderes Herz, kein unstäteres Auge, keinen gereckteren Hals, als Auge, Ohr, Hals und Herz des Autors, des Dichters, dieses braven Peter Gringoire, welcher kurz zuvor dem Entzücken nicht hatte widerstehen können, den beiden hübschen Mädchen seinen Namen zu nennen. Er war nicht weit von ihnen entfernt hinter seinen Pfeiler zurückgekehrt, und dort hörte, sah und verschlang er. Der wohlwollende Beifall, mit welchem der Vortrag seines Prologs aufgenommen worden war, tönte noch in seinem Innern nach, und er war ganz von jener Art verzückter Betrachtung hingerissen, mit welcher ein Autor seine Gedanken, einen nach dem andern, von den Lippen des Schauspielers in die Stille eines ungeheueren Auditoriums fallen hört. Würdiger Peter Gringoire!

Es thut uns leid, es zu sagen, aber diese erste Verzückung wurde sehr bald gestört. Kaum hatte Gringoire seine Lippen an den berauschenden Becher der Freude und des Triumphes gelegt, als ein Wermuthstropfen hineinfiel.

Ein zerlumpter Bettler, welcher nicht hatte einsammeln können, weil er mitten im Gedränge sich befand, und der zweifelsohne in den Taschen seiner Nachbarn keine hinreichende Entschädigung gefunden hatte, war auf den Gedanken gekommen, irgend einen sichtbaren Platz zu suchen, um die Blicke und Almosen auf sich zu lenken. Er hatte sich deshalb während der ersten Verse des Prologes mit Hilfe der Pfeiler, welche sich an der Gesandten-Tribüne befanden, auf das Karniß geschwungen, welches den untern Theil derselben begrenzte; und da hatte er sich niedergelassen, um Aufmerksamkeit und

Mitleiden der Menge durch seine Lumpen und eine scheußliche Wunde am rechten Arme auf sich zu ziehen. Uebrigens sprach er kein Wort.

Das Stillschweigen, welches er beobachtete, ließ den Prolog ohne Störung vorübergehen, und keine merkliche Unordnung wäre eingetreten, wenn das Unglück nicht gewollt hätte, daß der Student Johannes von der Höhe seines Pfeilers den Bettler und seine Firlefanzereien gesehen hätte. Ein tolles Lachen packte den jungen Taugenichts, welcher, unbesorgt darum, das Schauspiel zu unterbrechen und die allgemeine Aufmerksamkeit zu stören, frech ausrief:

„Seht da den Elenden, der um ein Almosen bittet!“

Wer je einmal einen Stein in eine Froschpfütze geworfen, oder eine Flinte auf einen Vogelschwarm abgefeuert hat, kann sich einen Begriff von der Wirkung machen, welche diese unpassenden Worte bei der allgemeinen Stille hervorbrachten. Gringoire fuhr zusammen, wie von einem elektrischen Schlage getroffen. Der Prolog blieb stecken, und alle Köpfe wendeten sich heftig nach dem Bettler um, der, ohne die Fassung zu verlieren, in diesem Zwischenfalle gute Gelegenheit zu einer Ernte erblickte, und mit schmerzlicher Miene und halbgeschlossenen Augen zu rufen anfing:

„Eine milde Gabe, wenn's beliebt!“

„Ei aber . . . bei meiner Seele,“ versetzte Johannes, „das ist Clopin Trouillefou. Holla, Freund, deine Wunde genirte dich wohl am Beine, daß du sie auf den Arm gelegt hast?“

Bei diesen Worten warf er mit der Geschicklichkeit eines Affen ein kleines Silberstück in den schmierigen Filz, den der Bettler mit seinem kranken Arme hinhielt. Der Bettler nahm das Almosen und die beißenden Worte unbeirrt hin, und fuhr mit kläglicher Stimme fort: „Gebt mir ein Almosen, ich bitte!“

Dieser Zwischenfall hatte die Hörerschaft sehr zerstreut; und eine ziemliche Anzahl Zuschauer, Robin Poussepain und alle Studenten an der Spitze, klatschten diesem sonderbaren Duett lustig Beifall, welches, mitten im Prolog, der Student mit seiner kreischenden Stimme und der Bettler in seinem beharrlichen Klagetone eben improvisirt hatten.

Gringoire war sehr mißgestimmt. Nachdem er sich von seiner ersten Bestürzung erholt hatte, ermannte er sich und rief den vier Personen auf der Bühne zu: „Fahret fort, zum Teufel, fahret fort!“ ohne auch nur sich gemüßigt zu fühlen, einen verächtlichen Blick auf die zwei Störenfriede zu werfen.

In diesem Augenblicke fühlte er sich am Saume seines Oberkleides gezogen; er wandte sich nicht ohne eine gewisse Uebellaune um, mußte aber, wenn auch widerwillig, lachen. Es war der hübsche Arm der Gisquette la Gencienne, welche über das Geländer hinweg auf diese Weise seine Aufmerksamkeit reizte.

„Mein Herr,“ sagte das junge Mädchen, „werden die da fortfahren?“

„Gewiß," entgegnete Gringoire von dieser Frage ziemlich beleidigt.

„In diesem Falle, Herr," fuhr sie fort, „habt Ihr wohl die Güte, mir zu erklären . . ."

„Was sie sagen werden?" unterbrach sie Gringoire. „Nun gut! hört nur zu!"

„Nein!" sagte Gisquette, „aber was sie bis jetzt gesprochen haben."

Gringoire that einen Satz, wie ein Mensch, dessen offene Wunde man berührt.

„Daß dich die Pest, du dummes, vernageltes Ding!" murmelte er zwischen den Zähnen.

Von diesem Augenblicke an hatte es Gisquette bei ihm vollständig verdorben.

Indessen hatten die Schauspieler seinem energischen Befehle Folge geleistet, und das Publikum, welches sah, daß sie wieder zu sprechen anfingen, hatte begonnen zuzuhören; viele Schönheiten waren ihm aber bei der Art Zusammenlöthung der zwei Theile des so schändlich unterbrochenen Stückes verloren gegangen. Gringoire machte die bittere Bemerkung ganz in der Stille. Dennoch war die Ruhe nach und nach wiederhergestellt; der Student schwieg, der Bettler zählte einiges Geld im Hute, und das Stück hatte seinen Fortgang genommen.

Es war in der That ein sehr schönes Werk, aus dem man, wie uns bedünkt, noch heute mit kleinen Aenderungen sehr wohl Nutzen ziehen könnte. Die Erfindung des Stückes war, wenn auch nach den Regeln der Kunst ein wenig lang und dürftig, einfach; und Gringoire bewunderte vor dem lauteren Heiligthume seines geistigen Richterstuhles deren Durchsichtigkeit. Wie man sich wohl denken mag, waren die vier allegorischen Gestalten ein wenig ermüdet von ihrem Zuge durch die drei Welttheile, ohne Gelegenheit gefunden zu haben, sich ihres Golddelphines angemessen entledigen zu können. Nun kam eine Lobrede auf den wunderbaren Fisch, mit tausend feinen Anspielungen auf den jungen Bräutigam Margarethens von Flandern, der damals höchst jämmerlicherweise in Amboise eingeschlossen war, und sich wohl nicht träumen ließ, daß Arbeit und Geistlichkeit, Adel und Handel soeben seinetwegen eine Fahrt durch die Welt gemacht hätten. Besagter Delphin also war jung, schön, tapfer und vor allem – herrlicher Ursprung aller königlichen Tugenden! – er war der Sohn des Löwen von Frankreich. Ich erkläre, daß dieses kühne Gleichnis bewunderungswürdig ist, und daß die Naturgeschichte des Theaters, an einem Tage, der für verblümte Rede und königliches Hochzeitsgedicht bestimmt ist, nicht irgendwie an einem Delphine Anstoß nimmt, welcher der Sohn eines Löwen ist. Das sind eben die seltenen und pindarischen Vermengungen, welche den Enthusiasmus zeigen. Nichtsdestoweniger, um auch noch etwas Tadel unter das Lob zu mischen, hätte der Dichter diesen schönen Gedanken in etwa zweihundert Versen aussprechen können. Es ist wahr, daß das Schauspiel nach Anordnung des Herrn Oberrichters von zwölf Uhr mittags bis um vier Uhr dauern sollte, und nothwendigerweise wohl etwas gesagt werden mußte. Außerdem hörte man geduldig zu.

Auf einmal, mitten in einem Streite zwischen Frau Handel und Frau Adel, im Augenblicke, wo Meister Arbeit folgenden wunderbaren Vers sprach:

„Nie sah man in Wäldern ein stolzeres Thier" –

öffnete sich ganz zur Unzeit die Thür zu der reservirten Tribüne, welche bis dahin leider geschlossen geblieben war, und die lautschallende Stimme des Thürhüters meldete hastig: „Seine Eminenz, der hochwürdige Herr Cardinal von Bourbon."

3. Der Herr Cardinal

Armer Gringoire! Das Knallen aller großen Doppelpetarden am Johannisfeste, die Salve von zwanzig Hakenbüchsen, der Donner jener berühmten Feldschlange auf dem Thurm Billy, die während der Belagerung von Paris, am Sonntage den 29. September 1465, sieben Burgunder auf einmal tödtete, die Explosion des ganzen an der Pforte du Temple aufgespeicherten Pulvers, hätten ihm in diesem feierlichen und dramatischen Augenblicke nicht so heftig die Ohren zerreißen können, als die wenigen, dem Munde eines Thürhüters entfallenen Worte: „Seine Eminenz, der hochwürdige Herr Cardinal von Bourbon."

Es fürchtete Peter Gringoire nicht etwa den Herrn Cardinal, noch haßte er ihn. Er besaß weder jene Schwäche, noch diese Verwegenheit. Durchaus Eklektiker, wie man heutzutage sagen würde, gehörte er zu den stolzen und festen, gemäßigten und ruhigen Geistern, die sich immer in allem mitten inne zu halten wissen (stare in dimidio rerum), und die voll Verstand und freier Lebensweisheit sind, auch, wenn sie mit Cardinälen zu rechnen haben. Schätzbares und immer gleichmüthiges Philosophengeschlecht, denen die Weisheit, als eine andere Ariadne, einen Garnknäuel gegeben zu haben scheint, an dessen Faden sie seit Anfang der Welt mitten durch das Labyrinth menschlicher Verhältnisse sich hindurchfinden! Man findet sie, immer die nämlichen, zu allen Zeiten, d. h. allen Zeitläufen gemäß. Und ohne unseres Peter Gringoire zu gedenken, der jene im fünfzehnten Jahrhunderte zeigen würde, wenn wir dazu kämen, ihm die Verherrlichung zu Theil werden zu lassen, die er verdient, so ist es sicherlich ihr Geist, der den Pater Du Breul beseelte, als er im sechzehnten Jahrhunderte folgende naiv erhabenen Worte schrieb, die aller Jahrhunderte würdig sind: „Ich bin Pariser von Geburt und freimüthig in der Rede, da im Griechischen „Parresia"Freimuth im Sprechen bedeutet, von welcher ich selbst gegen die hochwürdigen Herren Cardinäle, den Onkel und den Bruder des gnädigen Herrn Prinzen von Conty Gebrauch gemacht habe: gleichwohl mit Ehrfurcht und ohne jemanden ihres Gefolges zu beleidigen, was viel ist."

Es war also weder Haß gegen den Cardinal, noch Geringschätzung seiner Gegenwart bei dem widerwärtigen Eindrucke, den sie auf Peter Gringoire machte. Ganz im Gegentheile; unser Dichter hatte zu viel gesunden Verstand und einen viel zu fadenscheinigen Kittel, als daß er nicht ***dem*** einen besondern Werth beigelegt hätte, daß manche Anspielung seines Prologes, und besonders die Verherrlichung des Delphins, des Sohnes des französischen Löwen, von einem hochwürdigsten Ohre aufgenommen würde. Es ist aber nicht das Interesse, was in der edlen Natur der Dichter vorherrscht. Ich setze den Fall, daß die Wesenheit des Dichters durch die Zahl Zehn ausgedrückt wird; gewiß ist, daß ein Chemiker, wenn er sie analysirte und durcheinander mischte, wie Rabelais sagt, diese aus einem Theile Eigennutz mit neun Theilen Eigenliebe zusammengesetzt finden würde. Im Augenblicke nun, wo die Thür sich für den Cardinal geöffnet hatte, waren die neun Theile Eigenliebe bei Gringoire angeschwollen und hervorgetreten, und in einem Zustande erstaunlicher Zunahme, bei welcher jene unmerkliche Eigennutzmoleküle, welche wir soeben in der Gemüthsbeschaffenheit der Dichter erkannten, wie erstickt verschwand; – übrigens ein kostbarer Bestandteil, ein Ballast von Wirklichkeit und Menschenwesen, ohne die sie nicht mehr die Erde berühren würden. Gringoire weidete sich daran, eine ganze Versammlung zu bemerken, zu sehen, gewissermaßen zu betasten, die – allerdings aus Gesindel bestehend, doch was thut das? – betäubt, versteinert und wie erstickt vor dem endlosen Wortschwalle stand, der beständig aus allen Theilen seines Hochzeitsgedichtes hervorsprudelte. Ich bestätige, daß er selbst die allgemeine Seligkeit theilte, und daß Gringoire, im Gegensatze zu La Fontaine, der bei der Aufführung seines Lustspieles „Der Florentiner" fragte: „Wer ist der Kerl, der das Flickwerk gemacht hat?" gern seinen Nachbar gefragt hätte: „Von wem ist dieses Meisterwerk?" Man kann jetzt beurtheilen, welche Wirkung das plötzliche und unzeitige Erscheinen des Cardinals auf ihn hervorbrachte.

Was er befürchten konnte, verwirklichte sich nur zu sehr. Der Eintritt Seiner Eminenz brachte die Zuhörer in Verwirrung. Alle Köpfe wandten sich nach der Tribüne hin. Man konnte sein eigenes Wort nicht verstehen. „Der Cardinal! Der Cardinal!" wiederholten alle Stimmen. Der unglückliche Prolog blieb zum zweiten Male stecken.

Der Cardinal blieb einen Augenblick auf der Schwelle zur Tribüne stehen. Während er einen ziemlich gleichgiltigen Blick über die Zuhörerschaft schweifen ließ, verdoppelte sich der Tumult. Jeder wollte ihn am besten sehen und suchte seinen Kopf über die Schultern seines Nachbars zu heben.

Es war in der That eine stattliche Persönlichkeit, deren Anblick wohl jedes andere Schauspiel aufwog. Karl, Cardinal von Bourbon, Erzbischof und Graf von Lyon, Primas beider Gallien, war sowohl mit Ludwig dem Elften durch seinen Bruder Peter, den Herrn von Beaujeu, welcher die älteste Tochter des Königs geheirathet hatte, als auch mit Karl dem Kühnen durch seine Mutter Agnes von Burgund verwandt. Der herrschende Zug nun, das eigenartige und hervorstechende Merkmal im Charakter des Primas beider Gallien war hofmännischer Sinn und Ergebenheit gegen die Mächtigen. Man kann die zahllosen Verlegenheiten, welche ihm diese doppelte Verwandtschaft verursacht hatte, und alle die zeitweiligen Klippen sich denken, zwischen denen sein Geistesschiff hatte laviren müssen, um weder an Ludwig noch an Karl zu scheitern, – dieser Charybdis und dieser Skylla, welche den Herzog von Nemours und den Connetable von Saint-Pol verschlungen hatten. Dank dem Himmel, er hatte diese Fahrt glücklich überstanden und war ohne Unfall in Rom angelangt. Aber obgleich er im Hafen war, und eben weil er in ihm war, erinnerte er sich nie ohne Besorgnis der verschiedenen Wechselfälle seiner so lange Zeit hindurch stürmischen und mühevollen politischen Laufbahn. Daher pflegte er zu sagen, daß das Jahr 1476 „trübe“ und „licht“ für ihn gewesen sei; womit er meinte, daß er im nämlichen Jahre seine Mutter, die Herzogin von Bourbonnais, und seinen Vetter, den Herzog von Burgund, verloren, und daß ein Trauerfall ihn über den andern getröstet hätte.

Uebrigens war er ein schlichter Mann, führte ein vergnügtes Cardinal-Leben, erheiterte sich gern mit königlichem Gewächs von Challuau, hatte weder Richarde la Garmoise noch Thomasse la Saillarde ungern, gab hübschen Mädchen lieber ein Almosen, als alten Weibern, und aus allen diesen Gründen war er beim Pariser „Volke“ sehr beliebt. Er zeigte sich auf der Straße nur umgeben von einem kleinen Hofstaate von Bischöfen und vornehmen, galanten Aebten, lustigen Herren, die, wenn's sein mußte, tüchtig schmausten; und mehr als einmal hatten die ehrbaren Betschwestern von Saint-Germain d'Auxerre, wenn sie abends unter den erleuchteten Fenstern des Bourbonischen Hauses vorübergegangen waren, sich geärgert, von denselben Stimmen, die ihnen am Tage Vespern gesungen hatten, beim Gläserklirren den bacchantischen Trinkspruch Benedikt des Zwölften: „Bibamus papaliter“vortragen zu hören, jenes Papstes, welcher der Tiaranoch eine dritte Krone hinzugefügt hatte.

Ohne Zweifel war es diese so rechtmäßig erworbene Popularität, welche ihn bei seinem Erscheinen vor jedem üblen Empfange seitens der Volksmenge bewahrte, die den Augenblick zuvor so unzufrieden und an dem Tage sogar, an welchem sie einen Papst wählen sollte, sehr wenig zum Respect vor einem Cardinal aufgelegt war. Doch die Pariser besitzen wenig Groll; und dann hatten die guten Leute, weil sie den Beginn der Vorstellung mit Gewalt durchsetzten, über den Cardinal einen Sieg errungen, und dieser Triumph genügte ihnen. Uebrigens war der Herr Cardinal von Bourbon ein schöner Mann; er trug ein schönes rothes Kleid, das ihm sehr gut stand; daher hatte er alle Weiber für sich und folglich die bessere Hälfte der Zuhörerschaft. Gewiß, es würde ungerecht sein und schlechten Geschmack verrathen, einen Cardinal zu verhöhnen, der beim Schauspiele auf sich hatte warten lassen, zumal er ein schöner Mann war, der sein rothes Kleid gut trug.

Er trat also ein, grüßte die Versammlung mit jenem angeborenen Lächeln der Mächtigen für das Volk, ging mit langsamen Schritten nach seinem scharlachrothen Sammetsessel hin und zeigte ein Gesicht, das an irgend etwas anderes dachte. Sein Gefolge, was wir heutzutage seinen Generalstab von Bischöfen und Aebten nennen würden, drang hinter ihm auf die Tribüne ein, nicht ohne den Tumult und die Neugierde im Parterre zu verdoppeln. Hier galt's jetzt, diese zu zeigen, sie zu nennen, wenigstens einen mußte man kennen! Der eine erkannte Herrn Alaudet, den Bischof von Marseille, wenn mir recht ist, der andere den Obern von Saint-Denis, ein dritter Robert von Lespinasse, den Abt von Saint-Germain des Paris, diesen liederlichen Bruder einer Maitresse Ludwigs des Elften: – alles das wurde mit vielen, verächtlichen und häßlichen Worten zum besten gegeben.

Namentlich die Studenten lästerten. Das war ihr Tag, ihr Narrenfest, ihre Saturnalie, die alljährliche Orgie der Basocheund der Universität. Keine Schändlichkeit, die an dem Tage nicht recht und geheiligt war. Und da gab es ja auch tolle Gevatterinnen in der Menge: Simone Quatrelivres, Agnes la Gadine, Rosine Piébedon. Konnte man da nicht wenigstens fluchen nach Belieben und ein bißchen den Namen Gottes lästern, an einem so schönen Tage, in so guter Gesellschaft von Geistlichen und Freudenmädchen? Daher fehlte es an ihnen nicht, und mitten in diesem Getobe gab es kein entsetzlicheres Kunterbunt von Lästerungen und Schändlichkeiten, als das dieser entfesselten Zungen, dieser Schreiber- und Studentenzungen, die das ganze Jahr hindurch von der Furcht vor dem heißen Eisen des heiligen Ludwig im Zaume gehalten wurden. Armer Sanct Ludwig! Welchen Hohn bereitet man dir in deinem eigenen Justizpalaste! Jeder von ihnen aus der Zahl der Neuangekommenen hatte ein schwarzes oder graues oder weißes oder violettes Priestergewand aufs Korn genommen. Johannes Frollo von Molendino aber hatte, als Bruder eines Archidiaconus, sich kühn an das rothe gemacht und brüllte aus Leibeskräften, seine frechen Augen auf den Cardinal heftend: „Cappa repleta mero!“

Alle diese Einzelnheiten, welche wir hier zur Erbauung des Lesers enthüllen, waren dermaßen von dem allgemeinen Spectakel übertönt, daß sie verhallten, ehe sie zur reservirten Tribüne gelangten; auch wäre der Cardinal wenig davon getroffen worden, so sehr waren die Zügellosigkeiten jenes Tages den Sitten angemessen. Es war übrigens eine ganz andere, in seinem bedenklichen Antlitze sichtbare Sorge, die ihm auf dem Fuße folgte und fast zu gleicher Zeit die Tribüne mit ihm betrat: das war die flandrische Gesandtschaft.

Nicht als ob er ein tiefblickender Staatsmann war, und die Heirath seiner Frau Cousine Margarethe von Burgund mit seinem Herrn Cousin Karl, dem Wiener Kronprinzen, als eine Sache von möglichen Folgen betrachtete, nein: wie lange die Scheinfreundschaft zwischen dem Herzoge von Oestreich und dem Könige von Frankreich dauere, wie der König von England die Verschmähung seiner Tochter aufnehmen würde, – das beunruhigte ihn ein wenig, und er ließ sich jeden Abend das königliche Gewächs von Chaillot schmecken, ohne zu ahnen, daß einige Flaschen vom nämlichen Weine (freilich vom Doctor Coictier ein klein wenig stärker gemacht), die von Ludwig dem Elften in aller Herzlichkeit Eduard dem Vierten dargebracht wurden, eines schönen Morgens Ludwig von Eduard befreien sollten. „Die sehr ehrenwerthe Gesandtschaft des Herrn Herzogs von Oestreich“ brachte dem Cardinal keine dieser Sorgen, aber sie belästigte ihn von einer andern Seite. Es war in der That etwas hart, und wir haben schon auf der ersten Seite dieses Buches ein Wort davon gesprochen, daß er, Karl von Bourbon, genöthigt war, unbekannte Bürger zu bewillkommnen und festlich zu bewirthen; er, der Cardinal, Schöppen; er, der Franzose und fröhliche Gesellschafter, flamländische Biersäufer, und dazu vor allen Leuten! Das war sicherlich eine der lästigsten Heucheleien, welchen er, dem Könige zu lieb, jemals sich unterzogen hatte.

Er wandte sich also mit der höchsten Anmuth (so verstand er sich darauf) nach der Thüre, als der Thürhüter mit schallender Stimme meldete: „Die Herren Gesandten des Herrn Herzogs von Oestreich." Es braucht kaum gesagt zu werden, daß der ganze Saal es ebenso machte.

Nun kamen, zwei und zwei, mit einer Würde, die mitten unter dem ausgelassenen geistlichen Gefolge Karls von Bourbon contrastirte, die achtundvierzig Gesandten Maximilians von Oestreich, an der Spitze der hochwürdige Pater in Gott, Johann, Abt von Saint-Bertin, Kanzler des goldenen Vließes, und Jacob von Goy, Herr Dauby, der würdige Landvogt von Gent. In der Menge trat tiefes Schweigen ein, hier und da von unterdrücktem Lachen beim Anhören all dieser absurden Namen und bürgerlichen Titel unterbrochen, die jede dieser Persönlichkeiten unbeirrt dem Thürhüter angab, der dann Namen und Titel bunt durcheinander und ganz verstümmelt in die Menge hineinwarf. Da kamen Meister Loys Roelof, der Schöppe der Stadt Löwen; Herr Clays von Etuelde, Schöppe von Brüssel; Herr Paul van Baeust, Herr von Voirmizelle, der Präsident von Flandern; Meister Johann Coleghens, der Bürgermeister der Stadt Antwerpen; Meister Georg de la Moere, erster Schöppe des Gerichtshofes der Stadt Gent; Meister Gheldolf van der Hage, erster Schöppe beim Erbschaftsgericht genannter Stadt; und der Herr von Bierbeque, und Johann Pinnock, und Johann Dymaerzelle u. s. w. u. s. w. u. s. w., Gerichtsvögte, Schöppen, Bürgermeister; Bürgermeister, Schöppen, Gerichtsvögte, alle hölzern, steif und gezwungen, in ihrem Sonntagsstaate von Sammet und Damast, die Köpfe in schwarze Sammetbaretts mit dicken Quasten aus cyprischen Goldtressen gehüllt; echte flamländische Köpfe jedoch, würdige und ernste Gesichter, von der Sorte derer, wie sie Rembrandt so mächtig und ernst auf dem dunkeln Grunde seiner Nachtrunde hervortreten läßt; Personen, welche es alle auf der Stirn geschrieben trugen, daß Maximilian von Oestreich Grund hatte, „platterdings", wie sein Manifest sagte, „auf ihre gute Gesinnung, Tapferkeit, Erprobtheit, Ehrenfestigkeit und Gutwilligkeit" zu vertrauen.

Einer machte jedoch eine Ausnahme. Es war ein feines, kluges, listiges Gesicht, eine Art Affen- und Diplomatengesicht, welchem der Cardinal auf drei Schritte entgegenging und eine tiefe Verbeugung machte, und das sich schlechtweg nur „Wilhelm Rym, Rath und Pensionair der Stadt Gent" nannte.

Wenige Leute wußten damals, was es mit diesem Wilhelm Rym auf sich hatte. Er war ein seltenes Genie, das zur Zeit einer Revolution mit Glanz auf der Oberfläche der

Ereignisse erschienen wäre, das aber im fünfzehnten Jahrhunderte zu versteckten Intriguen gezwungen war, und sich genöthigt sah, „in Minen zu leben“, wie der Herzog von Saint-Simon sagt. Uebrigens wurde er auch als der erste „Minengräber“ Europa's geschätzt, der vertraulich mit Ludwig dem Elften geheime Pläne schmiedete, und oft die Hand in des Königs versteckten Handlungen hatte. Alles das war diesem Haufen ganz unbekannt, den die Aufmerksamkeiten des Cardinals gegen die erbärmliche Figur eines flamländischen Schultheißen in gerechte Verwunderung setzten.

4. Meister Jacob Coppenole

Während der Pensionairvon Gent und die Eminenz eine sehr tiefe Verbeugung und einige Worte in noch tieferem Tone austauschten, erschien ein Mensch von hoher Gestalt, mit breitem Gesichte und mächtigen Schultern, um gleichzeitig mit Wilhelm Rym wie eine Dogge hinter einem Fuchse einzutreten. Sein Filzhut und sein ledernes Koller wurden auffällig mitten in Sammet und Seide, welche ihn von allen Seiten umgaben. In der Annahme, es sei ein verirrter Stallknecht, hielt der Thürhüter ihn an.

„He, Freund! hier geht's nicht herein.“

Der Mann im ledernen Koller schob ihn an der Schulter zurück.

„Was will der Narr von mir?“ sagte er mit lauter Stimme, die den ganzen Saal auf die sonderbare Unterhaltung aufmerksam machte. „Du siehst nicht, daß ich dazu gehöre?“

„Euer Name?“ fragte der Thürhüter.

„Jacob Coppenole.“

„Euer Titel?“

„Strumpfwirker, mit dem Hauszeichen „Zu den drei Kettchen“, in Gent.“

Der Thürhüter zögerte. Schöppen und Bürgermeister zu melden, das mochte gehen; aber einen Strumpfwirker, das war beschwerlich. Der Cardinal saß wie auf Kohlen. Die ganze Volksmenge horchte und sah hin. Seit zwei Tagen hatte Seine Eminenz sich bemüht, diese flamländischen Bären zu belecken, um sie für öffentliche Vorstellung etwas fähig zu machen, und der Streich war arg. Während dessen näherte sich Wilhelm Rym mit seinem feinen Lächeln dem Thürhüter.

„Meldet Meister Jacob Coppenole, Schreiber der Schöppen der Stadt Gent,“ flüsterte er ihm sehr leise zu.

„Thürhüter,“ begann der Cardinal mit lauter Stimme, „meldet Meister Jacob Coppenole, Schreiber der Schöppen aus der erlauchten Stadt Gent.“

Das war ein Fehler. Wilhelm Rym würde das Hindernis ganz allein beseitigt haben; aber Coppenole hatte den Cardinal verstanden.

„Nein, Kreuz Gottes!“ schrie er mit Donnerstimme. „Jacob Coppenole, Strumpfwirker. Hörst du, Thürhüter? Nichts mehr oder weniger. Kreuz Gottes! Strumpfwirker, das ist gut genug. Der Herr Erzherzog hat mehr als einmal seinen Handschuh in meinen Hosen gesucht.“

Gelächter und Beifallsklatschen brachen los. Ein Witzwort wird sofort in Paris verstanden und folglich immer beklatscht.

Dazu kam, daß Coppenole zum Volke gehörte und daß das Publikum, welches ihn umgab, zum Volke gehörte. Daher war die Verständigung zwischen jenen und ihm augenblicklich, elektrisch gewesen, so zu sagen auf gleichem Boden. Der hochmüthige Ausfall des flamländischen Strumpfwirkers, mit welchem er die Hofleute demüthigte, hatte in allen plebejischen Gemüthern jenes eigentümliche Gefühl der Selbstachtung berührt, das im fünfzehnten Jahrhunderte noch schwankend und undeutlich war. Das war einer Ihresgleichen, dieser Strumpfwirker, der soeben dem Herrn Cardinal getrotzt hatte! Gewiß, ein angenehmer Gedanke für arme Teufel, die gewöhnt waren an Respect und Gehorsam gegen die niedrigsten Amtsvogtsbedienten des Abts von Sanct Genoveva, des Schleppenträgers seiner Eminenz des Cardinals.

Coppenole grüßte stolz Seine Eminenz, welche den Gruß eines so mächtigen, von Ludwig dem Elften gefürchteten Bürgers erwiederte. Dann, und während Wilhelm Rym, der „kluge und boshafte Mann“, wie Philipp de Cominessagt, sie beide mit einem spöttischen und überlegenen Lächeln verfolgte, nahm jeder seinen Platz ein, der Cardinal verlegen und bekümmert, Coppenole ruhig und stolz, indem er ohne Zweifel dachte, daß nach allem sein Strumpfwirker-Titel ebensoviel gälte, als ein anderer, und daß Maria von Burgund, die Mutter eben dieser Margarethe, welche Coppenole heute verheirathete, ihn weniger als Cardinal, denn als Strumpfwirker gefürchtet hätte; denn kein Cardinal hätte die Genter gegen die Günstlinge der Tochter Karls des Kühnen aufgewiegelt; kein Cardinal hätte die Menge mit einem Worte gegen ihre Thränen und Bitten gefeiet, als das Fräulein von Flandern bis zum Fuße des Schaffotes ging, um für jene ihr Volk um Gnade anzuflehen, während dessen der Strumpfwirker nur seinen lederbedeckten Arm zu heben brauchte, um eure zwei Häupter, erlauchteste Herren Guy von Hymbercourt und Kanzler Wilhelm Hugonet, fallen zu lassen! Doch war für den armen Cardinal nicht alles vorbei, und er mußte den Kelch, in so schlechter Gesellschaft zu sein, bis auf den Grund leeren.

Der Leser hat wohl den unverschämten Bettler nicht vergessen, welcher beim Anfange des Prologes erschienen war, und sich an den Fransen der Cardinaltstribüne festhielt. Die Ankunft der erlauchten Gäste hatte ihn ganz und gar nicht vermocht, seinen Stand zu verlassen; und während die Prälaten und Gesandten in den Sperrsitzen der Tribüne sich ganz wie holländische Häringe zusammendrängten, hatte er es sich bequem gemacht und seine Beine auf dem Gesimse ungenirt übereinander geschlagen. Die Unverschämtheit war einzig, und niemand hatte sie im ersten Augenblicke bemerkt, weil die Aufmerksamkeit auf andere Gegenstände gelenkt war. Er seinerseits kümmerte sich um nichts im Saale; er wiegte seinen Kopf mit der Sorglosigkeit eines Neapolitaners und wiederholte in dem Getöse von Zeit zu Zeit mit maschinenmäßiger Gewöhnung: „Ein Almosen, ich bitte Euch!“ Und sicherlich war er in der ganzen Versammlung wahrscheinlich der einzige, der bei dem Wortwechsel zwischen Coppenole und dem Thürhüter es nicht für werth gehalten, den Kopf umzuwenden. Da wollte es der Zufall, daß der Meister Strumpfwirker von Gent, mit dem das Volk schon lebhaft sympathisirte, und auf den aller Augen gerichtet waren, gerade in der Vorderreihe der Tribüne, über dem Bettler, sich niedersetzte; und man war nicht wenig erstaunt, zu sehen, wie der flamländische Gesandte, als er den unter seinen Augen niedergekauerten Kerl erblickt hatte, ihn freundschaftlich auf die lumpenbedeckte Schulter klopfte. Der Bettler wandte sich um; Ueberraschung, Erkenntlichkeit, Freude war auf den beiden Gesichtern zu sehen u. s. w.; dann, und ohne sich im geringsten um die Personen oder Zuschauer zu kümmern, begannen der Strumpfwirker und der Sieche Hand in Hand mit leiser Stimme eine Unterhaltung, währenddem die Lumpen Clopin Trouillefous, die auf den Goldstoff der Tribüne herabhingen, wie eine Raupe auf einer Orange aussahen.

Die Neuheit dieser sonderbaren Scene erregte einen solchen Ausbruch der Narrheit und Lustigkeit im Saale, daß der Cardinal nicht umhin konnte, davon Notiz zu nehmen; er neigte sich vornüber, und weil er von seinem Platze aus das schimpfliche Gewand Trouillefous nur sehr unvollkommen bemerken konnte, so glaubte er ganz natürlich, daß der Bettler ein Almosen begehrte, und von dieser Kühnheit empört, rief er: „Herr Palastvogt, werft mir diesen Kerl in den Fluß.“

„Kreuz Gottes! Gnädiger Herr Cardinal,“ sagte Coppenole, ohne die Hand Clopins loszulassen, „das ist ein Freund von mir.“

„Hurrah! Juchhe!“ schrie der Haufen. Von diesem Augenblicke an hatte Meister Coppenole in Paris wie in Gent „ein großes Ansehn beim Volke; denn Leute von solchem Schlage haben es da,“ sagt Philipp de Comines, „wenn sie ebenso wüst sind“.

Der Cardinal biß sich auf die Lippen. Er neigte sich zu seinem Nachbar, dem Abt von Sanct Genoveva, und sagte leise zu ihm:

„Drollige Gesandte das, die der Herr Erzherzog uns da schickt, um uns Frau Margarethen anzumelden!“

„Eure Eminenz,“ entgegnete der Abt, „verschwenden Ihre Aufmerksamkeiten an diese flamländischen Rüsselthiere. Margaritas ante porcos.“

„Sprecht lieber porcos ante Margaritam,antwortete der Cardinal lächelnd.

Der ganze kleine Hofstaat im Priestergewande gerieth über dies Wortspiel in Verzückung. Der Cardinal fühlte sich ein wenig erleichtert; er war jetzt mit Coppenole quitt, sein Witz hatte auch Beifall gefunden.

Jetzt mögen diejenigen von unsern Lesern, welche die Fähigkeit besitzen, ein Bild und einen Gedanken zu verallgemeinern, wie man im heutigen Stile sagt, uns die Frage erlauben, ob sie sich wohl so recht das Schauspiel vergegenwärtigen können, welches das große Rechteck des Palastsaales in dem Augenblicke darbot, wo wir ihre Aufmerksamkeit in Anspruch nahmen. In der Mitte des Saales, an die östliche Mauer angelehnt, eine große, reiche Tribüne mit Goldbrokat, auf welche durch eine kleine Spitzbogenthür in feierlichem Zuge würdevolle Männer eintraten, die der Reihe nach von einem lautrufenden Thürhüter angemeldet worden. Auf den ersten Bänken schon viele ehrwürdige, in Hermelin, Sammet und Scharlach gehüllte Gestalten. Rings um die Tribüne, die würdevoll und schweigend verharrt, unten, gegenüber, überall eine große Menschenmenge und großes Gedränge. Tausend Augen der Menge auf jedes Gesicht der Tribüne geheftet, tausendmal jeder Name gezischelt. Gewiß das Schauspiel ist merkwürdig und verdient wohl die Aufmerksamkeit der Zuschauer. Aber da unten, ganz am Ende, was ist denn das für ein Gerüst mit vier scheckigen Gliedermännern oben und vier andern unten? Wer ist denn, zur Seite des Gerüstes, dieser Mensch im schwarzen Kittel und mit blassem Gesicht? Ach! mein lieber Leser, das ist Peter Gringoire und sein Prolog.

Wir hatten ihn ganz und gar vergessen. Und das war es gerade, was er fürchtete.

Von dem Augenblicke an, wo der Cardinal eingetreten war, hatte sich Gringoire ununterbrochen über das Geschick seines Prologes geängstigt. Zuerst hatte er den in Ungewißheit harrenden Schauspielern befohlen, fortzufahren und lauter zu sprechen; darauf sie innehalten lassen, weil er sah, daß niemand zuhörte; und seit beinahe einer Viertelstunde, welche die Unterbrechung dauerte, hatte er unausgesetzt mit dem Fuße gestampft, sich abgemüht, Gisquetten und Liénarden aufgefordert, ihre Nachbarn zur Fortsetzung des Prologes anzufeuern – alles vergeblich. Keiner ließ den Cardinal, die Gesandtschaft und die Tribüne aus den Augen, den einzigen Mittelpunkt dieses ausgedehnten Gesichtskreises. Auch muß man glauben, und wir sagen es mit Betrübnis, daß in dem Augenblicke, wo die Ankunft Seiner Eminenz eine so unglückliche Zerstreuung verursachte, der Prolog die Zuhörer allmählich zu langweilen begann. Kurzum, auf der Tribüne, wie auf der Marmorplatte war es immer das nämliche Schauspiel: der Conflict zwischen Arbeit und Geistlichkeit, zwischen Adel und Handel. Und viele Leute wollten sie wahrhaftig lieber lebend, athmend, handelnd, sich stoßend, aus Fleisch und Knochen, in dieser flamländischen Gesandtschaft, in diesem bischöflichen Hofstaate, unter dem Kleide des Cardinals, unter der Jacke Coppenoles sehen, als geschminkt, geputzt, in Versen sprechend und gleichsam ausgestopft unter den gelben und weißen Röcken, mit denen sie Gringoire vermummt hatte.

Doch als unser Dichter die Ruhe etwas wiederhergestellt sah, ersann er eine Kriegslist, die alles gerettet hätte.

„Herr,“ sagte er, sich an einen seiner Nachbarn, einen braven großen Mann mit geduldiger Miene wendend, „wenn man wieder anfinge?“

„Was?“ entgegnete der Nachbar.

„Nun, das Schauspiel,“ sagte Gringoire.

„Wie es Euch beliebt,“ versetzte der Nachbar.

Diese halbe Zustimmung genügte Gringoire; und um seine Angelegenheiten selbst zu betreiben, begann er, sich nach Möglichkeit in die Menge drängend, laut zu schreien: „Fangt wieder mit dem Schauspiele an! Fangt wieder an!“

„Zum Teufel!“ sagte Johannes von Molendino, „was schreien sie denn da unten, am Ende? (Denn Gringoire machte Lärm für viere.) Sagt, Kameraden, ist das Schauspiel noch nicht zu Ende? Sie wollen es neu anfangen, das ist lächerlich.“

„Nein, nein,“ schrien alle Studenten, „fort mit dem Schauspiele! zum Teufel damit!“

Aber Gringoire verdoppelte seine Anstrengungen und schrie nur noch mehr: „Fangt wieder an! fangt wieder an!“

Die Rufe zogen die Aufmerksamkeit des Cardinals auf sich.

„Herr Palastvogt,“ sagte er zu einem großen, schwarzgekleideten Manne, der einige Schritte von ihm saß, „ist das Pack in einen Weihkessel gerathen, daß es diesen Höllenlärm vollführt?“

Der Palastvogt war so eine Art obrigkeitliche Amphibie, eine Sorte richterlicher Fledermaus, zugleich die Mitte haltend zwischen Ratte und Vogel, zwischen Richter und Soldat.

Er näherte sich Seiner Eminenz, und nicht ohne große Furcht vor ihrem Mißfallen erzählte er ihr stotternd die Unschicklichkeit des Volkes: daß Mittag vor Erscheinen Seiner Eminenz herangekommen sei, und daß die Schauspieler gezwungen worden wären, anzufangen, ohne Seine Eminenz zu erwarten.

Der Cardinal lachte laut auf.

„Meiner Treu! der Herr Universitätsrector würde es ebenso haben machen müssen. Was sagt Ihr dazu, Meister Wilhelm Rym?“

„Hochwürdigster Herr,“ entgegnete Wilhelm Rym, „wir wollen zufrieden sein, dem halben Schauspiele glücklich entgangen zu sein; das ist immer etwas gewonnen.“

„Dürfen die Schurken mit ihrer Posse fortfahren?“ fragte der Vogt.

„Mögen sie fortfahren, immer zu,“ sagte der Cardinal, „meinetwegen. Unterdessen will ich in meinem Brevier lesen.“

Der Vogt ging an den Rand der Tribüne und rief, nachdem er mit der Hand Ruhe geboten hatte:

„Bürger, Insassen und Einwohner! Um diejenigen zufrieden zu stellen, welche wünschen, daß man wieder anfange, und diejenigen, welche wollen, daß man schließe, befiehlt Seine Eminenz, daß fortgefahren werde."

Beide Parteien mußten sich schließlich zufrieden geben. Indessen hegten Dichter und Publikum lange Zeit Groll gegen den Cardinal.

Die Personen auf der Bühne nahmen ihren Vortrag also wieder auf, und Gringoire hoffte, daß wenigstens die andere Hälfte seines Stückes angehört werden würde. Diese Hoffnung wurde jedoch bald getäuscht, wie seine übrigen Illusionen; die Ruhe war allerdings im Zuhörerraume so ziemlich wieder hergestellt, aber Gringoire hatte nicht bemerkt, daß im Augenblicke, wo der Cardinal das Zeichen fortzufahren gegeben hatte, die Tribüne noch lange nicht besetzt war; daß nach den flamländischen Gesandten neue Personen, die zum Gefolge gehörten, erschienen waren, deren Namen und Titel der Thürhüter zeitweilig mitten in den Dialog hineinschrie, wodurch große Verwirrungen dabei verursacht wurden. Man denke sich die Wirkung, wenn die kreischende Stimme eines Thürhüters, mitten in einem Theaterstücke, zwischen zwei Verse und oft zwischen zwei halbe Alexandriner Einschaltungen hineinwirft, wie:

„Meister Jacob Charmolue, königlicher Procurator beim Kirchengerichtshofe!"

„Johann von Harlay, Junker, Offizier vom Dienst der reitenden Nachtwache der Stadt Paris!"

„Herr Galiot von Genoilhac, Ritter, Herr von Brussac, Chef der königlichen Artillerie!"

„Meister Dreux-Raguier, Wasser- und Forstinspector unseres königlichen Herrn im Lande Frankreich, Champagne und Brie!"

„Herr Ludwig von Graville, Ritter, Rath und Kammerherr des Königs, Admiral von Frankreich, Vogt des Vincenner Waldes!"

„Meister Denis Le Mercier, Vorsteher des Blindenhauses zu Paris!" u. s. w. u. s. w.

Das wurde unausstehlich.

Diese seltsame Begleitung des Stückes, welche es schwer machte, seinem Gange zu folgen, erregte Gringoire's Unwillen um so mehr, als er sich nicht verheimlichen konnte, daß der Reiz desselben mehr und mehr zunahm, und daß ihm nichts fehlte, als angehört zu werden. Es war in der That schwer, sich einen genialeren und dramatischeren Aufbau zu denken. Die vier Personen des Prologes wehklagten eben in ihrer peinlichen Bedrängnis, als Venus in Person (vera incessu patuit dea) vor ihnen erschienen war, in ein schönes Gewand gekleidet, das mit dem Schiffe der Stadt Paris als Wappengeschmückt war. Sie wollte selbst den Dauphin, welcher der Schönsten versprochen war, für sich fordern. Jupiter, dessen Donner man im Ankleidezimmer grollen hörte, munterte sie dazu auf, und die Göttin wollte ihn entführen, d. h. unbildlich geredet, den Herrn Dauphin heirathen, als ein junges Mädchen in weißen Damast gekleidet und eine Perlein der Hand (eine leicht ersichtliche Personification des Fräuleins von Flandern) erschienen war, um ihn der Venus streitig zu machen. – Theatereffect und plötzlicher Wechsel. – Nach einem Wortstreite waren Venus, Margarethe und die Coulissen übereingekommen, sich deshalb dem unparteiischen Urtheile der heiligen Jungfrau zu unterwerfen. Es war noch eine schöne Rolle im Stück: die des Dom Pedro, des Königs von Mesopotamien; aber wegen der vielen Unterbrechungen war es schwer, herauszufinden, was sie vorstellte. Alles das war die Leiter hinaufgestiegen.

Es war aber darum geschehen; keine der Schönheiten wurde empfunden oder verstanden. Man hätte sagen mögen, daß mit dem Erscheinen des Cardinals ein unsichtbarer Zauberfaden alle Blicke von der Marmorplatte nach der Tribüne, von dem südlichen Ende nach der nördlichen Seite des Saales hingezogen hätte. Nichts konnte die Zuhörerschaft entzaubern, alle Augen blieben da festgebannt, und die Neueintretenden, ihre verdammten Namen, ihre Gesichter und Trachten verursachten eine anhaltende Zerstreuung. Das war traurig. Mit Ausnahme von Gisquette und Liénarde, die sich von Zeit zu Zeit umwandten, wenn Gringoire sie am Aermel zog, den großen, geduldigen Nachbar ausgenommen, hörte kein Mensch hin, niemand sah auf das arme, verlassene Schauspiel, und Gringoire sah die Gesichter nur noch von der Seite.

Mit welcher Bitternis sah er sein ganzes Ruhm- und Poesiegebäude Stück um Stück zusammensinken! Und man denke nur, daß dieses Volk auf dem Punkte gewesen war, sich gegen den Herrn Palastvogt zu empören, rein aus Ungeduld, sein Werk zu vernehmen! Jetzt, da man es hatte, kümmerte man sich nicht darum. War das dieselbe Vorstellung, welche unter so einmüthigem Beifalle begonnen hatte? Beständige Ebbe und Flut der Volksgunst! Man denke sich, daß die Diener des Vogts beinahe gehangen worden wären! Was hätte er nicht dafür gegeben, um noch in dieser Wonnestunde zu sein!

Doch das ungeschliffene Selbstgespräch des Thürhüters hörte auf; alles war angelangt, und Gringoire athmete auf; die Schauspieler fuhren muthig fort. Aber da – erhebt sich da nicht Meister Coppenole, der Strumpfwirker, plötzlich? Und Gringoire hört ihn unter allgemeiner Aufmerksamkeit folgende schreckliche Anrede halten:

„Meine Herren Bürger und Junker von Paris! ich weiß, Kreuz Gottes, nicht, was wir hier beginnen. Ich sehe wohl da unten in dem Winkel, auf diesem Gerüste, Leute, die Miene machen, als ob sie sich schlagen wollten. Ich weiß nicht, ob das ist, was ihr ein „Schauspiel" nennt; aber unterhaltend ist das nicht; sie fechten mit dem Munde, und weiter ist's nichts. Seit einer Viertelstunde warte ich auf den ersten Hieb, nichts erfolgt; das sind feige Schufte, die sich nur mit Beleidigungen kratzen. Man sollte Ringkämpfer von London oder Rotterdam kommen lassen, und meiner Treu, da würde es Fausthiebe gesetzt haben, daß man's da unten auf dem Platze würde hören können; aber jene erregen Mitleiden. Sie sollten uns wenigstens einen maurischen Tanz oder eine andere Mummerei zum besten geben! Das da hatte man mir nicht gesagt; ein Narrenfest mit Papstwahl war mir versprochen worden. Wir haben auch unsern Narrenpapst in Gent, und darin sind wir, Gottes Kreuz, hinter euch nicht zurück. Aber das machen wir so: man versammelt sich, ein Haufe wie hier; dann steckt abwechselnd jeder seinen Kopf durch ein Loch und schneidet den andern eine Grimasse; wer die häßlichste macht, wird mit Zustimmung aller zum Papst gewählt; damit abgemacht. Das ist sehr unterhaltend. Wollt ihr, daß wir euern Papst nach der Sitte meiner Heimat wählen? Das wird weniger langweilig sein, als diesen Schwätzern zuzuhören. Wenn sie ihre Grimasse im Loche machen wollen, so können sie mitspielen. Was sagt ihr dazu, meine Herren Bürger? Es ist eine hinlänglich komische Musterprobe beiderlei Geschlechts hier, um einmal auf flämisch lustig zu sein, und wir sind häßliche Gesichter genug, um auf eine schöne Fratze rechnen zu können."

Gringoire hätte gern antworten wollen: Staunen, Zorn, Unwille nahmen ihm aber das Wort. Uebrigens wurde der Vorschlag des populären Strumpfwirkers mit einem solchen Enthusiasmus von diesen Bürgern, die sich geschmeichelt fühlten, „Junker" zu heißen, aufgenommen, daß jeder Widerstand nutzlos war. Es blieb nichts weiter übrig, als sich von dem Strome fortführen zu lassen. Gringoire verbarg sein Gesicht in seinen beiden Händen, da er nicht so glücklich war, im Besitze eines Mantels zu sein, um, wie der Agamemnon des Timantes, sein Haupt verhüllen zu können.

5. Quasimodo

In einem Augenblicke war alles bereit, Coppenole's Gedanken zu verwirklichen. Bürger, Studenten und Parlamentsgerichtsschreiber hatten sich an die Arbeit gemacht. Die kleine Kapelle, der Marmorplatte gegenüber, wurde zum Schauplatze der Fratzenschneiderei ausersehen. Eine zerbrochene Fensterscheibe in der hübschen Rosette über der Thüre ließ einen Steinkranz frei, durch welchen die Bewerber, so wurde bestimmt, den Kopf stecken sollten. Um dahin zu gelangen, genügte es, auf zwei Fässer zu steigen, welche irgendwoher genommen, und so gut als möglich über einander gestellt worden waren. Es wurde bestimmt, daß jeder Bewerber, Mann oder Weib (denn man konnte auch eine Päpstin wählen), sein Gesicht verhüllen und sich in der Kapelle bis zum Augenblicke des Erscheinens versteckt halten sollte, damit der Eindruck seiner Grimasse vollkommen und neu bleiben möchte. In weniger als einem Augenblicke war die Kapelle mit Bewerbern gefüllt, hinter denen die Thüre sich schloß.

Coppenole bestimmte, leitete und ordnete alles von seinem Platze aus. Während des Tumultes hatte sich der Cardinal, der ebenso wie Gringoire außer Fassung gerathen war, mit seinem ganzen Gefolge unter dem Vorwande von Geschäften und des

Nachmittaggottesdienstes davon gemacht, ohne daß die Menge, die bei seinem Erscheinen so lebhaft bewegt worden war, die geringste Erregung bei seinem Verschwinden gezeigt hätte.

Wilhelm Rym war der einzige, der den Weggang Seiner Eminenz bemerkte. Die Aufmerksamkeit des Volkes setzte, wie die Sonne, ihre Bahn fort; von einem Ende des Saales ausgegangen, war sie jetzt, nach einigem Verweilen in der Mitte, am andern Ende. Die Marmorplatte, die Brokattribüne hatten ihr Verweilen genossen; jetzt war die Reihe an Ludwigs des Elften Kapelle. Das Feld war jetzt für jede Narrheit frei. Es gab nur noch Flamländer und Pöbel.

Das Fratzenschneiden begann. Das erste Gesicht, welches in der Fensteröffnung erschien, die Augenlieder verdreht, mit rachenartig geöffnetem Munde und mit einer Stirne, die gefaltet wie ein Husarenstiefel aus der Zeit des Kaiserreiches war, erregte ein solch unauslöschliches Gelächter, daß Homer alle diese Leute für Götter gehalten hätte. Und doch war der große Saal nichts weniger als ein Olymp, und der arme Jupiter des Gringoire wußte das besser, als irgend einer. Eine zweite, eine dritte Fratze folgte, dann eine andere und noch eine; und immer verdoppelte sich das Gelächter und Freudengetümmel. Bei diesem Schauspiele herrschte eine ganz besondere Tollheit, eine eigenartige Trunkenheit und Zauberkraft, wovon es schwer sein würde, dem Leser der Gegenwart und unserer Salons einen Begriff zu geben. Man denke sich eine Reihe von Gesichtern, die nach und nach alle geometrischen Formen vorstellten, vom Dreieck an bis zum Trapez, vom Kegel bis zum Vieleck; alle menschlichen Gesichtsausdrücke, vom Zorn bis zur Wollust; alle Alter, von den Falten des Neugeborenen bis zu den Runzeln einer sterbenden Alten; alle religiösen Spukgestalten, vom Faun bis zum Beelzebub; alle thierischen Profile, vom Rachen bis zum Schnabel, vom Rüssel bis zur Schnauze. Man denke sich alle Fratzenköpfe des Pont-Neuf,die unter der Hand des Germain Pilon versteinerten Traumbilder lebend und athmend, nach und nach herankommen und einem mit glühenden Augen ins Gesicht sehen; alle Masken des Carnevals von Venedig vor dem Augenglase vorüberziehen: mit einem Worte ein Menschen-Kaleidoskop.

Die Orgie wurde mehr und mehr flamländisch. Tenierswürde nur ein sehr unvollkommenes Abbild davon geben können. Man denke sich die Schlacht des Salvator Rosaals ein Bacchanal. Da waren keine Studenten, keine Gesandten, keine Bürger, keine Männer, keine Frauen mehr; nur Individuen wie Clopin Trouillefou, Gilles Lecornu, Marie Quatrelivres, Robin Poussepain. Alles verschwand in der allgemeinen Zügellosigkeit. Der große Saal war nichts als ein flammender Ofen voll Frechheit und Lustigkeit, wo jeder Mund ein Schrei, jedes Gesicht eine Fratze, jedes Individuum eine Erscheinung war: das Ganze schrie und heulte. Die abscheulichen Gesichter, welche abwechselnd in der Rosette erschienen und mit den Zähnen knirschten, glichen den in die Kohlen geworfenen Brandfackeln; und aus dieser tosenden Menge zischte, wie der

Dampf aus dem Glühofen, ein gellendes, scharfes, schneidendes, pfeifendes Geräusch, wie die Flügel einer Bremse."

„Ho, he! Verflucht!"

„Sieh nur dies Gesicht!"

„Es taugt nichts."

„Ein anderes!"

„Guillemette Maugerepuis, sieh nur dieses Ochsenmaul, es fehlen ihm nur die Hörner. Dein Mann ist das nicht!"

„Fort damit!"

„Beim Bauche des Papstes! wer ist die Fratze da?"

„Holla! he! Das heißt betrügen. Man soll nur sein Gesicht zeigen!"

„Diese verdammte Perrette Callebotte! Die ist dessen fähig."

„Juchhe! Juchhe!"

„Ich ersticke –!"

„Da ist einer, der mit den Ohren nicht durch das Loch kann!" u. s. w. u. s. w.

Wir müssen aber unserem Freunde Johann Gerechtigkeit wiederfahren lassen. Mitten in diesem Hexensabbath erkannte man ihn noch oben auf seinem Pfeiler, wie einen Schiffsjungen auf dem Topsegel. Er ereiferte sich mit einer unglaublichen Raserei. Sein Mund stand ganz weit offen, und Schreie stieß er aus, die man kaum hörte, nicht etwa weil sie von dem allgemeinen heftigen Getöse übertäubt wurden, sondern weil seine Stimme ohne Zweifel die Grenze der vernehmbaren hohen Töne, die zwölftausend Schwingungen Sauveurs oder die achttausend Biots, erreicht hatte.

Was Gringoire betrifft, so hatte er wieder Fassung bekommen, nachdem der erste Augenblick der Bestürzung vorüber war. Er hatte dem Mißgeschick Trotz geboten. „Fahret fort!" hatte er zum dritten Male seinen Sprechmaschinen, den Schauspielern, zugerufen; dann vor der Marmorplatte in großen Schritten auf- und abgehend, kam er auf den Einfall, in der Luke der Kapelle sich auch zeigen zu wollen, wäre es auch nur des Vergnügens halber, diesem undankbaren Volke Grimassen zu schneiden. „Aber nein! das wäre unserer nicht würdig; keine Rache! Kämpfen laßt uns bis ans Ende," wiederholte er sich; „groß ist die Macht der Poesie über das Volk. Ich werde sie zurückbringen. Wir wollen sehen, wer den Sieg davontragen soll, ob Fratzen, oder ob die schönen Künste." Wehe! er war der einzige Zuschauer seines Stückes geblieben.

Es war noch schlimmer als vorhin. Er sah jetzt nur die Hintertheile der Leute. Doch nein! Der dicke geduldige Mann, den er schon einmal im kritischen Augenblicke um

Rath gefragt hatte, war dem Theater zugewandt stehen geblieben. Gisquette und Liénarde aber waren schon längst davongelaufen.

Gringoire wurde von der Treue seines einzigen Zuschauers im tiefsten Herzen gerührt. Er näherte sich ihm, sprach zu ihm, indem er ihn sanft am Arme schüttelte; denn der gute Mann hatte sich an das Geländer gestützt und schlief ein wenig.

„Herr," sagte Gringoire, „ich danke Euch vielmals!"

„Herr," erwiderte der dicke Mann mit einem Gähnen, „wofür?"

„Ich sehe, was Euch langweilt," entgegnete der Dichter, „es ist dieser ganze Lärm, der Euch hindert, nach Belieben zuzuhören. Aber seid ruhig: Euer Name wird der Nachwelt überliefert werden. Euer Name, wenn ich bitten darf?"

„Renauld Château, Siegelbewahrer des Gerichtshofes von Paris, zu dienen."

„Herr, Ihr seid hier der einzige Vertreter der Musen," sagte Gringoire.

„Ihr seid zu gütig, Herr," antwortete der Siegelbewahrer des Gerichtshofes.

„Ihr seid der einzige," entgegnete Gringoire, „der das Stück anständig angehört hat. Wie findet Ihr es?"

„Ei! nun!" antwortete der dicke Beamte noch halb im Schlafe, „gewiß recht lustig."

Gringoire mußte sich mit diesem Lobe begnügen; denn ein donnerndes Beifallklatschen mit ungeheuerem Jubelgeschrei schnitt ihre Unterhaltung plötzlich ab. Der Narrenpapst war erwählt.

„Hurrah! Juchhe! Hurrah!" schrie das Volk von allen Seiten.

Es war in der That eine wunderbare Fratze, die soeben im Loche der Rosette erglänzte. Nach alle den fünf- und sechseckigen und unregelmäßigen Gesichtern, welche nach und nach in jenem Guckloche erschienen waren, ohne das Ideal des Häßlichen, das sich in den erhitzten Köpfen gebildet hatte, zu verwirklichen, bedurfte es nichts Geringeren, als der grandiosen Fratze, welche soeben die Versammlung berückt hatte und die Stimmen erhielt. Meister Coppenole selbst klatschte Beifall; und Clopin Trouillefou, welcher als Mitbewerber aufgetreten war (Gott weiß, welchen Grad der Häßlichkeit sein Gesicht erreichen konnte), erklärte sich für besiegt. Wir wollen dasselbe thun. Versuchen wollen wir aber nicht, dem Leser einen Begriff zu geben von dieser vierkantigen Nase, diesem hufeisenartigen Maule, von diesem kleinen, hinter roth-borstiger Augenbraue versteckten linken Auge, während das rechte ganz unter einer ungeheuern Warze verschwand, von diesen unregelmäßigen, hier und da abgebrochenen Zähnen, Schießscharten einer Festung vergleichbar, von dieser schwulstigen Lippe, über welche einer dieser Zähne, wie ein Elephantenstoßzahn herausfuhr, von diesem gespaltenen Kinn und dem Gesichtsausdruck, der unter alledem verborgen lag, von dieser Mischung von Bosheit, Stumpfsinn und Trübsinn. Wer es kann, vergegenwärtige sich dieses Ganze!

Das Beifallsgeschrei war einstimmig; man stürzte auf die Kapelle los. Im Triumphe wurde der glückliche Narrenpapst herausgebracht. Aber Ueberraschung und Bewunderung stiegen jetzt auf den höchsten Gipfel: die Grimasse war sein wirkliches Gesicht.

Oder besser: seine ganze Person war eine Grimasse. Ein dicker Kopf, der von rothen Haaren starrte; zwischen beiden Schultern ein ungeheurer Buckel, dessen Gegenstück man vorn sehen konnte; Schenkel und Beine in so widernatürlicher Stellung, daß sie sich nur an den Knien berührten, und von vorn gesehen zwei Sichelbogen glichen, die am Griff verbunden waren; mächtige Füße, ungeheure Hände, und bei all dieser Mißgestaltung ein schrecklicher Anstrich von Stärke, Gewandtheit und Muth: eine sonderbare Ausnahme von der ewigen Regel, nach welcher Kraft wie Schönheit aus der Harmonie entspringt. So war der Papst, den sich die Narren soeben gewählt hatten. Man hätte ihn für einen zerbrochenen und schlecht zusammengefügten Riesen halten mögen.

Als dieses Stück Cyklop auf der Schwelle der Kapelle erschien, unbeweglich, untersetzt, fast ebenso breit wie hoch, „ein viereckiges Ganze", wie ein großer Mann sagt, erkannte ihn die Bevölkerung sofort an seinem halb rothen, halb schwarzen, mit silbernen Thürmen übersäeten Rocke, vor allem an der vollendeten Häßlichkeit, und rief einstimmig:

„Das ist Quasimodo, der Glöckner! Das ist Quasimodo, der Bucklige von Notre-Dame! Quasimodo, der Einäugige! Quasimodo, das Krummbein! Hurrah! Juchhe!"

Man sieht, der arme Teufel konnte sich Spitznamen wählen.

„Nehmt die schwangern Weiber in Acht!" schrien die Studenten.

„Oder die es gern werden wollen," fuhr Johannes fort.

Die Frauen verhüllten in der That das Gesicht.

„O! der häßliche Affe!" sagte eine.

„So boshaft, wie häßlich," fuhr eine andere fort.

„Das ist der Teufel," setzte eine dritte hinzu.

„Ich habe das Unglück, neben Notre-Dame zu wohnen; des Nachts höre ich ihn in der Dachrinne umherlaufen."

„Mit den Katzen."

„Er ist immer auf unsern Dächern."

„Er wirft uns verzauberte Dinge durch die Schornsteine herab."

„Neulich Abend machte er mir eine Grimasse in mein Dachfenster. Ich glaubte, es wäre ein Mensch. Ich hatte Furcht."

„Ich bin überzeugt, er geht auf den Hexensabbath. Einmal hat er einen Besen auf meinem Dache liegen lassen."

„O! das häßliche Gesicht des Buckligen."

„O! die gemeine Seele!"

„Buha!"

Die Männer im Gegentheil waren entzückt und klatschten Beifall.

Quasimodo, der Gegenstand des Tumultes, stand immer noch an der Thür der Kapelle, finster und ernst, und ließ sich bewundern.

Ein Student (Robin Poussepain, glaube ich, war es) stand ein wenig zu nahe und lachte ihm ins Gesicht. Quasimodo ließ sich genügen, ihn am Gürtel zu packen und zehn Schritte weit mitten durch die Menge zu werfen – und alles das, ohne ein Wort zu sagen.

Meister Coppenole näherte sich ihm erstaunt:

„Kreuz Gottes! Heiliger Vater! du hast ja die schönste Häßlichkeit, die ich je in meinem Leben gesehen habe. Der Papstwürde wärest du in Rom wie in Paris werth."

Während dieser Worte legte er ihm lustig die Hand auf die Schulter. Quasimodo rührte sich nicht. Coppenole fuhr fort: "Du bist ein Kerl, mit dem ich Lust habe, eins zu trinken, sollte es mir auch zwölf neue Tournosen kosten."

Quasimodo antwortete nicht.

„Kreuz Gottes!" rief der Strumpfwirker, „bist du taub?"

Er war es allerdings.

Indessen fing er an, über Coppenole's Benehmen ungeduldig zu werden, und wandte sich plötzlich mit einem so fürchterlichen Zähnefletschen nach ihm hin, daß der flamländische Riese wie ein Bulldogge vor einer Katze zurückfuhr.

Nun entstand um die seltsame Person vor Schrecken und Ehrfurcht ein Umkreis, der mindestens fünfzehn Fuß im Halbmesser hatte.

Eine alte Frau setzte dem Meister Coppenole auseinander, daß Quasimodo taub wäre.

„Taub!?" sagte der Strumpfwirker mit seinem lauten flamländischen Lachen. „Kreuz Gottes! das ist ein vollkommener Papst!"

„Ei, ich erkenne ihn!" rief Johann, der schließlich von seinem Säulenknaufe heruntergestiegen war, um Quasimodo in der Nähe zu sehen, „es ist der Glockenläuter meines Bruders, des Archidiakonus. Guten Tag, Quasimodo!"

„Teufelskerl!" sagte Robert Poussepain, der von seinem Falle noch ganz zerquetscht war. „Er ist offenbar ein Buckliger; geht er, so habt ihr ein Krummbein; sieht er euch an, da hat er nur ein Auge; sprecht ihr mit ihm, da ist er taub. Nun wohlan, was macht er denn mit seiner Zunge, dieser Polyphem?“

„Wenn er will, kann er sprechen,“ sagte die Alte; „er ist durchs Läuten taub geworden. Stumm ist er nicht.“

„Das fehlt ihm noch,“ bemerkte Johann.

„Und er hat ein Auge zu viel,“ fügte Robin Poussepain hinzu.

„Ganz und gar nicht,“ sagte Johann verständig; „ein Einäugiger ist doch weit unvollkommener, als ein Blinder; er weiß, was ihm fehlt.“

Unterdessen hatten alle Bettler, alle Bedienten, alle Beutelschneider, im Verein mit den Studenten, feierlich aus dem Schranke der Gerichtsschreibergilde die pappene Tiara und das Spottkleid des Narrenpapstes herbeigeholt. Quasimodo ließ sich damit bekleiden, ohne eine Miene zu verziehen, ja mit einer Art stolzer Bereitwilligkeit. Dann ließ man ihn auf einem buntgeschmückten Tragsessel niedersitzen. Zwölf Beamte der Narrenbrüderschaft hoben ihn auf ihre Schultern, und eine Art herber und verachtender Freude strahlte auf dem mürrischen Gesichte des Cyklopen, als er unter seinen mißgestalteten Füßen alle diese Köpfe schöner, gesunder und wohlgestalteter Menschen sah. Dann setzte sich der heulende und zerlumpte Zug in Bewegung, um, dem Herkommen gemäß, den Umzug in den innern Galerien des Palastes auszuführen, ehe er seinen Marsch durch die Straßen und Gassen begann.

6. Die Esmeralda

Wir sind froh, unsern Lesern melden zu können, daß während dieser ganzen Scene Gringoire und sein Stück Stand gehalten hatte. Seine Schauspieler hatten, von ihm gedrängt, nicht aufgehört, sein Stück zu declamiren, und er hatte nicht unterlassen, zuzuhören. Er hatte sich dem Getöse gefügt und war entschlossen, bis ans Ende auszuharren, weil er an einer Rückkehr der Aufmerksamkeit seitens des Publikums nicht verzweifelte. Dieser Hoffnungsschimmer wurde noch mehr belebt, als er Quasimodo, Coppenole und die betäubende Begleitung des Narrenpapstes mit lautem Geräusche den Saal verlassen sah. Die Menge stürzte begierig hinter ihnen her. „Gut,“ sagte er sich, „das sind die Störenfriede, die da weggehen.“ Unglücklicherweise waren alle die Störenfriede das Publikum. In einem Augenblicke war der große Saal leer.

Die Wahrheit zu sagen, es blieben noch einige Zuschauer zurück, manche zerstreut, andere um die Pfeiler herum gruppirt, Weiber, Greise oder Kinder, welche genug an dem Getöse und Tumulte hatten. Einige Studenten waren im Fenstergesims sitzen geblieben und blickten auf den Platz hinab.

„Nun gut,“ dachte Gringoire, „das sind gerade so viel als nöthig, um das Ende meines Stückes anzuhören. Es sind wenige, aber es ist ein gewähltes Publikum, ein gebildetes Publikum.“

Gleich darauf blieb ein Musikchor, welches die größte Wirkung bei der Ankunft der heiligen Jungfrau hätte hervorbringen müssen, aus. Gringoire bemerkte, daß seine Musik vom Zuge des Narrenpapstes fortgerissen worden war. „Nur weiter,“ sagte er mit stoischer Ruhe.

Er näherte sich einer Gruppe von Bürgern, welche den Eindruck machten, als unterhielten sie sich von seinem Stücke. Folgendes Bruchstück ihrer Unterhaltung verstand er.

„Ihr kennt, Meister Cheneteau, das Hôtel Navarra, welches dem Herrn von Nemours gehörte?“

„Ja, der Kapelle Braque gerade gegenüber.“

„Nun wohl, der Fiskus hat es kürzlich an Wilhelm Alexander, den Geschichtsmaler, für sechs Livres acht Sols Pariser Münze vermiethet.“

„Wie die Miethen aufschlagen!“

„Wirklich,“ sagte sich Gringoire seufzend, „die andern hören zu.“

„Kameraden,“ schrie plötzlich einer von den jungen Schelmen in den Fenstern, „die Esmeralda! die Esmeralda ist auf dem Platze!“

Dieses Wort brachte eine zauberhafte Wirkung hervor. Alles, was im Saale zurückgeblieben war, stürzte an die Fenster, stieg auf die Mauern, um hinauszusehen, und wiederholte: „Die Esmeralda! die Esmeralda!“ Gleichzeitig hörte man draußen lärmendes Beifallsgeschrei.

„Was will denn das heißen, die Esmeralda?“ sagte Gringoire, indem er betrübt die Hände zusammenschlug. „Ach! mein Gott! es scheint, daß jetzt die Fenster an der Reihe sind.“

Er wandte sich nach der Marmorplatte um und sah, daß die Vorstellung unterbrochen war. Es war gerade der Augenblick da, wo Jupiter mit seinem Blitz erscheinen sollte. Doch Jupiter stand unbeweglich unten am Theater.

„Michel Giborne,“ schrie der erzürnte Dichter, „was machst du da? Ist das deine Rolle? Steige doch hinauf!“

„Ach!“ sagte Jupiter, „ein Student hat soeben die Leiter weggenommen.“

Gringoire sah hin; die Sache war nur zu wahr. Alle Verbindung zwischen Knotung und Entwickelung seines Stückes war abgeschnitten.

„Der Schurke!“ murmelte er. „Und warum hat er diese Leiter genommen?“

„Um die Esmeralda zu sehen," antwortete Jupiter jämmerlich. „Er sagte: „Halt, da ist eine Leiter, die niemand braucht!" – weg war sie."

Das war der letzte Streich. Gringoire empfing ihn mit Ergebung.

„Hol' euch der Teufel!" sagte er zu den Schauspielern, „und wenn ich bezahlt werde, sollt ihr Geld bekommen." Dann trat er seinen Rückzug an, mit gesenktem Haupte, aber als der letzte, wie ein Feldherr, der sich tapfer geschlagen hat.

Und als er die gewundenen Treppenstiegen des Palastes hinabstieg, murmelte er zwischen den Zähnen: „Ein schöner Haufen Esel und Tölpel, diese Pariser! Sie kommen ein Schauspiel zu hören, und horchen auf nichts. Sie haben sich mit aller Welt beschäftigt, mit Clopin Trouillefou, mit dem Cardinal, mit Coppenole, mit Quasimodo, mit dem Teufel! aber mit der heiligen Jungfrau Maria nicht. Hätte ich das gewußt, ich würde euch für Marien . . . Dirnen . . . gegeben haben, ihr Maulaffen! Und ich komme, um Gesichter zu sehen und keine Hintertheile! Das heißt Dichter sein und den Erfolg eines Apothekers haben! Freilich hat Homer in den griechischen Marktflecken gebettelt und Nasostarb im Exil bei den Moskowitern. Aber mich soll der Teufel erwürgen, wenn ich begreife, was sie mit ihrer Esmeralda sagen wollen. Was heißt denn das Wort eigentlich? Es ist ägyptisch!"

Zweites Buch

1. Aus der Charybdis in die Skylla

Die Nacht bricht im Januar frühzeitig herein. Die Straßen waren schon finster, als Gringoire den Palast verließ. Diese hereingebrochene Dunkelheit gefiel ihm; er verlangte danach, eine dunkle und verlassene Gasse zu erreichen, wo er ruhig nachdenken könne, und damit der Philosoph auf die Wunde des Dichters den ersten Verband legen möchte. Die Philosophie war übrigens seine einzige Zuflucht; denn er wußte nicht, wo über Nacht bleiben. Nach dem gänzlichen Scheitern seines theatralischen Versuches wagte er nicht in die Wohnung, welche er in der Straße Grenier-sur-l'Eau, gegenüber dem Heuhafen, innehatte, zurückzukehren; denn er hatte darauf gerechnet, daß der Herr Oberrichter ihn für seine Hochzeitsdichtung honoriren würde, um Meister Wilhelm Doulx-Sire, den Pächter der Kleinvieh-Steuer in Paris, die sechs Monate Miethe zu bezahlen, die er ihm schuldete, nämlich zwölf Pariser Sols: der zwölffache Werth von dem, was er in der Welt sein Eigen nannte, seine Hosen, sein Hemd und seine Mütze mit inbegriffen. Nachdem er einstweilen in dem Kerkerpförtchen des Rentmeisters der heiligen Chapelle untergetreten war und einen Augenblick an das Lager gedacht, das er für die Nacht wählen würde – er hatte das Straßenpflaster von ganz Paris zur Wahl – erinnerte er sich, vergangene Woche, in der Straße de la Savaterie, an der Thür eines Parlamentsrathes einen Steintritt zum Aufsteigen aufs Maulthier bemerkt, und zu sich gesagt zu haben, daß dieser Stein gelegentlich ein ganz vortreffliches Kopfkissen für einen Bettler oder

Dichter abgeben würde. Er dankte der Vorsehung, daß sie ihm diesen guten Gedanken eingegeben hatte; aber als er sich anschickte, über den Palastplatz zu gehen, um das winkelzügige Labyrinth der Altstadt zu erreichen, wohin alle diese alten Straßen: die Rue de la Barillerie, die Rue de la Vieille-Draperie, de la Savaterie, de la Juiverie u. s. w. sich schlängelten, die noch heute mit ihren neunstöckigen Häusern stehen, sah er den Umzug des Narrenpapstes, welcher ebenfalls den Palast verließ, und sich quer durch den Hof mit lautem Geschrei, bei hellem Fackelscheine und mit seiner Musik, auf ihn, Gringoire, losstürzte. Dieser Anblick öffnete wiederum die Wunden seiner Eigenliebe; er entfloh. Bei dem Kummer über sein dramatisches Mißgeschick erbitterte ihn alles, was an das Fest des Tages erinnerte und machte seine Wunde bluten.

Er wollte den Weg nach der Sanct-Michaelsbrücke einschlagen; Kinder liefen dort mit Zündlichtern und Schwärmern hin und her.

„Zum Henker mit dem Feuerwerke!“ sagte Gringoire und wandte sich plötzlich nach der Wechslerbrücke zurück. Man hatte an den Häusern des Brückenkopfes drei Fahnen befestigt, welche den König, den Dauphin und Margarethe von Flandern vorstellten, und sechs Fähnchen, auf denen der Herzog von Oestreich, der Cardinal von Bourbon, Herr von Beaujeu, die Prinzessin Johanna von Frankreich, der Herr Bastard von Bourbon, und ich weiß nicht wer noch, „abkonterfeiet“ waren, Das Ganze war von Fackeln erleuchtet. Die Volksmenge staunte.

„Glücklicher Maler Johann Fourbeault!“ sagte Gringoire mit einem tiefen Seufzer; und er wandte den Fahnen und Fähnchen den Rücken zu. Eine Straße lag vor ihm; er fand sie so schwarz und verlassen, daß er hoffte, hier allem Lärme und allen Freudeausbrüchen des Festes zu entgehen; er verschwand darin. Kurz darauf stieß sein Fuß an ein Hindernis; er strauchelte und fiel. Es war ein Maienbund, welches die Schreiber der Gerichtsschreibergilde heute Morgen zu Ehren des Festtages vor der Thüre eines Parlamentspräsidenten niedergelegt hatten. Gringoire ertrug mit Heldenhaftigkeit diesen neuen Unfall; er erhob sich wiederum und erreichte das Ufer des Wassers. Nachdem er das Bürger- und Criminalgefängnis hinter sich gelassen hatte und die lange Mauer der königlichen Gärten hinuntergegangen war, über den ungepflasterten Strand weg, wo der Schmutz ihm bis an die Knöchel ging, gelangte er an den nördlichen Punkt der Altstadt, und betrachtete eine Weile die kleine Insel des Kuh-Fährmanns, welche seitdem unter der bronzenen Pferdestatue des Pont-Neuf verschwunden ist. Das Inselchen erschien im Dunkel wie eine schwarze Masse über dem schmalen Laufe des weißlichen Gewässers, welches jene davon abhob. Man errieth hier beim Strahl eines kleinen Lichtes die Art Hütte in Gestalt eines Bienenkorbes, worin sich der Fährmann nachts versteckte.

„Glücklicher Fährmann!“ dachte Gringoire; „du denkst nicht an den Ruhm, und du machst auch keine Hochzeitsdichtungen! Was kümmern dich die Könige, die sich vermählen, und die Herzoginnen von Burgund? Du kennst keine anderen

Margarethenblumen,als die, welche deine Wiese im April deinen Kühen abzuweiden giebt! Und ich, ein Dichter, bin verhöhnt, ich zittere vor Kälte, ich bin zwölf Sols schuldig und meine Schuhsohle ist so dünn, daß sie als Glas für deine Laterne dienen könnte. Dank dir, Fährmann! Deine Hütte beruhigt mich und läßt mich Paris vergessen!"

Er wurde aus seiner fast lyrischen Entzückung von einem lauten Kanonenschlage aufgeschreckt, der zur Feier des Johannisfestes plötzlich von der glückseligen Hütte aus erscholl. Es war der Fährmann, welcher gleichfalls an den Belustigungen des Tages theilnahm, und für sich ein Feuerwerk losbrannte.

Dieser Kanonenschlag machte Gringoire die Haut schaudern.

„Verdammtes Fest!" schrie er, „willst du mich überallhin verfolgen? O mein Gott! selbst bis zum Fährmann der Kuhfähre hin!" Dann betrachtete er die Seine zu seinen Füßen, und eine schreckliche Versuchung ergriff ihn.

„Oh!" sagte er, „wie gern wollte ich mich ertränken, wenn nur das Wasser nicht so kalt wäre!"

Dann packte ihn ein verzweifelter Entschluß. Weil er nun einmal dem Narrenpapste, den Fahnen Johann Fourbeaults, den Maienbündeln, den Zündlichtern und Kanonenschlägen nicht entwischen konnte, so wollte er sich muthig mitten in das Festgewühl selbst hineinstürzen und nach dem Grèveplatze eilen.

„Wenigstens," dachte er, „werde ich da wohl einen Feuerbrand vom Festfeuer finden, mich wieder zu erwärmen, und werde meine Abendmahlzeit mit einigen Krumen von den drei großen Zuckerwappen des Königs halten können, welche da auf dem öffentlichen Schenktische der Stadt ausgestellt sein müssen."

2. Der Grèveplatz

Heute ist vom Grèveplatze, wie er damals war, nur noch eine ganz unmerkliche Spur vorhanden: das ist das hübsche Thürmchen, welches den nördlichen Winkel des Platzes einnimmt, und das bereits unter dem häßlichen Mörtel, welcher die scharfen Kanten seiner Steinmetzarbeiten überkleistert, versteckt liegt, und bald vielleicht verschwunden und unter jenem Anwachsen neuer Häuser hingesunken sein wird, das so schnell alle alten Façaden von Paris verschlingt. Leute, wie wir, die nie über den Grèveplatz gehen, ohne einen Blick voll Mitleid und Sympathie auf dieses arme, zwischen zwei baufälligen Hütten aus der Zeit Ludwigs des Vierzehnten eingequetschte Thürmchen zu werfen, können uns in Gedanken das Häuserganze leicht wieder aufbauen, zu dem es gehörte, und den ganzen alten, gothischen Platz des fünfzehnten Jahrhunderts hier wiederfinden.

Er war, wie noch heutzutage, ein unregelmäßiges Viereck, von einer Seite vom Flußdamme, von den drei andern von einer Reihe hoher, schmaler und düsterer Häuser eingefaßt. Am Tage konnte man die Mannigfaltigkeit dieser Gebäude bewundern, welche, ganz in Holz- und Steinbildhauerarbeit, schon vollständige Proben der verschiedenen Häuserbaustile des Mittelalters, vom fünfzehnten bis zum elften Jahrhunderte zurück, lieferten: vom Kreuzfenster an, welches den Spitzbogen zu ersetzen begann, bis zum romanischen Rundbogen, der vom Spitzbogen verdrängt worden war, und der noch unten herrschte im ersten Stockwerk am alten Hausbaue des Rolandsthurmes, im Winkel des Platzes an der Seine, neben der Lohgerberstraße. Nachts unterschied man an dieser Häusermasse nur das schwarze Zackenwerk der Dächer, welche rings um den Platz ihre Kette spitzer Winkel zeigten. Denn eine der Grundverschiedenheiten der Städte von damals und von jetzt besteht darin, daß heutzutage die Häuserfaçaden nach den Straßen und Plätzen zu gerichtet sind, während es früher die Giebel waren. Seit zwei Jahrhunderten haben sich die Häuser umgedreht.

Im Mittelpunkte der östlichen Seite des Platzes erhob sich ein schwerfälliger Zwitterbau, aus drei neben einander gestellten Häusern gebildet. Man nannte ihn mit drei Namen, welche seine Geschichte, seine Bestimmung und seine Bauart bezeichnen: Das „Prinzen-Haus“, weil Karl der Fünfte als Prinz darin gewohnt hatte; das „Kaufhaus“, weil es als Stadthaus diente; das „Säulenhaus“ (domus ad piloria), wegen einer Reihe großer Pfeiler, welche seine drei Stockwerke stützten. Die Stadt fand hier alles das, was eine gute Stadt wie Paris gebraucht: eine Kapelle zum Beten; ein „Gerichtszimmer“, um Termine abzuhalten, und im Nothfalle des Königs Leute derb ablaufen zu lassen; und unter den Dächern ein „Arsenal“ voll Geschützstücke. Denn die Bürger von Paris wissen, daß es nicht unter allen Verhältnissen ausreicht, zu beten und für die Freiheiten der Stadt zu sprechen, und sie haben immer in einem Speicher des Stadthauses eine tüchtige, rostige Hakenbüchse im Rückhalte.

Der Grèveplatz hatte seitdem das düstre Aussehen, welches ihm noch heute der abscheuliche Gedanke, den er wachruft, und das düstre Stadthaus des Domenik Bocador bewahren, welches das Säulenhaus ersetzt hat. Freilich trugen ein bleibender Galgen und Pranger („Gerechtigkeit“ und „Leiter“, wie man es damals nannte), die mitten auf dem Straßenpflaster neben einander errichtet waren, nicht wenig dazu bei, die Augen von diesem verhängnisvollen Platze, auf dem so viele gesundheit- und lebenstrotzende Wesen verendet waren, wegwenden zu lassen; dort sollte fünfzig Jahre später jenes „Saint-Vallier-Fieber“entstehen, diese Krankheit des Schaffotschreckens, die fürchterlichste aller Krankheiten, weil sie nicht von Gott, sondern von Menschen herrührt.

Es ist ein tröstlicher Gedanke (im Vorbeigehen sei es gesagt), zu wissen, daß die Todesstrafe, welche vor dreihundert Jahren mit ihren eisernen Rädern, ihren steinernen Galgen, mit ihrem ganzen beständigen und auf dem Pflaster bestätigten Folterzubehör noch den Grèveplatz, die Hallen, den Prinzessinplatz, das Kreuz Trahoir, den Schweinemarkt, den fürchterlichen Richtplatz Montfaucon, die Wachtstube der Gerichtsdiener, den Katzenplatz, das Thor Saint-Denis, Champeaux, das Thor Baudets, das Sanct-Jacobsthor versperrte, ohne der zahllosen Richtplätze der Profosse, des Bischofs, der Ordenskapitel, der Aebte, der Prioren mit Gerichtpflege, zu gedenken, ohne die gerichtlichen Ertränkungen im Seineflusse aufzuzählen: – es ist tröstlich, sage ich, daß diese alte Lehnsherrin der feudalen Gesellschaft, nach dem allmählichen Verluste aller ihrer Rüststücke, ihrer Unzahl von Todesarten, ihres vermeinten und wunderlichen Strafrechtes, ihrer Tortur, für die sie alle fünf Jahre im Obergerichtshofe eines Lederbettes bedurfte – heute fast aus unseren Gesetzen und aus unseren Städten verstoßen ist, von einem Gesetzbuche in das andere vertrieben, von einem Platze nach dem andern gejagt, in unserem riesengroßen Paris nur noch einen verachteten Winkel des Grèveplatzes, nur noch eine erbärmliche, heimliche, ängstliche, schändliche Guillotine hat, welche immer zu fürchten scheint, auf der That ertappt zu werden, so schnell verschwindet sie, nachdem sie ihren Streich vollführt hat!

3. Besos para golpes

Als Peter Gringoire auf dem Grèveplatze ankam, war er steif und starr. Er hatte den Weg über die Müllerbrücke eingeschlagen, um das Gedränge auf der Wechslerbrücke und die Transparente Johann Fourbeaults zu meiden; aber die Räder aller bischöflichen Mühlen hatten ihn beim Uebergange bespritzt, und sein Kittel war durchnäßt; es schien ihm außerdem, als ob der Fall seines Stückes ihn noch frostiger machte. Deshalb eilte er dem Freudenfeuer näher zu kommen, welches prachtvoll inmitten des Platzes brannte. Aber eine beträchtliche Menge bildete rings um dasselbe einen dichten Kreis.

„Verdammte Pariser!“ sagte er für sich (denn Gringoire hatte, als echter dramatischer Poet, die Eigenart, Selbstgespräche zu halten), „wie sie da sind und mir das Feuer versperren! Und doch habe ich eine warme Ecke so sehr nöthig; meine Schuhe schlucken Wasser und alle die verfluchten Mühlen haben mich durchweicht! Der Teufelskerl von Bischof von Paris mit seinen Mühlen! Ich möchte nur wissen, was ein Bischof mit einer Mühle macht! Hofft er aus dem Bischof ein Müller zu werden? Wenn er dazu meines Segens bedürftig ist, so gebe ich ihm denselben, und seiner Kirche und seinen Mühlen! Will doch sehen, ob die Maulaffen da nicht ein wenig den Platz verlassen! Ich frage jemanden, was sie da machen! Sie wärmen sich; ein schönes Vergnügen! Sie sehen zu, wie da hundert Reisbündel brennen; ein schönes Schauspiel!“

Indem er näher trat, bemerkte er, daß der Kreis viel größer war, als nöthig, um sich am Feuer des Königs zu wärmen, und daß dieser Zusammenfluß von Zuschauern nicht einzig und allein von der Schönheit der vielen brennenden Reißigbündel angezogen worden war.

In einem großen Raume, der zwischen dem Feuer und der Menge freigelassen war, tanzte ein junges Mädchen.

Ob dieses junge Mädchen ein menschliches Wesen sei, oder eine Fee, oder ein Engel, das konnte Gringoire, ein so zweifelsüchtiger Philosoph und ironischer Dichter er auch war, im ersten Augenblicke nicht entscheiden, so sehr war er von dieser blendenden Erscheinung bezaubert worden.

Sie war nicht groß, aber sie schien es zu sein, so kühn erhob sich ihre zarte Gestalt. Sie war brünett, aber man errieth, daß am Tage ihre Haut den schönen, goldschimmernden Glanz der Andalusierinnen oder Römerinnen haben müßte. Ihr kleiner Fuß war ebenso andalusisch, denn er zeigte sich knapp und bequem zugleich in den zierlichen Schuhen. Sie tanzte, sie drehte sich, sie wirbelte auf einem alten persischen Teppiche herum, der nachlässig unter ihren Füßen ausgebreitet war; und jedesmal, wenn beim Drehen ihr strahlender Leib vor den Zuschauern vorbeitanzte, warfen ihre großen, schwarzen Augen ihnen einen Blitz zu.

Rings um sie her waren alle Blicke starr, alles stand mit offenem Munde da; und in Wahrheit, wenn sie so beim Schalle der baskischen Trommel, welche ihre runden, nackten Arme über den Kopf hoben, tanzte: zart, fein, lebhaft wie eine Wespe, im faltenlosen Goldleibchen, im buntfarbigen, sich blähenden Gewande, mit ihren nackten Schultern, ihren schlanken Beinen, welche der Rock manchmal enthüllte, ihren schwarzen Haaren und flammenden Augen, – war sie ein übernatürliches Wesen.

„Wahrlich," dachte Gringoire, „das ist ein Feuergeist, eine Nymphe, eine Göttin, eine Bacchantin vom menaleischen Berge!"

In diesem Augenblicke löste sich eine Haarflechte des „Feuergeistes", und ein Stück Messing, welches daran befestigt war, rollte zur Erde.

„Ach nein!" sagte er „es ist eine Zigeunerin."

Alle Täuschung war vorbei.

Sie fing wieder an zu tanzen; sie nahm zwei Schwerter von der Erde, deren Spitzen sie auf ihre Stirn setzte, und welche sie nach einer Seite drehen ließ, während sie sich nach der andern drehte; sie war in der That ganz wahrhaftig eine Zigeunerin. Aber so enttäuscht Gringoire auch war, das Ganze dieses Bildes war nicht ohne Reiz und ohne Zauber; das Freudenfeuer beleuchtete die Scene mit grellem, rothen Lichte, welches auf den Gesichtern der Menge ringsherum, auf der braunen Stirn des jungen Mädchens lebhaft zitterte, und im Hintergrunde des Platzes einesteils auf die alte, schwarze und furchige Façade des Säulenhauses, andernteils auf den Arm des steinernen Galgens einen bleichen Schimmer warf, der sich mit ihren wankenden Schatten mischte.

Unter den tausend Gesichtern, welche das Licht mit Scharlach färbte, war eins, welches mehr noch als alle andern in der Betrachtung der Tänzerin versunken schien. Es war eine strenge, ruhige und düstere Männergestalt. Dieser Mann, dessen Kleidung durch die ihn umgebende Menge versteckt war, schien nicht älter als fünfzig Jahre zu sein; dennoch war er kahlköpfig; kaum bemerkbar hatte er an den Schläfen einzelne Büschel weniger und bereits grauer Haare; seine breite und hohe Stirn begann sich mit

Runzeln zu durchfurchen, aber in seinen tiefliegenden Augen blitzte eine außergewöhnliche Jugendlichkeit, ein feuriges Leben, eine tiefe Leidenschaftlichkeit. Er hielt sie beständig auf die Zigeunerin geheftet, und während das tolle, junge, sechzehnjährige Mädchen tanzte und zum Vergnügen aller herumsprang, schienen die Gedanken in ihm immer düsterer zu werden. Von Zeit zu Zeit begegneten sich auf seinen Lippen ein Seufzer und ein Lächeln, aber das Lächeln war schmerzlicher, als der Seufzer.

Das junge Mädchen hielt endlich athemlos an und das Volk klatschte entzückt Beifall.

„Djali!" rief die Zigeunerin.

Da sah Gringoire eine reizende, kleine, weiße, muntere, lustige und aufgeputzte Ziege mit vergoldeten Hörnern und Füßen und einem goldenen Halsband heranspringen, die er noch nicht bemerkt, und die bis dahin auf einem Zipfel des Teppichs gekauert hatte, und ihrer tanzenden Herrin zuschaute.

„Djali," sagte die Tänzerin, „die Reihe ist an dir."

Sie setzte sich nieder und hielt der Ziege freundlich ihr Tamburin hin.

„Djali," fuhr sie fort, „welchen Monat haben wir im Jahre?"

Die Ziege hob ihren Vorderfuß und that einen Schlag auf die Trommel. In Wahrheit war man im ersten Monate. Die Menge klatschte Beifall.

„Djali," begann das junge Mädchen wieder, indem sie ihr Tamburin herumdrehte, „welchen Tag im Monate haben wir?"

Djali erhob ihren kleinen vergoldeten Fuß und schlug sechsmal auf das Tamburin.

„Djali," fuhr die Zigeunerin immer mit neuer Wendung ihres Tamburins fort, „welche Stunde des Tages haben wir?"

Djali machte sieben Schläge. Im selben Augenblicke schlug die Uhr am Säulenhause sieben.

Das Volk war vor Erstaunen sprachlos.

„Darunter steckt Hexerei!" rief eine unheilvolle Stimme in der Menge. Es war die des kahlköpfigen Mannes, welcher die Zigeunerin nicht aus den Augen ließ.

Sie erschrak und wandte sich um; aber das Beifallklatschen brach los und erstickte den mürrischen Ausruf. Dieses verwischte ihn dann so gänzlich in ihrer Seele, daß sie fortfuhr ihre Ziege zu befragen.

„Djali," wie macht's Meister Guichard Grand-Remy, der Hauptmann der Scharfschützen von Paris, in der Prozession beim Feste Mariä-Reinigung?"

Djali richtete sich auf ihren Hinterfüßen in die Höhe, begann zu meckern und marschirte mit einer solchen spaßhaften Würde, daß der ganze Zuschauerkreis bei dieser Nachäffung der interessirten Frömmelei des Scharfschützenhauptmanns in Lachen ausbrach.

„Djali," fuhr das junge Mädchen, durch den wachsenden Beifall dreister gemacht, fort, „wie predigt Meister Jacob Charmolue, der Procurator des Königs beim Kirchengerichtshofe?"

Die Ziege setzte sich auf ihr Hintertheil nieder, begann zu meckern und bewegte ihre Vorderbeine in einer so sonderbaren Weise, daß, abgesehen von dem schlechten Französisch und schlechten Latein, in Gesticulation, Betonung und Haltung man den Jacob Charmolue, wie er leibte und lebte, vor sich sah.

Die Menge klatschte aus Leibeskräften Beifall.

„Entweihung! Verspottung des Heiligen!" ließ sich die Stimme des kahlköpfigen Mannes von neuem vernehmen.

Die Zigeunerin wandte sich noch einmal um.

„Ach!" sagte sie, „es ist der grobe Mensch."

Dann zog sie ihre Unterlippe über die Oberlippe und machte ein schiefes Gesichtchen, wie es ihr geläufig zu sein schien, drehte sich auf der Ferse im Kreise herum und begann in ihrem Tamburin die Geschenke der Menge einzusammeln.

Es regnete ganze und halbe Weißpfennige, Schild- und Adlerpfennige. Plötzlich ging sie vor Gringoire vorbei. Gringoire fuhr so leichtsinnig mit der Hand in die Tasche, daß sie stillstand. „Zum Teufel!" sagte der Dichter, als er auf dem Grunde seiner Tasche die Wirklichkeit, d. h. die Leere fand. Doch das hübsche Mädchen blieb stehen, hielt ihm das Tamburin hin und wartete, während Gringoire dicke Tropfen schwitzte.

Wenn er Peru in seiner Tasche gehabt hätte, gewiß er hätte es der Tänzerin gegeben; aber Gringoire hatte Peru nicht, und übrigens war Amerika noch nicht entdeckt.

Glücklicherweise kam ihm ein unerwartetes Ereignis zu Hilfe.

„Wirst du dich fortscheeren, ägyptische Heuschrecke!" rief eine schneidende Stimme, welche aus dem dunkelsten Winkel des Platzes herkam. Das junge Mädchen drehte sich erschrocken um. Das war nicht mehr die Stimme des kahlköpfigen Mannes; es war eine Frauenstimme, eine frömmelnde und garstige Stimme.

Uebrigens versetzte dieser Ruf, der die Zigeunerin erschreckte, einen Haufen Kinder in Freude, welche dort herumstrichen.

„Es ist die Klausnerin vom Rolandsthurme," riefen sie mit schallendem Gelächter, „es ist die Nonne, welche schilt! Hat sie nicht zu Abend gegessen? Wir wollen ihr ein Ueberbleibsel vom Credenztische der Stadt bringen!"

Alle stürzten nach dem Säulenhause hin.

Währenddessen hatte Gringoire die Verwirrung der Tänzerin benutzt und sich unsichtbar gemacht. Das Geschrei der Kinder erinnerte ihn daran, daß er auch noch nicht zu Abend gegessen habe. Er lief also zum Credenztische. Aber die kleinen Taugenichtse hatten bessere Beine als er; als er ankam, hatten sie bereits reine Bahn gemacht. Es war nicht einmal mehr ein lumpiger Honigkuchen übrig, das Pfund zu fünf Sous. An der Wand befand sich nichts weiter, als schlanke Lilien, mit Rosen untermischt, die Mathieu Biterne im Jahre 1434 gemalt hatte, – fürwahr ein mageres Abendessen.

Es ist etwas Unangenehmes, ohne Abendbrot zu Bette zu gehen; noch weniger spaßhaft aber ist es, nichts zu essen zu haben und nicht zu wissen, wo das Haupt niederlegen. Gringoire war in dieser Lage. Kein Brot, kein Nachtlager; er sah sich von allen Seiten durch die Noth bedrängt, und er fand die Noth sehr sonderbar. Er hatte seit langer Zeit die Wahrheit entdeckt, daß Jupiter die Menschen in einem Anfalle von Menschenhaß geschaffen habe, und daß im Leben des Weisen das Schicksal die Philosophie im Belagerungszustande hält. Was ihn betraf, so hatte er die Blockade noch niemals so vollständig gesehen; er hörte seinen Magen Generalmarsch schlagen, und er fand es recht dumm, daß sein böses Geschick seine Philosophie durch Hunger bedrängte.

Dieser melancholische Gedanke bemächtigte sich seiner mehr und mehr, als ein seltsamer, wiewohl lieblicher Gesang, ihn plötzlich aus seiner Träumerei weckte. Es war die junge Zigeunerin, welche sang.

Mit ihrer Stimme war es, wie mit ihrem Tanze und mit ihrer Schönheit. Es lag etwas Unerklärliches und Liebliches, etwas Reines und Wohlklingendes, so zu sagen Leichtes, Geflügeltes darin. Es waren fortgesetzte Ergüsse, Melodien, unerwartete Cadenzen, bald einfache Worte voll scharfer und zischender Töne, bald Tonleitersprünge, welche eine Nachtigall verwirrt hätten, aber stets voll Harmonie, bald weiche Octavengänge, welche sich hoben und senkten, wie der Busen der jungen Sängerin. Ihr schönes Gesicht begleitete mit seltsamer Beweglichkeit alle Einfälle ihres Gesanges, von der tollsten Begeisterung bis zur keuschesten Würde. Man hätte sie bald eine Wahnwitzige, bald eine Königin nennen mögen.

Die Worte, welche sie sang, gehörten einer für Gringoire unbekannten Sprache an, und schienen ihr selbst unbekannt zu sein, so wenig paßte der Vortrag des Gesanges zum Sinne der Worte. Daher waren folgende vier Verse in ihrem Munde von einer närrischen Lustigkeit:

Un cofre de gran riqueza
Hallaron dentro un pilar,
Dentro del nuevas banderas,
con figuras de espantar.

Und gleich darauf, bei dem Tone, mit welchem sie folgende Strophe sang:

Alarabes de cavallo
Sin poderse menear,
Con espadas, y los cuellos
Bellestas de buen echar.

fühlte Gringoire, wie ihm die Thränen in die Augen traten Doch athmete ihr Gesang vornehmlich Freude, und sie schien wie ein Vogel heiter und sorglos ihr Lied zu singen.

Der Gesang der Zigeunerin hatte Gringoire in seinen Träumen gestört, aber so wie der Schwan das Wasser aufregt. Er hörte ihr mit einer Art Entzücken und gänzlicher Vergessenheit zu. Seit mehreren Stunden war es der erste Augenblick, wo er sich nicht unglücklich fühlte.

Dieser Augenblick war kurz.

Dieselbe Frauenstimme, welche den Tanz der Zigeunerin unterbrochen hatte, störte jetzt ihren Gesang.

„Wirst du wohl schweigen, du Höllencikade?“ rief sie wiederholt aus demselben dunkeln Winkel des Platzes her.

Die arme „Cikade“ blieb stecken. Gringoire hielt sich die Ohren zu.

„Ach!“ rief er, „die verfluchte zahnlose Säge zerbricht die Lyra!“

Auch die übrigen Zuschauer murrten wie er. „Zum Teufel mit der Nonne!“ sagte mehr als einer. Und die alte, unsichtbare Freudeverderberin hätte ihre Angriffe auf die Zigeunerin bald bereuen sollen, wenn nicht in diesem Augenblicke die Menge von dem Zuge des Narrenpapstes angezogen worden wäre. Dieser war durch eine Menge Straßen und Gassen gezogen, und ergoß sich mit allen seinen Fackeln und mit großem Lärme auf den Grèveplatz.

Dieser Zug, den unsere Leser aus dem Palaste haben abziehen sehen, hatte sich unterwegs gebildet, und aus allem, was an Taugenichtsen, Dieben und Vagabunden in Paris vorhanden war, zusammengesetzt; darum bot er einen beachtenswerthen Anblick dar, als er auf dem Grèveplatze ankam.

Voran ging Aegypten: der Herzog von Aegypten an der Spitze, zu Pferde, begleitet von seinen Grafen zu Fuße, welche ihm Zaum und Steigbügel hielten; hinter ihnen Zigeuner und Zigeunerinnen durch einander, mit ihren schreienden Kindern auf den Schultern; alle zusammen, der Herzog, die Grafen, das gemeine Volk in Lumpen und Flitterstaat gehüllt. Dann kam das Königreich Rothwälschland: das heißt alle Diebe Frankreichs, stufenweise nach ihrer Rangordnung einherschreitend, die Geringsten zuerst. So zogen sie vier und vier vorbei mit den verschiedenen Abzeichen ihrer Würde in dieser befremdlichen Gilde; die meisten gelähmt, diese hinkend, jene einarmig: die Ladendiener, die Pilger, die Einbrecher, die Epileptischen, die kindischen Alten, die Schnorrer, die Zotenreißer, die künstlichen Krüppel, die Spieler, die Siechen, die Abgebrannten, die Krämer, die Rothwälscher, die Diebesgenossen, die Erzgauner, die Meisterdiebe: - ein Volk, dessen Aufzählung Homer ermüden müßte. In der Mitte des Conclaves der Meisterdiebe und Erzgauner konnte man kaum den König der Bettler, den großen Coësre, erkennen, welcher auf einem kleinen, von zwei Hunden gezogenen Wagen hockte. Nach dem Königreiche der Gauner kam das Kaiserreich Galiläa. Wilhelm Rousseau, der Kaiser von Galiläa, schritt majestätisch in seinem weinfleckigen Purpurkleide einher, während Possenreißer vor ihm hergingen, die sich schlugen und Waffentänze ausführten, und seine Scepterträger, Helfershelfer und die Schreiber seiner Rechnungskammer ihn umgaben. Schließlich kam die Gilde der Parlamentsschreiber mit ihren blumenbekränzten Maien, in ihren schwarzen Gewändern, mit ihrer Musik, die eines Hexensabbathes würdig war, und mit ihren langen Kerzen von gelbem Wachs. Im Mittelpunkte dieser Menge trugen die hohen Beamten der Narrenbrüderschaft auf ihren Schultern einen Tragsessel, der mehr mit Kerzen überladen war, als der Reliquienschrein der heiligen Genoveva zur Zeit der Pest: und auf diesem Tragsessel strahlte, mit dem Krummstabe, Bischofsmantel und Mitra geschmückt, der neue Narrenpapst: der Glöckner von Notre-Dame, Quasimodo der Bucklige.

Jede Abtheilung dieses phantastischen Zuges hatte ihre besondere Musik. Die Zigeuner ließen ihre Balafosund afrikanischen Tamburins erschallen. Die Gauner, eine sehr wenig musikalische Sippe, bedienten sich dazu der Viola, des Bockshornes und der gothischen Rebecdes zwölften Jahrhunderts. Das Kaiserreich Galiläa war kaum viel fortgeschrittener; mit Mühe bemerkte man bei seiner Musik eine erbärmliche Fiedel aus der Kindheit der Kunst, die noch in drei Töne d–a–e eingeschlossen war. Aber in der Nähe des Narrenpapstes enthüllten sich in einer großartigen Katzenmusik die ganzen musikalischen Reichthümer des Zeitalters: lauter Discant-, Alt- und Tenorgeigen vernahm man da, ohne die Flöten und Blechinstrumente zu zählen. O weh! die Leser erinnern sich, daß es das Orchester Gringoire's war.

Es ist schwer, eine Vorstellung von dem Grade stolzer und seliger Freude zu geben, zu welchem das finstere und scheußliche Gesicht Quasimodo's auf dem Wege vom Palaste bis zum Grèveplatze gekommen war. Das war der erste Genuß der Eigenliebe, den er jemals empfunden hatte. Bisher hatte er nur Erniedrigung, Verachtung gegen seine Lebenslage und Ekel vor seiner Person gekannt. Daher verschlang er, trotz seiner Taubheit, wie ein wahrhaftiger Papst die Beifallsrufe dieser Menge, welche er haßte, weil er sich von ihnen verabscheut fühlte. Daß sein Volk eine Bande von Narren, Lahmen, Dieben, Bettlern war, was that's? Es war doch immer ein Volk, und er ein Herrscher. Und er nahm für baaren Ernst alle diese spöttischen Beifallsäußerungen, alle lächerlichen Ehrfurchtsbezeugungen, in die sich sicherlich von seiten der Menge etwas wirkliche

Furcht hineinmischte. Denn der Bucklige war stark, der Krummbeinige behend und bei seiner Taubheit boshaft: drei Eigenschaften, welche das Spaßhafte an ihm verminderten.

Uebrigens sind wir weit entfernt, zu glauben, daß der neue Narrenpapst sich selbst Rechenschaft gab von den Empfindungen, welche er empfand, und von denen, welche er einflößte. Der Geist, welcher in diesem mangelhaften Körper wohnte, hatte notwendigerweise selbst etwas Unvollkommenes und Unempfindliches angenommen. Daher war das, was er in diesem Augenblicke empfand, für ihn durchaus unbestimmt, unklar und verworren. Nur die Freude blickte durch, der Stolz herrschte vor. Diese düstere und unglückliche Erscheinung hatte auch ihr Glück.

Nicht ohne Staunen und Schrecken sah man daher, daß plötzlich, in dem Augenblicke, wo Quasimodo im Triumphe und halbberauscht vor dem Säulenhause vorbeizog, ein Mann aus der Menge hervorstürzte und ihm mit zorniger Geberde das Abzeichen seiner närrischen Papstwürde, den Bischofsstab von vergoldetem Holze, aus den Händen riß.

Diese tollkühne Person war der kahlköpfige Mann, welcher kurz zuvor sich in die Gruppe um die Zigeunerin gemischt und das arme Mädchen mit seinen drohenden und gehässigen Reden erschreckt hatte. Er trug die Tracht eines Geistlichen. In dem Augenblicke, als er aus der Menge heraustrat, erkannte ihn Gringoire, der ihn bis dahin nicht bemerkt hatte, wieder. „Halt," rief er mit einem Ausrufe des Erstaunens, „hei! das ist ja mein Lehrer in der Weisheit des Hermes,Don Claude Frollo, der Archidiaconus. Was Teufel will er von diesem rohen Einäugigen? Er will sich gewiß auffressen lassen."

Ein Schrei des Entsetzens erscholl in der That. Der furchtbare Quasimodo hatte sich von dem Tragsessel heruntergestürzt, und die Weiber hatten die Augen weggewandt, um nicht zu sehen, wie er den Archidiaconus in Stücke reißen würde. Er that einen Sprung auf den Priester los, sah ihm ins Gesicht und fiel auf die Knie nieder. –

Der Priester entriß ihm seine Tiara, zerbrach ihm den Bischofsstab und zerfetzte seinen Flittergoldmantel.

Quasimodo blieb auf den Knien liegen, neigte den Kopf und faltete die Hände.

Darauf entspann sich zwischen ihnen ein sonderbares Zwiegespräch aus Zeichen und Geberden; denn weder der eine noch der andere sprach ein Wort: der Priester aufgerichtet, erzürnt, drohend, herrisch, Quasimodo niedergeschmettert, demüthig, flehend. Und doch ist es sicher, daß Quasimodo den Priester mit dem Daumen hätte zerreißen können.

Endlich rüttelte der Archidiaconus Quasimodo heftig an der Schulter und gab ihm ein Zeichen, sich zu erheben und ihm zu folgen.

Quasimodo erhob sich.

Jetzt wollte die Genossenschaft der Narren, nachdem das erste Staunen vorüber war, ihren so plötzlich entthronten Papst beschützen. Die Zigeuner, die Gauner und die ganze Gerichtsschreibergilde schaarten sich schreiend um den Priester.

Quasimodo stellte sich vor den Geistlichen, ließ die Muskeln seiner athletischen Fäuste spielen und sah die Angreifer mit dem Zähnefletschen eines gereizten Tigers an.

Der Priester nahm seine düstere Würde wieder an, machte Quasimodo ein Zeichen und zog sich schweigend zurück.

Quasimodo ging vor ihm her und stieß die Menge auf seinem Wege bei Seite.

Als sie durch die Menge hindurch waren, und den Platz überschritten hatten, wollte der Schwarm der Neugierigen und Müßiggänger ihnen folgen. Quasimodo bildete jetzt die Nachhut und folgte dem Archidiaconus rückwärts, tückisch, entsetzlich, struppig, indem er seine Gliedmaßen zusammenraffte, wie ein Eber seine Stoßzähne leckte, wie ein wildes Thier brüllte, und der Menge mit einer Bewegung oder Miene das größte Entsetzen einjagte.

Man ließ sie beide in einer engen und finstern Straße verschwinden, wohin sich niemand hinter ihnen her wagte, so sehr versperrte der bloße Gedanke an den zähnefletschenden Quasimodo den Eintritt in dieselbe.

„Wahrhaftig, das ist höchst sonderbar,“ sagte Gringoire, „aber wo zum Teufel werde ich etwas zum Abendessen finden?“

4. Unannehmlichkeiten, die entstehen, wenn man einem hübschen Frauenzimmer abends in den Straßen nachgeht

Gringoire hatte sich angeschickt, der Zigeunerin aufs Gerathewohl zu folgen. Er hatte sie mit ihrer Ziege die Straße de la Coutellerie einschlagen sehen; er hatte auch die Straße de la Coutellerie eingeschlagen.

„Warum nicht?“ hatte er sich gesagt.

Gringoire hatte, als praktischer Philosoph der Straßen von Paris, die Bemerkung gemacht, daß der Träumerei nichts so günstig ist, als einem hübschen Frauenzimmer zu folgen, ohne daß man weiß, wohin sie geht. Es liegt in dieser freiwilligen Entäußerung seines freien Willens, in dieser Phantasie, welche sich einer andern unterordnet, ohne daß sie es ahnt, ein Gemisch von eigensinniger Unabhängigkeit und blindem Gehorsam, so zu sagen ein Mittelding zwischen Sklaverei und Freiheit, welches Gringoire, dem von Natur unklaren unentschiedenen und sanguinischen Kopfe, gefiel, der alle Extreme in sich vereinigte, und unaufhörlich zwischen allen menschlichen Neigungen schwankend, eine durch die andere vereitelte. Er verglich sich selbst gern mit Muhameds Grab, welches nach entgegengesetzten Seiten von zwei Magneten gezogen wird, und ewig zwischen Höhe und Tiefe, zwischen Wölbung und Boden, zwischen Fall und Aufflug, zwischen Zenith und Fußpunkt schwankt.

Wenn Gringoire heutzutage lebte, welche schöne Mitte würde er zwischen Klassischem und Romantischem einhalten!

Aber er war nicht naiv genug, um drei Jahrhunderte lang zu leben, und das ist schade. Sein Fehlen verursacht eine Leere, die sich heutzutage nur zu sehr fühlbar macht.

Doch, um in den Straßen den Passanten (und vor allem den Passantinnen) nachzugehen, giebt es keine bessere Veranlassung, als nicht zu wissen, wo sein Haupt niederlegen.

Er ging also, ganz in Gedanken versunken, hinter dem jungen Mädchen her, das seine Schritte beschleunigte und die niedliche Ziege Trab machen ließ, als es sah, daß die Bürger heimkehrten und die Weinschenken, die einzigen Geschäfte, welche an diesem Tage geöffnet waren, sich schlossen.

„Aller Wahrscheinlichkeit nach," dachte er ohngefähr, „muß sie doch wohl irgendwo wohnen; die Zigeunerinnen sind gutmüthig. Wer weiß? . . ."

Und in seinem Kopfe entstanden nach diesem Fragezeichen, welches seinem Schweigen folgte, gewisse, ziemlich liebliche Vorstellungen. Dabei erhaschte er, während er vor den letzten Gruppen der Bürger, die ihre Thüren schlossen, vorbeiging, manches Bruchstück ihrer Unterhaltungen, welches die Kette seiner lieblichen Vermuthungen zerriß.

Jetzt waren es zwei Alte, welche sich anredeten.

„Meister Thibaut Fernicle, wißt Ihr was, es ist kalt." (Gringoire wußte das seit Anfang des Winters.)

„Jawohl, Meister Bonifaz Disome! Werden wir wieder einen Winter, wie vor drei Jahren, haben, anno Achtzig, als das Holz acht Sols kostete, die Klafter?"

„Bah! Das ist nichts, Meister Thibaut, im Vergleich mir dem Winter von 1407, wo es von Martini an bis Lichtmeß fror! Und mit einer solchen Wuth, daß die Feder des Parlamentsactuars von drei zu drei Worten in der Schreibstube einfror! Das verhinderte sogar das Aufschreiben der Urtheile."

Weiter hin waren es Nachbarinnen an ihren Fenstern, mit Kerzen in der Hand, welche der Nebel knistern ließ.

„Hat Euch Euer Mann das Unglück erzählt, Frau La-Boudraque?"

„Nein! Was ist es denn, Jungfer Turquant?"

„Das Pferd des Herrn Gilles Godin, des Notars am Châtelet-Gerichtshofe, welches sich vor den Flamländern und ihrem Umzug scheuete, hat Meister Philippot Avrillot, den Laienbruder bei den Cölestinern, niedergerissen."

„Wahrhaftig?"

„Gewiß."

„Ein gewöhnliches Pferd! Das ist ein wenig stark. Wenn es noch ein Ritterpferd gewesen wäre, ja dann!"

Die Fenster schlossen sich. Aber Gringoire hatte nicht minder den Faden seiner Gedanken verloren. Glücklicherweise fand er ihn bald wieder und knüpfte ihn ohne Mühe wieder an, Dank der Zigeunerin, Dank Djali, welche immer vor ihm hermarschirten: zwei zarte, feine, reizende Geschöpfe, deren kleine Füße, liebliche Formen und zierliche Manieren er bewunderte, und sie in seiner Betrachtung fast verwechselte, weil er, was Klugheit und Freundschaft anbetrifft, alle beide für junge Mädchen, was Leichtigkeit, Gewandtheit und Schnelligkeit des Ganges betrifft, beide für Ziegen hielt.

Die Straßen wurden indessen jeden Augenblick dunkler und einsamer. Die Abendglocke war schon lange geläutet worden, und man begann nachgerade nur hier und da noch einen Fußgänger auf der Straße, ein Licht an den Fenstern anzutreffen. Gringoire war bei der Verfolgung der Zigeunerin in das unentwirrbare Labyrinth von Straßen, Gassen und Sackgassen gerathen, welches die alte Grabstätte von Saint-Innocent umgiebt, und die einem Fadengewirr gleicht, das eine Katze zerzaust hat. –

„Das sind mir Straßen, die sehr wenig Logik haben!" sagte Gringoire, verloren in den tausend Umwegen, die fortwährend in sich selbst zurückliefen, aber in denen das junge Mädchen einen ihr anscheinend sehr bekannten Weg einschlug, ohne zu zögern und mit immer geschwinderen Schritten. Was ihn betrifft, so würde er gewiß nicht gewußt haben, wo er wäre, wenn er im Vorbeigehen an der Krümmung einer Straße die achteckige Masse des Prangers an den Hallen nicht bemerkt hätte, dessen durchbrochene Spitze ihren schwarzen Umriß deutlich sichtbar auf einem noch erleuchteten Fenster in der Straße Verdelet abhob.

Seit einigen Augenblicken hatte er die Aufmerksamkeit des jungen Mädchens erregt; sie hatte zu wiederholten Malen voll Unruhe den Kopf nach ihm umgewandt; sie war sogar einmal ganz kurze Zeit stehen geblieben, hatte einen Lichtstrahl, der aus einem halbgeöffnetem Bäckerladen drang, benutzt, um Gringoire festen Blickes von oben bis unten zu betrachten; dann hatte er sie jenes schiefe Gesichtchen ziehen sehen, das er schon kannte, und worauf sie weiter gegangen war.

Dieses schiefe Mäulchen gab Gringoire zu denken. Deutlich war Verachtung und Spott in ihrer reizenden Grimasse zu erkennen. Schon begann er das Haupt sinken zu lassen, die Pflastersteine zu zählen und dem jungen Mädchen aus etwas weiterer Ferne zu folgen, als er an einer Straßenecke, wo er sie eben aus dem Gesicht verloren hatte, einen durchdringenden Schrei von ihr ausstoßen hörte.

Er beschleunigte seinen Schritt.

Die Straße war voll nächtlicher Finsternis. Eine Thranlampe jedoch, die hinter einem Drahtgitter, zu Füßen eines Mutter-Gottesbildes an der Straßenecke brannte, ließ Gringoire die Zigeunerin erkennen, die sich in den Armen zweier Männer sträubte, welche sich bemühten, ihr Geschrei zu ersticken. Die arme kleine Ziege senkte erschreckt die Hörner und blökte.

„Zu Hilfe, Wächter!“ schrie Gringoire und eilte muthig vorwärts. Einer der Männer, welcher das junge Mädchen festhielt, wandte sich nach ihm um. Es war die furchtbare Gestalt Quasimodo's.

Gringoire ergriff die Flucht nicht, aber er that keinen Schritt weiter vorwärts.

Quasimodo kam auf ihn los, warf ihn mit einem Schlage seiner Hand vier Schritte weit aufs Pflaster, dann eilte er schleunig in die Dunkelheit zurück und trug das junge Mädchen, das er wie eine seidne Schärpe über einen Arm gelegt hatte, davon. Sein Genosse folgte ihm, und die arme Ziege lief mit kläglichem Blöken hinter allen drein.

„Mörder! Mörder!“ schrie die unglückliche Zigeunerin.

„Halt da, ihr Elenden, und laßt mir diese Dirne los!“ rief auf einmal mit Donnerstimme ein Reiter, der plötzlich aus der nächsten Gasse hervorbrach.

Es war ein Hauptmann der Bogenschützen von des Königs Ordonnanz, von Kopf bis zu Fuß bewaffnet, und mit dem Degen in der Hand. Er riß die Zigeunerin aus den Armen des bestürzten Quasimodo und legte sie quer über seinen Sattel weg; und in dem Augenblicke, wo der furchtbare Bucklige von seinem Staunen zurückgekommen war und sich auf ihn stürzte, um ihm seine Beute wieder zu entreißen, erschienen fünfzehn bis sechzehn Schützen, die ihrem Hauptmanne mit dem Pallasch in der Hand auf dem Fuße nachfolgten. Es war eine Rotte von der Königswache, welche auf Befehl des Herrn Robert von Estouteville, Kommandanten des Sicherheitsdienstes von Paris, die Ronde machte.

Quasimodo wurde umringt, festgenommen, geknebelt; er brüllte, schäumte, biß um sich; und wäre es heller Tag gewesen, ohne Zweifel hätte allein sein Gesicht, das durch die Wuth noch gräßlicher geworden war, die ganze Rotte in die Flucht geschlagen. Aber des Nachts war ihm seine fürchterlichste Waffe genommen: – seine Häßlichkeit.

Sein Gefährte war während des Kampfes verschwunden.

Die Zigeunerin richtete sich mit Anstand auf dem Sattel des Offiziers in die Höhe; sie stützte ihre beiden Arme auf die Schultern des jungen Mannes und sah ihn einige Augenblicke starr an, gleichsam erfreut über sein angenehmes Aeußere und über die

Hilfe, welche er ihr soeben gebracht hatte. Dann brach sie zuerst das Schweigen und sagte zu ihm, indem sie ihre sanfte Stimme noch sanfter machte:

„Wie heißt Ihr denn, Herr Ritter?“

„Kapitän Phöbus von Châteaupers, Euch zu dienen, meine Schöne!“ antwortete der Offizier und wandte sich um.

„Habt Dank,“ sagte sie.

Und während der Kapitän Phöbus seinen nach burgundischer Weise gestutzten Schnurrbart in die Höhe strich, ließ sie sich wie ein Pfeil, der zur Erde fällt, vom Pferde herabgleiten und entfloh.

Ein Blitzstrahl würde nicht so schnell verschwunden sein.

„Beim Nabel des Papstes!“ sagte der Kapitän und ließ die Fesseln Quasimodo's fester anziehen, „ich würde das Frauenzimmer lieber behalten haben.“

„Was meint Ihr, Kapitän?“ fragte ein Reiter; „die Grasmücke ist davongeflogen, die Fledermaus ist zurückgeblieben.“

5. Weitere Unannehmlichkeiten

Gringoire war von seinem Falle ganz betäubt auf dem Pflaster, vor dem Marienbilde an der Ecke der Straße, liegen geblieben. Nach und nach bekam er seine Besinnung wieder; er war anfangs einige Minuten schwankend, in einer Art Halbschlaf, der nicht unangenehm war, und in welchem sich die luftigen Gestalten der Zigeunerin und der Ziege mit der wuchtigen Faust Quasimodo's verwebten. Dieser Zustand währte nicht lange. Ein ziemlich starkes Gefühl von Kälte an demjenigen Theile seines Körpers, welcher mit dem Pflaster in Berührung stand, weckte ihn plötzlich, und ließ seinen Geist an die Oberfläche zurückkommen.

„Woher kommt denn diese Kühle?“ fragte er sich hastig. Jetzt bemerkte er erst, daß er ein bißchen in der Mitte der Gosse lag.

„Teufelskerl von buckligem Cyklopen!“ murmelte er zwischen den Zähnen und wollte sich erheben. Aber er war zu betäubt und zu zerschlagen. Er war gezwungen, auf dem Platze liegen zu bleiben. Er hatte übrigens die Hand ziemlich frei; er hielt sich die Nase zu und ergab sich in sein Geschick.

„Der Koth von Paris,“ dachte er (denn er glaubte ganz sicher, daß sein Nachtlager in der Gosse sein würde;

„Und was in einem Bett anfangen, es wär' denn, daß man träumt?“) –

„der Koth von Paris ist besonders stinkend; er muß viel flüchtiges und salpetriges Salz enthalten. Uebrigens ist das die Meinung von Meister Nicolaus Flamel und der Alchymisten . . .“

Das Wort „Alchymisten“ brachte plötzlich den Gedanken an den Archidiaconus Claude Frollo vor seine Seele. Er rief sich den heftigen Auftritt, den er vor kurzem mit angesehen hatte, zurück; wie die Zigeunerin zwischen zwei Männern sich sträubte; daß Quasimodo einen Gefährten hatte; und die mürrischen und hochmüthigen Züge des Archidiaconus zogen undeutlich vor seiner Erinnerung vorüber. „Das wäre seltsam!“ dachte er. Und er begann mit dieser Thatsache das phantastische Gebäude seiner Vermuthungen, das philosophische Kartenhaus auf dieser Unterlage aufzubauen; dann kam er sogleich wieder auf die Wirklichkeit zurück und rief: „Nun ja, ich erfriere!“

Der Platz wurde in der That immer weniger haltbar. Jedes Wassertheilchen der Gosse nahm einen Wärmetheil aus den Nieren Gringoire's fort, und das Gleichgewicht zwischen der Temperatur seines Körpers und derjenigen der Gosse begann sich in einer empfindlichen Weise herzustellen.

Ein Verdruß ganz anderer Art sollte ihn plötzlich packen.

Ein Haufe Kinder, jener kleinen barfüßigen Wilden, die zu allen Zeiten das Pariser Pflaster unter dem ewigen Namen „Gassenjungen“ getreten, und die, als wir gleichfalls Kinder waren, uns alle, wenn wir nachmittags aus der Schule kamen, mit Steinen geworfen haben, weil unsere Hosen nicht zerrissen waren, – ein Schwarm jener jungen Taugenichtse lief nach der Gasse zu, wo Gringoire lag, unter Lachen und Geschrei und anscheinend ohne die geringste Sorge um den Schlaf der Nachbarn. Sie zerrten eine Art unförmlichen Sack hinter sich her; und allein das Geräusch ihrer Holzschuhe hätte einen Todten erwecken können. Gringoire, welcher es noch nicht ganz war, richtete sich mit halbem Körper in die Höhe.

„Heda! Hennequin Dandèche, heda! Johann Pincebourde!“ schrien sie aus Leibeskräften, „der alte Eustache Moubon, der Eisenhändler an der Ecke, ist soeben gestorben. Wir haben seinen Strohsack, wir wollen damit ein Freudenfeuer machen. Heute gilt's den Flamländern!“

Und da! warfen sie den Strohsack gerade auf Gringoire drauf, in dessen Nähe sie, ohne ihn zu sehen, gekommen waren. Zu gleicher Zeit nahm einer von ihnen eine Hand voll Stroh, welches er an der Lampe des Mutter-Gottesbildes anzünden wollte.

„Alle Teufel!“ brummte Gringoire, „ich soll wohl noch recht in Schweiß gerathen?“

Der Augenblick war gefährlich. Er war nahe daran, zwischen Feuer und Wasser gepackt zu werden; er machte eine übernatürliche Anstrengung, wie ein Falschmünzer, der gesotten werden soll, und der sich bemüht, zu entwischen. Er hob sich kerzengerade in die Höhe, warf den Strohsack auf die Gassenjungen und entfloh.

„Heilige Jungfrau!“ schrien die Knaben, „der Eisenhändler kommt wieder!“

Und das Fortlaufen war jetzt an ihnen.

Der Strohsack blieb Herr des Schlachtfeldes.

Belleforêt, der Pater Le Juge und Corrozet versichern, daß er am folgenden Tage mit großem Gepränge von der Geistlichkeit in der Nachbarschaft aufgehoben und in das Schatzgewölbe der Kirche Saint-Opportune gebracht wurde, wo der Sacristan noch 1789 sich eine ziemlich hübsche Einnahme von dem gewaltigen Wunder des Marienbildes an der Ecke der Straße Mauconseil machte, weil es durch seine bloße Nähe in der denkwürdigen Nacht vom 6. zum 7. Januar 1482 den verstorbenen Johann Moubon beschworen hatte, der boshafterweise, und um dem Teufel einen Possen zu spielen, seine Seele beim Sterben in seinen Strohsack versteckt hatte.

6. Der zerbrochene Krug

Nachdem er eine Zeit lang aus allen Leibeskräften gelaufen war, ohne zu wissen wohin, mit dem Kopfe an manche Straßenecke angerannt, über manchen Rinnstein gesprungen war, manches Gäßchen, manche Sackgasse und manchen Kreuzweg durchschritten hatte, Flucht und Durchgang durch alle Windungen der alten Hallenstraße gesucht, in seiner panischen Furcht alles das erspähet, was das schöne Urkundenlatein “tota via, cheminum et viaria“nennt, blieb unser Dichter plötzlich stehn, zuerst aus Athemlosigkeit, dann von einem Dilemma, welches soeben in seinem Geiste aufgestiegen war, gewissermaßen am Kragen festgehalten. „Es scheint mir, Meister Peter Gringoire,“ sagte er zu sich selbst, wobei er den Finger auf die Stirn setzte, „daß Ihr da wie ein Kopfloser rennt. Die kleinen Taugenichtse haben nicht weniger Furcht vor Euch, als Ihr vor ihnen gehabt. Es scheint mir, sage ich Euch, daß Ihr das Getöse ihrer Holzschuhe gehört habt, welches sich nach Süden verlor, während Ihr nach Norden floht. Nun ist von zwei Fällen einer gewiß: sie haben entweder die Flucht ergriffen, und dann ist der Strohsack, den sie in ihrem Schrecken vergessen haben müssen, gerade das gastliche Lager, nach welchem Ihr seit heute Morgen gelaufen seid, und welches Euch die heilige Jungfrau wunderbarerweise geschickt hat, um Euch dafür zu entschädigen, daß Ihr zu ihrer Ehre ein mit Aufzügen und Mummereien ausgestattetes Schauspiel gemacht habt; oder die Knaben haben die Flucht nicht ergriffen, und in diesem Falle haben sie Brand an den Strohsack gelegt, und das ist gerade das treffliche Feuer, welches Ihr nöthig habt, um Euch zu ergötzen, zu trocknen und wieder zu wärmen. In beiden Fällen, sei es ein gutes Feuer oder gutes Lager, ist der Strohsack ein Geschenk des Himmels. Die gesegnete Jungfrau Maria an der Ecke der Straße Mauconseil hat vielleicht den Johann Moubon deshalb sterben lassen; und es ist eine Thorheit von Euch, so in toller Flucht davonzulaufen, wie ein Picarde vor einem Franzosen und hinter Euch zu lassen, was Ihr vorn suchet; und Ihr seid ein Narr!“ –

Darauf kehrte er auf demselben Wege zurück und bemühte sich, während er nach der Himmelsgegend ausschaute und mit Nase und Ohr herumspionirte, den köstlichen Strohsack wiederzufinden, doch vergebens. Nichts als Häuserdurchschnitte, Sackgassen, Straßenmündungen waren es, zwischen denen er zaudernd stand und beständig überlegte, und in diesem Wirrsal dunkler Gäßchen mehr behindert und aufgehalten, als er selbst im Irrgange des Parlamentsgerichtspalastes gewesen wäre. Endlich verlor er die Geduld und rief feierlich aus: „Verdammt seien die Gassen! Der Teufel hat sie nach dem Bilde seiner Ofengabel gemacht!"

Dieser Fluch erleichterte sein Herz ein wenig, und ein gewisser röthlicher Schimmer, den er in diesem Augenblicke am Ende einer langen und engen Gasse bemerkte, weckte schließlich seine Lebensgeister wieder. „Gott sei gelobt!" sagte er, „da unten ist's! Das ist mein Strohsack, der brennt!" Und sich mit dem Steuermanne vergleichend, welcher nachts umschlägt, setzte er fromm hinzu: „Salve, salve, maris stella!"Richtete er dieses Litanei-Fragment an die heilige Jungfrau oder an den Strohsack? Wir wissen es nicht sicher.

Kaum hatte er einige Schritte in der langen Straße gethan, welche sich senkte, nicht gepflastert war und immer kothiger und abschüssiger wurde, als er etwas recht Sonderbares bemerkte. Sie war nicht öde: hier und da krochen einzelne und unförmliche Klumpen der Länge der Straße nach, und richteten sich nach dem Schimmer hin, welcher am Ende derselben zitterte, gleich jenen plumpen Insecten, die nachts von Grashalm zu Grashalm auf das Feuer eines Hirten zukriechen. Nichts macht den Menschen waghalsiger, als eine leere Tasche. Gringoire ging darauf los und hatte bald dasjenige dieser Gespenster eingeholt, welches sich am langsamsten hinter den andern dreinbewegte. Als er näher herankam, sah er, daß es nichts anderes als ein elender Krüppel war, welcher auf seinen beiden Händen fortkroch, wie eine verwundete Weberspinne, welche nur noch zwei Beine hat. In dem Augenblicke als er an dieser Art Spinne mit Menschengesicht vorbeikam, erhob sie ihre klägliche Stimme: "La buona mancia, signor! la buona mancia!"

„Hole dich der Teufel!" sagte Gringoire, „und mich dazu, wenn ich verstehe, was du sagen willst!"

Und er ging weiter.

Er holte einen andern dieser wandelnden Klumpen ein und betrachtete ihn. Es war ein Lahmer, hinkend und einarmig zugleich, und zwar derartig, daß die verwickelte Zusammenfügung von Krücken und Holzbeinen, auf welche er sich stützte, ihm das Ansehen eines wandelnden Mauergerüstes gaben. Gringoire, welcher die edlen und klassischen Vergleiche liebte, verglich ihn in Gedanken mit dem lebenden Dreifuß des Vulkan.

Dieser lebende Dreifuß grüßte ihn im Vorbeigehen, wobei er seinen Hut wie ein Barbierbecken unter Gringoire's Kinn hielt und ihm in die Ohren schrie: "Señor caballero, para comprar un pedazo de pan!"

„Es scheint," sagte Gringoire, „daß der auch spricht; aber es ist eine rohe Sprache, und er ist glücklicher als ich, wenn er sie versteht."

Dann griff er sich, infolge eines plötzlichen Ideentausches, an die Stirn: „Da fällt mir ein – was der Teufel wollten die heute Morgen mit ihrer „Esmeralda" sagen?"

Er wollte seine Schritte verdoppeln, aber zum dritten Male versperrte ihm wieder etwas den Weg. Dieses Etwas, oder vielmehr dieser Jemand, war ein kleiner Blinder mit jüdischem, bärtigen Gesichte, welcher den Ort rings um sich her mit einem Stocke betastete und von einem großen Hunde gezogen, ihm mit ungarischem Accente zunäselte: "Facitote caritatem!"

„Gott sei Dank!" sagte Peter Gringoire, „da ist doch endlich jemand, der eine christliche Sprache spricht. Ich muß wohl recht wie Almosengeben aussehen, daß man mich bei dem mageren Zustande, in dem sich meine Börse befindet, so um ein Almosen bittet"

„Mein Freund (er wandte sich an den Blinden), ich habe vergangene Woche mein letztes Hemd verkauft; das heißt, weil Ihr nur die Sprache Cicero's versteht: Vendidi hebdomade nuper transita meam ultimam chemisam."

Nach diesen Worten kehrte er dem Blinden den Rücken zu und setzte seinen Weg fort. Aber der Blinde begann zu gleicher Zeit, wie er, seine Schritte zu verdoppeln; und auch der Lahme und der Krüppel machten sich ihrerseits mit großer Hast und lautem Napf- und Krückengeklapper auf dem Pflaster hinter ihm her. Dann schrien alle drei zugleich hinter dem armen Gringoire her, jeder sein Lamento.

„Caritatem!"heulte der Blinde.

„La buona mancia!" heulte der Krüppel

Und der Lahme vollendete den Singsang, indem er wiederholte:

„Un pedazo de pan!"

Gringoire hielt sich die Ohren zu: „O Thurm zu Babel!" rief er.

Er fing an zu laufen. Der Blinde, der Lahme, der Krüppel jagten hinter ihm her. Und je weiter er in die Straße hineindrang, vermehrten sich Krüppel, Blinde, Lahme um ihn her, und Einarmige, Einäugige, Aussätzige mit ihren Wunden kamen aus den Häusern, aus den kleinen Straßen nebenan, aus den Kellerthüren, heulend, brüllend, kreischend, alle humpelnd, mühevoll, nach dem Lichte zu eilend und im Kothe sich wälzend wie Schnecken nach dem Regen.

Gringoire, immer von seinen drei Verfolgern begleitet, wußte nicht recht, was daraus werden sollte, und lief bestürzt mitten unter den andern, stieß die Lahmen bei Seite, stolperte über die Krüppel, die Füße in den Haufen der Hinkenden verwickelt, wie jener englische Kapitän, der in einen Haufen Seekrabben hineingerieth.

Er kam auf den Gedanken, den Versuch zu machen, wieder umzukehren. Aber es war zu spät. Das ganze Heer hatte sich hinter ihm geschlossen, und seine drei Bettler hielten ihn fest. Er ging also vorwärts, zugleich von dieser unwiderstehlichen Flut, von der Furcht und von einem Schwindel getrieben, der ihm alles ringsum wie einen entsetzlichen Traum darstellte.

Endlich erreichte er das Ende der Straße. Sie mündete auf einen ungeheuern Platz, wo zahllose zerstreute Lichter im wankenden Nachtnebel zitterten. Gringoire warf sich dorthin, in der Hoffnung, durch die Schnelligkeit seiner Beine den drei gebrechlichen Gespenstern zu entgehen, die sich an ihn geklammert hatten.

„Onde vas, hombre?“schrie der Lahme, indem er dabei seine Krücken wegwarf und mit den zwei gesundesten Beinen, die jemals einen festen Schritt über das Pariser Pflaster gemacht haben, hinter ihm herlief.

Währenddessen deckte der Krüppel, der kerzengerade auf seinen Beinen stand, Gringoire seinen großen eisernen Napf über den Kopf, und der Blinde sah ihm mit flammenden Augen in das Gesicht.

„Wo bin ich?“ sagte der entsetzte Dichter.

„Im Wunderhofe,“erwiderte ein viertes Gespenst, welches sich zu ihnen gesellt hatte.

„Bei meiner Seele,“ entgegnete Gringoire, „ich sehe wohl, daß die Blinden sehen und die Lahmen gehen; aber wo ist der Heiland?“

Sie antworteten mit lautem, unheimlichen Gelächter.

Der arme Dichter warf die Blicke um sich her. Er war in der That in diesem furchtbaren Wunderhofe, wohin niemals ein rechtschaffener Mensch zu solcher Stunde gedrungen war; im Zauberkreise, wo die Diener des Obergerichtes und Polizeisergeanten, welche sich hineinwagten, spurlos verschwanden; in der Stadt der Diebe; im Schandflecke des Antlitzes von Paris; in der Kloake, wo diese Woge von Lastern, Bettler- und Vagabundenthum, wie sie immer in den Straßen der Hauptstädte überschäumt, am Morgen herausströmte und abends pesthauchend zurückfloß; es war der ungeheuerliche Bienenstock, wohin abends alle Drohnen der menschlichen Gesellschaft mit ihrer Beute heimkehrten; das verfängliche Spital, wo der Zigeuner, der entsprungene Mönch, der verdorbene Student, die Taugenichtse aller Nationen: Spanier, Italiener, Deutsche, aller Glaubensbekenntnisse: Juden, Christen, Muhamedaner, Heiden, mit falschen Wunden Bedeckte, am Tage Bettler, sich nachts in Raubmörder verwandelten; – mit einem Worte: es war das ungeheure Garderobezimmer, wo sich in jener Zeit alle Darsteller des ewigen

Schauspieles an- und auskleideten, welches Diebstahl, Prostitution und Mord auf dem Pflaster von Paris aufführen.

Es war ein großer, unregelmäßiger und schlecht gepflasterter Platz, wie alle Plätze des alten Paris. Hier und da leuchteten Feuer, um welche herum seltsame Gruppen wimmelten. Alles ging, kam, schrie. Man hörte helles Lachen, Kindergeschrei, Frauenstimmen. Die dunkeln Hände und Köpfe dieser Menge warfen auf dem leuchtenden Hintergrunde ihre Schatten in tausendfachen, bizarren Bewegungen. Manchmal konnte man auf dem Boden, wo der Glanz des Feuers mit großen, undeutlichen Schatten vermengt zitterte, einen Hund vorbeilaufen sehen, der einem Menschen glich, und umgekehrt. Alle Rassen und Gattungsunterschiede schienen sich an diesem Orte, wie bei einem Hexensabbath, zu verwischen. Männer, Frauen, Thiere, Alter, Geschlecht, Gesundheit, Krankheiten, – alles schien bei diesem Volke Gemeingut zu sein; alles lief mit einander, vermischt, durcheinander geworfen, übereinander hockend; jeder nahm an allem theil.

Der schwankende und dürftige Schimmer der Feuer gestattete Gringoire, trotz seiner Aufregung, rings um den ungeheuern Platz einen häßlichen Kranz alter Häuser zu erkennen, deren zerfressene, zusammengesunkene, niedrige Vorderseiten jede von ein oder zwei erleuchteten Luken durchbrochen waren, und die ihm im Schatten der Nacht wie ungeheure Köpfe alter Weiber erschienen, welche, im Kreise herumstehend, fürchterlich und griesgrämisch und mit blinzelnden Augen auf den Hexensabbath herabsehen.

Es war gleichsam eine neue, unbekannte, unerhörte, mißgestaltete, kriechende, wimmelnde und phantastische Welt.

Gringoire, in steigender Bestürzung, von den drei Bettlern wie von drei Zangen festgehalten, betäubt von einer Menge anderer Gesichter, welche rings um ihn schäumten und schrien, – der unglückliche Gringoire versuchte seine Geistesgegenwart zu sammeln, um sich zu erinnern, ob man einen Sonnabend hätte. Aber seine Anstrengungen waren vergeblich; sein Gedächtnisfaden und sein Gedankengang waren unterbrochen; und zweifelnd an allem, ungewiß in dem, was er sah und hörte, legte er sich die unlösliche Frage vor: „Wenn ich bin, existirt auch das da? Wenn das wirklich ist, bin ich es auch?“

In diesem Augenblicke erscholl in dem tosenden Haufen, welcher ihn umgab, ein deutlicher Ruf: „Laßt uns ihn zum Könige bringen! zum Könige mit ihm!“

„Heilige Jungfrau!“ murmelte Gringoire, „der hiesige König, das muß ein Bock sein!“

„Zum Könige! zum Könige!“ wiederholten alle Stimmen.

Man zog ihn fort. Jeder wollte die Kralle an ihn legen. Aber die drei Bettler ließen ihn nicht los und entrissen ihn den andern mit dem Geschrei: „Er gehört uns!“

Das schon schlechte Wamms des Dichters ging bei dieser Rauferei gänzlich in Stücke.

Als er über den fürchterlichen Platz schritt, schwand sein Taumel. Nach einigen Schritten war ihm das Gefühl der Wirklichkeit wiedergekommen. Die Atmosphäre des Ortes begann es ihm wiederzugeben. Anfangs war aus seinem Dichterkopfe, oder vielleicht und um es geradeheraus ganz prosaisch zu sagen, aus seinem leeren Magen ein Dunst, eine Benebelung so zu sagen, emporgestiegen, welche sich zwischen ihn und die Dinge rings herum verbreitete, und ihm diese nur im unzusammenhängenden Traumbilde, in jener flüchtigen Unbestimmtheit hatte erkennen lassen, welche alle Umrisse schwanken macht, alle Gestalten verzerrt, die Gegenstände sich in ungeheuern Gruppen zusammenballen läßt, die Wirklichkeit in Traumbilder verwandelt, aus Menschen Gespenster macht. Allmählich wich diese Sinnestäuschung einer bestimmten und nüchternen Erkenntnis. Die Wirklichkeit erschien um ihn her, stach ihm in die Augen, stieß an seine Füße und vernichtete nach und nach alle die fürchterlichen Phantasiegebilde, von denen er sich umringt geglaubt hatte. Er mußte schließlich merken, daß er nicht im Styx, wohl aber im Kothe watete; daß er nicht von bösen Geistern, sondern von Dieben vorwärtsgestoßen wurde; daß es sich hier nicht um seine Seele, sondern ganz einfach um sein Leben handeln würde, (weil es ihm an jenem kostbaren Vermittler fehlte, der sich so wirksam zwischen den Banditen und den ehrlichen Menschen stellt: der Börse). Kurzum, als er sich die Orgie etwas näher und mit mehr Kaltblütigkeit ansah, entpuppte sich der Hexensabbath als eine gewöhnliche Spelunke.

Das Wunderschloß war in der That nichts anderes, als eine Spelunke, aber eine Diebesschenke, die ebenso vom Blute, wie vom Weine geröthet war.

Das Schauspiel, welches sich Gringoire's Augen darbot, als ihn seine zerlumpte Bedeckung schließlich am Ziele seines Marsches ablieferte, war nicht geeignet, ihn wieder an Dichtung denken zu lassen, nicht einmal an die der Hölle. Es war mehr denn je die prosaische gemeine Wirklichkeit einer Schenke. Wenn wir uns nicht im fünfzehnten Jahrhunderte befänden, möchte man behaupten, Gringoire wäre aus demjenigen Michel Angelo's in dasjenige Callots gerathen.

Um ein großes Feuer, das auf einer mächtigen, runden Steinplatte brannte, und dessen Flammen durch die erglühten Stäbe eines augenblicklich leeren Dreifußes schlugen, waren einige wurmstichige Tische hier und da aufs Gerathewohl aufgestellt, ohne daß der geringste Feldmessergehilfe es für nöthig gehalten hätte, ihre gleichen Seiten zusammenzupassen, oder dafür Sorge zu tragen, daß sie wenigstens nicht an zu ungleichen Ecken aneinander stießen. Auf diesen Tischen blinkten mehrere von Wein und Bier triefende Krüge, und um diese herum saßen viele bacchantische Gesichter, die vom Wein und Feuer geröthet waren. Hier saß ein dickbauchiger Kerl mit jovialem Gesichte, der ein stattliches volles Freudenmädchen stürmisch umarmte; dort wickelte eine Art falscher Soldat – ein Schlaumeier, wie man es in der Gaunersprache nannte –

pfeifend die Binden von seiner falschen Wunde und machte sein gesundes und starkes Knie, welches seit dem Morgen in zahllose Verbände eingeschnürt war, wieder gelenke. Als Gegenstück machte ein Siecher mit Schöllkraut und Ochsenblut sein „Gottesbein“ für den nächsten Tag fertig. Zwei Tische weiter buchstabirte ein Pilger in vollständigem Pilgerkleide das Klagelied auf die Himmelskönigin, ohne die Eintönigkeit und das Näseln dabei zu vergessen. An einem andern Platze nahm ein junger Strauchdieb Unterricht in der Epilepsie bei einem alten Bettler, der Krämpfe zu heucheln verstand, und der ihn in der Kunst unterwies, mit einem zerkauten Stück Seife Schaum am Munde hervorzubringen. Daneben machte sich ein Wassersüchtiger von seiner Geschwulst frei, und veranlaßte vier oder fünf Diebesweiber, die sich an demselben Tische um ein am Abende gestohlenes Kind zankten, sich die Nase zuzuhalten. Alles das waren Umstände, die zweihundert Jahre später, wie Sauvel sagt, „dem Hofe so spaßhaft erschienen, daß sie dem Könige zum Zeitvertreibe und als Scene im königlichen Ballet „Die Nacht“ dienten, das in vier Abtheilungen auf dem Theater Petit-Bourbon getanzt wurde“. „Niemals,“ fügt ein Augenzeuge von 1653 hinzu, „sind die plötzlichen Verwandlungen des Wunderhofes mit mehr Glück dargestellt worden. Benserade bereitete uns in recht niedlichen Versen darauf vor.“

Lautes Lachen und unzüchtige Lieder erschollen von allen Seiten. Jeder wurde anmaßend, machte boshafte Bemerkungen und fluchte, ohne auf seinen Nachbar zu hören. Die Krüge erklangen, Streit erhob sich beim Anstoßen mit denselben, und die schartigen Humpen zerrissen die Lumpen der Zänker.

Ein großer Hund, der auf seinem Hintertheil saß, stierte ins Feuer. Kinder fehlten gleichfalls nicht bei dieser Orgie. Der gestohlene Knabe weinte und schrie. Ein anderer dicker Bursche von vier Jahren saß mit herabhängenden Beinen auf einer zu hohen Bank hinter einem Tische, der ihm bis ans Kinn reichte, und sprach kein Wort. Ein dritter knetete emsig mit dem Finger den schmelzenden Talg, welcher von einem Lichte auf den Tisch herabtropfte. Ein Kleiner schließlich kauerte im Schmutz, fast ganz von einem Kessel verdeckt, an dem er mit einem Steine schabte und einen Ton hervorbrachte, um einen Stradivarius in Ohnmacht fallen zu lassen.

Ein Faß stand neben dem Feuer, und ein Bettler saß auf demselben. Es war der König auf seinem Throne.

Die drei, welche Gringoire festhielten, führten ihn vor dieses Faß, und augenblickliche Stille trat in der wüsten Versammlung ein; nur das Kind am Kessel spielte weiter.

Gringoire wagte weder zu athmen, noch die Augen aufzuschlagen.

Hombre, quita ta sombrero!sagte einer der drei Strolche, welche ihn hielten; und bevor er verstanden hatte, was er sagen wollte, hatte ihm der andere schon den Hut vom Kopfe gerissen. Freilich war der Hut nur eine miserable Krempe, aber immer noch gut genug gegen Sonnenbrand und Regen. Gringoire seufzte.

Jetzt richtete der König von der Höhe seines Fasses das Wort an ihn.

„Wer ist dieser Halunke?“

Gringoire erschrak. Diese Worte, wiewohl im drohenden Tone ausgesprochen, erinnerten ihn an eine andere Stimme, welche ja heute Morgen seinem Schauspiele den ersten Schlag dadurch versetzt hatte, daß sie mit näselndem Tone in die Zuhörerschaft hineinrief: „Ein Almosen, ich bitte Euch!“ Er hob den Kopf. Es war in der That Clopin Trouillefou.

Clopin Trouillefon, mit seinen königlichen Insignien bekleidet, hatte keinen Lumpen mehr oder weniger an sich. Die Wunde am Arme war schon verschwunden. In der Hand hielt er eine jener Riemenpeitschen aus weißem Leder, wie sie damals die Straßenpolizisten gebrauchten, um die Menge in Ordnung zu halten, und die man „neunschwänzige Katzen“ nannte. Auf dem Kopfe trug er eine Art oben geschlossenen Kopfputz, mit einem Reifen versehen; aber es war schwer zu erkennen, ob es einen Kinder-Schutzhelm oder eine Königskrone vorstellen sollte, so sehr gleichen sich ja die beiden Gegenstände.

Indessen hatte Gringoire, ohne zu wissen warum, wieder einige Hoffnung geschöpft, als er im Könige des Wunderhofes seinen verwünschten Bettler aus dem großen Saale erkannte.

„Meister . . .“ stotterte er. „Gnädiger Herr . . . Sire . . . Wie soll ich Euch nennen?“ sprach er endlich, als er auf dem Höhepunkte seiner Gefühlssteigerung angelangt war und nicht vorwärts noch rückwärts mehr wußte.

„Gnädiger Herr, Seine Majestät oder Kamerad, nenne mich, wie du willst. Aber beeile dich! Was hast du zu deiner Vertheidigung zu sagen?“

Zu deiner Vertheidigung? dachte Gringoire, das gefällt mir nicht. Stotternd entgegnete er: „Ich bin derjenige, welcher heute Morgen . . .“

„Bei des Teufels Klauen!“ unterbrach ihn Clopin, „deinen Namen, Halunke, und nichts weiter! Höre. Du stehst vor drei mächtigen Herrschern: vor mir, Clopin Trouillefou, dem Könige von Thunes, dem Nachfolger des großen Coësre, dem obersten Lehnsherrn des Königreichs Rothwälschland; vor Mathias Hungadi Spicali, dem Herzoge von Aegypten und Böhmen, dem alten Gelben, den du da mit einem Lappen um den Kopf siehst; vor Wilhelm Rousseau, dem Kaiser von Galiläa, jenem Dicken, der nicht auf uns hört, und der eine Hure liebkost. Wir sind deine Richter. Du bist in das Königreich Rothwälschland eingedrungen, ohne ein Gauner zu sein; du hast die Rechte unserer Stadt verletzt. Du mußt bestraft werden, wofern du nicht Spieler, Bettler oder Abgebrannter, das heißt im Rothwälsch ehrlicher Leute, Dieb, Bettler oder Vagabund bist. Bist du etwas Derartiges? Rechtfertige dich; nenne deine Titel!“

„Leider!“ sagte Gringoire, „habe ich nicht die Ehre. Ich bin der Verfasser . . .“

„Das genügt," entgegnete Trouillefou, ohne ihn ausreden zu lassen. „Du sollst gehangen werden. Das ist ganz einfach, ihr Herren ehrlichen Spießbürger! Wie ihr die Unsrigen bei euch behandelt, so behandeln wir die Eurigen bei uns. Das Gesetz, welches ihr für die Landstreicher schafft, schaffen die Landstreicher für euch. Es ist eure Schuld, wenn es boshaft ist. Man muß von Zeit zu Zeit die Fratze eines ehrlichen Kerls in der Hanfcravatte sehen, das macht das Ding ehrenhaft. Wohlan, mein Freund, theile frisch deine Lumpen unter diese Fräulein. Ich lasse dich hängen, um die Landstreicher zu belustigen, und du magst ihnen deine Börse geben, damit sie auf dein Wohl trinken. Wenn du noch Alfanzereien machen willst, da unten im hölzernen Mörser steckt ein recht hübscher steinerner Herrgott, den wir in Saint Pierre-aux-Boeufs gestohlen haben. Du hast vier Minuten Zeit, um ihm deine Seele an den Kopf zu werfen."

Die Ansprache war fürchterlich.

„Wohlgesprochen, bei meiner Seele! Clopin Trouillefou predigt wie der heilige Vater, der Papst," rief der Kaiser von Galiläa und zerbrach seinen Krug, um den Tisch mit den Scherben zu stützen.

„Gnädigste Herren Kaiser und Könige," sprach Gringoire kaltblütig (denn ich weiß nicht, wie er die Festigkeit wiedergewonnen hatte, und er sprach entschlossen), „ihr denkt nicht daran; ich heiße Peter Gringoire, ich bin der Dichter, von dem man heute Morgen ein Schauspiel im großen Saale des Palastes aufgeführt hat."

„Ah! du bist's, Meister!" sagte Clopin. „Ich war dort, beim Haupte Gottes! Nun gut! Kamerad, ist das ein Grund, weil du uns heute Morgen gelangweilt hast, daß du heute Abend nicht gehangen wirst?"

„Ich werde Mühe haben, mich aus der Schlinge zu ziehen," dachte Gringoire. Doch machte er noch einen Versuch. „Ich sehe nicht ein," sagte er, „warum die Dichter nicht unter die Landstreicher gerechnet werden sollen. Vagabund – war Aesop; Bettler – war Homer; Dieb – war Mercurius . . ."

Clopin unterbrach ihn: „Ich glaube, du willst uns mit deinem Gewäsch nachdenklich machen. Laß dich hängen, bei Gott! und mach' nicht so viel Umstände!"

„Verzeihung, gnädigster Herr König von Thunes," entgegnete Gringoire, der Schritt für Schritt um das Terrain kämpfte. „Es ist der Mühe werth . . . einen Augenblick! . . . Hört mich an . . . ihr werdet mich nicht verdammen, ohne mich anzuhören . . ."

Seine unglückliche Rede wurde in der That von dem Lärm übertönt, der sich rings um ihn erhob. Der kleine Junge kratzte mit mehr Ungestüm, als vorher, auf dem Kessel, und zum Ueberfluß hatte ein altes Weib soeben eine Pfanne voll Schmalz auf den Dreifuß gesetzt, welches über dem Feuer mit einem Getöse prazelte, ähnlich dem Kreischen eines Kinderschwarmes, der hinter einer Maske herjagt. Währenddessen schien Clopin Trouillefou einen Augenblick mit dem Herzog von Aegypten und mit dem Kaiser von

Galiläa zu berathen, welcher vollständig betrunken war. Dann rief er laut: „Ruhig jetzt!“ Und weil der Kessel und die Bratpfanne nicht aufhörten, sondern ihr Duett fortsetzten, sprang er von der Tonne herab, gab dem Kessel einen Fußtritt, daß er zehn Schritte weit mit dem Knaben wegflog, ebenso einen Fußtritt der Pfanne, so daß das ganze Fett sich in das Feuer ergoß, und stieg wieder würdevoll auf seinen Thron hinauf, ohne sich um das erstickte Weinen des Kindes, noch um das Murren der Alten zu kümmern, deren Abendessen als schöne, helllodernde Flamme in die Luft verflog.

Trouillefou gab ein Zeichen, und der Herzog und der Kaiser und die Erzdiebe und die Gauner stellten sich rings um ihn in Form eines Hufeisens auf, dessen Mitte Gringoire, den man immer noch schonungslos festhielt, einnahm. Es war ein Halbkreis von Lumpen und Fetzen, von Flitter, von Gabeln und Hacken, von taumelnden Gestalten, von nackten starken Armen, von schmutzigen, verlebten und thierischen Gesichtern. Mitten in dieser Tafelrunde von Schurkenthum ragte Clopin Trouillefou als Doge dieses Senates, als König dieser Pairschaft, als Papst dieses Conclaves theils wegen der Höhe seines Fasses, dann aber durch einen gewissen hochmüthigen, wilden und furchtbaren Ausdruck, der ihm im Auge funkelte und in seinem wilden Antlitz den thierischen Zug der Gaunerabkunft milderte. Man hätte ihn mit einem Eber unter Schweinen vergleichen mögen.

„Höre,“ sagte er zu Gringoire und streichelte das mißgestaltete Kinn mit seiner schwieligen Hand, „ich sehe nicht ein, warum du nicht gehangen werden sollst. Allerdings hat es den Anschein, als ob dir das zuwider wäre; und das ist ganz natürlich: ihr Spießbürger seid nicht daran gewöhnt. Ihr macht euch von der Sache eine hohe Vorstellung. Nun aber sind wir dir nicht übel gesinnt. Es giebt ein Mittel, dir für den Augenblick aus der Verlegenheit zu helfen. Willst du einer der Unsrigen sein?“

Man kann sich den Eindruck denken, den dieser Vorschlag auf Gringoire machte, welcher sein Leben verloren gegeben hatte und davon abzulassen begann. Er klammerte sich mit allen Kräften wieder daran.

„Ich will es, gewiß, gern,“ sagte er.

„Du bist bereit,“ fuhr Clopin fort, „dich unter die Genossen des kleinen Dolches aufnehmen zu lassen?“

„Des kleinen Dolches, gewiß,“ antwortete Gringoire.

„Du betrachtest dich als Glied der edlen Fechtbrüderschaft?“ fuhr der König von Thunes fort.

„Der edlen Fechtbrüderschaft.“

„Als Unterthan des Königreichs Rothwälschland?“

„Des Königreichs Rothwälschland.“

„Als Landstreicher?"

„Als Landstreicher."

„Im Herzen?"

„Im Herzen."

„Ich muß dir bemerken," fuhr der König fort, „daß du nichtsdestoweniger gehangen werden wirst."

„Teufel!" sagte der Dichter.

„Nur," fuhr Clopin unerschütterlich fort, „wirst du später gehangen werden, mit mehr Feierlichkeit, auf Kosten der guten Stadt Paris, an einem schönen steinernen Galgen und von ehrbaren Leuten. Das ist ein Trost."

„Wie Ihr meint," antwortete Gringoire.

„Es sind dabei noch andere Vortheile. In der Eigenschaft als Fechtbruder brauchst du dich weder um Straßenschmutz, noch Arme, noch Beleuchtung zu sorgen, wozu die Bürger von Paris doch verpflichtet sind."

„So sei es," sprach der Dichter. „Ich bin einverstanden. Ich bin Landstreicher, Gauner, Fechtbruder, kleiner Dolch, alles, was Ihr nur wollt; ich war das alles schon vorher, Herr König von Thunes, denn ich bin Philosoph; et omnia in philosophia, omnes in philosopho continentur,wie Ihr wißt."

Der König von Thunes runzelte die Stirn.

„Für wen hältst du mich, Freund? Was für ungarisches Judenrothwälsch krähst du uns da vor? Ich verstehe kein Hebräisch. Zum Räuber braucht man nicht Jude zu sein. Ich selbst stehle nicht mehr, darüber bin ich erhaben; ich morde. Gurgelabschneider? ja; Beutelschneider? nein!"

Gringoire versuchte eine Entschuldigung in diese schnell gesprochenen Worte, welche der zornige König immer schneller herausstieß, einfließen zu lassen.

„Ich bitte um Verzeihung, gnädigster Herr. Das ist kein Hebräisch, es ist Latein."

„Ich sage dir," versetzte Clopin ungestüm, „daß ich kein Jude bin, und daß ich dich hängen lassen werde, Judenwanst! so wie den kleinen Schacherer aus Judäa da, der neben dir steht, und den ich hoffentlich noch eines Tages auf einen Ladentisch angenagelt sehe wie ein Stück falsches Geld, so sieht er aus!"

Indem er das sagte, zeigte er mit dem Finger auf den kleinen bärtigen, ungarischen Juden, der sich mit seinem „Facitote caritatem"an Gringoire gemacht hatte, und der, ohne eine andere Sprache zu verstehen, mit Erstaunen sah, wie sich die üble Laune des Königs von Thunes über ihn ergoß.

Endlich beruhigte sich der gestrenge Herr Clopin.

„Halunke," sagte er zu unserem Dichter, „du willst also ein Landstreicher sein?"

„Zweifelsohne," entgegnete der Dichter.

„Das Wollen ist aber noch nicht alles," sagte der mürrische Clopin; „der gute Wille bringt kein Fettauge mehr auf die Suppe, und genügt nur, um ins Paradies zu kommen; nun aber sind Paradies und Galgenstrick zweierlei. Um in die Diebesgilde aufgenommen zu werden, mußt du beweisen, daß du zu irgend etwas tauglich bist, und deshalb mußt du der Gliederpuppe die Taschen ausleeren."

„Ich will die Taschen leeren," sagte Gringoire, „ganz wie Euch belieben wird."

Clopin gab ein Zeichen. Einige Gauner verließen den Halbkreis und kehrten einen Augenblick darauf zurück. Sie brachten zwei Holzpfosten herbei, die am untern Ende mit gezimmerten Füßen versehen waren, so daß sie leicht auf dem Boden festgemacht werden konnten; am obern Ende der beiden Pfosten paßten sie einen Querbalken ein, und das Ganze bildete einen recht hübschen tragbaren Galgen, den Gringoire die Genugthuung hatte, in einem Momente vor seinen Augen aufgerichtet zu sehen. Nichts fehlte daran, selbst nicht der Strick, der unter dem Querbalken anmuthig hin- und herschwankte.

„Was soll damit werden," fragte sich Gringoire mit einer gewissen Unruhe. Ein Schellengeklingel, das er im selbigen Augenblicke hörte, setzte seiner Beklemmung ein Ziel. Es war eine Gliederpuppe, welche die Gauner mit dem Stricke am Halse aufknüpften, eine Art Vogelscheuche, roth aufgeputzt und dermaßen mit Schellen und Glöckchen überladen, daß man dreißig castilianische Maulesel damit hätte behängen können. Diese unzähligen Glöckchen tönten eine Zeit lang beim Baumeln des Strickes, verstummten aber nach und nach und schwiegen endlich ganz, als die Gliederpuppe infolge jenes Pendelschwingungsgesetzes, welches Wasser- und Sanduhren verdrängt hat, zum Stillstand gebracht worden war.

Jetzt bezeichnete Clopin dem Gringoire einen alten wackligen Fußschemel, der unter die Gliederpuppe gestellt war.

„Steige da hinauf!"

„Alle Teufel!" entgegnete Gringoire, „ich breche mir den Hals. Euer Schemel hinkt wie ein Distichon des Martial; er hat ein Hexameter- und ein Pentameterbein."

„Steige hinauf!" wiederholte Clopin.

Gringoire stieg auf den Schemel; aber erst nach mehreren Balancirungen mit dem Kopfe und den Armen gelang es ihm, seinen Schwerpunkt wieder zu finden.

„Jetzt," fuhr der König von Thunes fort, „schlage den rechten Fuß um das linke Bein, und hebe dich auf der linken Fußspitze in die Höhe."

„Gnädigster Herr,“ sagte Gringoire, „Ihr besteht also fest darauf, daß ich mir ein Glied breche?“

Clopin schüttelte unmuthig den Kopf.

„Höre, Freund, du sprichst zu viel. Vernimm in zwei Worten, worum es sich handelt. Du richtest dich auf der Fußspitze in die Höhe, wie ich dir sage; auf diese Weise wirst du der Puppe bis an die Tasche reichen; du wirst sie durchsuchen; du wirst eine Börse herausziehen, die darin ist; und wenn du alles das thust, ohne daß man den Ton eines Glöckchens hört, dann ist's gut; du wirst ein Landstreicher sein. Wir werden dann nichts weiter zu thun haben, als dich acht Tage lang tüchtig durchzuprügeln.“

„Alle Teufel! ich werde es nicht vermögen,“ sagte Gringoire. „Und wenn ich die Glöckchen erklingen mache?“

„Dann wirst du gehangen werden. Verstehst du?“

„Ich verstehe ganz und gar nicht,“ antwortete Gringoire.

„Höre noch einmal. Du sollst die Puppe durchsuchen und ihr die Börse nehmen; wenn eine einzige Glocke bei der Verrichtung erklingt, wirst du gehangen. Verstehst du das?“

„Wohl, ich verstehe,“ sagte Gringoire. „Und dann?“

„Wenn es dir gelingt, die Börse wegzunehmen, ohne daß man die Schellen hört, so bist du Gauner, und du wirst acht Tage lang hinter einander mächtig durchgeprügelt werden. Jetzt verstehst du ohne Zweifel?“

„Nein, gnädigster Herr, ich verstehe immer noch nicht. Wo ist da ein Vortheil für mich? Gehangen in dem einen Falle, geprügelt im andern.“

„Und Landstreicher,“ entgegnete Clopin, „und Gauner, ist das nichts? Es ist in deinem Interesse, wenn wir dich prügeln, damit du gegen Prügel abgehärtet wirst.“

„Danke vielmals,“ antwortete der Dichter.

„Frisch, beeile dich,“ sagte der König und trat mit dem Fuße auf das Faß, daß es wie eine türkische Trommel erklang. “Durchsuche die Puppe und mache ein Ende damit. Ich mache dich zum letzten Male aufmerksam, daß, wenn ich eine einzige Schelle vernehme, du die Stelle der Puppe einnehmen wirst.“

Die Gaunerbande gab den Worten Clopins Beifall und drängte sich mit so mitleidlosem Gelächter im Kreise um den Galgen herum, daß Gringoire einsah, seine Lage verursache ihnen so große Lust, daß er das Schlimmste von ihnen zu erwarten habe. Es blieb ihm somit nichts mehr zu hoffen, außer der unsichern Hoffnung, bei dem fürchterlichen Vorhaben, das ihm auferlegt war, glücklich zu sein; er entschloß sich zu dem Wagnis, nachdem er zuvor ein heißes Gebet an die Puppe gerichtet, die er ausplündern sollte, und die wohl leichter zu rühren gewesen wäre, als die Herzen der

Gauner. Diese unzähligen Glöckchen mit ihren kleinen kupfernen Zungen erschienen ihm wie ebensoviele offene Viperrachen, bereit zu beißen und zu zischen.

„Ach," sagte er ganz leise, „ist es möglich, daß mein Leben von der geringsten Bewegung einer dieser kleinen Schellen abhängt? – O," fügte er mit gefalteten Händen hinzu, „Glöckchen, läutet nicht, Schellchen, tönt nicht!"

Er versuchte noch eine letzte Einwirkung auf Trouillefou.

„Und wenn nun ein plötzlicher Windstoß kommt?" fragte er ihn.

„Du wirst gehangen werden," entgegnete dieser ohne Zögern.

Als er sah, daß keine Frist, kein Aufschub, keine Ausflucht möglich, faßte er sich kühn ein Herz; er schlug den rechten Fuß um den linken, richtete sich auf diesem in die Höhe und streckte den Arm aus ... aber in dem Augenblicke, wo er die Puppe berührte, begann sein Körper, der nur einen Fuß als Stütze hatte, auf dem dreibeinigen Schemel zu wanken; er wollte sich unwillkürlich an die Puppe anlehnen, verlor das Gleichgewicht und fiel in seiner ganzen Länge auf die Erde, völlig betäubt von dem verhängnisvollen Klingen der tausend Glöckchen der Puppe, die, dem Stoße seiner Hand nachgebend, erst eine Drehung um sich selbst beschrieb, dann zwischen den beiden Pfosten majestätisch hin- und herschwankte.

„Verdammt!" schrie er niederfallend und lag wie todt mit dem Gesichte auf der Erde.

Zugleich hörte er das fürchterliche Geläute über seinem Haupte, und das teuflische Gelächter der Gauner, nicht weniger die Stimme Trouillefou's, welcher rief: „Hebt mir den Kerl auf und hängt ihn ohne Schonung."

Gringoire stand auf. Man hatte die Puppe schon abgenommen, um ihm Platz zu machen.

Die Diebe ließen ihn auf den Schemel steigen. Clopin kam auf ihn zu, legte ihm den Strick um den Hals und schlug ihn auf die Schulter: „Adieu, mein Freund. Du kannst jetzt nicht mehr entwischen, selbst wenn du mit den Gedärmen des Papstes verdautest."

Das Wort „Gnade" erstarb auf den Lippen Gringoire's. Er richtete seine Blicke rings um sich her; aber keine Hoffnung war zu erwarten: alle lachten.

„Bellevigne de l'Etoile," sagte der König von Thunes zu einem baumlangen Gauner, welcher aus der Menge heraustrat, „klettere auf den Balken."

Bellevigne de l'Etoile kletterte hurtig auf den Querbalken hinauf, und nach Verlauf einer Minute sah Gringoire, der seine Augen emporhob, ihn mit Entsetzen über seinem Kopfe auf dem Balken hocken.

„Jetzt," fuhr Clopin Trouillefou fort, „sobald ich in die Hände klatsche, wirst du, Andry le Rouge, den Schemel mit einem Knieschub umwerfen; du, Franz Chante-Prune, wirst dich an die Beine des Halunken hängen; und du, Bellevigne, wirst dich auf seine Schultern werfen, aber alle drei zugleich, hört ihr?"

Gringoire schauderte.

„Seid ihr so weit?" sprach Clopin Trouillefou zu den drei Gaunern, die bereit waren, sich auf Gringoire zu stürzen. Der arme Sünder lebte in einem Augenblicke fürchterlicher Erwartung, während Clopin gleichgültig mit der Fußspitze einige Weinholzranken, welche die Flamme nicht erreicht hatte, in das Feuer stieß. „Seid ihr so weit?" wiederholte er und öffnete die Hände zum Klatschen. Eine Secunde noch, und es war geschehen. Aber er hielt inne, wie von einem plötzlichen Einfalle gepackt. „Einen Augenblick," sagte er, „ich vergaß! . . . Es ist Sitte, daß wir keinen Mann hängen, ohne vorher zu fragen, ob eine Frau da ist, die ihn zum Manne will. Kamerad, das ist deine letzte Hilfe! Du mußt dich zu einer Landstreicherin entschließen oder zum Strange."

Dieses Zigeunergesetz, so wunderlich es dem Leser erscheinen mag, steht heute noch ausführlich in der altenglischen Gesetzgebung beschrieben. Man sehe darüber: *„Burington's Observations"*.

Gringoire athmete neu auf. Das war das zweite Mal, daß er, seit einer halben Stunde, ins Leben zurückkehrte. Doch wagte er nicht, allzusehr darauf zu bauen.

„Holla!" rief Clopin, der wieder auf sein Faß gestiegen war, „holla! Weiber, Frauenzimmerchen, ist unter euch Landstreicherinnen eine, von der Hexe bis zu ihrer Katze, die diesen Halunken will? Holla, Colette-la-Charonne! Elisabeth Trouvain! Simone Iodouyne! Marie Piédebou! Thonne-la-Longue! Bérarde Fanouel! Michaele Genaille! Claudine Rougeoreille! Mathurine Girorou! Holla! Isabeau-la-Thierryel! Kommt und seht! Ein Mann umsonst! Wer will ihn?"

Gringoire war ohne Zweifel in dieser elenden Verfassung wenig anziehend. Die Landstreicherinnen zeigten sich diesem Vorschlage nur wenig geneigt. Der Unglückliche hörte sie antworten: „Nein! Nein! Hängt ihn, es wird allen Vergnügen bereiten." Drei indessen traten aus dem Haufen heraus und beschnoberten ihn. Die eine war ein vierschrötiges Frauenzimmer mit breitem Gesicht. Sie untersuchte aufmerksam das elende Wamms des Philosophen. Der Kittel war abgenutzt und durchlöcherter, als eine Pfanne zum Kastanienbraten. Das Mädchen verzog das Gesicht. „Ein alter Lappen!" brummte sie; dann wandte sie sich an Gringoire: „Laß deinen Mantel sehen!"

„Ich habe ihn verloren," sagte Gringoire.

„Deinen Hut?"

„Man hat ihn mir genommen."

„Deine Schuhe?"

„Sie haben fast keine Sohlen mehr."

„Deine Börse?“

„Ach!“ stotterte Gringoire, „ich habe nicht einen Pariser Heller mehr!“

„Laß dich hängen, ich danke!“ entgegnete die Landstreicherin und kehrte ihm den Rücken zu.

Die andere, alt, schwarz, runzlig, widerlich und von einer Häßlichkeit, die im Wunderhofe Aufsehen erregte, betrachtete Gringoire von allen Seiten. Er erschrak fast davor, daß sie ihn nehmen könnte. Doch murmelte sie zwischen den Zähnen: „Er ist zu dürr“ und ging fort.

Die dritte war ein junges, ziemlich frisches und nicht allzu häßliches Mädchen. „Rettet mich!“ sagte der arme Teufel mit leiser Stimme zu ihr. Sie sah ihn einen Augenblick mitleidig an, dann schlug sie die Augen nieder, machte eine Falte in ihrem Rocke und stand unentschlossen. Er folgte mit den Augen allen ihren Bewegungen; es war der letzte Hoffnungsschimmer. „Nein,“ sagte das junge Frauenzimmer schließlich, „nein! Wilhelm Longuejoue würde mich schlagen.“ Sie kehrte zur Menge zurück.

„Kamerad,“ sagte Clopin, „du hast Unglück.“ Dann richtete er sich auf seinem Fasse in die Höhe: „Will ihn niemand?“ rief er, indem er zur allgemeinen Belustigung die Stimme eines Auctionators nachahmte, „will ihn niemand? zum ersten – zweiten – dritten Male!“ Dabei drehte er sich mit einem Kopfnicken nach dem Galgen um: „Fort mit Schaden!“

Bellevigne de l'Etoile, Andry le Rouge und Franz Chante-Prune näherten sich Gringoire.

In diesem Augenblicke erhob sich ein Geschrei unter den Gaunern: „Die Esmeralda! Die Esmeralda!“

Gringoire fuhr zusammen und drehte sich nach der Seite um, wo das Geschrei herkam. Die Menge theilte sich und ließ eine heitere, glänzende Gestalt herein. Es war die Zigeunerin.

„Die Esmeralda!“ wiederholte Gringoire, der trotz seiner Erregung von der unerwarteten Weise bestürzt war, mit der das zauberhafte Wort alle Erinnerungen dieses Tages verknüpfte.

Dieses seltsame Geschöpf schien sogar im Wunderhofe die Herrschaft mit ihrer Anmuth und Schönheit auszuüben. Gauner und Diebinnen traten bei ihrem Eintritte ruhig auf die Seite, und ihre thierischen Gesichter erheiterten sich bei ihrem Anblicke.

Sie näherte sich mit schnellem Schritte dem Delinquenten. Ihre niedliche Djali folgte ihr. Gringoire war mehr todt, als lebend. Sie betrachtete ihn einen Augenblick schweigend.

„Ihr wollt diesen Mann hängen?“ sagte sie düster zu Clopin.

„Ja, Schwester," entgegnete der König von Thunes, „wofern du ihn nicht zum Manne nimmst."

Sie machte mit der Unterlippe ihre reizende schnippische Bewegung.

„Ich nehme ihn," sagte sie.

Gringoire glaubte in diesem Augenblicke fast, daß er seit dem Morgen nur geträumt habe, und daß, was jetzt geschah, die Fortsetzung dieses Traumes sei.

Der plötzliche Wechsel, wiewohl angenehm, war in der That heftig.

Man knüpfte die Schlinge los und ließ den Dichter vom Schemel herabsteigen. Er mußte sich niedersetzen, so heftig war die Gemüthsbewegung.

Der Herzog von Aegypten brachte, ohne ein Wort zu sprechen, einen irdenen Krug herbei. Die Zigeunerin reichte ihn Gringoire hin. „Werft ihn zur Erde," sagte sie zu ihm.

Der Krug zerbrach in vier Stücke.

„Bruder," sagte hierauf der Herzog von Aegypten und legte Beiden die Hände aufs Haupt, „sie ist dein Weib; Schwester, er ist dein Gatte. Auf vier Jahre. Gehet."

7. Eine Hochzeitsnacht

Nach Verlauf einiger Minuten befand sich unser Dichter in einem kleinen, gothisch gewölbten, wohl verschlossenen und gut geheizten Zimmer; er saß an einem Tische, welcher deutlich zu sagen schien, man möge einige Anleihen bei dem ganz in der Nähe hängenden Speiseschränkchen machen; ein gutes Bett hatte er vor sich; zusammen war er mit einem hübschen Mädchen. Das Abenteuer grenzte an Zauberei. Er fing an, sich allen Ernstes für eine Person aus den Feenmärchen zu halten; von Zeit zu Zeit warf er die Blicke um sich her, wie um zu suchen, ob der von zwei Drachen gezogene Flammenwagen, der ihn allein so schnell aus der Unterwelt in das Paradies hatte versetzen können, noch da wäre. Manchmal auch heftete er seine Blicke hartnäckig auf die Löcher seines Wammses, um sich an die Wirklichkeit anzuklammern und um den Boden unter seinen Füßen nicht ganz und gar zu verlieren. Sein in der Traumwelt irrender Verstand hielt sich nur noch an diesem Faden fest.

Das junge Mädchen schien gar nicht auf ihn zu achten; sie kam, ging, verstellte einen Schemel, plauderte mit ihrer Ziege und verzog dann und wann den Mund. Schließlich setzte sie sich neben den Tisch und Gringoire konnte sie nach Belieben in Augenschein nehmen.

Lieber Leser, du bist Kind gewesen, und du bist vielleicht so glücklich, es noch sein zu können. Mehr als ein Mal wohl (und ich für meinen Theil habe ganze Tage, ja die schönsten meines Lebens damit zugebracht) bist du von Strauch zu Strauch, am Ufer eines muntern Baches, an einem sonnigen Tage hinter einer schönen grünen oder blauen

Libelle hergesprungen, wenn sie im schnellen Zickzack herumschwirrte und die Spitzen aller Zweige berührte. Du erinnerst dich, mit welch lieblicher Neugierde dein Gedanke, dein Blick an diesem pfeifenden und summenden Gaukler hingen, der mit seinen purpurfarbigen und azurnen Fittichen, mit seinem unfaßbaren Leibe fast in der Schnelligkeit seiner Bewegung verschwand. Das luftige Wesen, das undeutlich in dem Schwirren seiner Fittiche hervorblitzte, erschien dir eingebildet, erträumt, unfaßbar, unsichtbar. Aber wenn sich die Libelle schließlich auf der Spitze eines Rohrhalmes niederließ, und du mit verhaltenem Athem die langen Gazefittiche, den langen Emailleib, die zwei Krystallkugeln betrachten konntest, welch Erstaunen empfandest du nicht und welche Furcht, das zarte Wesen von neuem als Schatten und Traum verschwinden zu sehen? Vergegenwärtige dir diese Eindrücke, und du kannst dir leicht von dem Rechenschaft geben, was Gringoire empfand, als er in sichtbarer und greifbarer Gestalt diese Esmeralda betrachtete, die er bis dahin nur in einem Strudel von Tanz, Gesang und Lärm gesehen hatte.

Immer mehr in seine Träume versunken, sagte er sich, als er ihr flüchtig mit den Augen folgte: „Das also ist diese „Esmeralda"! Ein himmlisches Geschöpf! Eine Straßentänzerin! So viel und so wenig! Sie ist es, die heute Morgen meinem Schauspiele den Todesstoß versetzt hat, und heute Abend hat sie mir das Leben gerettet. Mein böser Genius! Mein guter Engel! . . . Ein reizendes Weib, meiner Treu! . . . und die närrisch in mich verliebt sein muß, daß sie mich in dieser Verfassung genommen hat. Da fällt mir ein," sagte er, indem er in jener Empfindung der Wahrheit, die das Wesen seines Charakters und seiner Philosophie ausmachte, sich aufrichtete, „ich bin ja ihr Mann!"

Mit diesem Gedanken im Kopfe und in den Blicken, näherte er sich dem jungen Mädchen in so muthiger Liebhaberweise, daß sie zurückwich.

„Was wollt Ihr denn von mir?" sagte sie.

„Könnt Ihr mich darnach fragen, anbetungswürdige Esmeralda?" antwortete Gringoire mit solch leidenschaftlichem Tone, daß er selbst erstaunte, als er sich reden hörte.

Die Zigeunerin machte große Augen. „Ich verstehe nicht, was Ihr sagen wollt."

„Ach was!" entgegnete Gringoire, der immer feuriger wurde und meinte, daß er es jetzt nur mit einer Unschuld aus dem Wunderhofe zu thun habe, „gehöre ich nicht dir, süße Freundin? du nicht mir?"

Und er griff sie ganz dreist um den Leib.

Das Leibchen der Zigeunerin glitt wie eine Aalhaut in seine Hände. Sie sprang mit einem Satze in die andere Ecke der Zelle, bückte sich und richtete sich mit einem kleinen Dolche in der Hand wieder in die Höhe, ehe Gringoire nur Zeit gehabt hatte, zu sehen, woher dieser Dolch kam; – gereizt und stolz, mit aufgeworfenem Munde und weiten Nüstern, hochgerötheten Wangen und blitzenden Augen stand sie da. Zugleich stellte sich das weiße Zickchen vor ihr auf und neigte drohend ihre zwei kleinen, sehr spitzen und vergoldeten Hörner gegen Gringoire. Alles das geschah in einem Augenblicke. Das Mädchen wurde zur Wespe, und wünschte nichts sehnlicher, als zuzustechen.

Unser Philosoph stand sprachlos da und betrachtete blöden Auges bald die Ziege, bald das junge Mädchen. „Heilige Jungfrau!“ sagte er endlich, als die Ueberraschung ihm die Sprache wiedergab, „das sind mir zwei entschlossene Geschöpfe!“

Die Zigeunerin brach ihrerseits das Schweigen:

„Du mußt ein sehr dreister Narr sein!“

„Verzeiht, gutes Mädchen,“ sagte Gringoire lächelnd, „aber warum habt Ihr mich denn zum Manne genommen?“

„Sollte ich dich hängen lassen?“

„So?“ entgegnete der in seinen verliebten Hoffnungen ein wenig enttäuschte Dichter, „Ihr habt, als Ihr mich zum Manne nahmt, keinen anderen Gedanken gehabt, als mich vom Galgen zu retten?“

„Und welch andern Gedanken sollte ich gehabt haben?“

Gringoire biß sich auf die Lippen. „Wohlan,“ sagte er, „ich bin noch nicht so siegreich mit Cupido, wie ich glaubte. Aber wozu hat man denn eigentlich den armen Krug zerbrochen?“

Währenddessen verhielten sich der Dolch der Esmeralda und die Hörner der Ziege immer noch abwehrend.

„Jungfer Esmeralda,“ sagte der Dichter, „wir wollen uns vertragen. Ich bin kein Gerichtsschreiber am Châtelet und werde Euch nicht deswegen schikaniren, daß Ihr innerhalb von Paris, und allen Befehlen und Verboten des Herrn Oberrichters zum Trotz, einen Dolch bei Euch führt. Ihr wißt aber doch wohl, daß Noel Lescrivain vor acht Tagen zu einer Strafe von zehn Pariser Sols verurtheilt worden ist, weil er ein Stilet getragen hat. Doch geht das mich nichts an; ich komme jetzt zur Hauptsache. Ich schwöre Euch bei meinem Antheile am Paradiese, ohne Genehmigung und Erlaubnis Euch nicht zu nahe zu treten; aber gebt mir zu essen.“

Im Grunde war Gringoire, wie Herr Despréaux, „sehr wenig wollüstig“. Er besaß nicht jene ritterliche und soldatische Art, welche junge Mädchen im Sturme erobert. In Sachen der Liebe, wie in jeder andern Angelegenheit, war er fürs Zeitabwarten und für den Mittelweg; und ein gutes Abendbrot in liebenswürdiger Gesellschaft erschien ihm, namentlich wenn er Hunger hatte, als eine vortreffliche Pause zwischen Prolog und Entwicklung eines Liebesabenteuers.

Die Zigeunerin antwortete nicht. Sie verzog spöttisch den Mund, hob den Kopf wie ein Vogel, brach dann in lautes Gelächter aus, und der niedliche Dolch verschwand, wie er gekommen war, ohne daß Gringoire sehen konnte, wo die Biene ihren Stachel verbarg. Bald darauf standen ein Roggenbrot, ein Stück Speck, einige zusammengeschrumpfte Aepfel und eine Kanne Bier auf dem Tische. Gringoire fing an mit Gier zu essen. Wer das emsige Klappern seiner eisernen Gabel und des irdenen Tellers hörte, hätte meinen sollen, seine ganze Liebe habe sich in Appetit verwandelt.

Das junge Mädchen saß ihm gegenüber und sah seinem Treiben schweigend zu; sichtbar mit einem andern Gedanken beschäftigt lächelte sie zeitweilig dazu, während ihre zarte Hand den Kopf der klugen Ziege streichelte, die sich sanft an ihre Knien geschmiegt hatte.

Eine gelbe Wachskerze beleuchtete diese Scene des Heißhungers und der Träumerei.

Als Gringoire das Knurren seines Magens vorläufig befriedigt hatte, empfand er jedoch etwas falsche Scham, als er sah, daß nur ein einziger Apfel übrig war. „Ihr eßt nicht, Jungfer Esmeralda?"

Sie antwortete mit einem Kopfschütteln, und ihr träumerischer Blick heftete sich an die Wölbung der Zelle.

„Womit, ins Teufels Namen, ist sie beschäftigt," dachte Gringoire, der ihrem Blicke folgte. „Unmöglich kann es die im Schlußsteine der Deckenwölbung ausgehauene Zwergfratze sein, welche ihre Aufmerksamkeit so in Anspruch nimmt. Was Teufel! damit kann ich den Vergleich auch aushalten!"

Er erhob seine Stimme: „Jungfer!"

Sie schien ihn nicht zu hören.

Er wiederholte noch einmal lauter: „Jungfer Esmeralda!"

Vergebliche Mühe. Der Geist des jungen Mädchens war abwesend, und die Stimme Gringoire's hatte nicht die Macht, ihn zurückzurufen. Glücklicherweise legte sich die Ziege ins Mittel. Sie fing an, ihre Herrin sanft am Aermel zu zupfen.

„Was willst du, Djali?" fragte die Zigeunerin lebhaft, wie plötzlich erwacht.

„Sie hat Hunger," sagte Gringoire, erfreut eine Unterhaltung anfangen zu können.

Die Esmeralda begann Brot zu zerbrocken, welches Djali zierlich aus ihrer hohlen Hand fraß.

Uebrigens ließ ihr Gringoire keine Zeit, wieder in ihre Träumerei zu versinken. Er wagte eine kitzliche Frage.

„Ihr wollt mich also nicht zu Eurem Manne?"

Das junge Mädchen sah ihn fest an und antwortete: „Nein."

„Zu Eurem Liebhaber?" fuhr Gringoire fort.

Sie verzog den Mund und antwortete: „Nein."

„Zu Eurem Freunde?" fuhr Gringoire fort.

Sie sah ihn noch einmal fest an und sagte nach kurzem Bedenken: „Vielleicht."

Dieses „Vielleicht", das so werthvoll für die Philosophen ist, ermuthigte Gringoire.

„Wißt Ihr, was die Freundschaft ist?" fragte er.

„Ja," antwortete die Zigeunerin, „es heißt Bruder und Schwester sein; zwei Seelen, welche einander treffen, ohne sich zu verwirren; die zwei Finger an der Hand."

„Und was die Liebe?" fuhr Gringoire fort"

„Ach! die Liebe!" sagte sie, und ihre Stimme zitterte, und ihr Auge glänzte. „Das heißt Zwei sein und doch nur Eins. Mann und Weib, welche sich in einen Engel vereinigen. Es ist der Himmel."

Die Straßentänzerin war, während sie so sprach, von einer Schönheit, die Gringoire lebhaft ergriff, und erschien ihm im vollkommenen Einklange mit der fast orientalischen Glut ihrer Worte. Ihre rosigen und keuschen Lippen lächelten halbgeöffnet; über die reine und heitere Stirn zog auf Augenblicke der Ernst des Gedankens, wie der Hauch über einen Spiegel; und von ihren langen, schwarzen, gesenkten Wimpern strahlte ein eigener, unerklärlicher Schimmer, der ihrem Antlitze jene ideale Anmuth verlieh, welche seitdem Raphael gerade als das geheimnisvolle Merkmal von Jungfräulichkeit, Mutterschaft und Göttlichkeit enthüllte.

Gringoire bewarb sich trotzdem um sie.

„Wie muß man denn beschaffen sein, um Euch zu gefallen?"

„Man muß ein Mann sein."

„Und ich," sagte er, „was bin ich denn?"

„Ein Mann hat den Helm auf dem Kopfe, den Degen in der Faust und goldene Sporen an den Fersen."

„Gut," sagte Gringoire, „ohne Pferd kein Mann. Habt Ihr Gefallen an jemandem gefunden?"

„Ja, Liebe!"

„Liebe?"

Sie stand einen Augenblick nachdenklich da; dann sagte sie mit eigenthümlichem Nachdrucke: „Ich werde das bald erfahren."

„Warum heute Nacht nicht?" entgegnete nun zärtlich der Dichter, „warum nicht ich?"

Sie warf ihm einen ernsten Blick zu.

„Ich werde nur einen Mann lieben können, den mich zu beschützen wissen wird."

Gringoire erröthete und ließ es sich gesagt sein. Es war klar, daß das junge Mädchen auf den geringen Beistand anspielte, welchen er ihr in jener bedenklichen Lage geleistet, in der sie sich vor zwei Stunden befunden hatte. Die Erinnerung, die durch die andern Ereignisse des Abends ein wenig geschwunden war, kehrte bei ihm wieder. Er schlug sich an die Stirn.

„Ganz recht, Jungfer; ich hätte damit anfangen sollen. Verzeihet mir meine alberne Zerstreutheit. Wie habt Ihr's denn angefangen, um den Klauen Quasimodo's zu entwischen?"

Diese Frage machte die Zigeunerin zittern.

„Ach! der entsetzliche Bucklige!" sagte sie und verbarg das Gesicht in den Händen.

Und sie schauderte wie vom Frost geschüttelt.

„Entsetzlich in der That," sagte Gringoire, der nicht von seinem Gedanken abging, „aber wie habt Ihr ihm entwischen können?"

Die Esmeralda lächelte, seufzte und schwieg.

„Wißt Ihr, warum er Euch gefolgt war?" entgegnete Gringoire, der auf einem Umwege auf seine Frage zurückkommen wollte.

„Ich weiß es nicht," sagte das junge Mädchen. Und sie fügte schnell hinzu: „Aber sagt, warum folgtet auch Ihr mir nach?"

„Aufrichtig gestanden," entgegnete Gringoire, „ich weiß es auch nicht."

Es entstand eine Pause. Gringoire kratzte mit dem Messer auf dem Tische. Das junge Mädchen lächelte und schien durch die Mauer hindurch etwas zu erblicken. Plötzlich begann sie mit kaum verständlicher Stimme zu singen:

> Quando las pintadas aves
> Mudas estan, y la tierra . . .

Auf einmal brach sie ab und begann Djali zu liebkosen.

„Ihr habt da ein hübsches Thier," sagte Gringoire.

„Es ist meine Schwester," antwortete sie.

„Warum nennt man Euch die Esmeralda?" fragte der Dichter.

„Ich weiß es nicht."

„Saget es mir nur!"

Sie zog aus dem Busen eine Art kleines, längliches Säckchen, das an einer Schnur von Adrezarachkörnern an ihrem Halse hing; dieses Säckchen verbreitete einen starken Kampfergeruch. Es war mit grüner Seide überzogen und hatte in der Mitte eine große, grüne Glasperle, die einem Smaragde ähnelte.

„Es ist vielleicht deshalb,“ sagte sie.

Gringoire wollte das Säckchen ergreifen. Sie wich zurück. „Rühre es nicht an, es ist ein Amulett. Du würdest dem Zauber schaden, oder der Zauber dir.“

Die Neugierde des Dichters war immer reger geworden.

„Wer hat es Euch gegeben?“

Sie legte einen Finger an den Mund und verbarg das Amulett in ihrem Busen. Er versuchte andere Fragen an sie zu richten, aber sie antwortete kaum.

„Was soll das Wort „die Esmeralda“ heißen?“

„Ich weiß es nicht,“ sagte sie.

„Welcher Sprache gehört es an?“

„Ich glaube, es kommt aus dem Aegyptischen.“

„Ich habe es mir gedacht,“ sagte Gringoire. „Ihr seid nicht aus Frankreich?“

„Ich weiß es nicht.“

„Habt Ihr noch Eure Eltern?“

Sie begann nach einer alten Melodie zu singen:

„Mein Vater ist ein Vöglein,
Mein Mütterchen auch.
Ich zieh' übers Wasser hin,
Ohn' Kahn und Schiff, zu fahren drin –
Mein' Mutter ist ein Vöglein,
Mein Väterchen auch.“

„Es ist gut,“ sagte Gringoire. „In welchem Alter seid Ihr nach Frankreich gekommen?“

„Ganz klein.“

„Nach Paris?“

„Voriges Jahr. Gerade als wir durch das Papstthor einzogen, sah ich in der Luft den Weidenzeisig fortziehen, es war Ende des August; da sagte ich: der Winter wird hart werden.“

„Er war es auch,“ sagte Gringoire, erfreut über den Beginn der Unterhaltung; „ich habe fortwährend in die Hände gehaucht. Ihr besitzt also die Gabe, in die Zukunft zu sehen?“

Sie verfiel wieder in ihre Wortkargheit: „Nein.“

„Der Mann, welchen Ihr Herzog von Aegypten nennt, ist das Oberhaupt Eures Stammes?“

„Ja.“

„Er ist es also, welcher uns verheirathet hat,“ bemerkte schüchtern der Dichter.

Sie machte ihre gewohnte reizende Grimasse. „Ich weiß nicht einmal deinen Namen.“

„Meinen Namen? Wenn Ihr wollt, da ist er: Peter Gringoire.“

„Ich weiß einen viel schönern,“ sagte sie.

„Böses Mädchen!“ entgegnete der Dichter. „Doch es thut nichts, Ihr sollt mich nicht ärgern. Sehet! Ihr werdet mich vielleicht lieb gewinnen, wenn Ihr mich besser kennen lernt; und überdies habt Ihr mir Eure Lebensgeschichte mit so viel Offenheit erzählt, daß ich Euch die meinige auch erzählen muß. Ihr mögt also wissen, daß ich Peter Gringoire heiße und der Sohn des Gerichtsschreibereipächters von Gonesse bin. Mein Vater wurde von den Burgundern gehangen, und meiner Mutter bei der Belagerung von Paris, vor zwanzig Jahren, von den Picarden der Leib aufgeschlitzt. Mit sechs Jahren also war ich Waise; ich hatte als Sohle nichts unter den Füßen, als das Straßenpflaster von Paris. Ich weiß nicht, wie ich über die Zeit vom sechsten bis zum sechzehnten Jahre weggekommen bin. Hier erhielt ich von einer Obsthändlerin eine Pflaume, dort warf mir ein Bäcker eine Brotrinde zu; nachts ließ ich mich von der Wache der Einunddreißig auflesen, die mich ins Gefängnis steckten, und ich fand da eine Schütte Stroh. Alles das hat aber nicht gehindert, daß ich groß und schlank geworden bin, wie Ihr sehet. Im Winter wärmte ich mich an der Sonne unter der Thürhalle des Hotel de Sens; und ich fand es recht lächerlich, daß das Sanct-Johannisfestfeuer für die Hundstage aufgespart würde. Mit sechzehn Jahren wollte ich einen Stand ergreifen. Nach und nach habe ich alles versucht. Ich wurde Soldat, aber ich war nicht muthig genug. Ich wurde Mönch, aber ich war nicht fromm genug, und dann – ich saufe nicht. Aus Verzweiflung trat ich bei den Zimmerleuten mit der großen Axt als Lehrling ein, aber ich war nicht stark genug. Ich hatte mehr Neigung, den Schulmeister zu spielen; wahr ist, daß ich nicht lesen konnte; aber das war kein Hindernis. Endlich merkte ich nach Verlauf einer gewissen Zeit, daß mir zu allem etwas fehlte; und weil ich fühlte, daß ich zu nichts taugte, würde ich ganz freiwillig Dichter und Tonsetzer. Das ist ein Stand, den man immer ergreifen kann, wenn man Landstreicher ist, und ist doch immer noch besser, als zu stehlen, wie mir einige meiner Freunde riethen, die Soldatenbuben waren. Glücklicherweise traf ich eines schönen Tages Dom Claude Frollo, den ehrwürdigen Archidiaconus an der Kirche Notre-Dame. Er fand Gefallen an mir, und ihm verdanke ich es, daß ich heute ein wahrer

Gelehrter bin, der alles Latein versteht, von Cicero's Buche „Ueber die Pflichten“ an bis zu dem „Todtenbuche“ der Cölestinermönche; der weder in der Scholastik, noch in der Dichtkunst, noch in der Rhythmik, dieser Weisheit aller Weisheit, unbewandert ist. Ich bin nämlich der Autor des Schauspieles, das man heute mit glänzendem Erfolge und unter großem Zulaufe der Bevölkerung im dichtgedrängten Saale des Gerichtspalastes gegeben hat. Auch ein Buch, welches sechshundert Seiten enthalten wird, habe ich über den wunderbaren Kometen von 1465 geschrieben, über den ein Mensch verrückt wurde. Ich habe noch andere Erfolge zu verzeichnen. Als ich ein Weilchen Tischler bei der Artillerie war, habe ich an jener großen Bombarde des Johann Maugue gearbeitet, die bekanntlich am Tage, wo man eine Schießprobe mit ihr anstellte, auf der Charentonbrücke geplatzt ist und vierundzwanzig Zuschauer getödtet hat. Ihr seht, daß ich keine schlechte Heirathspartie bin. Ich kenne die Geheimnisse vieler allerliebsten Kunststücke, die ich Eurer Ziege lehren will, z. B. den Bischof von Paris nachzumachen, diesen verdammten Pharisäer, dessen Mühlen alle Passanten vollspritzen, die längs der Müllerbrücke hingehen. Und dann wird mir mein Schauspiel viel baares Geld eintragen, wenn ich's bezahlt bekomme. Kurz, ich stehe zu Euern Befehlen, ich und mein Geist, meine Wissenschaft, meine Gelehrsamkeit; bin bereit mit Euch, Jungfer, nach Gefallen zu üben; keusch oder lustig, als Mann und Frau, wenn's Euch recht ist; als Bruder und Schwester, wenn's Euch besser behagen sollte.“

Gringoire schwieg und wartete auf die Wirkung seiner Rede auf das junge Mädchen. Sie hatte die Blicke an den Boden geheftet.

„Phöbus,“ sagte sie mit leiser Stimme. Dann wandte sie sich an den Dichter. „Phöbus – was bedeutet das?“

Gringoire, der nicht recht begriff, in welcher Beziehung diese Frage zu seiner Ansprache stehen könnte, war gar nicht böse, sein Licht leuchten lassen zu können. Er warf sich in die Brust und antwortete: „Das ist ein lateinisches Wort, welches „Sonne“ bedeutet.“

„Sonne!“ versetzte sie.

„Es ist der Name eines sehr schönen Bogenschützen, welcher ein Gott war,“ fügte Gringoire hinzu.

„Ein Gott!“ wiederholte die Zigeunerin, und in ihrem Tone lag etwas Nachdenkliches und Leidenschaftliches.

In diesem Augenblicke ging eins ihrer Armbänder los und fiel zu Boden. Gringoire bückte sich schnell, um es aufzuheben; als er sich wieder erhob, waren das junge Mädchen und die Ziege verschwunden. Er hörte das Klappern eines Riegels. Es kam von einer kleinen Thür, welche ohne Zweifel in eine Kammer nebenan führte, und die sich von draußen schloß.

„Hat sie mir wenigstens ein Bett zurückgelassen?“ sagte unser Philosoph.

Er machte einen Gang durch die Zelle. Er fand kein anderes zum Schlafen geeignetes Zimmergeräth, als eine ziemlich lange, hölzerne Lade, deren Deckel noch dazu mit Bildschnitzereien bedeckt war, und welche Gringoire, als er sich niederlegte, eine Empfindung verursachten, ohngefähr wie die, welche Mikromegas empfand, als er sich seiner ganzen Länge nach auf den Alpen zum Schlafen ausstreckte.

„Wohlan,“ sagte er und bequemte sich so gut es ging, „man muß sich in sein Schicksal ergeben. Aber das ist eine sonderbare Hochzeitsnacht. Es ist schade; in dieser Vermählung mittelst des zerbrochenen Kruges war so etwas Naturwüchsiges und Vorsündflutliches, daß es mir recht gefallen hat.“

Drittes Buch

1. Die Kirche Notre-Dame

Ohne Zweifel ist die Kirche Notre-Dame in Paris noch heute ein majestätisches und erhabenes Bauwerk. Doch so schön sie sich bei ihrem Alter erhalten hat, so schwer ist es, über die Beschädigungen nicht zu klagen, sich über die zahllosen Verstümmlungen nicht zu entrüsten, welche Zeit und Menschen ohne Ehrfurcht vor Karl dem Großen, welcher den Grundstein dazu gelegt, noch vor Philipp August, welcher es vollendet hat, diesem ehrwürdigen Denkmale zugleich zugefügt haben.

An der Façade dieser alten Königin unter unseren Domen findet sich neben einer Runzel immer eine Narbe. „Tempus edax, homo edacior“, was ich gern so übersetzen möchte: „Die Zeit ist blind, der Mensch ist thöricht.“ Wenn wir Muße hätten, mit dem Leser die Spuren der Zerstörung, welche dieser alterthümlichen Kirche aufgeprägt sind, eine nach der andern zu untersuchen, – der Antheil der Zeit würde der geringste, der der Menschen der schlimmste sein; vor allem derjenige „der Männer der Kunst“, da es in den letzten zwei Jahrhunderten Individuen gegeben hat, die sich den Titel Baumeister beigelegt haben. Um nur gleich einige vorzügliche Beispiele anzuführen, so giebt es sicher wenige schönere architektonische Erscheinungen, als diese Façade. Hier enthüllen sich vor dem Auge allmählich und auf einmal drei gothisch gewölbte Portale, der gezackte und von achtundzwanzig Königsnischen eingefaßte Bogenkranz, die riesige, von ihren zwei Seitenfenstern flankirte Mittelrosette, ähnlich dem Priester mit Diaconus und Subdiaconus zur Seite, die hohe und zierliche Galerie aus Kreuzwölbungen, welche auf ihren zarten Säulchen eine mächtige Plattform trägt, endlich die zwei schwarzen, massiven Thürme mit ihren Schieferdächern als harmonische Theile eines prachtvollen, in fünf gigantischen Stockwerken über einander gethürmten Ganzen; alles massenhaft und ruhig, mit den zahllosen Einzelnheiten an Statuen, Bildhauer- und Schnitzarbeiten, welche kühn zur ruhigen Größe der Gesammtheit vereinigt sind; – es ist so zu sagen eine gewaltige Steinsymphonie, das ungeheure Werk eines Mannes und eines Volkes; das

Ganze einheitlich und zusammengesetzt zu gleicher Zeit, wie die Iliade und die romantischen Dichtungen, deren Schwester diese Kirche ist; es ist das wunderbare Erzeugnis aus der Vereinigung aller Kräfte einer Epoche, wo man aus jedem Steine die hundertgestaltige Phantasie des Handwerkers hervortreten sieht, dem der Künstler die Hand lenkte, eine Art menschlicher Schöpfung, doch gewaltig und überreich, wie die göttliche Schöpfung, von welcher sie den zwiefachen Charakter entnommen zu haben scheint: den der Mannigfaltigkeit und den der Ewigkeit.

Und was wir hier von der Façade sagen, müssen wir auch von der ganzen Kirche sagen; und was wir von der Kathedrale zu Paris sagen, müssen wir ebenso von allen Kirchen der mittelalterlichen Christenheit sagen. Alles verhält sich in dieser Kunst, die aus sich selbst heraus entstanden ist, logisch und im schönsten Ebenmaße: an der Fußzehe schon erkennt man den Riesen.

Doch zurück zur Façade von Notre-Dame, wie sie uns noch gegenwärtig erscheint, wenn wir andächtigen Sinnes die ernste und mächtige Kathedrale bewundern, die uns Schauer einflößt, um mit den Worten ihrer Geschichtsschreiber zu reden: „Quae mole sua terrorem incutit spectantibus"

Drei wichtige Dinge fehlen heute dieser Façade: zuerst der Aufgang von elf Stufen, welcher sie vordem über den Boden hob; dann die untere Reihe von Bildsäulen, welche die Nischen der drei Portale einnahm; und die obere Reihe der achtundzwanzig ältesten Könige von Frankreich, welche die Galerie des ersten Stockwerkes einfaßte, von Childebert an bis Philipp August mit „dem Reichsapfel" in der Hand.

Was den Aufgang betrifft, so hat die Zeit, welche mit unwiderstehlichem und leisem Schritte die Bodenfläche der Altstadt erhöhte, ihn verschwinden lassen; aber sie, die eins nach dem andern von dieser Vorflut des Pariser Pflasters verschlingen ließ, und auch die elf Stufen, welche die majestätische Höhe des Bauwerkes vergrößerten – die Zeit hat der Kirche wohl mehr gegeben, als sie ihr nahm; denn die Zeit hat über die Façade jenes düstre Colorit der Jahrhunderte gebreitet, welches aus der Alterthümlichkeit der Baudenkmäler das Alter ihrer Schönheit schafft.

Wer aber hat die beiden Statuen-Reihen herabgeworfen? Wer die Nischen geleert? Wer hat mitten in das schöne Hauptportal jenen neuen und unechten Spitzbogen hineingearbeitet? Wer gewagt, jenes geschmacklose, plumpe Thor aus geschnitztem Holze im Geschmacke Ludwig des Vierzehnten neben den Arabesken Biscornette's einzufügen? Die Leute, die Baumeister und Künstler unserer Zeit!

Und wenn wir in das Innere des Gebäudes treten, wer hat die Kolossalbildsäule des heiligen Christoph umgestürzt? Ihn, der unter den Statuen mit demselben Rechte sprichwörtlich war, wie der große Saal des Justizpalastes unter den Sälen, und wie der Münster von Straßburg unter den Münstern! Und diese unzähligen Statuen, welche alle Säulenweiten des Schiffs und Chores in knieender Stellung, zu Fuß, zu Pferde bevölkerten, Männer, Frauen, Kinder, Könige, Bischöfe, Geharnischte, in Stein, Marmor, Gold, Silber, Erz, selbst in Wachs – wer hat sie brutal weggefegt? Die Zeit hat es nicht gethan!

Und wer hat dem alten gothischen, mit Reliquienschreinen und Kästchen reich bedeckten Hochaltare jenen plumpen Marmorsarkophag mit Engelköpfen und Wolken untergeschoben, der wie ein vom Val-de-Grace oder vom Invalidendome genommenes Muster aussieht? Wer hat einfältigerweise diesen plumpen Kunstanachronismus unter den karolingischen Denkmälern Hercanducs besiegelt? Ist es nicht Ludwig der Vierzehnte, der das Gelübde Ludwig des Dreizehnten erfüllte?

Und wer hat weiße, frostige Fensterscheiben an Stelle dieser „farbenglänzenden" Fenster gesetzt, welche das entzückte Auge unserer Väter zwischen der Rosette des großen Portales und den Fensterbogen des Chores hin- und herzog? Und was würde ein Unterkantor des sechzehnten Jahrhunderts sagen, wenn er den schönen gelben Maueranstrich sähe, mit dem die vandalischen Erzbischöfe ihre Kathedrale angepinselt haben? Er würde sich erinnern, daß dies die Farbe ist, mit welcher der Henker die „verrufenen" Häuser anstrich; er würde an das Palais Petit-Bourbon denken, welches wegen der Verrätherei des Connetables gleichfalls ganz gelb angestrichen wurde; „ein Gelb, welches noch dazu von einer solchen Dauerhaftigkeit ist", sagt Sauval, „und so fest aufgetragen wurde, daß länger als ein Jahrhundert noch nicht vermocht hat, sein Colorit verschwinden zu lassen"; er würde glauben, daß die heilige Stätte verrufen geworden und würde entfliehen.

Und wenn wir auf die Kathedrale hinaufsteigen, ohne uns bei den tausend Barbareien aller Art aufzuhalten, – was hat man mit dem hübschen kleinen Thurme angefangen, welcher sich auf den Durchschnittspunkt des Kreuzgewölbes stützte, und welcher ebenso schlank und kühn, wie sein Nachbar, der (gleichfalls zerstörte) Thurm der heiligen Kapelle, aber höher, spitzer, tönender und reicher durchbrochen, als die Thürme, in den Himmel hineinragte? Ein Baumeister von gutem Geschmacke (1787) hat ihn abgetragen und geglaubt, es genüge, die Verletzung hinter jenem breiten Bleipflaster zu verstecken, das dem Deckel eines Kochtopfes gleicht. So ist die wundervolle Kunst des Mittelalters allerorts behandelt worden, namentlich aber in Frankreich. An ihrer Ruine kann man drei Arten von Verletzungen unterscheiden, welche ihr sämmtlich Wunden verschiedener Tiefe beibrachten: zuerst die Zeit, welche ihr Aeußeres hier und da kaum merklich verletzt und angefressen hat; dann die politischen und religiösen Umwälzungen, die ihrer Natur nach blind und leidenschaftlich, bald für die geistliche, bald für die weltliche Macht im Sturme über sie hergefallen sind, und das reiche Kleid seiner Steinmetz- und Bildhauerarbeiten zerfetzt, ihre Rosetten zerschlagen, ihre Arabesken- und Figurenkränze zerbrochen, ihre Statuen herabgerissen haben; endlich die immer wunderlicheren und alberneren Moden, welche seit den regellosen und glänzenden Abschweifungen der „Renaissance" in dem unvermeidlichen Verfalle der

Baukunst endigten. Die Moden haben mehr Uebel verursacht, als die Revolutionen. Sie haben in den Lebensnerv geschnitten, sie haben das Knochengerüst der Kunst angegriffen, haben das Bauwerk beschnitten, zerstückelt, es in seiner Gestalt wie in seiner Symbolik, in seinem Zusammenhange wie in seiner Schönheit zerstört. Und hernach haben die Moden wieder ausgebessert, eine Anmaßung, die wenigstens weder die Zeit, noch die Revolutionen gehabt haben. Sie haben dreist, mit „gutem Geschmacke" den Verletzungen der gothischen Baukunst ihre elenden alltäglichen Schnörkeleien, ihre marmornen Bänder, ihre metallenen Zieraten angepaßt: eine wahre Pest von Kugelverzierungen, Schnecken, Einschnitten, Einkleidungen, Guirlanden, Fransen, steinernen Flammen, bronzenen Wolken, dicken Liebesgöttern, bausbäckigen Engelsköpfen, welche in der Betzelle Katharinens von Medici das Antlitz der Kunst benagt und sie, zwei Jahrhunderte später im Boudoir der Dubarry, gequält und grinsend verenden läßt.

So entstellen also, um die Punkte, welche wir soeben nannten, zusammenzufassen, drei Arten von Verwüstungen heute die gothische Baukunst: Furchen und Flecke auf der Oberfläche, als das Werk der Zeit; thatsächliche Spuren, Gewaltthätigkeiten, Verletzungen, Brüche – als das Werk der Revolutionen von Luther an bis Mirabeau; Verstümmelungen, Abtragungen, Versetzungen des Gliederbaues, „Restaurationen" – dies die griechische, römische und barbarische Arbeit von Kunstgelehrten nach Maßgabe Vitruvsund Vignola's.Diese herrliche Kunst, welche die Vandalen erschaffen hatten, haben die Akademien vernichtet. Auf die Jahrhunderte, auf die Revolutionen, welche wenigstens unparteiisch und großartig verwüsteten, folgte der Schwarm zünftiger und vereideter Schularchitekten, welche sie planmäßig und mit Wahl des schlechten Geschmackes herabwürdigten, welche, zum höchsten Ruhme des Parthenons, das krause Faltenwerk Ludwigs des Fünfzehnten an die Stelle gothischer Zackenzieraten setzten. Das ist der Fußtritt des Esels für den sterbenden Löwen. Das ist die alte Eiche, die von oben abstirbt, und die zuguterletzt von den Würmern angebohrt, zerfressen und durchlöchert wird.

Wenn doch lieber noch der Zeitraum vorhanden wäre, wo Robert Cenalis, welcher Notre-Dame von Paris mit jenem berühmten, „von den alten Heiden so oft angerufenen" und von Herostrat unsterblich gemachten Tempel der Diana in Ephesus verglich, entdeckte, daß die gallische Kathedrale „an Länge, Breite, Höhe und Bauart viel vortrefflicher sei"!

Notre-Dame in Paris ist übrigens nicht das, was man ein vollkommenes, abgeschlossenes und klassisches Baudenkmal nennen kann. Sie ist keine eigentlich romanische, sie ist aber auch keine gothische Kirche. Dieses Gebäude ist kein Urbild. Notre-Dame in Paris hat nicht, wie die Abtei zu Tournus, die wuchtige und massive Breite, die runde und weite Wölbung, die eisige Nacktheit, die majestätische Einfachheit von Gebäuden, welche dem Rundbogen die Entstehung verdanken. Sie ist auch nicht, wie die Kathedrale von Bourges, das großartige, schlanke, vielformige, reiche, strotzende, blühende Erzeugnis der Gothik. Es ist unmöglich, sie unter jene alte Familie finsterer, mystischer, niedriger und von dem Rundbogen gleichsam zusammengedrückter Kirchen zu rechnen, welche, was die Decke betrifft, fast ägyptisch, ganz hieroglyphisch, ganz priesterlich, ganz symbolisch sind; die hinsichtlich ihrer Verzierungen mehr mit Rauten und Zickzacks als mit Blumen, mehr mit Blumen als mit Thieren, mehr mit Thieren als mit Menschenfiguren überladen sind; es ist weniger ein Werk des Baumeisters als des Bischofs, die erste Umgestaltung der Kunst, der ganze Ausdruck der theokratischen und militärischen Zucht, welche im untergehenden oströmischen Reiche Wurzel schlägt und mit Wilhelm dem Eroberer aufhört. Ebenso wenig kann unsere Kathedrale unter jene andere Familie hoher, luftiger, an Glasmalereien und Bildhauerarbeiten reicher Kirchen gerechnet werden, die scharf in den Formen, kühn in den Gestaltungen bürgerliches Gemeingut als politische Ausdrucksformen, frei, launig und fessellos als Kunstwerke sind; es ist die zweite Umgestaltung der Baukunst, welche nicht mehr hieroglyphisch, unwandelbar und priesterlich, sondern kunstreich, fortschrittlich und volksthümlich ist, mit der Rückkehr von den Kreuzzügen beginnt und unter Ludwig dem Elften endet. Notre-Dame in Paris ist nicht von rein romanischer Abkunft, wie die ersteren, aber auch nicht von rein arabischer, wie die zweiten.

Sie ist ein Uebergangsbauwerk. Der sächsische Baumeister war eben mit den ersten Pfeilern des Schiffes fertig, als der Spitzbogen, welcher aus dem Kreuzzuge mitkam, sich siegreich auf diesen breiten romanischen Kapitälen niederließ, welche nur Rundbogen tragen sollten. Der von nun an herrschende Spitzbogen hat den übrigen Theil der Kirche aufgeführt. Doch unerfahren und schüchtern bei seinem ersten Auftreten, erweitert er sich, breitet sich aus, mäßigt sich noch und wagt noch nicht, sich in Thürme und Spitzbogenfenster emporzuschwingen, wie er es später an so viel wundervollen Münstern gethan. Man möchte sagen, er fühlt die Nachbarschaft der schweren, romanischen Pfeiler.

Uebrigens sind diese Bauwerke der Uebergangsperiode aus dem Romanischen ins Gothische nicht weniger des Studiums werth, als die der reinen Formen. Sie bringen eine Abart der Kunst zum Ausdrucke, welche ohne sie verloren gegangen sein würde. Es ist das Pfropfreis des Spitzbogens auf dem Rundbogen.

Notre-Dame zu Paris insbesondere ist ein merkwürdiges Muster dieser Abart. Jede Fläche, jeder Stein des ehrwürdigen Denkmals ist ein Blatt nicht allein der Geschichte des Landes, sondern auch derjenigen der Wissenschaft und Kunst. Während also, um hier nur hauptsächliche Einzelnheiten anzuführen, die kleine Rothe Pforte fast die Grenzen der gothischen Zartheit des fünfzehnten Jahrhunderts streift, reichen die Pfeiler des Schiffes vermöge ihres Umfanges und ihrer Schwere bis zur karolingischen Abtei von Saint-Germain-des-Prés zurück. Man möchte glauben, daß sechs Jahrhunderte zwischen dieser Thür und diesen Pfeilern liegen. Sogar die Alchymisten finden in den Symbolen des großen Portales einen befriedigenden Inbegriff ihrer Wissenschaft, von der die Kirche Saint-Jacques-de-la-Boucherie eine so vollständige Hieroglyphe war. Somit finden sich die romanische Abtei, die mystische Kirche, gothische und sächsische Kunst, der schwere, runde Pfeiler, welcher an Gregor den Siebenten erinnert, die geheimnisvolle Symbolik, mit der Nicolaus Flamel als Vorläufer Luthers auftritt, die Einheit der Kirche, das Schisma, Saint-Germain-des-Prés, Saint-Jacques-de-la-Boucherie – alles das verschmolzen, vereinigt, verbunden in der Kirche Notre-Dame. Diese formenschöpferische Hauptkirche ist unter den alten Gotteshäusern von Paris eine Art Wunder; sie hat das Haupt von der einen, die Glieder von der andern, das Schiff von jener, von allen etwas. Wir wiederholen es, diese Bastardbauformen sind nicht am wenigsten interessant für den Künstler, den Alterthumsforscher, für den Geschichtsschreiber. Sie lassen erkennen, in wie weit die Baukunst etwas Ursprüngliches ist (was auch die cyklopischen Ueberreste, die Pyramiden Aegyptens, die riesigen Hindupagoden darthun), daß die größten Erzeugnisse der Baukunst weniger die Werke einzelner, als vielmehr solche der Gesellschaft sind; mehr das Erzeugnis arbeitender Völker, als der Erguß genialer Männer; die Schatzkammer, welche ein Volk hinterläßt; die Anhäufungen, welche Jahrhunderte bewirken, der allmähliche Niederschlag aus gesellschaftlichen Gährungsprocessen; mit einem Worte Bildungsformen. Jede Zeitwoge deckt ihre Anspülung darüber, jede Generation legt ihre Schicht auf das Denkmal, jeder einzelne trägt seinen Stein herbei. Wie es die Biber, die Bienen machen, so machen es auch die Menschen. Das große Symbol der Baukunst: Babel ist ein Bienenkorb.

Die großen Baudenkmäler, gerade wie die großen Gebirge, sind das Werk von Jahrhunderten. Oft gestaltet die Kunst sich um, während sie noch ruhen, pendent opera interrupta;sie bilden sich ruhig fort, gemäß der neugestalteten Kunst. Die neue Kunst bemächtigt sich des Denkmals, wo sie es findet, versenkt sich in dasselbe, assimilirt sich mit ihm, entwickelt es nach seinem Geschmacke und beendigt es, wenn sie kann. Das geht ohne Störung, ohne Anstrengung, ohne Rückschritt vor sich, zufolge eines ruhigen Naturgesetzes. Ein Pfropfreis kommt dazu, die Säfte circuliren, wieder beginnt eine Vegetation. Wahrlich, es ist Stoff für sehr große Bücher und oft Weltgeschichte der Menschheit in diesen allmählichen Verbindungen mehrerer Kunstgattungen zu verschiedenen Höhen an ein und demselben Baudenkmale. Der Mensch, der Künstler, das Individuum verschwinden bei diesen großen Massen ohne Namen des Urhebers; es ist der Geist der Menschheit, der sich hier zusammenfaßt und als Ganzes erscheint. Die Zeit ist der Baumeister, ein Volk macht den Maurer.

Um hier nur die christlich-europäische Baukunst, diese nachgeborene Schwester der großen Mauerverbindungen des Orients ins Auge zu fassen, so erscheint sie dem Auge als eine mächtige, in drei scharf gesonderte Schichten getheilte Formation, welche sich übereinander thürmen: die romanische,die gothische Schicht und die der Renaissance, welche wir gern die griechisch-römische nennen möchten. Die romanische Schicht, die älteste und unterste, hat den Rundbogen als Merkmal, der, von der griechischen Säule getragen, in der neuen und obersten Schicht, der Renaissance, wieder zum Vorschein kommt. Zwischen beiden liegt der Spitzbogen. Die Bauwerke, welche ausschließlich einer dieser drei Schichten angehören, sind vollständig klar, einheitlich und vollständig. Dahin gehört die Abtei zu Jumièges, die Kathedrale zu Reims, die Heilige Kreuzkirche zu Orléans. Aber die drei Schichten mischen und verschmelzen sich an ihren Grenzscheiden, wie die Farben im Sonnenspectrum. Daher kommen die zusammengesetzten Baudenkmäler, die Gebäude der Abstufungen und Uebergangszeit. Eins ist romanisch in den Grundmauern, gothisch in der Mitte, griechisch-römisch in der Spitze; der Grund ist, weil sechshundert Jahre auf seine Vollendung verwendet worden sind. Diese Abart ist selten. Der Vertheidigungsthurm von Etanges ist ein Muster davon. Doch häufiger sind die Baudenkmäler zweier Formationen. Dahin gehört Notre-Dame in Paris, als Spitzbogenmonument, das mit seinen ersten Pfeilern in jene romanische Schicht hinabtaucht, wohin das Portal von Saint-Denis und das Schiff von Saint-Germain-des-Prés versenkt sind. Dahin gehört der herrliche, halbgothische Kapitelsaal zu Bocherville, bei welchem die romanische Schicht bis zur Mitte der Wände reicht; dahin die Kathedrale zu Rouen, die ganz gothisch sein würde, wenn sie mit der Spitze ihres Mittelthurmes nicht in die Schicht der Renaissance hineinreichte.

Uebrigens betreffen alle jene Nüancen und Unterschiede nur die Oberfläche der Bauwerke. Die Kunst hat nur am Aeußern Veränderungen vorgenommen. Die Einrichtung des christlichen Gotteshauses ist an und für sich nicht angerührt worden. Es ist immer dieselbe innere Gestalt, dieselbe logische Vertheilung der einzelnen Partien. Welches auch immer die gemeiselte und schmuckvolle Hülle einer Kathedrale sein möge, so findet man dahinter, wenigstens im Keime und im anfänglichen Zustande, immer wieder die römische Basilika. Sie entwickelt sich ewig auf diesem Boden nach demselben Gesetze. Es sind unbeirrterweise zwei Schiffe, die sich kreuzweise durchschneiden, und deren oberer Endtheil, in einen Halbbogen gerundet, den Chor bildet; auch finden sich immer Seitenchöre für die Prozessionen im Innern, für die Kapellen, Gattungen von Seitengängen, wo das Hauptschiff mit seinen Bogenweiten hineinmündet. Sind diese Vorbedingungen erfüllt, so ändert sich die Zahl der Kapellen, der Portale, der Thürme und Thürmchen ins Unendliche, ganz nach der Phantasie des Jahrhunderts, des Volkes und der Kunst. Ist für den Dienst des Cultus einmal gesorgt und er festgestellt, so verfährt die Baukunst nach Gutdünken. Bildsäulen, Glasmalereien, Rosetten, Arabesken, Zackenwerk, Kapitäle, Basreliefs, alle diese Erzeugnisse der Phantasie bestimmt sie nach einer Berechnung, wie sie ihr paßt. Daher der wunderbare Reichthum im Aeußern dieser Bauwerke, in deren Grundform so viel Ordnung und Einheit herrscht. Der Stamm des Baumes ist unwandelbar, sein Astwerk vielseitig-launig.

2. Paris aus der Vogelschau

Wir haben es soeben versucht, diese wunderbare Kirche Notre-Dame zu Paris für den Leser neu herzustellen. Wir haben in Kürze die meisten Schönheiten angegeben, welche sie im fünfzehnten Jahrhunderte besaß, und die ihr heute fehlen; aber wir haben die Hauptsache vergessen: nämlich den Anblick von Paris zu schildern, welchen man damals von der Höhe seiner Thürme herab genoß.

In Wahrheit gab es, wenn man nach langem Umhertasten auf der finstern Wendeltreppe, welche senkrecht die dicke Mauer der Thürme durchbricht, endlich unvermuthet auf einer der beiden licht- und luftumflossenen Plattformen hervortauchte, kaum ein schöneres Bild als das, welches sich von allen Seiten auf einmal unter den Augen entrollte; ein Schauspiel „eigener Art", von dem sich diejenigen unserer Leser leicht eine Vorstellung machen können, welche so glücklich gewesen sind, eine ganz gothische, vollständige, gleichartige Stadt zu sehen, wie es deren noch einige giebt, z. B. Nürnberg in Baiern, Vittoria in Spanien; oder selbst kleinere Muster, vorausgesetzt, daß sie wohl erhalten sind, wie Vitré in der Bretagne, Nordhausen in Preußen.

Das Paris von vor dreihundertundfünfzig Jahren, das Paris des fünfzehnten Jahrhunderts war schon eine Riesenstadt. Wir täuschen uns gewöhnlich, wir Pariser, hinsichtlich der Bodenfläche, welche wir seitdem eingenommen zu haben glauben. Paris ist seit Ludwig dem Elften um nicht viel mehr, denn um ein Drittheil gewachsen; gewiß aber hat es weit mehr an Schönheit verloren, als es an Größe gewonnen hat.

Paris ist, wie man weiß, auf jener alten Insel der Altstadt entstanden, welche die Gestalt einer Wiege hat. Der Strand dieser Insel war seine erste Einfriedigung, die Seine sein erster Graben. Paris blieb mehrere Jahrhunderte auf die Insel beschränkt, hatte zwei Brücken: eine nach Norden, die andere nach Süden zu, und zwei Brückenköpfe, welche zugleich seine Thore und seine Festungswerke waren: Groß-Châtelet auf der rechten, Klein-Châtelet auf der linken Seite. Dann, seit den Königen aus der ersten Generation, überschritt Paris, dem es zu enge auf seiner Insel wurde, und das sich hier nicht mehr drehen und wenden konnte, den Fluß. Hierauf begann über Groß- und Klein-Châtelet hinaus, von beiden Ufern der Seine aus, eine erste Einfriedigung von Mauern und Thürmen in das Land hinein zu dringen. Von dieser alten Schutzmauer gab es im letzten Jahrhunderte noch einige Reste; heute existirt nur noch die Erinnerung daran und hier und da ein Ueberbleibsel, wie das Thor Baudets oder Baudoyer, lateinisch: porta Bagauda. Nach und nach überflutet, benagt, verzehrt und vertilgt die Häuserwoge, die stetig vom Herzen der Stadt nach außen gedrängt wird, diese Umfassungsmauer. Philipp August giebt ihr einen neuen Damm; er schließt Paris in eine Kreiskette von dicken, hohen und festen Thürmen ein. Länger als ein Jahrhundert hindurch drängen die Häuser sich aneinander, häufen sich und heben ihr Niveau in diesem Becken wie Wasser in einem Behälter. Sie beginnen tiefgehend zu werden, setzen Stockwerke über Stockwerke, übersteigen einander, sprudeln in die Höhe wie comprimirte Flüssigkeit, und jedes bestrebt sich, das Haupt über seine Nachbarn zu heben, um ein wenig frische Luft zu haben. Die Straße kreuzt und verengt sich mehr und mehr; jeder Platz füllt sich und verschwindet. Schließlich springen die Häuser über die Mauer Philipp Augusts hinaus, zerstreuen sich lustig in der Ebene, wie Flüchtlinge ohne Ordnung und Symmetrie. Hier thun sie sich zu Quartieren zusammen, umgeben sich im Gefilde mit Gärten und machen sich's bequem. In dieser Weise erweitert sich die Stadt seit 1367 derartig in die Vororte hinein, daß eine neue Einfassung nöthig wird, vornehmlich am linken Ufer: Karl der Fünfte baute sie. Aber eine Stadt, wie Paris, ist im anhaltenden Wachsthume. Nur solche Städte werden Hauptstädte. Sie sind Filter, in welche alle geographischen, politischen, sittlichen und intellectuellen Strömungen eines Landes, alle Triebe eines Volkes einmünden; Brunnen der Civilisation so zu sagen, aber auch Kloaken, wo Handel und Gewerbefleiß, Intelligenz und Bevölkerung, alles was Saft, was Leben, was Seele an einem Volke ist, zusammenfließt und ohne Aufhören sich aufhäuft, Tropfen um Tropfen, Jahrhundert um Jahrhundert. Die Mauer Karls des Fünften hat jedoch dasselbe Geschick, wie diejenige Philipp Augusts. Seit dem Ende des fünfzehnten Jahrhunderts wird sie überschritten, überholt, und die Vorstadt eilt weiter. Im sechzehnten Jahrhunderte scheint es, als ob Paris augenscheinlich zurückwiche und sich mehr und mehr in die alte Stadt hineinzöge, so sehr rückt draußen schon eine neue Stadt zusammen. Seit dem fünfzehnten Jahrhunderte also, um hier zu verweilen, hatte Paris schon die drei concentrischen Mauerkreise verbraucht, welche seit der Zeit Julians des Apostaten, so zu sagen, als Keime in Groß- und Klein-Châtelet enthalten waren. Die mächtige Stadt hatte, ähnlich einem Kinde, welches wächst und die vorjährigen Kleidungsstücke zerplatzt, seine vier Mauergürtel bersten lassen. Unter Ludwig dem Elften sah man stellenweise in diesem Häusermeere einige Gruppen von Thurmruinen der alten Umfassungsmauern, die wie Hügelspitzen bei einer Ueberschwemmung, wie Inselgruppen des alten Paris, das im neuen versinkt, hervorragten.

Seitdem hat Paris zum Unglück für unsere Augen sich noch verändert; aber es hat nur ***eine*** Ringmauer mehr überschritten: diejenige Ludwigs des Fünfzehnten, jene Schmutz- und Kothmauer, die würdig des Königs, der sie gebaut, und werth des Dichter ist, der sie besungen hat:

Le mur murant Paris rend Paris murmurant.

Im fünfzehnten Jahrhunderte war Paris noch in drei ganz unterschiedene und abgesonderte Städte getheilt, jede mit ihrer Physiognomie und Eigenthümlichkeit, mit ihren Sitten, ihren Gewohnheiten, ihren Privilegien und mit ihrer Geschichte: die Altstadt (la Cité), Südstadt (l'Université) und Nordstadt (la Ville). Die Altstadt, welche die Insel bedeckte, war die älteste, die kleinste, die Mutter der beiden andern und eingepreßt zwischen ihnen – man möge den Vergleich gestatten – wie eine kleine Alte zwischen zwei großen, schönen Mädchen. Die Südstadt oder das Universitätsviertel bedeckte das linke Ufer der Seine von La Tournellebis zum Nesle-Thurme,zwei Punkte, von denen der eine der Weinhalle, der andere der Münzstätte im heutigen Paris entsprechen. Ihre Ringmauer schweifte bogenförmig ziemlich weit in die Gegend hinaus, wo Julian seine Thermenerbaut hatte. Der Hügel der heiligen Genoveva war mit eingeschlossen. Der äußerste Punkt dieser Mauerkrümmung war das Papstthor, d. h. ohngefähr die jetzige Baustelle des Panthéons. Die Nordstadt, welche den größten der drei Stadttheile von Paris ausmachte, nahm das rechte Ufer ein. Ihr Flußdamm, der jedoch buchtig oder an mehreren Stellen unterbrochen war, lief längs der Seine hin vom Thurm Billy bis zum Holzthurme, d. h. von der Stelle, wo heute der Vorrathsspeicher steht, bis zum Platze, wo die Tuilerien sich befinden. Diese vier Punkte, wo die Seine die Ringmauer der Hauptstadt durchschnitt: La Tournelle und der Nesle-Thurm zur Linken, der Thurm Billy und der Holzthurm zur Rechten, hießen vorzugsweise „die vier Thürme von Paris." Die Nordstadt erstreckte sich noch tiefer in die Ländereien hinein, als die Südstadt. Der äußerste Punkt der Ringmauer der Nordstadt (derjenigen Karls des Fünften) lag bei den Thoren Saint-Denis und Saint-Martin, die heute noch an derselben Stelle sind.

Wie wir soeben bemerkt haben, war jede dieser drei großen Abtheilungen von Paris eine Stadt, aber eine zu besondere Stadt, um als vollständig gelten zu können; eine Stadt, welche jeder der beiden andern nicht entrathen konnte. Auch gewährten die drei jede für sich ein völlig gesondertes Aussehen. In der Altstadt waren die Kirchen im Ueberflusse, in der Nordstadt die Paläste, in der Südstadt die Lehranstalten. Um die untergeordneten Eigentümlichkeiten des alten Paris, z. B. die Scherereien des Wegeamtsrechtes hier zu übergehen, wollen wir im allgemeinen und nur durch Herausgreifen des Ganzen und Gewichtigen aus dem Chaos der städtischen Rechtspflege erzählen, daß die Insel dem Bischofe, das rechte Seineufer dem Vorsteher der Kaufmannsgilde oder dem Stadtvogte, das linke dem Universitätsrector unterstellt war. Der Oberrichter von Paris, ein königlicher, nicht Municipal-Beamter, wachte über das Ganze. In der Altstadt lag Notre-Dame, in der Nordstadt der Louvre und das Rathhaus, die Sorbonnein der Südstadt. In der Nordstadt lagen die Kaufhallen, das Krankenhaus (Hotel Dieu) war in der Altstadt, die Studentenwiesein der Südstadt. Jedes Verbrechen, das die Studenten am linken Ufer begingen, wurde auf der Insel im Justizpalaste abgeurtheilt und am linken Ufer, in Monfaucon, gesühnt, im Falle der Rector, sofern sich die Universität stark und der König schwach fühlte, nicht Einsprache erhob; denn es war ein Vorrecht der Studenten, in ihrem Bezirke gehangen zu werden. (Die meisten dieser Privilegien – um das im Vorbeigehen zu bemerken – und von denen es werthvollere giebt, als das eben genannte, waren den Königen durch Aufstände und Meutereien abgenöthigt worden. Es ist der uralte Hergang: der König giebt nur das zu, was das Volk ihm abpreßt. Es existirt eine alte Urkunde, welche, in Betreff der Treue, dies naiv so ausspricht: „Civibus fidelitas in reges, quae tamen aliquoties seditionibus interrupta, multa peperit privilegia.")

Im fünfzehnten Jahrhunderte bespülte die Seine fünf Inseln im Stadtgebiete von Paris: die Insel Louviers, wo damals Bäume standen und heute sich nichts weiter als Gehölz befindet; die Kuhinsel und die Insel Notre-Dame, beide wüst bis auf eine elende Hütte, beide Lehen des Bischofs von Paris (im siebzehnten Jahrhunderte hat man aus diesen beiden Inseln eine einzige gemacht und bebaut, die nun Insel des heiligen Ludwig heißt); endlich diejenige der Altstadt, und an ihrer Spitze die kleine Insel des Kuhfährmannes, die seitdem unter dem Fundamente des Pont-Neuf verschwunden ist. Die Altstadt besaß damals fünf Brücken, drei auf der rechten Seite: die Notre-Dame-Brücke und die Wechslerbrücke, beide von Stein, die Müllerbrücke aus Holz; zwei auf der linken Seite: die Kleine Brücke von Stein, die Sanct-Michaelbrücke aus Holz, sämmtliche mit Häusern besetzt. Die Südstadt hatte sechs, von Philipp August erbaute Thore, nämlich vom Parlamentsgericht angefangen: das Thor Sanct-Victor, das Frauenhausthor, das Papstthor, das Sanct-Jacobsthor, das Sanct-Michaelthor, das Thor Saint-Germain. Die Nordstadt hatte gleichfalls sechs von Karl dem Fünften erbaute Thore, nämlich vom Billy-Thurme begonnen: das Thor Saint-Antoine, das Templerthor, das Thor Saint-Merlin, das Thor Saint-Denis, das Monmartrethor und das Thor Saint-Honoré. Alle diese Thore waren stark und schön dabei, ohne durch letzteres die Festigkeit zu beeinträchtigen. Ein breiter und tiefer, bei winterlichem Hochwasser stark flutender Graben, den die Seine mit Wasser versorgte, bespülte den Fuß der Mauern rings um ganz Paris herum. Nachts wurden die Thore geschlossen, der Fluß an beiden Außenpunkten der Stadt mit mächtigen eisernen Ketten gesperrt, und Paris schlief ruhig.

Aus der Vogelschau gesehen boten diese drei Stadttheile: Altstadt, Universitätsviertel und Nordstadt, jeder für sich dem Auge ein unentwirrbares Netz von sonderbar durch einander geschlungenen Straßen dar. Doch erkannte man auf den ersten Blick, daß diese drei Bruchstücke von Stadt ein einziges Ganze bildeten. Man sah sofort drei lange, parallele Straßen, die ohne Unterbrechung und Störung, fast in gerader Linie, auf einmal die drei Stadttheile von einem Ende bis zum andern durchschnitten, sie vom Süden zum Norden und die Seine entlang laufend verbanden, vereinigten, ineinanderzogen und -gossen, und ohne Aufenthalt die Bevölkerung von dieser in die Mauern von jener hinüberfluteten und dadurch aus den dreien eine einzige herstellten. Die erste dieser beiden Straßen lief vom Thore Sanct-Jacob bis zum Thore Sanct-Martin; sie hieß Sanct-Jacobsstraße in der Südstadt, Judenstraße in der Altstadt und Sanct-Martinsstraße in der Nordstadt; sie überschritt den Fluß zweimal: als Kleine Brücke und als Notre-Damebrücke. Die zweite dieser Straßen, welche La-Harpestraße auf dem linken Ufer, Faßbinderstraße auf der Insel, Sanct-Denisstraße auf dem rechten Ufer hieß, und als Sanct-Michelsbrücke über einen Arm der Seine, als Wechslerbrücke über den andern lief, zog sich vom Sanct-Michaelthore im Universitätsviertel bis zur Sanct-Denisbrücke in der Nordstadt hin. Beide Straßen waren, trotz so vieler verschiedenartiger Namen, doch immer nur *zwei* Straßen, aber die Haupt- und Stammstraßen, die zwei Pulsadern von Paris. Sämmtliche übrigen Verkehrsadern der dreiteiligen Stadt mündeten hier aus oder ein.

Unabhängig von diesen zwei diametralen Hauptstraßen, die ganz Paris in seiner Breite durchschnitten und der Hauptstadt völlig gemeinsam waren, hatten die Nord- und Südstadt jede ihre besondere Hauptstraße, welche in der Richtung ihrer Länge parallel mit der Seine liefen und gelegentlich die zwei „Hauptverkehrsadern" im rechten Winkel kreuzten. Demzufolge ging man in der Nordstadt vom Thore Saint-Antoine in gerader Linie bis zum Thore Saint-Honoré hinab; in der Südstadt vom Sanct-Victorthore bis zum Thore Saint-Germain. Diese zwei großen Straßen, die sich mit den beiden ersten kreuzten, bildeten die Unterlage, über welche das nach allen Seiten hin verschlungene, dichte und labyrinthische Straßennetz von Paris sich erstreckte. In dem unentwirrbaren Umrisse dieses Straßennetzes unterschied man übrigens bei aufmerksamer Betrachtung zwei Bündel breiter Straßen, die wie zwei Getreidegarben, von denen eine in der Süd-, die andere in der Nordstadt sich ausbreitete, von Brücke zu Brücke sich entfaltend hinliefen.

Etwas von diesem geometrischen Grundrisse ist noch heute zu erkennen.

Welchen Anblick bot dieses Ganze nun, aus der Höhe der Thürme von Notre-Dame gesehen, im Jahre 1482?

Das zu schildern wollen wir versuchen.

Für den Beschauer, welcher athemlos auf dieser Höhe ankam, bot sich dem Blicke zuerst eine verwirrende Menge von Dächern, Schornsteinen, Straßen, Brücken, Plätzen, Thurmspitzen und Thürmen dar. Alles fiel ihm auf einmal in die Augen: die abgestumpfte Zinne, das spitzzulaufende Dach, das auf den Mauerwinkeln schwebende Thürmchen, die steinerne Pyramide aus dem elften, der Schieferobelisk aus dem fünfzehnten Jahrhunderte, der runde und kahle Wartthurm, der viereckige, verzierte Kirchthurm, Großes und Kleines, Schwerfälliges und Zierliches. Der Blick verlor sich auf lange und vollständig in diesem Labyrinthe, wo jedes von seiner Originalität und Berechtigung, von seiner Eigenthümlichkeit und Schönheit zeugte, alles Kunst athmete, vom geringsten Hause an mit gemalter und von Steinmetzarbeit verzierter Vorderseite, mit Holzwerk auf der Außenseite, mit herausgerückter Pforte, mit überhängenden Stockwerken bis zum königlichen Louvre, der damals eine Colonnade von Thürmen besaß. Aber da lagen die Hauptmassen, die man unterschied, sobald das Auge sich in diesen Gebäudewogen zurechtzufinden begann.

Zuerst die der Altstadt. Die Häuserinsel der Altstadt ist, wie Sauvel sagt, der bei seinem sonst schwülstigen Stile zeitweilig recht glücklich in der Darstellungsweise ist, – „die Häuserinsel der Altstadt ist wie ein großes Schiff geformt, das im Schlamme aufgefahren ist und im Stromlauf der Seine festsitzt". Wir haben eben erzählt, daß dieses „Schiff" zwischen beiden Flußufern im fünfzehnten Jahrhunderte von fünf Brücken geentert war.

Diese Schiffsgestalt ist auch den Heraldikern aufgefallen; denn daher, und nicht von der Belagerung der Stadt durch die Normannen, stammt, zufolge Favyns und Pasquiers, das Schiff, welches das alte Wappen von Paris kennzeichnet. Für den, welcher es zu erklären weiß, ist die Wappenkunde bald eine Berechnung, bald eine Sprache. Die ganze Geschichte der zweiten Hälfte des Mittelalters ist in der Wappenkunde niedergeschrieben, ähnlich wie die Geschichte ihrer ersten Hälfte in der Symbolik der romanischen Kirchenbauwerke. Es sind die Hieroglyphen der Feudalherrschaft nach denen der Kirchenherrschaft.

Die Altstadt zeigte sich also zuerst dem Beschauer mit der Hinterfront nach Osten und der Vorderfront nach Westen. Nach der letztern hingewandt sah man eine endlose Reihe von alten Dächern vor sich, über denen, ähnlich dem Rücken eines Elephanten, der seinen Thurm trägt, die bleigedeckte Kuppel der Heiligen Kapelle mächtig sich rundete. Nur hier erschien dieser Kuppelbau als der kühnste, freieste, kunstvollste und zackenreichste Thurm, der jemals den Himmel durch seinen durchbrochenen Kegel sehen ließ. Ziemlich nahe vor Notre-Dame mündeten drei Straßen in den Vorhof, einen schönen Platz voll altertümlicher Häuser, ein. Auf der Südseite dieses Platzes neigte sich die furchenreiche und düstere Façade des Hôtel-Dieu; sein Dach schien mit Beulen und Warzen bedeckt zu sein. Dann erhoben sich rechts und links, nach Morgen und Abend zu, in dem doch so engen Umkreise der Altstadt, die Thürme seiner einundzwanzig Kirchen jeden Alters, jeder Gestalt, jeder Größe vom niedrigen und wurmstichigen, im romanischen Stile gehaltenen Glockenturme von Saint-Denis-du-Pas (carcer Glaucini) an, bis zu den schlanken Spitzen von Saint-Pierre-aux-Boeufs und Saint-Landry. Hinter Notre-Dame im Norden zeigten sich das Kloster mit seinen gothischen Galerien, im Süden die halbromanisch gehaltene Residenz des Bischofs, im Osten die wüste Spitze des Terrains. Ferner unterschied das Auge in diesem Meere von Häusern mit ihren hohen Fenstergiebeln von durchbrochenem Steine, welche damals selbst die äußersten Dachfenster der Paläste krönten, das Schloß, welches unter Karl dem Sechsten von der Stadt dem Juvenal-des-Ursins geschenkt worden war; ein Stück weiter davon die Theerdachhütten des Gemüsemarktes;weiter noch das neue Chorhaus von Saint-Germain-le-Vieux, welches 1458 durch ein Ende der Rue-aux-Febves erweitert wurde; dann sah man über freie Plätze hinweg einen Scheideweg, der vom Volke gesperrt wurde; einen an der Straßenecke errichteten Pranger; ein hübsches Stück Straßenpflaster, das Philipp August hatte herstellen lassen, jenes prächtige Plattenpflaster, welches in der Mitte der Bahn für die Pferde gelegt worden war und im sechzehnten Jahrhunderte leider durch die elende Sandaufschüttung, „Pflaster der Ligue“ genannt, ersetzt wurde; dann einen öden Hinterhof mit einem jener durchsichtigen Treppenthürmchen, wie man sie im fünfzehnten Jahrhunderte baute, und wie man noch einen in der Rue-des-Bourdonnais sieht. Endlich, rechts von der heiligen Kapelle, gen Westen, streckte der Justizpalast am Ufer des Wassers seine Thurmgruppe in die Luft. Der Hochwald der königlichen Gärten, welche die westliche Spitze der Altstadt bedeckten, verbargen den

Fährmannswerder. Was den Strom betrifft, so bemerkte man ihn von der Höhe der Notre-Damethürme kaum auf beiden Seiten der Altstadt: die Seine verschwand unter den Brücken, diese unter den Häusern.

Und wenn der Blick über diese Brücken hinaus flog, deren Hausdächer dem Auge moosig erschienen und vor der Zeit von den Wasserdünsten mit Schimmel überzogen waren, dann links nach der Südstadt sich zuwandte, so war das nächste Bauwerk, auf das er fiel, ein Haufen niedriger und umfangreicher Thürme: Klein-Châtelet, dessen gähnende Thorhalle an das Ende der Kleinen Brücke stieß; wenn dann der Blick des Beschauers das Ufer von Osten nach Westen, von La-Tournelle bis zum Nesle-Thurme überflog, traf er auf eine lange Häuserreihe mit geschnitztem Balkenwerke, buntfarbigen Fenstern, mit Stockwerken, die in die Straße heraustraten – ein unbegrenztes Zickzack von Bürgerhäusern, das häufig von der Mündung einer Straße, zeitweilig auch von der Front oder der Hinterseite eines großen steinernen Palastgebäudes unterbrochen wurde, das sich mit seinen Höfen und Gärten, Flügeln und Seitengebäuden mitten in diesem zusammengepreßten und dichten Häuserknäuel wie ein vornehmer Herr in einer Rotte Bauern spreizte. Fünf bis sechs dieser Palastgebäude standen am Quai, und zwar vom Lothringerhause an, das mit den Bernhardinern den großen Nachbarbezirk von La-Tournelle theilte, bis zum Palaste Nesle, dessen Hauptthurm das Terrain der Stadt Paris abgrenzte, und dessen spitze Dächer gewohnt waren, drei Monate des Jahres hindurch ihre dunkeln Giebelfelder von der rothglühenden Scheibe der Abendsonne vergoldet zu sehen.

Diese Seite der Seine zeigte übrigens von beiden den geringsten Handelsverkehr; die Studenten verursachten hier mehr Lärm und Gedränge, als die Gewerbetreibenden, und einen Quai gab es eigentlich nur von der Sanct-Michaelbrücke bis zum Nesle-Thurme. Der übrige Theil des Seineufers war theils nackter Strand, wie jenseits des Bernhardinerklosters, theils eine Häuserreihe, deren Grundmauern im Wasser standen, wie zwischen den beiden Brücken.

Großen Lärm verursachten hier die Wäscherinnen; sie schrien, schwatzten, sangen vom Morgen bis zum Abende am Ufer hin und klopften tüchtig die Wäsche, wie in unsern Tagen. Und diese Art Fröhlichkeit ist nicht die geringste in Paris.

Das Universitätsviertel war für das Auge ein Block. Es bildete von einem Ende bis zum andern ein gleichartiges und geschlossenes Ganze. Diese Tausende von dichtgedrängten, winkligen, aneinander klebenden, beinahe alle nach ***einer*** geometrischen Grundregel errichteten Dächer machten, aus der Höhe gesehen, den Eindruck einer Krystallisirung, die aus demselben Stoffe entstanden war. Das regellose Straßennetz zerriß diese Häusermasse nicht in so ungleiche Stücke. Die zweiundvierzig Hörsäle waren hier in ziemlich gleichmäßiger Weise vertheilt, und es gab deren hier überall. Die mannigfaltigen und interessanten Firste dieser schönen Gebäude waren das Erzeugnis der nämlichen Kunstrichtung, wie die schlichten Dächer, welche sie überragten, und im

Grunde nichts weiter, als eine Wiederholung derselben geometrischen Figur in Quadrat- oder Kubikform. Sie variirten nämlich die Einheitlichkeit, ohne sie zu verwirren, bereicherten, ohne zu überladen; denn die Geometrie ist eine Harmonie. Einige schöne Hôtels erhoben hier und da ihre prächtigen Formen über die malerischen Dachstockwerke auf dem linken Flußufer: z. B. das Haus Nevers, das römische Haus, das Reimser Haus, die verschwunden sind, der Palast Cluny, welcher zum Troste jedes Künstlers noch vorhanden ist, und dessen Thurm man so thörichterweise vor einigen Jahren seines Helmes beraubt hat. Neben Cluny, diesem Palastbaue im romanischen Stile mit schönen Rundbogenformen, lagen die Thermen des Kaisers Julian. Dann befanden sich hier eine Menge Abteien von bescheidenerem Glanze und ernsterer Größe, die jedoch nicht weniger schön und vornehm, als die Palastbauten waren. Diejenigen, welche zuerst die Aufmerksamkeit erregten, waren die Berhardinerabtei mit ihren drei Thürmen; Sanct-Genoveva, deren heute noch vorhandener, vierkantiger Thurm das Verschwundene um so mehr bedauern läßt; dann die Sorbonne, halb Hörsaal halb Kloster, von dem das bewunderungswürdige Mittelschiff noch vorhanden ist; das schöne, vierflügelige Kloster der Mathuriner;ferner dessen Nachbar: das Kloster des heiligen Benedict, in dessen Mauern man zwischen der siebenten und achten Auflage dieses Buches ein Theater zu eröffnen Veranlassung genommen hat; die Abtei der Franziskaner mit ihren drei ungeheuern, nebeneinander gestellten Giebeln; die der Augustinermönche, deren zierliche Zinne, nah dem Nesle-Thurme, das zweite reich durchbrochene Thurmgebäude, vom Westen aus gerechnet, auf dieser Seite von Paris bildete. Die Studiengebäude, die in Wirklichkeit ein Bindeglied zwischen Kloster und der Welt draußen bilden, hielten in ihrem anmuthigen Ernste, mit ihrer nicht so leichten Bildhauerarbeit, wie derjenigen der Palastbauten, und in ihrem weniger strengen Baustile, als dem der Klöster, die Mitte zwischen Bürgerhäusern und Abteien in der Gebäudereihe inne. Unglücklicherweise ist fast nichts mehr von diesen Baudenkmälern übrig, an denen die Gothik mit so viel Sicherheit Ueberfluß und Sparsamkeit verbunden hat. Die Kirchen (und sie waren glänzend und zahlreich im Universitätsviertel vorhanden, und gruppirten sich hier außerdem in allen Stilen der Baukunst von dem Rundbogen des heiligen Julian an bis zu den Spitzbogen des heiligen Severin), die Kirchen, sage ich, beherrschten das Ganze; und als eine weitere Harmonie in dieser einheitlichen Gesammtheit durchbrachen sie alle Augenblicke das vielfältige Zackenwerk von Spitzthurmzinnen, durchbrochenen Thürmen und frei aufsteigenden Helmen, deren Fluchtlinie auch nichts anderes, als eine prächtige Ueberfülle von spitzwinkligen Dächern war.

Der Boden des Universitätsviertels war hügelig. Der Sanct-Genovevaberg bildete hier im Südwesten einen mächtigen Zug, und es war, von der Höhe der Kirche Notre-Dame aus, interessant anzusehen, wie diese Menge enger und krummer Straßen (heute das „Lateinische Viertel"), diese Häuserklumpen, welche, nach allen Seiten von der Spitze des Höhenzuges ausliefen, sich regellos und fast senkrecht von den Bergseiten zum

Flußufer hinabsenkten, wobei es den Anschein hatte, als ob einige hinunterstürzten, andere wieder in die Höhe kletterten, und alle sich aneinander klammerten. Ein fortwährendes Fluten zahlloser schwarzer Punkte, welche auf dem Pflaster durcheinander wogten, verursachte ein Drunter und Drüber vor den Blicken: es war die Bevölkerung der Stadt, die von der Höhe und in der Ferne gesehen, sich so ausnahm.

Endlich erblickte man in den Lücken zwischen diesen zahllosen Dächern, Zinnen und Häuservorsprüngen, welche die äußerste Fluchtlinie des Universitätsviertels in so eigenthümlicher Weise bogen, krümmten und unterbrachen, von Strecke zu Strecke ein mächtiges Stück moosige Mauer, einen dicken runden Thurm, ein Stadtthor mit Zinnen, welches die Festungsmauer bezeichnete: – es war die Mauer Philipp Augusts. Drüber hinaus grünten die Wiesen, liefen die Heerstraßen fort, an deren Seiten sich noch einige Vorstadthäuser hinzogen, die aber um so seltener wurden, je mehr sie sich entfernten. Einige dieser Vorstädte waren von Bedeutung: da war zunächst, seitwärts von La-Tournelle hin, der Flecken Saint-Victor mit seiner Bogenbrücke über die Bièvre, mit seiner Abtei, wo man die Grabschrift Ludwigs des Dicken (epitaphium Ludovici Grossi) las, seiner Kirche mit dem achteckigen Thurme, der von vier Eckthürmchen aus dem elften Jahrhunderte flankirt wurde (man kann einen diesem ähnlichen in Etampes sehen; er ist noch nicht niedergerissen); dann der Flecken Saint-Marceau, der schon drei Kirchen und ein Kloster hatte; dann, wenn man die Bièvremühle mit ihren vier weißen Mauern links liegen ließ, kam man in die Vorstadt Sanct-Jacob mit dem schönen Kreuze aus gemeißeltem Steine am Kreuzwege; erblickte die hübsche Kirche Saint-Jacques-du-Haut-Pas, die, damals im gothischen Stile erbaut, reizende Verzierungen aufwies; dann Saint-Magloire mit dem schönen Mittelschiffe aus dem vierzehnten Jahrhunderte, welches Napoleon in einen Heuboden verwandelte; endlich Notre-Dame-des-Champs, wo sich byzantinische Mosaiken befanden. Hatte man schließlich das Kloster der Karthäuser, ein reiches Bauwerk aus dem Jahrhunderte unseres Justizpalastes mit kleinen Beetgärten und den wenig besuchten Ruinen von Vauvert, im freien Felde liegen lassen, so fiel das Auge im Westen auf die drei im romanischen Stile gehaltenen Thürme von Saint-Germain-des-Prés. Der Flecken Saint-Germain, welcher schon eine große Gemeinde vorstellte, bildete fünfzehn bis zwanzig Hinterstraßen; der spitze Saint-Sulpicethurm bezeichnete eins der Enden des Fleckens. Ganz nahe unterschied man den vierseitigen Bereich des Marktplatzes von Saint-Germain, wo sich heute noch der Marktplatz befindet; dann den Pranger des Abtes, einen kleinen, hübschen runden Thurm, der durch ein kegelförmiges Bleidach entsprechend gekrönt wurde. Weiter davon lagen die Ziegelscheune, die Backhausstraße, welche nach dem Bezirksbackhause führte, dann die Mühle auf ihrem Hügel, schließlich das Spital, ein abseits gelegenes, kaum beachtetes Häuschen. Was aber den Blick vornehmlich auf sich zog und lange auf diesen Punkt fesselte, war die Abtei selbst. Unzweifelhaft ist, daß dieses Kloster, das nicht nur als Kirche, sondern auch als Lehnsherrschaft ein hohes Ansehen genoß, mit seinem Abteipalaste, in dem eine Nacht zu schlafen die Bischöfe von Paris sich glücklich schätzten, mit seinem Refectorium, dem der Baumeister das Ansehen, die Schönheit und die prachtvolle Rosette eines Münsters verliehen hatte, mit der hübschen Kapelle der heiligen Jungfrau, dem monumentalen Schlafsaale, den riesigen Gärten, mit seinem Fallgatter, seiner Zugbrücke, mit dem Kranze von Schießscharten, die dem Auge die ringsum grünenden Wiesen zeigten, mit seinen Hofräumen, in denen Gewappnete und goldstrotzende Chorgewänder durch einander schimmerten – dieses alles, das sich um drei hohe, im Rundbogenstile gebaute und auf gothischem Chore ruhende Thürme gruppirte, – dies alles, sage ich, machte unzweifelhaft am Horizonte ein prächtiges Bild.

Wenn man endlich, nach langer Betrachtung der Südstadt, sich dem linken Seineufer, der Altstadt, zuwandte, so nahm das Schauspiel plötzlich einen ganz andern Charakter an. Die Altstadt, in Wahrheit viel größer als das Universitätsviertel, war auch weit weniger ein Ganzes. Beim ersten Anblick sah man sie in mehrere, sonderbar getrennte Massen sich scheiden. Zunächst im Osten, in ***dem*** Theile der Stadt, welcher noch heutigen Tages seinen Namen von dem Moraste führt, in den Camulogenus den Cäsar hineinführte, befand sich ein Haufen palastartiger Gebäude. Diese Häusermasse erstreckte sich bis ans Ufer der Seine. Vier fast zusammenhängende Paläste: Jouy, Sens, Barbeau und das Haus der Königin, spiegelten ihre, von schlanken Thürmchen durchbrochenen Schieferdächer in der Seine. Diese vier Gebäude bedeckten die Strecke von der Straße Des-Nonaindières an bis zur Cölestinerabtei, deren Thurm sich zierlich über die Fluchtlinie ihrer Giebel und Zinnen erhob. Einige alte Hütten, die sich grünschimmernd vor diesen prächtigen Bauwerken zum Wasser hinneigten, wehrten dem Auge nicht, die schöngezierten Ecken ihrer Façaden, ihre großen, breiten Fensteröffnungen mit Steinkreuzen, ihre spitzbogigen und Statuen tragenden Thürhallen, ihre scharfkantigen, durchweg sauber behauenen Mauern und das ganze zierliche Tausenderlei der Baukunst zu schauen, das vornehmlich der gothischen Kunst den Anstrich giebt, als ob sie jeden Augenblick ihre Formverbindungen von frischem anfangen wolle. Hinter diesen Palastgebäuden lief nach allen Richtungen, theils getheilt, verpallisadirt und wie eine Citadelle mit Schießscharten versehen, theils wie eine Karthause hinter hohen Bäumen versteckt, die gewaltige und vielgestaltige Umfassungsmauer des bewunderungswürdigen Hôtels Saint-Pol hin, in dem die Könige von Frankreich zweiundzwanzig Prinzen vom Range des Dauphin und des Herzogs von Burgund nebst Dienerschaft und Gefolge mit aller Pracht beherbergen konnten, ohne die großen Barone, auch den Kaiser, wenn er Paris besuchte, und die Löwen mitzurechnen, welche besondere Unterkunft im königlichen Schlosse fanden. Es sei hier gleich bemerkt, daß eine fürstliche Wohnung zu damaliger Zeit aus nicht weniger denn elf Räumen, vom Prunkzimmer an bis zur Hauskapelle gerechnet, bestand, ganz zu geschweigen von den Corridoren, Badezimmern, Schwitzbädern und sonstigen „überflüssigen Räumlichkeiten", mit denen jedes fürstliche Appartement versehen war; abgesehen von den besonderen Gärten jedes königlichen Gastes; nicht zu vergessen die Küchen, Vorratskammern, Anrichtezimmer, großen Speisesäle des Hauses, die

Hinterhöfe, in denen sich, mit der Bäckerei und Hofkellerei, zweiundzwanzig Arbeitsräume befanden; ohne der Spielplätze aller Art für Lauf-, Ball- und Ringspiel, der Geflügelhäuser, Fisch- und Thierbehälter, der Pferde- und Kuhställe, der Bibliothekzimmer, der Rüstkammern und Gießereien Erwähnung zu thun. So war damals ein Königspalast, ein Louvre, ein Palast Saint-Pol beschaffen – eine kleine Stadt in der Altstadt. Von dem Thurme aus, wo wir uns befinden, betrachtet, gewährte der Palast Saint-Pol, wiewohl er hinter den vier großen Gebäuden, die wir soeben erwähnt haben, fast halb versteckt lag, einen noch sehr bedeutenden und wunderbaren Anblick. Man erkannte, trotz der geschickten Verbindung, welche Karl der Fünfte zwischen dem Hauptgebäude und seinem Palaste mittelst Glas- und Säulchengalerien hergestellt hatte, ganz deutlich drei einzelne Paläste in ihm: nämlich das Palais Petit-Musc mit der durchbrochenen Steinbalustrade, die das Dach so zierlich säumte; die Residenz des Abtes von Saint-Maur, welche mit ihrem großen Thurme, ihren Vertheidigungserkern, Schießscharten, den eisernen Bollwerken, mit dem Wappenschilde des Abtes über dem sächsischen Thore zwischen den Schränkbalken der Zugbrücke das Ansehen eines festen Schlosses hatte; endlich das Palais des Grafen von Etampes, dessen Wartthurm mit dem verfallenen Dache sich dem Auge so schartig wie ein Hahnenkamm darstellte. Hier und da sah man drei bis vier alte Eichen, die, gleich ungeheuern Blumenkohlköpfen, ein dichtes Ganzes bildeten; das Hin- und Hersegeln der Schwäne in den krystallenen Wogen der Fischteiche, die zwischen Dunkel und Licht sich hinstreckten; eine Reihe von Höfen, deren malerische Endseiten man erkannte; dann das Löwenhaus mit niedrigen Spitzbogen, die auf kurzen sächsischen Pfeilern ruhten, mit den eisernen Gittern und dem fortwährenden Gebrülle der Löwen; quer durch das Ganze hindurch den schuppenartig gedeckten Thurm der Ave-Maria-Kirche; zur Linken das Wohnhaus des Oberrichters von Paris mit seinen vier zierlich durchbrochenen Thürmchen auf den Ecken; endlich in der Mitte, im Hintergrunde, den eigentlichen Palast Saint-Pol mit den zahlreichen Façaden, den seit Karls des Fünften Zeit ununterbrochen folgenden Ausschmückungen, mit den bastardartigen Auswüchsen, durch die ihn die Phantasie der Baumeister seit zwei Jahrhunderten überladen hatte, mit allen Chorbauten seiner Kapellen, allen Zinnen seiner Galerien, den zahllosen Wetterfahnen nach allen vier Winden und mit den beiden hohen, dicht aneinanderstoßenden Thürmen, deren kegelförmiges, am Rande mit Schießscharten rings eingefaßtes Dach ihnen das Ansehen von spitzen Hüten gab, deren Krempe aufwärts gebogen ist.

Richtete sich das Auge dann weiter auf die Galerien dieses Palastamphitheaters, das sich weithin über den Boden erstreckte, so traf es, nachdem der Blick ein tiefes, das Häusermeer der Altstadt durchziehendes Thal überflogen hatte, welches den Lauf der Straße Saint-Antoine bezeichnete, auf das Haus Angoulême, einen ungeheuern Bau aus verschiedenen Zeitperioden, in dem sich ganz neue und glänzend helle Theile zeigten, welche sich in diesem Ganzen kaum anders, denn ein rother Flicklappen auf einem blauen Wamms ausnahmen. Das merkwürdig spitze und hohe Dach des neuen

Palastbaues jedoch, das von Wasserrinnen in getriebener Arbeit übersäet und mit Bleiplatten gedeckt war, über die sich in tausendfachen phantastischen Arabesken funkelnde Zieraten aus vergoldetem Kupfer schlängelten – dieses sonderbar damascirte Dach, sage ich, erhob sich voll Anmuth mitten aus den dunkeln Ruinen des alterthümlichen Bauwerkes, dessen alte dicke Thürme durch die Zeit wie Tonnen ausgebaucht, in sich selbst vor Alter zusammensinkend und von oben bis unten geborsten, dicken, vollgepfropften Bäuchen glichen. Dahinter erhob sich der Thurmspitzenwald der Parlamentsgerichtsgebäude. Einen ähnlichen Anblick gab es in der ganzen Welt nicht: weder Chambordnoch die Alhambra boten etwas Zauberhafteres, Luftigeres, Wunderbareres, als diesen Wald von Thurmspitzen, Eckthürmchen, Kaminen, Wetterfahnen, von Spiral- und Schneckenformen, Lichtschlotthürmchen, die mit dem Locheisen ausgestanzt schienen, von Pavillons, von Spindelkuppeln, oder, wie man sie damals nannte, von „Thürmchen", die alle an Gestalt, Höhe und Stellung verschieden waren. Man hätte das Ganze ein riesenhaftes Schachbrett nennen können.

Rechts von den Parlamentsgerichtsgebäuden sehen wir jene Verbindung ungeheurer, düsterschwarzer Thürme, die sich einer an den andern drängen und gleichermaßen von einem Zirkelgraben eingeschnürt sind; jenen weit mehr von Schießscharten als von Fenstern durchbrochenen Vertheidigungsthurm, jene beständig erhobene Zugbrücke, jenes immer geschlossene Fallgatter: – es ist die Bastille. Diese Sorte schwarzer Schlünde dort, die zwischen den Zinnen hervorspringen und man von weitem für Dachrinnen halten könnte, sind Kanonen. In ihrem Bereiche, am Fuße des furchtbaren Gebäudes, da liegt, versteckt zwischen seinen beiden Thürmen, das Thor Saint-Antoine.

Jenseits des Parlamentsgerichtes, bis zur Mauer Karls des Fünften hin, breitete sich mit reichen Rasen- und Blumenbeeten ein Sammetteppich von Gartenanlagen und königlichen Parks aus, in deren Mitte man an seinem Labyrinthe von Bäumen und Alleen den berühmten Garten Dädalus erkannte, den Ludwig der Elfte dem Doctor Coictier geschenkt hatte. Die Sternwarte des Doctors erhob sich über die Irrgänge des Gartens wie eine hohe, einzeln stehende Säule, die ein kleines Haus als Capital hatte. In diesem Studirzimmer haben sich schreckliche Sterndeutergeschichten zugetragen.

Hier liegt heutzutage die Place Royale. Wie bereits gesagt worden ist, füllte das Palastviertel, von dem wir dem Leser eine Idee damit zu geben versucht haben, daß wir wenigstens der hervorstechendsten Punkte Erwähnung thaten, den Winkel, welchen die Mauer Karls des Fünften mit der Seine im Osten bildete. Das Centrum der Nordstadt war mit einem Haufen von Bürgerhäusern besetzt. Hier mündeten in Wahrheit die drei Brücken der Altstadt auf das rechte Seineufer, und Brückenplätze lassen eher Häuser als Paläste entstehen. Dieser Haufen von Bürgerwohnungen, die wie die Wabenzellen in einem Bienenstocke aneinander klebten, hatte auch seine Schönheiten. Mit den Hausdächern einer Hauptstadt ist es, wie mit den Wogen des Meeres: beide sind großartig. Zunächst die Straßen. In ihrer Durchkreuzung und ihrem Gewirre bildeten sie, im Ganzen gesehen, Hunderte von allerliebsten Figuren; rings um die Markthallen herum boten sie das Bild eines Sternes mit zahllosen Strahlen. Die Straßen Saint-Denis und Saint-Martin stiegen mit ihren unzähligen Abzweigungen wie zwei mächtige Bäume, die ihre Zweige verschränken, nach einander in die Höhe, und dann schlängelten sich die Straßen de-la-Plâtrerie, de-la-Berrerie, de-la-Tixeranderie u. s. w. als gewundene Linien über das Ganze hinweg. Auch fanden sich schöne Gebäude, welche über das versteinerte Gewoge dieses Giebelmeeres hervorragten. Am Kopfe der Wechslerbrücke, hinter welcher man die Seine unter den Rädern der Müllerbrücke schäumen sah, lag das Châtelet, nun kein römisches Castell mehr, wie zu Julian des AbtrünnigenZeit, sondern ein Thurm aus der Feudalperiode des dreizehnten Jahrhunderts und aus solch hartem Steine erbaut, daß die Spitzhacke nicht ein faustgroßes Stück in drei Stunden von ihm loszuschlagen vermochte. Ferner erblickte man den prächtigen, viereckigen Thurm von Saint-Jacques-de-la-Boucherie, dessen Ecken sich ganz in Steinmetzarbeiten abrundeten, und der sich damals schon bewunderungswürdig ausnahm, wiewohl er im fünfzehnten Jahrhunderte noch nicht beendet war. (Es fehlten ihm besonders diese vier Ungethüme, welche noch heutigen Tages auf seinen Dachwinkeln ruhend, das Aussehen von vier Sphinxen haben, die dem neuen Paris das Geheimnis des alten zu errathen geben. Rault, der Bildhauer, stellte sie erst 1526 dorthin, und er erhielt zwanzig Franken für seine Arbeit). Weiter fand sich da das Säulenhaus, das sich nach jenem Grèveplatz öffnete, von dem wir dem Leser eine Vorstellung gegeben haben; dann die Kirche Saint-Gervais, die seitdem durch ein Portal im „guten Stile“ verhunzt worden ist; ferner Saint-Méry, dessen alte Spitzbogenwölbungen noch fast romanische Rundbogen zeigten; auch Sanct-Johannes, dessen prachtvoller Spitzthurm sprichwörtlich war; dazu kamen noch zwanzig andere Baudenkmäler, die etwas Besseres verdienten, als ihre Schönheitswunder in diesem Chaos von schwarzen, engen und langgezogenen Straßen zu verstecken. Hierzu denke man sich die Kruzifixe aus gemeißeltem Stein, die an den Straßenkreuzungen zahlreicher verschwendet waren, als die Galgen; dann den Kirchhof Des-Innocents, dessen architektonische Umfassungsmauer man über die Dächer hinweg in der Ferne bemerkte; weiter den Pranger der Markthallen, dessen Zinne man zwischen zwei Schornsteinen der Straße de-la-Cossonnerie hindurch erblickte; dann die Treppe zur Croix-du-Trahoir, die an ihrer Straßenecke immer schwarz von Bevölkerung war; die kreisförmig laufenden Mauern der Getreidehalle; weiter die Reste der alten Einfassungsmauer Philipp Augusts, die man, als in die Häuser eingebaut, noch hier und da unterschied; Thürme, die vom Epheu gesprengt waren; eingestürzte Pforten; Flächen von verfallenen und niedergerissenen Mauern; endlich den Quai mit seinen tausend Marktbuden und blutigen Schindergruben; schließlich die mit Kähnen bedeckte Seine vom Heulandungsplatze an bis zum Bischofsgerichtshause – und man wird eine blasse Idee von dem erhalten, was im Jahre 1482 das innere Rechteck der Altstadt von Paris vorstellte.

Außer diesen beiden Stadtvierteln: dem der Paläste und dem der Bürgerhäuser, erschien als dritter Punkt in dem Bilde, welches die Altstadt darbot, ein langer Gürtel von Abteien, der diesen Stadttheil fast in seinem ganzen Umkreise von Osten bis zum Westen umspannte, und im Rücken der Befestigungsmauer, welche Paris einschloß, diesem eine zweite, innere, aus Klöstern und Kapellen bestehende Umfriedigung gab. So befand sich unmittelbar neben dem Parke des Parlamentsgerichts, zwischen der Straße Saint-Antoine und der alten Templerstraße, das Kloster der Heiligen Katharina mit seinen ungeheuern Gartenanlagen, die nur durch die Festungsmauer von Paris abgegrenzt wurden. Zwischen der alten und neuen Templerstraße lag der Tempel, eine finstere Gruppe hoher Thürme, die mitten in einem umwallten Platze isolirt in die Höhe stiegen. Zwischen der neuen Templerstraße und der Straße Saint-Martin lag inmitten seiner Gärten die Abtei Saint-Martin, eine prächtige und feste Kirche, deren Bastionenwall, deren Krone von Glockentürmen hinsichtlich ihrer Stärke und Pracht nur denen von Saint-Germain-des-Prés nachstanden. Zwischen den beiden Straßen Saint-Martin und Saint-Denis breitete sich der Bezirk des Dreifaltigkeitsklosters aus, endlich zwischen der Straße Saint-Denis und der Straße Montorgueil derjenige des Klosters Filles-Dieu. Seitwärts davon unterschied man die niedrigen Dächer und die verfallene Umfassungsmauer des Wunderhofes. Er war das einzige profane Glied, welches sich in diese heilige Kette von Klöstern einreihte.

Als vierter Gesichtspunkt endlich, der augenfällig aus der Häusergruppe des rechten Seineufers heraustrat und den westlichen Winkel der Stadtmauer und das Flußufer stromab ausfüllte, zeigte sich ein neuer Knäuel von Palästen und dichtgedrängten Hotels um den Louvre herum. Der alte Louvre Philipp Augusts, jenes riesengroße Gebäude, dessen ungeheurer Mittelthurm dreiundzwanzig Hauptthürme, die kleinen Thürme gar nicht gerechnet, um sich vereinigte, – dieses Gebäude, sage ich, erschien von weitem wie eingekeilt in die gothischen Dachstockwerke der Palais d'Alençon und Petit-Bourbon. Diese Hyder von Thürmen, diese Riesenwächterin von Paris mit ihren vierundzwanzig stets erhobenen Köpfen, ihren ungeheuern, mit Blei- oder Schieferplatten gedeckten Dachfirsten, die ganz im metallischen Glanze schimmerten, schlossen in überraschender Weise das Bild der Nordstadt nach Westen ab.

Um es noch einmal zu wiederholen: eine ungeheuere Masse von Bürgerhäusern – die Römer bezeichneten das mit insula – nach rechts und links von zwei Palastgevierten in den Seiten gedeckt und auf der einen Seite vom Louvre, auf der andern vom Parlamentsgerichte gekrönt, im Norden von einer langen Reihe Abteien und bebauten Feldern begrenzt, und das Ganze für das Auge versteckt oder im bunten Gemisch; über diesen Tausenden von Gebäuden, deren Ziegel- und Schieferdächer so lange und bizarre Reihen bildeten, die buntfarbigen, kunstvoll gedeckten Glockenthürme der vierundvierzig Kirchen des linken Seineufers ragend; zahllose Straßen mitten hindurch oder als Grenze, auf einer Seite die Einfriedigung aus hohen, mit viereckigen Thürmen besetzten Mauern (im Universitätsviertel waren die Thürme rund); auf der andern Seite die überbrückte und von zahllosen hinsegelnden Kähnen durchschnittene Seine – das war die Nordstadt im fünfzehnten Jahrhunderte.

Jenseits der Mauern drängten sich einige Vororte an die Thore, jedoch in geringerer Anzahl und mehr vereinzelt, als diejenigen vor dem Universitätsviertel. Hinter der Bastille lagen zusammengekauert zwanzig Hütten um die merkwürdigen Steinmetzarbeiten von Croix-Faubin und um die Strebepfeiler der Abtei Saint-Antoine-des-Champs; ferner Popincourt in Getreidefeldern versteckt; dann La Courtille, ein freundliches Dorf voll Wirthshäuser; der Flecken Saint-Laurent mit seiner Kirche, deren Glockenturm sich von fern den Spitzthürmen des Thores Saint-Martin anzuschließen schien; weiter erblickte man den Vorort Saint-Denis mit dem großen Bezirke von Saint-Ladre; vor dem Thore Montmartre den Flecken Grange-Batelière von weißen Mauern eingeschlossen; hinter ihm Montmartre mit seinen Kreidebergen, das damals fast ebenso viel Kirchen als Mühlen besaß, und das nur die Mühlen bewahrt hat; denn die bürgerliche Gesellschaft trägt heute nur mehr nach dem leiblichen Brote Verlangen. Endlich sah man jenseits des Louvre, in den Auen, den Vorort Saint-Honoré sich hinziehen, der damals schon sehr beträchtlich war; dann die grünenden Gefilde von Petite-Bretagne und Marché-aux-Pourceaux sich erstrecken, in dessen Mitte sich der fürchterliche Glühofen erhob, in welchem die Falschmünzer gesotten wurden. Zwischen den Ortschaften La-Courtille und Saint-Laurent hatte das Auge auf der Spitze einer über einsame Gefilde sich hinziehenden Anhöhe schon eine Art Bauwerk gesehen, welches in der Ferne einer verfallenen Säulenhalle glich, die auf schadhafter Grundmauer sich erhob, – doch war es weder ein Parthenon, noch ein Tempel des olympischen Zeus: – es war Montfaucon.

Wenn nun aber bei Aufzählung so vieler Baudenkmäler – von denen übrigens hier nur ein Ueberblick gegeben sein sollte – das Gesammtbild des alten Paris im Geiste des Lesers, und in dem Maße, wie wir es entrollten, nicht verwischt worden ist, so wollen wir es in wenigen Worten noch einmal wiederholen. In der Mitte liegt die Insel der Altstadt, welche in ihrer Gestalt einer Riesenschildkröte gleicht und die schuppigen Ziegelsteinbrücken wie Beine unter ihrem grauen Dächerrückenpanzer hervortreten läßt. Zur Linken sehen wir das aus einem einzigen Steinblocke bestehende, feste, dichte, vollgepfropfte Rechteck der Südstadt; zur Rechten den weiten Halbkreis der Nordstadt, weit mehr ein Gemenge von Gärten und Baudenkmälern. Die drei Häuserblöcke: Altstadt, Südviertel und Nordviertel, sind von zahllosen Straßen durchadert. Mitten hindurch in ihrer ganzen Länge die Seine, „die nahrungspendende Seine", wie sie Pater Du Breul nennt, und in ihrem Laufe von Inseln, Brücken und Fahrzeugen gesperrt. Rings herum eine immense Ebene, zusammengeflickt aus tausenderlei verschiedenen Feldern und übersäet mit schönen Dörfern; zur Linken Issy, Vanvres, Vaugirard, Montrouge und Gentilly mit seinem runden und seinem viereckigen Thurme u. s. w.; zur Rechten zwanzig andere Ortschaften von Conflans an bis zu Ville-l'Évêque. Am Horizonte erblickt das Auge eine Hügelkette, die wie der Rand eines Wasserbeckens im Kreise sich herumzieht. In der Ferne, nach Osten zu, sieht man schließlich Vincennes und seine sieben viereckigen Thürme; südlich Bicêtre mit seinen spitzen Thürmchen; nördlich Saint-Denis und seine ragende Thurmspitze; zuletzt im Westen Saint-Cloud mit seiner Warte. Das ist das Paris, auf welches die Dohlenschwärme im Jahre 1482 von den Dächern der Kirche Notre-Dame herabsahen.

Und von dieser Stadt hat dennoch Voltaire behauptet, daß sie „vor der Zeit Ludwigs des Vierzehnten nur vier bedeutende Baudenkmäler besessen habe", nämlich: das Kuppeldach der Sorbonne, Val-de-Grace, den neuen Bau des Louvre und ich weiß nicht mehr das vierte, wenn ich mich recht erinnere, das Palais Luxembourg. Glücklicherweise hat Voltaire bei alledem seinen „Candide" geschaffen und ist trotzdem unter allen Männern, die in der langen Kette des menschlichen Daseins einander gefolgt sind, derjenige, welcher das diabolische Lachen der Ironie am meisten besessen hat. Das beweist übrigens, daß man ein herrliches Genie sein und eine Kunst nicht verstehen kann, für die man keine Empfindung hat. Glaubte Molière nicht einem Raphael und Michel Angelo viel Ehre dadurch zu erweisen, daß er sie „diese Mignardsihres Zeitalters" nannte?

Doch wir wollen zu Paris und zum fünfzehnten Jahrhunderte zurückkehren.

Damals war Paris nicht nur eine schöne Stadt, es war auch eine Stadt von einheitlichem Charakter, ein Product der mittelalterlichen Baukunst und Geschichte, eine steinerne Chronik. Es war eine Stadt, die erst aus zwei Schichten gestaltet war: der romanischen und der frühgothischen; denn die römische Schicht war längst nicht mehr zu finden, mit Ausnahme an den Bädern Kaiser Julians, an denen sie noch aus der dicken Deckschicht des Mittelalters hervorbrach. Was die keltische Schicht betraf, so fanden sich selbst beim Brunnengraben keine Ueberreste mehr von ihr vor.

Fünfzig Jahre darauf, als die Renaissance mit dieser strengen und doch so vielgestaltigen Einheit den phantastisch-blendenden Reichthum ihrer Formensysteme, den kühnen Schwung ihrer romanischen Rundbogenformen, griechischen Säulenordnungen und spätgothischen Bogenspannungen, ihre anmuthige und doch so ideale Sculptur, die eigenthümliche Neigung für Arabesken und Laubverzierungen, den heidnischen Baustil im Zeitalter eines Luther zu verbinden begann, da war Paris vielleicht noch prächtiger, wenn auch nicht so harmonisch für Auge und Sinn. Aber dieser prächtige Zeitpunkt ging bald vorüber: die Renaissance wurde vorherrschend; sie begnügte sich nicht mehr damit, Bauwerke aufzuführen, sie wollte solche auch niederwerfen; wahr ist, daß sie Platz gebrauchte. Deshalb konnte Paris nur vorübergehend seinen gothischen Charakter bewahren. Kaum hatte man die Kirche Saint-Jacques-de-la-Boucherie vollendet, als auch die Schleifung des alten Louvre begann.

Seitdem hat die gewaltige Stadt angefangen, sich von Tag zu Tag zu verändern. Das Paris im gothischen Stile, unter welchem das romanische Paris verschwand, ist seinerseits vertilgt worden: aber wer kann sagen, was für ein Paris an seine Stelle getreten ist?

Das Paris aus der Zeit Katharinens von Medici erkennt man an den Tuilerien;das Paris aus Heinrichs des Zweiten Zeit am Rathhause: Beides Gebäude in einem noch großartigen Stile; das Paris aus der Zeit Heinrichs des Vierten ersieht man an der Place Royale, an den backsteinernen Fronten mit Hartsteinecken und Schieferdächern – an den dreifarbigen Häusern; das Paris Ludwigs des Dreizehnten an Val-de-Grace mit seiner erdrückten und untersetzten Bauart, den korbhenkelartigen Wölbungen, die, ich weiß nicht, so was Bauchiges in der Säulenform und Buckliges in der Kuppeldachung haben; ferner das Paris Ludwigs des Vierzehnten im großen, reichen, goldstrotzenden und frostigen Invalidenhause; das Paris Ludwigs des Fünfzehnten in der Kirche Saint-Sulpice mit ihren Schneckenspiralen, Bänderknoten, Wolkenformen, Fadennudelverzierungen und Cichorienkrautputz – alles in Stein gemeißelt; das Paris Ludwigs des Sechzehnten im Panthéon, der schlecht copirten Sanct-Peterskirche in Rom (das Gebäude hat sich schief gesackt, und die Linienformen haben das nicht besser gemacht); weiter das Paris der Republik erkennt man im Gebäude der Arzneischule, einem traurigen Mischmasch aus griechischem und römischen Stile, das dem Colosseum oder dem Parthenon ähnelt, wie die Verfassung des Jahres III den Gesetzen des Minos, – in der Architektur nennt man diesen Stil „den Messidor-Stil“;das Paris Napoleons erkennt man an der Place Vendôme: dieses ist erhaben – eine bronzene Säule, die aus Kanonen hergestellt ist; das Paris der Restauration endlich an der Börse, einer blendend weißen Säulenhalle, die einen völlig glatten Fries trägt, – das Ganze ein Viereck, welches zwanzig Millionen gekostet hat.

An jedes dieser eigenartigen Baudenkmäler schließt sich, zufolge einer Gleichförmigkeit des Stiles, der Form und der Stellung, eine bestimmte Häusermenge an, die in verschiedenen Stadtvierteln zerstreut liegen und welche das Auge des Kenners leicht unterscheidet oder nach ihrem Alter bestimmt. Wer zu sehen versteht, findet den Geist eines Jahrhunderts und die Physiognomie eines Königs selbst in der Form eines Thürklopfers wieder.

Das jetzige Paris hat demnach keinen allgemeinen Stilcharakter. Es ist eine Mustersammlung aus mehreren Jahrhunderten, und die schönsten dieser Muster sind verschwunden. Die Hauptstadt vergrößert sich nur in der Häuserzahl, und in was für Häusern! Wenn es mit Paris so fortgeht, wird es sich alle fünfzig Jahre erneuern. Daher verschwindet die historische Bedeutung seiner Bauweise täglich. Die Baudenkmäler werden hier immer seltener, und es scheint, daß man zusieht, wie sie, in der Häusermenge verschwindend, nach und nach verschlungen werden. Unsere Väter besaßen ein Paris aus Stein, unsere Kinder werden eins aus Gyps bekommen.

Was die neuern Baudenkmäler des gegenwärtigen Paris betrifft, so wollen wir uns gern bescheiden, ein Wort darüber zu verlieren. Damit soll aber nicht gesagt sein, daß wir ihnen nicht die Bewunderung zollten, die sich schickt. Die Sanct-Genoveva-Kirche Soufflots ist jedenfalls die schönste Christstolle, die man jemals in Stein hergestellt hat. Der Palast der Ehrenlegion ist gleichfalls ein sehr bemerkenswertes Kunstwerk der Pastetenbäckerei. Die Kuppel der Getreidemarkthalle sieht wie eine englische Jockeimutze auf einer hohen Leiter aus. Die Thürme von Saint-Sulpice sind zwei riesige Clarinetten, und das ist so gut eine Form, wie jede andere: der Telegraph in seinem schiefen Zickzack bildet eine angenehme Abwechslung auf ihren Dächern. Saint-Roch besitzt ein Portal, das sich hinsichtlich der Pracht nur mit dem von Sanct-Thomas von Aquino vergleichen läßt. Jenes nennt auch eine Schädelstätte mit Statuen in einer Kellergruft und eine Monstranz aus vergoldetem Holze sein Eigenthum. Völlig wunderbare Dinge sind da noch zu nennen. Der Lichtschlotthurm im Labyrinthe des botanischen Gartens ist auch sehr genial ausgedacht. Was den Börsenpalast betrifft, welcher griechische Formen in seiner Säulenhalle, romanische in der Rundbogenform seiner Eingänge und Fenster, solche aus der Renaissance in seiner großen Korbhenkelwölbung aufweist, so ist dieser doch unzweifelhaft ein sehr regelrechtes und in wirklich reinem Stile gehaltenes Baudenkmal: Beweis dafür, daß es von einer Attikagekrönt ist, wie man solche nicht in Athen sah – eine hübsche schnurgerade Linie, die hier und da zierlich von Ofenschloten unterbrochen ist. Vergegenwärtigen wir uns nun, daß, wenn es als Regel gilt, daß die Bauart eines Gebäudes seiner Bestimmung in der Weise entspricht, wie der Zweck obigen Bauwerkes sich beim bloßen Anblicke von selbst enthüllt, so braucht man sich nicht allzusehr über ein Gebäude zu wundern, das ebensowohl ein Königspalast wie ein Volksrepräsentantenhaus, Rathhaus, Gymnasium, eine Reitschule, Akademie, ein Lagerhaus, Gerichtshof, Museum, eine Kaserne, ein Mausoleum, ein Tempel oder ein Theater sein kann. Indessen ist es ein Börsengebäude. Ein Baudenkmal muß außerdem dem Klima angepaßt sein. Dieses ist augenscheinlich und im Hinblick auf unsern kalten und regnerischen Himmel aufgeführt. Es hat nach Art der orientalischen Häuser ein fast plattes Dach, weshalb es geschieht, daß man im Winter, wenn's schneit, das Dach fegt; und es ist ja sicher, daß ein Dach errichtet wird, um gefegt zu werden. Was jenen Zweck betrifft, von dem wir soeben gesprochen haben, so erfüllt es ihn in merkwürdiger Weise: es ist Börsengebäude in Frankreich, wie es Tempel in Griechenland gewesen wäre. Wahr ist, daß der Baumeister Mühe genug gehabt hat, das Zifferblatt der Uhr zu verbergen, welches die Reinheit der schönen Linien an der Façade beeinträchtigt hätte; aber als Ersatz hat man ja jene Säulenhalle dafür, die rings um das Gebäude sich herumzieht und unter welcher man an hohen kirchlichen Festtagen sich in würdiger Weise das Geheimnis der Börsensensale und Waarenmäkler deutlich machen kann.

Wir haben hier also ohne jeden Zweifel sehr prächtige Baudenkmäler. Bringen wir die Fülle schöner, unterhaltender und mannigfaltiger Straßen, wie die Rue de Rivoli, damit in Verbindung, so zweifle ich nicht, daß Paris, aus einem aufsteigenden Ballon gesehen, dem Auge jenen Reichthum an Linien, jenen Ueberfluß an Einzelnheiten, jene Mannigfaltigkeit an Bildern, jenes eigentümlich Großartige in der Einfachheit und Ueberraschende in der Schönheit bietet, welches ein Damebrett kennzeichnet.

So bewunderungswürdig Euch das heutige Paris bei alledem erscheinen mag, so ruft Euch das Paris des fünfzehnten Jahrhunderts zurück, bauet es im Geiste wieder auf, blickt am Tage durch jene überraschende Reihe von Thurmspitzen, Kirch- und Glockenthürmen; gießet mitten in der ungeheuern Stadt die Seine mit ihren breiten, grünen und gelblichen Lachen aus, die dadurch schillernder als eine Schlangenhaut erscheint; theilt sie an der Spitze der Inseln; kräuselt sie unter den Bogen der Brücken; sondert das gothische Profil dieses alterthümlichen Paris zierlich auf einem azurnen Horizonte ab; lasset seinen Umriß in einem Winternebel, der sich an die zahllosen Schornsteine heftet, wogen; taucht die Stadt in eine tiefe Nacht und betrachtet das sonderbare Spiel von Finsternis und Licht in diesem düstren Häuserlabyrinthe; laßt einen Mondstrahl darauf fallen, der es undeutlich abgrenzt und die großen Thurmknöpfe aus dem Nebel hervortreten läßt; oder wiederholt diesen nächtlichen Schattenriß noch einmal, frischet die Tausende von spitzen Winkeln der Thurmdächer und Häusergiebel mit Schatten auf; lasset ihn auf dem kupferfarbigen Abendhimmel zackiger als eine Haifischkinnlade hervortreten: – und dann vergleichet!

Und wenn Ihr von der alten Stadt einen Eindruck haben wollt, wie ihn Euch die neue nicht mehr zu geben vermag, so steiget am Morgen eines hohen Festes, eines Oster- oder Pfingsttages mit Sonnenaufgang auf irgend einen erhabenen Punkt, von dem aus Ihr die ganze Stadt beherrschen könnt, und vernehmet den Weckruf des Glockengeläutes. Sehet, auf ein vom Himmel kommendes Zeichen, – denn die Sonne giebt es – diese tausend Kirchen auf einmal erbeben. Zuerst sind es vereinzelte Klänge, die von einer Kirche zur andern stiegen, wie wenn sich Musiker Zeichen geben, daß man anfangen will. Dann plötzlich sehet (denn in gewissen Augenblicken scheint auch das Ohr sein Gesicht zu haben), sehet es sich im nämlichen Augenblicke von jedem Thurme wie eine Tonsäule, wie eine Harmoniewolke erheben. Anfangs steigt die Schwingung jeder Glocke gerade, rein und gleichsam von den andern isolirt, zum glänzenden Morgenhimmel empor; dann vereinigen sie sich nach und nach anschwellend, vermischen sie sich mehr und mehr, verbinden sie sich eine mit der andern und verschmelzen zu einem grandiosen Concerte. Jetzt ist es nur noch ***eine*** Tonmasse von wohllautenden Schwingungen, die unaufhörlich von den zahllosen Thürmen aufsteigt, die dahinflutet, wogt, hüpft, über die Stadt hinwirbelt und weit über den Horizont hinaus den Kreis seiner betäubenden Schwingungen dahinsendet. Doch ist dieses Meer von Harmonien durchaus kein Chaos. So gewaltig und tief es sein mag, hat es doch seine Durchsichtigkeit nicht verloren: Ihr sehet darin jede Notengruppe für sich einzeln hervorschwirren und aus dem Glockengeläute sich loslösen. Dabei könnt Ihr ein Duett zwischen Baßglocke und Glöckchen vernehmen, das abwechselnd dumpf und kreischend ertönt; Ihr sehet da die Octavgänge von einem Thurme zum andern schnellen; sehet sie geflügelt, leicht und sausend sich von der Silberglocke emporschwingen, schwerfällig und dumpf aus der hölzernen Glocke herausfallen; Ihr bewundert in ihrer Fülle die reiche Scala, welche unaufhörlich in den sieben Glocken von Saint-Eustache auf- und abläuft; mitten durch ihre Klänge sehet Ihr helle und stürmische Tongänge laufen, welche drei oder vier glänzende Zickzacks bilden und wie Blitzstrahle verschwinden. Da unten die markerschütternde, kreischende Sängerin, das ist die Abtei Saint-Martin, hier die widerwärtige und mürrische Stimme der Bastille, am andern Ende der mächtige Thurm des Louvre mit seiner Barytonglocke. Das Glockenspiel des königlichen Palastes wirft unablässig nach allen Seiten hin glänzende Triller hinaus, zwischen welche im gleichen Tempo die schweren Schläge der Sturmglocke von Notre-Dame einfallen, ähnlich den Schlägen des Hammers auf den funkensprühenden Ambos. In Zwischenräumen vernehmt Ihr Töne aller Art hindurchklingen, die von den drei Glocken der Kirche Saint-Germain-des-Prés herrühren; dann theilt sich auch von Zeit zu Zeit die Flut grandioser Töne und giebt dem Finale der Ave-Maria-Kapelle Raum, das wie eine Sternfeuergarbe blitzend hindurchbricht. Unter ihm, in der tiefsten Tiefe des Tönegewoges, unterscheidet Ihr den Gesang im Innern der Kirchen, der durch die Oeffnungen ihrer zitternden Wölbungen dringt. – Wahrlich, es ist das eine Oper, die anzuhören sich der Mühe verlohnt. Gewöhnlich ist es das Getöse, welches aus Paris am Tage hervordringt; das ist die Stadt, welche redet; nachts ist das die Stadt, welche athmet: hier ist es die Stadt, welche singt. Leihet also diesem Glocken-Tutti das Ohr, vertheilet über dieses Ensemble das Gemurmel von einer halben Million Menschen, das beständige Klagelied der Flußwogen, das endlose Rauschen des Windes, das ferne und tiefe Quartett der vier Wälder, die über die Hügel am Horizonte ausgebreitet liegen wie ungeheure Orgelpositive; dämpfet in diesem Ganzen, wie in einem Gemälde durch Halbfärbung, alles das, was an diesem Geläute ringsherum zu rauh und schreiend sein könnte, und dann gestehet, ob Ihr in der Welt etwas Reicheres, Entzückenderes, Glänzenderes und Blendenderes kennt, als dieses Geläute und Glockengetös, als diesen Musikfeuerstrom, als diese zehntausend erzenen Stimmen, die auf einmal in den dreihundert Fuß hohen Steinflöten singen; als diese Stadt, die jetzt nur ein Orchester ist; als diese Symphonie, welche das Getöse eines Sturmes erzeugt!

Viertes Buch

1. Gute Herzen

Sechzehn Jahre vor dem Zeitabschnitte, in welchem sich gegenwärtige Geschichte ereignete, war an einem schönen Morgen des Sonntags Quasimodo, nach der Messe in der Kirche Notre-Dame ein lebendes Wesen auf dem Bettgestelle niedergelegt worden, das im Vorhofe, links gegenüber dem „großen Bildnisse" des heiligen Christoph sich befand, welchen die in Stein gemeißelte Figur eines knieenden Ritters, des Herrn Anton Des Essarts, seit 1413 anblickte, als man auf den Gedanken gekommen war, den Heiligen und den Frommen dort hinzustellen. Es war nämlich Gebrauch, auf diesem Bettgestelle die Findelkinder der allgemeinen Mildthätigkeit auszusetzen. Von hier nahm sie weg, wer wollte. Vor dem Bettgestelle befand sich ein kupfernes Becken für die Almosen.

Die Art lebenden Wesens, welches auf diesem Brette am Morgen des Sonntags Quasimodo, im Jahre des Herrn 1467 lag, schien im hohen Grade die Neugierde der ziemlich beträchtlichen Menschenmenge zu erregen, die sich um das Bettgestell herum angesammelt hatte. Die Gruppe war zum großen Theile aus Personen des schönen Geschlechtes gebildet: es waren fast nur alte Weiber. In der ersten Reihe, und ganz auf das Lager niedergeneigt, bemerkte man vier, an deren grauem Kuttenkleide, einer Art Soutane, man errieth, daß sie irgend einer geistlichen Genossenschaft angehörten. Ich sehe durchaus nicht ein, warum die Geschichte die Namen dieser vier verschwiegenen und achtbaren Bürgerfrauen der Nachwelt nicht überliefern sollte. Sie hießen Agnes La-Herme, Johanne de la Tarme, Henriette La-Gaultière und Gauchère La-Violette, alle vier Witwen, alle vier Ordensfrauen der Kapelle Etienne-Haudry, die mit Erlaubnis ihrer Oberin und den Vorschriften Peter d'Ailly's gemäß ihr Stift verlassen hatten, um die Predigt anhören zu gehen.

Wenn diese guten Nonnen übrigens für den Augenblick die Vorschriften Peter d'Ailly's beobachteten, so übertraten sie jedoch in der Freude ihres Herzens diejenigen Michaels von Brache und des Cardinals von Pisa, die ihnen so grausam Schweigen auferlegten.

„Was in aller Welt ist denn das, liebe Schwester?" sagte Agnes zu Gauchère, während sie das kleine ausgesetzte Geschöpf betrachtete, welches kreischte und sich, von so viel Blicken in Schrecken versetzt, auf dem Bettgestelle wand.

„Was soll noch aus uns werden," sagte Johanne, „wenn jetzt solche Kinder wie dieses in die Welt gesetzt werden?"

„Ich verstehe mich nicht auf Kinder," entgegnete Agnes, „aber es muß eine Sünde sein, dieses da anzusehen."

„Das ist kein Kind, Agnes."

„Es ist ein verunglückter Affe," bemerkte Gauchère.

„Es ist ein Wunder," entgegnete Henriette La-Gaultière.

„Dann ist es," erwiderte Agnes, „das dritte seit Sonntag Lätare; denn vor kaum acht Tagen haben wir das Wunder mit dem Pilgerspötter gehabt, der durch Unsere liebe Frau von Aubervilliers göttliche Strafe erlitt; und das war das zweite Wunder im Monate."

„Es ist ein wahrhaft abscheuliches Ungethüm, dieses angebliche Findelkind," nahm Johanne das Wort.

„Es brüllt, um einen Cantor taub zu machen," fuhr Gauchère fort. „So schweige doch, kleiner Schreihals!"

„Und noch zu behaupten, daß es Seine Hochwürden der Bischof von Reims ist, der Seiner Hochwürden dem Bischofe von Paris dieses Ungethüm schickt!" fügte La-Gaultière hinzu und schlug die Hände zusammen.

„Ich glaube," sagte Agnes La-Herme, „es ist ein Vieh, ein thierisches Geschöpf, das ein Jude mit einer Sau gezeugt hat, – kurzum ein Etwas, das nicht Christ ist und das man ins Wasser oder Feuer werfen soll."

„Ich hoffe doch," entgegnete La-Gaultière, „daß von niemandem nach ihm gefragt werden wird."

„O mein Gott!" rief Agnes, „die armen Ammen im Findelhause da unten am Ende des Gäßchens, wenn man den Fluß hinabgeht, ganz dicht neben Seiner Hochwürden dem Herrn Bischofe! Wehe, wenn man ihnen dies kleine Ungethüm zum Stillen brächte! Ich würde lieber einem Vampyre die Brust reichen."

„Was die noch unschuldig ist, diese arme La-Herme!" entgegnete Johanne; „Ihr seht nicht, liebe Schwester, daß dieses kleine Scheusal mindestens vier Jahre alt ist, und daß es weniger Appetit nach Eurer Brust, als nach einem Bratenwender haben dürfte."

Und in Wahrheit war es kein Neugeborenes, dieses kleine Scheusal. (Wir würden uns selbst durchaus nicht haben enthalten können, es anders zu nennen.) Es war eine kleine, sehr eckige und mächtig zappelnde Masse, die in einem leinenen, mit dem Namenszuge des Herrn Wilhelm Chartier, damaligen Bischofs von Paris, versehenen Sacke steckte, so daß nur der Kopf herausguckte. Dieser Kopf war ein ziemlich mißgestaltetes Etwas; man sah daran nur einen Wald von rothen Haaren, ein Auge, einen Mund und Zähne. Das Auge weinte, der Mund schrie und die Zähne schienen nur nach dem Beißen zu verlangen. Das Ganze zappelte im Sacke zum großen Erstaunen der Menge, die unaufhörlich zunahm und sich ringsherum ansammelte.

Frau Aloise von Gondelaurier, eine reiche und adlige Dame, die einen langen Schleier am goldenen Horne ihres Kopfputzes trug und ein hübsches Mädchen von ohngefähr sechs Jahren an der Hand führte, blieb im Vorübergehen vor dem Lager stehen und betrachtete einen Augenblick lang das unglückselige Geschöpf, währen ihre reizende Enkelin Fleur-de-Lys von Gondelaurier, die ganz in Seide und Sammet gekleidet war, mit ihrem niedlichen kleine Finger die an dem hölzernen Lager stets befestigte Tafel, welche die Aufschrift „Findelkinder“ trug, buchstabirte.

„In der That,“ sagte die Dame, während sie sich mit Abscheu wegwandte, „ich glaubte bis jetzt, daß man hier nur Kinder ausstellte.“ Sie wandte den Rücken, warf dabei einen Silbergulden in das Becken, welcher unter den Hellern erklang und die Ordensfrauen von der Kapelle Etienne-Handry mit großen Augen aufschauen ließ.

Einen Augenblick darauf ging der Pronotar des Königs, der würdevolle und gelehrte Robert Mistricolle mit einem ungeheuern Meßbuche unter dem einen und seiner Gattin (Frau Guillemette La-Mairesse) an dem andern Arme vorüber, so daß er also seine beiden Führer, den geistlichen und weltlichen zur Seite hatte.

„Findelkind“ sagte er, nachdem er den Gegenstand betrachtet hatte, „bist offenbar am Gelände des Flusses Phlegetongefunden!“

„Man sieht nur ***ein*** Auge an ihm,“ bemerkte Frau Guillemette; „über dem andern hat es eine Warze.“

„Das ist keine Warze,“ warf Herr Robert Mistricolle ein, „das ist ein Ei, welches einen andern ganz ähnlichen Dämon einschließt, der ein anderes kleines Ei trägt, das einen zweiten Teufel enthält und so fort.“

„Woher wißt Ihr das?“ fragte Guillemette La-Mairesse.

„Ich weiß es ganz bestimmt,“ antwortete der Pronotar.

„Herr Pronotar,“ fragte Gauchère, was prophezeit Ihr von diesem angeblichen Findelkinde?“

„Die größten Unglücksfälle,“ antwortete Mistricolle.

„Ach! mein Gott!“ rief eine Alte aus der Zuhörerschaft, „obendrein hat voriges Jahr eine große Pest stattgefunden, und man erzählt, daß die Engländer beabsichtigen, bei Harefleur in großen Trupps zu landen.“

„Vielleicht wird das die Königin abhalten, im September nach Paris zu kommen,“ versetzte eine andere, „der Handel geht schon so schlecht!“

„Ich bin der Meinung,“ rief Johanne de la Tarme, „daß es besser für die Insassen von Paris sein würde, wenn man den kleinen Hexenmeister da lieber auf ein Reisigbündel, als auf ein Bett gelegt hätte.“

„Ein hübsches brennendes Reisigbündel,“ fügte die Alte hinzu.

„Das würde weit vernünftiger sein,“ sagte Mistricolle.

Seit einigen Augenblicken hatte ein junger Priester die Bemerkungen der Nonnen und die Urtheile des Protonotars angehört. Sein Aussehen war streng, seine Stirn breit, sein Blick stechend und tief. Er theilte schweigend die Menge, betrachtete den „kleinen

Hexenmeister“ und streckte die Hand über ihn aus. Es war wahrlich Zeit; denn die ganze fromme Versammlung leckte sich schon den Bart nach „dem hübschen brennenden Reisigbündel“.

„Ich nehme dieses Kind an Kindesstatt an,“ sprach der Priester.

Er nahm es in seinen Chorrock und trug es davon. Die Umstehenden folgten ihm mit bestürzten Mienen. Einen Augenblick nachher war er durch die Rothe Pforte, welche damals von der Kirche nach dem Kloster führte, verschwunden

Als die erste Ueberraschung gewichen war, neigte sich Johanne de la Tarme zum Ohre La-Gaultières:

„Ich hatte Euch ja gesagt, liebe Schwester, daß dieser junge Geistliche, Herr Claude Frollo, ein Zauberer ist.“

2. Claude Frollo

Claude Frollo war in Wahrheit keine gewöhnliche Persönlichkeit.

Er gehörte zu einer jener mittleren Familien, die man unterschiedslos in der albernen Ausdrucksweise des vorigen Jahrhunderts vornehmen Bürgerstand oder kleinen Adel nannte. Diese Familie hatte von den Brüdern Paclet das Lehen Tirechappe geerbt, welches dem Bischofe von Paris unterstellt war und dessen einundzwanzig Häuser im dreizehnten Jahrhunderte den Gegenstand so vieler Sachwalterkämpfe vor dem Officialgerichtegebildet hatten. Als Besitzer dieses Lehens war Claude Frollo einer der „siebenmal einundzwanzig Lehnsherren“, welche in Paris und seinen Vorstädten Grundzins beanspruchten; und in dieser Eigenschaft hat man zwischen dem Hotel Tancarville, das Meister Franz Le-Rez gehörte, und dem Collegium Tours lange Zeit seinen Namen in dem Archive eingetragen sehen können, das in Saint-Martin-des-Champs in Verwahrung sich befand.

Claude Frollo war von Kindheit an von seinen Eltern zum geistlichen Stande bestimmt worden. Man hatte ihn im Lateinlesen unterrichtet; er war angehalten worden, die Augen niederzuschlagen und leise zu sprechen. Noch ganz Kind hatte ihn sein Vater in das Collegium Torchi im Universitätsviertel eingesperrt. Hier war er über dem Meßbuche und dem Lexikon herangewachsen.

Er war übrigens ein trübsinniges, stilles und ernstes Kind, das eifrig studirte und schnell begriff; er schrie nie laut in den Erholungsstunden, mischte sich kaum in die lärmenden Gelage der Rue du Fouarre, wußte nicht, was man unter “dare alapas et capillos lanicare“verstand und hatte keine Rolle in jener Meuterei vom Jahre 1463 gespielt, welche die Annalisten allen Ernstes unter dem Titel „Sechste Unruhe im Universitätsviertel“ aufzeichnen. Es begegnete ihm selten, daß er die armen Schüler von Montaigu wegen der „Kappenmäntelchen“, von denen sie ihren Namen erhielten, oder die Freischüler des Collegiums Dormans wegen ihrer glattgeschorenen Tonsur und wegen ihres dreitheiligen Ueberrockes aus dunkelblauem, hellblauen und violetten Tuche („azurini coloris et bruni“), wie die Urkunde des Cardinals Des-Quatre-Couronnes sagte, verspottete. Dagegen war er unablässig in den höhern und niedern Schulen der Straße Saint-Jean-de-Beauvais zu finden. Der erste Student, welchen der Abt von Saint-Pierre-de-Val, sobald er seine Vorlesung über das kanonische Recht begann, immer dem Katheder gegenüber an einer Säule der Schule Saint-Vendregesile lehnen sah, war Claude Frollo, mit seinem Tintenfaß aus Horn versehen, an der Feder kauend, auf seinem abgeschabten Knie kritzelnd und im Winter in die Finger hauchend. Der erste Hörer, welchen Herr Miles von Isliers, der Doctor des kanonischen Rechtes, jeden Montag Morgen und ganz außer Athem bei der Oeffnung der Thüren der Schule Chef-Saint-Denis ankommen sah, war Claude Frollo. Daher hätte der junge Gelehrte von sechzehn Jahren in der theologischen Geheimlehre einem Kirchenvater, in der kanonischen Theologie einem Conciliumsvater und in der scholastischen Theologie einem Doctor der Sorbonne die Spitze bieten können. Nachdem er mit der Theologie zu Ende war, warf er sich auf das kanonische Recht. Vom “Magister Sententiarum“ war er auf die „Capitularien Karls des Großen“ gerathen; und nach und nach hatte er in seinem Wissenshunger Decretalien um Decretalien verschlungen: so diejenigen des Theodorus, Bischofs von Hispalis, wie diejenigen des Bouchardus, Bischofs von Worms, und diejenigen von Yves, des Bischofs von Chartres, dann die Decretaliensammlung des Gratian, welche nach den Capitularien Karls des Großen an die Reihe kam; dann die Sammlung Gregors des Neunten, endlich das Sendschreiben “Super specula“ von Honorius dem Dritten. Er machte sich jene lange und stürmische Periode des bürgerlichen und kanonischen Rechtes in Ringen und Arbeit im Chaos des Mittelalters klar und vertraut, – jene Periode, welche der Bischof Theodorus im Jahre 618 eröffnet und welche 1227 der Papst Gregor abschließt. Sobald das kanonische Recht verdauet war, warf er sich auf die Medicin, auf die freien Künste. Er studirte Kräuterkunde und Salbenkunde; er wurde erfahren in der Behandlung von Fiebern und Quetschungen, von Verwundungen und Geschwüren. Jacob von Espars hätte ihn als Physicus, Richard Hellain als Chirurg zugelassen. Er durchlief gleichmäßig alle Grade der Licentiatenwürde, der Lehrfähigkeit und der Doctorwürde in den Künsten. Er studirte Sprachen: das Lateinische, Griechische und Hebräische, – ein dreifaches Heiligthum, zu dem damals nur sehr wenige Zutritt hatten. Was das Wissen anbetrifft, so war er von einem wahren Fieber besessen, zu erwerben und Schätze aufzuhäufen. Im Alter von achtzehn Jahren hatte er die vier Facultäten durchlaufen; es schien dem jungen Manne, als ob das Leben nur einen einzigen Zweck hätte: das Wissen.

Es war um diese Zeit ohngefähr, als in Folge des übermäßig heißen Sommers vom Jahre 1466 jene große Pest ausbrach, welche mehr als vierzigtausend Menschen im Gerichtsbezirke von Paris hinwegraffte, und unter anderem auch, wie Johann von Troyes sagt, „Meister Arnoul, den Sterndeuter des Königs, der ein sehr guter Mann war, gescheidt und drollig dazu“. Im Universitätsviertel verbreitete sich das Gerücht, daß die Straße Tirechappe ganz besonders von der Krankheit heimgesucht worden wäre. Dort nun wohnten, inmitten ihres Lehens, die Eltern Claude's. Der junge Student eilte ganz erschrocken nach dem väterlichen Hause. Als er dort eintrat, waren Vater und Mutter in der Nacht vorher gestorben. Ein ganz kleiner Bruder, der in den Windeln lag, lebte noch und schrie verlassen in seiner Wiege. Das war alles, was dem Claude von seiner Familie übrig blieb; der junge Mann nahm das Kind in seinen Arm und ging nachdenklich von dannen. Bis dahin hatte er nur in seiner Wissenschaft gelebt, er fing nun an im Dasein zu leben.

Dieses Unglück wurde ein Wendepunkt im Leben Claude's. Verwaist, als der Aelteste und als Haupt seiner Familie in einem Alter von neunzehn Jahren, fühlte er sich schonungslos von den Träumereien der Schule zur Wirklichkeit dieser Welt zurückgerufen. Damals faßte er, von Mitleiden bewegt, leidenschaftliche Liebe und Hingabe für dieses Kind, seinen Bruder: – etwas Sonderbares und Köstliches um eine menschliche Neigung für ihn, der bis jetzt nur Bücher geliebt hatte.

Diese Neigung zeigte sich in einer eigenthümlichen Stärke: in einem so jungen Herzen erschien sie wie eine erste Liebe. Von Kindheit an von seinen Eltern, die er kaum gekannt hatte, getrennt, in ein Kloster gesperrt und hinter seinen Büchern wie festgemauert, begierig vor allem zu studiren und zu lernen, bis dahin ausschließlich auf seinen Geist bedacht, der sich in der Wissenschaft erweiterte, bedacht auf seine Einbildungskraft, die unter den Studien erstarkte, hatte der arme Student noch keine Zeit gehabt, die Stelle zu fühlen, wo sein Herz schlug. Dieser junge, vater- und mutterlose Bruder, dieses kleine Kind, welches ihm plötzlich vom Himmel in die Arme fiel, machte einen neuen Menschen aus ihm. Er erkannte, daß es noch etwas Anderes in der Welt gäbe, als die Forschungen der Sorbonne und die Verse Homers; daß der Mensch der Neigungen bedürfe; daß das Leben ohne Zärtlichkeit und ohne Liebe nur ein gefühlloses, kreischendes und aufreibendes Räderwerk sei. Nur bildete er sich ein, – denn er war im Alter, wo die Täuschungen nur durch andere Täuschungen ersetzt werden – daß die Bande des Blutes und der Familie die allein nothwendigen wären, und daß einen kleinen Bruder zu lieben hinreichend wäre, um ein ganzes Dasein auszufüllen. Er überließ sich also der Liebe zu seinem kleinen Johann mit der Leidenschaft eines schon tiefen, glühenden und festen Gemüthes. Dieses arme, schwache, hübsche, blonde, rothbackige und gelockte Geschöpf, diese Waise ohne andern Beistand als den einer Waise, bewegte ihn bis in den tiefsten Grund der Seele, und als ernster Denker, wie er war, begann er über Johann mit grenzenlosem Mitleiden nachzudenken. Er machte sich Sorge und Kummer um ihn, wie um etwas sehr Gebrechliches, etwas, das ihm sehr ans Herz gelegt war. Er wurde dem Kinde mehr als ein Bruder: er wurde ihm eine Mutter.

Der kleine Johann hatte seine Mutter verloren, als er noch an der Brust lag; Claude that ihn zu einer Amme. Außer dem Lehen von Tirechappe hatte er auch das Lehensgut

Le-Moulin von seinem Vater als Erbe erhalten, das zum Quadratthurme Gentilly zu Lehen ging: es war eine Mühle auf einem Hügel beim Schlosse Winchestre (Bicêtre). Hier lebte die Müllerin, welche ein hübsches Kind säugte; es war nicht weit vom Universitätsviertel. Claude brachte ihr selbst seinen kleinen Johann.

Von jetzt an, und da er fühlte, daß er eine Bürde trage, nahm er das Leben sehr ernst. Der Gedanke an seinen kleinen Bruder wurde nicht nur seine Erheiterung, sondern auch der Zweck bei seinen Studien. Er beschloß, sich ganz und voll einer Zukunft zu weihen, für die er vor Gott verantwortlich wurde, niemals eine Gattin, ein anderes Kind zu besitzen als seinen Bruder und dessen Glück und Loos. Er gab sich nun mehr als sonst seinem geistlichen Berufe hin. Sein Verdienst, seine Gelehrsamkeit, sein Stand als unmittelbarer Lehnsmann des Bischofs von Paris öffneten ihm die Pforten der Kirche ganz weit. Im Alter von zwanzig Jahren war er in Folge besonderer Dispensation des Heiligen Stuhles Priester und versah als der jüngste unter den Kaplänen von Notre-Dame den Dienst an dem Altare, der wegen der Messe, die da spät abends gelesen wird, altare pigrorumgenannt wird. Dabei, und weil er mehr als vordem sich in seine geliebten Bücher versenkte, die er nur verließ, um auf ein Stündchen nach dem Lehnsgute Le-Moulin zu eilen, hatte ihm diese für sein Alter so seltene Mischung von Gelehrsamkeit und Charakterfestigkeit rasch die Achtung und Bewunderung seines Klosters erworben. Vom Kloster war sein Ruf als Gelehrter ins Volk gedrungen, wo, wie es damals häufig der Fall war, er sich ein wenig in den eines Zauberers verkehrt hatte.

Gerade in dem Augenblicke nun, wo er, am Sonntage Quasimodo, von der Messe zurückkehrte, die für die Spätkommenden an dem für sie bestimmten Altare, neben der ins Schiff führenden Thüre des hohen Chores, rechts, beim Bilde der heiligen Jungfrau, celebrirt wurde, war seine Aufmerksamkeit durch die Gruppe kreischender Weiber erregt worden, die sich um das Lager der Findelkinder zusammengedrängt hatten.

Er hatte sich dem unglücklichen kleinen Geschöpfe genähert, das in jenem Augenblicke gerade so verabscheut und bedrohet war.

Diese drängende Gefahr, diese Häßlichkeit, diese Hilfslosigkeit, der Gedanke an seinen kleinen Bruder, die Idee, die ihm plötzlich durch den Kopf fuhr, daß, wenn er stürbe, er, sein theurer kleiner Johann, wohl auch so erbärmlich auf dem Brette der Findelkinder ausgesetzt werden könnte – alles das war ihm auf einmal zu Herzen gegangen: ein tiefes Mitleid hatte sich in ihm geregt, und er hatte das Kind davongetragen.

Als er das Kind aus dem Sacke herauszog, fand er es in der That sehr mißgestaltet. Der arme kleine Teufel hatte eine große Warze über dem linken Auge, den Kopf an den Schultern, ein krummes Rückgrat, ein hervorragendes, Brustbein, krumme Beine, aber er erschien lebenskräftig; und wiewohl es unmöglich war, zu verstehen, welche Sprache er lallte, so verkündigte sein Schreien doch eine gewisse Stärke und Gesundheit zugleich.

Das Mitleiden Claude's wuchs beim Anblick dieser Häßlichkeit; und er gelobte sich in seinem Herzen, dieses Kind aus Liebe zu seinem Bruder zu erziehen, damit, seien in Zukunft die Fehler des kleinen Johann welche sie wollten, diese an jenem geübte Barmherzigkeit zu seinem Besten ausschlagen möchte. Es war das eine Art Anlage guter Werke, die er auf das Haupt seines jungen Bruders hin bewerkstelligte; es war eine Ladung guter Handlungen, die er für ihn zum voraus ansammeln wollte, für den Fall, daß der kleine Schelm eines Tages mit dieser Münze knapp dran sein sollte, – der einzigen, die als Brückengeld zum Paradiese angenommen wird.

Er taufte sein Adoptivkind und nannte es „Quasimodo",sei es, daß er damit nun den Tag bezeichnen wollte, an welchem er es gefunden, sei es, daß er mit diesem Namen das arme kleine Geschöpf als im gewissen Grade krüppelhaft und fast noch nicht geformt charakterisiren wollte. In Wahrheit war der einäugige, bucklige, krummbeinige Quasimodo kaum mehr als ein „Ungefähr" von Menschen.

3. Immanis pecoris custos, immanior ipse

Nun, im Jahre 1482, war Quasimodo herangewachsen. Er war seit mehreren Jahren Glöckner von Notre-Dame, Dank seinem Pflegevater Claude Frollo, welcher Archidiaconus von Josas durch seinen Oberlehnsherrn Louis von Beaumont geworden war, der dagegen 1472, nach Wilhelm Chartiers Tode, durch Vermittlung seines Gönners Olivier Le-Daim, des Barbiers König Ludwigs des Elften von Gottes Gnaden, Bischof von Paris geworden war.

Quasimodo war also Glockenläuter von Notre-Dame.

Mit der Zeit hatte sich ein gewisses inniges Band gebildet, welches den Glöckner mit der Kirche verband. Auf immer von der Welt geschieden durch das zwiefache Mißgeschick seiner unbekannten Herkunft und seiner verkrüppelten Leibesbeschaffenheit, von Kindesbeinen an in diesen unüberschreitbaren Doppelkreis gebannt, hatte sich der arme Unglückliche daran gewöhnt, jenseits der frommen Mauern, die ihn in ihren Schatten aufgenommen, nichts von dieser Welt kennen zu lernen. Notre-Dame war, je nachdem er heranwuchs und sich entwickelte, für ihn nach einander das Ei, Nest, Haus, Vaterland und Weltall geworden.

Und sicher ist, daß zwischen diesem Geschöpfe und dieser Kirche eine Art geheimer und vorher bestehender Harmonie bestand. Als er, noch ganz klein, schlangenartig und sprungweise unter ihren düstern Wölbungen sich hinschlich, so erschien er mit seinem menschlichen Antlitze und seinem thierischen Gliederbau als das leibhafte Reptil dieses feuchten und dunkeln Bodens, auf welchen der Schatten der romanischen Säulenkapitäle in so vielen seltsamen Figuren niederfiel.

Später, als er sich maschinenmäßig zum ersten Male an dem Glockenstrange festhielt, sich daran schaukelte und die Glocke in Bewegung setzte, so machte das auf Claude, seinen Pflegevater, den Eindruck von einem Kinde, dessen Zunge sich löst und das zu sprechen anfängt.

Weil er im Verständnis des Wesens der Kirche sich immer mehr entwickelte, in ihr lebte, dort schlief, sie fast niemals verließ, ihre geheimnisvolle Einwirkung stündlich auf sich wirken ließ, so kam es, daß er ihr allmählich ähnlich wurde, sich ganz in sie versenkte und gewissermaßen einen ergänzenden Theil von ihr zu bilden begann. Die hervortretenden Ecken seines Körpers fügten sich (man gestatte uns dieses Bild) in die zurückweichenden Winkel des Gebäudes, und er erschien nicht nur als ihr Insasse, sondern vielmehr ihr verkörperter Inhalt. Man möchte fast sagen, daß er ihre Gestalt angenommen hätte, wie die Schnecke die Gestalt ihres Hauses annimmt. Sie war seine Behausung, sein Loch, seine Hülle. Zwischen der alten Kirche und ihm fand eine so tiefe und instinktive Übereinstimmung, so große magnetische Wahlverwandtschaft, so viel tatsächliche Ähnlichkeit statt, daß er an ihr in gleicher Weise, wie die Schildkröte an ihrem Gehäuse hing; die furchige Kirche war sein Rückenschild.

Es ist überflüssig, den Leser daran zu erinnern, die Bilder nicht buchstäblich zu verstehen, die wir hier zu gebrauchen gezwungen sind, um diese sonderbare, gleichmäßige, unmittelbare, fast wesengleiche Verbindung zwischen einem Menschen und einer Kirche zu schildern. Ebenso überflüssig ist, es zu sagen, wie sehr er sich mit der ganzen Kathedrale in einem so langen und innigen Zusammenleben vertraut gemacht hatte. Dieses Haus war ihm ganz zu eigen; es gab keine Tiefe, in die Quasimodo nicht gekrochen wäre, keine Höhe, die er nicht erstiegen hätte. Es geschah unzählige Male, daß er die Front der Kirche mit ihren zahlreichen Erhebungen erklomm und sich dabei nur an die Vorsprünge der Steinhauerarbeit klammerte. Die Thürme, an deren Außenfläche man ihn häufig wie eine Eidechse, die an einer senkrechten Mauer hinschlüpft, herumklettern sah, diese zwei so hohen, drohenden und furchtbaren Zwillingsriesen hatten für ihn nichts Entsetzendes, Schreckhaftes, noch Schwindelerregendes. Wenn man sie unter seinen Händen so ruhig, so leicht zu erklimmen sah, hätte man sagen mögen, daß er sie gezähmt hätte. Durch vieles Umherspringen, Klettern und dadurch, daß er sich inmitten der Untiefen der gigantischen Kathedrale herumtummelte, war er in gewisser Hinsicht zum Affen und zur Gemse geworden, oder ähnlich dem Kinde in Calabrien, welches schwimmt, ehe es laufen kann und schon in zarter Jugend mit dem Meere spielt.

Uebrigens schien sich nicht allein sein Körper, sondern auch sein Geist nach der Kathedrale geformt zu haben. In welchem Zustande befand sich diese Seele? Welche Richtung hatte sie angenommen, welche Form hatte sie unter dieser geschlossenen Hülle, in dieser ungeselligen Lebensweise erlangt? Das zu bestimmen würde schwer halten. Quasimodo war einäugig, bucklig und hinkend auf die Welt gekommen. Nur mit großer Mühe und nicht weniger Geduld hatte Claude Frollo es erreicht, ihn sprechen zu lehren. Aber ein Verhängnis hatte das arme Findelkind betroffen. Nachdem er Glöckner von Notre-Dame im vierzehnten Lebensjahre geworden, hatte sich ein neues Gebrechen eingestellt, jenes vollständig zu machen, die Glocken hatten ihm das Trommelfell zersprengt: er war taub geworden. Die einzige Pforte, welche ihm die Natur zur Welt hin ganz offen gelassen hatte, war plötzlich auf immer geschlossen.

Als sie sich schloß, schnitt sie den einzigen Licht- und Freudestrahl ab, der noch in die Seele Quasimodo's fiel. Diese Seele versank in eine tiefe Nacht. Die Schwermuth des Unglücklichen wurde unheilbar und völlig, wie seine Häßlichkeit. Außerdem machte ihn seine Taubheit in gewisser Hinsicht stumm. Denn um andern keine Veranlassung zum Lachen zu geben, verdammte er sich von dem Augenblicke an, wo er sich taub fühlte, entschlossen zu einem Stillschweigen, welches er selten und nur dann brach, wenn er allein war. Er fesselte freiwillig diese Zunge, die zu lösen Claude Frollo so viele Mühe gehabt hatte. In Folge davon geschah es, daß, wenn ihn die Nothwendigkeit zum Sprechen zwang, seine Rede schwerfällig, ungeschickt war und einer Thüre glich, deren Angeln verrostet sind.

Wenn wir nun versuchten, durch dieses dicke und harte Aeußere bis in Quasimodo's Seele zu dringen; wenn wir die Tiefen dieses übelbeschaffenen Wesens untersuchen könnten, wenn es uns vergönnt wäre, mit einer Leuchte hinter diese undurchsichtigen Theile zu schauen, das düstere Innere dieses unerforschlichen Geschöpfes zu ergründen, seine dunkeln Falten, seine unbegreiflichen Schlupfwinkel aufzuhellen und plötzlich einen hellen Lichtstrahl auf die in der Tiefe dieser Höhle gefesselte Psyche fallen zu lassen, so würden wir diese unglückliche ohne Zweifel in einer ähnlichen elenden, geknickten und verkrüppelten Lage finden, wie jene Gefangenen der Bleidächer in Venedig, welche in einem sehr niedrigen, kurzen Steinkasten liegend und zu zwei Hälften zusammengekrümmt hinaltern.

Es steht fest, daß in einem mißgestalteten Leibe der Geist verkrüppelt. Quasimodo empfand kaum, daß sich in seinem Innern blindlings eine Seele rege, die nach seinem Aeußern geformt war. Die Eindrücke der Gegenstände erlitten eine beträchtliche Strahlenbrechung, ehe sie zu seinem Denkvermögen gelangten. Sein Gehirn war ein sonderbarer Vermittler: die Ideen, welche es durchkreuzten, gingen alle verkehrt daraus hervor. Die Vorstellung, welche von jener mangelhaften Anschauung herrührte, war notwendigerweise eine abweichende und schiefe. Die Folge davon waren zahllose Sinnestäuschungen, zahllose Urtheilsirrungen, zahllose Gedankensprünge, in denen sein theils thörichtes, theils blödsinniges Denken abschweifte.

Die eine Folge jener verhängnisvollen Anschauungsweise war die, den Blick, welchen er auf die Dinge um sich her warf, zu verwirren. Er empfing von ihnen fast keine unvermittelte Vorstellung. Die äußere Welt erschien ihm in einer weiteren Entfernung, als uns.

Die andere Wirkung dieses unglücklichen Seelenzustandes war, daß er boshaft wurde.

Er war in der That boshaft, weil er verwildert war; er war verwildert, weil er mißgestaltet war. In seinem Naturell war gerade so viel Logik, wie in dem unsrigen. Seine außergewöhnlich entwickelte Körperkraft war ein Grund mehr zur Boshaftigkeit: „Malus puer robustus,“sagt Hobbes. Uebrigens muß man ihm die Gerechtigkeit widerfahren lassen: die Boshaftigkeit war ihm vielleicht nicht angeboren. Von seinem ersten Auftreten an unter den Menschen hatte er sich verhöhnt, beschimpft, zurückgestoßen gefühlt, dann gesehen.

Die Worte der Leute hatten für ihn immer eine Verspottung oder eine Verwünschung enthalten. Als er heranwuchs, hatte er nur Haß in seiner Umgebung gefunden. Er hatte ihn verstanden. Er hatte die gewöhnliche Bosheit angenommen. Er hatte die Waffe ergriffen, mit der man ihn verwundet hatte.

Nach alledem zeigte er nur mit Widerwillen sein Antlitz der Menschheit; seine Kirche war seine Welt. Sie war bevölkert mit marmornen Gestalten, Königen, Heiligen, Bischöfen, welche ihm wenigstens nicht ins Gesicht lachten und nur ein stilles, wohlwollendes Mitleid für ihn hatten. Die andern Bildsäulen, die der Teufel und Dämonen, hatten keinen Haß gegen ihn; Quasimodo – war ihnen darin selbst zu ähnlich. Sie verspotteten wohl eher die andern Menschen. Die Heiligen waren seine Freunde und segneten ihn; die Ungeheuer waren es gleichfalls und beschützten ihn. Daher hatte er lange Herzensergießungen mit ihnen. Daher verbrachte er manchmal ganze Stunden, vor einer dieser Bildsäulen niedergekauert, im einsamen Gespräche mit ihr. Wenn jemand unvermuthet dazukam, so entfloh er wie ein Liebhaber, der beim Ständchen überrascht wird.

Und die Kirche war für ihn nicht allein die Gesellschaft, sondern auch das Weltall, ja die ganze Natur. Er träumte von keinen andern Baumgeländern, als den immer in Farbenpracht schimmernden Kirchenfenstern, von keinem andern Schatten, als demjenigen dieses steinernen Laubwerkes, welches, mit Vogelgestalten angefüllt, den Knauf der sächsischen Kapitäle umrankt; von keinen andern Gebirgen, als den riesigen Thürmen der Kathedrale, von keinem andern Oceane, als Paris, welches zu ihren Füßen brandete.

Was er aber vor allem in diesem mütterlichen Gebäude liebte, was seine Seele aufweckte und sie die armen Fittiche ausbreiten ließ, die sie in ihrem Innern so traurig zusammengefaltet trug, was ihn manchmal glücklich machte, das waren die Glocken. Er liebte sie, er liebkoste sie, sprach mit ihnen, verstand sie. Vom Glockenspiele auf der Spitze des Querschiffes an bis zur großen Glocke des Vordergiebels waren sie alle Gegenstände seiner Zärtlichkeit. Der Glockenturm des Kreuzschiffes, die zwei Hauptthürme waren für ihn gleichsam drei große Vogelkäfige, deren Sänger, von ihm großgezogen, nur für ihn sangen. Und dabei waren es dieselben Glocken, die ihn taub gemacht hatten; aber Mütter lieben oft ***das*** Kind am meisten, das ihnen die größten Leiden verursacht hat.

Freilich war ihre Stimme die einzige, welche er noch hören konnte. In dieser Beziehung war die große Glocke seine Heißgeliebte. Sie war es, der er in dieser Familie von kreischenden Töchtern den Vorzug gab, wenn sie an Festtagen um ihn hin- und hersprang. Diese große Glocke hieß Marie. Sie befand sich allein im südlichen Thurme mit ihrer Schwester Jacqueline, einer Glocke von geringerem Umfange, die in einem kleinern Stuhle ihr zur Seite hing. Diese Jacqueline war so nach dem Namen der Gattin Jean Montagu's genannt worden, welcher die Glocke der Kirche geschenkt hatte; was aber nicht verhindert hatte, daß er später ohne Kopf in Montfauconfiguriren sollte. Im zweiten Thurme befanden sich sechs andere Glocken, und die sechs kleinsten Glocken endlich hingen auf dem Thurme des Kreuzarmes zusammen mit der hölzernen Glocke, welche man nur vom Nachmittage des Gründonnerstages an bis zum Morgen des Osterheiligabends läutete. Quasimodo hatte also fünfzehn Glocken in seinem Serail, aber die große Marie war seine Favorite.

Man kann sich an den Tagen feierlichen Geläutes keinen Begriff von Quasimodo's Freude machen. In dem Augenblicke, wo ihm der Archidiaconus die Einwilligung gegeben und zugerufen hatte: „Hinauf", eilte er die Wendeltreppe zum Thurme schneller hinauf, als ein anderer sie hätte herabsteigen können. Ganz athemlos trat er in das luftige Gelaß der großen Glocke ein; er betrachtete sie einen Augenblick lang mit Andacht und Liebe; dann redete er sie freundlich an, streichelte sie mit der Hand wie ein gutes Pferd, das einen weiten Ritt machen soll. Er beklagte sie wegen der Mühe, die sie haben sollte. Nach diesen ersten Liebkosungen rief er den Gehilfen, die in einem tiefern Stockwerke des Thurmes standen, zu, anzufangen. Diese hingen sich an die Seile, die Gangspille kreischte und die ungeheure Metallkapsel bewegte sich langsam. Quasimodo folgte ihr, am ganzen Körper zitternd, mit seinen Blicken. Der erste Anschlag des Klöppels an die erzene Wand ließ das Gerüst, auf welches er gestiegen war, erzittern. Quasimodo erbebte mit der Glocke.

„Hurtig," schrie er, in ein unsinniges Gelächter ausbrechend. Währenddem nahm die Bewegung der Baßglocke zu, und in dem Maße, wie sie im immer weiteren Winkel dahinflog, wurde auch Quasimodo's Auge immer glühender und flammender. Endlich begann der volle Schwung der Glocke; der ganze Thurm zitterte: Holzwerk, Bleidachung, Quadersteine, alles zitterte zugleich von den Grundpfeilern an bis zu den Kreuzblättern des Helmdaches. Quasimodo schäumte jetzt vor Aufregung; er lief, er kam zurück, er zitterte mit dem Thurme von Kopf bis zu Füßen. Die hinstürmende und rasende Glocke zeigte abwechselnd den beiden Thurmwänden ihren metallenen Schlund, aus dem jenes Orkanwehen hervorging, das man vier Meilen weit vernimmt. Quasimodo stellte sich vor diesen weiten Rachen; er kauerte sich nieder, erhob sich wieder beim Rückschlage der Glocke, athmete das betäubende Getös ein, sah bald in die Tiefe auf den Platz hinunter, auf dem es, zweihundert Fuß unter seinen Füßen, von Menschen wimmelte, bald auf die ungeheure erzene Zunge, die ihm von Secunde zu Secunde ins Ohr heulte. Das war für ihn die einzige Sprache, die er hörte, der einzige Laut, der für ihn die allgemeine Stille unterbrach. Hier machte er sich breit wie ein Vogel in den Strahlen der Sonne. Plötzlich packte ihn die Raserei der Glocke; sein Aussehen wurde befremdlich; er erwartete die vorbeifliegende Glocke, wie die Spinne auf die Fliege lauert, und warf sich plötzlich mit Ungestüm auf sie. So über dem Abgrunde schwebend, mit dem schrecklichen Fluge der Glocke hin- und hergeworfen, packte er das eherne Ungeheuer an den Ohrzapfen, drückte es mit seinen beiden Knieen, spornte es mit seinen Hacken und verdoppelte mit dem vollen Stoße und dem ganzen Gewichte seines Leibes die Raserei des Geläutes. Während der Thurm bebte, schrie er und knirschte mit den Zähnen, seine rothen Haare sträubten sich, seine Brust hob sich mit dem Geräusche eines Blasebalgs, sein Auge sprühte Flammen, das Glockenungethüm tobte laut schnaubend unter ihm; und das war jetzt nicht mehr die große Glocke von Notre-Dame und auch nicht Quasimodo: das war ein Traumbild, ein Wirbel, ein Sturm, der Koller eines Pferdes beim Entstehen eines Geräusches, ein Geist, der sich an einen dahinfliegenden Sattelsitz angeklammert, ein sonderbarer Centaur, der halb Mensch, halb Glocke ist, eine Art furchtbarer Astolph auf einem seltsamen, lebenden Hippogryphen von Erz durch die Luft geführt.

Die Anwesenheit dieses außergewöhnlichen Geschöpfes ließ in der ganzen Kirche einen eigentümlichen Lebenshauch sich verbreiten. Es schien, wenigstens um mit dem übertrieben-abergläubischen Vorstellungen der Menge zu reden, als ob eine geheimnisvolle Ausströmung von ihm ausginge, welche alle Steine von Notre-Dame belebte und die tiefen Furchen der alten Kirche zucken ließe. Es war genügend, ihn dort zu wissen, um zu glauben, daß man die Tausende von Statuen der Galerien und der Thore leben und sich bewegen sähe. Und in der That erschien die Kathedrale unter seinen Händen als ein gelehriges und gehorsames Geschöpf; sie war seines Willens gewärtig, um ihre gewaltige Stimme zu erheben; sie war von Quasimodo wie von einem Hausgeiste in Besitz genommen und erfüllt. Man hätte sagen können, daß er dem ungeheuern Gebäude Leben eingehaucht. Er war in der That dort überall, er vervielfältigte sich an allen Punkten des Baudenkmales. Bald sah man mit Schrecken auf der höchsten Höhe eines der Thürme einen wunderlichen Zwerg, welcher kletterte, sich schlängelte, auf allen Vieren kroch, auswärts über dem Abgrunde herabstieg, von Vorsprung zu Vorsprung sprang und das Innere des Leibes einer in Stein gemeißelten Gorgone durchsuchte: es war Quasimodo, welcher Rabennester ausnahm. Bald stieß man in einem finstern Winkel der Kirche auf eine lebende Chimäre, die finster brütend niederkauerte: es war Quasimodo in Nachdenken versunken. Bald bemerkte man unter einem Thurme ein ungeheures Haupt und ein Bündel wirrer Gliedmaßen, welche sich wüthend am Ende eines Seiles schaukelten: es war Quasimodo, der die Vesper oder das Angelusläutete. Oft sah man nachts an dem durchbrochenen, schwachen Geländer, welches die Thürme umkränzt und die Verlängerung des Seitenschiffes hinter dem Chore einfaßt, eine scheußliche Gestalt: auch das war der Bucklige von Notre-Dame. In diesem Augenblicke nahm, wie die Nachbarn erzählten, die ganze Kirche etwas

Phantastisches, Uebernatürliches, Schreckliches an; Augen und Mäuler der Figuren öffneten sich hier und da; man hörte die Hunde heulen, die Schlangen- und Drachenfiguren zischen, welche mit vorgerecktem Halse und offenem Rachen Tag und Nacht rings um die ungeheure Kathedrale wachen. Und wenn es in einer Nacht des Weihnachtsfestes war, während die große Glocke zu röcheln schien und die Gläubigen zur lichterglänzenden Mitternachtsmesse rief, hatte die dunkle Façade ein derartiges Aussehen angenommen, daß man hätte glauben mögen, das große Portal verschlänge die Menschenmenge und die Rosette blicke sie wie ein Auge an. Und alles das kam von Quasimodo her. In Aegypten hätte man ihn für den Gott dieses Tempels gehalten; im Mittelalter hielt man ihn für den bösen Geist desselben: er war seine Seele.

Unter diesem Umstande ist Notre-Dame für diejenigen, welche wissen, daß Quasimodo gelebt hat, heute verlassen, entseelt, todt. Man fühlt, daß hier etwas verschwunden ist. Dieser ungeheure Leib ist verlassen; er ist ein Skelett; der Geist ist entwichen, man sieht seinen Platz, aber das ist alles. Sie ist jetzt einem Schädel ähnlich, in dem sich noch die Höhlen für die Augen befinden, aus denen aber kein Blick mehr strahlt.

4. Der Hund und sein Herr

Dennoch gab es ein menschliches Wesen, welches Quasimodo von seiner Tücke und seinem Hasse gegen die übrigen Menschen ausgeschlossen hatte und das er ebenso sehr, vielleicht noch mehr, als seine Kathedrale liebte: das war Claude Frollo.

Die Sache war ganz einfach. Claude Frollo hatte ihn bei sich aufgenommen, ihn an Kindesstatt angenommen, ernährt und erzogen. Als kleines Kind hatte er die Gewohnheit, sich zwischen die Beine Claude Frollo's zu flüchten, wenn Hunde und Kinder auf ihn Jagd machten. Claude Frollo hatte ihn sprechen, lesen und schreiben gelehrt. Endlich hatte ihn Claude Frollo zum Glockenläuter gemacht. Nun aber dem Quasimodo die große Glocke zum Bündnis zu geben, das hieß Julia dem Romeo geben.

Daher war Quasimodo's Erkenntlichkeit eine tiefe, leidenschaftliche und grenzenlose; und wiewohl das Antlitz seines Pflegevaters oft finster und kalt, wiewohl seine Rede gewöhnlich kurz, hart und befehlerisch war, so hatte sich diese Erkenntlichkeit doch niemals auch nur einen Augenblick verläugnet. Der Archidiaconus hatte in Quasimodo den unterwürfigsten Sklaven, den gelehrigsten Diener, die wachsamste Dogge. Als der arme Glockenläuter taub geworden war, hatte sich zwischen ihm und Claude Frollo eine Zeichensprache gebildet, die geheimnisvoll war und nur von ihnen beiden verstanden wurde. In Folge davon war der Archidiaconus das einzige menschliche Wesen, mit dem Quasimodo im Verkehre geblieben war. Er stand demnach nur mit zwei Dingen dieser Welt in Verbindung: mit Notre-Dame und mit Claude Frollo. Nichts war mit der Herrschaft des Archidiaconus über den Glöckner, und nichts mit der Hingabe des Glöckners für den Archidiaconus zu vergleichen. Es hätte nur eines Zeichens von Seiten

Claude's und nur des Einfalles bedurft, daß es ihm Vergnügen mache – und Quasimodo hätte sich von der Höhe der Notre-Dame-Thürme in die Tiefe gestürzt. Es war ein merkwürdiges Etwas um diese ganze physische Kraft, die bei Quasimodo zu einer so außergewöhnlichen Entwickelung gekommen und von ihm blind zur Verfügung eines andern gestellt war. Es lag dabei ohne Zweifel kindliche Hingabe und die Anhänglichkeit des Dieners an den Herrn zu Grunde, jedenfalls aber auch die Bezauberung eines Geistes durch einen andern. Es war ein elendes, linkisches und ungelenkes Geschöpf, welches mit gesenktem Haupte und flehenden Blicken vor einem erhabenen und tiefen, mächtigen und überlegenen Geiste dastand. Endlich, und vor allem, war es Erkenntlichkeit, eine Erkenntlichkeit, welche bis zur äußersten Grenze getrieben war, so daß wir sie mit nichts zu vergleichen wissen. Gehörte diese Tugend nun nicht zu denen, von welchen sich die schönsten Beispiele unter den Menschen finden? Wir müssen demnach sagen, daß Quasimodo den Archidiaconus liebte, wie nur jemals ein Hund, je ein Pferd, je ein Elephant seinen Herrn geliebt hat.

5. Fortsetzung des Kapitels, welches von Claude Frollo handelte

Im Jahre 1482 war Quasimodo ohngefähr zwanzig Jahre, Claude Frollo ohngefähr sechsunddreißig Jahre alt. Der eine war groß, der andere alt geworden.

Claude Frollo war nicht mehr der einfache Student des Collegiums Torchi, der zärtliche Beschützer eines kleinen Kindes, der junge und träumerische Philosoph, welcher vieles wußte und vieles wieder nicht wußte. Er war ein strenger, würdevoller und mürrischer Priester, ein Seelsorger, der Herr Archidiaconus von Josas, der zweite Meßgehilfe des Bischofs, und hatte die beiden Decanate Montchéry und Châteaufort und einhundertvierundsiebzig Landpfarrer auf dem Halse. Er war eine Ehrfurcht gebietende und düstere Persönlichkeit, vor welcher die Chorknaben im Chorhemde und im Jäckchen, sowie die Kirchensänger, die Brüder vom Orden des heiligen Augustinus, die Geistlichen der Frühmetten in Notre-Dame zitterten, wenn er langsam unter den hohen Bogen des Chores dahinschritt, majestätisch, in Nachdenken versunken, mit gekreuzten Armen und das Haupt so tief auf die Brust gesenkt, daß man von seinem Antlitze nur die hohe, kahle Stirn sah.

Uebrigens hatte DomClaude Frollo weder die Wissenschaft, noch die Erziehung seines jungen Bruders, diese zwei Beschäftigungen seines Lebens, vernachlässigt. Aber mit der Zeit hatte sich einige Bitternis in diese so angenehmen Angelegenheiten gemischt. Auf die Länge, sagt Paulus Diaconus, wird selbst der beste Speck ranzig. Der kleine Johann Frollo, mit dem Beinamen Du-Moulin, wegen des Ortes, wo er erzogen worden, war nicht in der Richtung herangewachsen, welche Claude ihm hatte geben wollen. Der große Bruder rechnete auf einen frommen, folgsamen, gelehrten und ehrenhaften Zögling. Nun aber wuchs der kleine Bruder, wie jene jungen Bäume, welche aller Anstrengung des Gärtners spotten und sich hartnäckig nach der Seite hin wenden, von wo ihnen Luft und Sonne kommt, – wuchs also, trieb und mehrte der kleine Bruder schöne, dichte und üppige Zweige nur nach der Seite der Faulheit, Unwissenheit und Ausschweifung hin. Er war ein wahrhaft ausgearteter Teufel, weshalb Dom Claude die Augenbrauen zusammenzog, aber ebenso drollig und ebenso gewandt, was dem ältern Bruder ein Lächeln abnöthigte. Claude hatte ihn demselben Collegium Torchi anvertraut, wo er seine ersten Jahre im Studium und in der Andacht verbracht hatte; und es verursachte ihm Schmerz, daß dieses Heiligthum, das von dem Namen Frollo einst so erbaut war, jetzt an ihm Aergernis nahm. Er hielt Johann deshalb manchmal sehr ernste und sehr lange Strafpredigten, welche dieser furchtlos aushielt. Bei alledem hatte der kleine Taugenichts ein gutes Herz, wie man das in allen Lustspielen sehen kann. Aber war die Strafpredigt vorbei, so betrat er ebenso ruhig wieder die Pfade seines empörenden Treibens und seiner Abscheulichkeiten. Bald war es ein „Gelbschnabel“ (so nannte man die neuen Ankömmlinge im Universitätsviertel), welchen er zum Willkommen gezaust hatte – eine köstliche Ueberlieferung, die sich sorgfältig bis auf unsere Tage forterhalten hat. Bald hatte er einer Bande von Studenten den Anstoß gegeben, die sich in wahrhaft klassischer Weise, „quasi classico excitati“, auf eine Kneipe geworfen, später den Wirth „angriffsweise mit Stöcken“ geprügelt und in aller Fröhlichkeit das Lokal dermaßen geplündert hatten, daß die Weinfässer im Keller in Stücke gingen. Und dann gab es einen schönen lateinischen Bericht, welchen der Sub-Monitor von Torchi mit kläglicher Geberde und der schmerzlichen Randbemerkung: „Rixa, prima causa, vinum optimum potatum“an Dominus Claude einreichte. Endlich erzählte man – was bei einem Knaben von sechzehn Jahren erschrecklich –, daß seine Abwege ihn zu wiederholten Malen bis in die Rue-de-Glatignyführten.

Claude hatte sich, über das alles betrübt und in seinem Wohlwollen für die Menschen getäuscht, mit desto mehr Eifer in die Arme der Wissenschaft geworfen, – dieser Muse, die einem wenigstens nicht ins Gesicht lacht und immer, wiewohl manchmal mit etwas hohler Münze, die Sorgfalt bezahlt, welche man ihr gewidmet hat. Er wurde daher immer gelehrter und zu gleicher Zeit, durch eine natürliche Folge, als Priester immer strenger, als Mensch immer finsterer. Es bestehen für jedermann in der Welt gewisse Parallelismen zwischen unserer Verstandesbildung, unsern Sitten und unsern Charaktereigenschaften, die sich ohne Unterbrechung entwickeln und nur in Folge großer Störungen im Leben unterbrochen werden.

Da Claude Frollo von seiner Jugend an fast den ganzen Kreis des menschlichen, positiven, äußern und erlaubten Wissens durchmessen hatte, so war er gezwungen, falls er nicht stehen bleiben wollte, ubi defuit orbis– war also gezwungen, weiter zu gehen und für die unersättliche Thätigkeit seines Geistes andere Nahrung zu suchen. Das alte Sinnbild der Schlange, die sich in den Schwanz beißt, paßt vornehmlich auf die Wissenschaft. Claude Frollo scheint das aus eigener Erfahrung kennen gelernt zu haben. Mehrere vertrauenswürdige Personen versicherten, daß, nachdem das „fas“des menschlichen Wissens von ihm erschöpft worden war, er in das „nefas“einzudringen sich erkühnt hätte. Man erzählte, er habe nach und nach alle Früchte vom Baume der Erkenntnis gekostet und, sei es aus Hunger oder aus Uebersättigung, schließlich in die verbotene Frucht gebissen. Er hatte, wie unsere Leser gesehen haben, nach und nach bei den Verhandlungen der Theologen in der Sorbonne, in den Versammlungen der Philosophiestudirenden an der Bildsäule des heiligen Hilarius, bei den Disputationen der Dekretisten an der Bildsäule des heiligen Martin, in den Zusammenkünften der Mediziner am Weihkessel in Notre-Dame (ad cupam Nostrae-Dominae) seinen Platz eingenommen. Alle erlaubten und gutgeheißenen Gerichte, welche diese vier großen Küchen, genannt die vier Facultäten, einer Fassungskraft zubereiten und darbieten konnten, hatte er verschlungen, und er hatte Ueberdruß an ihnen bekommen, ehe sein Hunger gestillt worden war. Dann war er weiter und tiefer auf den Grund dieses ganzen beschränkten, materiellen und eingezwängten Wissens vorgedrungen; er hatte vielleicht seine Seele aufs Spiel gesetzt, sich im finstern Raume an jener geheimnisvollen Tafel der Alchymisten, der Astrologen und Hermesjüngerniedergelassen, an deren Ende Averroes,Wilhelm von Paris und Nicolaus Flamel im Mittelalter sitzen, und welche bis in den Orient, bis zum Lichterglanze des siebenarmigen Leuchters, bis auf Salomo, Pythagoras und Zoroaster zurückreicht.

Wenigstens vermuthete man das, gleichviel ob mit Unrecht oder mit Recht. Gewiß ist, daß der Archidiaconus häufig den Kirchhof Saint-Innocents, wo sein Vater und seine Mutter bekanntlich mit den übrigen Opfern der Pest von 1466 begraben waren, besuchte; wahr ist aber auch, daß er mit weit geringerer Andacht am Kreuze ihres Grabes sich zeigte, als bei den seltsamen Figuren, mit denen die dicht daneben liegende Gruft Nicolaus Flamels und Claude Pernelles versehen war!

Es ist ausgemacht, daß man ihn öfter die Rue-des-Lombards entlang gehen und verstohlen in ein kleines Haus hatte eintreten sehen, welches die Ecke der Rue-des-Ecrivains und der Rue Marivaulx bildete. Das war das Haus, welches Nicolaus Flamel gebaut hatte, wo er um 1417 gestorben war, und welches seitdem, immer leer stehend, nachgerade zu verfallen anfing: so sehr hatten die Hermesjünger und Goldmacher aus aller Herren Länder die Mauern demolirt, auf die sie nur allein ihre Namen eingekratzt hatten. Ja, einige Nachbarn versicherten, durch ein Kellerloch einmal gesehen zu haben, wie der Archidiaconus Claude in den beiden Kellern, deren Stirnpfeiler von Nicolaus Flamel selbst mit zahllosen Versen und Hieroglyphen beschmiert worden waren, die Erde ausgehöhlt, auf- und umgewühlt habe. Man nahm an, daß Flamel den Stein der Weisen in diesen Kellern vergraben hätte; und die Alchymisten haben zwei Jahrhunderte lang, von Magistri bis zum Pater Pacifique, nicht abgelassen, den Boden desselben so lange zu durchsuchen, bis das schrecklich untergrabene und umgekehrte Haus schließlich unter ihren Füßen in Staub zusammengestürzt ist.

Auch das ist ausgemacht, daß der Archidiaconus eine merkwürdige Leidenschaft für das symbolische Portal von Notre-Dame hatte: diese Seite aus dem in Stein geschriebenen Zauberbuche des Bischofs Wilhelm von Paris, der ohne Zweifel dafür verdammt ist, weil er der heiligen Dichtung, welche das übrige Gebäude ewig singt, ein so höllisches Titelblatt gegeben hat. Auch nahm man an, daß der Archidiaconus Claude die Kolossalbildsäule des heiligen Christoph, jene hohe, räthselhafte Statue, untersucht habe, welche sich damals am Eingange zum Vorhofe erhob, und welche das Volk in seinen Spöttereien „den alten Sauertopf" nannte. Aber was jedermann hatte bemerken können, war, daß er ungezählte Stunden häufig damit hinbrachte, auf der Brustmauer des Vorhofes sitzend, die Bildhauerarbeiten des Portals zu betrachten, wobei er bald die törichten Jungfrauen mit ihren umgestoßenen Lampen, bald die klugen Jungfrauen mit ihren hochgehaltenen Lampen betrachtete; zu andern Malen wieder den Gesichtswinkel jenes Raben berechnete, welcher links am Portale sitzt und nach einem geheimnisvollen Punkte in der Kirche blickt, wo sicherlich der Stein der Weisen versteckt liegt, wenn anders er sich nicht im Keller Nicolaus Flamels befindet. Es war, im Vorbeigehen sei es gesagt, das sonderbare Geschick für die Kirche Notre-Dame, in dieser Epoche zweimal in so verschiedenen Graden, mit so viel Hingabe und von zwei so ungleichen Wesen geliebt zu werden, wie Claude und Quasimodo waren. Instinktmäßig geliebt von dem einen, der nur eine Art wilder Halbmensch war, wegen ihrer Schönheit, ihrer Gestalt, wegen der harmonischen Vollendung, die sich aus ihrem prächtigen Ganzen ergiebt; geliebt von dem andern, einem gelehrten und leidenschaftlichen Phantasten, wegen ihrer Bedeutung, ihrer Sage, wegen des Gedankens, den sie enthält, wegen des Symboles, das in den Skulpturen ihrer Façade versteckt liegt, wie der Urtext in einem Palimpsesteunter dem darübergeschriebenen Texte – mit einem Worte wegen des Räthsels, welches sie ewig dem menschlichen Verstande zu errathen giebt.

Außerdem war es bekannt, daß der Archidiaconus sich auf demjenigen der zwei Thürme, welcher nach dem Grèveplatz gelegen ist, dicht neben der Glockenstube eine kleine, ganz versteckte Zelle eingerichtet hatte, in welche niemand, nicht einmal der Bischof, wie man sich erzählte, ohne seine Erlaubnis eintreten durfte. Diese Zelle, die fast in der Spitze des Thurmes unter den Rabennestern lag, war einst vom Bischöfe Hugo von Besançon,der hier zu seiner Zeit Zauberei getrieben, eingerichtet worden. Was diese Zelle enthielt, wußte niemand; aber man hatte oftmals vom Strande des Terrains aus, an einer kleinen Dachluke, die nach der Rückseite des Thurmes hinausging, des Nachts einen seltsamen rothen, manchmal nachlassenden Schein bemerkt, der in kurzen und gleichen Zwischenräumen sichtbar wurde, verschwand und sich wieder zeigte, und durch die Luftstöße eines Blasebalges zu entstehen, und eher von einer Flamme, als von einem Lichte herzurühren schien. In der Dunkelheit und in dieser Höhe machte das einen sonderbaren Eindruck, und die alten Weiber pflegten zu sagen: „Seht den Archidiaconus, wie er Feuer anfacht! Da oben prasselt die Hölle!"

In allem dem fanden sich freilich keine hinreichenden Beweise für Zauberei, aber der Rauch war doch immer groß genug, als daß man Feuer annehmen mußte; und der Archidiaconus hatte einen ziemlich schrecklichen Ruf. Wir müssen aber sagen, daß die ägyptischen Wissenschaften: die Geisterbeschwörung, die Magie, selbst die Weiße Magieals die unschuldigste, keinen erbitterteren Feind, keinen unbarmherzigeren Angeber bei den Herren vor dem geistlichen Gerichtshofe von Notre-Dame hatten. Vielleicht war es aufrichtiger Abscheu, vielleicht auch der Kunstkniff eines verfolgten Diebes, der „ein Dieb, halt' auf!“ ruft. Das alles verhinderte aber nicht, daß der Archidiaconus von den gelehrten Häuptern des Ordenskapitels für eine Seele gehalten wurde, die im Vorhofe der Hölle herumschweift, in den Höhlen der Kabala sich verloren hat und in der Finsternis geheimer Wissenschaften umhertappt. Das Volk ließ sich schon gar nicht mehr irre machen: bei jedermann, der nur ein wenig Scharfsinn besaß, galt Quasimodo für den Satan, Claude Frollo für den Hexenmeister. Es lag am Tage, daß der Glöckner dem Archidiaconus eine festgesetzte Zeit lang dienen mußte, nach deren Ablauf er seine Seele an Zahlungsstatt hinwegführen würde. Daher stand der Archidiaconus, trotz seines übermäßig strengen Lebenswandels, bei den frommen Seelen in üblem Geruche; und es gab keine noch so unerfahrene Betschwesternase, die in ihm nicht den Zauberer gewittert hätte.

Und hatten sich bei zunehmendem Alter in seiner Wissenschaft Abgründe aufgethan, so hatten sich solche auch in seinem Herzen geöffnet. Wenigstens hatte man Grund dazu, das zu glauben, sobald man dieses Antlitz prüfte, auf dem man seine Seele nur durch ein trübes Gewölk glänzen sah. Woher hatte er diese breite, kahle Stirne, dieses immer gesenkte Haupt, diese stets von Seufzern geschwellte Brust? Welcher geheime Gedanke ließ seinen Mund mit so großer Bitterkeit in demselben Augenblicke lächeln, wo seine zusammengezogenen Augenbrauen sich einander wie zwei Stiere näherten, die miteinander kämpfen wollen? Warum waren die wenigen Haare seines Hauptes schon grau? Was für ein tiefinneres Feuer war das, welches bisweilen aus seinem Blicke mit solcher Gewalt hervorbrach, daß sein Auge der in die Wand eines Glühofens gebrochenen Oeffnung glich?

Diese Symptome eines heftigen moralischen Vorurtheiles hatten namentlich in dem Zeitraume einen hohen Stärkegrad angenommen, in welchem sich gegenwärtige Geschichte zuträgt. Mehr als einmal war ein Chorknabe entsetzt davongelaufen, wenn er sich allein mit ihm in der Kirche befand: dermaßen seltsam und stechend war der Blick seines Auges. Mehr als einmal während des Chorgesanges hatte, zur Stunde des Gottesdienstes, sein Nachbar im Chorstuhle ihn unverständliche Zwischenstrophen in den gregorianischen Choralgesang “ad omnem tonum“hineinmischen gehört. Mehr als einmal hatte die Waschmeisterin des Terrains, die verpflichtet war, „das Klosterkapitel sauber zu erhalten“, nicht ohne Entsetzen Spuren von Nägeln und zusammengekrallten Fingern im Chorhemde des Herrn Archidiaconus von Josas wahrgenommen. Uebrigens nahm er an Härte zu und war doch niemals musterhafter gewesen. In Folge seines Standes und seines Charakters hatte er sich immer von den Frauen ferngehalten; er schien sie mehr als je zu hassen. Das bloße Rauschen eines seidenen Weiberrockes ließ seine Kapuze über seine Augen fallen. In diesem Punkte sah er dermaßen auf Strenge und Zurückhaltung, daß, als Frau von Beaujeu, die Tochter des Königs, im Monat December 1481 das Kloster Notre-Dame zu besuchen sich anschickte, er sich nachdrücklich ihrem Eintritte widersetzte und den Bischof an die Verordnung des „Schwarzen Buches“, datirt vom Vorabende des Sanct-Bartholomäustages 1334, erinnerte, welche den Zutritt zum Kloster jedweder Frau, „gleichviel ob alt oder jung, Herrin oder Dienerin“ untersagt. Daraufhin hatte ihm der Bischof die Verordnung des Legaten Odo citiren müssen, welche gewisse Damen von Stande “aliquae magnates mulieres, quae sine scandalo evitari non possunt“ ausnimmt. Und dennoch erhob der Archidiaconus Einsprache dagegen, indem er einwarf, daß die Verordnung des Legaten, welche auf das Jahr 1207 zurückreiche, einhundertsiebenundzwanzig Jahre älter, als das Schwarze Buch und, in Folge dessen, thatsächlich von letzterem aufgehoben sei. Und er hatte sich geweigert, vor der Prinzessin zu erscheinen.

Man bemerkte außerdem, daß sein Abscheu vor den Zigeunerinnen und Zigeunern sich seit einiger Zeit zu verdoppeln schien. Er hatte beim Bischofe um einen Erlaß nachgesucht, durch welchen den Zigeunerinnen ausdrücklich verboten sein sollte, auf dem Platze des Domhofes zu tanzen und Tamburin zu schlagen; und er durchwühlte seit der nämlichen Zeit die moderduftigen Urkunden des Offizes, um die Fälle zu sammeln, wo Zauberer und Zauberinnen wegen Theilnahme an Zaubereien mit Böcken, Sauen oder Ziegen zum Feuertode oder Strange verurtheilt worden waren.

6. Mißliebigkeit

Der Archidiaconus und der Glöckner waren, wie wir schon gesagt haben, bei dem vornehmen und geringen Volke aus der Nachbarschaft der Kathedrale nicht sehr beliebt. Wenn Claude und Quasimodo, was zeitweilig geschah, mit einander ausgingen, und man sie in Gesellschaft, der Diener hinter dem Herrn drein, über die schmutzigen, engen und dunkeln Straßen der Klostergebäude von Notre-Dame schreiten sah, so beunruhigte sie manch böses Wort, manch ironisches Lachen und manch beleidigender Witz auf ihrem Gange, wofern Claude Frollo nicht, was freilich selten geschah, aufrechten und stolzen Hauptes einherschritt und sein ernstes, fast majestätisches Antlitz den bestürzten Spaßvögeln zeigte. Alle beide waren in ihrem Stadtviertel das, was jene „Dichter“ waren, von denen Regnier spricht:

> „Allerlei Leute rennen hinter dem Dichter drein,
> Wie hinter Eulen just schreiende Grasmücklein.“

Bald war es ein heimtückischer Bursche, welcher seine Haut und seine Knochen für das unaussprechliche Vergnügen wagte, eine Nadel in Quasimodo's Buckel zu bohren; bald streifte eine hübsche junge Dirne, die frecher und unverschämter war, als es sich geschickt hätte, das schwarze Kleid des Priesters und sang ihm unter hämischem Gelächter das Lied ins Gesicht:

„Verdufte, verdufte, der Teufel ist gefangen!“

Manchmal schimpfte ein Haufen schmutziger Weiber, die sich hinter einander auf den Stufen einer Thürhalle im Schatten niedergekauert hatten, mit lauten Worten beim Vorübergehen des Archidiaconus und des Glöckners und schleuderten ihnen unter Verwünschungen den anfeuernden Willkommen ins Gesicht: „Ha! sehet da einen, der eine Seele hat, wie der andere den Körper!“ Oder es fand sich auch eine Bande Studenten und Soldaten, die Brett spielten, sich zusammenrotteten und jene in klassischer Weise mit dem Hohngeschrei auf Lateinisch begrüßten: “Eia, eia! Claudius cum claudo!“

Gewöhnlich aber glitt die Beleidigung ungehört an dem Priester und Glöckner ab; denn um alle die niedlichen Dinge zu vernehmen, war Quasimodo zu taub und Claude zu sehr in Gedanken versunken.

Fünftes Buch

1. Abbas Beati Martini

Der Ruf Dom Claude's hatte sich weithin verbreitet. Dieser verschaffte ihm ohngefähr um die Zeit, als er sich weigerte, Frau von Beaujeu zu sehen, einen Besuch, für den er lange Zeit hindurch sich die Erinnerung bewahrte.

Es war an einem Abende. Claude hatte sich nach Beendigung der Messe soeben in seine Stiftspfründezelle im Kloster Notre-Dame zurückgezogen. Diese bot, ausgenommen vielleicht einige Glasfläschchen, die in die Ecke gestellt und mit einem ziemlich verdächtigen Pulver, das ganz dem Schießpulver ähnelte, gefüllt waren, nichts Auffälliges und Geheimnisvolles dar. Hier und da fanden sich auch einige Inschriften an der Wand; aber das waren nur wissenschaftliche oder fromme Sentenzen, die aus guten Schriftstellern entlehnt worden waren. Der Archidiaconus hatte sich soeben beim Lichte eines dreiarmigen Leuchters aus Kupfer vor einer mächtigen, mit Handschriften gefüllten Truhe niedergelassen. Er hatte seinen Ellbogen auf das weitgeöffnete Buch des Honorius von Autun: „De praedestinatione et libero arbitrio“gestützt und durchblätterte im tiefen Nachdenken einen gedruckten Folianten, den er soeben herbeigeholt hatte, und welcher das einzige Erzeugnis der Buchdruckerpresse war, das seine Zelle umschloß. Während er im Nachsinnen versunken war, klopfte man an seine Thür.

„Wer ist da?“ rief der Weise mit dem freundlichen Tone einer hungrigen Dogge, die man bei ihrem Knochen stört. Eine Stimme antwortete von draußen: „Euer Freund Jacob Coictier.“ Er erhob sich, um zu öffnen.

Es war in Wirklichkeit der Leibarzt des Königs: eine Persönlichkeit von ohngefähr fünfzig Jahren, deren harter Gesichtsausdruck nur durch einen listigen Blick gemildert wurde. Ein anderer Mann begleitete ihn. Alle beide trugen ein langes, schieferfarbiges, mit Grauwerk gefüttertes Kleid, das zugenestelt und in der Mitte des Leibes von einem

Gürtel gehalten wurde; die Kopfbedeckung war von demselben Stoffe und derselben Farbe. Ihre Hände verschwanden in den Aermeln, ihre Füße unter den Kleidern, die Augen waren von ihren Mützen beschattet.

„So wahr Gott mir helfe, meine Herren!“ sprach der Archidiaconus, indem er sie in die Zelle hereinführte, „ich machte mich auf so ehrenvollen Besuch zu solcher Stunde nicht gefaßt.“ Und während er in dieser höflichen Weise sprach, warf er einen unruhigen und forschenden Blick vom Arzte auf dessen Begleiter.

„Es ist niemals zu spät, einem so bedeutenden Gelehrten, wie Dom Claude Frollo von Tirechappe, seinen Besuch zu machen,“ antwortete der Doctor Coictier, dessen hochburgundische Aussprache alle seine Worte mit der Würde eines Schleppkleides hinschleifen ließ.

Dann begann zwischen dem Arzte und dem Diaconus eine jener beglückwünschenden Vorreden, die, wie es in diesem Zeitabschnitte so gebräuchlich war, jeder Unterhaltung unter Gelehrten vorangingen, und die sie nicht verhinderte, sich in der herzlichsten Weise von der Welt zu verabscheuen. Uebrigens ist es heute noch so: jeder Mund eines Gelehrten, der einen andern beglückwünscht, ist ein Gefäß mit honigsüßer Galle.

Die Glückwünsche Claude Frollo's für Jacob Coictier bezogen sich hauptsächlich auf die zahlreichen irdischen Vortheile, welche der würdige Arzt im Fortgange seiner vielbeneideten Laufbahn aus jeder Krankheit des Königs zu ziehen verstanden hatte: – freilich die Wirkung einer besseren und sichereren Alchymie, als das Suchen nach dem Steine der Weisen.

„In Wahrheit, Herr Doctor Coictier, ich habe große Freude gehabt, die Beförderung Eures Neffen, meines ehrwürdigen Herrn Peter Versé, zum Bischofe zu vernehmen. Ist er nicht Bischof von Amiens?“

„Ja, Herr Archidiaconus, das ist ein Huld- und Gnadengeschenk Gottes.“

„Wisset Ihr, daß Ihr am Weihnachtstage ein wahrhaft großartiges Aussehen zeigtet an der Spitze Eures Rechnungskammer-Collegiums, Herr Präsident?“

„Vice-Präsident, Dom Claude. Leider nicht mehr!“

„Wie weit seid Ihr mit Eurem prächtigen Hause in der Straße Saint-André-des-Arcs? Das ist ein zweiter Louvre. Mir gefällt besonders der Aprikosenbaum, welcher über der Thüre ausgemeißelt ist, mit dem spaßhaften Wortspiele: *A l'abri cotier*.“

„Ach, Meister Claude, dieser ganze Steinmetzfleiß kostet mich schweres Geld. In dem Maße, wie mein Haus emporwächst, geht's mit mir abwärts.“

„Oho! Habt Ihr denn nicht Eure Einkünfte vom Stockhause und vom Amtsbezirke des Justizpalastes, und die Rente von allen Häusern, Fleischbänken, Meß- und Marktbuden innerhalb der Ringmauer? Das heißt doch eine gute Kuh melken.“

„Meine Burgbanngerichtsbarkeit von Poissy hat mir in diesem Jahre nichts eingebracht."

„Aber Eure Zollhäuser in Triel, Saint-James und Saint-Germain-en-Laye sind immer rentabel."

„Hundertundzwanzig Livres, nicht einen Pariser Sou drüber."

„Ihr habt Euer Amt als Rath des Königs. Das hat feste Einnahmen, das Amt."

„Ja, Amtsbruder Claude; aber die verdammte Lehnsherrschaft Poligny, von der man so viel Geschrei macht, bringt mir, ein Jahr ins andere gerechnet, nicht sechzig Goldthaler ein."

Es lag in den Glückwünschen, welche Dom Claude an Jacob Coictier richtete, jener hämische, spitze und unmerklich spöttische Ton, jenes verdrießliche und herbe Lächeln eines überlegenen und unglücklichen Menschen, der zur Zerstreuung einen Augenblick einen gewöhnlichen Menschen mit seinem dummen Glücke foppt. Der andere merkte das nicht.

„Bei meiner Seele," sagte schließlich Claude, indem er ihm die Hand drückte, „es freut mich, Euch bei so guter Gesundheit zu finden."

„Danke, Meister Claude."

„Was ich fragen wollte," rief Dom Claude, „was macht Euer königlicher Patient?"

„Er bezahlt seinen Arzt nicht hinlänglich," antwortete der Doctor und warf einen Seitenblick auf seinen Begleiter.

„Findet Ihr, Gevatter Coictier?" sagte der Begleiter.

Diese Worte, im Tone der Ueberraschung und des Tadels gesprochen, lenkten auf diese unbekannte Persönlichkeit wieder die Aufmerksamkeit des Archidiaconus hin, der, um die Wahrheit zu sagen, sich nicht einen einzigen Augenblick, seitdem der Fremde die Schwelle der Zelle überschritten, ganz von ihm weggewandt hatte. Es hatte gerade der vielen Gründe, die er besaß, bedurft, den Doctor Jacob Coictier, den allmächtigen Leibarzt Ludwig des Elften, sich zu Nutze zu machen, um ihn in solcher Begleitungen empfangen. Daher hatte seine Miene nichts sehr Verbindliches, als Jacob Coictier zu ihm sagte:

„Noch eins, Dom Claude, ich bringe Euch einen Mitbruder, der Euch auf Euren Ruf hin zu sehen gewünscht hat."

„Der Herr ist Gelehrter?" fragte der Archidiaconus und heftete sein durchdringendes Auge auf den Begleiter Coictiers. Er fand unter den Brauen des Unbekannten einen ebenso durchbohrenden und ebenso argwöhnischen Blick, als der seinige war. Der Unbekannte war, soweit der schwache Schein der Lampe ihn zu beurtheilen gestattete, ein Greis von ohngefähr sechzig Jahren und von mittlerer Statur, die ziemlich krank und gebrochen erschien. Sein Gesicht, wiewohl von sehr alltäglichem Schnitte, zeigte etwas Gewaltiges und Strenges; sein durchdringender Blick funkelte unter einer mächtig geschwungenen Augenbraue wie ein Licht in der Tiefe einer Höhle; und unter der herabgezogenen Mütze, welche ihm auf die Nase fiel, bemerkte man die mächtige Breite einer genialen Stirn hervortreten.

Er übernahm es selbst, auf die Frage des Archidiaconus zu antworten: „Ehrwürdiger Meister," sagte er in ernstem Tone, „Euer Ruf ist bis zu mir gedrungen, und ich habe gewünscht, Euch um Rath anzugehen. Ich bin nur ein armer Edelmann aus der Provinz, der seine Schuhe auszieht, ehe er bei den Gelehrten eintritt. Ihr sollt meinen Namen wissen: ich nenne mich den Gevatter Tourangeau."

„Merkwürdiger Name für einen Edelmann!" dachte der Archidiaconus. Indessen fühlte er, daß er einer bedeutenden und ernsten Angelegenheit gegenüber stand. Der Instinkt seiner hohen Intelligenz ließ ihn eine ebenso hohe unter der gefütterten Mütze des Gevatters Tourangeau ahnen; und während er dieses ernste Antlitz betrachtete, verschwand das ironische Zucken, welches die Gegenwart Jacob Coictiers auf seinem mürrischen Gesichte hervorgebracht hatte, allmählich wie das Abendroth am nächtlichen Horizonte. Er hatte sich düster und schweigend wieder in seinem großen Armstuhle niedergelassen, sein Ellbogen hatte den gewohnten Platz wieder auf dem Tische, seine Stirne in der Hand eingenommen. Nach einigen Augenblicken stillen Nachdenkens gab er den beiden Besuchern ein Zeichen, sich zu setzen und richtete das Wort an Gevatter Tourangeau:

„Ihr kommt mich um Rath zu fragen, Meister, und über welchen Gegenstand der Wissenschaft?"

„Ehrwürdiger," antwortete der Gevatter Tourangeau, „ich bin krank, sehr krank. Man nennt Euch einen großen Aesculap, und ich bin gekommen, Euch um Verordnung eines Arzneimittels zu ersuchen."

„Eines Arzneimittels!?" sagte der Archidiaconus und schüttelte unwillig das Haupt. Er schien sich einen Augenblick lang zu besinnen und entgegnete: „Gevatter Tourangeau, da das nun einmal Euer Name ist, wendet das Haupt um. Ihr werdet meine Antwort deutlich an die Wand geschrieben finden."

Der Gevatter Tourangeau gehorchte und las über seinem Haupte folgende, in die Mauer eingekratzte Inschrift: „Die Heilkunde ist die Tochter leerer Träume. – Jamblichus."

Der Doctor Jacob Coictier hatte jedoch die Frage seines Begleiters mit einem Mißbehagen vernommen, welches die Antwort Dom Claude's noch gesteigert hatte. Er neigte sich zum Ohre des Gevatters Tourangeau und sagte leise genug, um nicht vom

Archidiaconus verstanden zu werden, zu ihm: „Ich hatte Euch ja berichtet, daß er ein Narr wäre. Ihr habt ihn sehen wollen!“

„Es ist doch sehr leicht möglich, daß er Recht hätte, dieser Narr, Doctor Jacob!“ entgegnete der Gevatter im nämlichen Tone und mit bitterem Lächeln.

„Wie es Euch belieben wird,“ entgegnete Coictier trocken. Dann wandte er sich an den Archidiaconus: „Ihr seid rasch im Urtheil, Dom Claude, und um den Hippokrates kaum mehr verlegen, als ein Affe um eine Haselnuß. Die Heilkunde ein Traum! Ich zweifle, daß die Apotheker und Doctoren, wenn sie hier wären, sich enthalten würden, Euch zu steinigen. Also Ihr läugnet den Einfluß der Zaubertränke auf das Blut, den der Salben auf das Fleisch! Ihr läugnet diese ewige Apotheke voll Blüten und Metalle, welche man Welt nennt, und die ausdrücklich für diesen Kranken geschaffen ist, welcher Mensch heißt.“

„Ich läugne weder die Kunst des Apothekers noch die Krankheiten der Menschen,“ sprach Dom Claude kalt. „Vom Arzte will ich nichts wissen.“

„Also ist es nicht wahr,“ fuhr Coictier mit Eifer fort, „daß die Gicht eine Flechte im Innern sei; daß man eine Schußwunde durch Auflegen einer gebratenen Maus heilt; daß jugendliches und in angemessener Weise eingespritztes Blut alten Adern die Jugend wiedergiebt? Es ist nicht wahr, daß zweimal zwei vier ist, und daß die Emprostothonieauf die Opistothoniefolgt?“

Der Archidiaconus antwortete, ohne sich zu erregen: „Es giebt gewisse Dinge, über die ich in bestimmter Weise denke.“

Coictier wurde roth vor Zorn.

„Nun, nun, mein guter Coictier, ereifern wir uns nicht,“ sagte der Gevatter Tourangeau. „Der Herr Archidiaconus ist unser Freund.“

Coictier wurde ruhig und brummte mit halber Stimme vor sich hin:

„Trotz alledem ist er ein Narr!“

„Beim allmächtigen Gott, Meister Claude,“ begann der Gevatter Tourangeau wieder nach einem Schweigen, „Ihr bereitet mir viel Ungelegenheit. Ich hatte vor, Euch um zwei Gutachten zu bitten: das eine betrifft meinen Gesundheitszustand, das andere meinen Stern und mein Geschick.“

„Herr,“ versetzte der Archidiaconus schnell, „wenn das Eure Meinung ist, so würdet Ihr ebenso wohl gethan haben, Euch auf den Stufen meiner Treppe nicht außer Athem zu steigen. Ich glaube nicht an die Heilkunde. Ich glaube nicht an Astrologie.“

„In Wahrheit!“ sagte der Gevatter überrascht.

Coictier brach in ein erzwungenes Lachen aus.

„Ihr sehet wohl, daß er ein Narr ist," sprach er ganz leise zum Gevatter Tourangeau. „Er glaubt nicht an die Astrologie!"

„O, über die Einbildung," fuhr Dom Claude fort, „zu glauben, daß jeder Sternstrahl ein Faden sei, der am Haupte eines Menschen haftet!"

„Und woran glaubt Ihr denn?" rief der Gevatter Tourangeau aus.

Der Archidiaconus blieb einen Augenblick zweifelhaft; dann ließ er ein düstres Lächeln um seine Züge spielen, welches seine Antwort Lügen zu strafen schien: „Credo in Deum."

„Dominum nostrum,"fügte der Gevatter Tourangeau mit dem Zeichen des Kreuzes hinzu.

„Amen," sprach Coictier.

„Verehrter Meister," nahm der Gevatter wieder das Wort, „ich bin in der Seele erfreut, Euch bei so gutem Glauben zu finden. Aber ein großer Gelehrter wie Ihr, seid Ihr auf dem Punkte angelangt, nicht mehr an die Wissenschaft zu glauben?"

„Nein," sagte der Archidiaconus, indem er den Arm des Gevatter Tourangeau ergriff, und ein Strahl der Begeisterung flammte in seinem trüben Auge auf, „nein, ich läugne die Wissenschaft nicht. Ich bin nicht so lange, auf dem Leibe liegend und die Nägel in die Erde gegraben, durch die zahllosen Seitenpfade der Höhle gekrochen, ohne in der Ferne vor mir, am Ende des dunkeln Ganges ein Licht, eine Flamme, ein Etwas zu erblicken, zweifelsohne den Abglanz des blendenden Centralfeuers, wo Dulder und Weise die Gottheit erspähet haben."

„Und schließlich," unterbrach ihn Tourangeau, „was haltet Ihr für wahr und gewiß?"

„Die Alchymie."

Coictier rief laut: „Bei Gott, Dom Claude, die Alchymie hat ohne Zweifel ihr Recht, aber weshalb die Heilkunde und die Astrologie lästern?"

„Nichts ist es mit Eurer Kenntnis des Menschen! Nichts mit Eurer Kenntnis des Himmels!" sagte der Archidiaconus mit Hoheit.

„Das heißt schonungslos mit Epidaurus und Chaldäaverfahren," entgegnete der Arzt hohnlächelnd.

„Höret, werther Herr Jacob. Das ist im guten Glauben gesprochen. Ich bin nicht der Leibarzt des Königs und Seine Majestät hat mir nicht den Garten Dädalus geschenkt, um da die Sternbilder zu beobachten . . . Ereifert Euch nicht und höret mich an . . . Welche Wahrheit habt Ihr – ich sage nicht in der Heilkunde, denn die ist ein allzu thörichtes Etwas, – sondern in der Astrologie gefunden? Nennet mir die Wirksamkeit des senkrechten Boustrophedon, die Funde aus der Zahl Ziruph und diejenigen aus der Zahl Zephirod."

„Wollt Ihr," sprach Coictier, „die sympathische Kraft des Schlüssels Salomonis und das, was cabbalistisch im Abtriftswinkel ist, läugnen?"

„Alles Irrthum, werther Herr Jacob! keine Eurer Formeln führt zur Wirklichkeit. Dagegen hat die Alchymie Ihre Entdeckungen aufzuweisen. Wollet Ihr Ergebnisse wie die folgenden, bestreiten? Das in der Erde tausend Jahre lang eingeschlossene Eis verwandelt sich in Bergkrystall. Das Blei ist der Ahne aller Metalle; denn das Gold ist kein Metall, das Gold ist Licht. Das Blei braucht nur vier Perioden, jede von zweihundert Jahren, um nach und nach aus dem Zustande von Blei in den von rothem Arsenik, vom rothen Arsenik zum Zinn, vom Zinn zum Silber überzugehen. Sind das nicht Thatsachen? Aber an den Schlüssel Salomonis, an die Berührungslinie zweier Körper und an die Sterne zu glauben, das ist gerade so lächerlich, als wie die Einwohner von Grand-Cathay zu glauben, daß die Goldamsel sich in einen Maulwurf und die Getreidekörner in karpfenartige Fische verwandeln!"

„Ich habe die Alchymie studiert," rief Coictier aus, „und ich versichere . . ."

Der ungestüme Archidiaconus ließ ihn nicht aussprechen, „Und ich, ich habe Medicin, Astrologie und Alchymie studiert. In letzterer allein liegt die Wahrheit (während er so sprach hatte er aus der Truhe eine mit jenem Pulver gefüllte Phiole genommen, von dem wir weiter oben gesprochen haben), „in ihr allein ist Licht! Hippokrates – ein Traum; Urania – ein Traum; Hermes – es ist eine Meinung. Das Gold – es ist die Sonne; Gold machen – das heißt Gott sein. Das ist die einzige Wissenschaft. Ich habe die Heilkunde und die Astrologie erforscht sage ich Euch! Nichts, nichts ist's mit ihnen. Der menschliche Körper – alles Dunkelheit! Die Sterne – Dunkelheit!"

Und er fiel mit gewaltiger und begeisterter Haltung in seinen Lehnstuhl zurück. Der Gevatter Tourangeau betrachtete ihn schweigend. Coictier zwang sich höhnisch zu lächeln, hob unmerklich die Schultern und wiederholte mit leiser Stimme: „Ein Narr!"

„Und," sagte plötzlich Tourangeau, „der wunderbare Endzweck, habt Ihr ihn erreicht? Habt Ihr Gold gemacht?"

„Wenn ich es gemacht hätte," erwiderte der Archidiaconus und hob langsam seine Worte hervor, wie ein Mensch, der in Nachdenken versunken ist, „würde der König von Frankreich Claude und nicht Ludwig heißen."

Der Gevatter runzelte die Stirne"

„Was sage ich da?" fuhr Dom Claude mit verächtlichem Lächeln fort. „Was würde der Thron von Frankreich für mich bedeuten, wenn ich das Reich des Orientes wieder aufrichten könnte?"

„Das laß ich mir gefallen!" sagte der Gevatter.

„Ach, der arme Narr!“ murmelte Coictier.

Der Archidiaconus, der sich nur noch mit seinen Gedanken zu unterhalten schien, fuhr fort:

„Doch nein, ich liege noch im Staube; ich stoße mir Gesicht und Knien wund an den Steinen des Weges zum Innern der Erde. Ich erkenne wohl, aber ich sehe noch nicht deutlich: ich lese noch nicht, ich buchstabire nur!“

„Und wenn Ihr lesen könnt,“ fragte der Gevatter, „werdet Ihr Gold machen?“

„Wer zweifelt daran?“ sagte der Archidiaconus.

„Für diesen Fall, die heilige Jungfrau weiß es, bin ich des Goldes sehr bedürftig, und ich möchte wohl in Euren Büchern lesen lernen. Sagt mir, verehrter Meister, ist Eure Wissenschaft Unserer lieben Frau feindlich gesinnt oder mißfällig?“

Auf diese Frage des Gevatters begnügte sich Dom Claude mit stolzer Ruhe zu erwidern:

„In wessen Diensten stehe ich als Archidiaconus?“

„Es ist wahr, lieber Meister. Nun wohl! Würdet Ihr die Güte haben, mich einzuweihen? Lasset mich mit Euch buchstabiren.“

Claude nahm die majestätische und hohepriesterliche Haltung eines Samuel an.

„Alter Mann, um diese Reise mitten durch die Welt der Geheimnisse zu unternehmen, braucht's längere Jahre, als Ihr noch vor Euch habt. Euer Haupt ist sehr grau! Wohl verläßt man den dunkeln Weg nur mit weißem Haupthaar, aber man betritt ihn nur mit dunkelm. Die Wissenschaft vermag schon für sich allein die menschlichen Gesichter hohl zu machen, zu bleichen und einzutrocknen; sie hat nicht nöthig, daß das Alter ihr völlig runzlige Gesichter zuführe. Wenn Ihr indessen von der Begierde besessen seid, Euch in Eurem Alter der Unterweisung zu unterwerfen und das furchtbare Alphabet der Weisheit zu entziffern, wohlan, kommt zu mir, ich will's versuchen. Euch will ich nicht heißen, armer Alter, Euch aufzumachen, um die Grabkammern der Pyramiden aufzusuchen, von denen der alte Herodot spricht, auch nicht den Backsteinthurm zu Babylon, noch das ungeheure, weißmarmorne Allerheiligste des indischen Tempels zu Eklinga. Gerade wie Ihr habe auch ich nicht die chaldäischen Mauern gesehen, die nach der geheiligten Form des Sikra errichtet waren, noch den Tempel des Salomo, der zerstört ist, auch nicht die steinernen Thüren am Grabmale der Könige Israels, die längst gebrochen sind. Wir wollen uns zufrieden geben mit den Ueberresten vom Buche des Hermes, welches wir hier haben. Ich werde Euch die Bildsäule des heiligen Christoph, das Sinnbild des Säemannes erklären, und diejenigen der beiden Engel, die sich am Portale der Heiligen Kapelle befinden, und von denen der eine seine Hand in einem Gesäße und der andere in einer Wolke hat . . .“

Nach diesen Worten setzte sich Jacob Coictier, den die hitzigen Einwürfe des Archidiaconus verblüfft hatten, wieder auf den Sessel und unterbrach ihn im triumphirenden Tone eines Gelehrten, der einen andern über etwas zurechtweist: „Erras, amice Claudi.Das Symbol ist keine Zahl. Ihr nehmt Orpheus für Hermes."

„Ihr seid vielmehr im Irrthume," entgegnete würdevoll der Archidiaconus. „Dädalus ist die Grundmauer, Orpheus die Mauer, Hermes aber ist das Gebäude, ist das Ganze. Möget Ihr kommen, wann Ihr wollt," fuhr er gegen Tourangeau sich wendend fort, „ich will Euch die Goldtheilchen zeigen, die im Schmelztiegel des Nicolaus Flamel zurückgeblieben sind, und Ihr möget sie mit dem Golde Wilhelms von Paris vergleichen. Ich werde Euch die geheimen Kräfte des griechischen Wortes "Peristera"lehren. Vor allem aber will ich Euch die marmornen Buchstaben des Alphabets, die steinernen Seiten des Buches eine nach der andern lesen lassen. Vom Portale des Bischofs Wilhelm und von Saint-Jean-le-Rond wollen wir zur Heiligen Kapelle, hierauf zum Hause Nicolaus Flamels, in der Rue Mariveaulx, dann zu seinem Grabmale auf dem Kirchhofe Saints-Innocents, endlich zu seinen beiden Krankenhäusern in der Rue Montmorency gehen. Ich werde Euch die Hieroglyphen lesen lassen, mit denen die vier mächtigen eisernen Feuerböcke am Eingangsthore des Hospitals Saint-Gervais und desjenigen in der Rue-de-la-Ferronnerie bedeckt sind. Wir wollen auch zusammen die Façaden von Saint-Côme, von Saint-Geneviève-des-Ardents, von Saint-Martin, von Saint-Jacques-de-la-Boucherie buchstabiren . . ."

So klug das Auge Tourangeau's dreinschaute, so schien er doch schon lange Dom Claude nicht mehr zu begreifen. Er unterbrach ihn:

„Zum Teufel auch! Wie verhält sich denn das mit Euern Büchern?"

„Hier ist eins davon," sprach der Archidiaconus.

Und indem er das Fenster der Zelle öffnete, deutete er mit dem Finger auf die mächtige Notre-Damekirche, welche am gestirnten Himmel die schwarzen Umrisse ihrer beiden Thürme, ihrer steinernen Flächen und ihres mächtigen Dachrückens abhob und einer ungeheuern, zweiköpfigen Sphinx glich, die sich mitten in der Stadt niedergesetzt hatte.

Der Archidiaconus betrachtete das Riesengebäude eine Zeit lang schweigend, dann streckte er mit einem Seufzer die rechte Hand nach dem gedruckten Buche, welches geöffnet auf dem Tische lag, die linke nach der Notre-Damekirche aus und sagte, während er einen traurigen Blick vom Buche zur Kirche hinüberschweifen ließ: „Wehe! dies wird jenes vernichten."

Coictier, der sich mit Begierde dem Buche genähert hatte, konnte den Ausruf nicht unterdrücken: „Ei, aber! was giebt es denn so Schreckliches in diesem "Glossa in epistolas D. Pauli, Norimbergae, Antonius Koburger, 1474". Das ist nichts Neues. Das ist ein Buch des Petrus Lombardus, der Magister sententiarum. Vielleicht deshalb, weil es gedruckt ist?"

„Ihr habt es ausgesprochen," antwortete Claude, der in tiefes Nachdenken versunken schien, und, den eingebogenen Zeigefinger auf den aus Nürnbergs berühmten Druckerpressen hervorgegangenen Folianten stemmend, dastand. Dann fügte er folgende geheimnisvollen Worte hinzu: „Wehe! Wehe! Das Kleine folgt dem Großen auf dem Fuße nach; ein Zahn siegt über eine Masse. Die Nilratte tödtet das Krokodil, der Schwertfisch den Wallfisch, das Buch wird das Gebäude vernichten!"

In demselben Augenblicke, wo der Doctor Jacob seinem Begleiter ganz leise den ständigen Refrain „Er ist ein Narr" wiederholte, erklang die Abendglocke des Klosters. Diesmal antwortete der Begleiter auf die Worte des Archidiaconus: „Ich glaube, ja."

Die Stunde war da, von welcher an kein Fremder länger im Kloster verweilen konnte. Die beiden Besucher zogen sich zurück.

„Meister," sprach der Gevatter Tourangeau, indem er sich vom Archidiaconus verabschiedete, „ich liebe die Gelehrten und großen Geister, und ich habe eine besondere Hochachtung für Euch. Kommet morgen in den Parlamentspalast und fraget nach dem Abte des heiligen Martin von Tours."

Der Archidiaconus kehrte bestürzt in sein Gemach zurück, begriff endlich, welche Persönlichkeit der Gevatter Tourangeau war, und erinnerte sich an jene Schriftstelle im Archive des heiligen Martin von Tours: "Abbas beati Martini, *scilicet rex Franciae*, est canonicus de consuetudine et habet parvam praebendam, quam habet Sanctus Venantius, et debet sedere in sede thesaurarii."

Man versicherte, daß der Archidiaconus seit dieser Zeit häufige Zusammenkünfte mit Ludwig dem Elften hatte, so oft Seine Majestät nach Paris kam, und daß das Ansehen des Dom Claude dasjenige Olivier Le-Daims in Schatten stellte, ebenso dasjenige Jacob Coictiers, der dann, seiner Gewohnheit gemäß, den König deshalb sehr grob behandelte.

2. Dies wird jenes vernichten

Unsere Leserinnen werden verzeihen, wenn wir uns einen Augenblick dabei aufhalten, nachzuforschen, welches wohl der Gedanke sein mochte, der sich unter den räthselhaften Worten des Archidiaconus verbarg: „Dies wird jenes vernichten. Das Buch wird das Gebäude vertilgen." Nach unserer Meinung hatte dieser Gedanke zwei Gesichtspunkte. Zunächst war es ein Priestergedanke. Es war der Schrecken eines Geistlichen vor einer neuen Culturmacht: der Buchdruckerkunst. Es war das Entsetzen und die Verblendung eines Kirchendieners vor der leuchtenden Presse Guttenbergs. Die Kanzel und die Handschrift, das gesprochene und das geschriebene Wort waren es, die über das gedruckte Wort in Schrecken geriethen; etwas der Bestürzung eines Spatzen Aehnliches, wenn er die himmlische Legion ihre sechs Millionen Flügel ausbreiten sehen würde. Der Ruf des Propheten war es, welcher bereits die vom Joche befreite Menschheit brausen und wogen hört; welcher in Zukunft die Religion durch die Erkenntnis untergraben, das Urtheil den Glauben entthronen und die Welt Rom abschütteln sieht. Es war die Vorhersagung des Philosophen, welcher den menschlichen Gedanken, der von der Presse beflügelt war, aus dem theokratischen Destillirgefäße sich verflüchtigen sieht; der Schrecken eines Soldaten, welcher den ehernen Sturmbock betrachtet und spricht: „Der Thurm muß zusammenbrechen.“ Das bedeutete, daß eine Macht an die Stelle einer andern Macht treten wollte; das wollte sagen: „Die Druckerpresse wird die Kirche vernichten.“ Aber hinter diesem Gedanken, dem nächsten und einfachsten zweifelsohne, stand, unserer Meinung nach, ein anderer und modernerer, der Folgegedanke aus dem erstern und nicht so schwer zu begreifen, aber viel schwieriger zu läugnen, eine ganz ebenso philosophische Ansicht, die nicht sowohl mehr die eines Geistlichen, als vielmehr die eines Weisen und Künstlers war. Es war das Vorgefühl, daß der menschliche Gedanke mit der Aenderung seiner Form die Ausdrucksweise zu ändern sich anschickte; daß der Hauptgedanke jedes Menschenalters nicht mehr mit demselben Material und in derselben Weise dargestellt werden würde; daß das so solide und dauerhafte Buch aus Stein dem noch solidern und dauerhafteren aus Papier den Platz einräumen sollte. Mit Rücksicht darauf hatte der unbestimmte Gedankenausdruck des Archidiaconus einen andern Sinn; er sprach aus, daß eine Kunst eine andere Kunst vom Throne zu stoßen sich anschickte; er wollte sagen: „Die Buchdruckerkunst wird die Baukunst vernichten.“

In Wahrheit bildet, vom Ursprunge der Dinge an bis einschließlich zum fünfzehnten Jahrhunderte der christlichen Zeitrechnung, die Baukunst das große Buch der Menschheit, das Hauptausdrucksmittel des Menschen in seinen verschiedenen Entwicklungszuständen, sei es nun als Macht oder sei es als Intelligenz.

Als die Gedächtniskraft der ersten Rassen sich zu sehr beladen wußte, als der Erinnerungsballast des menschlichen Geschlechtes so schwer und unordentlich wurde, daß das nackte und flüchtige Wort Gefahr lief, ihn unterwegs zu verlieren, übertrug man ihn in der sichtbarsten und zugleich dauerhaftesten und natürlichsten Weise auf den Erdboden. Man versiegelte jede Ueberlieferung in einem Baudenkmale.

Die ersten Baudenkmäler waren einfache Gevierte aus Felsenstücken, „welche das Eisen nicht berührt hatte“, sagt Moses.

Die Architektur fing wie jede Schreibkunst an: sie war zuerst Alphabet. Man stellte einen Stein aufrecht hin, und das war ein Buchstabe, und jeder Buchstabe war eine Hieroglyphe, und auf jeder Hieroglyphe ruhte eine Gedankengruppe, wie das Kapital auf der Säule. In dieser Weise schufen die ersten Rassen, überall, im nämlichen Augenblicke, und auf der Oberfläche der ganzen Erde. Man findet den „aufgerichteten Stein“ der keltischen Völkerschaften im asiatischen Sibirien und in den Pampas von Amerika wieder.

Später bildete man Worte; man stellte den Stein auf den Stein; man verband diese granitenen Silben, das Wort versuchte einige Wortverbindungen.

Der keltische Dolmenund Cromlech,der etruskische Tumulus,der Galgalder Juden sind Worte. Einige, namentlich der Tumulus, sind Eigennamen. Zeitweilig sogar, wenn viel Steine und eine weite Landstrecke vorhanden waren, schrieb man einen Satz. Die ungeheure Steinmasse von Karnak ist schon eine ganz vollkommene Formel.

Schließlich wurden Bücher geschaffen. Die Überlieferungen hatten Sinnbilder hervorgebracht, unter denen jene wie der Stamm eines Baumes unter seinem Blätterwerk verschwanden; alle diese Sinnbilder, an welche die Menschheit glaubte, begannen mit der Zeit zuzunehmen, sich zu vervielfältigen, zu verbinden und sich mehr und mehr zu verwirren; die ersten Baudenkmäler genügten nicht mehr, sie in sich aufzunehmen; sie waren überall aus den beengenden Formen herausgequollen; kaum drückten diese Denkmäler noch die ursprüngliche Überlieferung aus, welche wie sie, einfach und nackt, auf dem Erdboden ruhte. Das Sinnbild hatte Bedürfnis, sich in dem Gebäude zu enthüllen. Die Architektur entwickelte sich damals mit dem menschlichen Gedanken; sie wurde eine tausendköpfige und tausendarmige Riesin und hielt in einer ewigen, sicht- und greifbaren Form diesen ganzen schwankenden Sinnbilderausdruck fest. Während Dädalus, der die Kraft bedeutet, maß, während Orpheus, der die Intelligenz vorstellt, sang, gruppirten sich, nach einem Gesetze der Meßkunst und nach einem solchen der Dichtkunst zugleich in Bewegung gesetzt, die Säule, welche einen Buchstaben, die Bogenwölbung, welche eine Silbe und die Pyramide, welche ein Wort vorstellt, verbanden sich, verschmolzen in einander, senkten sich herab, stiegen in die Höhe, setzten sich auf dem Boden neben einander und schichteten sich nach dem Himmel hinauf, bis daß sie, unter dem Dictate eines Hauptgedankens einer Zeitepoche, jene wunderbaren Bücher: die Pagode zu Eklinga, das Rhamseion in Egypten und den Tempel des Salomo geschrieben hatten, die ebenso bewunderungswürdige Bauwerke waren.

Der Grundgedanke, das Wort, fand sich nicht allein in der Anlage, sondern auch in der Form aller dieser Bauwerke. Der Tempel des Salomo zum Beispiel war nicht etwa einfach der Einband des heiligen Buches: er war das heilige Buch selbst. An jeder seiner concentrischen Einfriedigungen vermochten die Priester das den Augen überlieferte und offenbarte Wort zu lesen; und sie verfolgten so seine Umbildungen von Heiligthum zu Heiligthume, bis daß sie es in seinem letzten Zufluchtsorte und in seiner sinnfälligsten Gestalt, welche die Baukunst noch hatte, festhielten: als Arche. Auf solche Weise war das Wort in dem Gebäude eingeschlossen, aber sein Abbild fand sich auf seiner Hülle, wie die menschliche Gestalt an der Einsargung einer Mumie.

Und nicht nur die Gestalt der Gebäude, sondern auch die Baustelle, welche für sie gewählt wurden, enthüllten den Gedanken, welchen sie ausdrücken wollten. Je nachdem das auszudrückende Sinnbild anmuthig oder düster war, krönte Griechenland seine

Berge mit einem für das Auge harmonischen Tempel, Indien durchwühlte die seinigen, um in ihnen jene unförmlichen, unterirdischen Pagoden auszumeißeln, die von riesigen Reihen granitner Elephanten getragen werden.

So ist während der sechs ersten Jahrtausende der Welt, von der urältesten Pagode Hindostans an bis zum Kölner Dome, die Baukunst die große Schreibkunst des menschlichen Geschlechtes gewesen. Und das ist dermaßen in der Wahrheit begründet, daß nicht nur jedes religiöse Sinnbild, sondern auch jeder menschliche Gedanke in diesem ungeheuern Buche seine Seite und sein Denkmal besitzt.

Jede Civilisation beginnt mit der Priesterherrschaft und endigt mit der Demokratie. Dieses Gesetz freiheitlicher Entwicklung, welches an die Stelle der Einheit tritt, ist in der Baukunst niedergeschrieben. Denn, wenn wir auf diesen Punkt Gewicht legen, so muß man nicht glauben, daß die Mauerkunst vermögend sei, nur den Tempel zu bauen, nur den Mythus und die kirchliche Symbolik darzustellen, nur die geheimnisvollen Tafeln des Gesetzes auf seine steinernen Seiten in Hieroglyphenschrift einzutragen. Wenn es so wäre, wie ja in jedem menschlichen Gesellschaftszustande ein Augenblick eintritt, wo das geheiligte Sinnbild sich abnutzt und vor dem freien Gedanken verschwindet, wo der Mensch sich dem Priester entzieht, wo das Auswachsen der philosophischen Wissenschaften und Systeme die Grenzlinie der Religion durchbricht, so würde die Baukunst diesen neuen Zustand des menschlichen Geistes nicht wiedergeben können: ihre auf der Vorderseite beschriebenen Blätter würden auf der Rückseite leer bleiben, ihr Werk würde verstümmelt und ihr Buch unvollständig sein. Das geschah nun freilich nicht.

Nehmen wir zum Beispiel das Mittelalter an, bei dem wir deutlicher sehen können, weil es uns näher ist. Seine erste Periode hindurch, während daß die Priesterherrschaft Europa organisirt, während der Vatican die Elemente eines Rom wieder um sich vereinigt und zum Ansehen bringt, welches mit dem am Fuße des Capitols in Ruinen liegenden Rom geschaffen wird, während daß das Christenthum hinauszieht, um im Schutte der frühern Civilisation alle Schichten der Gesellschaft zu durchdringen und mit ihren Ueberresten ein neues hierarchisches Weltall aufzubauen, in dem das Priesterthum der Schlußstein der Wölbung ist, hört man es in diesem Chaos zunächst sich regen; hierauf sieht man, wie nach und nach unter dem Hauche des Christenthums und unter den Händen der Barbaren aus dem Schutte todter – griechischer und römischer – Bauformen jene geheimnisvolle romanische Baukunst, die Schwester der unter Priesterherrschaft entstandenen Mauerwerke Egyptens und Indiens, das unvergängliche Sinnbild des reinen Katholicismus und die unwandelbare Hieroglyphe päpstlicher Einheit sich erhebt. Die ganze Gedankenwelt von damals ist in Wahrheit in diesem düstern romanischen Stile geschrieben. Ueberall fühlt man dabei die päpstliche Gewalt, die Einheit, Verschlossenheit, das Unumschränkte, den gewaltigen Gregor den Siebenten heraus; überall den Priester, niemals den Menschen; überall die Kaste, niemals das Volk. Da kommen aber die Kreuzzüge heran. Es ist eine große Volksbewegung, und jede große Volksbewegung, mögen ihre Ursache und ihr Endziel sein, welche es wollen, befreit den Geist der Freiheit stets von seinem letzten Niederschlage. Neuerungen wollen sich Bahn brechen. Damit beginnt nun die stürmische Periode der Volksaufstände, der Bauernkriege und der Fürstenbündnisse. Die Autorität geräth ins Wanken, die Einheit spaltet sich. Das Lehnswesen fordert eine Theilung mit der Priesterherrschaft, indem es auf das Volk rechnet, das unvermeidlich und plötzlich auftreten und, wie immer, den Löwenantheil davontragen wird: quia nominor leo. Die Lehnsherrschaft erscheint also hinter der Priesterherrschaft, die Volksherrschaft hinter der Lehnsherrschaft. Das Aussehen Europa's wird umgestaltet; nun gut! Die Form der Baukunst hat sich gleichfalls geändert. Gleichwie die Civilisation hat sie eine neue Seite aufgeschlagen, und der neue Geist der Zeitverhältnisse findet sie bereit, unter seiner Eingebung zu schreiben. Sie ist aus den Kreuzzügen mit dem Spitzbogen heimgekehrt, wie die Völker mit der Freiheit. Hernach verfällt die romanische Baukunst, während daß Rom nach und nach zerstückelt wird. Die Hieroglyphe verschwindet aus dem Dome und beginnt den Thurm in die Wappenkunde einzuführen, um dem Lehnswesen einen Zauber zu verleihen. Der Dom selbst, dieses einst den Glauben so sicher ausdrückende Bauwerk, entzieht sich, hinfort von dem Bürgerthume, von der Gemeinde und der Freiheit in Besitz genommen, dem Priester und verfällt der Macht des Künstlers. Dieser baut ihn nach seiner Weise. Das Mysterium, die Mythe und das Gesetz sind verabschiedet, die Phantasie und Laune treten an deren Stelle. Falls der Priester das Schiff und den Altar für sich behält, so hat das nichts zu sagen: die vier Mauern gehören dem Künstler. Das steinerne Buch gehört nun nicht mehr dem Priesterthume, der Religion oder Rom; die Einbildungskraft, die Poesie und das Volk haben es in Besitz genommen. Von da an beginnen die reißend schnellen und unzähligen Umbildungen in diesem Zweige der Baukunst, die nur noch drei Jahrhunderte hindurch blüht, und die nach dem beharrlichen Stillstande des romanischen Baustiles während sechs oder sieben Jahrhunderten um so auffälliger sind. Inzwischen schreitet die Kunst mit Riesenschritten vorwärts. Das Genie und die Ursprünglichkeit des Volkes besorgen, was sonst die Bischöfe thaten. Jede Generation schreibt gelegentlich seine Zeile in das Buch; sie löscht die alten romanischen Hieroglyphen an den Vorderseiten der Dome aus, und das wird um so eher erkenntlich, wenn man hier und da noch das Dogma unter dem neuen Sinnbilde, welches sie ihnen aufdrückt, hervorschimmern sieht. Die Drapierungskunst des Volkes läßt kaum das aus dem Glaubensdogma entsprungene Knochengerüst errathen. Man vermag sich schwerlich einen Begriff von der Zügellosigkeit zu machen, die sich damals die Baumeister selbst gegen die Kirche erlauben. Da finden sich Kapitäle, die, wie in der Kamingalerie des Justizpalastes zu Paris, mit unzüchtig gepaarten Mönchs- und Nonnenfiguren geschmückt sind. Da sieht man das Abenteuer des Noah „in ganzen Zügen“ ausgemeißelt, wie am Domportale zu Bourges. Da findet sich ein bacchischer Mönch mit Eselsohren und dem Glase in der Hand, der einer ganzen Gemeinde ins

Gesicht lacht, wie am Waschbecken in der Abtei zu Bocherville. Es giebt in diesem Zeitabschnitte für den in Stein geschriebenen Gedanken ein ganz ähnliches Privileg, wie unsere gegenwärtige Preßfreiheit: das ist die Freiheit in der Baukunst.

Diese Freiheit geht sehr weit. Manchmal zeigt ein Portal, eine Façade, ja eine ganze Kirche einen bildlichen Sinn, welcher dem Gottesdienste völlig fremd, oder der Kirche sogar feindlich ist. Vom dreizehnten Jahrhunderte an haben Wilhelm von Paris, Nicolaus Flamel im fünfzehnten solche Seiten aufrührerischen Inhaltes geschrieben. Die Kirche Saint-Jacques-de-la-Boucherie war völlig ein den Widerstreit vorstellendes Gotteshaus. Der Gedanke war damals nur in solcher Gestalt frei; daher wurde er ganz vollständig nur in denjenigen Büchern niedergeschrieben, welche man Bauwerke nannte. Ohne diese steinerne Form, in der Gestalt einer Handschrift, würde er sich auf freiem Platze von der Hand des Henkers brennen gesehen haben, wenn er thöricht genug gewesen wäre, sich ans Licht zu wagen. Und der Gedanke in Kirchenportalgestalt hätte der Hinrichtung des freien Gedankens beigewohnt. Daher trieb die Maurerkunst, die nur diesen Ausweg hattc, um in die Erscheinung treten zu können, mit Gewalt und von allen Seiten nach dieser Richtung zu. Daher stammt die ungeheure Menge von Kathedralen, die Europa bedeckt haben, die eine so erstaunliche Anzahl bildet, daß man kaum an sie glaubt, selbst wenn man sich von ihr überzeugt hat. Alle physischen und alle geistigen Kräfte der Gesellschaft liefen in demselben Punkte: der Baukunst, zusammen. In dieser Weise, und unter dem Vorwande, der Gottheit Kirchen zu bauen, entfaltete sich die Kunst in großartigen Verhältnissen.

Wer damals immer als Dichter geboren wurde, ward Baumeister. Das in den Massen verstreute Genie, welches unter dem Feudalismus überall, wie unter einem Schildkrötenpanzer von erzenen Helmen zurückgedrängt war, und nur auf Seiten der Baukunst einen Ausweg fand, befreite sich in dieser Kunst, und seine Iliaden nahmen die Gestalt von Kathedralen an. Alle andern Künste gehorchten der Baukunst und stellten sich unter ihre Zucht. Sie waren die Arbeiter an dem großen Werke. Der Baumeister, der Dichter, der Magister verschmolz in seiner Person die Steinmetzkunst, welche ihm seine Façaden meißelte, die Malerei, welche ihm seine Fenster malte, und die Musik, die ihm seine Glocke schwang und in seiner Orgel klang. Es gab, im eigentlichen Sinne gesagt, nur eine ärmliche Dichtkunst: nämlich diejenige, welche hartnäckig darauf bestand, in den Manuscripten zu vegetiren; die, um etwas zu sein, nicht genöthigt war, sich unter der Form der Hymne oder Prosa in das Bauwerk einfügen zu lassen: zufolge allem dieselbe Rolle, welche die Tragödien des Aeschylus bei den Priesterfesten Griechenlands, und das Erste Buch Moses im Tempel des Salomo gespielt hatten.

Also bis zu Guttenbergs Auftreten war die Baukunst die hauptsächliche schriftliche Kunst, die Allgemeinschrift. Dieses granitne Buch wird im Oriente begonnen, vom griechischen und römischen Alterthume fortgesetzt, und das Mittelalter schreibt dessen letzte Seite. Uebrigens zeigt sich jene Erscheinung einer Volksbaukunst, welche, wie wir soeben im Mittelalter beobachtet haben, die Baukunst einer Gesellschaftskaste verdrängt, bei ganz gleichartiger Richtung in der menschlichen Intelligenz, auch in andern großen Epochen der Geschichte. Also: um ein Gesetz, welches verlangen könnte, in zahlreichen Bänden aufgedeckt zu werden, hier nur summarisch darzustellen, so folgte im Innern des Morgenlandes, an der Wiege der Urzeiten, auf die Baukunst der Hindus diejenige der Phönizier, als die reiche Mutter der arabischen Baukunst; im Alterthume schloß sich an die ägyptische Baukunst, von welcher der etruskische Stil und die Cyklopenbauten nur eine Abart sind, die griechische an, von welcher der römische Stil nur eine mit dem karthagischen Gewölbe überlastete Verlängerung ist; in den neuern Zeiten trat an Stelle des romanischen der gotische Baustil. Und wenn wir diese drei Stilreihen trennen, so finden wir an den drei ältern Schwestern: der Baukunst der Hindus, der ägyptischen und der römischen, dasselbe Symbol wieder, das heißt: die Priesterherrschaft, die Kaste, die Einheit, das Dogma, den Mythus, Gott; und was die drei jüngern Schwestern: die phönizische, griechische und gothische Baukunst betrifft, so finden wir, wie groß übrigens die Formenverschiedenheit, welche ihrer Natur anhaftet, auch sein mag, gleichfalls die nämliche Bedeutung, das heißt: die Freiheit, das Volk, den Menschen.

Ob es Bramine, Magier oder Papst in der indischen, ägyptischen oder romanischen Mauerkunst heißen mag, immer merkt man den Priester, nichts als den Priester. Das Nämliche ist es nicht in den Baukunstformen des Volkes. Sie sind reicher und nicht so heilig. In der phönizischen sieht man den Kaufmann, in der griechischen den Republikaner, in der gothischen den Bürger.

Die Haupteigenschaften aller aus der Zeit der Priesterherrschaft herstammenden Baudenkmäler sind: Unveränderlichkeit, Abscheu vor dem Fortschritte, Festhalten an den überlieferten Linien, Heilighaltung ursprünglicher Formen, unveränderliche Darstellung in allen Gestaltungen des Menschen und der Natur bei unbegreiflichen Einfällen in der Behandlung des Symboles. Es sind Bücher voll dunkeln Sinnes, welche nur die Eingeweihten zu entziffern wissen. Uebrigens hat bei ihnen jede Form und jede Mißgestaltung einen Sinn, der sie unverletzlich macht. Niemand fordere von den indischen, ägyptischen und romanischen Bauhütten, daß sie ihren Plan ändern oder ihre Bildhauerkunst vervollkommnen mögen. Jede Vervollkommnung ist bei ihnen Gottlosigkeit. Es scheint, als ob sich in diesen Bauwerken die Starrheit des Glaubensdogmas wie eine neue Versteinerung über den Stein verbreitet habe. – Im Gegensatze dazu sind die Haupteigenschaften der im Volke entstandenen Mauerwerke: Mannigfaltigkeit, der Fortschritt, Ursprünglichkeit, großer Reichthum und beständige Abwechslung. Sie sind schon hinlänglich von der Religion getrennt, um die Schönheit nicht zu vergessen, an diese ernstlich zu denken und die Ausschmückung ihrer Bildsäulen oder Arabesken unaufhörlich zu verbessern. Sie verrathen ihr Jahrhundert. Sie haben etwas Menschliches an sich, das sie beständig mit dem göttlichen Symbole vermengen, unter dessen Führung sie sich noch zeigen. Daher stammen nun Bauwerke, die von jedem Herzen, von jeder Intelligenz, von jeder Phantasie begriffen werden können, und wiewohl noch symbolischen Charakters, doch leicht wie die Natur zu verstehen sind. Zwischen der Priesterbaukunst und dieser findet ein Unterschied statt, wie derjenige zwischen einer frommen Sprache und der Volksrede, zwischen der Hieroglyphe und der Kunst, wie zwischen Salomo und Phidias.

Wenn wir das, was bis jetzt ganz summarisch angegeben worden ist, zusammenfassen, und dabei von zahllosen Beweisen und ebenso vielen Einwürfen absehen, so sind wir zu der Erkenntnis gelangt: daß die Baukunst bis zum fünfzehnten Jahrhunderte das Hauptbuch der Menschheit gewesen ist; daß in diesem Zeitraume nicht ***ein*** irgend verwickelter Gedanke in der Welt zu Tage getreten ist, der nicht Baudenkmal geworden wäre; daß jeder Volksgedanke, wie jedes Religionsgesetz seine Denkmäler gehabt hat; daß endlich das menschliche Geschlecht nichts Bedeutendes gedacht hat, was es nicht in Stein geschrieben hätte. Und warum? Deshalb, weil jeder Gedanke, mag er religiöser oder philosophischer Natur sein, sich zu verewigen ein Interesse hat; weil der Gedanke, der eine Generation aufgeregt hat, andere Generationen aufregen und seine Spur zurücklassen will. Ach, welche zweifelhafte Unsterblichkeit ist doch diejenige, welche in einer Handschrift liegt! Was ist doch ein Bauwerk für ein weit festeres, dauerhafteres und widerstandsfähigeres Buch! Um das geschriebene Wort zu vertilgen, genügt ein Schwamm und ein Türke. Um das aufgerichtete Wort zu vernichten, bedarfs eines gesellschaftlichen Umsturzes, einer Erdrevolution. Die Barbaren sind über das Colosseum hingegangen, die Sündflut ist vielleicht über die Pyramiden gebrandet. – Im fünfzehnten Jahrhunderte ändert sich alles.

Der menschliche Gedanke hat ein Mittel entdeckt, sich nicht nur dauerhafter und widerstandsfähiger, als durch die Baukunst, sondern auch einfacher und leichter fortzupflanzen „Die Architektur wird vom Throne gestoßen. An die Stelle der steinernen Buchstaben des Orpheus treten nun die bleiernen Lettern Guttenbergs.

Das Buch wird einst das Baudenkmal vernichten.

Die Erfindung der Buchdruckerkunst ist das größte Ereignis der Geschichte. Es ist die fortzeugende Revolution. Es ist die Ausdrucksweise der Menschheit, welche sich vollständig verjüngt; es ist der menschliche Gedanke, welcher eine Form ablegt und dafür eine andere anzieht; es ist die vollständige und letzte Häutung jener symbolischen Schlange, die seit Adams Zeiten den Geist vorstellt.

In der Gestaltung durch Buchdruck ist der Gedanke unvergänglicher, denn je zuvor; er ist beflügelt, unfaßbar, unvertilgbar. Er vereinigt sich mit der Luft. Zur Blütezeit der Baukunst ward er zum Berge und nahm gewaltthätig von einem Orte und einem Jahrhunderte Besitz. Jetzt wird er zur Vogelschaar, zerstreut sich in alle vier Winde und hat zugleich alle Punkte des Himmels und der Erde inne.

Wir wiederholen es: wer sieht nicht, daß der Gedanke in dieser Gestalt noch viel unauslöschlicher ist? Von der Festigkeit, die er besaß, gelangte er zur Schnelligkeit. Von der Dauerhaftigkeit geht er zur Unsterblichkeit über. Man kann eine feste Substanz vernichten, wie aber will man die Allgegenwart vertilgen? Möge eine Sündflut kommen – die Berge werden schon längst unter den Fluten verschwunden sein, wenn die Vögel noch dahinfliegen; und wenn eine einzige Arche auf dem Spiegel der Wasserflut segelt, werden sie sich auf ihr niederlassen, werden mit ihr obenauf schwimmen, mit ihr das Fallen der Fluten erleben, und die neue Welt, die aus diesem Chaos hervorgeht, wird aufwachend über sich, beflügelt und luftig den Gedanken der versunkenen Welt dahinschweben setzen.

Und wenn man beachtet, daß diese Ausdrucksweise nicht nur die conservativste, sondern auch die einfachste, die bequemste, die für Alle thunlichste ist; wenn man überlegt, daß sie kein großes Gepäck mit sich führt und kein unbeholfenes Geräth fortschleppt; wenn man den Gedanken vergleicht, der, um in ein Baudenkmal sich zu übersetzen, gezwungen ist, vier oder fünf andere Künste und Tonnen Goldes, einen ganzen Berg von Steinen, einen ganzen Wald von Balken und ein ganzes Volk von Arbeitern in Aufruhr versetzt; wenn man ihn mit dem Gedanken vergleicht, der zum Buche wird, und dem ein wenig Papier, ein wenig Tinte und eine Feder genügt – wie will man sich darüber wundern, daß der menschliche Geist sich von der Baukunst zur Buchdruckerkunst gewendet hat? Man durchsteche plötzlich das ursprüngliche Bett eines Flusses, eines Kanales, der unter seinem Niveau ausgehöhlt ist, und der Fluß wird sein Bett verlassen.

Man beobachte also, wie seit der Erfindung der Buchdruckerkunst die Baukunst hinsiecht, abzehrt und verschwindet; wie man fühlt, daß das Wasser sinkt, der Saft vertrocknet, und daß der Gedankengang der Zeiten und der Völker sich von ihr abwendet! Die Abkühlung ist im fünfzehnten Jahrhunderte fast noch unmerklich, die Presse ist noch zu schwach und nimmt höchstens der mächtigen Baukunst etwas Lebensüberfluß ab. Seit dem sechzehnten Jahrhunderte aber ist die Krankheit der Baukunst ersichtlich: sie drückt das gesellschaftliche Leben schon nicht mehr in wesentlicher Weise aus; sie ändert sich in kläglicher Weise zur klassischen Kunst um; aus gallischer, europäischer, eingeborener Kunst wird sie zu griechischer und römischer, aus wahrer und moderner zur falschen Antike. Es ist jener Verfall, der die Renaissance benannt wird: immerhin noch ein glänzender Verfall; denn der alte gothische Genius, diese Sonne, welche hinter der riesigen Buchdruckerpresse von Mainz hinabsinkt, durchleuchtet mit ihren letzten Strahlen noch eine Zeit lang diese Bastardmasse aus lateinischen Bogenwölbungen und korinthischen Säulenhallen.

Und gerade diese untergehende Sonne halten wir für eine Morgenröthe.

Von dem Augenblicke an jedoch, wo die Baukunst nur noch eine Kunst ist, wie die andere, seitdem sie nicht mehr die Gesammtkunst, die unumschränkte, die tyrannische

Kunst ist, hat sie die Macht nicht mehr, die andern Künste im Zaume zu halten. Sie machen sich somit frei, brechen das Joch des Baumeisters und schlagen jede einen Weg für sich ein. Jede von ihnen gewinnt bei dieser Entzweiung. Die Absonderung macht jede größer. Die Steinmetzkunst wird zur Bildhauerkunst, die Bildschnitzkunst zur Malerei, der strenge Kanon zur freien Musik. Man könnte die Baukunst ein Weltreich nennen, welches beim Tode seines Alexander zerfällt, und dessen Provinzen zu Königreichen werden.

Damit beginnt die Zeit Raphaëls, Michel-Angelo's, Johann Goujons und Palestrina's, dieser Sterne des glanzvollen sechzehnten Jahrhunderts.

Zu gleicher Zeit mit den Künsten befreit sich der Gedanke allerwärts. Freigeister des Mittelalters hatten dem Katholicismus schon tiefe Wunden geschlagen. Das sechzehnte Jahrhundert zerreißt die Glaubenseinheit. Vor der Buchdruckerkunst wäre die Reformation nur eine Spaltung gewesen, die Erfindung des Buchdruckes macht sie zur Revolution. Man nehme die Presse weg, und die Ketzerei ist wirkungslos. Mag das verhängnisvoll oder von der Vorsehung bestimmt sein: Guttenberg ist der Vorläufer Luthers.

Doch als die Sonne des Mittelalters vollständig untergegangen, als das gothische Genie für immer am Horizonte der Kunst erstorben war, beginnt die Baukunst immer unscheinbarer zu werden, mehr und mehr zu verbleichen und zu erlöschen. Das gedruckte Buch, dieser Nagewurm des Gebäudes, zehrt sie auf und vertilgt sie. Sie entblößt, sie entblättert sich und nimmt zusehends ab. Sie ist dürftig, sie ist arm, sie ist nichtig. Sie drückt gar nichts mehr aus, nicht einmal die Erinnerung an die Kunst einer andern Zeit. Auf sich selbst beschränkt, verrathen von den andern Künsten, weil der menschliche Gedanke sie im Stiche läßt, zieht sie, aus Mangel an Künstlern, Handwerker an sich. Die Glasscheibe ersetzt das Kirchenfenster; der Steinhauer tritt an die Stelle des Bildhauers. Dahin ist jede Kraft, jede Ursprünglichkeit, jedes Leben, jeder Geist. Als klägliche Bettlerin vor der Werkstätte schleppt sie sich von Nachbildung zu Nachbildung. Michel-Angelo, der zweifelsohne merkte, wie sie seit dem sechzehnten Jahrhunderte hinstarb, hat einen letzten Gedanken gehabt, einen Gedanken der Verzweiflung. Dieser Titan der Kunst hatte das Pantheon auf das Pantheon gethürmt und Sanct-Peter in Rom geschaffen. Es ist ein gewaltiges Werk, welches verdiente, einzig in seiner Art zu bleiben, es ist das letzte ursprüngliche Werk der Baukunst, der Namenszug eines riesengroßen Künstlers auf dem Schlußblatte eines ungeheuern Buches von Stein, welches sich schloß. Als Michel-Angelo todt war, was thut da jene jämmerliche Baukunst, die sich in ihrem gespenstigen Schattendasein selbst überlebte? Sie macht sich an Sanct-Peter in Rom und formt ihn ab, parodirt ihn. Es ist ein Wahnwitz; es ist zum Erbarmen. Jedes Jahrhundert hat seinen Sanct-Peter von Rom: das siebzehnte Jahrhundert die Val-de-Grace-Kirche, das achtzehnte Sanct-Genoveva. Jedes Land hat seinen Sanct-Peter von Rom. London hat den seinigen; Sanct-Petersburg gleichfalls. Paris hat ihrer zwei oder drei. Es ist das nichtssagende Testament, die letzte Faselei einer großen, abgelebten Kunst, welche kindisch wird, ehe sie stirbt.

Wenn wir, anstatt der eigenartigen Baudenkmäler, wie die sind, von denen wir soeben gesprochen haben, das Gesammtaussehen der Kunst vom sechzehnten bis zum achtzehnten Jahrhunderte prüfen, so bemerken wir die nämlichen Erscheinungen des Verfalles und Hinsiechens. Seit der Zeit Franz des Zweiten verschwindet die architektonische Form der Bauwerke mehr und mehr und läßt die geometrische Form, ähnlich dem Knochenbaue eines abgemagerten Kranken, hervortreten. Die schönen Linien der Kunst weichen den kalten und strengen Linien der Geometrie. Ein Bauwerk ist nicht mehr ein Baudenkmal, es ist eine Zusammenstellung von Flächen. Dabei martert sich die Baukunst, diese Blöße zu verstecken. Daher finden wir den griechischen Giebel, welcher auf das römische Giebelfeld aufgesetzt wird, und umgekehrt. Es ist immer das Pantheon im Pantheon, der Sanct-Peter Roms. Daher stammen die Ziegelsteinhäuser mit Hartsteinecken aus Heinrichs des Vierten Zeit; die Place-Royale, die Place-Dauphine. Daher die Kirchen Ludwigs des Dreizehnten: plumpe, untersetzte, gedrückte und zusammengewürfelte Bauten, die eine Kuppel tragen, welche wie ein Buckel aussieht. Daher die Mazarin-Bauart, die schlechte italienische Stilpastete an den Quatre-Nations. Daher die Paläste Ludwigs des Vierzehnten: weite, steife, kalte und langweilige Hofschranzenkasernen. Daher endlich die Bauart aus Ludwigs des Fünfzehnten Zeit, mit ihren Cichorienblätter- und Fadennudelverzierungen und allen Warzen und Schwämmen, welche diesen alternden, hinfälligen, einer zahnlosen Kokette gleichenden Baustil verunstalten. Von Franz des Zweiten Zeiten bis zu Ludwig dem Fünfzehnten ist das Uebel im geometrischen Fortschritte gewachsen. Die Kunst besteht nur noch aus Haut und Knochen. Sie ringt in kläglicher Weise mit dem Tode.

Was wird unterdessen aus der Buchdruckerkunst? Jene ganze Lebenskraft, welche die Baukunst verläßt, geht zu ihr über. In dem Maße, wie die Baukunst niedersinkt, geht sie in die Höhe und wird groß. Dieser Reichthum an Kräften, den der menschliche Gedanke in Bauwerken verschwendete, gab er hinfort in Druckdenkmälern aus. Daher kämpft vom sechzehnten Jahrhunderte an die Presse, die über das Niveau der hinschwindenden Baukunst hinausgewachsen ist, mit ihr und tödtet sie. Im siebzehnten Jahrhunderte ist sie bereits unumschränkt, siegreich und in ihrem Siege befestigt genug, um der Welt das Schauspiel eines großen, wissenschaftlichen Jahrhunderts zu bieten. Im achtzehnten Jahrhunderte, nachdem sie lange Zeit am Hofe Ludwigs des Vierzehnten brach gelegen, ergreift sie das alte Schwert Luthers als Waffe Voltaire's, und eilt mit lautem Geräusche zum Sturme auf jenes alte Europa, dessen Gedankenformen sie bereits in der Baukunst vernichtet hat. Im Augenblicke, wo das achtzehnte Jahrhundert zu Ende geht, hat sie alles zerstört. Im neunzehnten schickt sie sich an, wieder aufzubauen.

Aber, fragen wir jetzt, welche von den beiden Künsten spiegelt seit drei Jahrhunderten in der That den menschlichen Gedanken ab? Welche giebt ihn weiter? Welche drückt ihn aus, und zwar nicht etwa seine wissenschaftlichen Verirrungen und Schulthorheiten, sondern seine weitgehende, tiefe und allseitige Bewegung? Welche liegt gleichmäßig, ohne Riß und ohne Lücke über dem menschlichen Geschlechte, dem tausendfüßigen Ungethüme, das vorwärts eilt, ausgebreitet da? Die Baukunst oder die Buchdruckerkunst? – Die Buchdruckerkunst! Man wolle sich hierin nicht täuschen; die Baukunst ist todt, todt ohne Wiederkunft, vernichtet vom gedruckten Buche, vernichtet, weil sie nicht genug vorhält, vernichtet, weil sie zu theuer ist. Jede Kathedrale hat den Werth einer Milliarde. Man vergegenwärtige sich jetzt, welchen Aufwand von Mitteln es erfordern würde, um das architektonische Buch noch einmal zu schreiben; um Tausende von Bauwerken von neuem auf dem Erdboden zu errichten; um zu jenen Zeiten zurückzukehren, wo, nach Aussage eines Augenzeugen, die Menge der Baudenkmäler eine solche war, „daß man hätte sagen mögen, die Welt hätte, sich schüttelnd, ihre alten Gewandungen von sich geworfen, um sich mit einem weißen Kleide von Kirchen zu bedecken".

Ein Buch ist so bald hergestellt, kostet so wenig und kann so weit gelangen! Wie darf man sich wundern, daß der ganze menschliche Gedankengang auf dieser Bahn dahineilt? Damit soll nicht gesagt sein, daß die Baukunst nicht noch hier und da ein schönes Baudenkmal, ein vereinzeltes Hauptwerk sein nennen wird. Unter der Herrschaft der Buchdruckerkunst wird man wohl von Zeit zu Zeit noch eine Säule aufweisen können, die, ich setze den Fall, von einem ganzen Heere, mit verschmolzenen Kanonen hergerichtet ist, wie man, unter der Herrschaft der Baukunst, Iliaden und Romanzeros, Mahabaratas und Nibelungen besaß, die von einem ganzen Volke aus angesammelten und mit einander verschmolzenen Heldenliedern geschaffen worden waren. Der Glücksfall, ein Baumeistergenie zu besitzen, wird im zwanzigsten Jahrhunderte ebenso unerwartet eintreten können, wie im dreizehnten derjenige mit Dante. Aber die Baukunst wird nicht mehr die Kunst der Gesellschaft, die Gesammtkunst, die herrschende Kunst sein. Die große Dichtung, das große Denkmal, das große Kunstwerk der Menschheit wird nicht mehr gebaut, es wird gedruckt werden.

Und künftighin, wenn die Baukunst sich neu belebt, wird sie nicht mehr die Gebieterin sein. Sie wird sich dem Gesetze der Wissenschaft unterwerfen, welche dasselbe einstmals von ihr erhielt. Die beiderseitigen Stellungen der zwei Künste werden zu einander im umgekehrten Verhältnisse stehen. Gewiß ist, daß in der Epoche der Baukunst die Dichterwerke selten und in Wahrheit den Baudenkmälern gleichen. In Indien ist die Vyasa bunt, sonderbar, unergründlich, wie eine Pagode. Im ägyptischen Morgenlande besitzt die Dichtkunst, wie die Gebäude, Größe und Ruhe der Linien; im alten Griechenlande Schönheit, Heiterkeit und Ruhe; im christlichen Europa die Erhabenheit des Katholicismus, volksthümliche Anmuth und das reiche und üppige Wachsthum einer Epoche der Wiedergeburt. Die Bibel gleicht den Pyramiden, die Ilias dem Parthenon, Homer dem Phidias. Dante im dreizehnten Jahrhunderte ist gleichsam die letzte romanische Kirche; Shakespeare im sechzehnten der letzte gothische Dom.

Um also das, was wir bis jetzt in einer nothwendigerweise unvollständigen und verstümmelten Art gesagt haben, zusammenzufassen, so hat das menschliche Geschlecht zwei Bücher, zwei Register, zwei Testamente: die Baukunst und die Buchdruckerkunst, die Bibel aus Stein und die Bibel aus Papier. Wenn man diese zwei, im Laufe der Jahrhunderte so weit geöffneten Bibeln betrachtet, so ist es gewiß erlaubt, über die offenbare Erhabenheit der granitnen Schrift, über diese riesigen in Colonnaden, in Portale, in Obelisken geformten Alphabete, über diese von Menschenhänden aufgerichteten Berge zu trauern, die von der Pyramide des Cheops an bis zum Straßburger Münster die Welt und die Vergangenheit bedecken. Man soll die Vergangenheit auf diesen marmornen Blättern wiederlesen, man muß das von der Baukunst geschriebene Buch bewundern und fortwährend wieder durchblättern; aber man darf die Größe des Denkmales nicht in Abrede stellen, das sich auch seinerseits die Buchdruckerkunst aufrichtet.

Dieses Denkmal ist riesenhaft. Ich weiß nicht, welcher Statistiker ausgerechnet hat, daß, wenn man alle aus der Presse seit Guttenberg hervorgegangenen Bände über einander aufschichtete, der Raum zwischen Erde und Mond ausgefüllt werden würde; von dieser Art Größe wollen wir aber gar nicht reden. Wenn man indessen ein vollkommenes Bild von der Gesammtheit der Buchdruckserzeugnisse bis auf unsere Zeit für seine Vorstellung zu bekommen sucht, erscheint uns dann diese Gesammtheit nicht wie ein ungeheures Gebäude, welches auf der ganzen Welt ruht, in welchem die Menschheit ununterbrochen arbeitet, und dessen Giebel im tiefen Dunkel der Zukunft verschwindet? Es ist das Durcheinander geistiger Kräfte, der Bienenstock, nach welchem alle Phantasien, diese goldschimmernden Bienen, mit ihrem Honige eilen. Der Bau hat unzählige Stockwerke. Hier und da sieht man die dunkeln Gänge der Wissenschaft, welche sein Inneres durchschneiden, nach den Zugängen hin ausmünden. Ueberall an seiner Außenseite zeigt die Kunst ihre reichverschlungenen Arabesken, ihre Rosetten, ihre spitzenartigen Verzierungen. Da hat jeder einzelne Bau, so phantastisch-launenhaft und abgesondert er auch erscheinen mag, seine Stelle und seine Wirkung. Harmonisches Zusammenwirken ergiebt sich aus dem Ganzen. Von der Shakespeare-Kathedrale an bis zur Byron-Moschee erheben sich unzählige Thürme in buntem Gemisch über diese Metropole des Weltgedankens. An der Grundmauer des Baues hat man einige alte Urkunden der Menschheit, welche die Baukunst nicht verzeichnet hatte, niedergeschrieben. Links vom Eingange hat man das alte, weißmarmorne Homer-Basrelief eingefügt, rechts erhebt die Polyglottenbibel ihre sieben Häupter. Der Romanzero-Drache sträubt sich weiterhin; auch einige andere Bastardformen, die Vedas und die Nibelungen. Uebrigens bleibt dieser wunderbare Bau ewig unvollendet. Die Presse, diese Riesenmaschine, welche ohne Unterlaß alle geistigen Säfte der Gesellschaft einsaugt, speit unaufhörlich neues Arbeitsmaterial für sein Werk aus. Das ganze Menschengeschlecht ist vollzählig auf dem Baugerüst; jeder Geist ist Maurer. Der Niedrigste verstopft ein Loch und legt einen Stein auf. Rétif de la Bretonne bringt seine

Bütte voll Gypsmörtel herbei. Täglich wird eine neue Schicht aufgerichtet. Unabhängig von der selbstständigen und persönlichen Beisteuer jedes Schriftstellers finden sich Sammelbeiträge. Das achtzehnte Jahrhundert giebt die „*Encyklopädie*", die große französische Revolution den „*Moniteur*". Gewiß, auch da haben wir einen Bau, der wächst und sich in endlosen Spirallinien aufthürmt; auch da giebt es eine Sprachverwirrung, unendliche Thätigkeit, unermüdliche Arbeit, einen erbitterten Wettkampf der ganzen Menschheit, aber auch einen Zufluchtsort, welcher dem Geiste gegen eine neue Sündflut, gegen ein Versinken in Barbarei gesichert ist. Es ist der neue babylonische Thurm des Menschengeschlechtes.

Sechstes Buch

1. Unparteiischer Blick auf den alten Richterstand

Eine vom Glücke sehr begünstigte Person war im Jahre der Gnade 1482 der Edelmann Robert von Estouteville, Ritter, Herr auf Beyne, Baron von Ivry und Saint-Andry in der Marche, Rath und Kammerherr des Königs und Vorsteher des Gerichtsamtes von Paris. Vor schon fast siebzehn Jahren, am 7. November 1465, im Kometenjahre,hatte er vom Könige diese schöne Stellung im Gerichtsamte von Paris erlangt, die eher für eine Lehnsherrlichkeit, als für ein Amt gehalten wurde. „Dignitas" sagt Johannes Loemnoeus, "quae cum non exigua potestate politiam concernente, atque praerogativis multis et juribus conjuncta est."Wunderbar war es, daß im Jahre 1482 ein Edelmann ein Amt des Königs innehatte, über welches die Bestallungsurkunde bis zur Zeit der Verheirathung der natürlichen Tochter Ludwigs des Elften mit dem Herrn Bastard von Bourbon zurückdatirte. Am selben Tage, an welchem Robert von Estouteville den Jacob von Villiers beim Gerichtsamte von Paris ersetzt hatte, trat Johann Dauvet für den gestrengen Herrn Hélye von Thorlettes in das Amt des Oberpräsidenten beim Parlamentsgerichtshofe ein, verdrängte Johann Jouvenel-des-Ursins den Peter von Morvilliers aus dem Kanzleramte von Frankreich, entfernte Regnault-des-Dormans den Peter Puy aus seinem Amte als Chef der Bittschriftenkanzlei im königlichen Palaste. Nun! über wie viele Häupter waren das Präsidentenamt, die Kanzlerwürde und der Requêtenmeisterposten hinweggegangen, seitdem Robert von Estouteville seine Pariser Gerichtsamtswürde innehatte! Sie war ihm „in Obhut gegeben worden", wie der Bestallungsbrief besagte; und gewiß, er nahm sie in gute Obhut. Er hatte sich an sie geklammert, war mit ihr verkörpert, war so vollkommen mit ihr eins geworden, daß er jener Veränderungswuth entgangen war, die Ludwig der Elfte, der mißtrauische, geizige, arbeitsame König besaß, welcher durch häufige Anstellungen und Abberufungen die Willkür seiner Macht dauernd zu erhalten bedacht war. Noch mehr: der tapfere Ritter hatte für seinen Sohn die Anwartschaft auf sein Amt erhalten, und schon seit zwei Jahren prangte der Name des edeln Herrn Jacob von Estouteville, des Junkers, neben dem seinigen am Kopfe des Civilregisters des Pariser Gerichtsamtes. Gewiß eine seltene und ungewöhnliche Gunst! Wahr ist, daß Robert von Estouteville ein guter Soldat war, daß er königlich gesinnt das Banner gegen „die Liga des Volkswohles“erhoben, und der Königin am Tage ihres Einzuges in Paris im Jahre 14.. einen höchst wundervollen Hirsch aus Confect überreicht hatte. Ferner stand er mit Herrn Tristan l'Hermite, dem Obersten der Wache des königlichen Schlosses auf einem freundschaftlichen Fuße. Es war also eine recht angenehme und bequeme Stellung – diejenige des gestrengen Herrn Robert. Einmal hatte er sehr gute Besoldung, mit der, wie Trauben extra in seinem Weinberge, die Sporteln der Civil- und Criminalkanzleien des Gerichtsamtes, ferner die Sporteln der Civil- und Criminalkammern von Embas-du-Châtelet verbunden waren und von ihr abhingen, manchen kleinen Zoll von den Brücken zu Mantes und zu Corbeil, und die Einnahmen aus der Abgabe auf die Pariser Samenhändler, auf die Holz- und Salzmesser gar nicht zu rechnen. Dazu denke man sich das Vergnügen, bei Amtsritten durch die Stadt sich zu zeigen, und über die halb rothen, halb lohfarbenen Röcke der Schöffen und Viertelsmeister sein schönes Kriegsgewand hinleuchten zu lassen, das man heute noch in Stein gemeißelt auf seinem Grabmale in der Abtei Valmont in der Normandie, wie seine Pickelhaube in ganz getriebener Arbeit zu Montlhéry bewundern kann. Und dann, war es etwa nichts, über etwa ein Dutzend Gerichtsdiener, über den Schloßvogt und Commandanten vom Châtelet, über die zwei Gerichtsbeisitzer des Châtelet (auditores Castelleti), über die sechzehn Polizeicommissäre der sechzehn Quartiere, den Kerkermeister des Châtelet, die vier Lehnspolizeidiener, über die hundertundzwanzig berittenen und die hundertundzwanzig stocktragenden Gerichtsdiener, über den Commandanten der Scharwache mit seiner Wachrunde, seiner Unterwache, seiner Gegen- und Nachrunde jede Gewalt zu besitzen? War es nichts, höhere und niedere Gerichtsbarkeit auszuüben, war es nichts, daß er die Macht besaß, Pranger stehen, hängen und schleifen zu lassen, ganz zu geschweigen von der niedern Rechtspflege in erster Instanz (in prima instancia, wie die Urkunden sagen) über den ganzen Amtsgerichtsbezirk von Paris, der so würdig mit dem Einkommen von sieben adligen Bailliagen ausgestattet war? Kann man sich wohl etwas Angenehmeres denken, als Haftsbefehle und Urtheile zu erlassen, wie der gestrenge Herr Robert von Estouteville in Groß-Châtelet unter dem weiten und flachen Gewölbebaue Philipp Augusts alle Tage that? Und, wie er gewohnheitsgemäß jeden Abend pflegte, in jenes hübsche Haus in der Rue Galilée, im Bezirke des Königspalastes, heimzukehren, welches er als Ehegespons seiner Gemahlin, der Frau Ambroise von Loré, besaß, und von der Anstrengung auszuruhen, irgend einen armen Teufel seinerseits die Nacht „in jenem kleinen Zellchen der Rue-de-l'Escorcherie zubringen zu lassen, in welcher die Richter und Schöffen von Paris ihr Gefängnis herrichten wollten; welches besagte Zellchen elf Fuß in der Länge, sieben Fuß und vier Zoll in der Breite und elf Fuß in der Höhe maß?“

Und nicht nur besaß der gestrenge Herr Robert von Estouteville seine eigene Justizpflege als Amtsrichter und Gerichtsverwalter von Paris, sondern er hatte auch Sitz und Gewalt über Tod und Leben im hohen Gerichtshofe des Königs. Es gab kein irgendwie stolzes Haupt, das ihm nicht durch die Hände gegangen wäre, ehe es dem Henker zufiel. Er war es gewesen, der den Herrn von Nemours aus der Bastille Saint-Antoine abholte, um ihn nach den Hallen zu geleiten; der den Herrn von Saint-Pol nach dem Grèveplatz brachte, welcher heulte und schrie zur großen Freude des Herrn Oberrichters, der dem Herrn Connetable nicht gewogen war.

Das alles betrachtet, fürwahr, was bedurfte es mehr, um ein glückliches und glänzendes Leben zu führen, und um eines Tages eine bemerkenswerthe Stelle in jener interessanten Geschichte der Oberrichter von Paris einzunehmen, aus der man erfährt, daß Oudard von Villeneuve ein Haus in der Rue-des-Boucheries besaß, daß Wilhelm von Hangest das große und kleine Savoyerhaus kaufte, daß Wilhelm Thiboust den Nonnen der heiligen Genoveva seine Häuser in der Rue Clopin schenkte, daß Hugo Aubriot im Palaste von Porc-Epic wohnte, und andere Familienverhältnisse mehr?

Gleichwohl, und bei so viel Veranlassungen, sein Leben in Ruhe und Freude zu genießen, war der gestrenge Herr Robert von Estouteville am Morgen des 7. Januar 1482 sehr mürrisch und mit einem wahren Teufelshumor erwacht. Woher kam diese Stimmung? Das hätte er selbst nicht zu sagen vermocht. Vielleicht deshalb, weil der Himmel trübe war? Weil die Schnalle seines alten Degenkoppels (wie in Montlhéry zu sehen) schlecht geschnallt war und seien Oberrichterbauch zu soldatisch zusammenschnürte? Weil er auf der Straße unter seinem Fenster liederliche Gesellen, die ihn verhöhnten, vier Mann hoch, im Wamms ohne Hemde, in ganz zerrissenen Hüten, mit Quersack und Flasche an der Seite hatte vorübergehen sehen? War es das dunkle Vorgefühl vom Verluste der dreihundertundsiebzig Livres sechzehn Sols und acht Heller, um welche der künftige König Karl der Achte im nächsten Jahre die Einnahmen des Oberrichteramtes beschneiden sollte?

Der Leser hat die Wahl; was uns anbelangt, so möchten wir uns ganz einfach zu dem Glauben bekennen, daß er schlechte Laune hatte, eben *weil* er schlechte Laune hatte.

Uebrigens war es der Tag nach einem Feste, ein Tag voll Langeweile für jedermann, und namentlich für die Behörde, deren Aufgabe es im eigentlichen wie bildlichen Sinne war, alle den Schmutz bei Seite zu schaffen, den ein Fest in Paris verursacht. Und dann sollte er in Groß-Châtelet Sitzung abhalten. Nun hat man bemerkt, daß die Richter sich gewöhnlich so einrichten, daß ihr Sitzungstag auch der Tag ihrer schlechten Laune ist, damit sie immer jemanden haben, an welchem sie diese mit aller Bequemlichkeit im Namen des Königs, des Gesetzes und der Gerechtigkeit ausüben können.

Indessen hatte die Sitzung ohne ihn begonnen. Seine Beisitzer für Civil-, Straf- und Privatstreitfälle versahen, dem Gebrauche gemäß, sein Amt; und von acht Uhr des Morgens an wohnten etliche Dutzend Bürger und Bürgerinnen, die in einem dunkeln Winkel des Gerichtssaales im Erdgeschosse Châtelet zwischen einer starken eichenen Schranke und der Mauer zusammengedrängt und eingepfercht standen, mit

Genugthuung dem wechselnden und unterhaltenden Schauspiele der Civil- und Criminalrechtspflege bei, welche von Meister Florian Barbedienne, dem Untersuchungsrichter im Châtelet und Beisitzer des Herrn Oberrichters, ein wenig bunt durch einander und ganz aufs Gerathewohl abgehalten wurde.

Der Saal war klein, niedrig und gewölbt. Im Hintergrunde befand sich ein mit Liliengeschmückter Tisch, nebst einem großen hölzernen Lehnstuhle aus geschnitztem Eichenholze, der leer war und dem Oberrichter gehörte, zur Linken ein Schemel für den Untersuchungsrichter Meister Florian. Untenan befand sich der Gerichtsschreiber, welcher schrieb. Gegenüber aber stand das Volk; und vor der Thüre, und vor dem Tische eine große Zahl Gerichtsdiener des Obergerichtsamtes, in Röcken aus violettem Wollenstoffe mit weißen Kreuzen. Zwei Diener des Rathszimmers für die Bürgerschaft, in ihre Jacken des Allerheiligenfestes, halb roth und halb blau gekleidet, hielten Wache vor einer niedrigen verschlossenen Thüre, die man hinter dem Tische in der Wand bemerkte. Ein einziges Spitzbogenfenster, das schmal in die dicke Mauer eingezwängt war, beleuchtete mit dem bleichen Scheine eines Januartages zwei wunderliche Gestalten: den phantastischen Teufel aus Stein, der als Deckenzierat in den Schlußstein des Gewölbes gemeißelt war, und den Richter, der im Hintergrunde des Saales bei den Lilien saß.

In Wirklichkeit denke man sich am Oberrichtertische, zwischen zwei Aktenstößen, Meister Florian Barbedienne, den Untersuchungsrichter im Châtelet, auf seine Ellbogen gestützt, den Fuß auf der Schleppe seines Kleides aus glattem, braunen Stoffe ruhend, in der Schaube aus weißem Lämmerfelle das rothe widerwärtige Gesicht, dessen Brauen ausgerissen schienen, wie er mit dem Auge zwinkert und würdevoll seine fetten Backen herauspreßt, die sich unter dem Kinne zusammenwulsteten.

Nun war der Untersuchungsrichter aber taub, – ein unbedeutender Fehler für einen Untersuchungsrichter. Meister Florian fällte deswegen nichts desto weniger seine Urtheile sehr angemessen und in letzter Instanz. Sicherlich genügt es, wenn ein Richter Miene macht, die Parteien anzuhören; und der ehrenwerthe Untersuchungsrichter erfüllte diese Bedingung, die einzige wesentliche bei einer guten Justizpflege um so besser, als seine Aufmerksamkeit von keiner Störung abgelenkt werden konnte.

Uebrigens hatte er im Gerichtssaale einen unerbittlichen Kritiker seiner Handlungen und Bewegungen in der Person unseres Freundes Johann Frollo du Moulin, jenes kleinen Studenten von gestern, jenes „Herumstreichers“, den man sicher war, immer und überall in Paris zu treffen, nur nicht vor dem Katheder der Professoren.

„Halt,“ sagte er ganz leise zu seinem Kameraden Robin Poussepain, der neben ihm kicherte, während daß er allerlei Glossen zu den Scenen machte, die sich unter ihren Augen abspielten, „da ist ja Hannchen du Buisson, die Tochter des Tagediebes auf dem Marché-Neuf! – Bei meiner Seele, er verurtheilt sie, der Alte! Er hat also ebenso wenig Augen, als Ohren. Fünfzehn Sols vier Deniers Pariser Münze dafür, daß sie zwei Gebetsrosenkränze getragen hat! Das ist ein wenig theuer. Lex duri carminis- Wer ist das da? Robin Chief de Ville, der Panzerlehnträger! – Damit er Meister geworden und als solcher in genanntes Handwerk aufgenommen worden ist? – Das ist sein Antrittsgeld. – Ei! zwei Edelleute unter diesen Schuften! Aiglet von Soins, Hutin von Mailly. Zwei Junker, corpus Christi!Aha! sie haben Würfel gespielt. Wann werde ich hier einmal unsern Rector sehen? Hundert Livres Pariser Münze als Buße an den König! Der Barbedienne schlägt drauf los wie ein Tauber – was er auch ist! – Ich will mein Bruder, der Archidiaconus, sein, wenn mich das irgendwie zu spielen hindert, zu spielen am Tage, zu spielen des Nachts, für das Spiel zu leben, für das Spiel zu sterben und meine Seele nach meinem Hemde zu verspielen! – Heilige Jungfrau, wie viel Mädchen sind das! Eine nach der andern, meine Schäfchen! Ambroise Lécuyère! Isabeau La Paynette! Bérarde Gironin! Ich kenne sie alle, bei Gott! Zur Geldstrafe verurtheilt! Zur Geldbuße! Da ist er, der euch lehren wird, vergoldete Gürtel zu tragen! Zehn Sols Pariser Münze, ihr Gefallsüchtigen! – Oh! die alte Fratze von Richter, taub und dumm! Oh! der Tölpel Florian! Oh! der Klotz Barbedienne! Seht ihn nur am Tische! Er zehrt vom Kläger, er zehrt vom Processe, er zehrt, er kaut, er mästet sich, er füllt sich den Bauch. Geldbußen, herrenlose Güter, Taxen, Kosten, gesetzmäßige Gebühren, Löhne, Schadenersätze und Zinsen, Tortur und Gefängnis, Stockhaus und Fesseln mit Verlusten am Vermögen – das sind für ihn Weihnachtsstollen und Johannisfestmarzipan! Sieh ihn nur an, das Schwein! – Sieh da! vortrefflich! noch ein verliebtes Frauenzimmer! Thibaud la Thibaude nicht mehr und nicht weniger! – Dafür daß sie die Rue Glatigny verlassen hat! – Wer ist jener Bursche? Gieffroy Mabonne, der Rottenführer bei den Handbogenschützen. Er hat den Namen Gottes gelästert. – Zur Geldstrafe die Thibaude, zur Buße den Gieffroy verdammt! Zur Buße alle beide! Der alte taube Schuft! er hat beide Fälle unter einander werfen müssen! Zehn gegen eins, daß er dem Mädchen die Lästerung und dem Gendarmen die Liebesbrunst entgelten läßt! – Aufgepaßt, Robin Poussepain! Wen werden sie jetzt hereintransportiren? Sieh nur die zahlreichen Gerichtsdiener! Beim Jupiter! alle Fanghunde von der Meute sind dabei. Das muß der Hauptfang von der Jagd sein. Ein Wildschwein. – Es ist eins, Robin, es ist eins. Und ein schönes dazu! – Hercle!es ist unser Fürst von gestern, unser Narrenpapst, unser Glöckner, unser Einäugiger, unser Buckliger, unsere Fratze von Menschen! Es ist Quasimodo! . . .“ Nichts Geringeres, als er war es.

Es war Quasimodo, zusammengeschnürt, mit Stricken umwunden, gefesselt und mit gebundenen Händen, unter starker Bewachung. Der Trupp Gerichtsdiener, welcher ihn umringte, erschien unter persönlicher Führung des Hauptmanns von der Scharwache, der das gestickte Wappen von Frankreich auf der Brust und dasjenige der Stadt Paris auf dem Rücken trug. Uebrigens war an Quasimodo, seine Mißgestalt abgerechnet, gar nichts zu bemerken, was diesen Aufwand von Hellebarden und Hakenbüchsen rechtfertigen konnte; er war finster, schweigsam und ruhig. Kaum warf sein einziges

Auge von Zeit zu Zeit einen tückischen und zornigen Blick auf die Fesseln, welche ihn belasteten. Den nämlichen Blick ließ er, aber so erloschen und schläfrig, über seine Umgebung gleiten, daß die Weiber nur mit dem Finger auf ihn hinwiesen, um ihn auszulachen.

Unterdessen durchblätterte Meister Florian, der Untersuchungsrichter, die Akten der gegen Quasimodo gerichteten Anklage, die ihm der Gerichtsschreiber überreichte; und als er einen Blick hineingeworfen, schien er einen Augenblick mit sich zu Rathe zu gehen. Dank dieser Vorsicht, welche er stets Sorge getragen hatte zu beobachten, ehe er an ein Verhör ging, wußte er zum voraus Namen, Verhältnisse und Vergehen des Angeklagten, machte vorherbedachte Einwürfe auf vorausgesehene Antworten, und verstand es, sich aus allen Windungen des Verhöres herauszuziehen, ohne seine Taubheit allzusehr errathen zu lassen. Die Proceßakten waren für ihn der Hund des Blinden. Wenn es ja zufällig geschah, daß sein Gebrechen sich hier und da durch irgend eine Anrede außer dem Zusammenhange, oder durch eine unverständliche Frage verrieth, so galt das für tiefe Weisheit bei den einen, oder für Geistesschwäche bei den andern. In beiden Fällen erlitt die Ehre des Richterstandes keine Beeinträchtigung; denn es ist immer noch besser, daß ein Richter für dumm oder tiefsinnig, als für taub gehalten wird. Er wandte daher große Sorgfalt an, den Augen aller seine Taubheit zu verbergen; und es gelang ihm dieses für gewöhnlich so gut, daß er dahin gekommen war, sich selbst Täuschung zu bereiten; was übrigens leichter ist, als man glauben will. Alle Buckligen gehen mit erhobenem Haupte einher, alle Stotterer sprechen viel und laut, und alle Tauben sprechen leise. Was ihn betraf, so hielt er sein Gehör höchstens für ein wenig hart. Das war das einzige Zugeständnis, welches er nach dieser Seite hin, in Augenblicken von Offenherzigkeit und Gewissensprüfung der öffentlichen Meinung machte.

Nachdem er also die Angelegenheit Quasimodo's hinlänglich erwogen hatte, warf er den Kopf in den Nacken und schloß, um würdevoller und unparteiischer zu erscheinen, die Augen zur Hälfte, was ihm so gut gelang, daß er in diesem Augenblicke taub und blind zugleich war – ein zwiefaches Erfordernis, ohne das kein vollkommener Richter existirt. In dieser gebieterischen Haltung begann er nun das Verhör.

„Euer Name?“

Nun aber lag hier ein Fall vor, welcher „im Gesetze nicht vorhergesehen“ war: nämlich derjenige, daß ein Tauber in die Lage kommen könne, einen Tauben zu verhören. Quasimodo, der nichts von der an ihn gerichteten Frage vernahm, sah den Richter immer starr an und gab keine Antwort. Der taube Richter, den auch niemand auf die Taubheit des Angeklagten aufmerksam machte, glaubte, daß dieser, wie alle Angeklagten gewöhnlich thaten, geantwortet hätte, und fuhr in seiner gedankenlosen und albernen Zuversicht fort:

„Gut. Euer Alter?“

Quasimodo antwortete ebenso wenig auf diese Frage. Der Richter hielt sie für beantwortet und fuhr fort:

„Und nun Euer Stand?"

Immer das nämliche Schweigen. Die Zuhörer begannen indessen zu zischeln und sich unter einander anzusehen.

„Es ist genug," fuhr der Richter ohne Beirrung fort, da er annahm, daß der Angeklagte seine dritte Antwort beendet hätte. „Ihr seid bei Uns verklagt: primo, wegen nächtlicher Ruhestörung; secundo, wegen unsittlicher Angriffe auf eine liederliche Dirne, in präjudicium meretricis;tertio, wegen Widerstandes und Unehrerbietigkeit gegen die Häscher von der Ordonnanz Seiner Majestät des Königs, unseres gnädigen Herrn. Aeußert Euch über alle diese Punkte. – Schreiber, habt Ihr das, was der Angeklagte bis jetzt ausgesagt hat, niedergeschrieben?"

Bei dieser unglücklichen Frage erhob sich vom Platze des Schreibers an bis zur Zuhörerschaft hin ein so lautes, unmäßiges, ansteckendes und allgemeines Gelächter, daß es selbst die beiden Tauben bemerken mußten. Quasimodo wandte sich verächtlich um und zog seinen Buckel in die Höhe, während daß Meister Florian, der wie jener erstaunt und in der Meinung war, daß das Gelächter der Zuhörer durch irgend welche ehrerbietungslose Antwort des Angeklagten, die er aus dessen Achselzucken ersah, hervorgerufen worden wäre, ihn entrüstet anfuhr:

„Schlingel, Ihr habt mir da eine Antwort gegeben, welche jedenfalls den Strick verdienen dürfte! Wißt Ihr, mit wem Ihr redet?"

Dieser Zornausbruch war nicht dazu angethan, das Losbrechen allgemeiner Heiterkeit zu verhindern. Er erschien allen so seltsam und närrisch, daß das unbändige Gelächter sogar im Rathszimmer für die Bürgerschaft die Gerichtsdiener ergriff, eine Sorte von Piekenträgern, bei denen der Stumpfsinn doch zur Uniform gehörte. Quasimodo allein bewahrte seinen Ernst, und mit gutem Grunde; denn er begriff nichts von dem, was sich rings um ihn herum ereignete. Der Richter, welcher immer gereizter wurde, glaubte in demselben Tone fortfahren zu müssen, und hoffte damit den Angeklagten in solchen Schrecken zu versetzen, daß dieser auf die Zuhörerschaft zurückwirken und sie wieder zur Ehrfurcht bringen würde.

„Ich muß Euch begreiflich machen, Ihr Schelm und Spitzbube, daß Ihr Euch erlaubt, es am schuldigen Respect fehlen zu lassen gegen den Untersuchungsrichter beim Châtelet, gegen einen Beamten, der mit dem öffentlichen Sicherheitsdienste von Paris betraut ist, der die Obliegenheit hat, nach Verbrechen, Vergehen und schlechtem Gesindel zu forschen; alle Erwerbszweige zu beaufsichtigen und jedes Vorrecht zu verbieten; der das Straßenpflaster zu unterhalten hat; der die Hökereien mit Federvieh, Geflügel und Wildpret verhindern muß; der das Brennholz und andere Holzsorten messen, die Stadt vom Unrath und die Luft von ansteckenden Krankheitsstoffen reinigen zu lassen hat; der sich unausgesetzt dem öffentlichen Wohle widmen muß – kurz alles ohne Gehalt und Aussichten auf Belohnung! Wißt Ihr, daß ich Florian Barbedienne heiße, wirklicher Stellvertreter des Herrn Oberrichters, außerdem Bevollmächtigter, Untersuchungsbeamter, Oberaufseher und Prüfungsbeamter mit gleicher Machtbefugnis beim Gerichtsamte, Amtsbezirke, Verwaltungsamte und beim Obergerichte bin! . . .“

Spricht ein Tauber zu einem Tauben, so ist kein Grund vorhanden, daß er in seiner Rede innehält. Gott weiß, wo oder wann Meister Florian, nachdem er einmal mit allen Segeln auf das Gebiet der hohen Beredtsamkeit hinausgesteuert war, gelandet sein würde, wenn die niedrige Pforte im Hintergrunde sich nicht plötzlich geöffnet und dem Herrn Oberrichter in eigener Person nicht Zutritt gegeben hätte.

Bei seinem Eintritte blieb Meister Florian nicht stecken, sondern machte auf seinen Hacken eine Wendung zur Seite und richtete die Anrede, mit der er einen Augenblick zuvor Quasimodo angedonnert hatte, ganz unerwartet an den Oberrichter: „Gnädiger Herr,“ sagte er, „ich beantrage eine so schwere Strafe, wie es in Eurem Belieben liegen wird, gegen den hier anwesenden Angeklagten wegen schweren und unerhörten Vergehens gegen die Obrigkeit.“ Darauf setzte er sich ganz außer Athem nieder und trocknete große Schweißtropfen ab, die von seiner Stirne herabfielen und wie Thränen die vor ihm ausgebreiteten Pergamentrollen anfeuchteten. Der gestrenge Herr Robert von Estouteville runzelte die Stirn und machte Quasimodo eine dermaßen befehlende und ausdrucksvolle Geberde, aufzumerken, daß der Taube etwas von dem, worum es sich handelte, begriff.

Der Oberrichter richtete mit Härte das Wort an ihn: „Was hast du, Schurke, verbrochen, daß du hier bist?“

Der arme Teufel, welcher vermeinte, daß der Oberrichter ihn nach seinem Namen fragte, brach das Schweigen, welches er gewöhnlich beobachtete, und antwortete mit rauher Kehlstimme:

„Quasimodo.“

Die Antwort paßte so wenig zur Frage, daß das tolle Gelächter sich wieder zu erneuern begann, und Herr Roberts roth vor Zorn, ausrief:

„Höhnst du auch mich, du Erzschlingel?“

„Glöckner in Notre-Dame,“ antwortete Quasimodo, der da glaubte, es handelte sich darum, dem Richter auseinanderzusetzen, wer er wäre.

„Glöckner!“ entgegnete der Oberrichter, der, wie wir erzählt haben, am Morgen mit gerade schlechtem Humor genug erwacht war, als daß seine Wuth durch so ungehörige Antworten noch gereizt zu werden brauchte. „Glöckner! Ich werde dir an den

Straßenecken von Paris ein Geläute mit Gerten auf den Rücken schreiben lassen. Hörst du, Schurke?"

„Wenn es mein Alter ist, was Ihr zu wissen wünscht," sagte Quasimodo, „so glaube ich, daß ich am Sanct-Martinstage zwanzig Jahre alt sein werde."

In der That ***das*** war zu viel; der Oberrichter vermochte nicht an sich zu halten.

„Ha! du verhöhnst den Gerichtshof, Elender! Stockmeister, Ihr werdet mir diesen Schurken zum Schandpfahl auf dem Grèveplatz führen, werdet ihn aushauen und eine Stunde lang auf dem Rade drehen. Er soll es mir büßen, beim Haupte unseres Heilandes! und ich will, daß gegenwärtiges Urtheil unter Beistand von vier vereideten Trompetern in den sieben Bezirken des Amtsgerichtssprengels von Paris öffentlich ausgerufen werde."

Der Gerichtsschreiber schickte sich an, das Urtheil unverzüglich zu Papier zu bringen.

„Alle Wetter, das nenne ich mir da ein gutes Urtheil gefällt haben!" rief aus seiner Ecke der kleine Studiosus Johann Frollo du Moulin.

Der Oberrichter wandte sich um und heftete von neuem seine funkelnden Blicke auf Quasimodo. „Ich glaube gar, der Schurke hat gerufen „alle Wetter!" Gerichtsschreiber, setzt zwölf Heller Pariser Münze als Buße für sein Fluchen hinzu, und daß das Kirchenvermögen von Saint-Eustache die Hälfte davon erhalten soll. Ich besitze eine besondere Verehrung für den heiligen Eustache."

In wenigen Minuten war das Urtheil fertig. Sein Wortlaut war einfach und kurz. Das Rechtsverfahren des Bezirks- und Amtsgerichtssprengels von Paris war noch nicht vom Präsidenten Thibaut Baillet und von Roger Barmne, dem Advokaten des Hofes, ausgearbeitet worden; es war damals nicht von jenem undurchdringlichen Dickicht von Kniffen und Instanzenwegen überwuchert, welches diese beiden Rechtsgelehrten im Anfange des sechzehnten Jahrhunderts auf dasselbe pfropften. Alles war in ihm klar, rasch und deutlich. Man ging darin gerade auf das Ziel los, und man bemerkte am Ende jedes Rechtsweges, unversteckt und ohne Windung, Rad, Galgen oder Schandpfahl. Man wußte wenigstens, wohin man gelangte.

Der Schreiber überreichte dem Oberrichter das Urtheil, welcher sein Siegel daruntersetzte und davonging, um durch die Gerichtssäle seinen Rundgang in einer Gemüthsstimmung fortzusetzen, welche heute alle Gefängnisse von Paris bevölkern mußte. Johann Frollo und Robin Poussepain lachten ins Fäustchen. Quasimodo sah allem mit gleichgültiger und erstaunter Miene zu. Gleichwohl fühlte der Gerichtsschreiber im Augenblicke, wo Meister Florian Barbedienne seinerseits das Urtheil durchlas, um es zu unterzeichnen, sich von Mitleid für den armen Teufel von Verurtheilten bewegt, und in der Hoffnung, eine kleine Herabsetzung der Strafe zu erlangen, näherte er sich so viel er konnte dem Ohre des Untersuchungsrichters und sagte zu ihm, während er auf Quasimodo hindeutete: „Dieser Mensch ist taub.“ Er hoffte, daß dieses gemeinschaftliche Gebrechen das Interesse Meister Florians für den Verurtheilten erwecken würde. Aber einmal haben wir schon bemerkt, daß Meister Florian sich nichts daraus machte, daß man seine Taubheit merkte. Dann aber war er so harthörig, daß er kein Wort von dem vernahm, was der Gerichtsschreiber zu ihm sagte; dennoch wollte er sich das Ansehen geben, als ob er höre, und antwortete: „Ach! ach! das ist etwas Anderes; ich wußte das nicht. In diesem Falle eine Stunde Pranger mehr.“

Und er unterzeichnete das so abgeänderte Urtheil“

„Das ist wohlgethan,“ sagte Robin Poussepain, welcher einen Zahn auf Quasimodo hatte; „das wird ihn lehren, den Leuten grob zu begegnen.“

2. Das Rattenloch

Möge der Leser uns erlauben, ihn nach dem Grèveplatz zurückzuführen, den wir gestern mit Gringoire verlassen haben, um der Esmeralda zu folgen.

Es ist zehn Uhr morgens; alles verräth hier den Tag nach einem Feste. Der Boden ist mit Ueberresten bedeckt; überall Bänder, Fetzen, Federn aus Federbüschen, Wachstropfen von Kerzen, Brocken von der öffentlichen Schmauserei. Eine ziemliche Anzahl Bürger „schlendert“, wie wir sagen, hier und da herum, stößt mit dem Fuße die erloschenen Brände des Freudenfeuers auseinander, ergötzt sich vor dem Säulenhause in der Erinnerung an die schönen Ausschmückungen vom vergangenen Abende und betrachtet heute, als Rest seiner Festfreude, die Nägel, an denen diese aufgehangen waren. Die Apfelwein- und Bierverkäufer rollen ihre Fässer durch die Menschengruppen. Einige beschäftigte Fußgänger kommen und gehen. Die Händler schwatzen und rufen sich von der Schwelle ihrer Läden an. Das Fest, die Gesandten, Coppenole, der Narrenpapst sind in aller Munde; darüber glossirt und lacht man um die Wette. Inzwischen haben vier Gerichtsdiener zu Pferde, die sich soeben an den vier Seiten des Prangers aufstellen, schon ein gut Theil des auf dem Platze zerstreuten „Volkes“ um sich geschaart, das in der Hoffnung auf eine kleine Urteilsvollstreckung sich zur Ausdauer und Langeweile verurtheilt.

Wenn der Leser, nachdem er diese lebhafte und lärmende Scene, welche sich an allen Punkten des Platzes abspielt, betrachtet hat, seine Blicke jetzt nach jenem alterthümlichen, halb gothischen, halb romanischen Bauwerke des Rolandsthurmes richtet, welcher die Ecke des Quais im Westen bildet, so wird er in einem Winkel der Vorderseite ein dickes, zur öffentlichen Benutzung bestimmtes Gebetbuch bemerken, welches vor dem Regen durch ein Schutzdach, und gegen Diebe durch ein Gitter geschützt ist, welches jedoch in ihm zu blättern gestattet. Zur Seite dieses Gebetbuches befindet sich eine enge, gothisch gewölbte Luke, die auf den Platz geht und kreuzweise mit zwei eisernen Stangen verschlossen ist; dies ist die einzige Oeffnung, welche ein wenig Luft und Licht in eine kleine, thürlose Zelle dringen läßt, welche zur ebenen Erde in der Mauerdicke des alten Gebäudes angebracht ist und einen um so tiefern Frieden, ein um so düstereres Schweigen athmet, als das Leben eines öffentlichen Platzes, und zwar des volkreichsten und lärmendsten von Paris, ringsherum wogt und schwirrt.

Diese Zelle war in Paris seit beinahe dreihundert Jahren berühmt, weil Frau Roland vom Rolandsthurme, aus Trauer um ihren im Kreuzzuge gefallenen Vater, dieselbe in die Grundmauer ihres eigenen Hauses hatte hineinarbeiten lassen, um sich dort für immer einzuschließen, während sie von ihrem Schlosse nur dieses Gemach behielt, dessen Thüre vermauert und dessen Luke Winter wie Sommer geöffnet war, und alles Uebrige den Armen und Gott schenkte. Die trostlose Frau hatte, in Wahrheit lebendig begraben, zwanzig Jahre lang in dieser Gruft auf den Tod gewartet, betete Tag und Nacht für die Seele ihres Vaters, schlief im Staube, ohne auch nur ihr Haupt auf einen Stein zu betten, war in einen schwarzen Sack gehüllt und lebte einzig von dem, was das Mitleid der Vorübergehenden an Brot und Wasser auf dem Rande ihrer Luke niederlegte, wodurch ihr an Mitleid das vergolten wurde, was sie zuvor selbst geübt hatte. Bei ihrem Tode, im Augenblicke, wo sie zur letzten Ruhestätte einging, hatte sie diese Zelle für immer den unglücklichen Frauen, Müttern, Witwen oder Jungfrauen vererbt, welche viel für andere oder sich zu beten wünschen sollten, oder in einem großen Schmerze oder in großer Buße sich lebendig dem Grabe überliefern möchten. Die Armen ihres Zeitalters hatten ihr ein schönes, an Thränen und Segnungen reiches Begräbnis bereitet; doch zu ihrem Leide hatte die heilige Frau, aus Mangel an Fürsprache, nicht heilig gesprochen werden können. Diejenigen unter ihnen, welche etwas ruchlos waren, hatten gehofft, daß sich die Sache leichter im Paradiese, als in Rom machen würde, und in Ermangelung des Papstes, ganz einfach zu Gott für die Verstorbene gebetet. Die meisten hatten sich damit zufrieden gegeben, das Gedächtnis an Frau Roland heilig zu halten und Reliquien aus ihren Lumpen zu machen. Die Stadt ihrerseits hatte, nach dem Sinne der Jungfrau, ein öffentliches Gebetbuch gestiftet, welches man neben der Luke der Zelle aufgestellt hatte, damit die Vorübergehenden von Zeit zu Zeit hier stehen bleiben möchten, wäre es auch nur um zu beten, und damit ihr Gebet sie an eine Spende denken ließe, und daß die armen Büßerinnen, die Erbinnen der Zelle der Frau Roland, hier nicht ganz vor Hunger und durch Nichtbeachtung ihrer Mitmenschen zu Grunde gehen möchten.

Diese Art Grabhöhlen war in den Städten des Mittelalters übrigens gar nicht so was Seltenes. Man fand oft auf der belebtesten Straße, im buntesten und betäubendsten Marktgetriebe, so recht in der Mitte, unter den Hufen der Pferde, man möchte sagen unter den Rädern der Wagen, eine Höhle, eine Grube, ein vermauertes und vergittertes Loch, in dessen Tiefe Tag und Nacht ein menschliches Wesen betete, das sich freiwillig ewiger Klage, schwerer Buße geweihet hatte. Und alle Gedanken, welche dieses sonderbare Schauspiel, diese schreckliche Büßerzelle, die eine Art Mittelding zwischen Wohnhaus und Grab, zwischen Kirchhof und Stadt bildete: – alle Gedanken, sage ich, welche diese Flucht eines Lebenden aus der menschlichen Gemeinschaft und Fortexistenz bei den Todten, welche diese, im Schattenreiche ihren letzten Oeltropfen verzehrende Lebenslampe, dieser in einer Höhle flackernde Lebensrest, dieser Hauch, diese Stimme, dieses ewige Gebet in einer Steinkluft, dieses für immer einer andern Welt zugewandte Antlitz, dieses schon in einer andern Sonne sich spiegelnde Auge, dieses an die Grabeswände sich schmiegende Ohr, – ich wiederhole: alle Gedanken, welche diese an einen solchen Körper gefesselte Seele, dieser in solchem Kerker gefangen gehaltene Körper, das Klagen dieser unter der doppelten Hülle von Fleisch und Fels gepeinigten Seele in uns heute wachruft: – nichts von alledem wurde von der Menge begriffen! Die wenig klügelnde und gar nicht spitzfindige Frömmigkeit jener Zeit sah nicht so zahlreiche Seiten in einer religiösen Handlung. Sie nahm die Sache im großen und ganzen; sie ehrte und achtete sie, weihte das Opfer dem Bedürfnis, aber sie dachte nicht über ihre Leiden nach, und ward nur wenig von ihnen gerührt. Von Zeit zu Zeit brachte sie dem elenden Büßer etwas Speise, sah durch das Loch, ob er noch lebte, kümmerte sich nicht um seinen Namen, wußte kaum seit wie viel Jahren er hinzusterben begonnen hatte; und dem Fremden, welcher sich nach dem lebenden Skelette erkundigte, das in dieser Höhle verfaulte, antworteten die Nachbarn, im Falle der Büßer ein Mann war, einfach: „Es ist der Klausner“; bei einer Frau: „Es ist die Klausnerin“.

Man sah also damals alles ohne übernatürliche Gefühle, ohne Übertreibung, ohne Vergrößerungsglas, mit nüchternem Blicke an. Das Mikroskop war noch nicht erfunden worden, weder für stoffliche Dinge, noch für Gegenstände aus dem geistigen Leben. Die Beispiele dieser Art von Einschließung waren, obgleich man wenig Notiz von ihnen nahm, in Wahrheit, und wie wir eben gesagt haben, doch häufig im Innern der Städte. In Paris gab es eine ziemlich große Anzahl dieser Zellen, in denen man zu Gott betete und Buße that; sie waren fast alle besetzt. Es ist wahr, daß die Geistlichkeit sich keine Sorge machte, sie leer stehen zu lassen, was bei den Glaubensstarken Lauheit mit sich führte; und daß man mit Aussatz Behaftete hineinlegte, sobald sich keine Bußebegehrenden vorfanden. Außer der kleinen Zelle auf dem Grèveplatze gab es deren eine in Montfaucon, eine auf dem Gottesacker Des-Innocents, eine andere, ich weiß nicht mehr wo, täusche ich mich nicht, im Hause Clichon; andere noch an vielen andern Stellen, wo man, nachdem sie selbst verschwunden sind, ihre Spur in den Berichten wiederfindet. Das Universitätsviertel hatte auch die seinigen. Auf dem Sanct-Genovevenhügel sang eine Art Hiob des Mittelalters dreißig Jahre lang die sieben Bußpsalmen auf einem Düngerhaufen in der Tiefe einer Cisterne, wobei er, am Ende seiner Litanei, immer von neuem begann und des Nachts mit weithinschallender Stimme (magna voce per umbras) sang, sodaß der Alterthumsforscher noch heute seine Stimme zu hören vermeint, wenn er in die Straße „Zum plätschernden Brunnen“ einlenkt.

Um bei der Zelle im Rolandsthurme stehen zu bleiben, so müssen wir gestehen, daß sie niemals an Büßerinnen Mangel gelitten hatte. Seit dem Tode von Frau Roland hatte sie selten ein oder zwei Jahre leer gestanden. Viele Frauen waren gekommen, um Eltern, Geliebte und Fehltritte hier bis zum Tode zu beweinen. Die Schalkhaftigkeit der Parisers die sich in alles mengt, selbst in Dinge, die sie am allerwenigsten angehen, behauptete, daß man wenige Witwen darin gesehen hätte.

Nach der Mode des Zeitalters zeigte eine lateinische Inschrift, die auf die Mauer geschrieben war, dem die Sprache kennenden Wanderer die fromme Bestimmung diese Zelle. Der Gebrauch, ein Gebäude mit einem kurzen Denkspruche, der über den Eingang gesetzt war, kenntlich zu machen, hat sich bis in die Mitte des sechzehnten Jahrhunderts erhalten. So las man noch in Frankreich über der Einlaßpforte zum Gefängnis im Herrenhause zu Tourville: “Sileto et spera“;in Irland unter dem Wappenschilde, das über dem großen Thore des Schlosses Fortescue ragt: “Forte scutum, salus ducum“;in England über dem Haupteingang des gastfreundlichen Herrensitzes der Grafen Cowper: “Tuum est“.Damals drückte jedes Gebäude einen Gedanken aus.

Weil sich an der vermauerten Zelle des Rolandsthurmes keine Tür befand, so hatte man über dem Fenster mit großen lateinischen Buchstaben folgende zwei Worte eingegraben:

TU, ORA.

Infolge davon geschah es, daß das Volk, dessen gesunder Sinn nicht so viel Spitzfindigkeit in den Dingen erblickt, und ganz gern “Ludovico Magno“ mit „Pforte Saint-Denis“ übersetzt, dieser schwarzen, düstern und feuchten Höhle den Namen „Rattenloch“gegeben hatte: eine Auslegung, die vielleicht nicht so erhaben, als die andere, dafür aber malerischer ist.

3. Geschichte eines Maishefekuchens

Zu der Zeit, in welcher sich diese Geschichte zuträgt, war die Zelle im Rolandsthurme besetzt. Wenn der Leser zu erfahren wünscht, mit wem, so braucht er nur die Unterhaltung dreier rechtschaffener Gevatterinnen anzuhören, welche, im Augenblicke, wo wir seine Aufmerksamkeit beim Rattenloche festhielten, gerade von derselben Seite vom Châtelet herkamen und ihre Schritte den Fluß entlang nach dem Grèveplatze hinlenkten.

Zwei von diesen Frauen waren nach der Art anständiger Bürgerfrauen von Paris gekleidet. Ihr feines, weißes Busentuch, der roth- und blaugestreifte Rock aus Wollenstoff, die gestrickten weißen, mit farbigen Zwickeln gewirkten Strümpfe, welche straff über die Wade gezogen waren, ihre rothgelb carrirten Lederschuhe mit schwarzen Sohlen, und namentlich die Kopfbedeckung, diese Art flittergoldenes, mit Bändern und Spitzen überladenes Horn, welches die Frauen der Champagne, im Wetteifer mit den Grenadieren der kaiserlich russischen Garde, noch heute tragen, – alles das verkündete, daß sie zu jener Klasse reicher Kaufmannsfrauen gehörten, welche die Mitte hält zwischen dem, was unsere Bedienten eine „Frau“, und zwischen dem, was sie eine „Dame“ nennen. Sie trugen weder Ringe noch goldene Kreuze; aber es war leicht zu sehen, daß das bei ihnen nicht aus Armuth, sondern ganz offenkundigerweise aus Furcht vor der daraufstehenden Strafe geschah. Ihre Gefährtin war ohngefähr in derselben Weise geschmückt, aber es war in ihrer Haltung und ihrem Wesen ein gewisses Etwas, das die Notarsfrau aus der Provinz erkennen ließ. Man ersah an der Art, wie der Gürtel ihr über den Hüften saß, daß sie lange Zeit hindurch nicht in Paris gewesen war. Dazu denke man sich ein in Falten gelegtes Busentuch, Bandschleifen auf den Schuhen, daß ferner die Streifen ihres Rockes in der Breite und nicht in der Länge liefen, und tausend andere Abgeschmacktheiten, über die sich der gute Geschmack entsetzte.

Die beiden ersten wanderten in jenem, den Pariserinnen eigentümlichem Gange, welcher den Landbewohnern Paris kenntlich macht. Die Landfrau hatte einen starken Knaben an der Hand, welcher einen großen Kuchen in der seinigen hielt. Es ist uns unangenehm, hinzufügen zu müssen, daß er, in Anbetracht der Rauheit der Jahreszeit, aus seiner Zunge ein Schnupftuch machte.

Der Knabe ließ sich mit fortziehen, non passibus aequis,wie Virgil sagt, und stolperte jeden Augenblick zum großen Aerger der Mutter. Freilich sah er mehr nach dem Kuchen, als auf den Weg. Zweifelsohne verhinderte ihn irgend ein gewichtiger Beweggrund, in den Kuchen hineinzubeißen; denn er begnügte sich damit, ihn mit zärtlichen Blicken zu betrachten. Eigentlich hätte die Mutter den Kuchen tragen sollen. Es war grausam, aus dem dicken Bausback einen Tantalus zu machen. Indessen unterhielten sich die Bürgerfrauen (die Benennung „Dame“ war damals den Edelfrauen vorbehalten) alle drei zu gleicher Zeit.

„Laßt uns eilen, Frau Mahiette,“ sagte die jüngste der dreien, die zugleich auch die umfangreichste war, zu der Frau aus der Provinz. „Ich fürchte sehr, wir kommen zu spät; man sagte uns im Châtelet, daß man ihn sofort zum Pranger führen würde.“

„Ah, bah! was sagt Ihr da doch, Frau Oudarde Musnier?“ versetzte die andere Pariserin. „Er wird zwei ganze Stunden am Pranger stehen. Wir haben Zeit. Habt Ihr schon jemals einen am Pranger stehen sehen, liebe Mahiette?“

„Ja,“ sagte die Frau aus der Provinz, „in Reims.“

„Ach, was! Was will das sagen, Euer Pranger in Reims? Ein elendes Gerüste, auf welchem man nur Bauern umdreht. Das ist was Rechts!“

„Wie? Bauern?“ sagte Mahiette, „auf dem Tuchmarkte! in Reims! Wir haben sehr schöne Verbrecher gesehen; und solche, die Vater und Mutter ermordet haben! Bauern! Für was haltet Ihr uns, Gervaise?“

Sicherlich war die Frau aus der Provinz auf dem Punkte, sich für die Ehre ihres Prangers zu ärgern. Glücklicherweise lenkte die besonnene Frau Oudarde aber die Unterhaltung zur rechten Zeit auf einen andern Gegenstand hin. „Da fällt mir ein, Frau

Mahiette, was sagt Ihr zu unsern flamländischen Gesandten? Habt Ihr auch so schöne Gesandte in Reims?“

„Ich gestehe,“ entgegnete Mahiette, „daß man Flamländer, wie jene, nur in Paris zu sehen bekommen kann.“

„Habt Ihr in der Gesandtschaft den großen Gesandten gesehen, welcher Strumpfwirker ist?“ fragte Oudarde.

„Ja!“ sagte Mahiette. „Er sieht wie ein Saturn aus.“

„Und jenen Großen, dessen Gesicht wie ein nackter Schmeerbauch aussieht?“ entgegnete Gervaise. „Und jenen Kleinen mit kleinen Aeugelchen, die von entzündeten, wimperlosen Augenlidern, ähnlich einem zerfetzten Distelkopfe, umrandet sind?“

„Aber erst ihre Pferde, was sind die schön anzusehen,“ sagte Oudarde, „wie sie nach der Mode ihres Landes gezäumt und gesattelt sind!“

„Ach, meine Liebe!“ unterbrach sie die Landfrau Mahiette, die ihrerseits den Ausdruck der Überlegenheit annahm, „was würdet Ihr wohl sagen, wenn Ihr im Jahre 61, bei der Krönung in Reims, vor achtzehn Jahren, die Pferde der Prinzen und des königlichen Gefolges gesehen hättet? Schabracken und Decken aller Art; die einen aus Damast und feinem Goldstoffe, mit Zobelpelz gefüttert; die andern aus Sammet mit Hermelinschwänzen gefüttert; wieder andere ganz mit Goldstickereien und großen goldenen und silbernen Troddeln überladen. Und das Geld, das das alles gekostet hatte! Und die schönen Pagen, welche darauf saßen!“

„Das verhindert alles nicht,“ entgegnete Frau Oudarde trocken, „daß die Flamländer sehr schöne Pferde haben, und daß sie gestern ein prächtiges Abendessen beim Herrn Oberbürgermeister auf dem Rathhause eingenommen haben, wobei ihnen Confect, Gewürzwein, Zuckergebäck und andere Delicatessen aufgetragen wurden.“

„Was sagt Ihr da, liebe Nachbarin?“ rief Gervaise. „Beim Herrn Cardinal, im Klein-Bourbon, war es, wo die Flamländer zu Abend gespeist haben.“

„Nein, nein! Auf dem Rathhause.“

„Bewahre, im Klein-Bourbon.“

„Es ist so gewiß auf dem Rathhause gewesen,“ entgegnete Oudarde mit Bitterkeit, „als der Doctor Secourable eine lateinische Ansprache an sie gerichtet hat, von der sie sehr befriedigt geblieben sind. Das hat mir mein Mann gesagt, welcher vereideter Buchhändler ist.“

„Es ist so sicher im Klein-Bourbon gewesen,“ entgegnete Gervaise ebenso lebhaft, „als ihnen der Hausmeister des Herrn Cardinal folgendes vorgesetzt hat: Zwölf Doppelquart weißen Gewürzwein, Clairet und rothen Gewürzwein, vierundzwanzig Schachteln vergoldeten Lyoner Doppelmarzipan, ebenso viele zweipfündige Wachskerzen; und sechs Halbohme weißen und moussirenden Beaunewein, den besten, welchen man hat schaffen können. Ich hoffe, daß das unumstößlich ist. Ich habe es von meinem Gatten, welcher Vorsteher der Fünfzigmänner im Rathszimmer der Bürgerschaft des Châtelets ist, und der heute morgen einen Vergleich machte zwischen den flamländischen Gesandten und denen des Presbyter Johannesund des Kaisers von Trapezunt, die, unter dem letzten Könige, von Mesopotamien nach Paris gekommen sind und Ringe in den Ohren trugen."

„Wahr ist, daß sie auf dem Rathhause zu Abend gespeist haben," erwiderte Oudarde, die sich von diesen Auskramungen kaum berührt fühlte, „daß man niemals einen solchen Reichthum an Gerichten und Delicatessen gesehen hat."

„Ich sage Euch, ich, daß sie von Le Sec, dem Polizeiofficianten, im Palaste Klein-Bourbon bedient worden sind und daß Ihr Euch in diesem Punkte täuscht."

„Auf dem Rathhause, sage ich Euch."

„Im Klein-Bourbon, meine Liebe! So gewiß, als man das Wort „Hoffnung", welches über dem großen Haupteingange geschrieben steht, mit bezaubernden Versen illuminirt hatte."

„Auf dem Rathhause! Auf dem Rathhause! Blies doch Husson-le-Voir die Flöte dabei!"

„Nein, nein! behaupte ich."

„Gewiß! Gewiß!"

„Nein! sage ich."

Die gute dicke Oudarde wollte erwidern, und im Streite darüber wären sie sich vielleicht an die Hauben gerathen, wenn Mahiette nicht plötzlich gerufen hätte: „Sehet doch jene Leute, welche sich da unten am Ende der Brücke zusammengerottet haben! In ihrer Mitte haben sie etwas, das sie betrachten."

„In der That," sagte Gervaise, „ich höre das Tamburin schlagen. Ich glaube, es ist die kleine Esmeralda, welche ihre Kunststücke mit der Ziege macht. Wohlan, schnell! Mahiette, verdoppelt Eure Schritte und zieht Euren Knaben mit. Ihr seid hierher gekommen, um die Merkwürdigkeiten von Paris in Augenschein zu nehmen. Gestern habt Ihr die Flamländer gesehen, heute müßt Ihr die Zigeunerin kennen lernen."

„Die Zigeunerin!" sagte Mahiette, indem sie plötzlich umkehrte und den Arm ihres Sohnes fest umfaßte. „Gott soll mich davor bewahren; sie könnte mir mein Kind stehlen. Komm, Eustache!"

Und sie begann eilig über den Flußdamm, nach dem Grèveplatze hin, zu laufen, bis daß sie die Brücke weit genug hinter sich hatte. Das Kind aber, welches sie mit sich zog, fiel dabei auf die Knien; sie blieb athemlos stehen. Oudarde und Gervaise holten sie wieder ein.

„Diese Zigeunerin Euer Kind stehlen!?“ sagte Gervaise. „Ihr habt da eine sonderbare Idee.“

Mahiette schüttelte den Kopf mit nachdenklicher Miene.

„Merkwürdig ist doch,“ bemerkte Oudarde, „daß die Nonne denselben Gedanken von den Zigeunerinnen hegt.“

„Wer ist das, die Nonne?“ fragte Mahiette.

„Ei!“ sagte Oudarde, „Schwester Gudule.“

„Wer ist das aber,“ entgegnete Mahiette, „Schwester Gudule?“

„Das sieht Euch ähnlich in Eurem Reims, das nicht zu wissen!“ antwortete Oudarde. „Es ist die Büßerin im Rattenloche.“

„Wie!“ fragte Mahiette, „jenes arme Weib, der wir diesen Kuchen bringen?“

Oudarde machte eine zustimmende Kopfbewegung.

„Die nämliche. Ihr sollt sie sogleich an ihrer Luke auf dem Grèveplatze sehen. Sie hat dasselbe Urtheil, wie Ihr von diesen ägyptischen Vagabunden, welche die Handtrommel schlagen und den Leuten die Zukunft vorhersagen. Man weiß nicht, woher sie diesen Abscheu vor Zigeunern und Aegyptern hat. Aber Ihr, Mahiette, warum lauft Ihr denn vor ihnen so davon? Wollt Ihr sie wenigstens nicht sehen?“

„Oh!“ sagte Mahiette und schloß den Rundkopf ihres Knaben dabei in ihre Hände, „ich mag nicht, daß mir begegnet, was Paquette-la-Chantefleurie begegnet ist.“

„Aha! Ihr wißt eine Geschichte, die Ihr uns erzählen wollt, meine gute Mahiette,“ sagte Gervaise und legte ihren Arm in denjenigen Mahiette's.

„Recht gern,“ antwortete Mahiette; „aber Ihr müßt aus Eurem Paris nicht herausgekommen sein, daß Ihr das nicht wißt! Ich will Euch also sagen (aber wir brauchen, um den Sachverhalt zu erzählen, nicht stehen zu bleiben), daß Paquette-la-Chantefleurie ein hübsches Mädchen von achtzehn Jahren war, als ich auch ein solches war: das heißt vor achtzehn Jahren, und daß es ihre Schuld ist, wenn sie, wie ich heute bin, nicht eine gute, stattliche, kräftige Mutter von sechsunddreißig Jahren mit einem Manne und einem Knaben ist. Uebrigens war von ihrem vierzehnten Jahre an keine Zeit mehr dazu! . . . Sie war also die Töchter Guybertauts, eines Spielmannes auf den Schiffen in Reims, – desselben, der vor Karl dem Siebenten bei dessen Krönung gespielt hatte, als er unsern Fluß Vesle von Sillery an bis Muison hinabfuhr, und als sogar Jeanne d'Arc, die Jungfrau, mit auf dem Schiffe war. Der alte Vater starb, als Paquette noch ganz jung war; sie hatte damals niemanden weiter, als ihre Mutter, die Schwester des Herrn Pradon, eines Gelbgießers und Kupferschmiedemeisters zu Paris, in der Straße Parin-Garlin, welcher voriges Jahr verstorben ist. Ihr seht, daß sie guter Leute Kind war. Die Mutter war eine gute Frau, leider! und lehrte Paquetten nichts weiter, als ein wenig Handel mit

Krimskrams und Kinderspielzeug, der die Kleine nicht verhinderte, sehr stattlich zu werden und sehr arm zu bleiben. Sie wohnten alle beide in Reims, auf der Flußseite, in der Rue Folle-Peine. Merkt darauf; ich glaube, daß ***das*** die Ursache war, die Paquetten Unglück brachte. Im Jahre 61, im Jahre der Krönung unseres Königs Ludwig des Elften, den Gott erhalte, war Paquette so lebenslustig und so reizend, daß man sie überall nur die Chantefleurie nannte ... Das arme Mädchen! ... Sie hatte schöne Zähne, und sie lachte gern, um sie zu zeigen. Nun, ein Mädchen, das gern lacht, kommt bald dahin, Thränen zu vergießen; die schönen Zähne verderben die schönen Augen. So war es auch mit der Chantefleurie. Sie und ihre Mutter verdienten kümmerlich ihr Brot; seit dem Tode des Spielmannes waren sie sehr heruntergekommen; ihr Kramhandel brachte ihnen wöchentlich kaum mehr als sechs Heller ein, was im Ganzen noch nicht zwei Adlerheller beträgt. Wo war die Zeit hin, wo der Vater Guybertaut zwölf Sols Pariser Münze mit einem einzigen Liede bei einer Krönung gewann? Eines Winters (es war im nämlichen Jahre 61), als die Frauen weder Scheitholz noch Reisig besaßen, und es sehr kalt war, gab das der Chantefleurie ein so schönes, frisches Aussehen, daß die Männer sie „Paquette" hießen, und daß einige sie „Paquerette"nannten, und – daß sie zu Falle kam ... Eustache! daß ich dich nicht etwa in den Kuchen beißen sehe! ... Als sie eines Sonntags mit einem goldenen Kreuze am Halse in die Kirche kam, sahen wir sofort, daß sie verloren war. Mit vierzehn Jahren! Ueberlegt Euch einmal! Anfangs war es der junge Vicomte von Cormontreuil, welcher sein Schloß dreiviertel Meilen von Reims hat; dann der gnädige Herr Heinrich von Triancourt, ein königlicher Reiter; dann ein Geringerer, Chiart von Beaulion, ein Unteroffizier; nun, da sie immer tiefer sank, Guery Aubergeon, ein königlicher Tafeldiener; hierauf Macé von Frépus, der Bartscherer des Herrn Dauphin; später Thévenin Le Moine, ein Koch des Königs. Dann fiel sie, weil sie stets aus den Händen eines Bejahrteren in die eines Gemeineren gerieth, Wilhelm Racine, dem Bänkelsänger und Leiermanne, hernach dem Thiérry de Mer, dem Lampenputzer, zu. Schließlich war sie, die arme Chantefleurie, die Gemeinsame für alle; sie war bis zum letzten Heller ihres einst besessenen Goldstückes angekommen. Was soll ich Euch, werthe Frauen, noch sagen? Bei der Krönung, noch in dem nämlichen Jahre 61, war sie es, die dem Bordellaufseher das Bett machte! ... In dem nämlichen Jahre!"

Mahiette seufzte und wischte sich eine Thräne ab, die ihr in die Augen trat.

„Das ist eine Geschichte, die gerade nichts so Außergewöhnliches an sich hat," sagte Gervaise, „und ich sehe bei alledem weder Zigeuner noch Kinder."

„Geduld!" fuhr Mahiette fort, „ein Kind – Ihr sollt eins zu sehen bekommen ... Im Jahre 66, in diesem Monate auf den Tag der heiligen Paula werden es sechzehn Jahre, kam Paquette mit einem kleinen Mädchen nieder. Die Unglückliche! sie hatte große Freude darüber; sie wünschte sich seit langem ein Kind. Ihre Mutter, eine gute Frau, die nur immer die Augen zuzudrücken verstanden hatte, ihre Mutter war gestorben. Paquette hatte nichts mehr in der Welt, das sie lieben konnte; niemanden, der sie liebte.

Seit den fünf Jahren, daß sie den Fehltritt gethan hatte, gab es kein elenderes Geschöpf, als die Chantefleurie. Sie stand allein in diesem Leben, verlassen; man zeigte mit Fingern auf sie, verfolgte sie mit Schimpfwörtern durch die Straßen; die Gerichtsdiener schlugen sie, kleine Gassenbuben in Lumpen verhöhnten sie. Und dann waren die zwanziger Jahre herangekommen; und zwanzig Jahre bedeuten das Alter für verliebte Frauenzimmer. Ihre Liederlichkeit brachte ihr jetzt nicht mehr ein, als ihr Kramhandel vordem. Für jede Gesichtsfalte, die da kam, ging ein Thaler fort; der Winter wurde wieder hart für sie; das Holz machte sich wieder selten in ihrem Feuerloche, und das Brot rar in ihrem Backtroge. Sie konnte nicht mehr arbeiten, weil sie, währenddem, daß sie ausschweifend wurde, träge geworden war, und sie litt viel mehr, als wenn sie bei der Trägheit liederlich geworden wäre. So wenigstens erklärt es uns der Herr Pfarrer von Saint-Remy, warum jene Frauenzimmer mehr Frost und mehr Hunger leiden, als andere Arme, wenn sie alt sind."

„Ganz recht," bemerkte Gervaise; „aber die Zigeuner?"

„Einen Augenblick nur, Gervaise!" sagte Oudarde, deren Aufmerksamkeit nicht so ungeduldig war. „Was würden wir am Schlusse haben, wenn alles im Anfange erzählt würde? Fahret fort, Mahiette, ich bitte Euch. Diese arme Chantefleurie!"

Mahiette fuhr fort:

„Sie war also sehr traurig, sehr elend und bleichte ihre Wangen mit ihren Thränen. Aber in ihrer Schande, in ihrer Thorheit und ihrer Hilflosigkeit dünkte es ihr, daß sie nicht so ehrlos, nicht so liederlich und verlassen sein würde, wenn es irgend etwas oder irgend jemand in der Welt gäbe, das sie lieben, und von dem sie geliebt werden könnte. Das mußte ein Kind sein, weil ein Kind allein unschuldig genug dazu sein konnte ... Sie hatte das eingesehen, nachdem sie versucht hatte, einen Dieb zu lieben, – der einzige Mensch, welcher nach ihr Verlangen tragen konnte; aber nach Verlauf einer kurzen Zeit hatte sie bemerkt, daß der Dieb sie verachtete ... Solche der Liebe ergebene Frauenzimmer müssen einen Liebhaber oder ein Kind haben, um ihr Herz auszufüllen. Andernfalls sind sie sehr unglücklich. Da sie keinen Liebhaber bekommen konnte, so richtete sich ihr ganzes Verlangen nach einem Kinde; und weil sie stets fromm geblieben war, bat sie den lieben Gott fortwährend darum in ihrem Gebete. Der liebe Gott hatte also Mitleiden mit ihr und schenkte ihr eine kleine Tochter. Von ihrer Freude will ich nicht sprechen: es war eine Raserei mit Thränen, Liebkosungen und Küssen. Sie stillte selbst ihr Kind, verfertigte ihm Windeln, aus ihrer Bettdecke, der einzigen, welche sie auf ihrem Bette hatte, und empfand weder Kälte noch Hunger mehr. Sie wurde darüber wieder schön. Aus einem alternden Mädchen wurde eine junge Mutter. Die galante Lebensweise begann von neuem; man besuchte die Chantefleurie wieder; sie fand wieder Kunden für ihre Waare, und aus dem ganzen Sündengelde schaffte sie Wickelzeug, Kindermützchen, Brustlätzchen, Spitzenjäckchen und kleine Seidenmützchen an, ohne je daran zu denken, sich wieder eine Bettdecke zu kaufen ... Mein Eustache, ich habe dir schon gesagt, daß du mir den Kuchen nicht ißt! ... Sicher ist, daß die kleine Agnes ... das war der Name des Kindes, sein Taufname; denn einen Familiennamen hatte die Chantefleurie längst nicht mehr ... Sicher ist, daß die Kleine mehr als eine Prinzessin der Dauphiné in Bänder und Stickereien eingewindelt war. Unter andern hatte sie ein Paar kleine Schuhe, wie König Ludwig der Elfte sicher nicht ihresgleichen gehabt hat! Der Kleinen Mutter hatte diese ihr selbst genäht und gestickt, und an ihnen alle ihre Kunstfertigkeiten als Stickerin und allen Aufputz angebracht, den nur ein Gewand der heiligen Jungfrau verdient. Sie waren sicher das niedlichste, rosafarbene Schuhepaar, das man sehen konnte. Sie waren höchstens so lang wie mein Daumen, und man mußte sie von den kleinen Füßen des Kindes abziehen sehen, um zu glauben, daß sie darin hatten Platz finden können. Wahr ist, daß diese Füßchen so klein, so reizend, so rosenfarbig waren! noch rosiger, als der Seidenstoff der Schuhe! ... Wenn Ihr einmal Kinder bekommen werdet, Oudarde, werdet Ihr finden, daß nichts so reizend ist, als solche kleine Füße und solche kleine Hände."

„Ich wünsche nichts inniger, als das," sagte Oudarde seufzend, „aber ich warte, bis es im Belieben des Herrn Andry Musnier liegt."

„Uebrigens," nahm Mahiette wieder das Wort, „hatte das Kind Paquettens nicht nur reizende Füßchen. Ich habe es gesehen, als es erst vier Monate alt war; da war es ein allerliebstes Kind! Es hatte Augen, die größer waren, als der Mund, und die hübschesten, feinen, schwarzen Haare, die sich schon lockten. Das würde eine stolze Brünette geworden sein mit sechzehn Jahren! Ihre Mutter wurde darüber von Tag zu Tag närrischer. Sie liebkoste es, küßte es, kitzelte es, wusch es, putzte es, aß es vor Liebe auf! Einmal verlor sie den Verstand darüber, andermals dankte sie Gott dafür! Vor allem seine rosigen Füßchen waren der Gegenstand endloser Bewunderung, rasender Freude! Sie drückte beständig die Lippen darauf, konnte sich an ihrer Kleinheit nicht satt sehen! Sie steckte sie in die kleinen Schuhe, zog sie wieder heraus, bewunderte sie, gerieth in Staunen darüber, betrachtete sie den Tag lang; es that ihr leid, dieselben einen Gang über ihr Bett versuchen zu lassen, und sie hätte gern ihr Leben auf den Knien damit hingebracht, diese Füßchen, wie die eines Christuskindes, anzuschuhen und auszuschuhen."

„Die Erzählung ist hübsch und gut," sagte Gervaise mit heller Stimme, „aber wo ist die Zigeunerin bei alledem zu finden?"

„Hier ist sie schon," entgegnete Mahiette. „Eines Tages erschienen in Reims eine Sorte ganz eigenthümlicher Reiter. Es waren Bettler und Landstreicher, die unter Führung ihres Herzogs und ihrer Grafen im Lande herumzogen. Sie waren von dunkelbrauner Hautfarbe, hatten ganz krauses Haar und trugen silberne Ringe in den Ohren. Die Weiber waren noch häßlicher, als die Männer. Sie hatten die schwärzesten Gesichter, die sie immer unverhüllt zeigten, trugen einen häßlichen Laken auf dem Leibe, ein grob gewebtes Tuch um die Schulter gebunden und das Haupthaar nach Art eines

Pferdeschwanzes. Die Kinder, welche sich zwischen ihren Beinen herumwälzten, würden Affen Furcht haben einflößen können. Es war eine Bande mit dem Kirchenbanne Belegter. Der ganze Haufe kam geradenweges aus Unterägypten über Polen nach Reims. Der Papst hatte ihnen die Beichte abgenommen, wie man sagte, und ihnen als Buße auferlegt, sieben Jahre lang ohne Unterbrechung in der Welt herumzuziehen, ohne sich in Betten zu legen; deshalb nannten sie sich Büßer und verbreiteten einen Gestank um sich. Anscheinend waren sie vordem Sarazenen gewesen, was die Ursache war, daß sie an Jupiter glaubten, und daß sie von allen Erzbischöfen, Bischöfen und Aebten, die mit Krummstab und Inful belehnt waren, zehn Livres Tourssche Münzeforderten. Eine Bulle des Papstes hatte ihnen dazu verholfen. Sie kamen nach Reims, um im Namen des Königs von Algier und des deutschen Kaisers den Leuten die Zukunft zu prophezeien. Ihr könnt Euch wohl denken, daß es eines mehreren nicht bedurfte, um ihnen den Eintritt in die Stadt zu verwehren. Hierauf lagerte die ganze Bande bereitwillig an der Pforte Braine, auf jenem Hügel, wo eine Mühle steht, neben den Löchern der alten Kreidegruben. Und in Reims wetteiferten die Leute, zu ihnen hinauszuziehen. Sie sahen einem in die Hand und sagten wunderbare Prophezeiungen; sie waren im Stande, einem Judas zu weissagen, daß er Papst werden würde. Unterdessen verbreiteten sich über sie schreckliche Gerüchte von gestohlenen Kindern, abgeschnittenen Geldbörsen und Menschenfleisch, das sie gegessen hätten. Die Klügern sagten zu den Thörichten: „Gehet nicht hin“, und gingen verstohlenerweise selbst hinaus. Es herrschte also eine allgemeine Aufregung. Thatsächlich ist, daß sie einem Cardinale erstaunliche Dinge vorhersagten. Die Mütter erlebten großen Triumph an ihren Mädchen, seitdem die Zigeunerinnen ihnen aus der Hand allerlei Wunderdinge vorgelesen hatten, die in heidnischer und türkischer Sprache darin geschrieben standen. Die eine bekam einen Kaiser, die nächste einen Papst, die dritte einen Hauptmann. Die arme Chantefleurie wurde von der Neugierde gepackt; sie wollte auch wissen, was sie bekäme, und ob ihre reizende kleine Agnes nicht eines Tages Kaiserin von Armenien oder etwas ähnliches werden würde. Sie trug sie also zu den Zigeunerinnen, und die Zigeunerinnen unterließen nicht, das Mädchen zu bewundern, sie zu liebkosen, mit ihren schwarzen Mäulern zu küssen, sich über ihre kleine Hand zu verwundern, ach! zur großen Freude der Mutter. Vor allem hatten sie ihre Freude an den reizenden Füßen und niedlichen Schuhen. Das Kind war noch nicht ein Jahr alt. Es lallte schon, lachte wie eine kleine Närrin die Mutter an, war feist und kugelrund, und hatte tausend reizende, kleine Züge wie die Engel des Paradieses. Es war ganz entsetzt über die Zigeunerinnen und weinte. Aber die Mutter küßte die Kleine heftiger und ging erfreut über die glückverheißende Zukunft, welche die Wahrsagerinnen ihrer Agnes prophezeit hatten, davon. Sie sollte eine Schönheit, die leibhafte Tugend, eine Königin werden. Sie kehrte also nach ihrer elenden Behausung in der Rue Folle-Peine zurück, ganz stolz, eine Königin dahin zurückzubringen. Am andern Morgen benutzte sie einen Augenblick, wo das Kind auf ihrem Bette schlief (denn sie schlief immer mit ihm zusammen), ließ die Thüre leise angelehnt und eilte zu einer

Nachbarin in der Rue de-la-Séchesserie, um ihr zu erzählen, daß ein Tag kommen würde, wo ihre Tochter Agnes bei Tische vom Könige von England und vom Erzherzoge von Aethiopien bedient werden würde, und hundert andere erstaunliche Dinge mehr. Als sie bei ihrer Rückkehr auf der Treppe kein Geschrei vernahm, sagte sie bei sich: „Gut! das Kind schläft noch immer." Sie fand die Thür weiter offen, als sie sie gelassen hatte; sie trat also ein, die arme Mutter, und eilte zum Bette ... Das Kind war nicht mehr da; der Platz war leer; von dem Kinde war weiter nichts mehr vorhanden, als einer von seinen reizenden, kleinen Schuhen. Sie stürzte aus dem Zimmer heraus, warf sich die Treppe hinab, fing an den Kopf an die Mauern zu stoßen und schrie: „Mein Kind! Wer hat mein Kind? Wer hat mir mein Kind genommen?" Die Straße war öde, das Haus stand allein; niemand vermochte ihr etwas zu sagen. Sie eilte durch die Stadt, sie suchte auf allen Straßen, lief den ganzen Tag wahnsinnig, verstört und entsetzt hin und her, forschte an allen Thüren und Fenstern, wie ein wildes Thier, welches seine Jungen verloren hat. Sie keuchte, lief mit verwildertem Haar umher, war entsetzlich anzusehen, und in ihren Augen glühte ein Feuer, welches ihre Thränen trocknete. Sie hielt die Leute auf der Straße an und schrie: „Meine Tochter! mein Kind! meine reizende, kleine Tochter! Wer mir meine Tochter wiedergiebt, dessen Magd will ich sein, die Magd seines Hundes, und er mag mein Herzblut trinken, wenn er will." Sie begegnete dem Herrn Pfarrer von Saint-Remy und rief ihm zu: „Herr Pfarrer, ich will die Erde mit meinen Nägeln umgraben, aber gebt mir mein Kind wieder!" Es war herzzerreißend, Oudarde; und ich habe einen sehr hartherzigen Mann gesehen, den Sachwalter Meister Ponce Lacabre, der Thränen vergoß.

Ach! die arme Mutter! ... Am Abend kehrte sie nach Hause zurück. Während ihrer Abwesenheit hatte eine Nachbarin gesehen, wie zwei Zigeunerinnen heimlich mit einem Packete in ihren Armen zur Wohnung hinaufstiegen, dann wieder herauskamen und eilig entflohen, nachdem sie die Thüre verschlossen hatten. Seit deren Weggange hörte man in Paquettens Hause Schreie, wie die eines Kindes. Die Mutter lachte laut auf, stieg wie mit Flügeln die Treppe hinauf, stieß die Thüre wie mit einem Artilleriegeschütz auf und trat hinein ... Entsetzliche Erscheinung, Oudarde! An Stelle ihrer niedlichen, kleinen Agnes, die, so rothbäckig und frisch, ein Geschenk des lieben Gottes war, kroch eine Art kleinen, abscheulichen, hinkenden, einäugigen und verkrüppelten Ungeheuers kreischend über die Diele. Entsetzt verhüllte sie ihre Augen. „Oh!" sagte sie, „in dieses entsetzliche Thier hätten die Hexen meine Tochter verwandeln können?" Man eilte den kleinen Klumpfuß hinauszuschaffen; er würde sie rasend gemacht haben. Es war der gräßliche Balg irgend einer Zigeunerin, die sich dem Teufel hingegeben hatte. Er mochte ungefähr vier Jahre alt sein und redete in einer Sprache, die gar keine menschliche Sprache war; es waren Worte, die nicht denkbar sind ... Die Chantefleurie hatte sich auf den kleinen Schuh geworfen – alles, was ihr noch blieb von dem, das sie so sehr geliebt. Da lag sie so lange regungslos, stumm und ohne Athem, daß alle vermeinten, sie wäre todt. Plötzlich zitterte sie am ganzen Körper, bedeckte ihre Reliquie mit wüthenden

Küssen und brach in ein Schluchzen aus, als ob das Herz gebrochen wäre. Ich versichere Euch, wir weinten alle mit ihr. Sie begann: „O, mein Töchterchen! mein reizendes Töchterchen, wo bist du?“ Und das zerriß einem das Herz im tiefsten Grunde. Ich weine noch, wenn ich daran denke. Unsere Kinder, wißt ihr, sind ja das Mark unserer Knochen . . . Mein armer Eustache! du bist so schön, du Theurer! Wenn ihr wüßtet, wie nett er ist! Gestern sagte er zu mir: „Ich will Soldat werden, ich.“ – „O, mein Eustache, wenn ich dich verlieren sollte!“ Die Chantefleurie erhob sich plötzlich und begann in Reims umherzulaufen, wobei sie fortwährend schrie: „Hinaus! Zum Lager der Zigeuner! Zum Lager der Zigeuner! Gerichtsdiener herbei, um die Hexen zu verbrennen!“ – Die Zigeuner waren verschwunden. Es war finstere Nacht. Man konnte sie nicht verfolgen. Am nächsten Tage fand man, zwei Meilen von Reims, auf einer Haide zwischen Gueux und Tilloy, die Ueberreste eines großen Feuers, ein paar Bänder, welche dem Kinde Paquettens gehört hatten, Blutstropfen und Bocksmist. Die eben vergangene Nacht war gerade die eines Sonnabends. Man zweifelte nicht mehr daran, daß die Zigeuner auf dieser Haide den Sabbath gefeiert, und daß sie das Kind in Gesellschaft Beelzebubs verzehrt hatten, wie das bei den Muhamedanern zu geschehen pflegt. Als die Chantefleurie diese schrecklichen Dinge vernahm, weinte sie nicht; sie bewegte die Lippen, wie um zu sprechen, vermochte es aber nicht. Am Tage danach waren ihre Haare grau. Am nächstnächsten Tage war sie verschwunden.“

„Das ist in der That eine entsetzliche Geschichte,“ sagte Oudarde, „die sogar einen Burgunder bis zu Thränen rühren könnte!“

„Ich wundere mich nicht mehr,“ warf Gervaise ein, „daß die Furcht vor den Zigeunern Euch so sehr im Nacken sitzt!“

„Und Ihr habt um so besser daran gethan,“ begann Oudarde wieder, „Euch mit Eurem Eustache sogleich aus dem Staube zu machen, da diese ja auch Zigeuner aus Polen sind.“

„O, nein,“ sagte Gervaise, „man behauptet, daß sie aus Spanien und Catalonien kommen.“

„Catalonien? Es ist möglich,“ entgegnete Oudarde. „Polonien, Catalonien, Wallonien – ich verwechsele immer jene drei Provinzen mit einander. Ausgemacht aber ist, daß sie bestimmt Zigeuner sind.“

„Und daß sie bestimmt Zähne haben,“ fügte Gervaise hinzu, „die lang genug sind, um kleine Kinder zu fressen. Und es würde mich gar nicht Wunder nehmen, wenn die Esmeralda auch einmal welche äße, wiewohl sie einen so kleinen Mund macht. Ihre weiße Ziege treibt zu boshafte Streiche, als daß nicht etwas Freigeisterei dabei mit im Spiele wäre.“

Mahiette ging stillschweigend weiter. Sie war in jene Träumerei versunken, die gewissermaßen die Fortspinnung einer leidenvollen Begebenheit bildet, und die erst dann aufhört, nachdem sich die aus ihr hervorgehende Erschütterung von Schwingung zu Schwingung bis zu den letzten Fibern des Herzens fortgepflanzt hat. Unterdessen richtete Gervaise die Frage an sie:

„Und hat man nicht erfahren können, was aus der Chantefleurie geworden ist?“

Mahiette antwortete nicht. Gervaise wiederholte ihre Frage, schüttelte sie am Arme und rief sie beim Namen. Mahiette schien aus ihren Gedanken zu erwachen.

„Was aus der Chantefleurie geworden ist?“ sagte sie, indem sie mechanisch die Worte wiederholte, deren Einwirkung ganz neu für ihr Ohr war; dann bemühte sie sich, ihre Aufmerksamkeit auf den Sinn der Worte zu lenken: „Ach! man hat es niemals erfahren,“ antwortete sie lebhaft. Nach einer Pause fuhr sie fort:

„Einige haben behauptet, sie hätten sie in der Dämmerung durch das Thor Fléchembault, andere wieder, sie hätten sie bei Tagesanbruch durch die alte Pforte Basée die Stadt Reims verlassen sehen. Ein armer Mann hat ihr goldenes Kreuz gefunden, das an dem steinernen Kreuze, in der Anlage, wo der Markt abgehalten wird, aufgehängt war. Es ist das jenes Kleinod, welches sie im Jahre 61 zu Falle gebracht hatte. Es war ein Geschenk des schönen Vicomte von Cormontreuil, ihres ersten Geliebten. Paquette hatte sich niemals davon trennen wollen, so elend sie auch gewesen war! Sie hielt fest daran, wie an ihrem Leben. Als wir daher die Preisgabe dieses Kreuzes sahen, glaubten wir alle, daß sie todt sei. Jedoch traten Personen aus Cabaret-Les-Vantes auf, welche behaupteten, sie hätten sie, barfuß über die Kieselsteine hinschreitend, auf dem Wege nach Paris wegwandern sehen. Aber dann hätte sie durch das Vesle-Thor davonziehen müssen; und alle diese Behauptungen stimmen nicht überein. Oder, um es deutlicher zu sagen, ich freilich glaube, daß sie zum Vesle-Thore hinausgezogen, aber auch aus dieser Welt gegangen ist.“

„Ich verstehe Euch nicht,“ sagte Gervaise.

„Die Vesle,“ antwortete Mahiette mit einem schwermüthigen Lächeln, „das ist der Fluß.“

„Arme Chantefleurie!“ sagte Oudarde schaudernd, „ertränkt!“

„Ertränkt!“ wiederholte Mahiette, „und wer hätte es dem guten Vater Guybertaut wohl voraussagen können, als er unter der Tinqueux-Brücke, mit der Strömung, singend in seiner Barke dahinfuhr, daß eines Tages seine liebe kleine Paquette auch unter dieser Brücke da vorbeikommen würde, aber ohne Gesang und ohne Fahrzeug.“

„Und der kleine Schuh?“ fragte Gervaise.

„Verschwunden mit der Mutter,“ antwortete Mahiette.

„Armer, kleiner Schuh!“ sagte Oudarde.

Oudarde, eine wohlbeleibte, empfindsame Frau, würde es sehr wohl zufrieden gewesen sein, in Gesellschaft mit Mahietten zu jammern. Aber Gervaise, viel neugieriger als sie, war mit ihren Fragen nicht zu Ende. „Und das Ungethüm?“ sagte sie plötzlich zu Mahiette.

„Welches Ungethüm?“ fragte diese.

„Das kleine Zigeunerungethüm, das von den Zauberinnen als Ersatz für ihre Tochter bei der Chantefleurie zurückgelassen worden war. Was habt Ihr damit angefangen? Ich hoffe doch, daß Ihr es gleichfalls ertränkt habt.“

„O, nein!“ antwortete Mahiette.

„Wie? dann verbrannt? In der That, das ist richtiger. Ein Hexenkind!“

„Weder das eine, noch das andere, Gervaise. Der Herr Erzbischof nahm Antheil an dem Zigeunerknaben, hat ihn beschworen, geweiht, ihm den Teufel ganz gründlich aus dem Leibe getrieben und nach Paris geschickt, damit er auf dem hölzernen Bette in Notre-Dame als Findelkind ausgesetzt würde.“

„Diese Bischöfe!“ sagte Gervaise murrend, „weil sie erfahren sind, thun sie nichts so, wie andere Leute. Ich bitte Euch aber, Oudarde, den Teufel unter die Findelkinder zu legen! Denn ganz gewiß war dieses kleine Ungeheuer doch der Teufel. Nun aber, Mahiette, was in aller Welt hat man in Paris damit angefangen? Ich glaube doch, daß keine menschenfreundliche Person etwas davon hat wissen wollen.“

„Ich weiß es nicht,“ antwortete die Reimserin; „gerade zu jener Zeit geschah es, daß mein Gatte die Gerichtsschreiberei in Bern kaufte, zwei Meilen von der Stadt, und wir haben uns nicht mehr um diese Geschichte gekümmert; außerdem liegen vor Bern die beiden Hügel von Cernay, die schuld sind, daß man die Kathedralthürme von Reims aus den Augen verliert.“

Unter diesen fesselnden Gesprächen waren die drei würdigen Bürgerfrauen auf dem Grèveplatze angekommen. Bei ihrem Interesse für Mahiettens Erzählung waren sie, ohne zu verweilen, vor dem öffentlichen Gebetbuche am Rolandsthurme vorbeigegangen und richteten ihre Schritte unwillkürlich nach dem Pranger hin, um welchen die Menschenmenge in jedem Augenblicke wuchs. Wahrscheinlich hätte das Schauspiel, welches hier soeben die Blicke aller auf sich zog, sie vollständig das Rattenloch und die Rast, die sie hier zu machen beschlossen hatten, vergessen lassen, wenn der große sechsjährige Eustache, den Mahiette an der Hand hinter sich herzog, ihnen nicht plötzlich das Ziel ihrer Wanderung ins Gedächtnis zurückgerufen hätte. „Mutter,“ sagte er, als ob irgend ein Gefühl ihm sagte, daß das Rattenloch hinter ihm läge, „kann ich jetzt den Kuchen essen?“

Wenn Eustache pfiffiger, das heißt nicht so gefräßig gewesen wäre, so würde er noch gewartet haben, und erst nach der Heimkehr in das Universitätsviertel, in die Wohnung beim Meister Andry Musnier in der Straße Madame-la-Valence, wenn die zwei Seinearme und die fünf Brücken der Altstadt sich zwischen dem Rattenloche und dem

Kuchen befunden hätten, die schüchterne Frage gewagt haben: „Mutter, darf ich jetzt den Kuchen essen?“

Diese Frage aber erregte im Augenblicke, wo Eustache sie unklugerweise that, die Aufmerksamkeit Mahiettens.

„Mein Gott!“ rief sie, „wir vergessen ja die Büßerin! Zeigt mir doch Euer Rattenloch, damit ich ihr den Kuchen bringe.“

„Gleich,“ sagte Oudarde, „das ist ein Werk der Barmherzigkeit.“

Das war aber ein Strich durch die Rechnung von Eustache.

„Halt, das ist mein Kuchen!“ sagte er, während er abwechselnd bald rechts bald links die Ohren mit den Schultern in Berührung brachte, was in solchen Fällen als Zeichen höchster Unzufriedenheit gilt.

Die drei Frauen lenkten ihre Schritte zurück, und als sie am Gebäude des Rolandsthurmes angekommen waren, sagte Oudarde zu den beiden andern:

„Wir dürfen nicht alle drei auf einmal in das Loch blicken, wenn wir die Nonne nicht in Zorn versetzen wollen. Thut ihr zwei so, als ob ihr scheinbar das “Dominus“im Gebetbuche läset, währenddem ich die Nase in die Luke stecken will; die Nonne kennt mich ein wenig. Ich will euch dann benachrichtigen, wenn ihr kommen dürft.“

Sie trat allein an die Luke heran. In dem Augenblicke, wo ihr Blick hineinfiel, malte sich ein tiefes Mitleid auf allen ihren Zügen aus, und ihre fröhlichen und offenen Gesichtszüge änderten so plötzlich Ausdruck und Farbe, als ob sie aus dem Licht der Sonne in das des Mondes getreten wäre; ihr Auge wurde feucht, ihr Mund zog sich zusammen, wie wenn man weinen will. Gleich darauf legte sie einen Finger an die Lippen und gab Mahietten ein Zeichen zu kommen und zu sehen.

Mahiette kam gerührt, schweigend und auf den Fußzehen herbei, als ob sie sich dem Lager eines Sterbenden nähere.

Es war in der That ein trauriger Anblick, der sich hier den Augen der beiden Frauen bot, als sie starr und athemlos durch die vergitterte Luke des Rattenloches sahen.

Die Zelle war eng, mehr breit, als tief, gothisch gewölbt, und ihr inneres Aussehen glich so ziemlich der Höhlung einer großen Bischofsmütze. Auf der nackten Steinplatte, welche den Fußboden des Loches bildete, saß oder kauerte vielmehr in einem Winkel ein Weib. Ihr Kinn ruhte auf den Knieen, welche die kreuzweis verschlungenen Arme fest gegen die Brust preßten. So in sich versunken, mit einem braunen Sacke bekleidet, der sie ganz in seine weiten Falten hüllte, die langen, grauen Haare nach vorn übergeschlagen, so daß sie über ihr Antlitz weg an den Beinen entlang bis auf die Füße herabfielen, zeigte sie sich auf den ersten Blick nur als eine sonderbare, auf dem dunkeln Boden der Zelle hingesunkene Gestalt, als eine Art schwärzlichen Dreiecks, das der

Strahl des durchs Fenster schimmernden Tages genau in zwei Abstufungen, eine dunkle und eine helle, theilte. Es war eine jener halb dunkeln, halb lichten Erscheinungen, wie man sie in Träumen und auf dem wunderlichen Werke Goyas sieht: bleich, starr, finster, auf ein Grab gekauert, oder an das Gitter eines Gefängnisses gelehnt. Es war weder ein Weib, noch ein Mann, weder ein lebendes Wesen, noch eine feste Gestalt: es war eine Figur, eine Art Traumbild, in dem sich Wirklichkeit und Einbildung wie Dunkel und Licht begegneten. Kaum erkannte man unter ihren bis zur Erde herabhängenden Haaren ein abgemagertes, strenges Antlitz; kaum ließ ihr Gewand die Spitze eines nackten Fußes hervortreten, der sich auf dem harten und eisigen Boden zusammenkrampfte. Das Wenige von Menschengestalt, das man unter dieser Trauerhülle erblickte, machte schaudern.

Diese Gestalt, von der man hätte glauben mögen, daß sie an den Boden gefesselt wäre, schien weder Bewegung, noch Denkvermögen, noch Athem zu haben. In ihrem dünnen Leinwandsacke, im Januar, fast nackt auf einem Granitpflaster liegend, ohne Feuer, in der Nacht eines Kerkers, dessen schräges Luftloch von draußen nur dem Nordwinde und niemals der Sonne Zugang gestattete, schien sie nicht zu leiden, überhaupt nichts zu empfinden. Man hätte meinen sollen, sie wäre zu Stein mit dem Kerker, zu Eise mit der Jahreszeit geworden. Ihre Hände waren verschlungen, ihre Augen starr. Im ersten Augenblicke hielt man sie für ein Gespenst, beim zweiten für eine Bildsäule. Zeitweilig jedoch öffneten sich ihre blauen Lippen zu einem Athemzuge und bebten, aber so todt und so maschinenmäßig wie Blätter, die im Winde sich bewegen.

Manchmal zuckte aus ihren finstern Augen ein Blick, ein unaussprechlicher Blick, ein tiefer, trauriger, unerschütterlicher Blick, der, was man von draußen nicht wahrnehmen konnte, beständig auf einen Winkel der Zelle geheftet war, – ein Blick, der alle düstern Gedanken dieser leidenden Seele an irgend einen geheimnisvollen Gegenstand zu fesseln schien. Das war also das Wesen, welches nach seiner Behausung den Namen „Klausnerin“, nach seinem Gewande den Namen „Büßernonne“ erhalten hatte.

Die drei Frauen – denn Gervaise war gleichfalls zu Mahietten und Oudarden getreten – sahen durch die Luke. Ihre Köpfe hemmten die schwache Beleuchtung des Kerkers, ohne daß die Unglückliche, die sie darum brachten, ihnen – so schien es – Beachtung schenkte. „Wir wollen sie nicht stören,“ sagte Oudarde mit leiser Stimme, „sie ist in ihrer Verzückung: sie betet.“

Währenddem betrachtete Mahiette mit immer zunehmender Aengstlichkeit diesen blassen, entstellten, zerzausten Kopf, und ihre Augen füllten sich mit Thränen. „Das würde doch sehr merkwürdig sein,“ murmelte sie.

Sie steckte ihren Kopf durch die Gitterstäbe des Luftloches, und es gelang ihr, den Blick bis in den Winkel dringen zu lassen, wohin das Auge der Unglücklichen unveränderlich gerichtet war.

Als sie ihren Kopf aus der Luke herauszog, war ihr Gesicht von Thränen naß. „Wie nennt Ihr diese Frau?“ fragte sie Oudarden.

Oudarde antwortete:

„Wir nennen sie Schwester Gudule.“

„Und ich,“ entgegnete Mahiette, „ich nenne sie Paquette La-Chantefleurie.“

Dann legte sie den Finger auf den Mund und machte der erstaunten Oudarde ein Zeichen, auch ihren Kopf in das Fenster zu stecken und hineinzublicken.

Oudarde blickte hinein und sah in dem Winkel, in welchem der Blick der Klausnerin mit düsterer Verzückung haftete, einen kleinen Schuh von rosafarbenem Seidenstoffe und mit zahllosen Gold- und Silberlitzen gestickt. Nach Oudarden blickte Gervaise hinein; und dann, nachdem sie die unglückliche Mutter gesehen, begannen die drei Frauen bitterlich zu weinen.

Weder ihre Blicke, noch ihre Thränen hatten indessen die Klausnerin gestört. Ihre Hände blieben verschlungen, ihre Lippen stumm, ihre Augen starr; und wer ihre Geschichte kannte, dem zerriß der Blick, mit dem sie den kleinen Schuh betrachtete, das Herz in der Brust.

Die drei Frauen hatten noch kein Wort hervorgebracht; sie wagten nicht zu sprechen, nicht einmal mit leiser Stimme. Dieses tiefe Schweigen, dieser tiefe Schmerz, das völlige Vergessen, in welchem, einen ***einzigen*** Gegenstand ausgenommen, alles hingeschwunden war, machte auf sie den Eindruck wie ein Hochaltar am Oster- oder Weihnachtsfeste. Sie verstummten, sie sammelten sich in Andacht, sie waren bereit, auf die Knien niederzusinken. Es kam ihnen vor, als ob sie an einem Charwochentage in die Kirche eingetreten wären.

Zuletzt versuchte Gervaise, die neugierigste und folglich die am wenigsten gefühlvolle von den dreien, die Klausnerin zum Reden zu bewegen. „Schwester,“ sagte sie, „Schwester Gudule!“

Sie wiederholte diesen Zuruf bis zu drei Malen und steigerte bei jedem Male ihre Stimme. Die Klausnerin rührte sich nicht: nicht ein Wort, kein Blick, kein Seufzer, kein Lebenszeichen.

Oudarde begann nun mit sanfterer, schmeichelnder Stimme: „Schwester!“ rief sie, „heilige Schwester Gudule!“

Immer dasselbe Schweigen, dieselbe Regungslosigkeit.

„Eine sonderbare Frau!“ rief Gervaise; „die würde von keiner Donnerbüchse beunruhigt werden!“

„Sie ist vielleicht taub,“ sprach Oudarde.

„Möglicherweise blind," fiel Gervaise ein.

„Vielleicht gar todt," versetzte Mahiette.

Wenn die Seele wirklich diesen bewegungslosen, gefühllosen, starren Leib noch nicht verlassen, so hatte sie sich wenigstens in Tiefen zurückgezogen und verborgen, wohin die Wahrnehmungen der äußern Sinnesorgane nicht mehr zu dringen vermochten.

„Wir werden also," sagte Oudarde, „den Kuchen an der Luke zurücklassen müssen; da wird ihn irgend ein Bursche wegnehmen. Was thun, um sie zu wecken?"

Eustache, der bis jetzt seine Aufmerksamkeit auf einen kleinen Wagen gerichtet hatte, den ein großer Hund zog, und der soeben vorübergefahren war, bemerkte auf einmal, daß seine drei Begleiterinnen etwas in der Luke betrachteten. Die Neugierde ergriff nun ihn; er stieg auf einen Eckstein, richtete sich auf den Fußzehen in die Höhe, steckte sein dickes, rothbackiges Gesicht in die Oeffnung und rief: „Mutter, sieh einmal, was ich sehe!"

Bei dieser hellen, frischen, lauten Kinderstimme schrak die Klausnerin zusammen. Sie wandte den Kopf mit der kurzen und raschen Bewegung einer stählernen Sprungfeder zur Seite, ihre beiden langen, knöchernen Hände begannen die Haare aus der Stirn zu streichen, und sie heftete Blicke voll Erstaunen, Bitterkeit und Verzweiflung auf den Knaben. Dieser Blick war nur ein Aufblitzen.

„O mein Gott!" schrie sie plötzlich, während sie ihr Haupt zwischen den Knien verbarg, und es schien, als ob die rauhe Stimme dabei ihre Brust zerriß, „zeiget mir wenigstens nicht diejenigen anderer Leute!"

„Guten Tag, Madame," sagte der Knabe ernsthaft.

Diese Erschütterung aber hatte die Klausnerin gleichsam aufgerüttelt. Ein langer Schauder schüttelte den ganzen Körper vom Kopf bis zu den Füßen; ihre Zähne klapperten, sie richtete den Kopf halb auf und sagte, während sie die Ellbogen an die Hüften preßte und die Füße, als ob sie diese erwärmen wollte, in die Hände nahm:

„O! die entsetzliche Kälte!"

„Armes Weib!" sprach Oudarde voll tiefen Mitleids, „wünscht Ihr ein wenig Feuer?"

Sie schüttelte den Kopf zum Zeichen der Verneinung.

„Nun gut," fuhr Oudarde fort und hielt ihr ein Fläschchen hin, „da ist Gewürzwein, der wird Euch erwärmen: trinket."

Sie schüttelte von neuem den Kopf, sah Oudarden starr an und antwortete: „Wasser."

Oudarde wurde dringend. „Nein, Schwester, das ist kein Getränk jetzt für den Januar. Ihr müßt ein wenig Würzwein trinken und diesen Maishefenkuchen essen, den wir für Euch gebacken haben."

Sie stieß den Kuchen, den ihr Mahiette hinreichte, zurück und sagte: „Schwarzbrot."

„Wohlan," sprach Gervaise, die jetzt auch vom Mitleiden ergriffen wurde und ihren wollenen Rock auszog, „hier ist ein etwas wärmerer Ueberrock, als der Eure. Legt ihn um Eure Schultern."

Sie wies den Ueberrock ebenso zurück, wie die Flasche und den Kuchen, und antwortete: „Einen Sack."

„Aber Ihr müßt doch wenigstens wohl merken," begann die gutmüthige Oudarde wieder, „daß heute ein Festtag war."

„Ich merke es," sagte die Klausnerin, „seit zwei Tagen habe ich kein Wasser in meinem Kruge." Nach einer Pause fuhr sie fort: „Es ist Fest; man vergißt mich. Man thut wohl daran. Warum sollte die Welt an mich denken, da ich nicht an sie denke. Verlischt die Kohle, erkaltet die Asche."

Und gleichsam wie ermüdet davon, so viel gesprochen zu haben, ließ sie ihr Haupt wieder auf die Knien sinken. Die schlichte und mitleidige Oudarde, welche aus ihren letzten Worten zu entnehmen glaubte, daß sie sich noch über die Kälte beklagte, antwortete ihr treuherzig: „Nun, wünscht Ihr ein wenig Feuer?"

„Feuer!" sagte die Nonne mit einem seltsamen Tone; „und wollt Ihr auch ein wenig für die arme Kleine bringen, die seit fünfzehn Jahren unter der Erde ist?"

Alle ihre Gliedmaßen zitterten, ihre Stimme bebte, ihre Augen funkelten, sie hatte sich auf den Knien emporgerichtet; plötzlich streckte sie ihre bleiche, magere Hand nach dem Knaben aus, der sie mit erstauntem Blicke maß. „Bringet dieses Kind fort!" schrie sie. „Die Zigeunerin wird gleich vorbeikommen."

Dann fiel sie mit dem Gesichte zur Erde; und ihre Stirn schlug mit einem Geräusche auf die Steinplatte auf, wie wenn ein Stein gegen den andern trifft. Die drei Frauen hielten sie für todt. Einen Augenblick nachher jedoch bewegte sie sich, und sie sahen, wie sie sich auf ihren Knien und ihren Ellbogen bis zu dem Winkel schleppte, in dem der kleine Schuh sich befand. Da wagten sie nicht hinzublicken; sie sahen sie nicht mehr, aber sie hörten zahllose Küsse und zahllose Seufzer, von herzzerreißendem Geschrei und von dumpfen Schlägen unterbrochen, wie die sind, wenn ein Kopf gegen die Wand stößt; dann, nach einem dieser Schläge, der so heftig war, daß sie alle drei sich darüber entsetzten, hörten sie nichts mehr.

„Sollte sie sich getödtet haben?" sagte Gervaise und wagte sich, den Kopf in das Luftloch zu stecken. „Schwester! Schwester Gudule!"

„Schwester Gudule!" wiederholte Oudarde.

„O, mein Gott! sie rührt sich nicht mehr!" versetzte Gervaise; „ist sie denn todt? Gudule! Gudule!"

Mahiette, die so außer sich war, daß sie kein Wort hervorbringen konnte, bemühte sich gleichfalls. „Wartet," sagte sie; dann beugte sie sich nach der Luke hin. „Paquette!" rief sie, „Paquette La-Chantefleurie!"

Ein Kind, das arglos den schlecht brennenden Zünder einer Petarde anbläst, und sich dieselbe ins Gesicht explodiren macht, kann nicht mehr entsetzt sein, als es Mahiette bei der Wirkung dieses Namens war, nachdem sie ihn plötzlich in die Zelle von Schwester Gudule hineingerufen hatte.

Die Klausnerin bebte am ganzen Körper, richtete sich auf ihren nackten Füßen in die Höhe und sprang mit so flammenden Augen an die Luke, daß Mahiette und Oudarde und die andere Frau mit dem Knaben bis an die Brustmauer des Flußdammes zurücksprangen.

Währenddem zeigte sich das schreckliche Gesicht der Klausnerin an das Gitter der Luke gepreßt. „Ach! ach!" schrie sie mit entsetzlichem Gelächter, „das ist die Zigeunerin, die mich ruft."

In diesem Augenblicke fesselte eine Scene, welche sich am Pranger zutrug, den wilden Blick der Klausnerin. Ihre Stirn runzelte sich vor Abscheu; sie streckte die beiden skelettdürren Arme aus ihrer Zelle heraus und schrie mit einer Stimme, die derjenigen der Rohrdommel glich: „Du bist es also wieder, Tochter Aegyptens! Du bist es, die mich ruft, Kinderräuberin! Nun denn: Verflucht seist du! Verflucht! Verflucht! Verflucht!"

4. Eine Thräne für einen Tropfen Wasser

Diese Worte waren gleichsam der Vereinigungspunkt von zwei Scenen, die sich bis dahin neben einander, in demselben Augenblicke, jede aber auf ihrem besonderen Schauplatze abgespielt hatten: die eine, wie man soeben gelesen hat, im Rattenloche, die andere, wie der Leser erfahren soll, auf der Leiter des Prangers. Die erste hatte nur die drei Frauen zu Zeugen gehabt, mit denen der Leser soeben Bekanntschaft gemacht hat; die zweite hatte als Zuschauer das ganze Publikum gehabt, das wir weiter oben, auf dem Grèveplatze, um den Pranger und Galgen sich ansammeln gesehen haben.

Diese Volksmenge, der die vier Gerichtsdiener, welche seit neun Uhr morgens an den vier Ecken des Prangers postirt waren, Hoffnung auf eine mittelmäßige Rechtsvollstreckung, nicht etwa auf eine Aufknüpfung, sondern nur auf eine Auspeitschung, auf ein Ohrenabschneiden, kurzum: auf etwas, erweckt hatten, – diese Menge war so schnell angewachsen, daß die vier Gerichtsdiener, die allzusehr bedrängt wurden, mehr als einmal in die Notwendigkeit versetzt wurden, sie mit tüchtigen Ruthentziehen und durch Ausschlagenlassen der Pferde mit dem Hintertheile „zusammenzuschnüren", wie man sich damals ausdrückte. Diese Volksmenge, die bei öffentlichen Rechtsvollstreckungen ans Warten gewöhnt war, zeigte nicht allzuviel Ungeduld. Sie unterhielt sich damit, den Pranger zu betrachten: eine Art sehr einfachen

Bauwerkes, das aus einem gemauerten, inwendig hohlen Würfel von etwa zehn Fuß Höhe bestand. Ein sehr roher Stufenaufgang aus unbehauenem Steine, den man vorzugsweise „die Schandleiter“ nannte, führte auf die höher gelegene Plattform, auf welcher man ein Rad aus hartem Eichenholze in wagerechter Lage bemerkte. Man band den armen Sünder kniend und mit den Armen auf dem Rücken auf dieses Rad. Eine hölzerne Stange, die eine im Innern des kleinen Baues verborgene Winde in Bewegung setzte, gab dem Rade, das immer in horizontaler Lage blieb, eine drehende Bewegung, und zeigte auf diese Weise das Gesicht des Verurteilten nach und nach allen Punkten des Platzes. Dies Verfahren nannte man „einen Missethäter drehen“.

Wie man sieht, war der Pranger auf dem Grèveplatze weit davon entfernt, alle die Ergötzlichkeiten desjenigen an den Hallen zu bieten. Da war nichts Architektonisches, nichts Denkmalartiges zu entdecken. Kein eisernes Kreuzdach, kein achteckiges Thürmchen, keine zarten Säulchen, welche am Dachrande in laub- und blumengeschmückte Kapitäle ausliefen, keine chimärisch und ungeheuerlich geformten Dachrinnen, keine geschnitzte Holzarbeit, keine geschmackvolle und gründlich in Stein gearbeitete Bildhauerarbeit – nichts von alledem war zu finden.

Man mußte sich mit diesen vier Bruchsteinflächen nebst zwei Sandsteinmauern und einem häßlichen, dürren, schmucklosen Steingalgen daneben, zufriedenstellen. Für Liebhaber der gothischen Baukunst wäre das Vergnügen gering gewesen. Wahr ist, daß nichts weniger begierig auf Baudenkmäler war, als die biedern Maulaffen des Mittelalters, und daß sie sich über die Schönheit eines Prangers nur wenig graue Haare wachsen ließen.

Der arme Sünder kam endlich, auf das Hintertheil eines Karrens gebunden, an, und als er auf die Plattform hinaufgezogen war, als man ihn von allen Punkten des Platzes mit Stricken und Riemen auf das Rad des Prangers gebunden sehen konnte, erscholl ein ungeheures Hohngeschrei, mit Gelächter und Beifallklatschen vermischt, vom Platze her. Man hatte Quasimodo erkannt.

Er war es in der That. Der Glückswechsel war seltsam. An dieser nämlichen Stelle stand er am Pranger, wo man ihm den Abend vorher als Papst und Fürsten der Narren, in Begleitung des Herzogs von Aegypten, des Königs von Thunes und des Kaisers von Galiläa, zugejauchzt, ihn ausgerufen und begrüßt hatte. Ganz gewiß gab es in der Menge nicht eine Seele, selbst ihn nicht, der vorher den Triumphirenden und nun den armen Sünder vorstellte, mit eingerechnet, welche sich in Gedanken dieses Zusammentreffen ordentlich deutlich machte. Gringoire und seine Lebensweisheit fehlten bei diesem Schauspiele. Alsbald ließ Michel Noiret, der vereidete Trompeter des Königs, unseres gnädigen Herrn, dem Volke Schweigen gebieten, und rief das Urtheil, der Verfügung und dem Befehle des Herrn Oberrichters gemäß, aus. Danach stellte er sich mit seinen Leuten, die in Uniformen gekleidet waren, hinter dem Karren auf.

Quasimodo in seiner Gleichgiltigkeit verzog keine Miene. Jeder Widerstand war ihm durch das unmöglich gemacht worden, was man damals, im Stile der Criminalkanzlei „die Stärke und Festigkeit der Fesseln“ nannte, was da sagen will, daß die Riemen und Ketten ihm wahrscheinlich ins Fleisch einschnitten. Uebrigens ist das eine Ueberlieferung von Kerker und Galeere her, die sich nicht verloren hat, und welche die Handschellen genau noch unter uns, dem civilisirten, sanften und menschlichen Volke, bewahren, – Bagno und Guillotine natürlich nicht zu vergessen.

Er hatte sich führen und stoßen, tragen und setzen, binden und freimachen lassen. Man konnte aus seinem Gesichte nichts herauslesen, als das Staunen eines Wilden oder eines Blödsinnigen. Man wußte, er war taub; man hätte ihn auch blind nennen können.

Man setzte ihn in knieender Stellung auf das kreisförmige Brett: er ließ es geschehen. Man zog ihm Hemd und Wamms bis zum Gürtel aus: er ließ sie machen. Man schnürte ihn in ein neues System von Riemen und Fesseln: er ließ sie schnallen und schnüren. Von Zeit zu Zeit nur schnaufte er laut wie ein Kalb, dessen Kopf auf dem Rande des Fleischerkarrens hängt und baumelt.

„Der Tölpel,“ sagte Johann Frollo-du-Moulin zu seinem Freunde Robin Poussepain (denn die zwei Studenten waren, wie sich das versteht, dem armen Sünder gefolgt), „er begreift nicht mehr, als ein Maikäfer, der in eine Schachtel gesperrt ist!“

Ein tolles Gelächter entstand bei der Menge, als man seinen nackten Buckel, die Kameelsbrust, seine schwieligen und haarigen Schultern erblickte. Während dieser allgemeinen Heiterkeit stieg ein Mann in der Stadtuniform, von untersetztem Wuchse und robustem Aussehen, auf die Plattform und nahm neben dem armen Sünder Platz. Sein Name machte schnell die Runde im Zuschauerkreise. Es war Meister Pierrat Torterue, der vereidete Foltermeister beim Châtelet.

Zuerst stellte er auf eine Ecke des Prangers eine schwarze Sanduhr, deren obere Kapsel mit rothem Sande gefüllt war, welchen diese in den unteren Behälter laufen ließ; hierauf zog er seinen halbtheiligen Ueberrock aus, und man sah ihn mit der Rechten eine kleine Peitsche ergreifen, die mit langen, weißen, glänzenden, knotigen, geflochtenen und mit Metallhaken besetzten Riemen versehen war. Mit der linken Hand faltete er nachlässig das Hemd um den rechten Arm bis zur Achsel in die Höhe.

Währenddem rief Johann Frollo, der seinen blonden Lockenkopf über die Menge hob (er war zu diesem Zwecke auf die Schultern Robin Poussepains gestiegen): „Kommt und sehet, ihr Herren und Damen! schauet, wie man den Glöckner meines Bruders, des Herrn Archidiaconus von Josas, den Meister Quasimodo, diesen närrischen Kauz von abenteuerlichem Gestelle mit einem Buckel wie ein Thurmdach, und mit Beinen wie verdrehte Säulen, ein- für allemal auspeitschen wird!“

Der Haufe brach in Gelächter aus, vornehmlich die Kinder und jungen Mädchen.

Endlich pochte der Foltermeister mit dem Fuße auf. Das Rad begann sich zu drehen. Quasimodo schwankte in seinen Fesseln. Die Bestürzung, die sich plötzlich in seinem häßlichen Gesichte malte, verursachte, daß das Gelächter ringsumher sich verdoppelte. Plötzlich, im Augenblicke, wo das Rad in seiner Umdrehung dem Meister Pierrat Quasimodo's hügligen Rücken zeigte, hob Meister Pierrat den Arm; die feinen Riemenschnuren pfiffen scharf, wie ein Bündel Nattern durch die Luft, und fielen wüthend auf die Schultern des Unglücklichen nieder.

Quasimodo fuhr in sich zusammen, als ob er plötzlich aus dem Schlafe erwachte. Jetzt begriff er. Er wand sich in seinen Fesseln; ein heftiges Zucken, aus Ueberraschung und Schmerz gemischt, durchwühlte die Muskeln seines Gesichtes, aber er stieß nicht einmal einen Seufzer aus. Nur den Kopf wandte er hinterwärts, erst zur Rechten, dann zur Linken, wiegte ihn dann hin und her, wie ein Stier thut, der von einer Bremse in die Flanke gestochen wird.

Ein zweiter Hieb folgte dem ersten, dann ein dritter, dann ein neuer, dann wieder einer, und so fort. Das Rad drehte sich in einem fort, und es regnete Hiebe. Bald spritzte das Blut hervor, man sah es aus zahllosen Striemen über die schwarzen Schultern des Buckligen rieseln, und die dünnen Riemen spritzten es, bei ihrem Sausen durch die Luft, in Tropfen auf die Menge.

Quasimodo hatte, so schien es wenigstens, seine ursprüngliche Gleichgültigkeit wiedergefunden. Er hatte anfangs im Stillen und ohne großen, sichtbaren Kraftaufwand seine Fesseln zu zerreißen versucht. Man hatte gesehen, wie sein Auge flammte, seine Muskeln sich spannten, die Glieder sich zusammenzogen, und die Riemen und Ketten sich ausdehnten. Die Anstrengung war gewaltig, ungeheuer, verzweifelt; aber die erprobten Folterinstrumente des Gerichtsamtes widerstanden. Sie krachten, und dabei blieb es. Quasimodo sank erschöpft zusammen. Auf seinen Zügen machte die Betäubung einem Gefühle der Bitterkeit und tiefer Entmuthigung Platz. Er schloß sein einziges Auge, ließ seinen Kopf auf die Brust sinken und erschien wie todt. Von nun an rührte er sich nicht mehr. Nichts vermochte ihm eine Bewegung abzunöthigen. Weder das Blut, das unaufhörlich floß, noch die Hiebe, deren Wuth sich verdoppelte, noch der Zorn des Foltermeisters, der sich selbst anfeuerte und in der Auspeitschung berauschte, noch das Sausen der schrecklichen Peitschenriemen, die immer schneidender wurden und zischender als Insektenflügel.

Endlich streckte ein Beamter vom Châtelet, der schwarzgekleidet und auf schwarzem Rosse seit dem Beginne der Execution neben der Leiter gehalten hatte, seinen Ebenholzstab nach der Sanduhr hin. Der Henker hielt inne. Das Rad stand still. Das Auge Quasimodo's öffnete sich langsam wieder.

Die Geißelung war zu Ende. Zwei Knechte des vereinten Foltermeisters wuschen die blutenden Schultern des Delinquenten, rieben sie mit irgend einer Salbe ein, die augenblicklich alle Wunden schloß, und warfen ihm eine Art braunes Tuch, das wie ein Meßgewand zugeschnitten war, über den Rücken. Währenddem ließ Pierrat Torterue die rothen, blutgetränkten Peitschenriemen auf den Boden abtropfen.

Noch war nicht alles für Quasimodo vorüber. Er mußte zum Schluß noch jene Stunde Prangerstehen abbüßen, welche Meister Florian Barbedienne so verständigerweise zu dem Urteilsspruche des Herrn Robert von Estoureville hinzugefügt hatte; – alles zum höchsten Ruhme des alten physiologischen und psychologischen Wortspieles von Johann von Cumenes: „Surdus absurdus“.

Man drehte also die Sanduhr um und ließ den Buckligen auf dem Rade gefesselt, damit doch ja der Gerechtigkeit völlig Genüge geleistet würde.

Das Volk, vornehmlich im Mittelalter, ist in der Gesellschaft das, was das Kind in der Familie ist. So lange es in diesem Zustande jugendlicher Unwissenheit, sittlicher und geistiger Unmündigkeit verharrt, kann man von ihm, wie vom Kinde sagen:

„Dieses Alter ist ohne Erbarmen.“

Wir haben schon früher gezeigt, daß Quasimodo allgemein verhaßt war, und zwar aus mehr als ***einem*** triftigen Grunde. In dieser Menschenmenge gab es wohl kaum einen Zuschauer, der nicht Veranlassung hätte oder zu haben glaubte, über den boshaften Buckligen von Notre-Dame Klage zu führen. Die Freude war allgemein gewesen, als man ihn am Pranger erscheinen sah; und die rohe Strafvollstreckung, die er soeben erlitten, wie die klägliche Lage, in der sie ihn gelassen hatte, weit davon entfernt den Pöbel zum Mitleid zu bewegen, hatte dessen Haß noch ingrimmiger gemacht, weil er mit dem Stachel der Schadenfreude bewaffnet war.

Als daher dem „beleidigten Gerechtigkeitsgefühle“ der Menge, wie noch heutzutage die viereckigen Mützenkauderwelschen, Genüge gethan war, kam die Reihe an die tausenderlei Privatracheakte. Hier, wie im Großen Saale, brachen besonders die Weiber los. Alle hatten einen Groll auf ihn: die einen wegen seiner Bosheit, die andern wegen seiner Häßlichkeit. Die letztern namentlich waren am wüthendsten.

„Oh! du Larve des Satans!“ rief eine.

„Du Besenstielreiter!“ schrie eine andere.

„Du Muster von jämmerlicher Fratze,“ heulte eine dritte, „wer möchte dich zum Narrenpapste machen, wenn heute gestern wäre!“

„Das ist gut,“ fuhr eine Alte fort. „Hier sehen wir die Grimasse des Prangers; wann die des Galgens?“

„Wann wirst du, mit deiner großen Glocke über den Ohren, hundert Fuß unter der Erde liegen, verfluchter Glöckner?“

„Das ist also dieser Teufel, der das Angelusläutet!“

„Ach! der Taube! der Einguck! der Bucklige! das Unthier!“

„Seht das Gesicht, das eine Schwangere besser, als alle Arznei- und Apothekermittel zur Fehlgeburt bringen kann!“

Und die zwei Studenten Johann du Moulin und Robin Poussepain sangen aus vollem Halse den alten Volksrefrain:

Einen Strick
Für das Diebsgenick!
Und ein Birkenreis
Für den Affensteiß!

Tausend andere Beschimpfungen regnete es, und Hohngeschrei, Verwünschungen, Gelächter und Steinwürfe kamen von allen Orten.

Quasimodo war taub, aber er sah deutlich; und die Wuth des Pöbels war nicht weniger kräftig auf den Gesichtern, als in ihren Schimpfreden ausgedrückt. Uebrigens machten ihm die Steinwürfe das tolle Gelächter begreiflich.

Zuerst hielt er Stand. Aber nach und nach wankte diese Geduld, welche unter der Peitsche des Foltermeisters starr geblieben war, und gab allen diesen Insektenstichen Raum. Der Stier Asturiens, welcher von den Angriffen des Lanzenreiters kaum gereizt wird, geräth über die Hunde und Banderillos in Zorn.

Langsam warf er zuerst einen drohenden Blick auf die Menge. Aber geknebelt, wie er war, blieb sein Blick zu machtlos, um die Fliegen zu verjagen, die an seiner Wunde nagten. Dann schüttelte er sich in seinen Fesseln, und seine wüthenden Sprünge ließen das alte Prangerrad auf seinen Brettern krachen. Ueber allem dem nahmen die Spöttereien und das Hohngeschrei nur noch zu.

Nun wurde der Unglückliche, welcher die für ein wildes Thier bestimmte Fessel nicht brechen konnte, ruhig; nur manchmal hob ein ingrimmiger Seufzer alle Tiefen seiner Brust. Auf seinem Antlitze sah man weder Scham noch Zornesröthe. Er war dem Zustande der Gesellschaft zu sehr entfremdet und dem der Natur zu nahe, um zu wissen, was Scham bedeutet. Ist übrigens die Ehrlosigkeit auf dieser Stufe der Häßlichkeit noch ein merkbares Etwas? Der Zorn aber und der Haß und die Verzweiflung lagerten auf diesem häßlichen Gesichte nach und nach eine immer düsterere Wolke ab, die sich immer mehr mit Zündstoff füllte, welcher in zahllosen Blitzen aus dem Auge des Cyklopen zuckte.

Indessen hellte sich diese Wolke einen Augenblick auf, als ein Maulthier, welches einen Priester trug, herankam und die Menge theilte. So weit auch er diesen Maulesel und diesen Priester von sich entfernt sah, sänftigte sich das Angesicht des armen Teufels. Auf die Wuth, welche es zusammenzog, folgte ein seltsames Lächeln voll unaussprechlicher Milde, Sanftmuth und Zärtlichkeit. In dem Maße, wie der Priester sich näherte, desto offenherziger, deutlicher und strahlender wurde dieses Lächeln. Es war als ob der Unglückliche die Ankunft eines Erretters begrüßte. In dem Augenblicke jedoch, wo der Maulesel nahe genug beim Pranger war, so daß sein Reiter den Delinquenten erkennen konnte, senkte der Priester die Blicke, kehrte plötzlich um, gab dem Maulthiere beide Sporen, als ob er Eile gehabt hätte, sich von demüthigenden Forderungen, und vielleicht auch von Sorge zu befreien, von einem armen Teufel in solcher Stellung gegrüßt und erkannt zu werden.

Dieser Priester war der Archidiaconus Dom Claude Frollo.

Die Wolke senkte sich düsterer wieder auf die Stirne Quasimodo's. Eine Zeit lang mischte sich noch ein Lächeln hinein; aber es war bitter, muthlos, unendlich traurig.

Die Zeit verfloß. Seit anderthalb Stunden wenigstens stand er nun, zerfleischt, mißhandelt, unaufhörlich verspottet und fast gesteinigt, da.

Plötzlich bewegte er sich von neuem in seinen Banden; und mit der Verdoppelung der Verzweiflung, vor der das ganze Gerüst zitterte, das ihn trug, schrie er, indem er das Schweigen brach, das er bis dahin hartnäckig beobachtet hatte, mit heiserer und wüthender Stimme, die mehr einem Gebelle, als einem Menschenrufe glich, und welche den Lärm des Hohngeschreies übertönte: „Zu trinken!“

Dieser Nothschrei, weit entfernt Mitleiden zu erregen, vergrößerte noch das Vergnügen des süßen Pariser Pöbels, der die Leiter umringte, und der, wie man sagen muß, damals kaum weniger grausam und weniger verthiert war, als jene Bettlerhorde, zu der wir den Leser schon geführt haben, und die ganz einfach die niedrigste Schicht des Volkes war. Nicht eine Stimme erhob sich rings um den außer um mit seinem Durste Spott zu treiben. Freilich war er in diesem Augenblicke wunderlicher und abstoßender noch, als Mitleid erregend mit seinem purpurroten und schweißtriefenden Gesichte, seinem irren Blicke, seinem vor Zorn und Leiden schäumenden Munde und der halb heraushängenden Zunge. Auch muß man sagen, daß, hätte sich in diesem Haufen irgend eine barmherzige und gute Bürger- oder Bürgerinnenseele gefunden, die in Versuchung gerathen wäre, diesem bedauernswerthen Geschöpfe in seiner Pein ein Glas Wasser zu bringen, daß, sage ich, an den verrufenen Stufen des Prangers ein solches Vorurtheil von Schimpf und Schande haftete, daß dieses genügt hätte, den barmherzigen Samariter zurückzutreiben.

Nach Verlauf einiger Minuten ließ Quasimodo seinen verzweifelten Blick über die Menge schweifen und wiederholte mit noch herzzerreißenderer Stimme: „Zu trinken!“

Alles brach in Lachen aus.

„Trink' das!" rief Robin Poussepain und warf ihm einen in der Gosse herangetriebenen Schwamm ins Gesicht. „Da, tauber Schurke, ich bin dein Schuldner."

Ein Frauenzimmer warf ihm einen Stein an den Kopf:

„Das möge dich lehren, uns des Nachts mit deinem verwünschten Läuten zu stören."

„Ach ja, Bursche!" heulte ein Gelähmter, der sich bemühte, ihn mit seiner Krücke zu erreichen, „willst du uns noch von der Höhe der Notre-Dame-Thürme behexen?"

„Da hast du einen Napf zum trinken!" begann jetzt ein Mann und warf ihm einen zerbrochenen Krug an die Brust. „Du bist die Ursache, daß meine Frau, an der du nur vorbeigegangen bist, ein Kind mit zwei Köpfen zur Welt gebracht hat!"

„Und meine Katze einen sechsbeinigen Kater!" kreischte eine Alte und warf einen Dachziegel nach ihm.

„Zu trinken!" wiederholte Quasimodo schnaufend zum dritten Male.

In diesem Augenblicke sah er, wie der Volkshaufen sich theilte. Ein junges, wunderlich gekleidetes Mädchen trat aus der Menge hervor. Sie war von einer kleinen weißen Ziege mit vergoldeten Hörnern begleitet und trug eine baskische Trommel in der Hand.

Quasimodo's Auge funkelte. Das war die Zigeunerin, welche er in der vergangenen Nacht zu entführen versucht hatte: eine Beschimpfung, das fühlte er dunkel, für die man ihn jetzt in diesem Augenblicke züchtigte; was übrigens am allerwenigsten der Fall war, da er ja nur infolge des Unglücks, taub zu sein, und von einem Tauben verurtheilt worden zu sein, Strafe erlitten hatte. Er zweifelte nicht, daß sie nur kam, um sich auch zu rächen, und ihm ihren Schlag, wie alle andern, zu versetzen.

Er sah sie in der That eilig die Leiter heraufsteigen. Zorn und Aerger schnürten ihm die Kehle zu. Er hätte gewünscht, den Pranger zusammenbrechen lassen zu können; und wenn der Blitz seines Auges hätte zerschmettern können, so wäre die Zigeunerin, ehe sie auf der Plattform ankam, zu Staub zermalmt worden.

Sie näherte sich, ohne ein Wort zu verlieren, Quasimodo, der sich vergebens hin- und herwand, um ihr auszuweichen, machte eine Kürbisflasche von ihrem Gürtel los und setzte sie sachte an die trockenen Lippen des Unglücklichen. Da sah man aus diesem bisher so trockenen und glühenden Auge eine dicke Thräne rollen, welche langsam über das mißgestaltete und vor Verzweiflung verzerrte Gesicht herabfloß. Das war vielleicht die erste Thräne, welche der Unglückliche jemals vergossen hatte.

Dabei vergaß er zu trinken. Die Zigeunerin verzog ungeduldig ihren kleinen Mund und setzte lächelnd den Flaschenhals an Quasimodo's zahnigen Mund. Er trank in langen Zügen. Sein Durst war brennend.

Als er geendet hatte, spitzte der Unglückliche seine schwarzen Lippen: jedenfalls, um die schöne Hand zu küssen, die ihm soeben Hilfe geleistet hatte. Aber das junge

Mädchen, welches vielleicht nicht frei von Mißtrauen war, und sich des gewalttätigen Versuches von der Nacht her erinnerte, zog ihre Hand mit der erschrockenen Geberde eines Kindes zurück, welches von einem Thiere gebissen zu werden fürchtet.

Da heftete der arme Taube einen Blick voll Vorwurf und unsäglicher Traurigkeit auf sie.

Es war jedenfalls ein rührendes Schauspiel, dieses schöne, frische, reine, reizende und zugleich so schwache Mädchen zu sehen, wie es so mitleidig zum Beistande so großen Elends, so großer Häßlichkeit und Bosheit herbeigeeilt war. Auf einem Pranger war dies Schauspiel erhaben.

Die Menge selbst war davon ergriffen und fing unter den Rufen „Hurrah! Juchhe!“ an in die Hände zu klatschen.

Gerade in diesem Augenblicke bemerkte die Klausnerin von der Luke ihres Loches aus die Zigeunerin auf dem Pranger und schleuderte ihr den gräßlichen Fluch zu: „Verflucht sei du, Tochter Aegyptens! Verflucht! Verflucht!“

5. Ende der Geschichte des Maiskuchens

Die Esmeralda erbleichte und stieg schwankend vom Pranger herunter. Die Stimme der Klausnerin klang noch hinter ihr drein: „Steig' herab! steig' herab! ägyptische Diebin! du wirst schon wieder hinaufsteigen!“

„Die Nonne hat ihre närrischen Anfälle,“ sagte die Menge murrend; und es geschah nichts weiter von ihrer Seite. Denn diese Art Weiber wurden mit Scheu betrachtet, was ihnen den Charakter der Heiligkeit verlieh. Man machte sich damals nicht gern mit jemandem zu schaffen, der Tag und Nacht betete.

Die Stunde war gekommen, wo Quasimodo herabgeführt werden sollte. Man band ihn los und die Menge zerstreute sich.

In der Nähe der Großen Brücke blieb Mahiette, die mit ihren zwei Begleiterinnen vom Platze zurückkehrte, plötzlich stehen:

„Was ich fragen wollte, Eustache! was hast du mit dem Kuchen gemacht?“

„Mutter,“ sagte der Knabe, „während Ihr mit jener Dame, die im Loche war, sprachet, kam auf einmal ein großer Hund, der in meinen Kuchen gebissen hat. Da habe ich nun auch davon gegessen.“

„Was, Bursche,“ versetzte sie, „du hast ihn ganz gegessen?“

„Mutter, der Hund ist schuld daran. Ich habe es ihm gesagt, aber er hat nicht gehört. Da habe ich auch hineingebissen, freilich!“

„Es ist ein schrecklicher Junge," sagte die Mutter lachend und scheltend zu gleicher Zeit. „Seht Ihr, Oudarde! er ißt den ganzen Kirschbaum in unserem Gärtchen in Charlerange allein leer. Daher behauptet sein Großvater, daß er einmal ein Hauptmann werden wird . . . Wenn ich dich wieder dabei kriege, Monsieur Eustache . . . Geh', großer Löwe!"

Ende des ersten Bandes

Zweiter Band

Siebentes Buch

1. Es ist gefährlich, sein Geheimnis einer Ziege anzuvertrauen

Mehrere Wochen waren verflossen. Es war in den ersten Tagen des März. Die Sonne, welche Dubartas, dieser klassische Vorfahr der Umschreibung, noch nicht „den Großherzog unter den Lichtern" genannt hatte, war deswegen nicht weniger freudig und strahlend. Es war einer von den Frühlingstagen, die so mild und schön sind, daß ganz Paris sie auf Plätzen und Spaziergängen wie Sonntage feiert. An solchen hellen, warmen und heitern Tagen ist es vorzüglich eine bestimmte Stunde, wo man das Portal von Notre-Dame bewundern muß. Es ist der Augenblick, wo die schon zum Untergange sich neigende Sonne der Kathedrale gerade gegenüber steht. Ihre immer wagrechter fallenden Strahlen entfernen sich allmählich vom Pflaster des Platzes und steigen senkrecht längs der Façade in die Höhe, wo sie die unzähligen runden Erhöhungen aus ihrem Schatten hervortreten lassen, während die große Mittelrosette wie ein im Wiederscheine der Schmiedeesse glühendes Cyklopenauge flammt.

Es war um jene Stunde.

Gegenüber der hohen, vom Abendstrahle gerötheten Kathedrale, auf dem steinernen Balkone, der über der Thürhalle eines reichen gothischen Hauses, das die Ecke des Platzes und der Domhofstraße bildete, angebracht war, saßen lachend und allerlei Scherz treibend mehrere hübsche, junge Mädchen. An der Länge des Schleiers, welcher von der Spitze der perlenumwundenen Haube bis auf die Hacken fiel, an der Feinheit des gestickten Hemdchens, welches ihre Schultern bedeckte, und nach der einnehmenden Mode von damals die Rundung des jungfräulich schönen Busens erkennen ließ; an dem Reichthume ihrer Unterkleider, welche (merkwürdiger Geschmack!) noch kostbarer waren, als das Oberkleid, an der Gaze, Seide, dem Sammet, mit dem alles ausstaffirt war, – vor allem aber an der Weiße ihrer Hände, welche ein müßiges und arbeitsloses Dasein bezeugten, war es leicht, adlige und reiche Erbinnen zu errathen. In der That war es Fräulein Fleur-de-Lys von Gondelaurier und ihre Gespielinnen: Diane von Christeuil, Amelotte von Montmichel, Colombe von Gaillefontaine und die Kleine von Champchevrier, – alles Mädchen aus gutem Hause, die in diesem Augenblicke bei der verwitweten Frau von Gondelaurier versammelt waren, des durchlauchtigen Herrn von Beaujeu und seiner Frau Gemahlin wegen, die im Monate April nach Paris kommen und hier ein Ehrengeleit für die Frau Kronprinzessin Margarethe auswählen sollten, da man diese in der Picardie aus den Händen der Flamländer in Empfang nehmen mußte. Nun bewarben sich alle Krautjunker auf dreißig Meilen in der Runde um diese Ehre für ihre Töchter, und eine große Zahl von ihnen hatte dieselben schon nach Paris gebracht oder geschickt. Diese hier waren von ihren Eltern der vorsichtigen und treuen Obhut der Frau Aloïse von Gondelaurier anvertraut worden, der Witwe eines frühern Hauptmanns der königlichen Bogenschützen, die sich mit ihrer einzigen Tochter in ihr Haus am Domplatze von Notre-Dame in Paris zurückgezogen hatte.

Der Balkon, wo sich die jungen Mädchen befanden, öffnete sich auf ein Zimmer, das mit gelbfarbigem, goldgepreßten flandrischen Leder reich tapezirt war. Die Deckenbalken, welche parallel neben einander herliefen, ergötzten das Auge durch ihre tausend seltsamen, farbigen und vergoldeten Schnitzereien. An den geschnitzten Truhen schillerten hier und da glänzende Stücke Email; ein Eberkopf aus Fayence krönte einen prachtvollen Schenktisch, dessen zwiefache Stufen anzeigten, daß die Besitzerin des Hauses Gemahlin oder Witwe eines Ritters aus des Königs Heerbann wäre. Im Hintergrunde, zur Seite eines wappengeschmückten und von oben bis unten mit Schildereien bedeckten Kamins, saß in einem reichen, rothsammetnen Lehnstuhle Frau von Gondelaurier, deren fünfzig Jahre an ihrem Anzuge sowohl, wie auf ihrem Antlitze erkennbar waren. Neben ihr stand ein junger Mann von ziemlich stolzem Aussehen, wenn auch ein wenig eitel und großprahlerisch: einer von den hübschen jungen Herren, über die alle Frauen einig sind, wiewohl erfahrene Männer und Menschenkenner die Achseln über sie zucken. Der junge Mann trug das glänzende Gewand eines Ordonnanz-Hauptmanns der königlichen Bogenschützen, welches dem Costüme Jupiters, wie wir es schon im ersten Buche dieser Geschichte kennen gelernt haben, zu ähnlich sah, als daß wir den Leser mit einer zweiten Beschreibung desselben langweilen möchten.

Die jungen Mädchen saßen theils im Zimmer, theils auf dem Balkone; die einen auf Polstern von Utrechter Sammet mit goldenen Eckzieraten, die andern auf Fußschemeln aus Eichenholze, die mit Blumen- und Figurenschnitzereien geschmückt waren. Jede von ihnen hielt auf dem Schooße einen Zipfel von einer großen Nadelstickerei, an welcher sie gemeinschaftlich arbeiteten, und von der ein großes Stück auf die Strohmatte hinabfiel, womit der Fußboden bedeckt war.

Sie plauderten unter einander mit der zischelnden Stimme und dem leisen, erstickten Lachen einer Gesellschaft junger Mädchen, in deren Mitte sich ein junger Mann befindet. Der junge Mann, dessen Gegenwart hinreichte, alle weiblichen Eitelkeiten anzuregen, schien sich selbst wenig um sie zu kümmern; und während die hübschen Mädchen überlegten, auf welche er seine Aufmerksamkeit wohl lenken würde, schien er hauptsächlich damit beschäftigt, mit seinem Handschuh von Damhirschleder die Schnalle seines Degengehenkes zu putzen.

Von Zeit zu Zeit richtete die alte Dame ganz leise das Wort an ihn, und er antwortete ihr nach Möglichkeit mit einer gewissen linkischen und erzwungenen Höflichkeit. Am Lächeln, an dem kleinen Zeichen des Einverständnisses, an dem Augenzwinkern, welches Frau Aloïse an ihre Tochter Fleur-de-Lys richtete, während sie leise mit dem Hauptmanne sprach, konnte man leicht ersehen, daß es sich um eine abgeschlossene Verlobung, um eine wahrscheinlich nahe Verheiratung zwischen dem jungen Manne und Fleur-de-Lys handelte. Aber an der angenommenen Gleichgültigkeit des Offiziers konnte man, von seiner Seite wenigstens, leicht ersehen, daß von Liebe keine Rede sein konnte. Sein ganzes Geberdenspiel drückte Verlegenheit und Langeweile aus: ein Etwas, das unsere Garnisonlieutenants von heute eigentümlicherweise mit „Welche Hundelangeweile!“ in ihrer Sprache bezeichnen würden.

Die gute Frau, welche von ihrer Tochter so eingenommen war, wie es eine arme Mutter nur sein kann, bemerkte die geringe Begeisterung des Offiziers nicht, und bemühte sich, ihm ganz leise die unendliche Geschicklichkeit bemerklich zu machen, mit welcher Fleur-de-Lys ihre Nadel handhabte und ihre Strähne aufwickelte.

„Sehet, Cousinchen,“ sagte sie, indem sie ihn am Aermel zog, um ihm ins Ohr zu flüstern, „betrachtet sie doch, wie sie sich auf die Arbeit bückt.“

„In der That,“ antwortete der junge Mann und verfiel wieder in sein zerstreutes und eisiges Schweigen.

Einen Augenblick darauf mußte er sich wieder herunterneigen und Frau Aloïse sagte zu ihm:

„Habt Ihr je ein einnehmenderes und anmuthigeres Wesen gesehen, als Eure Braut? Kann man weißer und blonder sein? Sind ihre Hände nicht tadellos? Und nimmt der Hals da zum Entzücken nicht alle Biegungen des Schwanes an? Wie beneide ich Euch manchmal! Und was seid Ihr glücklich, ein Mann zu sein, kleiner Leichtfuß, Ihr! Ist meine Fleur-de-Lys nicht schön zum anbeten, und seid Ihr nicht sterblich in sie verliebt?“

„Zweifelsohne,“ antwortete er und dachte an etwas ganz anderes.

„Aber sprecht doch mit ihr," sagte plötzlich Frau Aloïse und schob ihn an der Schulter vor, „sagt ihr doch etwas; Ihr seid recht schüchtern geworden."

Wir können unsern Lesern die Versicherung geben, daß Schüchternheit weder eine Tugend noch ein Fehler des Hauptmanns war. Er versuchte jedoch zu thun, was man von ihm verlangte.

„Schöne Cousine," sagte er, indem er zu Fleur-de-Lys trat, „was ist der Gegenstand dieser Stickereiarbeit, die Ihr da ausführt?"

„Schöner Vetter," entgegnete Fleur-de-Lys mit unwilligem Tone, „ich habe es Euch schon dreimal gesagt: es ist die Grotte des Neptunus."

Offenbar las Fleur-de-Lys viel deutlicher, als ihre Mutter in dem kalten und zerstreuten Betragen des Hauptmanns. Er fühlte die Nothwendigkeit irgend welche Unterhaltung zu beginnen.

„Und für wen ist diese ganze Neptunerei?" fragte er.

„Für die Abtei Saint-Antoine-des-Champs," sagte Fleur-de-Lys, ohne die Augen aufzuschlagen.

Der Hauptmann faßte einen Zipfel der Stickerei.

„Wer ist, meine schöne Cousine, der dicke Gendarm, der mit vollen Backen in eine Trompete bläst?"

„Das ist Triton," antwortete sie.

Es war immer noch ein schmollender Ton in den kurzen Worten von Fleur-de-Lys. Der junge Mann begriff, daß es unerläßlich wäre, ihr irgend etwas ins Ohr zu flüstern: eine Abgeschmacktheit, eine Galanterie, gleichgiltig was. Er neigte sich also zu ihr; aber er konnte nichts Zarteres und Vertraulicheres in seiner Einbildungskraft finden, als folgendes: „Warum trägt Eure Mutter immer noch ein solches wappengeziertes Rockwunder, wie unsere Großmutter zur Zeit Karls des Siebenten? Sagt ihr doch, schöne Cousine, daß das jetzt nicht mehr geschmackvoll ist, und daß der als Wappen aufs Kleid gestickte Haspen und Lorbeerbaum ihr das Ansehen eines wandelnden Kaminmantels geben. Wahrhaftig, man setzt sich nicht mehr so auf sein Bannerwappen, ich schwöre es Euch."

Fleur-de-Lys schlug ihre schönen Augen mit dem Ausdrucke des Tadels auf:

„Ist das alles, was Ihr mir schwört?" sagte sie mit leiser Stimme.

Währenddem sagte die gute Frau Aloïse, die beide zu einander geneigt und flüstern sah, während sie mit dem Schließen ihres Gebetbuches spielte:

„Rührendes Bild der Liebe!"

Der Hauptmann, welcher immer verlegener wurde, wendete sich plötzlich nach der Stickerei hin und rief: „Das ist wahrlich eine reizende Arbeit."

Bei dieser Gelegenheit wagte Colombe von Gaillefontaine, eine andere schöne Blondine mit weißem Teint, die in ein schönes blaues Damastgewand gekleidet war, schüchtern ein Wort an Fleur-de-Lys zu richten, in der Hoffnung, daß der schöne Hauptmann darauf antworten möchte: „Meine liebe Gondelaurier, habt Ihr die Stickereien im Hotel von la Roche-Guyon gesehen?"

„Ist das nicht das Hotel, wo der Garten der Weißzeugaufseherin des Louvre eingeschlossen ist?" fragte lachend Diana von Christeuil, die schöne Zähne hatte und daher bei jeder Gelegenheit lachte.

„Und wo jener große alte Thurm der alten Festungsmauer von Paris ist?" fügte Amelotte von Montmichel hinzu, eine reizende, lockige Brünette, die gewöhnlich, und ohne zu wissen warum, seufzte, während die andern lachten.

„Meine liebe Colombe," entgegnete Frau Aloïse, „meint Ihr etwa das Hotel, welches zur Zeit Karls des Sechsten dem Herrn von Bacqueville gehörte? Da sind allerdings die köstlichsten Haute-Lice-Stickereien zu sehen."

„Karl der Sechste! Karl der Sechste!" murmelte der junge Hauptmann und strich sich den Schnurrbart, „mein Gott, an was für alte Geschichten sich die gute Frau erinnert!"

Frau von Gondelaurier fuhr fort: „Schöne Stickereien, in Wahrheit; eine Arbeit, die so hoch geschätzt wird, daß sie für einzig gilt!"

In diesem Augenblicke rief Bérangère von Champchevrier, ein schlankes kleines Mädchen von sieben Jahren, welches durch das Balkongitter auf den Platz hinabsah:

„Ach, sehet, liebe Pathe Fleur-de-Lys! Die hübsche Tänzerin, die da auf der Straße tanzt und mitten unter den Leuten ihr Tamburin schlägt!"

In der That hörte man das dumpfe Rasseln einer baskischen Trommel.

„Irgend eine Zigeunerin aus Böhmen," sagte Fleur-de-Lys und wandte sich nachlässig nach dem Platze hin.

„Laßt sehen! laßt sehen!" riefen ihre lebhaften Gefährtinnen, und alle eilten sie an den Rand des Balkons, während Fleur-de-Lys, nachdenklich über die Kälte ihres Verlobten, ihnen langsam folgte; dieser aber, froh über diesen Zwischenfall, welcher eine lästige Unterhaltung abschnitt, zog sich mit der befriedigten Miene eines abgelösten Soldaten in den Hintergrund des Zimmers zurück. Es war doch eigentlich ein angenehmer und reizender Dienst, der bei der schönen Fleur-de-Lys, und er war ihm als solcher früher auch erschienen; aber der Hauptmann wurde nach und nach gleichgiltig; die Aussicht auf eine bevorstehende Heirath machte ihn von Tag zu Tag kälter. Uebrigens hatte er ein unruhiges Temperament und – es kann nicht verschwiegen werden – einen etwas gewöhnlichen Geschmack. Obgleich von sehr hoher Geburt, hatte er mit dem Harnisch manche Gewohnheiten des Kriegerstandes angenommen. Das Wirthshausleben gefiel ihm, und was damit zusammenhängt. Er fühlte sich nur wohl bei schlüpfriger Unterhaltung, soldatischen Liebeshändeln, gefälligen Schönen und leichten Eroberungen. Er hatte allerdings von Haus aus eine gewisse Erziehung und Bildung genossen, war aber zu jung eigener Herr geworden, zu jung in das Garnisonleben gekommen, und täglich schwand der edelmännische Schliff mehr unter den Reibungen seines Soldatenwehrgehänges. Wenn er Fleur-de-Lys auch noch zeitweilig und infolge eines Restes von freundlicher Achtung besuchte, so fühlte er sich doppelt befangen bei ihr: einmal weil er sein Liebesgefühl zu sehr an allerlei andern Orten vergeudete, und nur sehr wenig für sie übrig blieb; dann, weil er unter so vielen steifen, eleganten und sittsamen Frauen stets fürchtete, daß sein ans Fluchen gewöhnter Mund plötzlich einmal das Maul recht vollnehmen und ihm Schenkstubenredensarten entwischen möchten. Man denke sich die schöne Wirkung!

Uebrigens verband sich das alles bei ihm mit großen Ansprüchen auf Anmuth, Kleiderpracht und Schönheit. Das vereinige nun ein jeder, wie er kann; ich berichte es nur.

Er hatte sich also, wer weiß mit welchen Gedanken beschäftigt, seit einigen Augenblicken schweigend an die verzierte Kamineinfassung gelehnt, als sich Fleur-de-Lys plötzlich umdrehte und an ihn wandte. Das arme Mädchen schmollte nach alledem nur, weil es seinem Herzen Zwang anthat.

„Schöner Vetter, habt Ihr uns nicht von einer kleinen Zigeunerin erzählt, welche Ihr vor zwei Monaten bei der Nachtronde aus den Händen eines Dutzend Räuber gerettet habt?“

„Ich glaube, ja, schöne Cousine,“ sagte der Hauptmann.

„Nun gut!“ versetzte sie; „das ist vielleicht diese Zigeunerin, welche da unten auf dem Vorplatze tanzt. Kommt, seht selbst, ob Ihr sie wiedererkennt, schöner Vetter Phöbus.“

Es zeigte sich ein geheimer Wunsch nach Versöhnung in dieser sanften Aufforderung, welche sie an ihn richtete, zu ihr zu kommen, und in der Aufmerksamkeit, mit welcher sie ihn beim Namen rief. Der Hauptmann Phöbus von Châteaupers (denn er ist's, den der Leser seit Anfang dieses Kapitels vor sich sieht) näherte sich langsamen Schrittes dem Balkone. „Da,“ sagte Fleur-de-Lys zu ihm und legte sanft ihre Hand auf Phöbus' Arm, „sehet jene Kleine, welche da im Kreise tanzt. Ist das Eure Zigeunerin?“

Phöbus sah hin und sagte:

„Ja, ich erkenne sie an ihrer Ziege wieder.“

„Ach, die hübsche, kleine Ziege, in der That!“ sagte Amelotte, indem sie vor Bewunderung die Hände zusammenschlug.

„Sind ihre Hörner wirklich von Gold?“ fragte Bérangère.

Ohne sich von ihrem Stuhle zu erheben, nahm Frau Aloïse das Wort: „Ist sie nicht eine von den Zigeunerinnen, welche voriges Jahr durch das Gibard-Thor hereingekommen sind?“

„Liebe Frau Mutter,“ sagte Fleur-de-Lys sanft, „dieses Thor heißt jetzt das Höllenthor.“

Fräulein von Gondelaurier wußte, wie sehr der Hauptmann an den veralteten Redeformen ihrer Mutter Anstoß nahm.

In der That begann er höhnisch lachend zwischen den Zähnen zu murmeln: „Gibard-Thor! Gibard-Thor! Wahrscheinlich eins, um König Karl den Sechsten einziehen zu lassen!“

„Pathe,“ rief Bérangère, deren immer bewegliche Augen sich auf einmal nach der Spitze der Thürme von Notre-Dame erhoben hatten, „was ist das für ein schwarzer Mann da oben?“

Die jungen Mädchen sahen alle in die Höhe. In der That lehnte ein Mann an dem Dachgeländer des nördlichen Thurmes nach dem Grèveplatze zu. Es war ein Priester. Man unterschied deutlich seine Kleidung und das auf seine beiden Hände gestützte Gesicht. Uebrigens stand er gerade wie eine Bildsäule da. Sein Auge war starr auf den Platz in der Tiefe gerichtet. Er hatte etwas von der Unbeweglichkeit eines Thurmfalken an sich, welcher soeben ein Sperlingsnest entdeckt hat und dasselbe betrachtet.

„Das ist der Herr Archidiaconus von Josas,“ sagte Fleur-de-Lys.

„Ihr habt gute Augen, wenn Ihr ihn von hier aus erkennt,“ bemerkte die Gaillefontaine.

„Wie er die kleine Tänzerin betrachtet!“ entgegnete Diana von Christeuil.

„Wehe der Zigeunerin!“ sagte Fleur-de-Lys, „er liebt Aegypten nicht.“

„Es ist sehr schade, daß dieser Mann sie so ansieht,“ warf Amelotte von Montmichel ein, „denn sie tanzt zum Entzücken!“

„Schöner Vetter Phöbus,“ sagte auf einmal Fleur-de-Lys, „da Ihr die kleine Zigeunerin kennt, gebt ihr doch ein Zeichen heraufzukommen; das wird uns unterhalten.“

„Ach ja!“ riefen die jungen Mädchen alle, indem sie in die Hände klatschten.

„Aber das ist ein närrischer Einfall,“ antwortete Phöbus. „Sie hat mich gewiß vergessen, und ich weiß nicht einmal ihren Namen. Doch weil ihr es wünscht, werthe Fräulein, will ich's versuchen.“ Er beugte sich über die Balustrade des Balkons und begann zu rufen: „Kleine!“

Die Tänzerin schlug in diesem Augenblicke das Tamburin nicht. Sie wandte den Kopf nach der Richtung hin, von wo der Ruf zu ihr kam; ihr glänzender Blick haftete auf Phöbus, und ganz plötzlich hielt sie inne.

„Kleine!“ wiederholte der Hauptmann und machte ihr mit dem Finger ein Zeichen, zu kommen.

Das junge Mädchen sah ihn wieder an, dann erröthete sie, als ob ihr eine Flamme in die Wangen gestiegen wäre; und während sie ihr Tamburin unter den Arm nahm, schritt sie mitten durch die verwunderten Zuschauer auf die Thür des Hauses zu, wo Phöbus sie rief; langsam war ihr Schritt und schwankend, ihr Blick verstört, wie der eines Vogels, welcher der Zauberwirkung einer Schlange folgt.

Einen Augenblick darauf hob sich der gestickte Thürvorhang und die Zigeunerin erschien roth, bestürzt, athemlos auf der Schwelle der Thür; ihre großen Augen waren niedergeschlagen; sie wagte keinen Schritt weiter zu thun.

Bérangère klatschte in die Hände.

Währenddem blieb die Tänzerin unbeweglich auf der Thürschwelle stehen. Ihre Erscheinung hatte auf die Gruppe der jungen Mädchen eine sonderbare Wirkung hervorgebracht. Sicher belebte ein undeutlicher und unbestimmter Wunsch, dem schönen Offizier zu gefallen, alle zugleich; gewiß war seine glänzende Uniform das Ziel aller ihrer Koketterien, und ebenso sicher war seit seiner Gegenwart eine gewisse geheime, versteckte Eifersucht bei ihnen vorhanden, welche sie sich selbst kaum zu gestehen wagten, die aber nichts desto weniger alle Augenblicke aus ihren Geberden und Worten hervorleuchtete. Doch, da sie beinahe alle an Schönheit auf derselben Stufe standen, so kämpften sie mit gleichen Waffen, und jede konnte auf Sieg hoffen. Die Ankunft der Zigeunerin störte sofort dieses Gleichgewicht. Sie war von so seltener Schönheit, daß in dem Augenblicke, wo sie am Eingange zum Zimmer erschien, es war, als ob sie da eine Art von ihr ganz eigenem Glanze ausstrahlte. In diesem engen Zimmer, in diesem düstern Rahmen von Tapeten und Wandtäfelungen war sie unvergleichlich schöner und strahlender, als auf dem freien Platze. Sie war wie eine Leuchte, welche soeben Tageshelle in die Dunkelheit gebracht hatte. Die adligen Fräulein wurden widerwillig davon hingerissen. Jede fühlte sich gewissermaßen an ihrer Schönheit verwundet. Daher änderte sich ihr Schlachtplan (man gestatte uns diese Bezeichnung) auf der Stelle, ohne daß sie ein Wort verloren. Aber sie verstanden sich wunderbarerweise. Die Gefühle der Frauen verstehen und entsprechen sich schneller, als der Geist der Männer. Es war für sie eine Feindin gekommen: alle fühlten es, alle verbanden sich. Wie ein Tropfen Wein genügt, um ein Glas Wasser zu röthen, so genügt das Erscheinen einer schönern Frau, um eine ganze Versammlung hübscher Weiber in eine gewisse Stimmung zu versetzen – zumal wenn sich nur ein Mann unter ihnen befindet.

Deshalb war der Empfang, welcher der Zigeunerin bereitet wurde, ein merkwürdig eisiger. Man betrachtete sie von Kopf bis zu Fuß, man sah sich dann unter einander an, und alles war gesagt: sie hatten sich verstanden. Indessen wartete das junge Mädchen, bis man sie anredete; und so bewegt war sie, daß sie nicht wagte die Augen aufzuschlagen.

Der Hauptmann brach das Schweigen zuerst. „Auf mein Wort," sagte er mit seiner unerschrockenen Albernheit, „das ist ein reizendes Geschöpf! Was meint Ihr dazu, schöne Cousine?"

Diese Bemerkung, welche ein feinfühlenderer Bewunderer wenigstens leise gemacht hätte, war nicht derart, um die Eifersucht der Weiber zu verscheuchen, die vor der Zigeunerin auf der Lauer standen. Fleur-de-Lys antwortete dem Hauptmann mit einem süßlichen, affectirten Tone von Nichtachtung: „Nicht übel."

Die andern zischelten.

Endlich sprach Frau Aloïse, die aus Interesse für ihre Tochter nicht weniger eifersüchtig war, zu der Tänzerin: „Tritt näher, Kleine!"

„Tritt näher, Kleine!" wiederholte mit komischer Würde Bérangère, welche ihr vielleicht bis an die Hüfte reichen mochte.

Die Zigeunerin bewegte sich nach der Edelfrau hin.

„Schönes Kind," sagte Phöbus ausdrucksvoll und that seinerseits einige Schritte nach ihr hin, „ich weiß nicht, ob ich das große Glück habe, von Euch wiedererkannt zu werden . . ."

Sie unterbrach ihn, indem sie ein Lächeln und einen Blick voll unendlicher Lieblichkeit auf ihn richtete. „Oh! ja!" sagte sie.

„Sie hat ein gutes Gedächtnis," bemerkte Fleur-de-Lys.

„Nun ja," entgegnete Phöbus, „Ihr seid mir an jenem Abende sehr flink entwischt. Habe ich Euch Furcht eingeflößt?"

„Ach, nein!" sagte die Zigeunerin.

In dem Tone, mit welchem dieses „Ach, nein" nach jenem „Oh, ja" gesagt wurde, lag etwas so Unaussprechliches, daß Fleur-de-Lys davon verletzt wurde.

„Ihr habt mir, meine Theure," fuhr der Hauptmann fort, dessen Zunge sich im Gespräche mit einem Straßenmädchen löste, „an Eurer Stelle einen ziemlich sauertöpfischen, einäugigen und buckligen Schuft, den Glöckner des Bischofs, wie ich glaube, zurückgelassen. Man hat mir gesagt, er wäre der Bastard eines Archidiaconus und ein Teufel von Geburt an. Er hat einen spaßhaften Namen: er nennt sich Quatember, Palmsonntag, Fastnacht – was weiß ich! – kurzum mit dem Namen eines hohen Festtages. Er nahm sich also heraus, Euch zu entführen, als ob Ihr für Kirchendiener geschaffen wäret! Das ist stark! Was, zum Teufel! wollte denn diese Nachteule von Euch? Wie? sagt doch!"

„Ich weiß nicht,“ antwortete sie.

„Begreife man die Frechheit! Ein Glockenläuter ein Mädchen entführen, wie ein Baron! Ein Bauer das Wild der Edelleute wilddieben! Das ist einzig! Uebrigens, er hat es theuer bezahlt! Meister Pierrat Torterue ist der roheste Stallknecht, der jemals einen Schurken gestriegelt hat; und ich kann Euch sagen, wenn's Euch angenehm ist, daß das Fell Eures Glöckners ihm artig durch die Hände gegangen ist.“

„Der arme Mensch,“ sagte die Zigeunerin, bei der diese Worte die Erinnerung an die Scene beim Pranger zurückriefen.

Der Hauptmann brach in Lachen aus. „Beim Horne des Teufels! hier wäre Mitleid ebenso angebracht, wie eine Feder am Hintern eines Schweines! Ich will ein Dickbauch sein, wie der Papst, wenn . . .“

Er hielt plötzlich inne. „Verzeihung, meine Damen! Ich glaube, mir ist eine Dummheit entschlüpft.“

„Pfui, Herr!“ sagte die Gaillefontaine.

„Er spricht mit diesem Geschöpfe in seiner Sprache,“ setzte Fleur-de-Lys, deren Verdruß von Minute zu Minute wuchs, mit halber Stimme hinzu. Dieser Verdruß wurde nicht geringer, als sie sah, wie der Hauptmann, ganz und gar von der Zigeunerin, und namentlich von sich selbst entzückt, sich auf den Hacken herumdrehte und mit dreister, soldatisch-offener Artigkeit wiederholte:

„Ein schönes Mädchen, bei meiner Seele!“

„Nur recht verwildert gekleidet,“ sagte Diana von Christeuil mit dem Lächeln, das ihre schönen Zähne zeigte.

Diese Bemerkung war ein Lichtstrahl für die andern. Sie zeigte ihnen die schwache Seite der Zigeunerin: denn weil sie auf ihre Schönheit nicht sticheln konnten, so fielen sie über ihre Kleidung her.

„Das ist freilich wahr, Kleine,“ sagte die Montmichel, „wie hast du's über dich gewinnen können, so ohne Hals- und Busentuch durch die Straßen zu ziehen?“

„Dein Rock ist ja erschrecklich kurz,“ fügte die Gaillefontaine hinzu.

„Meine Liebe,“ fuhr Fleur-de-Lys ziemlich bitter fort, „Ihr werdet schuld sein, daß Euch wegen Eures goldenen Gürtels die Häscher von der Zwölferwache aufgreifen.“

„Kleine, Kleine,“ bemerkte die Christeuil mit unversöhnlichem Lächeln, „wenn du anständigerweise einen Aermel über deinen Arm zögest, würde er nicht so von der Sonne verbrannt werden.“

Es war sicher ein Schauspiel, das einen verständigern Zuschauer, als Phöbus, verdient hätte: so zu sehen, wie diese hübschen Mädchen mit ihren giftigen und bösen Zungen schlangengleich sich um die Straßentänzerin drehten und wanden; gefühllos und lächelnd suchten und stöberten sie hämisch an ihrem armseligen und närrischen Flitter- und Rauschegoldstaate herum. Das war ein Lachen und Spotten und endloses Demüthigen! Beißende, herablassende Redensarten und boshafte Blicke regnete es förmlich über die Zigeunerin her. Man hätte glauben sollen, jene jungen Römerinnen vor sich zu sehen, welche sich damit ergötzten, goldene Nadeln in den Busen einer schönen Sklavin zu bohren. Man hätte sie mit vornehmen Jagdwindspielen vergleichen mögen, die mit weiten Nüstern und glühenden Augen eine arme Hindin umkreisen, welche zu zerreißen der Blick des Herrn verbietet.

Was war sie denn im Vergleiche mit diesen Töchtern hoher Familien anders, als eine elende, öffentliche Tänzerin? Sie schienen auf ihre Anwesenheit keine Rücksicht zu nehmen, und sprachen von ihr, in ihrer Gegenwart, mit ihr und mit lauter Stimme, wie von etwas ziemlich Unreinlichem, Niedrigem und hinlänglich Ergötzlichem. Die Zigeunerin war gegen diese Nadelstiche nicht unempfindlich. Von Zeit zu Zeit flammte eine Schamröthe, ein Zornfunkeln auf ihren Wangen, in ihren Augen; ein verächtliches Wort schien auf ihren Lippen zu schweben; sie machte jene verächtliche, kleine Grimasse, welche der Leser an ihr kennt; aber sie blieb unbeweglich und heftete einen resignirten, traurigen und sanften Blick auf Phöbus. In diesem Blicke lag zugleich Glück und Zärtlichkeit. Man hätte glauben mögen, daß sie sich mäßigte, aus Furcht hinausgejagt zu werden. Phöbus selbst lachte und nahm mit einer Mischung von Ungezogenheit und Mitleid Partei für die Zigeunerin.

„Laßt sie reden, Kleine!“ wiederholte er und ließ seine goldenen Sporen erklingen, „freilich ist Euer Anzug ein wenig ausschweifend und wild; aber was thut das bei einem reizenden Mädchen, wie Ihr seid?“

„Mein Gott!“ rief die blonde Gaillefontaine und wandte ihren Schwanenhals mit bitterm Lächeln um, „ich sehe, daß die Herren Bogenschützen vom Commando des Königs an den hübschen Zigeuneraugen leicht Feuer fangen.“

„Warum denn nicht?“ sagte Phöbus.

Bei dieser Antwort, die von dem Hauptmanne gleichgiltig, wie ein Steinblock, den man nicht einmal fallen sieht, hingeworfen wurde, fing Colombe, auch Diana und Amelotte und Fleur-de-Lys zu lachen an, welcher zugleich Thränen in die Augen traten.

Die Zigeunerin, welche bei den Worten Colombens von Gaillefontaine den Blick zur Erde gesenkt hatte, hob ihn strahlend vor Freude und Stolz empor und richtete ihn von neuem auf Phöbus. Sie war in diesem Augenblicke sehr schön.

Die alte Dame, welche diese Scene beobachtet hatte, fühlte sich verletzt und fand sie nicht begreiflich.

„Heilige Jungfrau!“ schrie sie plötzlich, „was ist denn das da, was mir zwischen die Beine kommt? O weh! das häßliche Thier!“

Die Ziege war es, welche, auf der Suche nach ihrer Herrin, soeben erschienen war, und die auf sie losspringend sich mit ihren Hörnern in der Tuchmasse verwickelt hatte, welche die Kleider der sitzenden Edelfrau zu ihren Füßen am Boden aufthürmten.

Das verursachte eine Ablenkung. Die Zigeunerin befreite sie, ohne ein Wort zu sagen.

„O, das ist die kleine Ziege, welche goldene Füße hat,“ rief Bérangère und sprang vor Freude umher.

Die Zigeunerin kauerte auf die Knien nieder und drückte den schmeichelnden Kopf der Ziege an ihre Wange. Man hätte glauben mögen, sie bäte diese um Verzeihung, weil sie sie verlassen hatte.

Währenddessen hatte sich Diana zu Colombe's Ohre geneigt.

„Ach, mein Gott! warum habe ich nicht eher daran gedacht? Es ist die Zigeunerin mit der Ziege. Man sagt, sie sei eine Hexe, und ihre Ziege mache sehr merkwürdige Kunststücke.“

„Nun gut!“ sagte Colombe, „die Ziege soll uns jetzt unterhalten und ein Wunder thun.“

Diana und Colombe wandten sich lebhaft an die Zigeunerin:

„Kleine, laß doch deine Ziege ein Wunder thun!“

„Ich weiß nicht, was Ihr sagen wollt,“ entgegnete die Zigeunerin.

„Ein Wunder, eine Zauberei, eine Hexerei mit einem Worte.“

„Ich verstehe nicht.“ Und sie fing an, ihr niedliches Thier zu liebkosen und rief wiederholt: „Djali! Djali!“

In diesem Augenblicke bemerkte Fleur-de-Lys ein Säckchen aus gesticktem Leder, welches am Halse der Ziege hing. „Was ist das?“ fragte sie die Zigeunerin.

Die Zigeunerin richtete ihre großen Augen auf sie und antwortete ernst: „Das ist mein Geheimnis.“

„Ich möchte wohl wissen, was dein Geheimnis ist,“ dachte Fleur-de-Lys.

Währenddessen war die alte Frau ärgerlich aufgestanden.

„Nun denn, Zigeunerin! wenn du und deine Ziege uns nichts vortanzen wollt, was macht ihr denn hier?“

Die Zigeunerin ging, ohne ein Wort zu sagen, langsam nach der Thüre hin. Aber je mehr sie sich ihr näherte, desto mehr zögerte ihr Schritt. Ein unwiderstehlicher Magnet schien sie zurückzuhalten. Plötzlich richtete sie ihre thränenfeuchten Augen auf Phöbus und blieb stehen.

„Wahrhaftiger Gott!" rief der Hauptmann, „so geht man nicht weg. Kehrt um und tanzt uns etwas vor. Doch, meine Schöne, wie heißt Ihr denn?"

„Die Esmeralda," sagte die Zigeunerin, ohne den Blick von ihm zu wenden.

Bei diesem fremdklingenden Namen erscholl ein tolles Gelächter unter den jungen Mädchen.

„Höre einer," sagte Diana, „was das für ein schrecklicher Name für ein Mädchen ist."

„Ihr sehet also," entgegnete Amelotte, „daß es eine Tänzerin ist."

„Meine Liebe," rief Frau Aloïse feierlich, „Eure Eltern haben diesen Namen da nicht aus dem Becken des Taufsteines aufgefischt."

Seit einigen Minuten, und ohne daß jemand es beachtete, hatte Bérengère unterdessen die Ziege mit etwas Marzipan in einen Winkel des Zimmers gelockt. In einem Augenblicke waren alle beide gute Freundinnen geworden. Das neugierige Kind hatte das am Halse der Ziege hängende Säckchen losgemacht, es geöffnet und seinen Inhalt auf die Strohmatte des Bodens ausgeleert: es war ein Alphabet, von dem jeder Buchstabe auf ein kleines Buchsbaumtäfelchen besonders eingeritzt war. Kaum war dieses Spielzeug auf der Matte ausgekramt, als das Kind mit Erstaunen sah, wie die Ziege, zu deren „Wundern" es wahrscheinlich gehörte, mit ihrem vergoldeten Fuße gewisse Buchstaben herauszog, sie vertheilte und nach bestimmter Ordnung leise zusammenschob. Nach Verlauf eines Augenblickes entstand ein Wort, das zu bilden die Ziege geübt schien, so wenig stockte sie, es zusammenzustellen, und Bérangère rief plötzlich, indem sie die Hände vor Bewunderung zusammenschlug:

„Pathe Fleur-de-Lys, sehet nur, was die Ziege soeben gemacht hat!"

Fleur-de-Lys eilte hinzu und bebte zusammen. Die auf dem Fußboden aneinander gereihten Buchstaben bildeten das Wort:

Phöbus.

„Ist es die Ziege, die das geschrieben hat?" fragte sie mit erregter Stimme.

„Ja, Pathe," antwortete Bérangère.

Es war unmöglich, daran zu zweifeln; das Kind konnte nicht schreiben.

„Das also ist das Geheimnis!" dachte Fleur-de-Lys.

Indessen war auf den Schrei des Kindes alles herbeigeeilt: die Mutter, die jungen Mädchen, die Zigeunerin und der Offizier.

Die Zigeunerin sah den Streich, welchen ihr die Ziege soeben gespielt hatte. Sie wurde roth, dann blaß und fing an wie eine Schuldige vor dem Hauptmanne zu zittern, der sie mit einem Lächeln der Zufriedenheit und des Staunens betrachtete.

„Phöbus!“ zischelten die jungen Mädchen erstaunt, „das ist der Name des Hauptmanns!“

„Ihr habt ein bewundernswertes Gedächtnis!“ sagte Fleur-de-Lys zu der versteinerten Zigeunerin. Dann brach sie in Schluchzen aus. „Ach!“ klagte sie schmerzbewegt und verbarg ihr Gesicht in ihren schönen Händen, „sie ist eine Zauberin!“ Und in der Tiefe ihres Herzens vernahm sie eine noch schrecklichere Stimme, welche ihr sagte: sie ist eine Nebenbuhlerin!

Sie brach ohnmächtig zusammen.

„Meine Tochter! meine Tochter!“ schrie die entsetzte Mutter. „Hinaus, höllische Zigeunerin!“

Die Esmeralda raffte in einem Augenblicke die unheilvollen Buchstaben zusammen, gab Djali ein Zeichen und ging durch die eine Thür davon, während man Fleur-de-Lys durch die andere hinaustrug.

Der Hauptmann Phöbus, der allein zurückgeblieben war, stand einen Augenblick unschlüssig zwischen beiden Thüren; – dann folgte er der Zigeunerin.

2. Priester und Philosoph sind zweierlei

Der Priester, welchen die jungen Mädchen, hoch oben auf dem nördlichen Thurme, zum Platze unten herabgeneigt und aufmerksam dem Tanze der Zigeunerin zuschauend bemerkt hatten, war in der That der Archidiaconus Claude Frollo.

Unsere Leser haben die geheimnisvolle Zelle nicht vergessen, die sich der Archidiaconus in diesem Thurme vorbehalten hatte. (Aller Wahrscheinlichkeit nach, um es beiläufig zu erwähnen, ist es dieselbe, deren Inneres man noch heute durch eine kleine, viereckige Oeffnung erkennen kann, die sich in Mannshöhe auf der Ostseite über der Plattform öffnet, von wo sich die Thürme in die Luft erheben: gegenwärtig eine nackte, leere und verfallene Höhle, deren schlecht getünchte Mauern zur Stunde hier und da mit einigen häßlichen, gelben Zeichnungen geschmückt sind, welche Kirchenfaçaden vorstellen. Ich vermuthe, daß dieses Loch gemeinschaftlich von Fledermäusen und Spinnen bewohnt, und daß infolge dessen hier gegen die Fliegen ein zwiefacher Vernichtungskrieg geführt wird.)

Alle Tage, eine Stunde vor Sonnenuntergang, stieg der Archidiaconus die Thurmtreppe empor und schloß sich in dieser Zelle, wo er manchmal ganze Nächte verbrachte, ein. An jenem Tage, in dem Augenblicke, wo er vor der niedrigen Thür des Schlupfwinkels angekommen war und den kunstvollen, kleinen Schlüssel, den er immer in einer an seiner Seite hängenden Tasche bei sich trug, ins Schloß steckte, war ein Tamburin- und Castagnettengeräusch zu seinem Ohre gedrungen. Dieses Geräusch kam von dem Platze des Domhofes. Die Zelle hatte, wie wir schon bemerkt haben, nur eine Oeffnung, die aufs Dach der Kirche hinausging. Claude Frollo hatte schnell den Schlüssel wieder herausgezogen und gleich darauf befand er sich auf der Höhe des Thurmes in der finstern und beobachtenden Stellung, in welcher ihn die jungen Mädchen erblickt hatten.

Da stand er, ernst, bewegungslos in einen Blick und einen Gedanken versunken. Ganz Paris lag zu seinen Füßen mit den tausend Spitzdächern seiner Gebäude und dem Gesichtskreise sanft aufsteigender Hügel ringsumher, mit seinem unter Brücken sich hinschlängelnden Flusse, seiner in den Straßen wogenden Bevölkerung, seinen Rauchwolken, der hügelartigen Kette von Dächern, welche mit immer dichter werdenden Ringen Notre-Dame einschließt. Aber in dieser weiten Stadt sah der Archidiaconus nur auf einen Punkt da unten: auf den Domhofsplatz; in dieser wogenden Menge sah er nur eine Gestalt: die der Zigeunerin. Es wäre schwer gewesen, zu sagen, welcher Art dieser Blick war, und woher die Glut kam, die aus ihm hervorloderte. Es war ein starrer Blick, und doch voll Unruhe und Aufruhr; und bei der völligen Unbeweglichkeit seines ganzen Körpers, der nur zeitweilig von einem mechanischen Schauder, wie ein Baum im Winde, geschüttelt wurde; bei der Steifheit seiner Arme, die mehr Stein zu sein schienen, als das Geländer, worauf sie sich stützten; beim Anblick des versteinerten Lächelns, welches sein Gesicht verzerrte, hätte man glauben sollen, es wäre an Claude Frollo nichts weiter lebendig, als die Augen.

Die Zigeunerin tanzte; sie ließ das Tamburin auf der Spitze ihres Fingers kreisen und warf es in die Luft, während sie behende, leicht, fröhlich und ohne das Gewicht des furchtbaren Blickes zu fühlen, der von oben auf ihr Haupt fiel, provençalische Sarabandentanzte.

Die Menge wogte um sie her; von Zeit zu Zeit ließ ein Mann, der mit einer gelb-rothen Jacke herausgeputzt war, den Kreis ordnen; dann trat er zurück, setzte sich wenige Schritte von der Tänzerin auf einen Stuhl und nahm den Kopf der Ziege auf seine Knien. Dieser Mensch schien der Begleiter der Zigeunerin zu sein. Claude Frollo vermochte von der Höhe, wo er sich befand, seine Züge nicht zu erkennen. Von dem Augenblicke an, wo der Archidiaconus diesen Unbekannten bemerkt hatte, schien sich seine Aufmerksamkeit zwischen ihm und der Tänzerin zu theilen, und sein Blick wurde immer düsterer. Plötzlich wandte er sich weg, ein Zittern durchlief seinen Körper. „Wer ist dieser Mann?“ murmelte er zwischen den Zähnen, „ich hatte sie doch stets allein gesehen!“

Dann verschwand er wieder unter der gewundenen Wölbung der Wendeltreppe und stieg hinab. Als er vor der halbgeöffneten Thür der Glockenstube vorbeiging, sah er etwas, das ihn stutzig machte: er bemerkte Quasimodo, der in eine Oeffnung der schiefergedeckten Schutzdächer, welche ungeheuern Jalousien gleichen, gebückt war, und daß er auf den Platz hinabschaute. Er war in eine so tiefe Betrachtung versunken, daß er auf das Vorübergehen seines Adoptivvaters nicht Acht hatte. Sein wildes Auge hatte einen eigentümlichen Ausdruck: es war ein entzückter und sanfter Blick.

„Das ist doch seltsam!“ murmelte Claude. „Ist es die Zigeunerin, nach der er so hinsieht?“ Er stieg weiter hinab. Nach Verlauf weniger Minuten trat der sorgenvolle Archidiaconus durch die Pforte unten am Thurme auf den Platz hinaus.

„Was ist denn aus der Zigeunerin geworden?“ sagte er, indem er sich unter die Gruppe der Zuschauer mischte, welche das Tamburin herbeigelockt hatte.

„Ich weiß nicht,“ antwortete einer seiner Nachbarn, „sie ist eben erst verschwunden. Ich glaube, sie ist in das Haus gegenüber gegangen, wohin man sie gerufen hat, um einen Fandangozu tanzen.“

Anstatt der Zigeunerin sah der Archidiaconus auf dem nämlichen Teppiche, dessen Arabesken eben erst unter der phantastischen Bewegung ihres Tanzes ineinander schwammen, nur noch den rothen und gelben Mann, der, einige Heller für sich zu gewinnen, mit eingestemmten Armen, zurückgebogenem Kopfe, rothem Gesichte und vorgestrecktem Halse, einen Stuhl zwischen den Zähnen, im Kreise herumging. Auf diesem Stuhle hatte er eine Katze festgebunden, welche ihm eine Nachbarin geliehen hatte, und die ganz erbärmlich maute.

„Bei der heiligen Jungfrau!“ rief der Archidiaconus in dem Augenblicke, wo der Gaukler, dicke Schweißtropfen vergießend, mit seiner Stuhl- und Katzenpyramide an ihm vorüberging, „was macht Meister Peter Gringoire da?“

Die scharfe Stimme des Archidiaconus verursachte dem armen Teufel einen solchen Schrecken, daß er mit seinem Kunstwerke das Gleichgewicht verlor, und daß Stuhl und Katze durcheinander und unter gewaltigem Lärme der Umstehenden, auf deren Köpfe fielen.

Wahrscheinlich hätte Meister Peter Gringoire (er war es nämlich) eine fatale Rechnung mit der Nachbarin der Katze und allen geschundenen und zerkratzten Gesichtern ringsumher auszugleichen gehabt, wenn er sich nicht schleunigst die Verwirrung zu nutze gemacht hätte, um in die Kirche zu flüchten, wohin ihm zu folgen Claude Frollo ein Zeichen gegeben hatte.

Die Kathedrale war schon finster und öde; die Seitenschiffe lagen in Dunkelheit gehüllt da; die Lampen in den Kapellen begannen wie Sterne zu leuchten, so nächtig wurden die Wölbungen. Nur die große Rosette der Vorderseite, deren tausendfaches Farbenspiel von einem horizontalen Sonnenstrahl durchleuchtet war, glänzte wie ein Diamantenstern in der Dunkelheit, und warf ihr schimmerndes Abbild auf die Gegenseite des Schiffes zurück. Als sie einige Schritte gethan hatten, lehnte sich Dom

Claude an einen Pfeiler und sah Gringoire starr an. Doch fürchtete Gringoire diesen Blick nicht; er schämte sich aber, von einem würdigen und gelehrten Manne in diesem Possenreißercostüme überrascht worden zu sein. Der Blick des Priesters hatte nichts Spöttisches und Ironisches; er war ernst, ruhig und durchdringend.

Der Archidiaconus brach das Schweigen zuerst.

„Tretet näher, Meister Peter. Ihr sollt mir über viele Dinge Aufklärung geben. Zuerst sagt mir, wie kommt es, daß man Euch seit nahezu zwei Monaten nicht gesehen hat und jetzt in diesem schönen Costüme, wahrhaftig! halb gelb, halb roth wie einen Apfel von Caudebec auf den Gassen wiederfindet?“

„Gestrenger Herr,“ sagte Gringoire mit kläglicher Stimme, „es ist in der That ein wunderbarer Aufputz, und Ihr seht mich darum beschämter, als eine Katze, der ein Flaschenkürbiß auf den Kopf gebunden wurde. Es ist recht übel von mir gethan, ich fühle es, die Herren Scharwächter in die Lage zu bringen, den Rücken eines pythagoreischen Philosophen, der sich unter dieser Jacke verbirgt, mit Stockprügeln regaliren zu müssen. Aber was wollt Ihr, mein verehrungswürdiger Meister? Die Schuld daran liegt an meinem alten Wamms, das mich feige zu Winters Anfang, unter dem Vorwande im Stich gelassen hat, daß es in Lumpen zerfiele und notwendigerweise im Korbe des Lumpensammlers ein Ruheplätzchen finden müsse. Was anfangen? Die Civilisation ist noch nicht auf dem Punkte angekommen, um ganz nackt herumspazieren zu können, wie der alte Diogenes wollte. Nehmt dazu, daß ein sehr kalter Wind wehte, und daß man wahrlich nicht versuchen kann, im Monat Januar diesen neuen Schritt auf dem Wege zur Humanität erfolgreich unternehmen zu lassen. Dieses Kleid bot sich mir dar, ich habe zugegriffen und meinen alten schwarzen Kittel aufgegeben, der für einen Hermesjünger, wie ich bin, viel zu wenig hermetisch verschlossen war. Darum seht Ihr mich im Komödiantengewande, wie den heiligen Genest. Freilich ist's eine Abschweifung; aber Apollo hat ja beim Admet die Schafe gehütet.“

„Ihr treibt da ein schönes Handwerk!“ entgegnete der Archidiaconus.

„Ich gebe zu, mein theurer Meister, daß es besser ist, zu philosophiren und Verse zu machen, das Feuer im Ofen anzublasen oder es vom Himmel zu empfangen, als Katzen auf dem Straßenpflaster herumzutragen. Deshalb war ich, als Ihr mich angeredet habt, auch so dumm, wie ein Esel vor einem Bratenwender. Aber bedenkt, gestrenger Herr, man muß alle Tage zu leben haben, und die schönsten Alexandriner sind zwischen den Zähnen nicht so viel Werth, als ein Stück Käse von Brie. Nun habe ich auf die Frau Prinzessin Margarethe von Flandern das berühmte Hochzeitsgedicht gemacht, das Ihr kennt; aber die Stadt bezahlt's mir nicht, unter dem Vorwande, es sei nicht viel Werth: als ob man für vier Thaler eine Sophokleische Tragödie liefern könnte! Ich war also nahe daran, Hungers zu sterben. Glücklicherweise fand ich mich ziemlich kräftig hinsichtlich meines Gebisses; ich sagte zu diesem Gebiß: „Mache Kraftstücke und Kunststücke im

Balanciren; nähre dich selbst. Ale te ipsam."Ein Haufe Bettler, die meine Freunde geworden sind, haben mir zwanzigerlei herkulische Kunststücke gelehrt, und jetzt gebe ich alle Abende meinen Zähnen das Brot, das sie am Tage im Schweiße des Angesichts verdient haben. Bei alledem, concedo, räume ich ein, daß das ein elender Gebrauch meiner geistigen Eigenschaften, und der Mensch nicht geschaffen ist, sein Leben mit Tamburinschlagen und mit Stühleanbeißen hinzubringen. Aber, verehrungswürdiger Meister, es ist nicht genug, daß man sein Leben hinbringt, man muß es auch verdienen."

Dom Claude hörte schweigend zu. Plötzlich nahm sein tiefliegendes Auge einen solch scharfen und durchdringenden Ausdruck an, daß sich Gringoire gewissermaßen bis in die Tiefe der Seele von diesem Blicke erforscht fühlte.

„Sehr gut, Meister Peter; aber wie kommt es denn, daß Ihr Euch jetzt in der Gesellschaft dieser ägyptischen Tänzerin befindet?"

„Meiner Treu!" sagte Gringoire, „deshalb, weil sie mein Weib ist, und ich ihr Mann bin."

Das düstre Auge des Priesters erglühte.

„Könntest du das gethan haben, Elender?" schrie er und packte wüthend Gringoire's Arm; „könntest du so von Gott verlassen gewesen sein, deine Hand an dieses Mädchen zu legen?"

„So wahr ich Theil am Paradiese habe, ehrwürdiger Herr," antwortete Gringoire an allen Gliedern zitternd, „ich schwöre Euch zu, daß ich sie niemals berührt habe, wenn das der Punkt ist, der Euch beunruhigt."

„Aber was sprichst du denn von Mann und von Frau?" sagte der Priester.

Gringoire beeilte sich, ihm das in aller Kürze zu erzählen, was der Leser bereits weiß: sein Abenteuer im Wunderhofe und seine Verheirathung vermittelst des zerbrochenen Kruges. Uebrigens schien es, daß diese Heirath noch keine Folgen gehabt hatte, und daß ihn die Zigeunerin jeden Abend um seine Hochzeitsnacht brachte, wie am ersten Tage. „Das ist bitter," sagte er schließlich, „aber es hängt damit zusammen, daß ich das Unglück gehabt habe, eine Jungfer zu heirathen."

„Was wollt Ihr damit sagen?" fragte der Archidiaconus, welcher sich bei dieser Erzählung allmählich beruhigt hatte.

„Das ist ziemlich schwer auseinander zu setzen," entgegnete der Dichter. „Es ist ein Aberglaube dabei. Meine Frau ist, wie mir ein alter Spitzbube gesagt hat, den man bei uns den Herzog von Aegypten nennt, ein Findelkind, oder was dasselbe ist, ein uneheliches Kind. Sie trägt am Halse ein Amuletts welches – sagt man – sie eines Tages ihre Eltern wiederfinden lassen wird, das aber seine Kraft einbüßt, wenn sie ihre Tugend verlöre. Daher kommt es, daß wir beide sehr tugendhaft bleiben."

„Also," entgegnete Claude, dessen Stirn sich immer mehr entwölkte, „Ihr glaubt, Meister Peter, daß diesem Geschöpfe noch kein Mann zu nahe gekommen ist?"

„Meint Ihr, Dom Claude, daß ein Mann etwas gegen den Aberglauben vermag? Sie hat den im Kopfe. Ich glaube, daß diese Nonnensprödigkeit, die sich unter den so schnell vertraulichen Zigeunermädchen fest behauptet, gewiß eine Seltenheit ist. Aber sie hat dreierlei, um sich zu schirmen: einmal den Herzog von Aegypten, der sie in seinen Schutz genommen hat und vielleicht darauf rechnet, sie an irgend einen feisten Abt zu verschachern; dann ihre ganze Bande, die sie, wie wir die heilige Jungfrau, ganz besonders verehrt, und endlich einen gewissen niedlichen Dolch, den das entschlossene Weib, allen Befehlen des Profosses zum Trotz, immer bei sich trägt, und den man ihr in die Hände treibt, wenn man sie um den Leib fassen will. Sie ist eine muthige Wespe, der Tausend!"

Der Archidiaconus quälte Gringoire mit Fragen.

Die Esmeralda war, nach Gringoire's Urtheile, ein harmloses, reizendes und bis auf den ihr eigentümlichen Mund hübsches Geschöpf; ein naives und fröhliches Mädchen, das mit allem unbekannt und von allem enthusiasmirt war; das selbst nicht einmal im Traume den Unterschied der Frau im Verhältnis zum Manne kannte; einem Traumbilde ähnlich; vernarrt hauptsächlich in Tanz, geräuschvolles Leben und vornehmes Wesen; ein bienenartiges Weib mit unsichtbaren Flügeln an den Füßen, das im Strudel dahinlebte. Sie verdankte dieses Naturell dem unruhigen Leben, welches sie immer geführt hatte. Gringoire hatte in Erfahrung gebracht, daß sie als kleines Kind Spanien und Catalonien, sogar Sizilien durchwandert war; er glaubte auch, daß sie mit der Zigeunerkarawane, zu der sie gehörte, in das Königreich Algier weggeführt worden war: eine Landschaft, die in Achaja liegt, welches Achaja einerseits an Klein-Albanien und an Griechenland, anderseits an das sicilianische Meer grenzt, wo die Straße nach Konstantinopel führt. Die Zigeuner, erzählte Gringoire, wären Vasallen des Königs von Algier, in seiner Eigenschaft als Herr der weißen Mauern. Sicher wäre die Esmeralda sehr jung über Ungarn nach Frankreich gekommen. Aus allen diesen Ländern hätte das junge Mädchen Bruchstücke seltsamer Sprachen, Gesänge und merkwürdige Gedanken mitgebracht, die aus ihrer Sprache etwas ebenso Buntscheckiges machten, wie ihr Costüm halb parisisch, halb afrikanisch wäre. Uebrigens liebten sie die Leute der Stadtviertel, welche sie besuche, wegen ihrer Fröhlichkeit, ihrer Anmuth und lebendigen Weise ebenso, wie wegen ihrer Tänze und Gesänge. In der ganzen Stadt glaubte sie sich nur von zwei Personen gehaßt, von denen sie auch oft mit Schrecken spräche: von der Nonne im Rolandsthurme, einer häßlichen Klosterschwester, welche einen gewissen Groll auf die Zigeunerinnen hätte und die arme Tänzerin jedesmal verfluche, wenn sie vor ihrem Fenster vorüberginge; dann von einem Priester, der sie niemals träfe, ohne ihr Blicke und Worte zuzusenden, die ihr Furcht verursachten. Dieser letzte Umstand verwirrte den Archidiaconus sehr, ohne daß Gringoire diese Bestürzung recht bemerkte, dermaßen hatten zwei Monate genügt, den sorglosen Dichter alle die Einzelnheiten jenes Abends vergessen zu lassen, an dem er das Zusammentreffen mit der Zigeunerin gehabt hatte, und der Archidiaconus bei dem allen zugegen gewesen war. – Uebrigens fürchtete die kleine Tänzerin nichts; sie wahrsagte nicht, was sie vor jenen Hexenprocessen schützte, die so häufig gegen die Zigeunerinnen angestellt wurden. Und überdies vertrat Gringoire Bruderstelle, wenn es als Ehemann nicht ging. Ueberhaupt ertrug der Philosoph diese Art platonischer Ehe sehr geduldig. Er hatte doch immer ein Nachtlager und sein Brot. Jeden Morgen verließ er die Gaunerbande, meistens mit der Zigeunerin; er war ihr behilflich, wenn sie an den Straßenecken ihre Heller und Weißpfennige einerntete; jeden Abend kehrte er mit ihr unter dasselbe Dach zurück, ließ sie sich in ihr Kämmerchen einriegeln und verfiel in den Schlaf des Gerechten: alles in allem genommen eine sehr angenehme Existenz, und für Sinnen und Träume wie geschaffen. Und dann war, in seiner Seele und Gewissen, der Philosoph nicht ganz sicher, ob er rasend in die Zigeunerin verliebt sei. Er liebte ihre Ziege fast ebenso sehr. Das sei ein allerliebstes, sanftes, kluges, geistvolles Thier, eine gelehrte Ziege. – Nichts war im Mittelalter gewöhnlicher, als diese dressirten Thiere, die man gewaltig anstaunte, und die oft ihre Lehrmeister auf den Scheiterhaufen führten. Jedoch wären die Hexereien der Ziege mit den vergoldeten Füßen sehr unschuldige Schelmereien. Gringoire erklärte sie dem Archidiaconus, den diese einzelnen Umstände sehr zu interessiren schienen. Es genüge in den meisten Fällen, der Ziege das Tamburin in der oder jener Weise hinzuhalten, um das gewünschte Kunststück bei ihr zu erreichen. Sie wäre dazu von der Zigeunerin abgerichtet worden, die zu diesen Pfiffen ein so seltenes Talent besäße, daß zwei Monate genügt hätten, um der Ziege beizubringen, aus beweglichen Buchstaben das Wort „Phöbus“ zusammenzusetzen.

„Phöbus!“ sagte der Priester; „warum Phöbus?“

„Ich weiß nicht,“ antwortete Gringoire. „Vielleicht ist es ein Wort, welches sie mit irgend einer geheimen und übernatürlichen Kraft für begabt hält. Sie wiederholt es oft mit leiser Stimme, wenn sie sich allein glaubt.“

„Seid Ihr dessen gewiß,“ entgegnete Claude mit seinem forschenden Blicke, „daß es nur ein Wort, daß es kein Name ist?“

„Wessen Name?“ sagte der Dichter.

„Was weiß ich?“ sagte der Priester.

„Ich denke mir das so, ehrwürdiger Herr. Diese Zigeuner sind ein wenig abergläubisch und beten die Sonne an; daher jenes „Phöbus“.“

„Das scheint mir nicht so einleuchtend, als Euch, Meister Peter.“

„Uebrigens thut das nichts. Möge sie ihr Phöbus nach Belieben murmeln. Sicher ist, daß Djali mich beinahe ebenso lieb hat, als sie.“

„Wer ist diese Djali?“

„Es ist die Ziege.“

Der Archidiaconus legte seine Hand ans Kinn und schien einen Augenblick nachzudenken. Plötzlich wandte er sich heftig an Gringoire.

„Und du schwörst mir zu, daß du sie nicht berührt hast?“

„Wen?“ fragte Gringoire; „die Ziege?“

„Nein, dieses Weib.“

„Mein Weib? Niemals, ich schwöre es.“

„Und du bist oft allein mit ihr?“

„Alle Abende, eine volle Stunde.“

Dom Claude runzelte die Augenbrauen.

„O! Ach! Solus cum sola non cogitabuntur orare Pater noster.“

„Bei meiner Seele, ich könnte das „***Pater***“ und das “Ave Maria“ und das „Credo in Deum patrem omniptentem“hersagen, ohne daß sie mir mehr Aufmerksamkeit erweisen würde, als eine Henne einer Kirche.“

„Schwöre mir bei dem Leibe deiner Mutter,“ wiederholte der Archidiaconus mit Ungestüm, „daß du dieses Geschöpf nicht mit der Spitze des Fingers berührt hast.“

„Ich könnte ebenso gut bei dem Haupte meines Vaters schwören, denn beides steht in mehr als einem Verhältnis zu einander. Aber, ehrwürdiger Herr, erlaubt mir meinerseits eine Frage.“

„Redet, Herr.“

„Was geht das Euch an?“

Das bleiche Gesicht des Archidiaconus wurde roth, wie die Wange eines jungen Mädchens. Er verharrte einen Augenblick ohne Antwort; dann sprach er mit sichtlicher Verlegenheit:

„Höret, Meister Peter Gringoire. Ihr seid noch nicht in Verdammnis gerathen, so viel ich weiß. Ich interessire mich für Euch und will Euch wohl. Doch die geringste Berührung mit diesem Dämon von Zigeunerin würde Euch zum Vasallen des Satans machen. Ihr wißt, daß es immer der Körper ist, der die Seele ins Verderben stürzt. Wehe Euch, wenn Ihr diesem Weibe zu nahe tretet. Nun wißt Ihr alles.“

„Ich habe es einmal versucht,“ sprach Gringoire und kratzte sich hinter dem Ohre; „es war am ersten Tage, aber ich habe mich gestochen.“

„Ihr habt die Frechheit gehabt, Meister Peter?“ Und die Stirn des Priesters umwölkte sich.

„Ein andermal,“ führ der Dichter schmunzelnd fort, „habe ich, ehe ich mich niederlegte, durch ihr Schlüsselloch gesehen, und habe wohl das holdeste Weib im Hemde erblickt, das jemals den Gurt eines Bettes unter ihrem nackten Fuße hat knacken lassen.“

„Geh zum Teufel!“ schrie der Priester mit fürchterlichem Blicke und verschwand, während er den erstaunten Gringoire an den Schultern vorwärts stieß, mit weiten Schritten unter den nächtlichen Säulenhallen der Kathedrale.

3. Die Glocken

Seit dem Morgen am Pranger hatten die Nachbarn von Notre-Dame zu bemerken geglaubt, daß die Läutewuth Quasimodo's sich sehr abgekühlt hatte. Vordem gab es Geläute bei jedem Anlasse: lange Morgenständchen, die von den Primenbis zu den Vesperschlüssen dauerten, Geläute mit allen Glocken zu einem Hochamte, reiche Tonleitergänge mit den kleinen Glocken bei einer Trauung, einer Taufe, so daß die Luft mit einer Tonreihe von allerlei lieblichen Klängen gleichsam erfüllt war. Die alte Kirche, die bis in die Grundfesten bebte und tönte, befand sich in einem immerwährenden Glockenjubel. Man fühlte hier beständig die Gegenwart eines lärmenden und eigensinnigen Geistes, welcher mit all den metallenen Zungen sang. Jetzt schien dieser Geist verschwunden, die Kathedrale schien traurig zu sein, und bewährte gern ihr Schweigen; die Feste und Beerdigungen erhielten ihr einfaches, trockenes und kahles Geläute, und wie es die Kirchenordnung verlangte, nichts weiter; von dem zwiefachen Lärme, den eine Kirche verursacht: die Orgel im Innern, die Glocke draußen, war nur die Orgel geblieben. Man hätte behaupten mögen, es wäre nichts Musikalisches mehr in den Thürmen. Dennoch befand sich Quasimodo immer noch in ihnen; was war also in ihm vorgegangen? Lebten vielleicht Scham und Verzweiflung vom Prangerstehen her noch im Innern seines Herzens fort? Sausten die Peitschenhiebe des Foltermeisters endlos in seiner Seele nach? Hatte die Trauer über eine solche Behandlung alles in ihm ausgetilgt, selbst seine Leidenschaft für die Glocken? Oder aber, hatte „Marie“, die große Glocke, eine Nebenbuhlerin im Herzen des Glöckners von Notre-Dame, und wurde sie und ihre vierzehn Schwestern über etwas Liebenswürdigerem und Schönerem vernachlässigt?

In diesem gnadenbringenden Jahre vierzehnhundertzweiundachtzig fiel das Fest der Verkündigung Mariä gerade auf den fünfundzwanzigsten März, einen Dienstag. An jenem Tage war die Luft so rein und mild, daß Quasimodo etwas Liebe zu seinen Glocken zurückkehren fühlte. Er stieg also auf den nördlichen Thurm, während unten der Kirchendiener ganz weit die Thüren der Kirche öffnete, die damals aus ungeheuern Flügeln von dickem, mit Leder überzogenem Holze bestanden, mit Nägeln aus vergoldetem Eisen beschlagen und von „sehr kunstvoll gearbeiteten“ Schnitzereien umrahmt waren.

Als Quasimodo in der obern Glockenstube angekommen war, betrachtete er mit betrübtem Kopfschütteln die sechs Glocken, als ob er über etwas Fremdartiges jammerte, das sich in seinem Herzen zwischen sie und ihn gedrängt hätte. Aber als er sie in Schwingung versetzt hatte, als er diese Glockenreihe unter seiner Hand sich bewegen fühlte; als er sah – denn er hörte es ja nicht – wie der bebende Octavengang, einem von Zweig zu Zweig hüpfenden Vogel gleich, auf dieser Tonleiter auf- und ablief; als der Musikteufel, dieser Dämon, welcher eine blitzende Garbe von Fugen, Trillern und gebrochenen Accorden ausstreut, sich des armen Tauben bemächtigt hatte, – da wurde er wieder glücklich, er vergaß alles, und sein Herz, das sich weitete, ließ sein Antlitz aufleuchten.

Er eilte hin und her, er schlug in die Hände, lief von einem Seile zum andern, er feuerte die sechs Sänger mit Mund und Hand an, wie ein Kapellmeister, der verständige Musiker anspornt.

„Auf,“ sagte er, „auf, Gabriele, schleudere deine ganze Tonkraft auf den Platz hinab, heute ist Festtag . . . Thibauld, keine Faulheit, du lässest nach; auf, auf denn! Bist du etwa eingerostet, Faulenzer? . . . Recht so! schnell! schnell! Man darf den Klöppel nicht sehen. Mache sie alle taub, wie mich . . . So ist's recht, Thibauld, brav! . . . Wilhelm! Wilhelm! Du bist der größte und Pasquier ist der kleinste, aber Pasquier springt am besten. Wir wollen wetten, daß die, welche zuhören, ihn besser hören als dich . . . Gut! Hut! meine Gabriele, laut! immer lauter! He! was macht ihr denn alle beide da oben, ihr Spatzen? Ich sehe euch ja nicht den geringsten Lärm veranstalten . . . Was soll das mit den metallenen Mäulern da, die da aussehen, als ob sie gähnten, wo sie singen sollen? Auf! an die Arbeit! es ist Maria Verkündigung. Es ist schönes Wetter, da muß es auch ein schönes Geläute geben . . . Armer Wilhelm! ich sehe, du bist ganz außer Athem, mein dicker Bursche!“

Er war ganz und gar damit beschäftigt, seine Glocken anzuspornen, die alle sechs um die Wette tanzten und ihre glänzenden Rücken wie ein lärmender Zug spanischer Maulthiere schüttelten, welche durch die Zurufe des Treibers hier und da angefeuert werden. Plötzlich, als er seinen Blick zwischen den breiten Schieferschuppen hindurchfallen ließ, welche die senkrechte Mauer des Thurmes bis zu einer gewissen Höhe bedecken, sah er auf dem Platze ein junges, sonderbar herausgeputztes Mädchen, welches stehen blieb, auf dem Boden einen kleinen Teppich ausbreitete, auf welchem eine kleine Ziege sich niederlegte, und eine Gruppe Zuschauer, die sich im Kreise herum aufstellten. Dieser Anblick änderte plötzlich den Gang seiner Gedanken und kühlte seinen Musikenthusiasmus ab, wie ein Luftzug fließendes Harz erstarren läßt. Er hielt ein, wandte dem Glockenstuhle den Rücken zu, kauerte sich hinter dem Schieferwetterdache nieder und heftete jenen träumerischen, zärtlichen und milden Blick auf die Tänzerin, der schon einmal den Archidiaconus in Erstaunen versetzt hatte.

Dabei verstummten die vergessenen Glocken alle auf einmal, zum Mißvergnügen der Liebhaber des Geläutes, welche die Glocken im guten Glauben von der Wechslerbrücke her angehört hatten und bestürzt davongingen, einem Hunde gleich, welchem man einen Knochen gewiesen hat und dem man einen Stein giebt.

4. ΑΝΑΓΚΗ

An einem schönen Morgen des nämlichen Monats März, ich glaube, es war am neunundzwanzigsten, einem Sonnabende, am Tage des heiligen Eustache, bemerkte unser junger Freund, der Student Johann Frollo du Moulin, als er sich eben ankleidete, daß die Taschen, die seine Börse enthielten, nicht den leisesten Metallklang von sich gaben. „Arme Börse," sprach er, indem er sie aus der Hosentasche zog, „was! nicht der geringste Pariser Heller mehr drin! wie haben dich doch die Würfel, Bierkannen und Venusgrausamerweise ausgebeutelt! Wie bist du nun leer, runzlig und schlaff! Du gleichst dem Schlunde einer Furie! Ich bitte euch, Herr Cicero und Herr Seneca, deren ganz verschrumpfte Exemplare ich verstreut auf dem Boden liegen sehe, was nützt es mir, besser als ein Münzmeister oder ein Jude von der Wechslerbrücke zu wissen, daß ein goldener Kronthaler fünfunddreißig Unzen, jede zu fünfundzwanzig Sous acht Pariser Heller gilt, und daß ein Kreuzthaler sechsunddreißig Unzen, zu sechsundzwanzig Sous und sechs Heller Tours'sche Münze das Stück macht, wenn ich nicht einen erbärmlichen schwarzen Heller an eine Doppel-Sechse zu wagen habe! Ach! Consul Cicero! das ist doch keine Calamität, aus der man sich mit Umschreibungen, mit einem „quemadmodum"oder „verum enim vero"herauszieht!"

Er kleidete sich mürrisch an. Ein Gedanke war ihm gekommen, während er sich die Schuhe zuschnallte; aber er wies ihn anfangs von sich; jedoch kam er wieder; und er zog seine Weste verkehrt an, was offenbar das Zeichen eines heftigen, inneren Kampfes ist. Schließlich warf er seine Mütze zur Erde und rief: „Desto schlimmer! es mag kommen, wie es wolle. Ich will zu meinem Bruder gehen! Ich werde da zu einer Strafpredigt kommen, aber auch einen Thaler erwischen."

Dann zog er schleunigst sein pelzverbrämtes Wamms an, raffte seine Mütze auf und ging verzweifelt davon.

Er ging die Rue-de-la-Harpe nach der Altstadt hinab. Als er an der Rue-de-la-Huchette vorbeikam, begann der Duft jener bewunderungswürdigen Bratspieße, die sich hier beständig drehen, sein Geruchsorgan zu kitzeln, und er warf einen verliebten Blick in die cyklopische Garküche hinein, die eines Tages dem Franziskaner Calatagironne jenen pathetischen Ausruf entlockte: „***Veramente, queste rotisserie sono cosa stupenda***!"Aber Johann besaß nichts, womit er frühstücken konnte, und er verschwand mit einem tiefen Seufzer unter dem Thore von Klein-Châtelet, diesem ungeheuern Doppel-Kleeblatte von massiven Thürmen, das den Zugang zur Altstadt hütete.

Er nahm sich nicht einmal die Zeit, im Vorbeigehen, wie es Sitte war, einen Stein nach dem Standbilde jenes elenden Périnet Leclerc zu werfen, welcher unter Karl dem Sechsten Paris an die Engländer verrathen hatte, ein Verbrechen, welches sein Bildnis, dessen Fläche von Steinwürfen zerschellt und mit Koth besudelt war, drei Jahrhunderte lang, wie an einem ewigen Pranger, an der Ecke der Rue-de-la-Harpe und der Rue-de-Bussy hat büßen müssen.

Als Johann de Molendino die Kleine Brücke überschritten und die Rue Neuve-Sainte-Geneviève durchwandert hatte, befand er sich vor Notre-Dame. Nun packte ihn wieder die Unentschlossenheit, und er spazierte einige Augenblicke um die Bildsäule des Herrn Legris herum, wobei er sich beklommen die Worte wiederholte: „Die Strafpredigt ist dir gewiß, der Thaler ist zweifelhaft!"

Er hielt einen Kirchendiener an, der aus dem Kloster kam. „Wo ist der Herr Archidiaconus von Josas?"

„Ich glaube, daß er sich in seinem Thurmverstecke befindet," sagte der Diener, „und ich rathe Euch nicht, ihn da zu stören, wenn Ihr nicht etwa von Seiten jemands, wie des Papstes oder unseres gnädigen Herrn, des Königs, kommt."

Johann schlug die Hände zusammen. „Ei! der Teufel! das ist ja eine prächtige Gelegenheit, das berüchtigte kleine Zaubergemach kennen zu lernen!"

Von diesem Gedanken getrieben, verschwand er entschlossen in der kleinen, dunkeln Pforte, und begann die Wendeltreppe des heiligen Aegidius, welche nach den obern Stockwerken des Thurmes führt, hinaufzusteigen. „Ich will mich überzeugen!" sprach er unterwegs zu sich. „Bei den Schmerzen der heiligen Jungfrau! es muß doch ein sonderbares Etwas mit dieser Zelle sein, die mein ehrwürdiger Bruder verbirgt wie seine Scham! Man behauptet, er heize hier riesige Herde und lasse den Stein der Weisen bei mächtigem Feuer sieden. Bei Gott! ich sorge mich um den Stein der Weisen so viel, wie um einen Kieselstein, und möchte auf seinem Herde lieber einen Ostereierkuchen mit Speck, als den größten Stein der Weisen von der Welt finden!"

Als er auf der Säulchengalerie angelangt war, verschnaufte er einen Augenblick, und fluchte zahllose Karren voll Teufel auf die endlose Treppe herab; dann setzte er seinen Aufgang durch die enge Thüre des nördlichen Thurmes fort, die jetzt dem Publikum verboten ist. Als er nach einigen Augenblicken an der Glockenstube vorübergekommen war, traf er auf einen kleinen Treppenabsatz, welcher in eine Seitenvertiefung führte; und unter der Wölbung auf eine niedrige Spitzbogenthüre, deren eine, gegenüber in die Zirkelmauer der Treppe gebrochene Schießscharte, ihm das ungeheure Schloß und den mächtigen Eisenbeschlag zu bemerken gestattete. Alle die Personen, die heute neugierig sein könnten, diese Thür zu besichtigen, vermögen sie an folgender Inschrift zu erkennen, die in hellen Buchstaben auf die dunkle Mauer eingegraben ist: „Ich bete Coralie an, 1823. Unterzeichnet: Ugène." („Unterzeichnet" steht im Wortlaute.)

„O!“ sagte der Student, „hier ist es sicherlich.“

Der Schlüssel stak im Schlosse. Die Thüre war nur angelehnt; er machte sie sacht auf und steckte den Kopf durch die Oeffnung.

Der Leser wird gewiß schon das bewundernswürdige Werk Rembrandts, dieses Shakespeares der Malerei, durchgeblättert haben. Unter den vielen bewunderungswürdigen Stichen ist namentlich ein Blatt, das, wie man vermuthet, den Doctor Faust vorstellt, und das man ohne geblendet zu werden, nicht betrachten kann. Es stellt eine düstere Zelle vor; in der Mitte steht ein mit scheußlichen Gegenständen (Todtenköpfen, Planetengloben, Retorten, Compassen, hieroglyphenbeschriebenen Pergamenten) bedeckter Tisch. Der Doctor befindet sich vor diesem Tische, in seinen großen Ueberrock gehüllt, das Haupt bis zu den Brauen mit der Pelzmütze bedeckt. Man sieht von ihm nur die Hälfte des Leibes. Er hat sich halb aus seinem ungeheuern Lehnstuhle erhoben; die runzeligen Hände stützen sich auf den Tisch, und er betrachtet mit Neugierde und Schrecken einen großen, leuchtenden, aus magischen Buchstaben geformten Kreis, der auf der Mauer im Hintergrunde wie das Sonnenspectrum in dem dunkeln Zimmer glänzt. Diese kabbalistische Sonne scheint vor dem Auge zu flimmern und erfüllt die matterleuchtete Zelle mit ihrem geheimnisvollen Scheine. Es ist schrecklich und schön zugleich.

Etwas der Zelle Fausts ziemlich Aehnliches bot sich dem Auge Johanns dar, als er seinen Kopf durch die halbgeöffnete Thür zu stecken gewagt hatte. Es war gleichfalls ein düsteres und kaum erleuchtetes Gemach. Auch hier befanden sich ein großer Lehnstuhl und ein großer Tisch, Compasse, Destillirkolben, an der Decke hängende Thierskelette, auf dem Boden ein rollender Himmelsglobus, Pferdeköpfe im bunten Gemisch mit Glasflaschen, in denen Blattgold flimmerte, Todtenköpfe, welche auf Pergamentblättern ruhten, die über und über mit Figuren und Schriftzeichen besäet waren, dicke Handschriften, welche ganz geöffnet und ohne Rücksicht auf die geknickten Pergamentecken, übereinander lagen, kurz – aller Kehricht der Wissenschaft, und überall auf diesem Wirrwarr Staub und Spinneweben; aber nirgends fand sich der Kreis aus leuchtenden Buchstaben, kein Doctor in Verzückung, der die flammende Erscheinung betrachtete, so wie der Adler nach seiner Sonne blickt . . .

Dennoch war die Zelle durchaus nicht einsam. Ein Mann saß in dem Lehnstuhle und auf den Tisch gebeugt. Johann, welchem er den Rücken zukehrte, konnte nur seine Schultern und das Hintertheil des Kopfes sehen; aber es war nicht schwer, diesen Kahlkopf zu erkennen, dem die Natur eine unvergängliche Tonsur gegeben hatte, als ob sie durch dieses äußerliche Sinnbild die unwiderlegliche kirchliche Bestimmung des Archidiaconus hätte andeuten wollen.

Johann erkannte nun seinen Bruder; aber die Thür hatte sich so leise geöffnet, daß nichts den Dom Claude von seiner Gegenwart benachrichtigt hatte. Der neugierige

Student benutzte dies, um einige Augenblicke die Zelle mit Muße auszukundschaften. Ein breiter Kochofen, den er anfänglich nicht bemerkt hatte, befand sich links vom Stuhle unter dem Fenster. Der Lichtstrahl, der durch diese Oeffnung hereinfiel, drang durch das runde Gewebe einer Spinne, welche ihre feine Rosette geschmackvoll im Bogen des Dachfensters angebracht hatte, und in deren Mitte das webekundige Thier, als das Centrum dieses Spitzenrades, unbeweglich saß. Auf dem Ofen waren allerlei Arten von Gefäßen, Steingutkruken, Glasretorten, Destillirkolben mit Kohle bunt durcheinander aufgestellt. Seufzend bemerkte Johann, daß sich keine Bratpfanne darunter befand. „Es ist kalt – das Küchengeschirr!“ dachte er.

Uebrigens war kein Feuer im Ofen, und es schien sogar, daß man seit langem keins darin angezündet hatte. Eine gläserne Maske, welche Johann unter den Geräthschaften für Alchymie beobachtete, und die ohne Zweifel dazu diente, das Gesicht des Archidiaconus, wenn er irgend eine fürchterliche Substanz zubereitete, zu schützen, lag mit Staub bedeckt und anscheinend vergessen in einer Ecke. Daneben lag ein ebenso staubiger Blasebalg, und seine obere Fläche trug folgende in kupfernen Buchstaben eingelegte Inschrift: „Spira, Spera.“

Andere Inschriften fanden sich, nach Sitte der Alchymisten, in großer Zahl an die Wände geschrieben; einige mit Tinte gezogen, andere mit einem metallenen Griffel eingegraben: übrigens gothische, hebräische, griechische und lateinische Schriftzüge in bunter Reihe durcheinander durch; die Inschriften aufs Gerathewohl hingeschrieben, diese über jene weg, so daß die neuesten die ältern unleserlich machten, und alle sich durcheinander wirrten, wie die Zweige eines Gestrüppes, oder wie die Lanzen bei einem Handgemenge. Es war in der That ein ziemlich wirres Gemisch aus allen philosophischen Systemen, von allerlei Einfällen, von allerlei Weisheitssprüchen der Menschheit. Hier und da stand ein solcher Ausspruch, der über alle andern, wie eine Fahne unter Lanzenspitzen hervorglänzte. Gewöhnlich war es ein kurzer lateinischer oder griechischer Denkspruch, wie solche das Mittelalter so trefflich ausdrückte: “Unde? inde? – Homo homini monstrum. – Astra, castra, nomen, numen. – Μέγα βίβλιον, μέγα κακὸν – Sapere aude. – Fiat ubi vult“ etc.;manchmal ein Wort, das augenscheinlich jeden Sinnes entblößt war, wie: Ἀναγκοφαγία – was vielleicht eine bittere Anspielung auf die Klosterherrschaft enthielt; bisweilen endlich einen einfachen Lehrsatz aus der Kirchenzucht, der in einen regelrechten Hexameter gekleidet war, wie folgenden: „Coelestem dominum terrestrem dicito domnum.“Hier und da fanden sich auch hebräische Stellen, von denen Johann, der schon ein schwacher Grieche war, nichts verstand; und das Ganze wurde in jedem Augenblicke von Sternen, Menschen- oder Thierfiguren, von sich schneidenden Dreiecken durchkreuzt, was alles nicht wenig dazu beitrug, die besudelte Zellenwand einem Blatte Papier ähnlich zu machen, auf welchem ein Affe eine tintengefüllte Feder hätte herumspazieren lassen. Das ganze Zellchen gewährte übrigens den Anblick vollständiger Vernachlässigung und gänzlichen Verfalles; und der schlechte Zustand der Gerätschaften ließ vermuthen, daß der Besitzer schon ziemlich lange durch andere Beschäftigungen von seinen Arbeiten abgehalten war. Dieser Besitzer nun, welcher über ein dickes, mit seltsamen Malereien geschmücktes Manuscript gebückt war, schien von einem Gedanken gequält zu werden, welcher sich unaufhörlich in seine Betrachtungen einzumischen bestrebte. So wenigstens urtheilte Johann, als er ihn, nach langen, sinnenden Pausen, wie einen Menschen, der im tiefen Traume laut spricht, ausrufen hörte:

„Ja, Manusagte es und Zoroasterlehrte es! Die Sonne entsteht aus Feuer, der Mond aus der Sonne; das Feuer ist die Seele des großen Alls; seine Grundsubstanztheilchen ziehen und rieseln unaufhaltsam in endlosen Strömungen durch die Welt! An den Punkten wo diese Strömungen sich am Himmel schneiden, erzeugen sie das Licht; an ihrem Schneidepunkte auf der Erde bringen sie das Gold hervor . . . Licht, Gold – beide sind dasselbe! Feuer im festen Zustande . . . Der Unterschied zwischen Sichtbarem und Greifbarem, zwischen Flüssigem und Festem bei einer und derselben Substanz, zwischen Wasserdampf und Eis, nichts weiter . . . Das sind durchaus keine Träumereien . . . das ist das allgemeine Gesetz in der Natur . . . Aber wie fängt man es an, um das Geheimnis dieses Naturgesetzes in die Wissenschaft herüberzuziehen? Was! dieses Licht, welches über meine Hand flutet, ist Gold? Es handelt sich nur darum, diese nämlichen, nach einem bestimmten Gesetze verbreiteten Substanztheilchen nach einem bestimmten andern Gesetze zu verdichten . . . Wie das anfangen? – Einige haben ausgedacht, einen Sonnenstrahl zu vergraben, Averrhoës. . . ja, Averrhoës ist's . . . Averrhoës hat einen solchen unter dem ersten Pfeiler, links vom Hochaltare des Koran, in der großen Moschee zu Cordova vergraben; aber man darf die Höhle erst in achttausend Jahren öffnen, um zu sehen, ob das Unternehmen gelungen ist."

„Zum Teufel," sagte Johann für sich, „das ist eine lange Zeit, auf einen Thaler zu warten."

„. . . Andere haben gedacht," fuhr der Archidiaconus fort, „daß es besser wäre, mit einem Lichtstrahle des Sirius zu operiren. Aber es ist sehr schwer, diesen Strahl rein zu bekommen, wegen der gleichzeitigen Nähe anderer Sterne, deren Strahlen sich mit ihm zu vereinigen pflegen. Flamel ist der Meinung, daß es einfacher wäre mit dem Erdfeuer zu operiren . . . Flamel! welch ein Name voll Vorherbestimmung. Flamma!. . . Ja, das Feuer! das ist alles . . . der Diamant ist in der Kohle enthalten, das Gold befindet sich im Feuer. Aber wie soll man es herausziehen? . . . Magistri behauptet, daß es gewisse Frauennamen von so süßem und geheimnisvollem Zauber gäbe, daß es schon hinreiche, sie während der Operation auszusprechen . . . Wir wollen lesen, was Manu darüber sagt; „Wo die Frauen geehrt werden, da sind die Gottheiten erfreut; wo sie verachtet werden, da ist es unnütz, zu Gott zu beten. – Der Mund eines Weibes ist immer rein; er ist ein fließendes Wasser, ist ein Sonnenstrahl. – Der Name einer Frau muß angenehm, lieblich sein, die Phantasie anregen; muß auf lange Vocale endigen und Segensworten gleichen."

. . . „Ja, der Weise hat recht; in der That: Maria, Sophia, die Esmeral- . . . Hölle und Verdammnis! immer derselbe Gedanke!“

Und er machte das Buch heftig zu. Er fuhr mit der Hand über die Stirn, als ob er einen Gedanken verjagen wollte, von dem er gequält wurde; dann nahm er vom Tische einen Nagel und einen kleinen Hammer, dessen Stiel sonderbar mit kabalistischen Zeichen bemalt war.

„Seit einiger Zeit,“ sprach er mit bitterem Lächeln, „scheitere ich bei allen meinen Experimenten! Die fixe Idee beherrscht mich und ermattet mein Gehirn, wie ein feuriges Kleeblatt. Ich habe nicht einmal das Geheimnis des Cassiodorusentdecken können, dessen Lampe ohne Docht und ohne Oel brannte. Und das ist doch eine so einfache Sache!“

„Daß dich die Pest –!“ brummte Johann in den Bart.

„. . . So ist also,“ fuhr der Priester fort, „ein einziger erbärmlicher Gedanke im Stande, einen Menschen schwach und albern zu machen! O! wie würde Claude Pernelle über mich lachen, sie, die den Nicolaus Flamel nicht einen Augenblick von der Fortsetzung seines großen Werkes abzuziehen vermocht hat! Was? Ich halte in meiner Hand den magischen Hammer des Zechieles! Bei jedem Schlage, den der furchtbare Rabbi aus der Tiefe seiner Zelle mit dem Hammer auf den Nagel that, versank derjenige seiner Feinde, den er verflucht hatte, und wäre er zweitausend Meilen weit entfernt gewesen, eine Elle tief in die Erde, die ihn verschlang. Der König von Frankreich selbst sank, als er unvorsichtigerweise an die Thüre des Wunderthäters klopfte, bis an die Knien in den Boden seiner Stadt Paris hinein . . . Das hat sich vor drei Jahrhunderten zugetragen . . . Nun gut! ich besitze den Hammer und den Nagel, und beides sind in meinen Händen keine fürchterlicheren Werkzeuge, als ein Hammer in den Händen eines Grobschmiedes. Und doch bedarf es blos das magische Wort wiederzufinden, welches Zechieles aussprach, wenn er auf seinen Nagel schlug.“

„Possen!“ dachte Johann.

. . . Wollen sehen, wollen's versuchen!“ fuhr der Archidiaconus lebhaft fort. „Wenn es mir gelingt, so werde ich einen blauen Funken aus dem Nagelkopfe herausspringen sehen . . . Emen-Hetan! Emen-Hetan! . . . Das ist's nicht . . . Sigeani! Sigeani! . . . Möge der Nagel das Grab unter demjenigen öffnen, der den Namen Phöbus trägt! . . . Verflucht! immer noch und ewig derselbe Gedanke!“ Und zornig warf er den Hammer von sich. Dann ließ er sich so in den Lehnstuhl und über den Tisch gebeugt nieder, daß Johann ihn hinter dem ungeheuern Bücherhaufen aus dem Gesichte verlor. Einige Minuten lang sah er nichts mehr von ihm, als seine krampfhaft über dem Buche geballte Faust. Plötzlich stand Dom Claude auf, ergriff einen Zirkel und schnitt schweigend das griechische Wort:

in großen Buchstaben in die Wand ein.

„Mein Bruder ist ein Narr," sagte Johann für sich; „es wäre viel einfacher gewesen, „Fatum"zu schreiben; nicht jeder ist verpflichtet, Griechisch zu verstehen."

Der Archidiaconus setzte sich jetzt wieder in seinen Lehnstuhl, stützte den Kopf in beide Hände, wie ein Kranker zu thun pflegt, dessen Kopf schwer und glühend ist.

Der Student beobachtete seinen Bruder mit Erstaunen. Er freilich, der seinem Herzen freien Lauf ließ, der keinem Gesetze in der Welt, als dem wahren Naturgesetze, Folge leistete, er, der den Leidenschaften nach seinen Neigungen die Zügel schießen ließ, und bei dem der See großer Gemüthsbewegungen immer trocken war, weil er ihm jeden Morgen in freigebiger Weise neue Abzugsgräben öffnete – er begriff ihn nicht; er wußte nicht, mit welcher Raserei dieses Meer der menschlichen Leidenschaften wogt und schäumt, wenn man ihm jeden Abfluß versperrt, wie es anschwillt, wie es steigt, wie es über das Ufer tritt, wie es das Herz aushöhlt, wie es in innerem Schluchzen und dumpfen Zuckungen berstet, bis daß es seine Dämme zerrissen und sein Bett gesprengt hat. Die strenge und eisige Hülle Claude Frollo's, diese kalte Außenseite schroffer und unnahbarer Tugend, hatte Johann immer getäuscht. Der fröhliche Student hatte niemals daran gedacht, daß kochende, rasende Lava tief unter dem schneeigen Gipfel des Aetna verborgen liegt.

Wir wissen nicht, ob er sich sofort von diesen Gedanken Rechenschaft gab; aber so leichtsinnig er auch war, so begriff er doch, daß er etwas gesehen hatte, was er nicht hätte sehen sollen; daß er die Seele seines ältern Bruders soeben in einer ihrer geheimsten Regungen überrascht hatte, und daß Claude dies nicht merken durfte. Wie er sah, daß der Archidiaconus in seine anfängliche Regungslosigkeit zurückgesunken war, zog er seinen Kopf ganz leise zurück und machte hinter der Thüre ein Geräusch von Tritten, wie jemand, der ankommt und seine Ankunft meldet.

„Herein!" rief der Archidiaconus aus dem Innern der Zelle; „ich erwartete Euch. Ich habe absichtlich den Schlüssel in der Thüre stecken lassen; tretet ein, Meister Jacob."

Der Student trat dreist ein. Der Archidiaconus, den ein solcher Besuch an einem solchen Orte sehr in Verlegenheit setzte, erschrak in seinem Lehnstuhle. „Was!! Ihr seid es, Johann?"

„Es ist immerhin einer, dessen Namen mit J anfängt," sagte der Student mit rothem, dreisten und fröhlichen Gesichte.

Das Antlitz Dom Claude's hatte seinen strengen Ausdruck angenommen.

„Was habt Ihr hier zu schaffen?"

„Bruder," antwortete der Student, der sich bemühte, eine sittsame, klägliche und bescheidene Miene anzunehmen, und seine Mütze mit einem Ausdrucke der Unschuld zwischen den Händen drehte, „ich wollte Euch bitten . . ."

„Um was?"

„Um ein wenig moralische Belehrung, die ich sehr nöthig habe." Johann wagte nicht laut hinzuzusetzen: „Und um ein wenig Geld, das ich noch nöthiger habe." Dieser letzte Theil seines Satzes blieb unausgesprochen.

„Junger Herr," sagte der Archidiaconus mit kaltem Tone, „ich bin sehr unzufrieden mit Euch."

„O weh!" seufzte der Student.

Dom Claude rückte mit seinem Lehnstuhle etwas herum und blickte Johann scharf an. „Es ist mir lieb, daß ich Euch sehe."

Das war ein fürchterlicher Eingang. Johann machte sich auf einen heftigen Stoß gefaßt.

„Johann, es gehen mir täglich Beschwerden über Euch zu. Was ist das mit jener Schlägerei, bei der Ihr einen kleinen Vicomte Albert von Ramonchamp mit Stockhieben zugerichtet habt? . . ."

„O!" sagte Johann, „hat guten Grund! Ein erbärmlicher Page, der sich damit belustigte, die Studenten dadurch zu besudeln, daß er sein Pferd in den Koth traben ließ!"

„Was ist das dann," fuhr der Archidiaconus fort, „mit Mahiet Fargel, dessen Rock Ihr zerrissen habt? Tunicam dechiraverunt,besagt die Beschwerde."

„Ach was! ein schäbiges Mützchen von Montaigu! Ist's nicht so?"

„Die Beschwerde sagt „tunicam" und nicht „cappettam".Versteht Ihr Latein?"

Johann antwortete nicht.

„Ja," fuhr der Priester fort und schüttelte den Kopf, „da haben wir's, wie die Studien und die Wissenschaften jetzt beschaffen sind! Latein versteht man kaum noch, das Syrische ist unbekannt, das Griechische dermaßen verhaßt, daß es bei den ersten Gelehrten nicht für Unwissenheit gilt, ein griechisches Wort, ohne es zu lesen, zu überspringen, und daß man spricht: „Graecum est, non legitur."

Der Student schlug mit Entschlossenheit die Augen auf. „Herr Bruder, gestattet Ihr, daß ich Euch auf gut Französisch jenes griechische Wort erkläre, das da an die Mauer geschrieben ist?"

„Welches Wort?"

„ΑΝΑΓΚΗ."

Ein flüchtiges Roth überzog die faltigen Wangen des Archidiaconus gleich einem Rauchstoße, der äußerlich die inneren Erschütterungen eines Vulkanes ankündigt. Der Student bemerkte es kaum.

„Nun wohl, Johann!“ stotterte der ältere Bruder mit Mühe, „was will dieses Wort sagen?“.

„Das Verhängnis.“

Dom Claude wurde bleich, und der Student fuhr in Sorglosigkeit fort: „Und jenes Wort, welches darunter steht, von der nämlichen Hand hineingekratzt: Ἀναγνεία bedeutet „Unlauterkeit“. Ihr sehet, daß man sein Griechisch versteht.“

Der Archidiaconus blieb stumm. Diese Lection im Griechischen hatte ihn nachdenklich gemacht. Der kleine Johann, der alle Kniffe eines nichtsnutzigen Burschen besaß, hielt den Augenblick für günstig, um sein Anliegen zu wagen. Er nahm daher einen äußerst sanften Ton an, und begann:

„Mein lieber Bruder, habt Ihr einen derartigen Haß auf mich, daß Ihr mir wegen ein Paar böser Ohrfeigen und Faustschlägen, die im offenen Kampfe an, Gott weiß, welche Buben und Fratzengesichter, quibusdam marmosetis, ausgetheilt wurden, ein böses Gesicht macht? Ihr seht, lieber Bruder Claude, daß man sein Latein versteht.“

Aber diese ganze schmeichelnde Gleißnerei machte auf den strengen großen Bruder durchaus nicht die gewohnte Wirkung. Cerberusbiß nicht in den Honigkuchen. Die Stirn des Archidiaconus entrunzelte sich nicht um eine Falte.

„Wo wollt Ihr damit hin?“ sagte er im trockenen Tone.

„Nun gut, zur Sache! mein Anliegen ist das!“ antwortete muthig Johann, „ich brauche Geld.“

Bei dieser dreisten Erklärung nahm die Physiognomie des Archidiaconus plötzlich einen schulmeisterlichen und väterlichen Ausdruck an.

„Ihr wißt, Herr Johann, daß unser Lehnsgut zu Tirechappe, wenn man den Grundzins und die Einkünfte von den einundzwanzig Häusern in Bausch und Bogen anschlägt, nur neununddreißig Livres, elf Sols und sechs Heller Pariser Geld einbringt. Das ist zwar um die Hälfte mehr, als zur Zeit der Gebrüder Paclet, aber es ist nicht viel.“

„Ich brauche Geld,“ sagte Johann mit stoischer Ruhe.

„Ihr wißt, daß das geistliche Gericht entschieden hat, unsere einundzwanzig Häuser hängen als völliges Lehen vom Bisthume ab, und wir könnten den Lehnseid nur dadurch loskaufen, wenn wir dem ehrwürdigen Bischofe zwei Mark vergoldetes Silber im Werthe von sechs Livres Pariser Geld zahlen. Nun, diese zwei Mark habe ich noch nicht zusammenbringen können. Ihr wißt es.“

„Ich weiß, daß ich Geld brauche," wiederholte Johann zum dritten Male.

„Und was wollt Ihr damit machen?"

Diese Frage ließ einen Hoffnungsschimmer in Johanns Augen erglänzen. Er nahm seine schmeichelnde und süßliche Miene wieder an.

„Glaubt mir, theurer Bruder Claude, ich werde mich in keiner schlechten Absicht an Euch wenden. Es handelt sich nicht darum, mir mit Euern Unzen in den Weinschenken einen schönen Tag zu machen, und in den Straßen von Paris mit meinem Lakeien, cum meo laquasio, auf goldbrokatener Pferdedecke spazieren zu reiten. Nein, Bruder, es handelt sich um ein gutes Werk."

„Was für ein gutes Werk?" fragte Claude etwas überrascht.

„Da sind zwei meiner Freunde, welche für das Kind einer armen Witwe vom Kloster ein Wickelzeug kaufen wollen. Es ist ein Werk der Barmherzigkeit. Das wird drei Gulden kosten, und ich möchte das Meinige dazu beitragen."

„Wie heißen Eure beiden Freunde?"

„Peter l'Assommeur und Baptist Croque-Oison."

„Hm!" sagte der Archidiaconus; „das sind Namen, die zu einem guten Werke passen, wie eine Donnerbüchse auf einen Hochaltar."

Sicherlich hatte Johann die zwei Freundesnamen sehr schlecht gewählt. Er fühlte das zu spät.

„Und dann," fuhr der scharfsinnige Claude fort, „was ist das denn für ein Kinderzeug, welches drei Gulden kosten soll, und noch dazu für das Kind einer Klosterwitwe. Seit wann haben die Klosterwitwen Kinder im Wickelbette?"

Johann begann noch einmal im vertraulichen Tone:

„Nun gut, ja! ich brauche Geld, um heute Abend Isabeau-la-Thierrye im Val-d'Amour zu besuchen!"

„Elender Wüstling!" rief der Priester.

„Ἀναγνεία!" sagte Johann.

Dieses Citat, welches der Student vielleicht aus Bosheit der Wand der Zelle entlehnte, machte auf den Priester einen merkwürdigen Eindruck. Er biß sich in die Lippen, und sein Zorn erlosch in Schamröthe. „Verlaßt mich," sagte er drauf zu Johann. „Ich erwarte jemanden."

Der Student wagte noch eine Anstrengung.

„Bruder Claude, gebt mir wenigstens eine Kleinigkeit, um essen zu können."

„Wie weit seid Ihr mit den Decretalien Gratians?“ fragte Dom Claude.

„Ich habe meine Hefte verloren.“

„Wie weit seid Ihr mit den lateinischen Humanitätsstudien?“

„Man hat mir mein Exemplar des Horatius gestohlen.“

„Wo steht Ihr im Aristoteles?“

„Meiner Treu! Bruder, wer ist doch jener Kirchenvater, der da sagt, die Irrthümer der Ketzer hätten zu allen Zeiten das Buschwerk der Aristotelischen Metaphysik als Schlupfwinkel benutzt? Aristotelisches Heu! Ich will mir nicht meine Religion an seiner Metaphysik zerfetzen lassen.“

„Junger Mensch,“ fuhr der Archidiaconus fort, „beim letzten Einzuge des Königs befand sich ein junger Edelmann, mit Namen Philipp von Comines, der auf der Schabracke seines Pferdes die gestickte Devise trug, die ich Eurem Nachdenken empfehle: „Qui non laborat, non manducet.“

Der Scholar schwieg einen Augenblick, den Finger am Ohre, das Auge an den Boden geheftet, und mit erzürnter Miene. Plötzlich kehrte er sich mit der lebhaften Geschwindigkeit einer Bachstelze nach Claude hin.

„Also, lieber Bruder, Ihr verweigert mir einen Pariser Sou, um mir ein Stück Brot bei einem Bäcker zu kaufen?“

„Qui non laborat, non manducet.“

Nach dieser Antwort des unbeugsamen Archidiaconus verbarg Johann das Gesicht in seinen Händen, wie ein schluchzendes Weib, und schrie mit dem Ausdrucke der Verzweiflung: „Ὀτοτοτοτοτοτοῖ“

„Was soll das denn heißen, Bursche?“ fragte Claude, von dieser Albernheit überrascht.

„Nun wohl, was!“ sagte der Student, und er richtete auf Claude wieder die frechen Augen, in die er eben seine Fäuste gedrückt hatte, um ihnen die Röthung von Thränen zu geben.

„Das ist griechisch! Es ist ein Anapäst des Aeschylus, welcher auf das Vollkommenste den Schmerz ausdrückt.“

Und hierbei brach er in ein so närrisches und heftiges Lachen aus, daß er auch dem Archidiaconus ein Lächeln abnöthigte. Es war in der That Claude's Schuld: warum hatte er diesen Buben so sehr verzogen?

„Ach! lieber Bruder Claude,“ fuhr Johann, von diesem Lächeln ermuthigt, fort, „sehet einmal meine durchlöcherten Halbstiefeln an. Giebt es einen tragischern Cothurn in der Welt, als Stiefeln, deren Sohlen die Zunge herausstecken?“

Der Archidiaconus hatte plötzlich seinen ursprünglichen Ernst wieder gefunden.

„Ich werde Euch neue Stiefeln schicken, aber kein Geld."

„Nur einen armen kleinen Sou, Bruder," fuhr demüthig bittend Johann fort. „Ich werde den Gratian auswendig lernen; ich will gern an Gott glauben; ich will ein wahrer Pythagoras an Wissen und an Tugend sein. Aber einen kleinen Sou, wenn ich bitten darf! Wollt Ihr, daß mich der Hunger mit seinem Rachen verschlingt, der da klaffend vor mir steht, und schwärzer, stinkender und tiefer ist, als ein Tartarus, oder als die Nase eines Mönches?"

Dom Claude schüttelte sein runzliges Haupt.

„Qui non laborat . . ."

Johann ließ ihn nicht zu Ende kommen.

„Nun gut," schrie er, „zum Teufel! Es lebe die Freude! Ich will mich in Schenken herumtreiben, mich prügeln, will Krüge zerschlagen und die Mädchen besuchen!"

Und dabei warf er seine Mütze gegen die Mauer und ließ seine Finger wie Castagnetten schnalzen.

Der Archidiaconus sah ihn mit finsterer Miene an.

„Johann, Ihr habt gar keine Seele."

„In diesem Falle fehlt mir, nach Epikur, etwas, das aus einem namenlosen Etwas gemacht ist."

„Johann, Ihr müßt ernstlich daran denken, Euch zu bessern."

„Ach so!" rief der Student und sah bald seinen Bruder, bald die Retorten auf dem Herde an, „hier ist alles gehörnt, die Gedanken, wie die Flaschen!"

„Johann, Ihr seid an einem sehr schlüpfrigen Abhange. Wißt Ihr, wohin Ihr gehet?"

„In die Kneipe," sagte Johann.

„Die Kneipe führt zum Pranger."

„Das ist eine Laterne, wie alle andern; und mit dieser hätte vielleicht Diogenes seinen Menschen gefunden."

„Vom Pranger führt der Weg zum Galgen."

„Der Galgen ist eine Wage, an deren einem Ende ein Mensch, am andern die ganze Erde hängt. Es ist schön, der Mensch zu sein."

„Der Galgen führt zur Hölle."

„Das ist ein großes Feuer."

„Johann, Johann, das Ende wird bös sein."

„Dafür wird der Anfang gut gewesen sein."

In diesem Augenblicke ließ sich das Geräusch von Schritten auf der Treppe hören.

„Still!" sagte der Archidiaconus und legte den Finger an den Mund, „das ist Meister Jacob. Höret, Johann," fügte er mit leiser Stimme hinzu: „hütet Euch jemals von dem zu sprechen, was Ihr hier gesehen und gehört haben werdet. Verbergt Euch schnell unter diesem Ofen und rührt Euch nicht."

Der Student duckte sich unter den Ofen; da fiel ihm ein fruchtbringender Gedanke ein. „Ganz recht, Bruder Claude, einen Gulden, damit ich still liegen kann."

„Schweigt! ich verspreche ihn Euch."

„Ihr müßt mir ihn geben."

„So nimm denn!" sagte der Archidiaconus und warf ihm zornig seinen Geldbeutel zu. Johann kroch wieder unter den Ofen, und die Thüre öffnete sich.

5. Die beiden schwarzgekleideten Männer

Die Person, welche eintrat, trug ein schwarzes Gewand und zeigte eine finstre Miene. Was beim ersten Blicke unserem Freunde Johann auffiel (der, wie man wohl denken kann, sich in seinem Winkel so eingerichtet hatte, um alles nach Belieben sehen und hören zu können), war die tiefe Trauer, welche in der Kleidung und im Antlitze des neuen Ankömmlings sich zeigte. Und dennoch war eine gewisse Freundlichkeit über dieses Gesicht ausgegossen; aber es war die Freundlichkeit einer Katze oder eines Richters, – kurz eine süßliche Freundlichkeit. Er war ganz grau, runzlig, streifte an die sechziger Jahre, zwinkerte mit den Augen, hatte weiße Augenbrauen, eine hängende Unterlippe und große Hände. Als Johann sah, daß es nur eine solche Persönlichkeit war, d. h. zweifelsohne ein Arzt oder ein Gerichtsbeamter, und daß dieser Mensch eine vom Munde weit entfernt stehende Nase im Gesichte hatte – das Zeichen der Dummheit –, so zog er sich in den Winkel seines Loches mit dem hoffnungslosen Gefühle zurück, daß er eine unbegrenzte Zeit in so unbequemer Lage und in so schlechter Gesellschaft zuzubringen haben würde.

Der Archidiaconus indessen hatte sich wegen dieser Persönlichkeit nicht einmal vom Stuhle erhoben. Durch ein Zeichen hatte er ihm angedeutet, sich auf einem Fußschemel neben der Thüre niederzulassen, und nach einigen Augenblicken des Schweigens, das ein vorausgegangenes Nachsinnen zu verlängern schien, hatte er ihm mit einem gewissen Gönnertone gesagt: „Guten Tag, Meister Jacob."

„Ich grüße Euch, Meister," hatte der schwarze Mann geantwortet.

Es lag in der Art und Weise, mit der von der einen Seite das „Meister Jacob“, und vorzugsweise von der andern das „Meister“ ausgesprochen wurde, ein Unterschied, wie zwischen „gnädiger Herr“ und „Herr“, wie zwischen „domine“ und „domne“. Es war augenscheinlich die Anrede zwischen Lehrer und Schüler.

„Nun!“ fuhr der Archidiaconus nach einem neuen Schweigen fort, das Meister Jacob nicht zu unterbrechen wagte, „gelingt es Euch?“

„Ach, theurer Meister,“ sagte der andere mit einem trüben Lächeln, „ich blase immer zu. Asche, soviel als ich will. Aber kein Funken Gold.“

Dom Claude machte eine Geberde der Ungeduld. „Ich rede nicht davon mit Euch, Meister Jacob Charmolue, sondern vom Processe Eures Zauberers. Nicht wahr, Ihr nanntet ihn Mark Cenaine? Den Schaffner am Rechnungshofe? Gesteht er seine Zauberei ein? Ist Euch die Untersuchung geglückt?“

„Leider, nein!“ antwortete Meister Jacob immer mit seinem trüben Lächeln; „wir haben nicht diesen Trost. Dieser Mensch ist ein Kieselstein; wir können ihn auf dem Ferkelmarkte sieden lassen, ehe er etwas gesteht. Indessen sparen wir nichts, um hinter die Wahrheit zu kommen; er ist schon ganz von der Folter verrenkt; wir haben schon alle Mittel aufgeboten, wie der alte Komiker Plautus sagt:

„Advorsum stimulos, laminas, crucesque, compedesque.
Nervos, catenas, carceres, numellas, pedicas, boias.“

Die Peitsche, Glüheisen, Folter, Fußeisen auch.
Und Stricke, Ketten, Kerker, Fesseln gegen ihn gebraucht.

Nichts hilft hier; dieser Mensch ist schrecklich. Mein Latein ist an ihm zu Ende.“

„Ihr habt nichts Neues in seinem Hause gefunden?“

„O doch,“ sagte Meister Jacob, während er seine Tasche am Gürtel durchsuchte, „dieses Pergament. Es befinden sich Worte darauf, die wir nicht verstehen. Der Herr Criminalanwalt Philipp Lheulier versteht doch ein bißchen Hebräisch, das er im Processe des Juden aus der Straße Kantersten in Brüssel gelernt hat.“

Bei diesen Worten entrollte Meister Jacob ein Pergament. „Gebt her,“ sagte der Archidiaconus. Und während er die Augen auf das Blatt richtete, rief er aus: „Die reine Zauberei, Meister Jacob! „Emen-Hetan!“ das ist der Ruf der Nachtgeister, wenn sie zum Hexensabbath kommen. „Per ipsum, et cum ipso, et in ipso!“Das ist das Gebot, welches den Teufel wieder in der Hölle festmacht. „Hax, pax, max!“ das stammt aus der Heilkunde. Eine Formel gegen den Biß toller Hunde. Meister Jacob! Ihr seid königlicher Procurator beim Kirchengerichtshofe: dieses Pergament ist abscheulich!“

„Wir wollen den Mann wieder auf die Folter legen. Hier ist auch,“ fügte Meister Jacob hinzu, während er von neuem in seiner Gürteltasche suchte, „etwas, was wir bei Mark Cenaine gefunden haben.“

Es war ein Gefäß von der Familie derer, welche den Herd Dom Claude's bedeckten. „Ah!“ sagte der Archidiaconus, „ein alchymistischer Schmelztiegel.“

„Ich will Euch gestehen,“ fuhr Meister Jacob mit seinem schüchternen und linkischen Lächeln fort, „daß ich ihn auf dem Ofen probirt habe, aber es ist mir nicht besser gegangen, als mit dem meinigen.“

Der Archidiaconus fing an, das Gefäß zu prüfen. „Was hat er auf seinem Tiegel eingegraben? „Och! och!“ das Wort, das die Flöhe vertreibt. Dieser Mark Cenaine ist ein Dummkopf! Ich glaube es wohl, daß Ihr damit kein Gold machen werdet! Es taugt gerade nur, es im Sommer in Euern Alkoven zu stellen, und zu weiter nichts!“

„Da wir gerade bei den Irrthümern stehen,“ sagte der königliche Procurator, „so habe ich eben, ehe ich heraufkam, das Portal unten genau untersucht. Ist Euer Hochwürden ganz sicher, daß der Anfang des Schaffens der Natur dort nach dem Hôtel Dieu hin abgebildet ist, und daß unter den sieben nackten Figuren, welche an den Sockeln von Notre-Dame sich befinden, diejenige, welche Flügel an den Fersen hat, Merkur ist?“

„Ja,“ antwortete der Priester; „denn Augustin Nypho schreibt es: jener italienische Doctor, welcher einen bärtigen Dämon besaß, der ihm alles offenbarte. Uebrigens wollen wir hinuntersteigen, und ich will Euch das am Gegenstande erläutern.“

„Dank, lieber Meister,“ sprach Charmolue und neigte sich bis zur Erde . . . „Doch halt, ich vergaß! Wann soll ich die kleine Zauberin festnehmen lassen?“

„Welche Zauberin?“

„Jene Zigeunerin, die Ihr doch kennt, und die alle Tage auf dem Vorhofe tanzt, trotz des Verbotes des Officials! Sie hat eine besessene Ziege, welche Teufelshörner trägt, welche liest, schreibt, welche Mathematik versteht wie Picatrix, was alles schon hinreichen würde, jede Zigeunerin an den Galgen zu bringen. Der Proceß ist ganz bestimmt, er wird bald gemacht sein, nur zu! Ein reizendes Geschöpf, diese Tänzerin, bei meiner Seele! Die schönsten schwarzen Augen! Zwei ägyptische Karfunkel! Wann machen wir den Anfang?“

Der Archidiaconus war todtenblaß geworden.

„Ich werde Euch das sagen,“ stotterte er mit kaum vernehmbarer Stimme; dann fuhr er mit Mühe fort: „Macht Euch nur mit Mark Cenaine zu schaffen.“

„Seid ohne Sorge,“ sagte Charmolue lächelnd, „nach meiner Rückkunft will ich ihn wieder auf das lederne Bett schnallen lassen. Er ist aber ein Teufel von Menschen: er ermüdet selbst Pierrat Torterue, der doch stärkere Fäuste hat, als ich. Wie der gute Plautus sagt:

„Nudus vinctus, centum pondo es, quando pendes per pedes.“

Die Folterung auf der Haspel! Das ist das beste, was wir haben. Er soll darauf kommen.“

Dom Claude schien in eine düstere Zerstreutheit versunken zu sein. Er wandte sich nach Charmolue hin.

„Meister Pierrat . . . Meister Jacob, wollte ich sagen, macht Euch mit Mark Cenaine zu thun!“

„Ja, ja, Dom Claude. Der bedauernswerte Mensch! Es wird ihm ergangen sein, wie dem Mummolus. Welcher Gedanke aber auch, zu einer Walpurgisnacht zu gehen! Ein Schaffner des Rechnungshofes, der doch den Gesetzlaut Karls des Großen kennen sollte: „Stryga vel masca!“. . . Was die Kleine betrifft . . . Esmeralda nennt man sie ja wohl . . . so werde ich Eure Befehle erwarten . . . Ach! wenn wir unter dem Portale durchgehen, möget Ihr mir auch erklären, was der Gärtner in Flachgrundmalerei bedeuten soll, den man beim Eintritte in die Kirche sieht. Ist es nicht der Säemann? . . . He! Meister, woran denkt Ihr denn?“

Dom Claude, der in sich versunken war, hörte nicht mehr auf ihn. Charmolue, welcher der Richtung seines Blickes folgte, sah, daß er unwillkürlich auf das große Spinnennetz gerichtet war, welches das Thurmfenster überzog. In diesem Augenblicke stürzte sich eine leichtsinnige Fliege, welche die Märzensonne aufsuchte, quer in das Gewebe und war gefangen. Bei der Erschütterung ihres Gewebes machte die ungeheure Spinne eine plötzliche Bewegung aus ihrem Sitze in der Mitte heraus, dann stürzte sie sich mit einem Sprunge auf die Fliege, welche sie mit ihren Vorderfühlern in zwei Hälften zusammenpreßte, während ihr scheußlicher Saugrüssel ihr den Kopf durchbohrte. „Arme Fliege!“ sagte der königliche Procurator beim Kirchengerichtshofe, und er erhob die Hand, um sie zu retten. Der Archidiaconus, der plötzlich wie aus dem Schlafe ausfuhr, hielt ihm den Arm mit krampfhafter Heftigkeit fest.

„Meister Jacob,“ schrie er, „lasset das Verhängnis walten!“

Der Procurator drehte sich bestürzt um; es schien ihm, als ob eine eiserne Zange ihn am Arme gepackt hielt. Das Auge des Priesters war starr, wild, flammend und haftete gebannt an der schrecklichen kleinen Gruppe aus Fliege und Spinne.

„Ach, ja!“ fuhr der Priester mit einer Stimme fort, von der man sagen konnte, daß sie aus der Tiefe seiner Seele kam, „das ist das Sinnbild des Alls. Sie fliegt, sie ist fröhlich, sie ist eben zum Leben erwacht, sie sucht den Frühling, die freie Luft, die Freiheit: ach, ja! aber wenn sie sich in die gefährliche Gespinnstrosette stürzt, kommt die Spinne heraus, die schreckliche Spinne! Arme Tänzerin! arme, dem Untergange geweihte Fliege! Meister

Jacob, lasset sie gewähren! Es ist das Verhängnis! . . . Wehe! Claude, du bist die Spinne. Claude, du bist auch die Fliege! . . . Du flogst zur Wissenschaft, zum Lichte, zur Sonne; du warst nur besorgt, an die freie Luft, zum hellen Lichte der ewigen Wahrheit zu gelangen; aber als du dich zur blendenden Lichtöffnung hinstürztest, die in eine andere Welt führt, in die Welt der Klarheit, der Erkenntnis und des Wissens, – blinde Fliege, unsinniger Doctor, da hast du nicht dieses feine Spinnengewebe gesehen, das vom Schicksale zwischen dem Lichte und dir ausgespannt war; du hast dich blindlings hineingestürzt, armseliger Thor, und jetzt zappelst du mit zerschmettertem Haupte und ausgerissenen Flügeln zwischen den eisernen Klauen des Verhängnisses! . . . Meister Jacob! Meister Jacob! lasset die Spinne gewähren!"

„Ich versichere Euch," sagte Charmolue, der ihn ansah, ohne ihn zu verstehen, „daß ich sie nicht berühren werde. Aber laßt meinen Arm los, Meister, wenn ich bitten darf! Ihr habt eine Hand, wie eine Zange."

Der Archidiaconus hörte ihn nicht an. „O Thörichter!" fuhr er fort, ohne das Thurmfenster aus den Augen zu lassen, „und wenn du es hättest zerreißen können, dieses furchtbare Gewebe, mit deinen Mückenflügeln, so glaubst du, du würdest zum Lichte haben gelangen können! Wehe! jenes Glas, das in weiterer Ferne ist, dieses durchsichtige Hindernis, diese krystallene Mauer, die härter als Erz, und die alle Erdenweisheit von der Wahrheit trennt, – wie hättest du durch sie dringen wollen? O Eitelkeit menschlichen Wissens! Wie viele Weise flattern aus weiten Fernen heran, um sich das Haupt an ihr zu zerschellen! Wie viele philosophische Lehrgebäude stoßen sich, bunt durcheinander summend, an diese durchsichtige, ewige Scheidewand!"

Er schwieg. Diese letzteren Gedanken, die ihn unmerklich von seiner Betrachtung zur Gewißheit zurückgeführt hatten, schienen ihn beruhigt zu haben. Jacob Charmolue ließ ihn völlig zum Bewußtsein der Wirklichkeit zurückkommen, als er die Frage an ihn richtete: „Nun denn, lieber Meister, wann wollt Ihr mir helfen, Gold zu machen? Ich sehne mich danach, zum Ziele zu kommen."

Der Archidiaconus hob das Haupt mit einem bittern Lächeln. „Meister Jacob, lest des Michael Psellus „Dialogus de energia et operatione daemonum."Was wir treiben, ist nicht ganz unschuldig."

„Sprecht leiser, Meister! Ich ahne es," sagte Charmolue. „Aber man muß wohl ein wenig Alchymie treiben, wenn man nur königlicher Procurator mit dreißig Thalern Tours'sche Münze jährlich beim Kirchengerichtshofe ist. Laßt uns nur ja leise sprechen."

In diesem Augenblicke traf das Schmatzen einer kauenden Kinnlade, welches vom Untertheile des Herdes herkam, das furchtsame Ohr Charmolue's.

„Was ist das?" fragte er.

Es war der Student, der in seinem Verstecke sehr beengt und gelangweilt, hier soeben eine alte Brotkruste und ein Stück verschimmelten Käse entdeckt, und sich ohne weiteres daran gemacht hatte, beides zum Troste als Frühstück zu verzehren. Weil er Heißhunger hatte und jeden Bissen schmatzend kaute, so entstand ein hörbares Geräusch, das den Procurator aufmerksam und erschrocken machte.

„Es ist eine meiner Katzen," entgegnete schnell der Archidiaconus, „die da unten einige Mäuse verzehrt."

Diese Erklärung beruhigte Charmolue.

„In Wahrheit, Meister," erwiderte er mit ehrerbietigem Lächeln, „alle großen Philosophen haben ihr Lieblingsthier gehabt. Ihr wißt, was Servius sagt: „Nullus enim locus sine genio est."

Mittlerweile erinnerte Dom Claude, der einen neuen Unfug von Johanns Seiten befürchtete, seinen würdigen Schüler daran, daß sie beide einige Figuren des Portales zu studiren hätten; und alle zwei verließen die Zelle unter lautem „Ach" des Studenten, der ernstlich zu befürchten anfing, daß sein Knie den Abdruck seines Kinnes annehmen möchte.

6. Was sieben Flüche in freier Luft für eine Wirkung hervorbringen können

„Te Deum laudamus!"rief Meister Johann aus, als er aus seinem Loche herauskroch, „nun sind die beiden Nachteulen abgezogen. Och! och! Hax! Pax! Max! die Flöhe! die tollen Hunde! Zum Teufel, ich habe genug an ihrer Unterhaltung! Der Kopf brummt mir, wie ein Glockenthurm. Schimmeligen Käse noch obendrein in den Kauf! Frisch! Wir wollen hinabsteigen, den Beutel des großen Bruders nehmen und alle diese Münzen darin in Flaschen umsetzen!"

Er warf einen zärtlichen und bewundernden Blick in das Innere des kostbaren Beutels, brachte seine Kleider wieder in Ordnung, rieb seine Halbstiefeln ab, stäubte die armen, von Asche ganz grau gewordenen Aermel ab, pfiff ein Lied, machte einen Luftsprung, untersuchte, ob nicht noch etwas in der Zelle wäre, das er mitnehmen könnte, raffte hier und da vom Herde einige Glasperlenamulette zusammen, die er Isabeau-la-Thierrye als Schmuckstück geben könnte, stieß dann die Thür auf, welche sein Bruder als einen letzten Gnadenbeweis unverschlossen gelassen hatte, und die er seinerseits als letzten Schabernack offen stehen ließ, und stieg, wie ein Vogel hüpfend, die Wendeltreppe hinab. Mitten auf der finstern Stiege stieß er mit dem Ellbogen an etwas, das sich brummend zur Seite drückte; er vermuthete, daß es Quasimodo wäre; und das kam ihm so spaßhaft vor, daß er sich vor Lachen die Seiten haltend den Rest der Treppe hinabstieg. Und er lachte noch, als er auf den Platz hinaustrat.

Er stieß mit dem Fuße auf, als er sich wieder auf ebener Erde befand. „Ach," sagte er, „gutes und ehrenwerthes Pflaster von Paris! Die verdammte Treppe, welche die Engel der Jacobsleiter selbst außer Athem bringen kann! Woran dachte ich, als ich mich anschickte, in diese Steinsäule einzudringen, die in die Wolken steigt? Und das alles, um verschimmelten Käse zu essen und die Thürme von Paris durch eine Dachluke zu betrachten!

Er that einige Schritte weiter und bemerkte die beiden Nachteulen, d. h. Dom Claude und Meister Jacob Charmolue, die vor einer Bildhauerarbeit des Haupteinganges in Betrachtung versunken waren. Er näherte sich ihnen auf den Zehen und vernahm, wie der Archidiaconus ganz leise zu Charmolue sagte: „Auf diesem Lapis-lazuli-farbigen Steine hat Wilhelm von Paris einen Hiob einmeißeln lassen. Hiob stellt den Stein der Weisen dar, welcher geprüft und auch gepeinigt werden muß, um zur Vollkommenheit zu gelangen, wie Raimundus Lullus sagt: „Sub conservatione formae specificae salva anima."

„Das ist mir ganz gleichgiltig," sagte Johann, „denn ich bin's, der die Börse hat."

In diesem Augenblicke hörte er, wie hinter ihm eine starke und wohllautende Stimme eine Reihe von schrecklichen Flüchen ausstieß: „Beim Blute Christi! – Beim Leibe Gottes! – Bei Gott! – So wahr Gott lebt! – Beim Nabel Beelzebubs! – Beim heiligen Vater in Rom! – Donner und Teufel!"

„Bei meiner Seele," rief Johann, „das kann nur mein Freund Phöbus, der Hauptmann, sein!"

Der Name „Phöbus" traf das Ohr des Archidiaconus gerade im Augenblicke, als er dem königlichen Procurator den Drachen erklärte, der seinen Schwanz in einen Wasserbehälter steckt, aus welchem Rauch und der Kopf eines Königs sich erheben. Dom Claude schrak zusammen, brach zum großen Staunen Charmolue's ab, wandte sich um und sah seinen Bruder Johann, der einen hohen Offizier an der Thür des Hauses Gondelaurier anredete. Es war in der That der Herr Hauptmann Phöbus von Châteaupers. Er hatte sich mit dem Rücken an die Ecke des Hauses seiner Braut gelehnt und fluchte wie ein Heide.

„Meiner Treu! Hauptmann Phöbus," sagte Johann und ergriff seine Hand, „Ihr flucht ja mit einem bewunderungswürdigen Feuer."

„Donner und Teufel!" antwortete der Hauptmann.

„Donner und Teufel über Euch selbst!" versetzte der Student. „Nun aber, netter Hauptmann, was ist der Grund zu diesem Ueberflusse an schönen Redensarten?"

„Verzeihung, lieber Kamerad Johann," rief Phöbus, während er ihm die Hand schüttelte, „ein durchgehendes Pferd steht nicht so bald still. Nun ich fluchte im vollen Galopp. Ich komme aus dem Hause dieser Zieraffen, und wenn ich da herkomme, habe ich immer die Kehle voller Flüche; ich muß sie ausspeien, oder ich würde ersticken, Himmel und Hölle!“

„Wollt Ihr mit mir zechen gehen?“ fragte der Student.

Dieser Vorschlag beruhigte den Hauptmann.

„Sehr gern, aber ich habe kein Geld.“

„Aber ich habe welches!“

„Ei was! laßt sehen!“

Johann zeigte überlegen und gutmüthig die Börse vor den Augen des Hauptmanns. Währenddem war der Archidiaconus, welcher Charmolue verwundert hatte stehen lassen, zu ihnen gekommen, hatte sich auf einige Schritte genähert, und beobachtete sie alle beide, ohne daß sie Rücksicht auf ihn nahmen, so sehr hatte die Betrachtung des Geldbeutels ihr Interesse in Anspruch genommen.

Phöbus rief aus: „Eine Börse in Eurer Tasche, Johann, – das ist der Mond in einem Wasserkübel. Man sieht ihn drin, aber er ist nicht drin. Es ist nur der Schatten davon. Bei Gott! wir wollen wetten, daß es Kieselsteine sind!“

Johann antwortete kaltblütig: „Da sind die Kieselsteine, mit denen ich meine Hosentasche pflastere.“

Und ohne ein Wort weiter zu verlieren, schüttete er die Börse auf einem Ecksteine in der Nähe mit der Miene eines Römers aus, der sein Vaterland rettet.

„So wahr Gott lebt!“ murmelte Phöbus, „Schildpfennige, große Weißpfennige, kleine Weißpfennige, Heller, von denen zwei auf einen Tours'schen gehen, Pariser Heller, wirkliche Adlerliards! Es ist zum Blindwerden!“

Johann bewahrte seine Ruhe und Würde. Einige Liards waren in den Koth gerollt; in seiner Begeisterung bückte sich der Hauptmann, um sie aufzuheben. Johann hielt ihn zurück.

„Pfui, Hauptmann Phöbus von Châteaupers!“

Phöbus zählte das Geld und wandte sich feierlich an Johann: „Wißt Ihr, Johann, daß es dreiundzwanzig Pariser Sols sind! Wen habt Ihr denn in der Straße Coupe-Gueule vergangene Nacht ausgeplündert?“

Johann warf seinen blonden Lockenkopf in den Nacken und sagte hochmüthig mit halbgeschlossenen Augen:

„Man hat einen Bruder, der Archidiaconus und ein schwacher Mann ist.“

„Donner und Hagel!“ rief Phöbus, „ein würdiger Herr!“

„Wir wollen trinken,“ sagte Johann.

„Wohin werden wir gehen?“ fragte Phöbus; „nach dem „Apfel der Eva“?“

„Nein, Hauptmann, wir wollen zur „Alten Weisheit“ gehen. Eine ***Alte***, in deren Kannen die ***Weisheit*** steckt, das ist ein Wortspiel; ich liebe so etwas.“

„Fort mit den Wortspielen, Johann! Der Wein ist besser im „Apfel der Eva“, und dann steht neben der Thüre ein Weinstock im Sonnenscheine, der mich lustig macht, wenn ich trinke.“

„Nun gut! auf zur Eva und ihrem Apfel,“ sprach der Student und ergriff den Arm des Phöbus. „Was ich sagen wollte, mein lieber Hauptmann, Ihr habt soeben die Straße Coupe-Gueule genannt. Das ist sehr übel gesprochen; man ist gegenwärtig nicht mehr so barbarisch. Man sagt: die Straße Coupe-Gorge.“

Die beiden Freunde machten sich nach dem „Apfel der Eva“ auf den Weg. Es ist überflüssig zu erwähnen, daß sie vorher das Geld zusammenrafften, und daß der Archidiaconus ihnen folgte.

Der Archidiaconus folgte ihnen düster und voll leidenschaftlichen Sinnes nach. War der da ***der*** Phöbus, dessen verfluchter Name seit seiner Zusammenkunft mit Gringoire sich in alle seine Gedanken drängte? Er wußte es nicht; kurz aber, es war ***ein*** Phöbus, und dieser magische Name war hinreichend, daß der Archidiaconus den beiden sorglosen Genossen nachschlich, wobei er ihren Worten lauschte, und ihre geringsten Bewegungen mit ängstlicher Aufmerksamkeit beobachtete. Uebrigens war nichts so leicht, als alles das zu hören, was sie sagten: so laut sprachen sie, und so wenig thaten sie sich Zwang an, die Straßenpassanten an ihren Geheimnissen teilnehmen zu lassen. Sie unterhielten sich von Zweikämpfen, Mädchen, Zechereien und sonstigen Possen.

An der Krümmung einer Straße vernahmen sie den Lärm einer baskischen Trommel, der von der nächsten Straßenecke her erklang. Dom Claude hörte, wie der Offizier sagte:

„Donnerwetter! wir wollen unsere Schritte verdoppeln.“

„Warum, Phöbus?“

„Ich befürchte, daß die Zigeunerin mich erblickt.“

„Welche Zigeunerin?“

„Die Kleine mit der Ziege.“

„Die Esmeralda?“

„Ganz recht, Johann. Ich vergesse immer diesen verteufelten Namen. Laßt uns eilen; sie würde mich wiedererkennen. Ich mag nicht, daß dies Mädchen mich auf der Straße anredet.“

„Kennt Ihr sie denn, Phöbus?“

Hier sah der Archidiaconus, wie Phöbus kicherte, sich zu Johanns Ohre neigte und diesem ganz leise einige Worte sagte; darauf brach Phöbus in ein Gelächter aus und schüttelte den Kopf mit einer triumphirenden Miene.

„In Wahrheit?“ fragte Johann.

„Bei meiner Seele!“ sprach Phöbus.

„Heute Abend?“

„Heute Abend.“

„Seid Ihr sicher, daß sie kommen wird?“

„Aber seid Ihr thöricht, Johann? Kann man an dergleichen zweifeln?“

„Hauptmann Phöbus, Ihr seid ein glücklicher Ritter!“

Der Archidiaconus hörte diese ganze Unterhaltung an. Seine Zähne klapperten: ein sichtbarer Schauder durchbebte seinen ganzen Körper. Er blieb einen Augenblick stehen, stützte sich wie ein Trunkener auf einen Eckstein; dann nahm er die Fährte der beiden lustigen Schelme wieder auf.

In dem Augenblicke, wo er sie wieder einholte, hatten sie die Unterhaltung verändert. Er hörte sie aus vollem Halse den alten Refrain singen:

„Erzschelme blähen sich ohne Bangen,
Kleine Diebe werden gehangen!“

7. Der gespenstige Mönch

Das berühmte Wirthshaus „Zum Apfel der Eva“ lag im Universitätsviertel, an der Ecke der Rue de la Rondelle und der Rue du Bâtonnier. Das Ganze bestand aus einem ziemlich großen und sehr niedrigen Saale im Erdgeschosse, mit einer Deckenwölbung, deren mittlerer Bogen auf einem großen, gelbfarbigen Holzpfeiler ruhte. Ueberall standen Tische, glänzende Zinnkannen hingen an der Wand; stets waren zahlreiche Trinker und Mädchen im Ueberflusse vorhanden; ein Glasfenster führte auf die Straße, ein Weinstock stand neben der Thüre; und über dieser Thüre befand sich eine knarrende Platte von Eisenblech, auf welche eine Frau und ein Apfel gemalt war; vom Regen mit Rost bedeckt, drehte sie sich auf einem eisernen Stabe im Winde. Diese Art Wetterfahne, die von der Straße aus sichtbar war, diente als Wirthshausschild.

Die Nacht sank nieder; die Straße lag in Finsternis gehüllt; das von Lichtern erhellte Wirthshaus leuchtete von weitem wie eine Schmiede in der Dunkelheit. Man hörte Gläsergeklirr, den Lärm von Schmausereien, von Flüchen und Streitereien, welcher durch die zerbrochenen Fensterscheiben herausdrang. Durch den Dunst hindurch, welchen die Hitze des Saales über den Glasvorbau verbreitete, sah man zahlreiche

Gestalten bunt durcheinander wimmeln, und von Zeit zu Zeit klang ein schallendes Gelächter heraus. Die Straßenpassanten, welche ihren Geschäften nachgingen, eilten, ohne die Blicke hineinzuwerfen, an diesem lärmenden Fenster vorüber. Irgend ein kleiner, zerlumpter Junge höchstens hob sich auf den Fußspitzen bis zum Fensterbrette des Vorbaues und rief das alte spöttische Hohngeschrei: „Scher' dich, Saufsack, Saufsack, Saufsack!“ mit dem man damals die Trunkenbolde verfolgte, in die Schenke hinein. Unterdessen ging ein Mann unbeirrt vor der geräuschvollen Schenke auf und ab, blickte unaufhörlich hinein und entfernte sich nicht weiter davon, als ein Landsknecht von seinem Schilderhause. Er hatte sich bis an die Nase in seinen Mantel gehüllt. Diesen Mantel hatte er soeben bei dem Trödler gekauft, der neben dem „Apfel der Eva“ wohnte, ohne Zweifel um sich gegen die Kälte der Märzabende zu schützen, vielleicht auch um sein Gewand zu verbergen. Von Zeit zu Zeit blieb er vor dem trüben Butzenscheibenfenster stehen: er horchte, sah hinein und stampfte mit dem Fuße auf.

Endlich öffnete sich die Thüre der Schenke. Darauf gerade schien er zu warten. Zwei Zecher traten heraus. Der Lichtstrahl, welcher durch die Thüre drang, röthete einen Augenblick ihre fröhlichen Gesichter. Der Mann im Mantel stellte sich unter einer Thürhalle auf der andern Seite der Straße auf die Lauer.

„Donner und Wetter!“ sagte der eine der beiden Zecher. „Sieben Uhr wird es gleich sein. Es ist die Stunde meines Stelldicheins.“

„Ich sage Euch,“ fuhr sein Gefährte mit schwerer Zunge fort, „daß ich nicht in der Rue-des-Mauvaises-Paroles wohne, indignus, qui inter mala verba habitat.Meine Wohnung ist in der Rue Jean-Pain-Mollet, in vico Johannis Pain-Mollet. Ihr seid gehörnter als ein Einhorn, wenn Ihr das Gegentheil behauptet. Jeder weiß, daß, wer einmal auf einem Bären reitet, niemals Furcht hat; aber Ihr habt Eure Nase zur Lüsternheit gewendet, wie Sanct-Jacob de l'Hôpital.“

„Johann, mein Freund, Ihr seid betrunken,“ sagte der andere.

Der andere antwortete wankend: „Es macht Euch Vergnügen, das zu behaupten, Phöbus; aber es ist erwiesen, daß Plato das Gesicht eines Jagdhundes hatte.“

Der Leser hat zweifelsohne unsere beiden braven Freunde, den Hauptmann und den Studenten, schon wiedererkannt. Offenbar hatte der Mann, der sie in der Dunkelheit beobachtete, beide gleichfalls erkannt; denn er folgte langsamen Schrittes allen Zickzacks, die der Student den Hauptmann machen ließ, welcher, als ein kampfbereiterer Trinker, seine ganze Kaltblütigkeit bewahrt hatte. Der Mann im Mantel hörte ihnen aufmerksam zu, und konnte die ganze folgende interessante Unterhaltung vernehmen:

„Zum Teufel! so bemühet Euch doch, geradeaus zu gehen, Herr Baccalaureus; Ihr wißt, daß ich Euch verlassen muß. Eben schlägt es sieben. Ich habe ein Stelldichein mit einem Frauenzimmer.“

„Laßt mich doch, sage ich Euch! Ich sehe Sterne und feurige Lanzen. Ihr seid wie das Schloß Dampmartin, das vor Lachen zerberstet."

„Bei den Warzen meiner Großmutter, Johann, das heißt mit zu großer Beharrlichkeit Unsinn schwatzen. Was ich sagen wollte, Johann, habt Ihr kein Geld mehr?"

„Herr Rector, es ist kein Fehler mehr darin: das kleine Schlachthaus, parva boucheria."

„Johann, mein Freund Johann! Ihr wißt, daß ich dieser Kleinen ein Stelldichein am Ende der Sanct-Michaelsbrücke zugesagt habe, und daß ich sie nur zur Falourdel, der Kupplerin an der Brücke, führen kann, und daß ich das Zimmer werde bezahlen müssen. Die alte Vettel mit dem weißen Barte wird mir keinen Credit geben. Johann! bitte! Haben wir wirklich den ganzen Beutel des Pfaffen verzecht? Ist nicht ein Pariser Heller mehr übrig geblieben?"

„Das Bewußtsein, die übrige Zeit gut angewendet zu haben, ist eine richtige und schmackhafte Tafelwürze."

„Bauch und Gedärme! Zum Teufel mit dem albernen Gewäsch! Sagt mir, Teufelsjohann, habt Ihr noch etwas Geld übrig? Gebt her, bei Gott! oder ich will Euch durchsuchen, wäret Ihr auch aussätzig wie Hiob und krätzig wie Cäsar!"

„Herr, die Straße Galiache ist eine Straße, die mit einem Ende an die Rue-de-la-Verrerie und mit dem andern an die Rue-de-la-Tixeranderie grenzt."

„Nun gut, ja! mein lieber Freund Johann, mein armer Kamerad, die Straße Galiache, allerdings, es ist ganz recht. Aber in des Himmels Namen, kommt doch zur Besinnung. Ich brauche nur einen Pariser Sou, und zwar wegen des Stelldicheins um sieben Uhr."

„Still ringsum! und Achtung auf den Refrain:

Wenn die Ratten fressen die Katz' –
In Arras wird der König Herr vom Platz;
Und wenn das Meer, so tief und klar,
Zufriert um Sanct Johann – fürwahr,
Dann wird man die Leute von Arras sehn,
Wie sie aus der Stadt über's Eis hingehn."

„Nun denn, Schüler des Antichrist, mögest du mit den Gedärmen deiner Mutter erdrosselt werden!" rief Phöbus aus; und er stieß heftig den betrunkenen Studenten von sich, welcher gegen die Mauer taumelte und schlaff auf das Pflaster aus Philipp Augusts Zeiten her niedersank. Mit dem Bodensatze jenes brüderlichen Mitleidens, das im Herzen eines Trinkers niemals erlischt, rollte Phöbus seinen Kamerad Johann mit dem Fuße auf eines jener Ruhekissen der Armuth, welche die Vorsehung im Winkel aller Ecksteine von Paris bereit hält, und welche die Reichen verächtlicherweise mit dem

Namen „Kehrichthaufen“ brandmarken. Der Hauptmann legte den Kopf Johanns auf einem abschüssigen Haufen von Kohlstrünken zurecht, und im nämlichen Augenblicke begann der Student mit einem prächtigen Tenore zu schnarchen. Im Herzen des Hauptmanns war indessen nicht jeder Groll erloschen. „Um so schlimmer, wenn dich der Karren des Teufels im Vorbeifahren aufliest!“ rief er dem armen entschlummerten Studenten zu und ging davon.

Der Mann im Mantel, der unterlassen hatte, ihm weiter zu folgen, stand einen Augenblick vor dem schlafenden Studenten still, wie wenn Unentschlossenheit in ihm sich regte; dann stieß er einen tiefen Seufzer aus und entfernte sich gleichfalls zur Weiterverfolgung des Hauptmanns.

Wie sie beide wollen wir Johann unter dem gütigen Schutze des freien Himmels schlafen lassen, und wenn es dem Leser gefällt, ihnen gleichfalls nachfolgen.

Wie der Hauptmann Phöbus in die Straße Saint-André-des-Arcs einschwenkte, bemerkte er, daß jemand ihm folgte. Als er zufällig die Blicke zur Seite wandte, sah er eine Schattengestalt, welche hinter ihm an den Mauern entlang hinschlich. Er blieb stehen, sie blieb auch stehen; er setzte sich wieder in Bewegung, der Schatten that dasselbe. Das beunruhigte ihn nur in sehr geringem Maße. „Ach was!“ sprach er zu sich selbst, „ich habe nicht einen Sou.“ Vor der Façade des Collegiums Autun machte er Halt. In dieser Bildungsanstalt hatte er kurze Zeit das getrieben, was er „Studien machen“ nannte; und nach neckischer Schülergewohnheit, die an ihm haften geblieben war, ging er niemals vor dem Gebäude vorbei, ohne daß er der Bildsäule des Cardinals Peter Bertrand, die zur Rechten des Einganges in Stein gemeißelt war, jene Schändungsart angedeihen ließ, über die sich Priapus so bitter in der Satire von Horaz: „Olim truncus eram ficulnus“beklagt. Er hatte dabei so viel Eifer entwickelt, daß die Inschrift der Statue „Eduensis episcopus“fast ganz verwischt war. Er blieb also, wie er gewohnt war, vor dieser Bildsäule stehen. Die Straße war vollständig einsam. Im Augenblicke, wo er, die Nase hoch, gelassen seine Nestelschnüren wieder festband, bemerkte er den Schatten, der sich ihm langsamen, so langsamen Schrittes näherte, daß er vollkommen Muße hatte, zu erkennen, daß dieser Schatten einen Mantel und Hut trug. Als er in seine Nähe gekommen war, hielt er an und stand unbeweglicher, als die Bildsäule des Cardinals Bertrand da. Dabei heftete er auf Phöbus seine starren Blicke, die voll jenes unruhigen Feuers waren, welches nachts aus der Pupille einer Katze strahlt.

Der Hauptmann war muthig und würde sich sehr wenig um einen Dieb mit dem Knüttel in der Hand gekümmert haben. Aber diese wandelnde Statue, dieser Stein gewordene Mensch machten ihn starr vor Entsetzen. Es circulirten damals allerlei Geschichten von einem gespenstigen Mönche im Munde der Leute, der nachts in den Straßen von Paris sein Wesen treiben sollte, und diese kamen ihm dunkel in die Erinnerung. Er blieb einige Minuten bestürzt stehen; schließlich brach er das Schweigen, indem er sich zum Lachen zwang:

„Herr, wenn Ihr ein Räuber seid, wie ich erwarte, so werdet Ihr denselben Erfolg bei mir haben, wie wenn ein Reiher sich an eine Nußschale macht. Mein Lieber, ich bin der Sohn einer heruntergekommenen Familie. Wendet Euch hier nebenan. In der Kapelle dieses Collegiums befindet sich Holz vom echten Kreuze Christi, welches in silbernem Behälter ruht."

Die Hand des Schatten streckte sich unter seinem Mantel hervor und fiel auf Phöbus' Arm mit der Wucht einer Adlerklaue nieder. Zugleich sprach der Schatten:

„Hauptmann Phöbus von Châteaupers!"

„Was der Teufel!" sagte Phöbus, „Ihr wißt meinen Namen!"

„Ich weiß nicht nur Euern Namen," fuhr der Mann im Mantel mit seiner Grabesstimme fort. „Ihr habt heute Abend ein Stelldichein."

„Ja," antwortete Phöbus erstaunt.

„Um sieben Uhr."

„In einer Viertelstunde."

„Bei der Falourdel."

„Ganz recht."

„Der Kupplerin an der Sanct-Michaelsbrücke."

„Des heiligen Erzengel Michael, wie das Vaterunser sagt."

„Gottloser!" murmelte das Gespenst. „Mit einem Frauenzimmer?"

„Confiteor."

„Welche heißt . . ."

„Die Esmeralda," sagte Phöbus lebhaft. Seine ganze Sorglosigkeit war nach und nach bei ihm wiedergekommen.

Bei diesem Namen schüttelte die Kralle des Schatten wüthend den Arm des Phöbus.

„Hauptmann Phöbus von Châteaupers, du lügst!"

Wer in diesem Augenblicke das zornflammende Angesicht des Hauptmanns hätte sehen können, den Rückprall, den er nach hinten machte, und der so heftig war, daß er sich von der zangenartigen Hand, die ihn gepackt hielt, losriß; wer die stolze Geberde hätte betrachten können, mit der seine Hand nach dem Gefäße seines Degens fuhr, und diesem Zorne gegenüber die düstre Unbeweglichkeit des Mannes im Mantel, – wer das hätte beobachten können, würde entsetzt gewesen sein. Es war etwas wie der Kampf Don Juans mit der Bildsäule.

„Christus und Satan!“ schrie der Hauptmann. „Das war ein Wort, welches selten das Ohr eines Châteaupers trifft! Du dürftest nicht wagen, es noch einmal zu wiederholen!“

„Du lügst!“ sagte der Schatten mit eisiger Ruhe.

Der Hauptmann knirschte mit den Zähnen. Den gespenstigen Mönch, Schattenbild und abergläubische Gedanken – alles hatte er in diesem Augenblicke vergessen. Er sah nichts weiter, als einen Menschen und hörte nur eine Beleidigung. „Ha! das fängt gut an!“ stotterte er mit vor Wuth erstickter Stimme. Er zog seinen Degen, dann rief er zitternd, weil der Zorn, wie die Furcht zittern macht: „Hierher! sofort! frisch! die Degen! die Degen heraus! Blut muß ich auf diesen Steinen sehen!“

Der andere jedoch rührte sich nicht. Als dieser seinen Gegner auf der Hut und bereit zu bersten sah, sprach er, während der Ton seiner Stimme in Bitterkeit bebte:

„Hauptmann Phöbus, Ihr vergeßt Euer Stelldichein.“

Die leidenschaftlichen Aufwallungen der Menschen vom Schlage eines Phöbus sind wie Milchsuppen, deren Sieden ein einziger Tropfen kalten Wassers niederschlägt. Dieses einfache Wort ließ den Degen sinken, der in der Hand des Hauptmanns funkelte.

„Hauptmann,“ fuhr der Mann fort, „morgen, übermorgen, in einem Monate, in zehn Jahren sollt Ihr mich wieder bereit finden, Euch die Kehle durchzuschneiden; aber geht jetzt zu Eurem Stelldichein.“

„In der That,“ sagte Phöbus, als ob er mit sich selbst zu kapituliren suchte, „das sind zwei hübsche Abenteuer, ein Duell und ein Mädchen bei einem Stelldichein zu finden; aber ich sehe nicht ein, warum ich mir das eine für das andere entgehen lassen sollte, wenn ich sie alle beide haben kann.“

Er steckte den Degen wieder in die Scheide.

„Gehet zu Eurem Stelldichein,“ wiederholte der Unbekannte.

„Herr,“ antwortete Phöbus mit einiger Verlegenheit, „viel Dank für Eure Artigkeit. Allerdings wird es morgen immer noch Zeit sein, uns mit Schlitzen und Schmarren das Wamms Vater Adams zu zerfetzen. Ich weiß es Euch Dank, daß Ihr mir erlaubt, noch eine Viertelstunde angenehm zu verleben. Ich hoffte wohl, Euch in den Rinnstein zu legen, und noch zur Zeit zur Schönen zu kommen, um so mehr, als es zum guten Tone gehört, die Weiber in solchem Falle ein wenig warten zu lassen. Aber Ihr scheint mir ein entschlossener Patron zu sein, und es ist sicherer, die Partie auf morgen zu verschieben. Ich gehe also zu meinem Stelldichein; es ist auf die siebente Stunde verabredet, wie Ihr wißt.“ Hierbei kratzte sich Phöbus hinter dem Ohre. „Ach, zum Teufel! ich vergaß! Ich habe nicht einen Sou, um die Miethe für die Dachkammer zu bezahlen, und die alte Vettel wird vorher bezahlt werden wollen. Sie traut mir nicht.“

„Hier habt Ihr etwas zum bezahlen.“

Phöbus fühlte, wie die kalte Hand des Unbekannten ein großes Geldstück in die seinige schob. Er konnte sich nicht enthalten, das Geld zu nehmen und diese Hand zu drücken.

„Bei Gott im Himmel!“ rief er aus, „Ihr seid eine gute Seele!“

„Eine Bedingung!“ sagte der Mann. „Beweist mir, daß ich unrecht gehabt habe, und daß Ihr wahr gesprochen habt. Versteckt mich in irgend einem Winkel, von dem aus ich sehen kann, ob dieses Weib in Wahrheit diejenige ist, deren Namen Ihr mir genannt habt.“

„O!“ antwortete Phöbus, „das ist mir sehr gleichgiltig. Wir wollen das Zimmer der heiligen Martha benutzen; Ihr könnt von dem Loche aus, das nebenan ist, nach Belieben zusehen.“

„Kommt also,“ erwiderte der Schatten.

„Zu Euren Diensten,“ sagte der Hauptmann. „Ich weiß nicht, ob Ihr nicht der Herr Teufel in höchst eigner Person seid; aber wir wollen heute Abend gute Freunde sein, morgen will ich Euch alle meine Schulden mit der Börse und mit dem Degen bezahlen.“

Sie machten sich beide wieder in höchster Eile auf den Weg. Nach Verlauf einiger Minuten verkündete ihnen das Rauschen des Stromes, daß sie sich auf der Sanct-Michaelsbrücke befanden, die damals mit Häusern bedeckt war.

„Ich will Euch zunächst hineinführen,“ sagte Phöbus zu seinem Gefährten, „dann will ich die Schöne holen, die mich am Klein-Châtelet erwarten soll.“

Der Gefährte antwortete nichts; so lange sie Seite an Seite hinwanderten, hatte er kein Wort gesprochen. Phöbus hielt vor einer niedrigen Thüre an und klopfte heftig; ein Licht zeigte sich an den Spalten der Thüre.

„Wer ist da?“ rief eine kreischende Stimme.

„Beim Leibe Gottes! beim Haupte Gottes! bei Gottes Gebeinen!“ antwortete der Hauptmann.

Die Thüre öffnete sich sofort und zeigte den Ankömmlingen ein altes Weib und eine alte Lampe, die alle beide zitterten. Die Alte war vollständig gekrümmt, in Lumpen gehüllt, wackelte mit dem Kopfe, welchen sie mit einem Tuche verhüllt hatte, und aus welchem kleine Augen herausblitzten. Sie war vollständig runzelig an den Händen, im Gesicht, am Nacken; ihre Lippen traten unter das Zahnfleisch zurück, und rings um den Mund hatte sie Büschel von weißen Barthaaren, die ihr das schnurrige Aussehen einer Katze verliehen. Das Innere der Hütte war ebenso verfallen, wie die Alte; ihre Mauern getüncht, die Balken der Decke geschwärzt, der Kamin eingestürzt, Spinneweben hingen an allen Ecken; in der Mitte stand eine Reihe wackliger Tische und zerbrochener Schemel, in der Asche saß ein schmutziges Kind, und im Hintergrunde erblickte man eine Treppe oder vielmehr eine hölzerne Leiter, welche zu einer Fallthüre in der Decke hinaufführte. Beim Eintritt in diese Höhle zog der geheimnisvolle Begleiter des Phöbus seinen Mantel bis zu den Augen in die Höhe. Doch beeilte sich der Hauptmann, der fortwährend wie ein Sarazene fluchte, „das Licht in einem Thaler glänzen zu lassen“, wie unser bewundernswürdiger Régnier sich ausdrückt. „Das Zimmer zur heiligen Martha,“ sagte er.

Die Alte titulirte ihn „gnädiger Herr“ und verbarg den Thaler in einer Schublade. Es war das Geldstück, welches der Mann im Mantel dem Phöbus gegeben hatte. Während daß sie den Rücken wandte, näherte sich der kleine langhaarige und zerlumpte Junge, welcher in der Asche spielte, geschickt der Schublade, nahm den Thaler heraus und legte an seine Stelle ein trockenes Blatt, welches er aus einem Reisigbündel abgepflückt hatte.

Die Alte gab den beiden Edelleuten, wie sie sie nannte, ein Zeichen, ihr zu folgen, und stieg die Leiter vor ihnen in die Höhe. Als sie im obern Stocke angekommen war, setzte sie ihre Lampe auf eine Kiste, und Phöbus, als Stammgast des Hauses, öffnete eine Thüre, die in ein dunkles Gelaß führte. „Tretet da hinein, mein Lieber,“ sagte er zu seinem Begleiter. Der Mann im Mantel gehorchte, ohne ein Wort zu erwidern; die Thüre fiel hinter ihm wieder ins Schloß; er hörte, wie Phöbus sie mit dem Riegel verschloß, und einen Augenblick nachher mit der Alten die Leiter wieder hinabstieg. Das Licht war verschwunden.

8. Nutzen der Fenster, die nach dem Flusse hinausgehen

Claude Frollo (denn wir setzen voraus, daß der Leser, welcher verständiger als Phöbus ist, bei diesem ganzen Abenteuer keinen andern gespenstigen Mönch gesehen hat, als den Archidiaconus), Claude Frollo tastete einige Augenblicke in dem finstern Verstecke umher, in das ihn der Hauptmann eingeriegelt hatte. Es war einer von jenen Winkeln, wie solche manchmal die Baumeister am Einigungspunkte zwischen Dach und Stützmauer übrig behalten. Der senkrechte Durchschnitt dieses Loches, wie es Phöbus so treffend bezeichnet hatte, hätte ein Dreieck gegeben. Uebrigens war weder ein Fenster noch eine Luke vorhanden, und die Neigung des Daches verhinderte, daß man aufrecht darin stehen konnte. Claude kauerte sich also in den Staub und in den Gypsschutt, der unter ihm zerdrückt wurde, nieder; sein Kopf glühte, und während er rings um sich mit den Händen hin- und hertastete, fand er ein Stück zerbrochenes Glas am Boden, welches er an seine heiße Stirne drückte, und dessen Kühle ihm ein wenig Linderung gewährte.

Was ging in diesem Augenblicke in der düstern Seele des Archidiaconus vor? Er und Gott allein konnten das wissen. Nach welcher unseligen Reihenfolge ordnete er die Esmeralda, Phöbus, Jacob Charmolue, seinen jungen, so sehr geliebten und von ihm auf der Straße zurückgelassenen Bruder, sein Priestergewand als Archidiaconus, vielleicht seinen guten Namen, der im Hause der Falourdel zurückblieb, – kurz alle diese Bilder, alle diese Ereignisse in seinen Gedanken? Aber gewiß ist, daß diese Gedanken in seinem Geiste eine fürchterliche Verbindung bildeten.

Er wartete eine Viertelstunde lang; es kam ihm vor, als ob er ein Jahrhundert durchwacht hätte. Plötzlich hörte er die Stufen der hölzernen Treppe knacken; jemand stieg herauf. Die Fallthüre öffnete sich wieder; ein Licht kam zum Vorschein. In der wurmstichigen Thüre seines Gelasses befand sich eine ziemlich weite Spalte; er drückte sein Gesicht daran. Auf diese Weise konnte er alles sehen, was sich im benachbarten Zimmer zutrug. Die Alte mit dem Katzengesichte stieg, ihre Lampe in der Hand, zuerst aus der Fallthür heraus, dann Phöbus, der sich seinen Schnurrbart in die Höhe strich, und dann eine dritte Person: die Esmeralda, diese schöne und reizende Gestalt. Der Priester sah sie wie eine blendende Erscheinung aus dem Boden heraufsteigen. Claude zitterte, eine Wolke lagerte sich auf seine Augen, seine Pulsadern schlugen mit Macht, alles rauschte und drehte sich um ihn; er sah und hörte nichts mehr.

Als er wieder zu sich kam, waren Phöbus und die Esmeralda allein; sie saßen auf dem hölzernen Kasten neben der Lampe, welche diese jugendlichen Gestalten und ein elendes Bett im Hintergrunde der Dachkammer in die Augen des Archidiaconus springen ließ.

Neben dem Bette war ein Fenster, dessen zertrümmerte Butzenscheiben, die einem vom Regen zerrissenen Spinnennetze glichen, durch ihre zerbrochenen Rundungen ein Stück Himmel und den Mond erblicken ließen, der in der Ferne auf einem Daunenkissen von zarten Wolken ruhte.

Das junge Mädchen war schamroth, außer Fassung und zitterte. Ihre langen, gesenkten Wimpern beschatteten die Purpurwangen. Der Offizier, auf den sie ihre Augen nicht zu erheben wagte, strahlte vor Verlangen. Mechanisch und mit einer reizenden Geberde von Verlegenheit zeichnete sie mit der Spitze des Fingers unzusammenhängende Linien auf die Bank und blickte auf ihren Finger nieder. Ihren Fuß sah man nicht; die kleine Ziege hatte sich darauf gekauert. Der Hauptmann war sehr artig gekleidet: um den Hals und die Handgelenke trug er Puffen von Goldlitze, für die damalige Zeit eine große Zierde.

Nur mit Mühe vermochte Dom Claude zu hören, was sie sich sagten, so heftig rollte sein Blut, das ihm in den Schläfen kochte.

(Es ist ein ziemlich alltägliches Etwas um eine verliebte Plauderei. Sie ist ein beständiges „Ich liebe dich", – eine wohlklingende Redensart, die sehr nackt und fade für diejenigen klingt, welche sie gleichgiltig anhören: es müßte denn sein, daß sie mit etwas „Schmuckwerk" verziert ist; aber Claude hörte nicht als Gleichgiltiger zu.)

„Ach!" sagte das junge Mädchen, ohne die Augen aufzuschlagen, „verachtet mich nicht, gnädiger Herr Phöbus. Ich fühle, daß das, was ich gethan habe, unrecht ist."

„Euch verachten, schönes Kind!“ entgegnete der Offizier mit einer Miene überlegener und vornehmer Galanterie, „Euch verachten, beim Haupte Gottes! und warum?“

„Daß ich Euch gefolgt bin.“

„In dieser Hinsicht, meine Schöne, verstehen wir uns nicht. Ich müßte Euch nicht verachten, sondern Euch hassen.“

Das junge Mädchen sah ihn erschrocken an: „Mich hassen! Was habe ich denn gethan?“

„Dafür, daß Ihr Euch so sehr habt bitten lassen.“

„Wehe!“ sprach sie . . . „ich bin einem Gelübde untreu geworden. Ich kann meine Eltern nicht wieder sehen . . . das Amulet wird seine Kraft verlieren. Aber was thut das? Was bedarf ich jetzt eines Vaters und einer Mutter?“

Während sie so sprach, heftete sie ihre großen schwarzen, von Freude und Zärtlichkeit feuchten Augen auf den Hauptmann.

„Soll der Teufel mich holen, wenn ich Euch verstehe!“ rief Phöbus.

Die Esmeralda schwieg einen Augenblick, dann rollte eine Thräne aus ihren Augen, ein Seufzer entrang sich ihren Lippen, und sie sprach: „Ach! gnädiger Herr, ich liebe Euch.“ Um das junge Mädchen verbreitete sich ein solcher Duft von Reinheit, ein derartiger Zauber von Keuschheit, daß Phöbus sich in ihrer Nähe nicht ganz behaglich fühlte. Doch ermuthigte ihn dieses Wort. „Ihr liebt mich!“ sagte er mit leidenschaftlicher Aufwallung und legte seinen Arm um den Leib der Zigeunerin. Er wartete nur auf diese Gelegenheit.

Der Priester sah es und prüfte mit der Fingerspitze die Spitze eines Dolches, welchen er in seinem Busen versteckt trug.

„Phöbus,“ fuhr die Zigeunerin fort, während sie sanft die pressenden Hände des Hauptmanns von ihrem Gürtel losmachte, „Ihr seid gut, Ihr seid edelmüthig, Ihr seid schön; Ihr habt mich gerettet, mich, die ich nur ein armes, unter die Zigeuner gerathenes Kind bin. Lange Zeit träume ich von einem Offiziere, der mir das Leben rettet. Von Euch träumte ich, ehe ich Euch kannte, mein Phöbus; mein Traum zeigte mir eine schöne Uniform, wie Ihr sie habt, ein stolzes Aussehen, einen Degen; Ihr heißt Phöbus, das ist ein schöner Name; ich liebe Euern Namen, ich liebe Euern Degen. Ziehet doch Euern Degen, damit ich ihn sehe.“

„O Kind,“ sagte der Hauptmann, und er zog lächelnd seinen Schläger aus der Scheide.

Die Zigeunerin betrachtete den Griff, die Klinge, prüfte mit reizender Neugierde den Namenszug am Stichblatte, und küßte den Degen, wobei sie zu ihm sprach: „Du bist der Degen eines Tapfern. Ich liebe meinen Hauptmann.“

Phöbus benutzte diese Gelegenheit wenigstens, um einen Kuß auf ihren schönen, niedergeneigten Nacken zu drücken, worüber das junge Mädchen, rothgeworden wie eine Kirsche, in die Höhe fuhr. Der Priester knirschte darüber die Zähne in seinem dunkeln Loche.

„Phöbus," begann die Zigeunerin wieder, „erlaubt mir, daß ich zu Euch rede. Gehet doch ein wenig auf und ab, auf daß ich Euch, in Eurer ganzen Größe sehe, und daß ich Eure Sporen klirren höre. Wie schön Ihr seid!"

Der Hauptmann stand auf, um sich ihr gefällig zu erweisen, und murmelte ihr mit einem selbstgefälligen Lächeln zu: „Aber was seid Ihr für ein Kind! Doch da wir davon reden, Liebchen, habt Ihr mich denn im Paradewaffenrocke gesehen?"

„Leider nein!" antwortete sie.

„Der ist erst prächtig!"

Phöbus setzte sich wieder neben sie nieder, aber viel näher, als vorher.

„Hört mich an, meine Süße . . ."

Die Zigeunerin gab ihm mit ihrer niedlichen Hand ein paar leise Schläge auf den Mund, wobei ihre ganze Kindlichkeit voll Muthwillen, Anmuth und Frohsinn zu Tage trat.

„Nein, nein, ich will Euch nicht anhören. Liebt Ihr mich? Ich will, daß Ihr mir sagt, ob Ihr mich liebt."

„Ob ich dich liebe, Engel meines Lebens!" rief der Hauptmann aus und sank halb vor ihr auf die Knie nieder. „Mein Leib, mein Blut, meine Seele – alles gehört dir, alles ist nur für dich. Ich liebe dich und habe niemanden, als dich allein geliebt."

Der Hauptmann hatte diese Redensart in mancher ähnlichen Lage so viele Male wiederholt, daß er sie in einem Athemzuge, ohne einen einzigen Gedächtnisfehler zu machen, vortrug. Bei dieser leidenschaftlichen Liebeserklärung sandte die Zigeunerin zur schmutzigen Decke, die hier den Himmel vertrat, einen Blick voll himmlischen Glückes empor. „Ach!" flüsterte sie, „das ist der Augenblick, wo man sterben sollte!"

Phöbus fand „den Augenblick" für geeignet, um ihr einen neuen Kuß zu rauben, welcher den unglücklichen Archidiaconus in seinem Winkel von neuem marterte.

„Sterben!" rief der Hauptmann aus. „Was sagt Ihr da doch, schöner Engel? Jetzt ist die Gelegenheit, zu leben, oder Jupiter ist nur ein Possenreißer! Sterben beim Beginn einer so süßen Angelegenheit! Beim Horn des Stieres, welcher Scherz! . . . So ist's nicht gemeint . . . Höret mich an, meine theure Similar . . . Esmenarda . . . Verzeihung! Aber Ihr habt einen so seltsamen sarazenischen Namen, daß ich mich nicht herausfinden kann. Er ist ein Gestrüpp, in dem ich stets hängen bleibe."

„Mein Gott," sagte das arme Mädchen, „ich, ich hielt diesen Namen wegen seiner Seltsamkeit für hübsch! Aber da er Euch mißfällt, möchte ich lieber Goton heißen."

„Ach! härmen wir uns nicht wegen so Unbedeutendem, meine Süße; es ist ein Name, an den man sich gewöhnen muß, und damit genug. Wenn ich ihn einmal auswendig weiß, wird es schon von selbst gehen. Hört mich also, meine theure Similas: ich bete Euch bis zum Wahnsinne an. Ich liebe Euch wahrhaftig, daß es ein Wunder ist. Ich kenne eine Kleine, die darüber vor Wuth berstet . . ."

Das eifersüchtige Mädchen unterbrach ihn: „Wen denn?"

„Was, mein Gott, thut das uns?" sagte Phöbus; „liebt Ihr mich?"

„Ach! . . ." sagte sie.

„Nun gut! Das ist die Hauptsache. Ihr sollt sehen, wie auch ich Euch liebe. Mag mich der große Teufel Neptunus aufspießen, wenn ich Euch nicht zum glücklichsten Geschöpfe der Welt mache. Wir wollen irgendwo ein hübsches kleines Häuschen miethen. Ich will meine Bogenschützen unter Eurem Fenster paradiren lassen. Sie sind alle beritten und bieten denjenigen des Hauptmanns Mignon Trotz. Ich habe Hellebardiere, Armbrustschützen und Artilleristen mit Handfeldschlangen. Ich will Euch zu den großen Schaugeprängen der Pariser im Speicher von Rully führen. Achtzigtausend bewaffnete Leute, dreißigtausend blanke Harnische, Koller oder Panzerhemden, die siebenundsechzig Banner der Gewerke, die Standarten des Parlaments, der Rechnungskammer, der Generalschatzkammer, der Münzgehilfen, – mit einem Worte: ein verteufelter Prunk. Ich werde Euch auch die Löwen im königlichen Schlosse zeigen, welche Rothwild sind. Alle Frauenzimmer sehen so etwas gern."

Seit einigen Minuten träumte das junge Mädchen, in liebliche Gedanken versunken, beim Klange seiner Stimme, ohne auf den Sinn seiner Worte zu achten.

„O! Ihr sollt glücklich sein!" fuhr der Hauptmann fort, und zu gleicher Zeit löste er leise den Gürtel der Zigeunerin.

„Was thut Ihr denn?" sagte sie erregt. Diese Gewalttätigkeit hatte sie aus ihrer Träumerei gerissen.

„Nichts," antwortete Phöbus; „ich sagte nur, daß Ihr diesen närrischen und gassenmäßigen Anzug aufgeben müßtet, wenn Ihr bei mir bleiben wollt."

„Wenn ich bei dir sein werde, mein Phöbus!" sagte das junge Mädchen zärtlich.

Sie wurde nachdenklich und schwieg.

Der Hauptmann, durch ihre Sanftmuth dreist gemacht, faßte sie um den Leib, ohne daß sie widerstand, begann dann ganz leise das Mieder des armen Mädchens aufzuschnüren und zog das Busentuch so tief herunter, daß der keuchende Priester die schöne nackte, runde und braune Schulter der Zigeunerin aus der Spitzenhülle hervortreten sah, wie den Mond, der im Nebel am Horizonte sich erhebt.

Das junge Mädchen ließ Phöbus gewähren. Sie schien es nicht zu merken. Das Auge des dreisten Hauptmanns funkelte. Plötzlich wandte sie sich nach ihm hin:

„Phöbus," sagte sie mit einem Ausdrucke unendlicher Liebe, „unterweise mich in deiner Religion."

„In meiner Religion?" rief der Hauptmann und brach in ein Gelächter aus. „Ich Euch in meiner Religion unterweisen? Donner und Wetter! Was wollt Ihr mit meiner Religion anfangen?"

„Um uns zu heirathen," antwortete sie.

Das Gesicht des Hauptmanns nahm einen Ausdruck an, in dem sich Ueberraschung, Verachtung, Gleichgiltigkeit und zügellose Leidenschaft vermischten.

„Ach was!" sagte er, „heirathet man sich denn?"

Die Zigeunerin wurde blaß und ließ traurig ihr Haupt auf den Busen sinken.

„Schönes Liebchen," fuhr Phöbus zärtlich fort, „was sollen diese Thorheiten bedeuten? Es ist etwas Wichtiges um eine Heirath! Hat man sich etwa nicht so innig lieb, wenn man nicht mit lateinischen Brocken in der Bude eines Priesters um sich geworfen hat?"

Während er das mit innigstem Tone sprach, drängte er sich ganz nahe an die Zigeunerin heran; seine liebkosenden Hände hatten sich wieder um diesen zarten und schmiegsamen Leib geschlungen; sein Auge glühte immer mehr und mehr, und alles kündete an, daß Herr Phöbus sich offenbar einem jener Augenblicke näherte, in welchem Jupiter selbst so viele Thorheiten begeht, daß der gute Homer sich genöthigt sieht, eine Wolke zu seiner Hilfe herbeizurufen.

Dom Claude jedoch sah alles. Die Thüre war aus ganz verfaulten Faßdauben gemacht, die seinem Raubvogelblicke zwischen ihren Fugen freien Durchblick gestatteten. Dieser dunkelfarbige, breitschultrige Priester, der bis dahin zur strengen Keuschheit des Klosters verdammt gewesen war, schauerte und kochte bei dieser nächtlichen Liebes- und Wollustscene. Das junge und schöne Mädchen, das in ihrem Seelenaufruhr diesem feurigen Jünglinge ergeben war, verwandelte das Blut seiner Adern in geschmolzenes Blei. In seinem Innern gingen die seltsamsten Bewegungen vor sich; sein Auge heftete sich mit wollüstiger Eifersucht an jede dieser losgenestelten Nadeln. Wer in diesem Augenblicke das Antlitz des Unglücklichen hätte sehen können, das an die wurmstichigen Thürpfosten gepreßt war, hätte geglaubt, ein Tigergesicht zu schauen, das aus der Tiefe eines Käfigs heraus einen Schakal erblickt, der eine Gazelle verschlingt. Sein Auge blitzte wie eine Flamme durch die Spalten der Thüre.

Auf einmal zog Phöbus mit heftiger Bewegung das Busentuch von den Schultern der Zigeunerin. Das arme Kind, welches bleich und nachdenkend geblieben war, erwachte wie aus einem Traume; sie entfernte sich hastig von dem unternehmenden Offiziere, warf einen Blick auf ihren Busen und die entblößten Schultern, und kreuzte roth, verwirrt und stumm vor Scham ihre beiden Arme über der Brust, um sie zu bedecken. Stumm und bewegungslos, wie sie war, und ohne die Röthe, welche auf ihren Wangen flammte, hätte man sie für eine Bildsäule der Schamhaftigkeit halten können. Ihre Augen blieben am Boden geheftet.

Die Zudringlichkeit des Hauptmanns hatte zugleich das geheimnisvolle Amulet entblößt, das sie um den Hals trug.

„Was ist das?" fragte er, diesen Vorwand ergreifend, um sich dem schönen Geschöpfe, das er soeben verscheucht hatte, wieder zu nähern.

„Rühret nicht daran!" entgegnete sie lebhaft, „es ist mein Beschützer. Es wird mich meine Familie wiederfinden lassen, wenn ich dessen würdig bleibe. Ach! laßt mich in Frieden, Herr Hauptmann! Meine Mutter! meine arme Mutter! Meine Mutter, wo bist du? Komm mir zu Hilfe! Gnade, Herr Phöbus! gebt mir mein Busentuch wieder!"

Phöbus trat zurück und sagte mit kaltem Tone:

„O, Jungfer! nun sehe ich wohl, daß Ihr mich nicht liebt!"

„Ich ihn nicht lieben!" rief das arme unglückliche Kind, und zu gleicher Zeit hing sie sich an den Hauptmann, welchen sie neben sich niederzog. „Ich dich nicht lieben, mein Phöbus! Was sprichst du da, böser Mann, um mir das Herz zu zerreißen? Ach! komm! nimm mich hin, nimm alles! Mache mit mir, was du willst, ich bin dein. Was mache ich mir aus dem Amulete? was aus meiner Mutter? Du bist meine Mutter, da ich dich ja liebe! Phöbus, mein heißgeliebter Phöbus, siehst du mich? Ich bin es, sieh mich an; es ist jene Kleine, welche du doch nicht von dir stoßen wirst; die da kommt, die selbst kommt, um dich zu suchen. Meine Seele, mein Leben, mein Leib, meine Person, – alles das ist ein Ding, das dir gehört, mein Hauptmann. Gut denn, nein! heirathen wir uns nicht; es ist dir zuwider; und dann, was bin ich denn, ich? Ein elendes Mädchen aus dem Rinnsteine, während daß du, mein Phöbus, ein Edelmann bist. Wahrhaftig, es wäre spaßhaft! eine Tänzerin einen Offizier heirathen! – Ich war thöricht. Nein, Phöbus, nein; ich will deine Geliebte sein, dein Zeitvertreib, dein Vergnügen, wann du es wünschest; ein Mädchen, das dir gehören will. Ich bin nur dazu geschaffen, beschimpft, verachtet, entehrt zu werden: aber was thut's? wenn ich geliebt bin! Ich will die stolzeste und die glücklichste aller Frauen sein. Und wenn ich alt oder häßlich werde, Phöbus, wenn ich nicht mehr gut bin, deine Liebe zu genießen, gnädiger Herr: dann werdet Ihr mich noch um Euch dulden, um Euch zu dienen. Andere werden Euch dann Schärpen sticken; ich, die Magd, will dafür Sorge tragen. Ihr werdet mir erlauben, Eure Sporen zu putzen, Euren Waffenrock zu bürsten, Eure Reiterstiefeln vom Staube zu reinigen. Nicht wahr, mein

Phöbus, Ihr werdet dieses Mitleid für mich haben? Bis dahin nimm mich hin! Siehst du, Phöbus, alles das gehört dir, liebe mich nur! Wir Zigeunerinnen, wir bedürfen nichts als dessen: Luft und Liebe.“

Bei diesen Worten schlang sie ihre Arme um den Hals des Offiziers; sie blickte ihn von oben bis unten an, flehend und mit einem süßen, ganz in Thränen erstickten Lächeln. Ihr zarter Busen drängte sich an das Tuchwamms und die scharfen Stickereien. Sie wand ihren schönen, halbnackten Leib auf seinen Knien. Der berauschte Hauptmann drückte seine glühenden Lippen auf diese schönen afrikanischen Schultern. Das junge Mädchen bebte, die Augen zur Decke erhoben, nach hinten übergesunken und am ganzen Leibe zitternd, unter seinem Kusse.

Auf einmal sah sie über Phöbus' Kopfe einen andern Kopf: ein fahles, gelbes, verzerrtes Gesicht mit dem Blicke eines Verdammten; bei diesem Gesichte zeigte sich eine Hand, welche einen Dolch hielt. Es war das Gesicht und die Hand des Priesters; er hatte die Thüre erbrochen und war da. Phöbus konnte ihn nicht sehen. Das junge Mädchen war regungslos, erstarrt, sprachlos bei der furchtbaren Erscheinung: wie eine Taube, welche den Kopf in dem Augenblicke erheben will, wo der Falke mit seinen starren Augen in ihr Nest schaut.

Sie konnte nicht einmal einen Schrei ausstoßen. Sie sah, wie der Dolch auf Phöbus niedersank und sich rauchend wieder hob.

„Verflucht!“ stöhnte der Hauptmann und sank nieder.

Sie fiel in Ohnmacht.

In dem Augenblicke, wo ihre Augen sich schlossen, wo jede Empfindung in ihr hinschwand, glaubte sie zu empfinden, daß ein feuriger Druck, ein glühenderer Kuß, als das rothe Eisen des Henkers, sich auf ihre Lippen preßte.

Als sie ihre Besinnung wieder gewann, war sie von Soldaten der Wache umgeben; man trug den Hauptmann in seinem Blute schwimmend davon; der Priester war verschwunden; das Fenster im Hintergrunde des Zimmers, welches auf den Fluß hinausging, stand ganz weit offen; man hob einen Mantel auf, welcher, wie man vermuthete, dem Offizier gehörte, und sie vernahm die Worte um sich her:

„Das ist eine Hexe, die einen Hauptmann erdolcht hat.“

Achtes Buch

1. Der in ein dürres Blatt verwandelte Thaler

Gringoire und der ganze Wunderhof befanden sich in einer entsetzlichen Unruhe. Seit einem ganzen Monate wußte man nicht, was aus der Esmeralda geworden war: was den Herzog von Aegypten und seine Freunde, die Bettler, aufs höchste betrübte; ebenso wenig wußte man, was mit ihrer Ziege geworden war: was namentlich den Schmerz Gringoire's verdoppelte. Eines Abends war die Zigeunerin verschwunden und hatte seitdem kein Lebenszeichen mehr von sich gegeben. Alle Nachforschungen waren fruchtlos geblieben. Einige neckische Landstreicher theilten Gringoire mit, daß sie ihr an jenem Abende in der Gegend der Sanct-Michaelsbrücke begegnet wären, wie sie mit einem Offiziere davon gegangen sei; aber dieser Ehemann nach Zigeunerbrauch war ein ungläubiger Philosoph; und überdies wußte er besser, als irgend jemand, wie sehr seine Frau noch Jungfrau war. Er hatte sich ein Urtheil bilden können, welche unbezwingliche Schamhaftigkeit sich aus der Kraft des Amuletes und der Tugendhaftigkeit der Zigeunerin – beides vereinigt – ergaben; und er hatte mathematisch genau die Widerstandskraft dieser Keuschheit gegen die zweite Möglichkeit berechnet. Er war also nach dieser Seite hin beruhigt.

Demnach konnte er sich dieses Verschwinden nicht zusammenreimen. Das war sein tiefer Kummer. Er wäre noch magerer darüber geworden, wenn das ein Ding der Möglichkeit gewesen wäre. Er hatte darüber alles vergessen, sogar seine literarischen Neigungen, selbst sein großes Werk: „De figuris regularibus et irregularibus,“welches er mit dem ersten Gelde, das er bekommen würde, drucken zu lassen ausgerechnet hatte (denn er faselte vom Drucke, seitdem daß er das „Didascalon“ des Hugo von Sanct-Victor, welches mit den berühmten Typen des Wendelin von Spira gedruckt ist, gesehen hatte.)

Eines Tages, als er trübselig vor dem Criminalgefängnisse vorbeiging, bemerkte er eine ziemliche Menschenmenge an einer der Thüren des Justizpalastes.

„Was giebt's da?“ fragte er einen jungen Mann, welcher herauskam.

„Ich weiß nicht, mein Herr,“ antwortete der junge Mann. „Man sagt, daß eine Frau abgeurtheilt wird, welche einen Offizier erdolcht hat. Wie es scheint, steckt Hexerei dahinter; der Bischof und der Official haben sich in die Sache gemengt, und mein Bruder, welcher Archidiaconus von Josas ist, haftet mit seinem Leben dafür. Nun wollte ich mit ihm sprechen, aber ich habe nicht an ihn kommen können wegen des Gedränges, was mir sehr unangenehm ist, denn ich brauche Geld.“

„O weh, mein Herr!“ sagte Gringoire, „ich wollte, ich könnte Euch welches leihen; aber wenn meine Hosentaschen durchlöchert sind, so sind die Thaler nicht schuld daran.“

Er wagte nicht, dem jungen Manne zu sagen, daß er seinen Bruder, den Archidiaconus, kenne, zu welchem er seit der Scene in der Kirche nicht hingegangen war: eine Nachlässigkeit, die ihn in Verlegenheit setzte.

Der Student setzte seinen Weg fort, und Gringoire schickte sich an, der Menge zu folgen, welche die Treppe zum großen Verhandlungssaale hinaufdrängte. Er hielt dafür, daß es nichts Besseres gäbe, die Melancholie zu verjagen, als einen Criminalproceß, bei dem die Richter gewöhnlich so viel lächerliche Albernheiten zum besten geben. Das

Volk, unter das er sich gemischt hatte, ging vorwärts und drängte sich schweigend weiter. Nach einem langsamen und langweiligen Trippeln unter einem langen Gange hin, der sich im Palaste, wie der Grundkanal des alten Bauwerkes, hinschlängelte, gelangte er an eine niedrige Thüre, die in einen Saal führte, welchen, über die Köpfe der wogenden Menge hinweg, seine Körperlänge gestattete mit dem Auge zu prüfen.

Der Saal war groß und düster, was ihn noch größer erscheinen ließ. Der Tag ging zur Neige; die hohen Spitzbogenfenster ließen nur einen blassen Lichtstrahl hereindringen, der halb erlosch, ehe er bis zur Wölbung, einem ungeheueren Gitterwerk aus Steingebälk, vordrang, dessen zahllose Figuren in der Dunkelheit bunt durcheinander zu laufen schienen. Hier und da standen schon mehrere angezündete Kerzen auf Tischen und warfen ihre Strahlen auf die Köpfe der Schreiber, welche auf Aktenbündel geneigt waren. Der vordere Theil des Saales war vom Volke besetzt; zur Rechten und Linken saßen Männer in Amtskleidern an Tischen; im Hintergrunde, auf einer Erhöhung, zahlreiche Richter, deren letzte Reihen sich in der Dunkelheit verloren, mit starren und finstern Gesichtern. Die Mauern waren mit zahllosen Lilien besäet. Man unterschied undeutlich ein großes Kruzifix über den Richtern, und überall Piken und Hellebarden, von deren Spitzen das Licht der Kerzen strahlend zurückfiel.

„Herr," fragte Gringoire einen seiner Nachbarn, „was stellen diese Personen vor, die da unten wie Prälaten auf dem Concile Platz genommen haben?"

„Mein Herr," sprach der Nachbar, „zur Rechten, das sind die Oberkammerräthe, und zur Linken die Untersuchungsrichter: die Meister in schwarzer Tracht und die Herren in rother Tracht."

„Da über ihnen," fuhr Gringoire fort, „wer ist denn der dicke Rothe, der schwitzt?"

„Das ist der Herr Präsident."

„Und jene Hammel hinter ihm?" bemerkte Gringoire, welcher, wie wir schon gesagt haben, dem Beamtenstande nicht gewogen war, was vielleicht mit dem alten Grolle zusammenhing, welchen er seit seinem dramatischen Mißgeschicke dem Justizpalaste nachtrug.

„Das sind die Herren Richter der Cassationskanzlei des königlichen Palastes."

„Und vor ihm das Wildschwein?"

„Das ist der Herr Gerichtsschreiber des Parlamentsgerichtshofes."

„Und zur Rechten das Krokodil?"

„Meister Philipp Lheulier, der peinliche Anwalt des Königs."

„Und zur Linken jener große schwarze Kater?"

„Meister Jacob Charmolue, der Procurator des Königs beim Kirchengerichtshofe, mit den Herren vom geistlichen Gericht."

„Nun denn, Herr," sagte Gringoire, „was thun denn alle diese braven Leute da?"

„Sie richten."

„Wen richten sie? Ich sehe den Angeklagten ja nicht."

„Es ist ein Frauenzimmer, Herr. Ihr könnt sie nicht sehen; sie dreht Euch den Rücken zu und wird uns von der Menge verborgen. Halt! Da ist sie, wo Ihr eine Anzahl Partisanen seht."

„Was ist das für ein Weib?" fragte Gringoire. „Wißt Ihr ihren Namen?"

„Nein, Herr; ich bin eben erst hereingekommen. Ich nehme nur an, daß es sich um Zauberei handelt, weil der Official dem Processe beiwohnt."

„Nur zu!" sagte unser Philosoph, „wir werden sehen, wie alle diese Leute im Amtskleide Menschenfleisch essen. Es ist ein Schauspiel, wie alle andern."

„Herr," bemerkte ein Nachbar, „findet Ihr nicht auch, daß Meister Jacob Charmolue eine sehr sanfte Miene macht?"

„Herr!" antwortete Gringoire. „Ich traue keiner Sanftmuth, welche scharfgeschnittene Nasenflügel und dünne Lippen hat."

Hier geboten die Nachbarn den zwei Plauderern Ruhe. Man nahm eine wichtige Zeugenaussage entgegen.

„Gnädige Herren," sagte mitten im Saale ein altes Weib, deren Gesicht dermaßen unter ihren Kleidungsstücken versteckt war, daß man sie einen wandelnden Lumpenhaufen hätte nennen mögen, „gnädige Herren, die Sache ist ebenso wahr, als es wahr ist, daß ich, die ich hier stehe, die Falourdel bin, die seit vierzig Jahren auf der Sanct-Michaelsbrücke wohnt, und pünktlich Abgaben, Schoß und Grundzins zahlt; es ist die Thür gegenüber vom Hause Tassin-Caillarts, des Färbers, welches auf der Seite stromaufwärts steht. Jetzt eine arme Alte, war ich einstmals ein schönes Mädchen, gnädige Herren! Seit einigen Tagen sagte man zu mir: „Frau Falourdel, laßt Euer Spinnrad nicht zu sehr des Abends schnurren; der Teufel hechelt gern mit seinen Hörnern den Rocken alter Weiber. Es ist gewiß, daß der gespenstige Mönch, welcher vergangenes Jahr sein Wesen in der Nähe des Tempelherrenhauses trieb, jetzt in der Altstadt herumschweift. Frau Falourdel paßt auf, daß er nicht an Eure Thüre klopft." Eines Abends, ich spann mein Rad, klopft man an meine Thüre. Ich frage, wer da ist. Es flucht jemand. Ich öffne. Zwei Männer treten ein. Ein Schwarzer mit einem schönen Offiziere. Man sah nur die zwei Augen des Schwarzen, zwei glühende Kohlen. Alles übrige war Hut und Mantel. Da sagen sie zu mir: „Die Stube zur heiligen Martha." Das ist meine Oberstube, gnädige Herren, mein reinlichstes Zimmer. Sie geben mir einen

Thaler. Ich stecke den Thaler in meine Schublade und sage bei mir: „Das ist dazu bestimmt, morgen Kaldaunen in der Schlächterei La Gloriette zu kaufen.“ Wir steigen hinauf. Als wir in der Oberstube angekommen sind, und während daß ich den Rücken drehte, verschwand der schwarze Mann. Das setzte mich ein wenig in Erstaunen. Der Offizier, welcher schön wie ein vornehmer Herr war, steigt wieder mit mir herab. Er geht weg. Die Zeit ein Viertel Strähne zu spinnen war um, als er mit einem schönen jungen Mädchen zurückkommt, einer Puppe, die wie eine Sonne geglänzt hätte, wenn sie geputzt gewesen wäre. Sie hatte einen Bock, einen großen Bock, schwarz oder weiß, ich kann mich nicht mehr erinnern, bei sich. Das machte mich nachdenklich. Das Mädchen geht mich nichts an, aber der Bock! . . . Ich habe diese Thiere nicht gern, sie haben einen Bart und Hörner. Das sieht einem Manne ähnlich. Und dann riecht es nach dem Hexensabbath. Jedoch, ich sage nichts. Ich hatte den Thaler. Das ist recht, nicht wahr, Herr Richter? Ich lasse das Mädchen und den Offizier in die Oberstube hinaufsteigen, und ich lasse sie allein, das heißt mit dem Bocke. Ich steige wieder herab und setze mich wieder zum Spinnen nieder . . . Ich muß Euch sagen, daß mein Haus ein Erdgeschoß und ein erstes Stockwerk hat; es geht von hinten auf den Fluß, wie die andern Häuser der Brücke auch, und das Fenster des Erdgeschosses und das Fenster des Oberstockes öffnen sich nach dem Wasser zu . . . Ich war also im besten Spinnen. Ich weiß nicht, warum ich an jenen gespenstigen Mönch dachte, den der Bock mir in den Kopf gesetzt hatte, und dann war das hübsche Mädchen ein wenig wild aufgeputzt. Plötzlich höre ich einen Schrei oben, und etwas auf den Boden fallen, und wie das Fenster sich öffnet. Ich laufe zu dem meinigen, welches darunter ist, und ich sehe vor meinen Augen eine schwarze Masse vorbeischießen, die ins Wasser stürzt. Es war ein als Priester gekleidetes Gespenst. Es war heller Mondenschein. Ich habe es sehr gut gesehen. Es schwamm nach der Altstadt zu. Am ganzen Leibe zitternd rufe ich dann die Nachtwache. Die Herren von den Zwölfern treten ein, und im ersten Augenblicke sogar, da sie nicht wußten, worum es sich handelte, und weil sie vergnügt waren, haben sie mich geschlagen. Ich habe es ihnen auseinandergesetzt. Wir steigen hinauf, und was finden wir da? Meine arme Stube ganz in Blut schwimmend, den Hauptmann der Länge nach hingestreckt mit einem Dolche im Nacken, das Mädchen sich todt stellend, und den Bock ganz wüthend. “Gut,“ sage ich, „ich werde mehr als vierzehn Tage lang den Fußboden zu waschen haben. Ich werde ihn abkratzen müssen, das wird schrecklich werden.“ Man trug den Offizier davon, den armen jungen Mann! und das ganz entblößte Mädchen . . . Halt! das Schlimmste ist, daß am andern Morgen, als ich den Thaler nehmen wollte, um Kaldaunen zu kaufen, ich ein dürres Blatt an seiner Stelle gefunden habe.“

Die Alte schwieg. Ein Gemurmel des Entsetzens lief durch den Zuhörerraum. „Dieses Gespenst, dieser Bock, alles das riecht nach Hexerei,“ sagte ein Nachbar Gringoire's. – „Und dieses dürre Blatt!“ fügte ein anderer hinzu. – „Kein Zweifel,“ fuhr ein dritter fort, „das ist eine Hexe, die im Verkehre mit dem gespenstigen Mönche steht, um die Offiziere auszuplündern.“ Gringoire selbst war nicht abgeneigt, dieses alles entsetzlich und wahrscheinlich zu finden.

„Weib Falourdel,“ sagte der Herr Präsident mit Würde, „habt Ihr dem Gerichtshofe nichts weiter zu sagen?“

„Nein, gnädiger Herr,“ antwortete die Alte, „außer, daß man in dem Berichte mein Haus als ein schiefes und stinkendes Loch bezeichnet hat; was doch beschimpfend sich ausdrücken heißt. Die Häuser auf der Brücke haben kein vornehmes Aussehen, weil dort Menschen im Ueberflusse wohnen; aber nichts desto weniger wohnen dennoch Fleischer dort, welche reiche Leute und mit schönen, sehr reinlichen Frauen verheirathet sind.“

Der Beamte, welcher auf Gringoire den Eindruck eines Krokodils gemacht hatte, erhob sich.

„Stille!“ sagte er. „Ich bitte, meine Herren, nicht aus dem Auge zu verlieren, daß man einen Dolch bei der Angeklagten gefunden hat. Weib Falourdel, habt Ihr jenes Blatt mitgebracht, in welches sich der Thaler verwandelt hat, den Euch der Teufel gegeben hatte?“

„Ja, gnädiger Herr,“ antwortete sie; „ich habe es wiedergefunden. Hier ist es.“

Ein Gerichtsdiener überreichte das todte Blatt dem Krokodile, welches traurig den Kopf schüttelte, und händigte es dem Präsidenten ein, welcher es dem Procurator des Königs beim Kirchengerichtshofe zustellte, so daß es die Runde im Saale machte.

„Das ist ein Birkenblatt,“ sagte Meister Jacob Charmolue; „ein neuer Beweis von der Zauberei.“

Ein Rath nahm das Wort.

„Zeugin, zwei Männer sind zu gleicher Zeit bei Euch eingetreten. Der schwarze Mann, den Ihr zuerst verschwinden, nachher in Priesterkleidern in der Seine habt schwimmen gesehen, und der Offizier. Welcher von beiden hat Euch den Thaler gegeben?“

Die Alte überlegte einen Augenblick und sagte:

„Es war der Offizier.“

Ein Murmeln durchlief den Saal.

„Ah,“ dachte Gringoire, „das ist eine Thatsache, die meine Ueberzeugung schwankend macht.“

Währenddem schlug sich Philipp Lheulier, der peinliche Anwalt des Königs, von neuem ins Mittel.

„Ich erinnere die Herren daran, daß der gemeuchelte Offizier in der auf seinem Krankenbette geschriebenen Zeugenaussage erklärt, daß in dem Augenblicke, wo der schwarze Mann sich ihm zugesellt habe, der Gedanke dunkel in ihm aufgestiegen sei, daß dies sehr möglich der gespenstige Mönch sein könnte, und hinzufügte, daß das Gespenst lebhaft in ihn gedrungen sei, der Angeklagten das verabredete Stelldichein zu geben, und auf seine, des Hauptmanns, Bemerkung hin, daß er ohne Geld wäre, ihm den Thaler gegeben hätte, mit dem der genannte Offizier die Falourdel bezahlt hat. Folglich ist der Thaler eine Münze aus der Hölle . . ."

Diese folgerichtige Bemerkung schien bei Gringoire und den andern Skeptikern des Zuschauerraumes alle Zweifel zu zerstreuen.

„Die Herren haben die Aktenstücke in Händen," fügte der Anwalt des Königs hinzu, während er sich niedersetzte; „sie können die Aussage des Phöbus von Châteaupers zu Rathe ziehen."

Bei diesem Namen erhob sich die Angeklagte; ihr Kopf überragte die Menge, Gringoire erkannte entsetzt die Esmeralda. Sie war blaß, ihre Haare, die früher so zierlich geflochten und mit Zechinen beflittert waren, fielen wirr hernieder; ihre Lippen waren bleich, ihre hohlen Augen flößten Schrecken ein. Ach, leider!

„Phöbus!" sprach sie in Geistesverwirrung, „wo ist er? Ach, gnädige Herren, ehe ihr mich tödtet, Erbarmen, sagt mir, ob er noch lebt?"

„Schweiget, Weib," antwortete der Präsident, „das ist jetzt nicht unsere Angelegenheit."

„Oh! aus Mitleiden sagt mir, ob er am Leben ist!" wiederholte sie, indem sie ihre schönen abgemagerten Hände faltete; und man hörte ihre Ketten an ihrem Gewande hinunterklirren.

„Nun denn!" sagte trocken der Anwalt des Königs, „er liegt im Sterben. Seid Ihr zufrieden?"

Die Unglückliche fiel auf ihren Schemel zurück, stumm, ohne Thränen, bleich wie ein Wachsbild.

Der Präsident neigte sich nach einem Manne hin, der vor seinen Füßen saß, eine goldene Mütze und ein schwarzes Gewand trug, eine Kette um den Hals und einen Stab in der Hand hatte.

„Thürhüter, führet die zweite Angeklagte herein."

Aller Augen wandten sich nach einer kleinen Thüre hin, welche sich öffnete und zum größten Schrecken Gringoire's eine hübsche Ziege mit vergoldeten Hörnern und Füßen hereinließ. Das zierliche Thier blieb einen Augenblick auf der Schwelle stehen, streckte den Hals vor, als ob sie auf einer Felsspitze stehend, einen ungeheuern Gesichtskreis unter ihren Augen gehabt hätte. Plötzlich bemerkte sie die Zigeunerin, sprang über den Tisch und den Kopf eines Schreibers hinweg, und war in zwei Sprüngen vor ihren Knien; dann rollte sie sich zierlich zu den Füßen ihrer Herrin nieder und bettelte um ein Wort oder eine Liebkosung; aber die Angeklagte blieb unbeweglich, und selbst die arme Djali erhielt keinen Blick.

„Ach ja . . . es ist mein abscheuliches Thier," sagte die alte Falourdel, „und ich erkenne sie gemach alle beide!"

Jacob Charmolue schlug sich jetzt ins Mittel.

„Wenn es den Herren recht ist, wollen wir zum Verhöre der Ziege schreiten."

Diese war in Wahrheit die zweite Angeklagte. Es gab zu damaliger Zeit nichts Einfacheres, als einen Proceß wegen Zauberei, der gegen ein Thier angestrengt wurde. Man findet unter anderem in den Rechnungen des Amtsbezirkes für das Jahr 1466 eine merkwürdige Kostenspecification im Processe Gillet Soularts und seiner Sau, welche „für ihre Verschuldungen in Corbeil hingerichtet wurden". Das Wichtigste dabei ist: die Kosten für die Löcher, um das Schwein hineinzustecken, die fünfhundert Reisigbündel, die am Hafen von Morsant verwendet wurden, die drei Maß Wein und das Brot, als Henkermahl des armen Sünders, das brüderlich vom Henker mit ihm getheilt wurde, sogar die elf Tage Bewachung und Fütterung des Schweines, jeder mit acht Pariser Hellern berechnet. Manchmal ging man sogar weiter, als nur Thiere zu processiren. Die Capitularien Karls des Großen und Ludwigs des Frommen verhängen schwere Strafen über die feurigen Erscheinungen, welche in der Luft zu erscheinen sich unterstehen sollten.

Der Procurator beim Kirchengerichte hatte inzwischen ausgerufen:

„Wenn der Teufel, welcher in diese Ziege gefahren ist, und welcher allen Beschwörungen Widerstand geleistet hat, bei seinen Behexungen beharrt, und wenn er den Gerichtshof in Schrecken versetzt, so kündigen wir ihm an, daß wir gezwungen sein werden, gegen ihn den Galgen oder den Scheiterhaufen in Anwendung zu bringen."

Gringoire trat der kalte Schweiß vor die Stirn. Charmolue nahm die baskische Trommel der Zigeunerin von einem Tische, und während er sie der Ziege mit einer gewissen Förmlichkeit hinhielt, fragte er sie: „Wie viel Uhr ist es?"

Die Ziege sah ihn mit einem klugen Blicke an, hob ihren vergoldeten Fuß auf und machte sieben Schläge. Es war in der That sieben Uhr. Eine Bewegung des Entsetzens ging durch die Menge. Gringoire konnte nicht mehr an sich halten.

„Sie macht sich unglücklich!" schrie er ganz laut; „ihr sehet doch, daß sie nicht weiß, was sie thut."

„Stille, ihr Zuhörer da unten im Saale!" rief der Thürhüter heftig.

Jacob Charmolue ließ unter Anwendung der nämlichen Kunstgriffe, wie bei dem Tamburin, die Ziege mehrere andere Gaukeleien über das Datum des Tages, den Monat des Jahres u. s. w. ausführen, bei denen der Leser schon Zeuge gewesen ist. Und infolge einer optischen Täuschung, die den Gerichtsverhandlungen eigentümlich ist, waren dieselben Zuschauer, die vielleicht mehr als einmal an der Straßenecke bei den unschuldigen Schelmereien Djali's Beifall geklatscht hatten, unter den Wölbungen des Justizpalastes darüber entsetzt. Die Ziege war offenkundig der Teufel. Das wurde noch viel schlimmer, als der Procurator des Königs eine Art Ledersack voll beweglicher Buchstaben, die Djali am Halse trug, auf den Boden ausgeschüttet hatte, und man die Ziege nun mit ihrem Fuße aus dem hingestreuten Alphabete den verhängnisvollen Namen „Phöbus" heraussuchen sah. Die Zaubereien, deren Opfer der Hauptmann geworden war, schienen unwidersprechlich erwiesen, und in aller Augen war die Zigeunerin, diese bezaubernde Tänzerin, die so oft die Straßenpassanten mit ihrer Anmuth geblendet hatte, nichts weiter, als eine fürchterliche Hexe.

Sie gab übrigens kein Lebenszeichen von sich; weder die zierlichen Bewegungen Djali's, noch die Drohungen der Untersuchungsrichter, noch die dumpfen Verwünschungen der Zuhörer, – nichts bewegte mehr ihr Denken. Um sie aufzuwecken, mußte ein Gerichtsdiener sie mitleidslos rütteln, worauf der Präsident mit feierlicher Stimme also anhob:

„Mädchen, Ihr seid vom Stamme der Zigeuner und den Hexereien ergeben. Ihr habt in Gemeinschaft mit der behexten Ziege, welche mit in den Proceß verwickelt ist, in der Nacht des letzten neunundzwanzigsten März, im Einverständnis mit den Mächten der Hölle, unter Beihilfe Eurer Reize und Ränke, einen Hauptmann vom Commando der Königsschützen, Phöbus von Châteaupers, ermordet und erdolcht. Beharrt Ihr beim Läugnen?"

„Entsetzen!" schrie das junge Mädchen, und verbarg ihr Antlitz in ihren Händen. „Mein Phöbus! ach! das ist die Hölle!"

„Beharrt Ihr beim Läugnen?" fragte der Präsident kalt.

„Ja, ich läugne es!" sagte sie mit schrecklichem Tone, und sie hatte sich erhoben, und ihr Auge flammte.

Der Präsident fuhr entschieden fort: „Wie erklärt Ihr dann die Euch zur Last gelegten Thaten?"

Sie antwortete mit stockender Stimme:

„Ich habe es schon gesagt. Ich weiß es nicht. Ein Priester ist's, ein Priester, den ich nicht kenne; ein höllischer Priester, der mich verfolgt!"

„Das ist es gerade," versetzte der Richter, „der gespenstige Mönch."

„O gnädige Herren! habt Mitleid! ich bin nur ein armes Mädchen . . ."

„Aus Aegypten," sagte der Richter.

Meister Jacob Charmolue nahm das Wort und sprach mit sanftem Tone:

„In Anbetracht der betrübenden Hartnäckigkeit der Angeklagten trage ich auf Anwendung der Folter an.“

„Zugestanden!“ sagte der Präsident.

Die Unglückliche zitterte am ganzen Körper. Sie erhob sich jedoch auf das Geheiß der Partisanenträger und schritt, unter Vortritt Charmolue's und der Priester des geistlichen Gerichtes, ziemlich festen Schrittes zwischen zwei Reihen Hellebarden auf eine Nebenthüre zu, welche sich plötzlich öffnete und hinter ihr wieder schloß, was auf den betrübten Gringoire den Eindruck machte, als habe sie ein fürchterlicher Rachen eben verschlungen.

Als sie verschwand, hörte man ein klägliches Blöken. Die kleine Ziege war es, die hinter ihr her schrie.

Die Sitzung war aufgehoben. Als ein Rath darauf aufmerksam gemacht hatte, daß die Herren ermüdet wären, und daß es doch wohl sehr lange dauern würde, bis zum Ende der Folterung zu warten, so entgegnete der Präsident, daß ein Gerichtsbeamter wissen müsse, sich für seine Pflicht zu opfern.

„Die widerwärtige und unangenehme Vettel,“ sagte ein alter Richter, „die sich die Folter geben läßt, wenn man noch nicht zu Abend gespeist hat!“

2. Fortsetzung der Geschichte vom Thaler, der in ein dürres Blatt verwandelt wurde.

Nachdem man mehrere Treppen in so dunkeln Gängen hinauf- und hinuntergestiegen, daß sie am hellen Tage mit Lampen erleuchtet waren, wurde die Esmeralda, die immer von ihrem traurigen Gefolge umringt war, von den Dienern des Justizpalastes in ein unheimlich finsteres Zimmer hineingestoßen. Dieses Zimmer, von runder Gestalt, nahm das Erdgeschoß eines jener dicken Thürme ein, welche noch in unserem Jahrhunderte durch die moderne Gebäudeschicht dringen, mit welcher das neue Paris das alte zugedeckt hat. Kein Fenster war in diesem Keller, keine andere Oeffnung, als der niedrige und von einer ungeheuern eisernen Thüre verschlossene Eingang. An Helligkeit fehlte es hier jedoch nicht: ein Ofen war in der dicken Mauer angebracht, ein großes Feuer darin angezündet, welches den Keller mit seinem rothen Wiederscheine füllte und ein elendes Licht, welches in der Ecke stand, alles seines Schimmers beraubte. Das eiserne Fallgitter, welches dazu diente, den Ofen zu verschließen und in diesem Augenblicke in die Höhe gezogen war, ließ in der Oeffnung des Feuerloches, das über der Untermauer flammte, nur die untern Spitzen seiner Stäbe wie eine Reihe schwarzer, scharfer, einzeln stehender Zähne sehen, was dem Ofen das Aussehen eines jener Drachenrachen gab, die in den Sagen Flammen speien. Bei dem Lichte, welches aus seiner Oeffnung strahlte, sah die Gefangene ringsherum im Zimmer schreckliche Instrumente, deren Gebrauch sie nicht kannte. In der Mitte lag eine lederne Matratze fast auf der Erde aufgeschlagen, über welcher ein Riemen mit einer Schleife hing, der in einem kupfernen Ringe lief, welchen ein im Schlußsteine der Wölbung ausgehauenes, stumpfnasiges Ungeheuer im Maule hielt. Zangen, Scheeren, große Pflugeisen versperrten das Innere des Ofens und glühten durcheinander auf der Kohle. Der blutige Wiederschein des Ofens beleuchtete im ganzen Zimmer nur einen Wirrwarr schrecklicher Gegenstände.

Dieser Tartarus hieß einfach „die Folterkammer“.

Auf dem Bette hatte sich Pierrat Torterue, der beeidigte Foltermeister, behaglich niedergelassen. Seine Knechte, zwei Gnomen mit vierschrötigen Gesichtern, in Lederschürzen und leinenen Hosen, wendeten das Eisengeräth auf den Kohlen um. Das arme Mädchen hatte vergebens ihren Muth zusammengenommen; als sie in dieses Zimmer eintrat, packte sie das Entsetzen.

Die Schergen des Gerichtsvogtes stellten sich auf einer Seite, die Priester des geistlichen Gerichtes auf der andern Seite auf. Ein Schreiber, ein Tintenfaß und ein Tisch befanden sich in einem Winkel. Meister Jacob Charmolue näherte sich der Zigeunerin mit einem sehr sanften Lächeln.

„Mein liebes Kind,“ sagte er, „Ihr beharrt also beim Läugnen?“

„Ja,“ antwortete sie mit schon erloschener Stimme.

„In diesem Falle,“ fuhr Charmolue fort, „wird es sehr schmerzlich für uns sein, Euch mit mehr Nachdruck zu befragen, als wir wünschen . . . Wollet so gut sein und Euch auf dieses Bett setzen . . . Meister Pierrat, macht der Jungfer Platz und schließet die Thüre zu.“

Pierrat erhob sich murrend.

„Wenn ich die Thüre schließe,“ brummte er, „so wird mein Feuer verlöschen.“

„Nun gut, mein Lieber,“ entgegnete Charmolue, „so lasset sie offen.“

Währenddem blieb die Esmeralda stehen. Das lederne Bett, auf dem sich so viele Unglückliche gekrümmt hatten, flößte ihr Entsetzen ein.

Der Schrecken erstarrte ihr das Mark in den Knochen; sie stand bestürzt und außer sich da. Auf ein Zeichen Charmolue's ergriffen sie die beiden Knechte und setzten sie aufrecht auf das Bett. Sie thaten ihr nicht das Geringste zu leide; aber als diese Menschen sie angriffen, als das Leder sie berührte, fühlte sie all ihr Blut zum Herzen zurückströmen. Sie warf einen verstörten Blick rings im Gemache herum. Es schien ihr, als ob sie sähe, wie alle diese gräßlichen Folterinstrumente sich bewegten und auf sie losmarschirten, um ihr am Leibe in die Höhe zu kriechen, sie zu beißen und zu zwicken, – jene Marterinstrumente, die unter den Werkzeugen aller Art, welche sie bisher gesehen, ***das*** waren, was die Fledermäuse, die Tausendfüße und die Spinnen unter den Insekten und Vögeln sind.

„Wo ist der Arzt?“ fragte Charmolue.

„Hier!“ antwortete ein schwarzes Gewand, welches sie noch nicht bemerkt hatte.

Sie schauderte.

„Jungfer,“ fuhr die schmeichelnde Stimme des Procurators beim Kirchengerichtshofe fort, „zum dritten Male: beharret Ihr dabei, die Thaten zu läugnen, deren Ihr angeklagt seid?“

Dieses Mal vermochte sie nur mit dem Kopfe ein Zeichen zu geben. Die Stimme versagte ihr.

„Ihr beharret dabei?“ sagte Jacob Charmolue. „Dann muß ich aber, so unendlich leid es mir thut, die Pflicht meines Amtes erfüllen.“

„Herr Procurator Seiner Majestät,“ sagte Pierrat barsch, „womit sollen wir anfangen?“

Charmolue bedachte sich einen Augenblick mit der zweideutigen Grimasse jemandes, der einen Reim sucht.

„Mit dem spanischen Stiefel,“ sagte er endlich.

Die Unglückliche fühlte sich so vollkommen von Gott und den Menschen verlassen, daß ihr Haupt, wie ein lebloses Etwas, das keine Kraft in sich hat, auf die Brust herabsank.

Der Foltermeister und der Arzt näherten sich ihr zugleich. Gleichzeitig begannen die zwei Knechte in ihrer gräßlichen Rüstkammer herumzuwühlen. Beim Gerassel dieses fürchterlichen Eisengeräthes zitterte das unglückliche Mädchen, wie ein todter Frosch, der galvanisirt wird.

„Ach!“ murmelte sie, und so leise, daß niemand es hörte, „ach mein Phöbus!“ Dann versank sie wieder in ihr Schweigen und ihre marmorgleiche Unbeweglichkeit. Dieses Schauspiel hätte jedes andere Herz, als das der Richter zerrissen. Man hätte sie mit einer armen sündigen Seele vergleichen mögen, die vom Satan an der Pforte der flammenden Hölle befragt wird. Der elende Leib, welchen die fürchterliche Menge Sägen, Räder und Folterwerkzeuge zu umklammern sich anschickte, das Wesen, welches die gierigen Krallen der Henker und Zangen packen sollten, – es war ja doch jenes süße, reine und schwache Geschöpf, das arme Hirsenkorn, welches die menschliche Gerechtigkeit den gräßlichen Mühlsteinen der Folter zur Zermalmung überlieferte!

Inzwischen hatten die schwieligen Fäuste der Knechte Pierrat Torterue's in roher Weise dieses reizende Bein, diese Füßchen entblößt, welche die Straßenpassanten so viele Male wegen ihrer Anmuth und Schönheit an den Straßenecken von Paris bewundert hatten.

„Wie schade!“ murmelte der Foltermeister, als er diese zarten und feinen Formen betrachtete.

Wenn der Archidiaconus zugegen gewesen wäre: fürwahr, er würde sich in diesem Augenblicke seines Gleichnisses von der Spinne und der Fliege erinnert haben. Bald sah die Unglückliche durch einen Schatten hindurch, welcher sich auf ihre Augen lagerte, den „spanischen Stiefel“ herbeibringen; bald sah sie ihren Fuß, der zwischen die eisenbeschlagenen Bretter geschnürt worden, unter der fürchterlichen Vorrichtung verschwinden. Da gab ihr der Schrecken die Kraft wieder.

„Nehmt mir das weg!“ schrie sie mit Ungestüm; und indem sie sich ganz wild in die Höhe richtete: „Gnade!“

Sie sprang vom Bette in die Höhe, um sich dem Procurator des Königs vor die Füße zu werfen, aber ihr Bein wurde in dem plumpen, eisenbeschlagenen Eichenklotze festgehalten, und sie sank matter auf das Foltergeräth hin, als eine Biene, die eine Bleikugel am Flügel haben würde.

Auf ein Zeichen Charmolue's legte man sie wieder auf das Bett, und zwei rohe Fäuste befestigten an ihrem zarten Leibe den Riemen, der von der Decke herab hing.

„Zum letzten Male frage ich: Gesteht Ihr die Tatsachen des Processes ein?“ sprach Charmolue mit unerschütterlicher Leutseligkeit.

„Ich bin unschuldig.“

„Nun, Jungfer, wie erklärt Ihr die Euch zur Last gelegten Umstände?“

„Ach! gnädiger Herr! ich weiß es nicht.“

„Ihr läugnet also?“

„Alles!“

„Thut, was Eures Amtes,“ sprach Charmolue zu Pierrat.

Pierrat drehte den Griff der Schraubenwinde an, der spanische Stiefel zog sich fester zusammen, und die Unglückliche stieß einen jener fürchterlichen Schreie aus, die in keiner menschlichen Sprache beschrieben werden können.

„Haltet ein,“ sagte Charmolue zu Pierrat. „Gesteht Ihr?“ fragte er die Zigeunerin.

„Alles!“ rief das elende Mädchen. „Ich gestehe! ich gestehe! Gnade!“

Sie hatte ihre Kräfte nicht berechnet, als sie der Folter Trotz bot. – Armes Kind, dessen Leben bis hierher so freudig, so sanft, so angenehm gewesen war: der erste Schmerz hatte dich überwältigt!

„Die Menschlichkeit verpflichtet mich, Euch zu sagen,“ bemerkte der Procurator des Königs, „daß, wenn Ihr ein Geständnis ablegt, Ihr den Tod erwarten dürfet.“

„Ich hoffe wohl darauf," sagte sie. Dem Tode nahe, am ganzen Leibe gebrochen und in dem um ihre Brust geschlungenen Riemen hängend, fiel sie wieder auf das Lederbett zurück.

„Frisch, meine Schöne, haltet Euch ein wenig aufrecht," sagte Meister Pierrat, während er sie aufrichtete: „Ihr seht ja wie der goldene Schöpsaus, den der Herr von Burgund um den Hals trägt."

Jacob Charmolue erhob seine Stimme.

„Gerichtsschreiber, schreibt . . . Junges Zigeunermädchen, Ihr gestehet Eure Theilnahme an den Liebesmahlen, Sabbathen und Zaubereien der Hölle, mit den Gespenstern, Hexen und Nachtgeistern ein? Antwortet."

„Ja," sagte sie so leise, daß sich ihr Wort in einem Hauche verlor.

„Ihr gestehet, den Bock gesehen zu haben, welchen Beelzebub in den Wolken erscheinen läßt, um die Hexenversammlung zusammenzurufen, und der nur von Hexen gesehen wird?"

„Ja."

„Ihr bekennet die Baphometsköpfe, diese abscheulichen Götzenbilder der Templer,angebetet zu haben?"

„Ja."

„Fleischlichen Umgang mit dem Teufel unter der Gestalt einer Lieblingsziege, welche in den Proceß mit verwickelt ist, gepflogen zu haben?"

„Ja."

Endlich gestehet und bekennt Ihr, mit Hilfe des Teufels und des Gespenstes, welches vom Volke „der gespenstige Mönch" genannt wird, in der Nacht des letzten neunundzwanzigsten März einen Hauptmann, Phöbus von Châteaupers mit Namen, erdolcht und ermordet zu haben?"

Sie erhob ihre großen starren Augen auf den Beamten und antwortete wie mechanisch, ohne Zuckung und ohne Zittern: „Ja." – Es war offenbar, daß ihr ganzes Innere gebrochen war.

„Schreibt, Gerichtsschreiber," sagte Charmolue. Und während er sich an die Henker wendete: „Man mache die Gefangene los und führe sie in den Gerichtssaal zurück." Als die Gefangene vom „spanischen Stiefel" befreit worden war, untersuchte der Procurator beim Kirchengerichtshofe ihren vom Schmerze noch steifen Fuß: „Sehet da!" sagte er, „der Schaden ist nicht groß. Ihr habt zur rechten Zeit geschrien. Ihr werdet noch tanzen können, meine Schöne!" Dann wandte er sich zu seinen Begleitern vom geistlichen Gerichte: „Sehet, endlich ist die Gerechtigkeit an den Tag gekommen! Das ist ein Trost, ihr Herren! Die Jungfer wird uns das Zeugnis geben, daß wir mit aller möglichen Milde verfahren sind.“

3. Ende der Geschichte vom Thaler, der in ein dürres Blatt verwandelt wurde

Als sie blaß und hinkend in den Gerichtssaal zurückkehrte, empfing sie ein allgemeines Freudengemurmel. Von Seiten der Zuhörerschaft war es die Empfindung befriedigter Ungeduld, welche man im Theater erleidet, wenn der letzte Zwischenakt des Lustspieles vorüber ist, der Vorhang sich hebt und das Ende herannaht. Von Seiten der Richter war es die Hoffnung, bald zum Abendessen kommen zu können. Selbst die kleine Ziege meckerte vor Freude. Sie wollte auf ihre Herrin loseilen, aber man hatte sie an die Bank festgebunden.

Die Nacht war völlig hereingebrochen. Die Kerzen, deren Zahl man nicht vermehrt hatte, verbreiteten so wenig Licht, daß man die Mauern des Verhandlungssaales nicht sehen konnte. Die Finsternis verhüllte alle Gegenstände darin mit einer Art Nebel. Einige gefühllose Richtergesichter traten zur Noth daraus hervor. Ihnen gegenüber, am Ende des langen Saales, konnte man einen verschwimmenden weißen Punkt vom dunkeln Hintergrunde sich abheben sehen. Es war die Angeklagte. Die hatte sich zu ihrem Platze hingeschleppt. Als Charmolue mit herrischer Geberde den seinigen wieder eingenommen hatte, setzte er sich nieder; dann erhob er sich wieder und sprach, ohne gerade allzuviel Eitelkeit über seinen Erfolg durchblicken zu lassen: „Die Angeklagte hat alles gestanden.“

„Zigeunermädchen,“ nahm der Präsident jetzt das Wort, „Ihr habt alle Eure Thaten der Zauberei, der Unzucht und des an Phöbus von Châteaupers begangenen Meuchelmordes eingestanden?“

Ihr Herz krampfte sich zusammen. Man hörte sie in der Dunkelheit schluchzen.

„Alles, was Ihr nur wollt,“ antwortete sie matt, „aber tödtet mich schnell!“

„Herr Procurator des Königs beim Kirchengerichtshofe,“ sagte der Präsident, „die Kammer ist bereit, Euch und Eure Anträge zu vernehmen.“

Meister Charmolue legte ein fürchterliches Heft vor sich nieder, begann mit vielen Gestikulationen und übertriebener Betonung der Sachwalterkunst eine lateinische Rede vorzulesen, in welcher alle Beweise des Processes sich auf ciceronischen Umschreibungen, die mit Citaten aus Plautus, seinem Lieblingskomiker, geschmückt waren, aufbauten. Wir bedauern, unsern Lesern dieses merkwürdige Schriftstück nicht mittheilen zu können. Der Redner trug es mit einer sonderbaren Lebendigkeit vor. Er hatte den Eingang noch nicht beendigt, als ihm schon der Schweiß von der Stirne rann, und die Augen aus dem Kopfe heraustraten. Plötzlich brach er, gerade in der Mitte einer Periode, ab, und sein für gewöhnlich ziemlich sanfter, ja sogar dummer Blick nahm einen niederschmetternden Ausdruck an. „Meine Herren," rief er aus (diesesmal auf französisch, denn diese Worte standen nicht im Hefte), „der Satan ist dermaßen in diese Angelegenheit verwickelt, daß wir sehen, wie er sich in unsere Verhandlungen mischt und mit ihrer Würde Aeffereien treibt. Sehet doch!" Bei diesen Worten zeigte er mit der Hand auf die kleine Ziege hin, welche, als sie Charmolue gesticuliren sah, in Wahrheit gemeint hatte, daß es an der Zeit sei, es ebenso zu machen, sich auf das Hintertheil niedergelassen hatte, und so gut sie es vermochte, mit ihren Vorderfüßen und dem bärtigen Kopfe das pathetische Geberdenspiel des königlichen Procurators beim Kirchengerichtshofe nachäffte. Dies war, wie man sich dessen erinnern wird, eine ihrer hübschesten Kunstleistungen. Dieser Zwischenfall, dieser letzte „Beweis" brachte große Wirkung hervor . . . Man band der Ziege die Beine, und der Procurator des Königs nahm den Faden seiner Beredtsamkeit wieder auf. Diese wurde sehr lang, aber der Schluß war bewunderungswürdig. In Folgendem geben wir den letzten Satz, zu dem man die heisere Stimme und die athemlosen Bewegungen Meister Charmolue's sich hinzudenken möge: „Ideo, domini, coram stryga demonstrata, crimine patente, intentione criminis existente, in nomine sanctae ecclesiae Nostrae-Dominae Parisiensis, quae est in saisina habendi onmimodam altam et bassam justitiam in illa hac intemerata Civitatis insula, tenore praesentium declaramus nos requirere, primo, aliquandam pecuniariam indemnitatem; secundo, amendationem honorabilem ante portalium maximum Nostrae-Dominae, ecclesiae cathedralis; tertio, sententiam, in virtute cujus ista stryga cum sua capella, seu in trivio vulgariter dicto „la Grève", seu in insula exeunte in fluvio Secanae, juxta pointam jardini regalis, executatae sint!"

Er setzte sein Barett wieder auf und ließ sich wieder auf seinen Stuhl nieder.

„Eheu," seufzte Gringoire tief betrübt, „bassa latinitas!"

Ein anderer Mann im schwarzen Gewande erhob sich neben der Angeklagten; es war ihr Vertheidiger. Die nüchternen Richter begannen zu murren.

„Vertheidiger, haltet Euch kurz," sagte der Präsident.

„Herr Präsident," entgegnete der Advocat, „weil die Beklagte das Verbrechen eingestanden hat, so habe ich den Herren nur noch ein Wort zu sagen. Folgendermaßen lautet der Text des salischen Gesetzes: „Wenn eine Unholde einen Menschen gefressen hat, und ist dessen überführt, so soll sie eine Buße von achttausend Hellern bezahlen, welche zweihundert Goldsous betragen." Es gefalle der Kammer, meine Clientin zu dieser Buße zu verurtheilen."

„Ein abgeschafftes Gesetz," sagte der peinliche Anwalt des Königs.

„Nego,"entgegnete der Vertheidiger.

„Zur Abstimmung!" sagte ein Rath; „das Verbrechen ist offenbar, und es ist spät."

Man schritt zur Abstimmung, ohne den Saal zu verlassen. Die Richter sagten zu allem „ja", ohne Bedingung; sie hatten es eilig. Man sah ihre barettgeschmückten Häupter sich eins nach dem andern in der Dunkelheit entblößen, als ihnen der Präsident ganz leise die furchtbare, entscheidende Frage vorlegte. Die arme Angeklagte schien sie anzublicken, aber ihr trübes Auge sah nichts mehr.

Darauf begann der Gerichtsschreiber etwas niederzuschreiben; sodann überreichte er dem Präsidenten eine lange Pergamentrolle. Hierauf hörte die Unglückliche, wie das Volk in Bewegung gerieth, die Hellebarden zusammenschlugen, und wie eine eisige Stimme folgendermaßen sprach:

„Zigeunermädchen, an dem Tage, welchen der König, unser Herr, bestimmen wird, zur Mittagsstunde, sollt Ihr auf einem Karren, im Hemde, barfüßig, den Strick um den Hals, vor das große Portal von Notre-Dame geführt werden, dort sollt Ihr mit einer zwei Pfund schweren Wachskerze in der Hand öffentliche Buße thun, und von da sollt Ihr nach dem Grèveplatze geführt werden, wo Ihr am Galgen der Stadt gehenkt und erdrosselt werden sollt; und Eurer Ziege soll gleiches geschehen. Auch sollt Ihr dem geistlichen Gerichte als Genugthuung für die von Euch begangenen und von Euch eingestandenen Verbrechen der Zauberei, der Magie, der Unzucht und des an der Person des Herrn Phöbus von Châteaupers begangenen Mordes drei goldene Löwenthaler bezahlen. Möge Gott Eurer Seele gnädig sein!"

„Ach! es ist ein Traum!" murmelte sie; und sie fühlte, wie rohe Fäuste sie davonstießen.

4. Lasciate ogni speranza

Wenn im Mittelalter ein Gebäude vollständig fertig war, so stand davon fast ebenso viel unter der Erde, wie über derselben. Wenn sie nicht auf Rosten erbauet waren, wie Notre-Dame, so hatte eine Festung, eine Kirche immer einen doppelten Tiefboden. In den Domkirchen war es eine Art zweiter unterirdischer, niedriger, dunkler, geheimnisvoller, fensterloser und todtenstiller Dom unter dem obern Hauptschiffe, welches Ueberfluß an Licht besaß, und Tag wie Nacht vom Orgelton und Glockenklang wiederhallte; bisweilen war es eine Todtengruft. In den Palästen, in den Burgen war es ein Gefängnis, manchmal auch ein Grabgewölbe, bisweilen beides zugleich. Diese mächtigen Mauerwerke, deren Entstehungsart und Wachsthum wir an einer andern Stelle verständlich gemacht haben, hatten einfach keine Grundmauern, sondern gleichermaßen Wurzeln, welche als Gemächer, Gänge, Treppen unter der Erde sich verästend hinliefen, wie der obere Bau. Kirchen, Paläste, Burgen standen also mit dem halben Leibe in der Erde. Die Keller eines Gebäudes waren ein zweites Gebäude, wohin man hinabstieg, statt hinaufzusteigen, und welches seine unterirdischen Stockwerke unter der Anzahl und in der Richtung der obern Etagen ausbreitete, ähnlich jenen Wäldern und Gebirgen, die aus der Spiegelfläche eines Sees unter den Wäldern und Gebirgen des Ufers zurückstrahlen.

In der Bastille Saint-Antoine, im Justizpalaste zu Paris und im Louvre dienten diese unterirdischen Bauwerke als Gefängnisse. Die Stockwerke dieser Gefängnisse wurden um so enger und düsterer, je tiefer sie in den Boden hineingingen. Es gab ebensoviel Schichten, als die Grade des Schreckens stufenweise stiegen. Dante hat nichts Besseres für seine „Hölle“ finden können. Diese Kerkertrichter liefen gewöhnlich in ein weinkufenartiges Loch aus, wohinein Dante den Satan versetzt hat, und wohinein die Gesellschaft den zum Tode Verurtheilten warf. War ein unglückseliges Dasein dort einmal begraben, dann Lebewohl Tag, Luft, Leben, ogni speranza; es kam, nur für den Galgen oder Scheiterhaufen bestimmt, wieder daraus hervor. Manchmal verfaulte es darin; das nannte die menschliche Gerechtigkeit „in Vergessenheit gerathen“. Der Verurtheilte fühlte, daß, zwischen den Menschen und ihm, auf seinem Haupte ein Steinhaufen und Kerkermeister lasteten; und der ganze Kerker, die undurchdringbare Bastille war nur mehr ein ungeheures complicirtes Schloß, welches ihn von der lebendigen Welt abschloß.

Gerade in ein solches faßartiges Kerkerloch, in die vom Heiligen Ludwig angelegten Verließe, in das “In Pace“genannte im Criminalgefängnisse, hatte man, aus Furcht vor Entweichung wahrscheinlich, die zum Galgen verdammte Esmeralda hineingeworfen, wo sie nun, mit dem ungeheuern Justizpalaste über dem Haupte, lag. Arme Fliege, die auch nicht das Geringste von ihren Gefängnismauern hätte losbrechen können! Gewiß, die Vorsehung und die menschliche Gesellschaft waren gleich ungerecht gegen sie; ein solches Uebermaß von Unglück und Marter war nicht nothwendig, um ein so schwaches Wesen zu zermalmen.

Da war sie nun: verloren in der Nacht des Kerkers, begraben, verschwunden und eingemauert. Wer sie in diesem Zustande erblickt hätte, nachdem er sie im Sonnenlichte lachen und tanzen gesehen, hätte geschaudert. Kalt wie die Nacht, kalt wie der Tod, kein Lufthauch mehr, der in ihren Haaren spielte, kein menschlicher Laut, der an ihr Ohr schlug, kein Tagesschimmer mehr für ihr Auge; körperlich geknickt, von Ketten erdrückt, neben einem Wasserkruge und einem Brote auf einem Strohbündel niedergekauert, lag sie in der Wasserlache, die unter ihr von der Nässe des Kerkers sich bildete, ohne Bewegung, fast ohne Athem, und fühlte fast nicht mehr, was sie litt. Phöbus, die Sonne, der helle Tag, die freie Luft, die Straßen von Paris, die unter Beifall aufgeführten Tänze, das süße Liebesgeplauder mit dem Offiziere; dann der Priester, die Alte, der Dolch, das Blut, die Folter, der Galgen: alles das zog wohl noch an ihrem Geiste vorüber, bald als eine singende, glänzende Vision, bald als ein häßliches Schreckbild; aber es war nur noch ein schreckliches und endloses Ringen, das sich in der Gefängnisnacht verlor, oder eine ferne Musik, welche da oben auf der Erde erklang, und die man nicht mehr in der Tiefe vernahm, wohin die Unglückselige versunken war. Seitdem sie hier lag, schlief sie nicht und wachte sie auch nicht. In dieser elenden Lage vermochte sie ebenso wenig das Wachen vom Schlafe, den Traum von der Wirklichkeit zu unterscheiden, wie den Tag von der Nacht. Alles das war in ihren Gedanken verwirrt, zerrissen, schwankend und wirr durcheinander gemischt. Sie fühlte nichts mehr, wußte nichts mehr, dachte nichts mehr; höchstens träumte sie noch. Niemals war ein lebendes Wesen vorher so in das Nichts gestoßen worden.

In dieser Betäubung, Erstarrung und Gefühllosigkeit hatte sie kaum zwei- oder dreimal das Geräusch einer Fallthür vernommen, die sich irgendwo über ihr geöffnet hatte, ohne auch nur den schwächsten Lichtstrahl hereindringen zu lassen, und durch die ihr eine Hand ein Stück schwarzes Brot zugeworfen hatte. Dennoch war es der einzige Verkehr, der ihr mit der Menschheit geblieben war: der regelmäßige Besuch des Gefangenwärters. Ein einziges Etwas nahm noch ihr Ohr mechanisch in Anspruch: über ihrem Haupte sickerte die Feuchtigkeit durch die moderbedeckten Steine des Gewölbes, und in gleichmäßigen Zwischenräumen fiel ein Wassertropfen von dort herab. Sie hörte fühllos das Geräusch, welches dieser Tropfen verursachte, wenn er neben ihr in die Wasserpfütze fiel.

Dieser in die Wasserlache fallende Tropfen war die einzige Bewegung, welche rings um sie sich noch regte, die einzige Uhr, welche die Zeit angab, das einzige Geräusch, welches von all dem Lärm, der da oben auf der Erde entsteht, zu ihr drang.

Um nichts zu verschweigen, so fühlte sie auch von Zeit zu Zeit in dieser Kloake voll Koth und Nacht etwas Kaltes, daß ihr dann und wann über den Fuß oder über den Arm kroch, und sie schauderte.

Seit welcher Zeit sie hier war? Sie wußte es nicht. Sie erinnerte sich an ein Todesurtheil, das irgendwo gegen jemanden ausgesprochen worden war; dann, daß man sie davon geführt hatte, sie; und daß sie in Nacht und Oede erstarrt erwacht war. Sie hatte sich auf den Händen fortgeschleppt; da hatten sie eiserne Ringe in den Fußknöchel geschnitten, und Ketten hatten geklirrt. Sie hatte gemerkt, daß alles um sie her Mauer war, daß unter ihr sich ein mit Wasser bedeckter Steinboden befand und eine Schütte Stroh lag, aber weder eine Lampe noch ein Luftloch vorhanden war. Dann hatte sie sich auf dieses Stroh gesetzt; und manchmal, um ihre Lage zu verändern, auf die letzte Stufe einer steinernen Treppe, welche sich in ihrem Gefängnisse befand. Einen Augenblick hatte sie versucht, die dunkeln Minuten zu zählen, welche der fallende Wassertropfen ihr zumaß; aber bald war diese traurige Thätigkeit eines kranken Gehirns von selbst in ihrem Kopfe unterbrochen worden, und sie war in Stumpfsinn versunken.

Eines Tages endlich oder in einer Nacht (denn Mitternacht und heller Tag hatten in diesem Grabe dieselbe Farbe) hörte sie über sich ein stärkeres Geräusch, als dasjenige, welches gewöhnlich der Wärter verursachte, wenn er ihr ihr Brot und ihren Krug brachte. Sie hob den Kopf in die Höhe und sah einen röthlichen Strahl durch die Ritzen der thür- oder fallthürartigen Oeffnung dringen, welche in der Wölbung des „In-Pace“ angebracht war. Zu gleicher Zeit rasselte das schwere Eisenwerk, die Thüre knarrte in ihren verrosteten Angeln, drehte sich, und sie erblickte eine Laterne, eine Hand und den untern Körpertheil von zwei Männern, da die Thüre zu niedrig war, als daß sie ihre Köpfe hätte bemerken können. Das Licht blendete sie so sehr, daß sie die Augen schloß. Als sie sie wieder öffnete, war die Thür wieder geschlossen, die Laterne war auf eine Stufe der Treppe niedergesetzt, ein Mann von den zweien stand allein vor ihr. Eine schwarze Mönchskutte fiel ihm bis auf die Füße nieder, eine Kapuze von derselben Farbe verbarg sein Gesicht. Man sah nichts von seiner Person, weder sein Gesicht noch seine Hände. Es war ein langes schwarzes Leichentuch, welches dastand, und unter dem man sich etwas bewegen sah. Sie betrachtete einige Minuten lang starren Blickes diese Art Gespenst. Doch sprachen weder sie noch er ein Wort. Man hätte sie für zwei Bildsäulen halten können, welche sich gegenübergestellt waren. Zwei Dinge nur schienen in der Gefängnisgruft Leben zu besitzen: der Docht der Laterne, der wegen der Feuchtigkeit der Luft knisterte, und der Wassertropfen an der Deckenwölbung, der dieses unregelmäßige Knistern mit seinem eintönigen Plätschern unterbrach, und das Licht der Laterne in concentrischen Kreisen auf dem sumpfigen Wasser der Lache erzittern ließ.

Endlich brach die Gefangene das Schweigen: „Wer seid Ihr?“

„Ein Priester.“

Das Wort, der Ton, der Klang seiner Stimme machten sie zittern.

Der Priester fuhr in dumpfem Tone sprechend fort:

„Seid Ihr bereit?“

„Wozu?“

„Zu sterben.“

„Ach!“ sagte sie, „wird das bald geschehen?“

„Morgen.“

Ihr Haupt, welches sich freudig erhoben hatte, fiel ihr auf die Brust zurück.

„Das ist noch sehr lange,“ murmelte sie; „was würde es thun, wenn heute noch?“

„Ihr seid also sehr unglücklich?“ fragte der Priester nach einer Pause.

„Mich friert sehr,“ antwortete sie.

Sie faßte mit ihren Händen nach den Füßen: eine Bewegung, die bei den Unglücklichen, welche Frost leiden, gewöhnlich ist, und die wir schon die Büßerin im Rolandsthurme haben machen sehen. Der Gefangenen Zähne klapperten.

Der Priester schien, unter der Kapuze hervor, seine Blicke im Gefängnisse herumschweifen zu lassen.

„Ohne Licht!“ sprach er, „ohne Feuer! im Wasser liegend! Es ist schrecklich!“

„Ja," antwortete sie mit dem betäubten Gesichtsausdrucke, den das Elend ihr gegeben hatte. „Das Licht des Tages gehört der ganzen Welt; warum giebt man mir nur die Nacht?"

„Wißt Ihr," fuhr der Priester nach einer neuen Pause fort, „warum Ihr hier seid?"

„Ich glaube, ich habe es gewußt," sagte sie und fuhr mit ihren magern Fingern über ihre Augenbrauen, wie um ihrem Gedächtnisse zu Hilfe zu kommen, „aber ich weiß es nicht mehr."

Plötzlich fing sie an, wie ein Kind zu weinen.

„Ich möchte gern von hier fort, Herr. Mich friert's, ich fürchte mich, denn hier giebt es Thiere, die mir über den Leib wegkriechen."

„Nun gut, folget mir!"

Bei diesen Worten ergriff sie der Priester beim Arme. Die Unglückselige war bis ins Innere ihres Wesens starr vor Kälte. Und doch verursachte ihr diese Hand eine schaudererregende Wirkung.

„Ach," murmelte sie, „das ist die eisige Hand des Todes. Wer seid Ihr denn?"

Der Priester schlug seine Kapuze zurück; sie starrte ihn an. Das war das unheilvolle Gesicht, welches sie seit so langer Zeit verfolgte, dies der Teufelskopf, der ihr im Hause der Falourdel über dem Haupte ihres angebeteten Phöbus erschienen war, das das Auge, welches sie zum letzten Male neben einem Dolche hatte blitzen sehen.

Diese Erscheinung, die immer so verhängnisvoll für sie geworden war, welche sie so von Unglück zu Unglück, bis zum Tode am Galgen getrieben hatte, – sie riß sie aus ihrer Betäubung heraus. Es schien ihr, als ob gewissermaßen ein Schleier, der sich über ihr Gedächtnis gebreitet hätte, zerrisse. Alle Einzelnheiten ihres traurigen Looses, von der nächtlichen Scene im Hause der Falourdel an bis zu ihrer Verdammung im Justizpalaste, traten auf einmal wieder vor ihren Geist, und nicht unbestimmt und verwirrt, wie bisher, sondern deutlich, grell, scharf, packend und entsetzlich. Diese halbverwischten Erinnerungen, die fast unter dem Uebermaße des Leidens vergessen waren, – sie hatte die düstere Gestalt, welche sie da vor sich sah, neu belebt, wie die Nähe des Feuers auf dem weißen Papiere die unsichtbaren Buchstaben ganz frisch hervortreten läßt, die man mit sympathischer Tinte darauf gezeichnet hat. Es schien ihr, als ob alle Wunden ihres Herzens sich wieder öffneten und auf einmal bluteten.

„Ach!" rief sie, die Hände vor ihren Augen, und mit einem krampfhaften Zittern, „das ist der Priester!"

Dann ließ sie ihre Arme kraftlos herabsinken und saß gesenkten Hauptes, das Auge an den Boden geheftet, stumm und am ganzen Leibe zitternd, da.

Der Priester betrachtete sie mit dem Blicke einer Weihe, welche in der Bläue des Himmels lange um eine arme Lerche gekreist ist, die im Getreide sich versteckt hält; welche lange, schweigend und immer enger die furchtbaren Kreise ihres Fluges gezogen hat, bis sie plötzlich, wie der Blitzstrahl, auf ihre Beute niedergefahren ist und sie zuckend in ihrer Klaue hält.

Sie begann ganz leise zu murmeln:

„Macht ein Ende, macht ein Ende! den letzten Streich!" Und sie zog voll Entsetzen den Kopf zwischen ihre Schultern, wie das Schaf, welches den Beilschlag des Schlächters erwartet.

„Ich verursache Euch also Grausen?" sagte er endlich.

Sie antwortete nicht.

„Bereite ich Euch wirklich Entsetzen?" wiederholte er.

Ihre Lippen zogen sich zusammen, wie wenn sie lächelte.

„Ja," sagte sie, „der Henker verspottet den Verdammten. Gewiß, seit Monden verfolgt er mich, droht er mir, setzt er mich in Schrecken! Ohne ihn, mein Gott, wie glücklich wäre ich! Er nur hat mich in diesen Abgrund gestürzt! O Himmel! er allein hat ihn getödtet ... er allein hat meinen Phöbus getödtet!" Bei diesen Worten brach sie in Schluchzen aus und hob ihre Augen auf den Priester. „Ach! Elender! wer seid Ihr denn? Was habe ich Euch gethan? Ihr haßt mich also wohl? Wehe! was habt Ihr gegen mich?"

„Ich liebe dich!" rief der Priester.

Ihre Thränen hörten plötzlich auf zu fließen; sie betrachtete ihn mit dem Blicke einer Wahnsinnigen. Er war vor ihr auf die Knien niedergesunken und betrachtete sie mit flammendem Auge.

„Hörst du? Ich liebe dich!" rief er wieder.

„Welche Liebe!" sagte die Unglückliche bebend.

„Die Liebe eines Verdammten!" erwiederte er.

Alle beide verharrten einige Minuten in Schweigen, wie erdrückt unter der Wucht ihrer Erregung: er wie ein Unsinniger, sie bestürzt.

„Höre!" sagte endlich der Priester, und eine eigentümliche Ruhe war wieder über ihn gekommen; „du sollst alles wissen. Ich will dir sagen, was ich bis jetzt kaum gewagt habe, mir selbst zu gestehen, wenn ich heimlich mein Gewissen in jenen endlosen Stunden der Nacht befragt habe, in denen so viel Dunkelheit ist, daß es scheint, als ob Gott uns nicht mehr sähe. Höre. Ehe ich dir begegnete, junges Mädchen, war ich glücklich."

„Und ich!" seufzte sie leise.

„Unterbrich mich nicht ... Ja, ich war glücklich; wenigstens glaubte ich es zu sein. Ich war rein, ich besaß eine Seele, die voll lichter Klarheit war. Kein Haupt war, welches sich stolzer und strahlender erhob, als das meinige. Die Priester fragten mich über die Keuschheit, die Gelehrten über die Wissenschaft um Rath. Ja, die Wissenschaft war alles für mich; sie war eine Schwester, und eine Schwester genügte mir. Und selbst mit dem Mannesalter wären mir keine anderen Gedanken gekommen. Mehr als einmal hatte sich mein Fleisch geregt, wenn eine weibliche Gestalt vorüberging. Diese Macht des Geschlechtstriebes und des Blutes beim Manne, welche ich, ein thörichter Jüngling, für das ganze Leben zu ersticken geglaubt, hatte mehr als einmal und krampfhaft an der Kette der eisernen Gelübde gerüttelt, die mich Elenden an die kalten Steine des Altares fesseln. Aber das Fasten, das Gebet, das Studium, die Kasteiungen des Klosters hatten die Seele wieder zur Herrin des Körpers gemacht. Und außerdem mied ich die Frauen. Ueberdies brauchte ich nur ein Buch zu öffnen, und alle unreinen Dünste meines Gehirnes flohen vor dem Glanze der Wissenschaft. In wenig Augenblicken fühlte ich die finstere Wirklichkeit der Erde ins weite fliehen, und ich fand mich beruhigt, entzückt und heiter in Gegenwart des ruhigen Glanzes der ewigen Wahrheit. So lange der Satan, mich anzugreifen, nur flüchtige Schattenbilder von Frauen schickte, die hier und da, in der Kirche, auf den Straßen, auf den Fluren vor meinen Augen vorüberzogen, und die mich kaum in meine Träume verfolgten, siegte ich leicht. Wehe! wenn der Sieg mir nicht geblieben ist, so liegt die Schuld davon an Gott, welcher den Menschen und den Teufel nicht mit gleicher Stärke begabt hat ... Höre! Eines Tages ...“ Hier hielt der Priester an, und die Gefangene hörte aus seiner Brust Seufzer entsteigen, die wie Röcheln und heftiger Kampf erklangen.

Er fuhr fort:

„... Eines Tages hatte ich mich an das Fenster meiner Zelle gelehnt ... Welches Buch las ich doch? Ach! Alles ist in meinem Kopfe in Verwirrung ... ich las. Das Fenster ging auf einen Platz hinaus. Ich höre den Lärm einer Trommel und Musik. Aergerlich darüber, so in meinem Nachdenken gestört zu sein, blicke ich auf den Platz. Was ich sah, sahen auch viele andere außer mir, und doch war es kein Schauspiel für sterbliche Augen. Da, mitten auf der Straße ... es war Mittag ... heller Sonnenschein ... tanzte ein Wesen. Ein Wesen, so schön, daß Gott sie der heiligen Jungfrau vorgezogen und zu seiner Mutter erwählt haben würde, und gewünscht, von ihr geboren zu werden, wenn sie gelebt, als er Mensch geworden wäre! Ihre Augen waren schwarz und glänzend; mitten in ihrem schwarzen Haupthaare schimmerten, wenn die Sonne sie traf, einige Haare wie Goldfäden. Ihre Füße verschwanden in ihrer Bewegung, wie die Speichen eines Rades, welches sich eilig dreht. Rings um ihr Haupt, an ihren schwarzen Flechten hingen Metallblättchen, welche im Sonnenlichte blinkten und ihre Stirne mit einem Sternenkranze schmückten. Ihr mit Goldflittern übersäetes Gewand flimmerte blau und mit zahllosen Perlen benäht, wie eine Sommernacht. Die geschmeidigen braunen Arme schlangen sich um ihren Leib und lösten sich wie zwei Schärpen. Die Form ihres Körpers war von überraschender Schönheit. – Ach! die glänzende Gestalt, die wie ein leuchtendes Etwas sich selbst im Lichte der Sonne hervorhob . . . Wehe! junges Mädchen, das warst du . . . Erstaunt, berauscht, bezaubert überließ ich mich ganz nur deinem Anblicke. Ich betrachtete dich so oft, daß ich plötzlich vor Schrecken schauderte: ich fühlte, daß mein Schicksal mich packte."

Der Priester, der nur mit Mühe zu athmen vermochte, schwieg wieder einen Augenblick. Dann fuhr er fort:

„Schon halb bezaubert versuchte ich, mich an irgend etwas festzuklammern und in meinem Sturze einzuhalten. Ich erinnerte mich der Schlingen, die mir der Teufel schon gelegt hatte. Das Geschöpf, welches da vor meinen Augen stand, besaß jene übermenschliche Schönheit, welche nur vom Himmel oder aus der Hölle stammen kann. Das da war nicht ein einfaches Mädchen, das aus einem Theilchen unserer Erde gebildet und durch den flackernden Strahl einer Frauenseele ärmlich im Innern erleuchtet wurde: es war ein Engel! aber der Finsternis, der Flamme und nicht dem Lichte entstammend. Im Augenblicke, wo ich das dachte, sah ich eine Ziege neben dir, ein Thier vom Hexensabbath, das mich spöttisch ansah. Die Mittagssonne gab ihm feurige Hörner. Da erkannte ich die Falle des Teufels, und ich zweifelte nicht mehr daran, daß du aus der Hölle kämest, und daß du zu meinem Verderben erschienest. Das glaubte ich."

Hier sah der Priester der Gefangenen ins Gesicht und fügte im kalten Tone hinzu:

„Ich glaube es noch . . . Indessen wirkte der Zauber nach und nach; dein Tanz wirbelte mir im Gehirne; ich fühlte die geheimnisvolle Bezauberung sich in mir vollziehen. Alles, was in mir hätte wach bleiben sollen, schlummerte in meiner Seele ein; und ähnlich wie diejenigen, welche im Schnee sterben, fand ich Entzücken darin, diesen Schlummer herankommen zu sehen. Plötzlich fingst du an zu singen. Was konnte ich da thun, ich Unglücklicher? Dein Gesang war noch bezaubernder, als dein Tanz. Ich wollte fliehen. Es war unmöglich. Ich war festgenagelt, war angewurzelt am Boden. Es kam mir vor, als ob der Marmor des Fußbodens mir bis in die Knien gestiegen wäre. Ich mußte bis zum Ende bleiben. Meine Füße waren von Eis, mein Kopf glühte. Endlich – du hattest vielleicht Mitleid mit mir – hörtest du auf zu singen und gingst davon. Der Abglanz der blendenden Erscheinung, der Nachhall der bezaubernden Musik verschwanden nach und nach aus meinen Augen und meinen Ohren. Da fiel ich starrer und schwächer in die Ecke des Fensters nieder, als eine Bildsäule, die von ihrem Piedestale sinkt. Die Vesperglocke weckte mich. Ich erhob mich, ich entfloh; aber ach! in mir war etwas gefallen, was sich nicht wieder erheben, etwas plötzlich über mich gekommen, dem ich nicht entfliehen konnte."

Er machte wieder eine Pause und fuhr dann fort:

„Ja, von diesem Tage an war ein Mensch in mir, den ich nicht kannte. Ich wollte alle meine Heilmittel anwenden: das Kloster, den Altar, die Arbeit, die Bücher. Thorheiten!

ach! wie hohl klingt die Wissenschaft, wenn man voll Verzweiflung, den Kopf voll Leidenschaften, bei ihr anzuklopfen kommt! Weißt du, junges Mädchen, was ich von Stunde an immer zwischen mir und dem Buche sah? Dich, deinen Schatten, das Bild der leuchtenden Erscheinung, welche eines Tages den Raum vor mir durchschritten hatte. Aber das Bild hatte nicht mehr dieselbe Farbenpracht; düster war es, traurig, finster wie der schwarze Kreis, der lange das Gesicht des Thörichten verfolgt, welcher starr in die Sonne geblickt hat.

„Weil ich mich nicht davon losmachen konnte, weil ich stets deinen Gesang in meinem Kopfe summen hörte, immer deine Füße auf meinem Brevier herumtanzen sah, stets des Nachts, im Traume, deine Gestalt über meinen Leib gleiten fühlte, so wollte ich dich wiedersehen, dich berühren, wissen, wer du wärest, sehen ob ich dich wohl dem idealen Bilde ähnlich finden möchte, das mir von dir geblieben war, vielleicht mein Traumbild durch die Wirklichkeit vernichten. In jedem Falle hoffte ich, daß ein neuer Eindruck den ersten verwischen würde, und der erste war mir unerträglich geworden. Ich sah dich wieder. Wehe mir Unglücklichen! Als ich dich zweimal gesehen hatte, wollte ich dich tausendmal, wollte ich dich immer sehen. Von da an ... wie einhalten auf diesem Abhange zur Hölle? ... von da an gehörte ich nicht mehr mir an. Das andere Ende des Fadens, den der Teufel mir um die Flügel gewunden, hatte er an sein Bein geknotet. Ich wurde flüchtig und herumirrend, wie du. Ich erwartete dich unter den Vorhallen, ich erspähte dich an den Ecken der Straßen, ich lauerte dir von der Spitze meines Thurmes auf. Jeden Abend kehrte ich entzückter, verzweifelter, behexter und verlorener zu mir selbst zurück!

„Ich hatte erfahren, wer du warst: eine Aegypterin, ein fahrendes Weib, eine Tänzerin, eine Zigeunerin. Wie konnte ich an der Zauberei Zweifel hegen? Höre. Ich hoffte, daß ein peinlicher Proceß mich vom Zauber frei machen würde. Eine Hexe hatte den Bruno von Ast verzaubert; er ließ sie verbrennen und wurde geheilt. Ich wußte das; ich wollte das Heilmittel erproben. Zuerst versuchte ich es damit, dir den Vorplatz von Notre-Dame verbieten zu lassen, weil ich hoffte, dich zu vergessen, wenn du nicht mehr wiederkämest. Du kehrtest dich nicht daran; du kamst wieder. Nun gerieth ich auf den Gedanken, dich zu entführen. In einer Nacht versuchte ich es. Wir waren unserer zwei. Wir hatten dich schon in unserer Gewalt, als dieser elende Offizier dazukam. Er befreite dich. Das wurde also der Anfang zu deinem Unglücke, zu meinem und zu seinem. Endlich, da ich nicht mehr wußte, was thun und was werden, zeigte ich dich dem geistlichen Gerichte an. Ich dachte, daß ich geheilt werden würde, wie Bruno von Ast. In meiner Verwirrung dachte ich auch, daß ein Proceß dich mir überliefern würde, daß in einem Gefängnisse ich dich in meine Gewalt bekommen, dich besitzen würde; daß du mir da nicht würdest entgehen können; daß du mich seit langem genug besäßest, als daß ich dich nun auch meinerseits in Besitz nehmen könnte. Wenn man Böses thut, soll man das Böse ganz thun. Es ist Wahnsinn, bei scheußlicher That auf halbem Wege stehen zu bleiben. Erst wenn das Verbrechen zu Ende geführt, empfindet man den Freudenrausch.

Ein Priester und eine Hexe bringen es fertig, auf der Strohschütte eines Kerkers sich in Wonne aufzulösen!

„Ich zeigte dich also an. Damals nun versetzte ich dich in Schrecken, wenn wir einander begegneten. Die Verschwörung, die ich gegen dich anzettelte, der Sturm, den ich auf dein Haupt losließ, brach aus mir in Blitzen und Drohungen hervor. Jedoch zauderte ich noch. Mein Plan hatte seine schrecklichen Seiten, die mich zögern ließen.

„Vielleicht würde ich auf ihn verzichtet haben; vielleicht würde der gräßliche Gedanke in meinem Gehirne verdorrt sein, ohne Frucht zu bringen. Ich glaubte, daß es immer von mir abhängen würde, diesen Proceß zu betreiben oder niederzuschlagen. Aber jeder böse Gedanke ist unerbittlich und will zur That werden; aber da, wo ich mich für allmächtig hielt, war das Verhängnis mächtiger als ich. Wehe! wehe! das Schicksal ist es, das dich gepackt hat, das dich dem schrecklichen Räderwerke der Maschinerie überliefert hat, die ich, im Dunkeln schleichend, in Gang gesetzt hatte! Höre . . . ich komme bald zu Ende.

„Eines Tages . . . es war wieder ein schöner Tag . . . sehe ich vor mir einen Menschen hinschreiten, der deinen Namen ausspricht und lacht, und dem die Wollust aus den Augen sieht. Verflucht! ich bin ihm gefolgt. Das Uebrige weißt du."

Er schwieg. Das junge Mädchen konnte nur ein Wort über die Lippen bringen:

„O mein Phöbus!"

„Nicht diesen Namen!" sagte der Priester und packte sie mit Heftigkeit am Arme. „Sprich diesen Namen nicht aus! Ach! was sind wir unglücklich; denn dieser Name hat uns ins Verderben gestürzt! Oder vielmehr: wir haben uns alle, einer den andern, durch ein unerklärliches Spiel des Schicksals, ins Verderben gestürzt! . . . Du leidest Pein, nicht wahr? Du frierst, die Nacht macht dich blind, der Kerker umgiebt dich; aber wahrscheinlich hast du noch etwas Licht im Innern deines Herzens, wäre es auch nur deine kindische Liebe zu jenem nichtigen Manne, der mit deinem Herzen sein Spiel trieb! Ich dagegen, ich trage den Kerker in meinem Innern; drinnen in mir ist der Winter, Eis, die Verzweiflung; in meiner Seele habe ich die Nacht. Weißt du, was ich gelitten? Ich bin bei deinem Processe zugegen gewesen. Ich saß auf der Bank des geistlichen Gerichtes. Ja, unter einer dieser Priesterkapuzen verbargen sich die Zuckungen eines Verdammten. Als man dich hereinführte, war ich zugegen; als man dich verhörte, war ich dabei . . . O, die Wolfshöhle! Es war mein Verbrechen, mein Galgen, den ich über deinem Haupte sich langsam aufbauen sah. Bei jedem Zeugen, bei jedem Beweise, bei jeder Sachwalterrede war ich zugegen; ich habe jeden deiner Schritte auf dem Schmerzensgange zählen können; ich war noch dabei, als diese wilde Bestie . . . Ach! ich hatte die Folter nicht vorausgesehen! . . . Höre. Ich bin dir in die Folterkammer gefolgt. Ich habe dich auskleiden und von den ehrlosen Händen des Foltermeisters betasten sehen. Ich habe deinen Fuß gesehen, diesen Fuß, auf den ich um ein Königreich einen Kuß hätte drücken mögen, einen einzigen Kuß und dann sterben wollen; diesen Fuß, unter dem ich mit dem höchsten Entzücken meinen Kopf zertreten gefühlt hätte, habe ich in den schrecklichen Stiefel schnüren gesehen, der die Glieder eines lebenden Wesens in einen blutigen Klumpen verwandelt. Ach! ich Elender! während ich das mit ansah, hatte ich unter meinem Schweißtuche einen Dolch, mit dem ich mir die Brust zerarbeitete. Bei dem Schreie, den du ausstießest, habe ich mir ihn ins Fleisch gestoßen; bei einem zweiten Schreie wäre er mir ins Herz gedrungen! Sieh her. Ich glaube, es blutet noch."

Er öffnete das Untergewand. Seine Brust war in der That wie von einer Tigerkralle zerrissen, und in der Seite hatte er eine ziemlich große und schlecht geheilte Wunde.

Die Gefangene fuhr vor Entsetzen zurück.

„Ach!" sprach der Priester, „junges Mädchen, habe Mitleid mit mir! Du hältst dich für unglücklich: o weh! du weißt nicht, was Unglück heißt. Ach! ein Weib lieben! Priester sein! Gehaßt werden! Sie mit der ganzen Raserei seiner Seele zu lieben; fühlen, daß man für das leiseste Lächeln von ihr sein Blut, sein Herz, seinen Ruf, sein Heil, die Unsterblichkeit und die Ewigkeit, dieses und das ewige Leben hingeben würde; bedauern, daß man nicht König, Genius, Kaiser, Erzengel, Gott ist, um ihr einen größern Sklaven vor die Füße zu legen; sie Tag und Nacht in seinen Träumen und seinen Gedanken umfassen – und sie in eine Soldatenuniform verliebt zu sehen! Und ihr nichts bieten zu können, als eine schmutzige Priestersoutane, vor der sie Furcht und Abscheu empfinden wird! Gegenwärtig sein, mit seiner Eifersucht und seinem Ingrimme, währenddem sie an einen elenden und dummen Prahlhans Schätze der Liebe und Schönheit verschwendet! Diesen Körper sehen, dessen Form jeden Mann entflammt, diesen Busen, der so viel Liebreiz besitzt, dieses Fleisch unter den Küssen eines andern zucken und sich röthen zu sehen! O Himmel! in ihren Fuß, ihren Arm, ihre Schulter verliebt sein, an ihre blauen Adern, ihre brünette Haut denken, sich ganze Nächte hindurch mit diesen Gedanken auf dem Boden seiner Zelle herumzuwälzen, und alle Schmeicheleien, die man für sie ersonnen hat, mit der Tortur enden zu sehen! Nichts erlangt zu haben, als sie auf das lederne Bett hinzustrecken! O! das sind doch die wahren, im Feuer der Hölle glühend gemachten Zangen! Ach! wie glückselig ist doch derjenige, den man zwischen zwei Brettern zersägt, oder den man von vier Pferden zerreißen läßt! ... Weißt du, was das für eine Qual ist, die man empfindet, wenn die Adern kochen, das Herz bricht, der Kopf berstet, die Zähne in die Finger beißen? Das sind die wüthenden Peiniger, die den Mann bei der Empfindung der Liebe, der Eifersucht und der Verzweiflung wie auf einem glühenden Roste herumwerfen! Junges Mädchen, Gnade! einen Augenblick noch gieb mir Rast! Ein wenig Asche auf die Glut! Trockne, ich beschwöre dich deshalb, den Schweiß, der in dicken Tropfen von meiner Stirne rinnt! Kind! foltere mich mit einer Hand, aber liebkose mich mit der andern! Habe Mitleid, junges Mädchen! habe Mitleid mit mir!"

Der Priester wälzte sich in der Lache des Bodens und stieß den Kopf gegen die Ecken der steinernen Treppenstufen. Das junge Mädchen hörte und starrte ihn an. Als er erschöpft und keuchend schwieg, wiederholte sie mit halber Stimme:

„O mein Phöbus!"

Der Priester schleppte sich auf beiden Knien zu ihr hin.

„Ich flehe dich an," rief der Priester, „du hast ein Herz im Busen, stoße mich nicht von dir! Ach! ich liebe dich! ich bin ein Elender! Wenn du diesen Namen nennst, Unglückselige, so ist es, als ob du alle Fibern meines Herzens zwischen deinen Zähnen zermalmtest! Erbarmen! Wenn du aus der Hölle kommst, ich gehe mit dir dahin! Dafür habe ich alles gethan. Die Hölle, in der du sein wirst, ist mein Paradies; dein Antlitz ist entzückender, als dasjenige Gottes! Ach sprich, du willst also nichts von mir wissen? An dem Tage, wo ein Weib eine solche Liebe zurückweisen würde, hätte ich geglaubt, daß die Berge sich regen müßten. Ach! wenn du wolltest! Ach! wie glücklich würden wir sein! Wir würden fliehen . . . Ich würde dir zur Flucht verhelfen . . . wir würden irgendwohin gehen, wir würden den Ort auf der Erde suchen, wo die Sonne am hellsten scheint, die Bäume am schönsten grünen, der Himmel am blauesten ist. Wir wollten uns lieben, wollten unsere zwei Seelen ineinander ergießen und wollten einen unlöschbaren Durst nach uns beiden haben, den wir gemeinsam und ohne Aufhören aus dem Becher unversiegbarer Liebe stillen wollten."

Sie unterbrach ihn mit einem lauten und schrecklichen Lachen.

„Seht doch, Pater! Ihr habt Blut an den Nägeln!"

Der Priester stand einige Augenblicke wie versteinert, den Blick auf seine Hand geheftet, da.

„Nun gut, ja!" fuhr er endlich mit seltsamer Weichheit fort, „schmähe mich, verspotte mich, überhäufe mich mit Verachtung, aber komm! komm! Laß uns eilen. Denke an morgen, sage ich dir. Der Galgen auf dem Grèveplatze, du weißt? er ist immer bereit. Es ist schrecklich! dich auf diesem Karren hinfahren zu sehen! Ach! sei gütig! Ich hatte niemals empfunden, wie sehr ich dich liebte, als jetzt . . . Ach! folge mir. Du sollst dir Zeit nehmen, mich lieb zu gewinnen, nachdem ich dich gerettet haben werde. Du sollst mich so lange hassen, wie du willst. Aber komm. Morgen! morgen! der Galgen! deine Hinrichtung! Ach! rette dich! schone meiner!"

Er war ganz verstört, ergriff sie beim Arme, er wollte sie fortziehen.

Sie heftete einen starren Blick auf ihn.

„Was ist aus meinem Phöbus geworden?" fragte sie.

„Ach!" sagte der Priester und ließ ihren Arm fahren, „Ihr seid ohne Mitleid!"

„Was ist aus meinem Phöbus geworden?" wiederholte sie in kaltem Tone.

„Er ist todt!“ rief der Priester.

„Todt!“ sagte sie immer eisig und regungslos; „was sprecht Ihr dann mit mir vom Leben?“

Er hörte sie nicht an.

„Ach, ja!“ sagte er, als ob er mit sich selbst spräche, „er muß wohl todt sein. Die Klinge ist sehr tief eingedrungen. Ich glaube, daß ich mit der Spitze das Herz getroffen habe. O! ich lebte sogar in der Spitze des Dolches!“

Das junge Mädchen stürzte sich wie eine wüthende Tigerin auf ihn, und stieß ihn mit übernatürlicher Kraft die Stufen der Treppe hinan.

„Hinweg, Ungeheuer! hinweg, Meuchelmörder! laß mich sterben! Möge unser beider Blut dir einen ewigen Schandfleck auf die Stirn drücken! Dir gehören, Priester? Niemals! niemals! Nichts soll uns vereinigen! selbst die Hölle nicht! Hinweg, Verfluchter! Niemals!“

Der Priester war auf der Treppe gestolpert. Schweigend befreite er seine Füße aus den Falten seines Gewandes, ergriff seine Laterne wieder und begann langsam die Stufen, welche zur Thüre führten, hinaufzusteigen; er öffnete diese Thüre wieder und trat hinaus. Plötzlich sah das junge Mädchen seinen Kopf wiedererscheinen; er hatte einen fürchterlichen Ausdruck, und mit vor Wuth und Verzweiflung röchelnder Stimme rief er ihr zu:

„Ich sage dir, er ist todt!“

Sie fiel mit dem Gesichte zu Boden nieder, und man hörte im Kerker kein anderes Geräusch mehr, als den Seufzer des Wassertropfens, der die Lache in der Finsternis aufzucken ließ.

5. Die Mutter

Ich glaube nicht, daß es in der Welt etwas Lieblicheres giebt, als die Gedanken, welche beim Anblicke eines kleinen Schuhes ihres Kindes im Herzen einer Mutter erwachen: vornehmlich wenn es ein Festtagsschuh, etwa für die Sonntage oder für die Taufe ist; ein Schuh, der bis unter die Sohle mit Stickereien bedeckt ist; ein Schuh, mit dem das Kind noch nicht einen Schritt gemacht hat. Dieser Schuh aber ist so reizend und klein, er kann so unmöglich seinen Marsch machen, daß es der Mutter so vorkommt, als ob sie ihr Kind sähe. Sie lacht ihn an, sie küßt ihn, sie spricht mit ihm; sie fragt sich, ob es in Wahrheit möglich ist, daß ein Fuß so klein sei und, wäre das Kind etwa abwesend, so bedarf es nur des kleinen Schuhes, um ihr das süße, zarte Geschöpf vor die Augen zu zaubern. Sie glaubt es zu sehen, sie sieht es, wie es leibt und lebt: munter, fröhlich, mit seinen zarten Händchen, seinem runden Kopfe, seinen reinen Lippen, seinen heitern Augen, in denen das Weiße blau schimmert. Ist es Winter, so ist es da; es kriecht auf dem Teppiche, es klettert mühsam auf eine Fußbank, und die Mutter zittert, daß es dem Feuer zu nahe kommt. Ist es Sommer, so schleicht es im Hofe, im Garten herum, zupft das Gras zwischen den Pflastersteinen heraus, betrachtet unbefangen die großen Hunde, die großen Pferde, ganz ohne Furcht; spielt mit den Muscheln, mit den Blumen, und bringt den Gärtner zum Schelten, wenn er Sand auf den Rabatten und Erde in den Wegen findet. Alles lacht, alles glänzt, alles spielt um es herum, wie es selbst thut, – sogar der Lufthauch und der Sonnenstrahl, die um die Wette in seinen närrischen Haarlocken spielen. Der Schuh zeigt alles das der Mutter und läßt ihr das Herz, wie Feuer eine Wachskugel, schmelzen.

Aber wenn das Kind abhanden gekommen ist, so werden diese tausend Bilder der Freude, des Entzückens, der Zärtlichkeit, die sich um den kleinen, gestickten Schuh zusammendrängen, zu ebenso viel entsetzlichen Dingen. Der reizende, gestickte Schuh ist dann nichts weiter, als ein Marterwerkzeug, das ewig das Herz der Mutter zermalmt. Es ist ja stets dieselbe Herzensfaser, welche zittert, die stärkste und empfindlichste Fiber; aber an Stelle eines Engels, der sie liebkost, ist es ein Teufel, welcher sie peinigt.

Eines Morgens, während die Maisonne an einem dieser tiefblauen Himmel emporstieg, wie ihn Garofolo liebt, um seine Kreuzabnahmen darauf zu malen, hörte die Büßerin im Rolandsthurme einen Lärm von Wagenrädern, Pferden und eisernen Gerätschaften auf dem Grèveplatze. Sie erwachte darüber kurze Zeit aus ihrer Betäubung, knotete ihre Haare über den Ohren zusammen, um sie gegen das Geräusch zu verschließen, und begann wieder den leblosen Gegenstand zu betrachten, den sie, nun seit fünfzehn Jahren auf den Knien liegend, anbetete. Dieser kleine Schuh war, wie wir schon gesagt haben, für sie die Welt. Ihr Denkvermögen war in ihm eingeschlossen und sollte erst mit dem Tode davon ablassen. Was sie an herben Verwünschungen, rührenden Klagen, Gebeten und Seufzern beim Anblicke dieses niedlichen, rothseidenen Schuhes zum Himmel emporgeschleudert, hatte die dunkle Höhle des Rolandsthurmes allein erfahren. Niemals waren mehr hoffnungslose Thränen um einen niedlichern und reizendern Gegenstand vergossen worden. An diesem Morgen jedoch schien ihr Schmerz noch heftiger, als gewöhnlich, hervorzubrechen, und man hörte von draußen mit lauter, einförmiger und herzzerreißender Stimme jammern.

„O meine Tochter," sprach sie, „meine Tochter! mein armes, liebes, kleines Kind: ich soll dich also nicht mehr sehen! Es ist also vorbei! Immer scheint es mir, als ob es gestern geschehen sei! Mein Gott! mein Gott! um sie mir so schnell wieder zu entreißen, wäre es besser gewesen, du hättest sie mir gar nicht gegeben. Weißt du denn nicht, daß unsere Kinder mit unserem Leibe zusammenhängen, und daß eine Mutter, die ihr Kind verloren hat, nicht mehr an Gott glaubt? . . . Ach! wie elend bin ich nun, daß ich an jenem Tage das Haus verließ! . . . Herr! Herr! weil du sie mir so entrissen hast, hast du mich niemals mit ihr gesehen, wenn ich sie ganz entzückt an meiner Glut belebte, wenn sie, an meiner Brust liegend, mich anlachte, wenn ich ihre kleinen Füße über meine Brust hin bis zu meinen Lippen hinaufsteigen ließ? Ach! wenn du das gesehen hättest, mein Gott, würdest du Mitleid mit meiner Freude gehabt haben; würdest mir nicht die einzige Liebe genommen haben, die mir im Herzen zurückblieb! War ich denn eine so elende Creatur, Herr, daß du mich nicht ansehen mochtest, ehe du mich verdammtest? . . . Wehe! wehe! da ist der Schuh; der Fuß dazu – wo ist er? Wo ist das Uebrige? Wo ist das Kind? Meine Tochter, meine Tochter! Was haben sie mit dir gemacht? Herr, gieb sie mir wieder! Meine Knien sind wund durch ein fünfzehnjähriges Gebet zu dir, mein Gott! Ist das noch nicht genug? Gieb sie mir wieder, für einen Tag, eine Stunde, eine Minute; für eine Minute, Herr! und dann wirf mich für die Ewigkeit dem Teufel hin! Ach! wenn ich wüßte, wo ein Saum deines Kleides schleppt, ich wollte mich mit meinen beiden Händen daranklammern, und du solltest mir wohl mein Kind wiedergeben! Hier ist ihr kleiner Schuh, – hast du damit kein Erbarmen, Herr? Kannst du eine arme Mutter zu dieser Marter fünfzehn Jahre lang verdammen? Süße Jungfrau! süße Jungfrau im Himmel droben! mein eigenes Jesuskind hat man mir genommen, hat man mir gestohlen, hat man auf einer Haide gefressen; man hat sein Blut getrunken, seine Gebeine zermalmt! Heilige Jungfrau, habe Erbarmen mit mir! Meine Tochter muß ich haben! Was hilft es mir denn, daß es im Paradiese ist? Ich will nichts von deinem Engel wissen, ich will mein Kind! Ich bin eine Löwin, ich will meine kleine Löwin haben . . . Ach, ich will mich auf der Erde wälzen, ich will den Stein mit meiner Stirn zerschmettern, will mich verdammen und will dich verfluchen, Herr! wenn du mir mein Kind vorenthältst! Du siehst ja, daß ich ganz zerfleischte Hände habe, Herr! Hat denn der liebe Gott kein Erbarmen? . . . Ach, gieb mir nur Salz und schwarzes Brot, im Falle ich meine Tochter bekomme, und ich mich an ihr, wie an einer Sonne, erwärmen kann! Ach! Gott mein Herr, ich bin nur eine gemeine Sünderin, aber meine Tochter machte mich fromm und gut. Ich war voll Frömmigkeit aus Liebe zu ihr; und durch ihr Lächeln, mein Gott, blickte ich zu dir, wie durch eine Oeffnung des Himmels . . . Ach! könnte ich nur einmal, noch einmal, ein einziges Mal diesen Schuh an ihr reizendes, rosiges Füßchen stecken, und ich will sterben, süße Jungfrau und dich segnen! . . . Ach! fünfzehn Jahre! Sie würde jetzt groß sein! . . . Unglückliches Kind! wie? es ist also doch wahr: ich soll sie nicht mehr wiedersehen, nicht einmal im Himmel! Denn, ich werde nicht dahin kommen, ich. O welches Elends zu sagen, daß das ihr Schuh ist, und sonst nichts weiter!“

Die Unglückliche hatte sich auf diesen Schuh, ihren Trost und ihre Verzweiflung so viele Jahre hindurch, niedergeworfen, und ihr Herz zerriß vor Jammer, wie am ersten Tage. Denn für eine Mutter, welche ihr Kind verloren hat, bleibt das immer der erste Tag. Dieser Schmerz bleibt ja immer neu. Die Trauergewänder können sich wohl abtragen und verbleichen, das Herz bleibt immer in Trauer.

In diesem Augenblicke zogen frische und fröhliche Kinderstimmen an der Zelle vorüber. Jedesmal, wenn Kinder ihr in die Augen fielen, oder deren Lärm ihr Ohr traf, stürzte die arme Mutter in den finstersten Winkel ihres Grabes, und man hätte behaupten mögen, daß sie ihr Haupt in die Mauer zu verstecken versuchte, um sie nur nicht zu hören. Diesmal richtete sie sich im Gegentheil plötzlich in die Höhe und horchte begierig. Einer der kleinen Knaben hatte eben gesagt:

„Heute wird man eine Zigeunerin hängen."

Mit dem raschen Sprunge jener Spinne, die wir beim Zittern ihres Netzes sich auf eine Fliege haben stürzen sehen, eilte sie an ihre Luke, die, wie man weiß, auf den Grèveplatz hinausging. In der That war eine Leiter an dem ständigen Galgen aufgerichtet, und der Henker war damit beschäftigt, die vom Regen verrosteten Ketten wieder in Ordnung zu bringen. Ringsherum standen einige Leute als Zuschauer. Der muntere Kinderhaufen war schon in der Ferne. Die Nonne suchte mit den Augen nach einem Vorübergehenden, den sie befragen könnte. Sie wurde dicht neben ihrer Zelle einen Priester gewahr, der sich anscheinend damit beschäftigte, in dem öffentlichen Gebetbuche zu lesen, der aber viel weniger mit dem „eisenvergitterten Andachtsbuche", als mit dem Galgen beschäftigt war, auf den er von Zeit zu Zeit einen düstern und wilden Blick warf. Sie erkannte den Herrn Archidiaconus von Josas, einen heiligen Mann.

„Mein Vater," fragte sie, „wen will man da hängen?"

Der Priester sah sie an und antwortete nicht; sie wiederholte ihre Frage. Da sagte er:

„Ich weiß es nicht."

„Es waren Kinder hier, die da sagten, daß es eine Zigeunerin wäre," fuhr die Büßerin fort.

„Ich glaube, es ist dem so," sagte der Priester.

Da brach Paquette la Chantefleurie in ein Hyänenlachen aus.

„Meine Schwester," sagte der Archidiaconus, „Ihr haßt also wohl die Zigeunerinnen?"

„Ob ich sie hasse!" rief die Büßerin aus; „es sind Hexen, Kinderräuberinnen! Sie haben meine kleine Tochter gefressen, mein Kind, mein einziges Kind! Ich habe kein Herz mehr, sie haben es mir aufgezehrt!"

Sie war schrecklich anzusehen. Der Priester betrachtete sie kaltblütig.

„Vor allem ist es eine von ihnen, die ich hasse, und die ich verflucht habe," fuhr sie fort; „es ist eine junge, so alt, wie meine Tochter sein würde, wenn ihre Mutter mein Kind nicht gefressen hätte. Jedesmal, wenn diese junge Viper vor meiner Zelle vorbeigeht, bringt sie mir das Blut zum kochen."

„Nun gut! meine Schwester, freuet Euch," sagte der Priester eisig wie eine Grabbildsäule, „sie ist es, die Ihr sterben sehen sollt."

Sein Kopf sank auf seine Brust nieder, und er entfernte sich langsam.

Die Büßerin rang sich die Arme vor Freude. „Ich habe es ihr prophezeit, daß sie da hinaufsteigen würde! Schönen Dank, Priester!" rief sie ihm nach.

Und nun begann sie in großen Schritten hinter den Gitterstäben ihrer Luke auf- und abzugehen, während ihr Haar flog, ihr Auge flammte und sie mit der Schulter an die Mauer stieß. Ihr fahles Antlitz aber hatte den Ausdruck einer Wölfin im Käfig angenommen, die seit langem hungert und merkt, daß die Stunde der Fütterung herankommt.

6. Drei verschieden gebildete Menschenherzen

Phöbus indessen war nicht gestorben. Menschen dieses Schlages haben ein zähes Leben. Als Meister Philipp Lheulier, der peinliche Anwalt des Königs, zur armen Esmeralda gesagt hatte: „Er liegt im Sterben", so war das aus Irrthum oder aus Scherz geschehen. Als der Archidiaconus der Verurtheilten wiederholt gesagt hatte: „Er ist todt", so wußte er tatsächlich nichts davon, glaubte es aber, rechnete darauf, zweifelte nicht daran, hoffte es ganz gewiß. Es wäre für ihn doch gar zu hart gewesen, dem Weibe, welches er liebte, gute Nachrichten über seinen Nebenbuhler zu hinterbringen. Jeder Mann an seiner Stelle hätte ebenso gehandelt.

Nicht etwa, als ob die Verwundung des Phöbus nicht gefährlich gewesen wäre, aber sie war es nicht in dem Maße gewesen, wie der Archidiaconus sich schmeichelte. Der Heilkünstler, zu welchem die Soldaten der Wache ihn im ersten Augenblicke getragen, hatte acht Tage lang für sein Leben gefürchtet, und er hatte ihm das sogar auf Lateinisch gesagt. Gleichwohl hatte seine Jugend wieder die Oberhand gewonnen; und, was ungeachtet Vermuthungen und Krankheitszeichen häufig vorkommt: die Natur hatte sich gefallen, trotz des Arztes den Kranken zu retten. Während er noch auf dem Krankenbette beim Heilkünstler lag, hatte er sich dem Verhöre Philipp Lheuliers und der Untersuchungsrichter des geistlichen Gerichtes unterzogen, was ihn sehr gelangweilt hatte. Daher hatte er an einem schönen Morgen, als er sich besser fühlte, dem Pillendreher seine goldenen Sporen als Zahlung überlassen, und hatte sich davongemacht. Das hatte übrigens bei der Einleitung des Processes keine Störung verursacht. Die Gerechtigkeitspflege von damals beunruhigte sich sehr wenig über die Deutlichkeit und Reinlichkeit eines Criminalprocesses. Wenn der Angeklagte nur gehangen wurde, so war ihr das vollkommen genügend. Nun, die Richter hatten hinreichende Beweise gegen die Esmeralda. Sie hatten den Phöbus für todt gehalten, und damit war alles gesagt worden.

Phöbus seinerseits hatte keine große Flucht unternommen. Er war ganz einfach bei seiner Compagnie wieder eingetroffen, die zu Queue-en-Brie, in der Provinz Ile-de-France, einige Stationen von Paris, in Garnison lag.

Nach allem behagte es ihm ganz und gar nicht, in diesem Processe zu erscheinen. Er fühlte dunkel, daß er darin eine lächerliche Rolle spielen würde. Im Grunde wußte er nicht hinlänglich, was er über die ganze Angelegenheit denken sollte. Als Weltkind und abergläubischer Mensch, wie jeder Soldat, der nichts als Soldat ist, war er, wenn er sich über dieses Abenteuer befragte, nicht eins mit sich hinsichtlich der Ziege; ferner über die befremdliche Art, mit der er mit Esmeralden zusammengetroffen war; über die nicht minder sonderbare Weise, mit der sie ihm ihre Liebe hatte errathen lassen; über ihren Stand als Zigeunerin; endlich hinsichtlich des gespenstigen Mönches. Er sah in dieser Geschichte viel mehr Zauberei, als Liebe; aller Wahrscheinlichkeit nach eine Hexe; vielleicht den Teufel selbst; zuletzt eine Komödie, oder um die Sprache von damals zu reden, ein höchst unangenehmes Schauspiel, in dem er eine sehr unbeholfene Rolle, nämlich die des Geprügelten und Gefoppten, spielte. Der Hauptmann war darüber ganz beschämt; er fühlte die Art Scham, die der berühmte Fabeldichter La Fontaine so treffend gekennzeichnet hat:

„Beschämt ganz wie ein Fuchs, den ein Huhn hätt' überrascht."

Er hoffte übrigens, daß die Angelegenheit nicht ruchbar werden würde; daß sein Name, bei seiner Abwesenheit, kaum dabei genannt werden, und in jedem Falle nicht über den Verhandlungssaal im Tournelle hinaus erschallen würde. In diesem Punkte täuschte er sich auch wirklich nicht; es gab damals überhaupt noch keine „Gerichtszeitungen", und weil kaum eine Woche vorüberging, ohne daß in einem der zahllosen Criminalgerichte von Paris nicht ein Falschmünzer zum Lebendiggesottenwerden, oder eine Hexe zum Galgen, oder ein Ketzer zum Scheiterhaufen verurtheilt worden wäre, so war man dermaßen daran gewöhnt, zu sehen, wie die alte, feudale Themisauf allen Kreuzwegen in nackten Armen und aufgestreiften Aermeln ihr Geschäft mit Gabeln, auf Leitern und an Prangern verrichte, daß man kaum noch Acht darauf gab. Die schöne Welt jener Zeit wußte kaum den Namen des armen Sünders, der an der Straßenecke vorüberging; und höchstens ergötzte sich der große Haufe an diesem krassen Schauspiele. Eine Hinrichtung war ein gewöhnlicher Vorfall auf dem öffentlichen Platze, gerade wie die Glutpfanne eines Pastetenbäckers oder das Schlachthaus eines Schinders. Der Henker war nichts weiter als eine Art Schlächter, nur ein bißchen bewanderter, als ein anderer.

Phöbus beruhigte seinen Geist also ziemlich bald über die Zauberin Esmeralda, oder Similar, wie er zu sagen pflegte; über den Dolchstich der Zigeunerin oder des gespenstigen Mönchs (es lag wenig daran), und über den Ausgang des Processes. Aber sobald als sein Herz nach dieser Seite hin frei war, kehrte das Bild von Fleur-de-Lys dahin zurück. Das Herz des Hauptmanns Phöbus hatte, wie die damalige Physik, Schrecken vor der Leere.

Uebrigens gab es keinen abgeschmackteren Aufenthaltsort, als Queue-en-Brie. Es war ein Dorf, von Hufschmieden und Kuhhirtinnen mit rauhen Händen bewohnt; eine lange Reihe kleiner Häuser und Strohhütten, welche die lange Landstraße von beiden Seiten eine halbe Meile hin einfassen, – mit einem Worte: am Weltende.

Fleur-de-Lys war seine vorletzte Liebe: ein hübsches Mädchen mit einer allerliebsten Mitgift; eines schönen Morgens also langte der verliebte Cavalier, nachdem er vollständig genesen war, und wohl vermuthen konnte, daß die Angelegenheit mit der Zigeunerin vorbei und vergessen sein dürfte, hoch zu Rosse vor der Thüre des Hauses Gondelaurier an. Er achtete nicht auf eine ziemlich zahlreich versammelte Menschenmenge, welche sich auf dem Platze des Vorhofes, vor dem Haupteingange von Notre-Dame, drängte; es fiel ihm ein, daß man im Monat Mai war; er vermuthete irgend einen festlichen Aufzug, eine Pfingstfeierlichkeit, ein Fest, band sein Pferd an den Pfortenring der Vorhalle und stieg wohlgemuth in die Wohnung seiner schönen Braut hinauf.

Sie war allein mit ihrer Mutter.

Fleur-de-Lys hatte immer noch die Scene mit der Hexe, ihre Ziege, ihr verwünschtes Alphabet und die lange Abwesenheit des Phöbus auf dem Herzen. Als sie daher ihren Hauptmann eintreten sah, fand sie ein so gutes Aussehen, einen so neuen Waffenrock, ein so glänzendes Wehrgehenk und ein so verliebtes Aussehen an ihm, daß sie vor Lust erröthete. Das edle Fräulein war gleichfalls liebreizender, denn jemals. Ihre prächtigen blonden Haare waren zum Entzücken geflochten, sie war ganz in jenes Himmelblau gekleidet, welches die Blondinen so gut kleidet: eine Koketterie, in die sie Colombe eingeweiht hatte; und ihr Auge schwamm in jener Liebessehnsucht, die ihnen noch besser steht.

Phöbus, welcher, was Schönheit anlangt, außer den plumpen Greten von Queue-en-Brie nichts gesehen hatte, war von Fleur-de-Lys berauscht, und das gab unserem Offiziere ein so dienstfertiges und liebenswürdiges Benehmen, daß sie sofort versöhnt war. Frau von Gondelaurier selbst, die immer, wie eine Mutter pflegt, in ihrem großen Lehnstuhle saß, hatte nicht die Kraft, mit ihm zu schmollen. Was Fleur-de-Lys' Vorwürfe betraf, so erstarben sie unter zärtlichen Liebkosungen. Das junge Mädchen saß am Fenster und stickte immer noch an ihrer Grotte des Neptun. Der Hauptmann hatte sich auf die Lehne ihres Stuhles gestützt, und sie richtete mit halber Stimme ihre zärtlichen Vorwürfe an ihn.

„Was in aller Welt habt Ihr denn seit zwei langen Monaten angefangen, Ihr böser Mann?“

„Ich schwöre Euch,“ antwortete Phöbus, der durch diese Frage ein wenig in Verlegenheit gerathen war, „daß Ihr schön seid, um einen Erzbischof in Schwärmerei zu versetzen.“

Sie konnte sich nicht enthalten, zu lächeln.

„Es ist gut, ist gut, mein Herr. Lasset das mit meiner Schönheit und antwortet mir. Das muß eine rechte Schönheit sein, wahrhaftig!“

„Nun gut! theure Base, ich bin nach meiner Garnison abberufen worden.“

„Und wo ist denn das, wenn ich fragen darf? Und warum seid Ihr nicht vorgesprochen, um Abschied zu nehmen?“

„In Queue-en-Brie.“

Phöbus war froh, daß die erste Frage ihm half, sich um die zweite herumzudrücken.

„Aber das ist ja ganz in der Nähe, Herr Hauptmann. Wie kommt das, daß Ihr mich nicht ein einziges Mal besucht habt?“

Jetzt wurde Phöbus ziemlich ernstlich verlegen.

„Weil . . . der Dienst . . . und außerdem, liebenswürdige Cousine, bin ich krank gewesen.“

„Krank!?“ entgegnete sie erschrocken.

„Ja . . . verwundet.“

„Verwundet!?“

Das arme Kind war ganz außer Fassung gerathen.

„Oh! erschreckt deshalb nicht,“ sagte Phöbus kalt, „es hat nichts auf sich. Ein Streit, ein Degenstich; doch, was kümmert das Euch?“

„Was mich das kümmert?“ rief Fleur-de-Lys, während sie ihre schönen Augen thränengefüllt aufschlug. „Ach! Ihr sagt mir nicht, was Ihr damit beabsichtigt, wenn Ihr so sprecht. Was hat das mit diesem Degenstiche für eine Bewandtnis? Ich will alles wissen.“

„Nun gut! theure Schöne, ich habe Streit mit Mahé Fédy gehabt, Ihr wißt ja? dem Lieutenant aus Saint-Germain-en-Laye; wir haben uns jeder ein wenig die Haut zerfetzt. Das ist alles.“

Der verlegene Hauptmann wußte nur zu wohl, daß eine Ehrensache den Mann stets in den Augen einer Frau an Achtung gewinnen läßt. In Wahrheit sah ihm Fleur-de-Lys, vor Scheu, Vergnügen und Bewunderung ganz erregt, ins Gesicht. Sie war indessen noch nicht vollkommen wieder beruhigt.

„Wenn Ihr nur vollkommen wieder hergestellt seid, mein Phöbus!“ sagte sie. „Ich kenne Euren Mahé Fédy nicht, aber er ist ein abscheulicher Mensch. Und woher kam denn dieser Streit?“

Hier begann Phöbus, dessen Einbildungskraft nur sehr mittelmäßig im Erfinden war, nicht mehr zu wissen, wie er sich aus seiner Heldenthat herausziehen sollte.

„Ach! was weiß ich? . . . ein Nichts, ein Pferd, ein übereiltes Wort! . . . Schöne Base," rief er, um den Gesprächsstoff zu wechseln, „was bedeutet denn der Lärm da auf dem Vorhofe?"

Er näherte sich dem Fenster.

„Ach! mein Gott, schöne Base, sehet einmal die große Menge Volks auf dem Platze!"

„Ich weiß nicht," sagte Fleur-de-Lys; „es scheint, daß es sich um eine Hexe handelt, die heute morgen vor der Kirche öffentlich Buße thut und nachher gehangen werden soll."

Der Hauptmann glaubte die Angelegenheit mit der Esmeralda so völlig abgethan, daß er durch die Worte Fleur-de-Lys' nur ganz wenig in Bewegung gerieth. Er that indeß noch eine oder die andere Frage.

„Wie heißt diese Hexe?"

„Ich weiß nicht," antwortete sie.

„Und was sagt man, daß sie begangen hat?"

Sie zuckte noch einmal ihre weißen Schultern.

„Ich weiß nicht."

„Oh, mein lieber Herr Jesus!" sagte die Mutter, „es giebt jetzt so viele Hexen, daß man sie verbrennt, glaube ich, ohne ihre Namen zu wissen. Es würde sich ebenso verlohnen, als ob man den Namen jeder Wolke am Himmel wissen wollte. Ueberhaupt kann man ruhig sein. Der liebe Gott führt sein Register." Hier erhob sich die ehrenwerthe Dame und trat ans Fenster. „Herr des Himmels!" sagte sie, „Ihr habt recht, Phöbus. Das ist ein großer Haufen Volks. Einige von ihnen, Gott sei gepriesen! stehen sogar auf den Dächern . . . Wißt Ihr, Phöbus? das erinnert mich an meine Jugend; an den Einzug Karls des Siebenten, wo auch so viel Menschen auf den Straßen waren . . . Ich weiß nicht mehr, in welchem Jahre. Wenn ich mit Euch davon spreche, nicht wahr? so macht das auf Euch den Eindruck von etwas Altem, auf mich aber den von etwas Jugendlichem . . . Oh! das war ein weit hübscheres Volk, als das jetzige. Es standen sogar einige von ihnen auf den Vertheidigungserkern des Thores Saint-Antoine. Der König hatte die Königin hinter sich auf dem Pferde, und nach Ihren Hoheiten kamen alle Damen, die gleichfalls hinter ihren Herren auf den Pferden saßen. Ich erinnere mich, daß man gewaltig lachte, als neben Amanyon von Garlande, der ein Mann von sehr kurzer Statur war, der Herr von Matefelon, ein Ritter von riesenhafter Erscheinung, ritt, welcher die Engländer haufenweise getödtet hatte. Das war sehr schön. Ein Zug aller Edelleute von Frankreich mit ihren Oriflammen,welche in die Augen leuchteten, folgte. Es waren einige mit dem Fähnlein und andere mit dem Banner dabei. Was weiß ich? der Herr von Calan mit dem Fähnlein, Johann von Châteaumorant mit dem Banner, der Herr von Coucy mit dem Banner, und dieser reicher gekleidet, als irgend einer der andern, mit Ausnahme des

Herzogs von Bourbon ... Ach! was ist es doch für ein traurig Ding, denken zu müssen, daß alles das dagewesen und nichts mehr davon vorhanden ist!"

Die beiden Liebesleute hörten nicht auf die ehrwürdige Witwe hin. Phöbus war zurückgetreten und hatte sich wieder auf die Lehne des Stuhles seiner Braut gestützt, und hier einen reizenden Platz gefunden, von wo aus sein frivoles Auge sich in alle Oeffnungen von Fleur-de-Lys' Busentuch versenken konnte. Dieses Halstuch öffnete sich gerade so recht und zeigte ihm so köstliche Dinge, ließ ihn auch so viele andere errathen, daß Phöbus von dieser sammetweichen Haut ganz geblendet, zu sich sprach: „Wie kann man etwas anderes, als eine Hellfarbige lieben?" Alle beide verharrten in Schweigen. Das junge Mädchen richtete von Zeit zu Zeit entzückte und sanfte Blicke auf ihn, und in ihre Haare mischte sich ein Strahl der Frühlingssonne.

„Phöbus," sagte Fleur-de-Lys plötzlich mit leiser Stimme, „wir sollen uns in einem Vierteljahre heirathen; schwört mir, daß Ihr niemals ein anderes Weib geliebt, als mich."

„Ich schwöre es Euch, schöner Engel!" antwortete Phöbus, und sein leidenschaftlicher Blick verband sich, um Fleur-de-Lys zu überzeugen, mit dem aufrichtigen Tone seiner Stimme. Er glaubte in diesem Augenblicke vielleicht an seine eigenen Worte.

Währenddem hatte die gute Mutter, erfreut, die Verlobten in so vollkommenem Einverständnisse zu sehen, das Zimmer eben verlassen, um einige häusliche Kleinigkeiten zu besorgen. Phöbus merkte das, und diese Einsamkeit machte den unternehmenden Hauptmann so kühn, daß ihm sehr seltsame Gedanken in den Kopf stiegen. Fleur-de-Lys liebte ihn; er war ihr Verlobter; sie war allein mit ihm; seine alte Neigung für sie war nicht nur in ihrer ganzen Frische, sondern auch in all ihrer Glut wieder erwacht; nach alledem war es ja kein großes Verbrechen, sein Getreide ein wenig grün zu verspeisen; ich weiß nicht, ob diese Gedanken ihm durch den Kopf gingen; aber so viel ist gewiß, daß Fleur-de-Lys auf einmal über den Ausdruck seines Blickes erschrocken war. Sie sah um sich und erblickte ihre Mutter nicht mehr.

„Mein Gott!" sagte sie erröthend und unruhig, „mir ist sehr heiß!"

„Ich glaube in der That," antwortete Phöbus, „daß es nicht weit vom Mittag ist. Die Sonne wird lästig. Es bleibt nichts übrig, als die Vorhänge zu schließen."

„Nein, nein," rief die arme Kleine, „im Gegentheil habe ich frische Luft nöthig."

Und wie eine Hindin, die das Schnauben der Meute merkt, erhob sie sich, lief zum Fenster, öffnete es und eilte auf den Balkon.

Phöbus, dem das ziemlich ärgerlich war, folgte ihr.

Der Platz des Vorhofes von Notre-Dame, nach welchem, wie man weiß, der Balkon hinausging, bot in diesem Augenblicke ein unheimliches und sonderbares Schauspiel dar, welches bei der furchtsamen Fleur-de-Lys rasch die Natur des Schreckens ändern ließ.

Eine ungeheure Menge, die in allen angrenzenden Straßen hin- und herwogte, bedeckte den eigentlich sogenannten Platz. Die kleine Mauer in Brusthöhe, welche den Vorhof umgab, würde nicht genügt haben, ihn frei zu halten, wenn sie nicht verdoppelt worden wäre von einer dichten Reihe von Polizeidienern der Einunddreißiger und der Büchsenschützen mit der Feldbüchse in der Faust. Dank diesem Verhaue von Piken und Arkebusen war der Vorhof leer. Der Zugang dazu wurde durch einen Haufen Hellebardiere in den Farben des Bischofs bewacht. Die großen Thüren der Kirche waren geschlossen, was im Gegensatze zu den zahllosen Fenstern des Platzes stand, welche, bis zu den Giebeln hinauf geöffnet, tausende von Köpfen zeigten, die ohngefähr wie Kugelhaufen in einem Artillerieparke übereinander geschichtet waren.

Das Aeußere dieses Menschenhaufens war grau, schmutzig und abschreckend. Das Schauspiel, welches er erwartete, gehörte offenbar zu denjenigen, die das Vorrecht haben, alles was an unreinen Elementen in der Bevölkerung vorhanden ist, herbeizuziehen und anzulocken. Nichts war abscheulicher, als der Lärm, der aus dem Gewoge dieser gelben Kappen und schmutzigen Kopfhaare sich erhob. In diesem Gedränge vernahm man mehr Gelächter als Geschrei, mehr Weiber als Männer.

Von Zeit zu Zeit drang eine scharfe und zitternde Stimme durch das allgemeine Geräusch.

*

„Heda! Mahiet Baliffre! Will man sie denn da hängen?“

„Einfaltspinsel! hier muß sie Kirchenbuße im Hemde thun! Der liebe Gott will ihr hier Latein ins Gesicht husten. Das geschieht hier immer, am Mittage. Wenn du den Galgen sehen willst, schere dich zum Grèveplatze.“

„Ich will nachher hingehen.“

*

„Sagt mir doch, La-Boucambry, ist es wahr, daß sie einen Beichtvater ausgeschlagen hat?“

„Wahrscheinlich ja, La-Bechaigne.“

„Seht Ihr, die Heidin?!“

*

„Herr, das ist Herkommen so. Der Amtmann des Justizpalastes ist verpflichtet, den völlig abgeurteilten Missethäter zur Hinrichtung an den Oberrichter beim Châtelet auszuliefern, wenn jener ein Laie ist; ist es ein Geistlicher, an den Gerichtsbeamten des Bischofssitzes.“

„Ich danke Euch, Herr.“

*

„Ach, mein Gott!“ sagte Fleur-de-Lys, „das arme Geschöpf!“

Dieser Gedanke erfüllte den Blick, den sie über die Volksmasse schweifen ließ, mit Schmerz. Der Hauptmann, der viel zu sehr mit ihr, als mit jenem Volkshaufen beschäftigt war, zerrte von hinten an ihrem Gürtel. Sie wandte sich mit einem bittenden und lächelnden Blicke um.

„Ich bitte Euch, laßt mich, Phöbus! Wenn meine Mutter zurückkäme, würde sie Eure Hand erblicken!“

In diesem Augenblicke schlug es langsam zwölf an der Uhr von Notre-Dame. Ein freudiges Gemurmel lief durch die Menge. Das letzte Zittern des zwölften Schlages war kaum verklungen, als alle Köpfe wie die Wogen von einem Windstoße in Bewegung geriethen, und ein ungcheures Geschrei von der Straße, aus den Fenstern und von den Dächern sich erhob:

„Da ist sie!“

Fleur-de-Lys hielt, um nicht zu sehen, ihre beiden Hände vor die Augen.

„Meine Süße,“ sagte Phöbus, „wollt Ihr wieder hereintreten?“

„Nein,“ antwortete sie; und dieselben Augen, welche sie eben aus Furcht geschlossen hatte, öffnete sie wieder aus Neugierde.

Ein Karren, der von einem schweren, normannischen Gabelpferde gezogen und ganz von Reiterei in violetten Uniformen mit weißen Kreuzen umringt war, rollte soeben durch die Straße Saint-Pierre-aux-Boeufs auf den Platz. Die Diener der Wache machten ihm mit mächtigen Ruthenhieben unter dem Volkshaufen Platz. Neben dem Karren ritten einige Gerichts- und Polizeibeamte, die an ihrer schwarzen Tracht und an der linkischen Weise, mit der sie sich im Sattel hielten, kenntlich waren. Meister Jacob Charmolue stolzirte an ihrer Spitze einher. Auf dem verhängnisvollen Wagen saß ein junges Mädchen mit auf den Rücken gebundenen Händen, ohne einen Geistlichen an ihrer Seite. Sie war im Hemde; ihre langen schwarzen Haare (es war damals Gebrauch, sie erst am Fuße des Galgens abzuschneiden) fielen aufgelöst über ihre Brust und die halbentblößten Schultern herab.

Quer durch diesen wallenden Haarschmuck, der mehr als das Gefieder eines Raben glänzte, sah man einen dicken grauen und knotigen Strick sich drehen und winden, der ihre zarten Schulterknochen wund rieb, und sich um den reizenden Hals des armen Mädchens, wie ein Regenwurm um eine Blume, schlang. Unter diesem Stricke glänzte ein kleines, mit grünen Glasperlen verziertes Amulet, das ihr ohne Zweifel deshalb gelassen worden war, weil man denen, die zum Tode gehen, nichts mehr zu verweigern pflegt. Die Zuschauer, welche an den Fenstern standen, konnten auf dem Boden des Karrens ihre nackten Füße sehen, die sie, wie mit einem letzten weiblichen Instinkte, unter sich zu verbergen trachtete. Zu ihren Füßen lag eine kleine Ziege, die geknebelt war. Die Verurtheilte hielt mit ihren Zähnen das schlecht anschließende Hemd fest. Man hätte glauben sollen, daß sie in ihrem Unglücke sich noch darüber am unglücklichsten fühlte, daß sie fast nackt den Blicken aller preisgegeben war. Ach! für solche schaudervolle Lagen ist das Schamgefühl nicht geschaffen.

„Jesus!" sagte Fleur-de-Lys erregt zum Hauptmanne. „Sehet doch her, schöner Vetter, es ist die abscheuliche Zigeunerin mit der Ziege."

Bei diesen Worten wandte sie sich nach Phöbus um. Dieser hatte die Augen starr auf den Karren gerichtet. Er war sehr blaß.

„Welche Zigeunerin mit der Ziege?" fragte er stotternd.

„Wie?" fuhr Fleur-de-Lys fort; „Ihr solltet Euch nicht mehr erinnern? . . ."

Phöbus unterbrach sie.

„Ich weiß nicht, was Ihr damit sagen wollt."

Er machte einen Schritt, um ins Zimmer zurückzugehen; aber Fleur-de-Lys, deren unlängst von dieser Zigeunerin so heftig erregte Eifersucht eben wieder erwacht war, – Fleur-de-Lys warf ihm einen durchdringenden Blick voll Mißtrauen zu. Sie erinnerte sich in diesem Augenblicke dunkel, von einem Hauptmanne sprechen gehört zu haben, der in den Proceß dieser Hexe hineingezogen worden.

„Was habt Ihr?" sagte sie zu Phöbus; „man sollte glauben, daß Euch dieses Weib in Verwirrung gebracht habe."

Phöbus zwang sich zu einem Hohngelächter.

„Mich? Nicht im geringsten! Ah! ganz gewiß!"

„Dann bleibt hier bei mir," versetzte sie befehlerisch, „wir wollen bis zum Ende zusehen."

Der Unglücksvogel von Hauptmann mußte wohl bleiben. Was ihn ein wenig beruhigte, war der Umstand, daß die Verurtheilte ihren Blick nicht vom Boden ihres Karrens erhob. Es war die Esmeralda – leider nur zu gewiß! Auf dieser letzten Stufe der Schande und des Unglücks war sie noch immer schön; ihre großen schwarzen Augen erschienen bei der Abmagerung ihrer Wangen noch größer; ihr bleiches Antlitz war rein und erhaben. Sie glich dem, was sie früher gewesen war, wie eine heilige Jungfrau Masaccio's einer Jungfrau Raphaels gleicht: sie war schwächer, feiner, magerer geworden.

Uebrigens war nichts in ihrem Wesen, das nicht, so zu sagen, gewankt hätte, und das sie, mit Ausnahme ihrer Schamhaftigkeit, nicht dem Zufalle überlassen hätte: so vollständig war sie von Betäubung und durch Verzweiflung geknickt. Ihr Leib schlotterte bei allen Stößen des Karrens wie etwas Todtes oder Zerrissenes; ihr Blick war trüb und irrsinnig. Man sah in ihrem Auge noch eine Thräne, aber sie war unbeweglich und gleichsam wie gefroren.

Unterdessen war der fürchterliche Zug unter Freudenschreien und neugierigem Zusammendrängen der Menge durch dieselbe hindurchgelangt. Als wahrheitliebender Erzähler müssen wir gleichwohl berichten, daß viele, sogar von den Hartherzigsten, als sie sie so schön und niedergeschmettert sahen, vom Mitleide bewegt wurden. Der Karren war in den Vorhof hineingefahren. – Vor dem mittleren Portale hielt er an. Die Bedeckung stellte sich zu beiden Seiten in Schlachtordnung auf. Die Menge wurde todtenstill, und mitten in dieser Stille voll Feierlichkeit und Bangigkeit öffneten sich die beiden Flügel des großen Thores wie von allein in ihren knarrenden Angeln mit einem gellenden Geräusche. Da sah man, ihrer ganzen Länge nach, die tiefe, düstre Kirche, schwarz ausgeschlagen, kaum von einigen Kerzen erleuchtet, die auf dem Hauptaltare in der Ferne flimmerten, weit geöffnet wie einen Grabesschlund inmitten des lichtschimmernden Platzes. Ganz im Hintergrunde, im Dunkel des Chores, erblickte man ein gigantisches silbernes Kreuz, welches auf einem schwarzen Tuche, das von der Wölbung auf den Boden herabfiel, sich in die Höhe streckte. Das ganze Schiff war öde. Nur in den weit hinten gelegenen Chorstühlen sah man undeutlich einige Priesterköpfe sich bewegen, und im Augenblicke, wo das große Thor sich öffnete, entquoll der Kirche ein ernster, lauter und eintöniger Gesang, der gleichsam stoßweise über das Haupt der Verurtheilten Bruchstücke von Trauerpsalmen ausgoß:

„. . . Non timebo millia populi circumdantis me: exsurge Domine; salvum me fac, Deus!“

„. . . Salvum me fac,Deus, quoniam intraverunt aquae usque ad animam meam.“

„. . . Infixus sum in limo profundi; et non est substantia.“

Zu gleicher Zeit stimmte eine andere, vom Chore gesonderte Stimme auf der Stufe des Hochaltars das schwermüthige Offertorium an:

> „. . . Qui verbum meum audit, et credit ei, qui misit me,
> habet vitam aeternam et in judicium non venit, sed transit a morte in
> vitam.“

Dieser Gesang, den einige in der Dunkelheit verlorene Greise aus der Ferne über dieses schöne, von Jugend und Lebenslust erfüllte, von der warmen Frühlingsluft umkoste, und von Sonnenschein überstrahlte Wesen ertönen ließen, war die Todtenmesse.

Das Volk hörte andächtig zu.

Die Unglückselige, die alle Fassung verloren hatte, schien ihren Blick und ihr Bewußtsein in die dunkele Tiefe der Kirche zu versenken. Ihre bleichen Lippen bewegten sich, als ob sie beteten; und als der Henkersknecht sich ihr näherte, um ihr beim Herabsteigen vom Karren behilflich zu sein, hörte er, wie sie mit leiser Stimme das Wort „Phöbus" wiederholte. Man band ihr die Hände los, ließ sie in Begleitung ihrer Ziege, die gleichfalls ihrer Fesseln entledigt war, und die vor Freude, sich frei zu fühlen, blökte, herabsteigen, und ließ sie dann barfuß über das holprige Pflaster bis zur untersten Stufe des Portales hingehen. Der Strick, welchen sie um den Hals trug, schleifte hinter ihr her. Man hätte ihn mit einer Schlange vergleichen können, die sie verfolgte.

Da brach der Gesang in der Kirche ab. Ein großes goldenes Kreuz und eine Reihe Kerzen setzten sich im dunkeln Hintergrunde des Schiffes in Bewegung. Man hörte die Hellebarden der buntgekleideten Domwächter erklirren; und einige Augenblicke darauf schritt ein langer Zug von Priestern in Meßgewändern und Diaconen in ihren Dalmatiken langsam und psalmodirend auf die Verurtheilte los, und stellte sich vor ihrem Gesichte und den Blicken der Volksmenge im Halbkreise auf. Aber ihr Auge hing an demjenigen, der an der Spitze des Zuges, unmittelbar hinter dem Kreuzträger, einherschritt. „Oh!" sagte sie ganz leise und schaudernd, „das ist er wieder! der Priester!"

Es war in der That der Archidiaconus. Zu seiner Linken hatte er den Unterkantor, zu seiner Rechten den Kantor, der mit seinem Amtsstabe ausgerüstet war. Den Kopf nach hinten gerichtet, die Augen starr und weit offen, schritt er vorwärts, während er mit lauter Stimme sang:

„De ventre inferi clamavi, et exaudisti vocem meam."
„Et projecisti me in profundum in corde maris, et flumen circumdedit me."

Im Augenblicke, wo er im hellen Tageslichte unter dem gothischen Portale, eingehüllt in einen weiten Chorrock aus Silberstoff, erschien, wurde er so blaß, daß mehr als einer aus der Volksmenge dachte, es wäre einer der marmornen Bischöfe, welche auf den Grabsteinen des Chores auf den Knien liegen, der sich erhoben hätte, um diejenige an der Schwelle des Grabes zu empfangen, die zum Tode gehen sollte. Sie, die ebenso blaß war und ebenso sehr einer Bildsäule glich, sie hatte kaum gemerkt, daß man ihr eine schwere, gelbe, brennende Wachskerze in die Hand gesteckt; hatte die kreischende Stimme des Gerichtsschreibers nicht gehört, der ihr den verhängnisvollen Inhalt der Kirchenbuße vorlas; als ihr geheißen worden war, „Amen" zu sagen, hatte sie „Amen" geantwortet. Um ihr etwas Leben und Kraft wiederzugeben, mußte sie erst sehen, wie der Priester ihren Wächtern ein Zeichen gab, sich zu entfernen, und wie er allein an sie herantrat.

Da fühlte sie, wie das Blut in ihrem Haupte kochte, und wie ein letzter Rest von Empörung in ihrem schon erstarrten und todten Herzen aufflammte.

Der Archidiaconus näherte sich ihr langsamen Schrittes; sie sah, wie selbst im letzten Augenblicke sein von Wollust, Eifersucht und Verlangen funkelndes Auge über ihren nackten Leib hinglitt. Dann sprach er mit lauter Stimme zu ihr: „Junges Mädchen, habt Ihr Gott um Vergebung Eurer Fehler und Vergehen gebeten?“ – Er neigte sich zu ihrem Ohre hin und fuhr fort (die Zuschauer glaubten, daß er ihre letzte Beichte empfinge): „Willst du mich? Ich vermag dich noch zu retten!“

Sie sah ihn starr an: „Hebe dich weg, Satan, oder ich zeige dich an.“

Er begann ein fürchterliches Lachen auszustoßen. „Man wird dir keinen Glauben schenken ... Du wirst nichts erreichen, als zum Verbrechen eine Beschimpfung hinzuzufügen ... Antworte schnell! Willst du mich?“

„Was hast du mit meinem Phöbus gemacht?“

„Er ist todt!“ sagte der Priester.

In diesem Augenblicke richtete der nichtswürdige Archidiaconus unwillkürlich seinen Kopf in die Höhe und sah am andern Ende des Platzes, auf dem Balkone des Hauses Gondelaurier, den Hauptmann neben Fleur-de-Lys stehen. Er wankte, fuhr mit der Hand über die Augen, sah noch einmal hin, murmelte einen Fluch, und alle Züge seines Gesichtes zogen sich krampfhaft zusammen.

„Wohlan denn! stirb du!“ sprach er durch die Zähne.

„Niemand soll dich besitzen.“ Dann hob er die Hand über die Zigeunerin und rief mit einer Grabesstimme: „I nunc, anima anceps et sit tibi Deus misericors!“

Das war die furchtbare Formel, mit der man diese düstren Ceremonien zu beschließen pflegte. Es war das Zeichen, mit dem der Priester sich an den Henker wandte.

Das Volk warf sich auf die Knien.

„Kyrie Eleison!“sprachen die Priester, die unter der Wölbung des Portales stehen geblieben waren.

„Kyrie Eleison,“ wiederholte die Menge mit einem Gemurmel, das wie das Rauschen eines bewegten Meeres über die Köpfe hinlief.

„Amen!“ sagte der Archidiaconus.

Er kehrte der Verurtheilten den Rücken zu, sein Kopf sank wieder auf die Brust herab, seine Hände legten sich kreuzweise ineinander; er vereinigte sich wieder mit dem Zuge der Priester, und einen Augenblick nachher sah man ihn mit dem Kreuze, den Kerzen und den Chorröcken unter den dunkeln Bogenwölbungen der Kathedrale verschwinden; seine klangvolle Stimme aber erstarb allmählich im Chore, welcher die hoffnungslose Liedstrophe anstimmte:

„Omnes gurgites tui et fluctus tui super me transierunt!“

Zu gleicher Zeit verursachte der zeitweilige Klang der eisenbeschlagenen Hellebardenschäfte der Domwächter, der nach und nach unter den Zwischensäulen des Schiffes erstarb, die Wirkung eines Uhrhammers, welcher die letzte Stunde der zum Tode Verurtheilten schlug.

Unterdessen waren die Thüren von Notre-Dame offen geblieben, so daß man die leere, einsame Kirche im Trauergewande ohne Kerzenglanz und Menschenstimmen erblicken konnte.

Die Verurtheilte verharrte unbeweglich, und in der Erwartung, was man über sie beschließen würde, an ihrem Platze. Einer der stabtragenden Gerichtsdiener mußte Meister Charmolue davon benachrichtigen, der während dieser Scene sich damit beschäftigt hatte, das Basrelief des Hauptportales zu studiren, das, nach dem Urtheile einiger das Opfer Abrahams, nach dem anderer das Verfahren, den Stein der Weisen zu suchen, darstellt, indem die Sonne durch den Engel, das Feuer durch das Reisigbund, der Alchymist durch Abraham repräsentirt werden.

Es kostete ziemliche Mühe, ihn von dieser Betrachtung loszureißen; aber endlich wandte er sich um; und auf ein Zeichen, das er gab, näherten sich zwei in Gelb gekleidete Männer, die Knechte des Henkers, der Zigeunerin, um ihr wieder die Hände zu binden.

Die Unglückliche wurde im Augenblicke, wo sie den verhängnisvollen Wagen wieder besteigen und sich nach ihrem letzten Aufenthaltsorte auf den Weg begeben sollte, vielleicht vom herzzerreißendsten Schmerze ihres Lebens gepackt. Sie richtete ihre gerötheten und trocknen Augen zum Himmel, zur Sonne, zu den Silberwolken empor, die hier und da von tiefblauen Dreiecken und Trapezen zertheilt waren; dann schlug sie sie nieder, blickte um sich, zur Erde, auf die Menge, nach den Häusern hinüber ... Plötzlich, während ihr der gelbe Mann die Ellbogen zusammenband, stieß sie einen furchtbaren Schrei, einen Freudenschrei, aus. Auf diesem Balkone, da unten, im Winkel des Platzes, hatte sie ihn, ihn, ihren Freund, ihren Herrn, Phöbus, den zweiten Anfang ihres Lebens, bemerkt! Der Richter hatte gelogen! Der Priester hatte gelogen! Das war er wohl, sie konnte nicht daran zweifeln; da stand er, schön, lebhaft, in seine schimmernde Uniform gekleidet, den Federbusch auf dem Kopfe, den Degen an der Seite.

„Phöbus!“ rief sie, „mein Phöbus!“ Und sie wollte ihre vor Liebe und Wonne bebenden Arme nach ihm ausstrecken, aber sie waren gefesselt.

Da sah sie, wie der Hauptmann die Augenbrauen runzelte, wie ein schönes junges Mädchen, das sich an ihn lehnte, ihn mit höhnischem Munde und gereizten Blicken anschaute; wie dann Phöbus einige Worte sprach, die nicht bis zu ihr drangen, und wie alle beide plötzlich hinter dem Fenster des Balkones verschwanden, und dasselbe geschlossen wurde.

„Phöbus!“ rief sie ganz außer sich, „hältst du es für wahr? . . .“

Ein furchtbarer Gedanke war eben in ihr wach geworden. Sie erinnerte sich, daß sie wegen Meuchelmordes an der Person des Phöbus von Châteaupers war verurtheilt worden.

Bis hierher hatte sie alles erduldet. Aber dieser letzte Schlag war zu furchtbar. Sie fiel leblos auf das Pflaster nieder.

„Wohlan denn!“ sagte Charmolue, „traget sie in den Karren, und laßt uns ein Ende machen!“ – –

Niemand hatte bis dahin in der Galerie der Königsstatuen, welche unmittelbar über den Wölbungen des Portales ausgehauen ist, einen seltsamen Zuschauer bemerkt, der bisher alles mit einer solchen Gefühllosigkeit, einem so vorgereckten Halse, einem so mißgestalteten Gesicht beobachtet hatte, daß man, ohne seine halb rothe und halb violette Kleidung, ihn für eines jener steinernen Ungeheuer hätte halten können, durch deren Rachen die langen Dachrinnen der Kathedrale seit sechshundert Jahren ihr Wasser ergießen. Dieser Zuschauer hatte nichts von alledem aus dem Auge gelassen, was seit Mittag vor dem Portale von Notre-Dame sich ereignet hatte. Und gleich in den ersten Augenblicken hatte er, ohne daß jemand daran dachte, ihn zu beobachten, an eine der Säulchen der Galerie ein dickes, mit Knoten versehenes Seil festgebunden, dessen Ende unten auf der Vortreppe schleifte. Nachdem das gethan war, hatte er begonnen, ruhig zuzusehen, und manchmal zu pfeifen, wenn eine Amsel vor ihm vorbeiflog. Plötzlich in dem Augenblicke, wo die Knechte des Henkers sich anschickten, den phlegmatischen Befehl Charmolue's auszuführen, schwang er sich auf das Geländer der Galerie, faßte das Seil mit den Füßen, den Knien und den Händen; dann sah man, wie er, gleich einem Regentropfen, der an einer Fensterscheibe herabrollt, an der Façade hinunterglitt, mit der Schnelligkeit einer Katze, die vom Dache gefallen ist, auf die Henker zulief, sie mit zwei mächtigen Fausthieben zu Boden warf, die Zigeunerin mit einer Hand, wie ein Kind seine Puppe, aufraffte, und mit einem einzigen Satze bis in die Kirche hineinsprang, wobei er das junge Mädchen über seinen Kopf hob und mit fürchterlicher Stimme schrie: „Asyl!“

Das geschah mit einer solchen Schnelligkeit, daß, wenn es Nacht gewesen wäre, man alles bei dem Scheine eines einzigen Blitzes hätte sehen können.

„Asyl! Asyl!“ wiederholte der Volkshaufen, und das Klatschen von zehntausend Händen ließ das einzige Auge Quasimodo's vor Freude und Stolz funkeln.

Diese Erschütterung bewirkte, daß die Verurtheilte wieder zu sich kam. Sie schlug ihre Augenlider auf, sah Quasimodo an, dann schloß sie sie wieder, als ob sie vor ihrem Erretter erschrocken wäre.

Charmolue stand betäubt da, ebenso die Henker und die ganze Bedeckung. In der That war die Verurtheilte im Bereiche von Notre-Dame unverletzlich. Die Kathedrale war ein Zufluchtsort. Jede menschliche Gerichtsbarkeit hörte jenseit ihrer Schwelle auf.

Quasimodo war unter dem großen Portale stehen geblieben. Seine mächtigen Füße erschienen auf dem steinernen Boden der Kirche gerade so dauerhaft, wie die schweren romanischen Pfeiler. Sein dicker, haariger Kopf verschwand zwischen seinen Schultern wie derjenige der Löwen, die auch eine Mähne und keinen Hals haben. Er hielt das junge, über und über zitternde Mädchen schwebend zwischen seinen schwieligen Händen wie ein weißes Gewand; aber er trug sie mit so viel Vorsicht, daß es schien, als ob er sie zu zerbrechen oder ihr zu schaden fürchtete. Man hätte meinen sollen, daß er fühlte, sie wäre ein zartes, kostbares und köstliches Etwas, das für andere Hände, als die seinigen, geschaffen sei. Auf Augenblicke machte er den Eindruck, als ob er sie nicht zu berühren wage, selbst nicht mit dem Athem. Dann plötzlich drückte er sie mit Inbrunst in seine Arme, an seine eckige Brust, wie sein Gut, wie seinen Schatz, wie es die Mutter mit diesem Kinde gethan haben würde. Sein Gnomenauge, das sich auf sie senkte, überströmte sie mit Zärtlichkeit, mit Schmerz und mit Mitleid, und hob sich dann plötzlich voll funkelnden Glanzes. Da lachten und weinten die Frauen, die Menge rannte vor Begeisterung hin und her; denn in diesem Augenblicke besaß Quasimodo in Wahrheit auch seine eigenartige Schönheit. Er war wirklich schön: diese Waise, dieses Findelkind, dieser Ausgestoßene; er fühlte sich erhaben und stark, er sah dieser Gesellschaft, aus der er verbannt worden war, und in der er sich so mächtig ins Mittel schlug, ins Gesicht: dieser menschlichen Gerechtigkeit, der er ihre Beute entrissen hatte, allen diesen Tigern, die mit leeren Backen kauen mußten, diesen Bütteln, diesen Richtern, diesen Henkern, dieser ganzen königlichen Gewalt, die er, der Niedrigste, eben mit der Kraft Gottes gebrochen hatte, bot er Trotz.

Und überdies war es etwas Rührendes, daß dieser Beistand eines so mißgestalteten Wesens auf ein so unglückseliges gefallen, daß eine zum Tode Verurtheilte von einem Quasimodo gerettet worden war. Es waren die beiden höchsten Leiden der Natur und der Gesellschaft, die sich berührten und einander halfen.

Nach einigen Minuten des Triumphes war Quasimodo jedoch plötzlich mit seiner Bürde in der Kirche verschwunden. Das Volk, das in jede Heldenthat verliebt ist, suchte ihn mit den Augen in dem düstern Schiffe und bedauerte, daß er sich so schnell seinen Beifallsäußerungen entzogen hatte. Plötzlich sah man ihn an einem der äußersten Punkte der Galerie der Könige Frankreichs wieder auftauchen; er durchschritt sie, wie ein Unsinniger davonlaufend, und während er seine Eroberung in seinen Armen hochhielt, schrie er: „Asyl!“ – Die Menge brach von neuem in Beifallsgeschrei aus. Nachdem er die Galerie durcheilt hatte, verschwand er wieder in das Innere der Kirche. Einen Augenblick darauf zeigte er sich von neuem auf der obern Plattform, immer mit der Zigeunerin in seinen Armen, immer wie ein Toller rennend und immer rufend:

„Asyl!“ Und die Menge klatschte Beifall. Endlich sah man seine Erscheinung zum dritten Male auf der Spitze des Glockenturmes; von da aus schien er stolzerfüllt der ganzen Stadt diejenige zu zeigen, welche er gerettet hatte, und seine donnernde Stimme, diese Stimme, die man so selten, und die er selbst niemals hörte, wiederholte dreimal mit einem bis in die Wolken dringenden Freudenjubel: „Asyl! Asyl! Asyl!“

„Juchhe! Juchhe!“ schrie das Volk seinerseits, und dieses ungeheure Beifallgeschrei versetzte am andern Seineufer die Volksmenge auf dem Grèveplatze und die Büßerin, die das Auge auf den Galgen gerichtet immer noch wartete, in Erstaunen.

Neuntes Buch

1. Fieber

Claude Frollo war nicht mehr in der Notre-Damekirche, als sein Adoptivsohn so rasch die verhängnisvolle Schlinge durchhieb, in welcher der unglückliche Archidiaconus die Zigeunerin und sich selbst gefangen hatte. Als er in die Sakristei zurückgekehrt war, hatte er sich Chorhemd, Chorrock und Stola vom Leibe gerissen, alles dem bestürzten Kirchendiener in die Hände geworfen, war durch die geheime Thüre des Klosters entwischt, hatte einem Bootführer im Terrain befohlen, ihn auf das linke Ufer der Seine überzusetzen, und sich in den hügeligen Straßen des Universitätsviertels verloren. Ohne zu wissen, wohin er ging, bleich, verstört, aufgeregter, geblendeter und grimmiger, als ein Nachtvogel, der am hellen Tage von einem Trupp Kinder aufgestört und verfolgt wird, traf er bei jedem Schritte aus Haufen von Männern und Weibern, die sich lustig und in der Hoffnung „noch zur rechten Zeit zu kommen“, nach der Sanct-Michaelsbrücke zu drängten, um die Hexe hängen zu sehen. Er wußte nicht mehr, wo er war, was er dachte, ob er träumte. Er ging, lief, eilte, schlug die Straßen auf gut Glück und ohne Wahl ein, immer nur von dem Gedanken an den Grèveplatz, an den schrecklichen Grèveplatz, den er in der Verwirrung hinter sich wähnte, vorwärts gestoßen.

Auf diese Weise ging er den Sanct-Genovevenberg entlang und verließ schließlich die Stadt durch die Pforte Saint-Victor. Er setzte seine Flucht so lange fort, als er, beim Rückwärtsschauen, den Thurmbereich des Universitätsviertels und die spärlichen Häuser der Vorstadt sehen konnte; aber als endlich eine Bodensenkung ihm dieses verhaßte Paris gänzlich aus dem Gesichtskreise brachte, als er sich hundert Meilen davon entfernt, in den Feldern, in einer Einöde wähnen konnte, da blieb er stehen und es schien ihm, als ob er wieder aufathmete.

Schreckliche Gedanken drängten sich jetzt in seinem Geiste. Er sah wieder klar in seine Seele, und er schauderte. Er dachte an dieses unglückliche Mädchen, das ihn und das er ins Verderben gestürzt hatte. Im Geiste warf er einen scheuen Blick auf den beiderseitigen verschlungenen Pfad, welchen das Verhängnis ihr jedesmaliges Schicksal hatte bis zu dem Schneidepunkte verfolgen lassen, wo es sie beide mitleidlos an einander zerschmettert hatte. Er dachte an die Thorheit ewiger Gelübde, an die Nichtigkeit der Keuschheit, der Wissenschaft, der Religion, der Tugend, an die Nutzlosigkeit Gottes. Mit Herzenslust versenkte er sich in die fürchterlichen Gedanken, und je tiefer er in sie hinabtauchte, desto mehr fühlte er, wie ein Satansgelächter in seinem Innern erschallte.

Und während er so sein Herz zerwühlte, als er sah, welchen weiten Spielplatz die Natur darin den Leidenschaften bereit gemacht hatte, lachte er noch bitterer. In der Tiefe seines Herzens rüttelte er seinen ganzen Haß, seine ganze Boshaftigkeit auf; und er erkannte mit dem kalten Blicke eines Arztes, der einen Kranken untersucht, daß dieser Haß, diese Boshaftigkeit nur verderbte Liebe wären; daß die Liebe, diese Quelle aller Tugenden im Menschen, im Herzen eines Priesters sich in Schrecknisse aller Art verwandelte, und daß ein Mensch, der geschaffen sei wie er, wenn er Priester werde, den Satan aus sich schüfe. Nun lachte er fürchterlich auf, und plötzlich erbleichte er wieder, als er die unheimlichste Seite dieser verhängnisvollen Leidenschaft: dieser zerstörenden, vergifteten, haßerfüllten, unversöhnlichen Liebe ins Auge faßte, welche für die eine nur zum Galgen, für den andern nur zur Hölle geführt hatte: sie, die verurtheilt, er, der verdammt war.

Und dann mußte er wieder lachen, wenn er daran dachte, daß Phöbus am Leben war, daß der Hauptmann nach alledem lebte, munter und vergnügt war, schönere Uniformen, als je trug, und eine neue Geliebte hatte, die er mitbrachte, um die alte hängen zu sehen. Sein Gelächter verdoppelte sich, wenn er bedachte, daß von den lebenden Wesen, deren Tod er bezweckt hatte, die Zigeunerin, das einzige Wesen, das er nicht haßte, auch die einzige war, die er nicht verfehlt hatte.

Dann schweiften seine Gedanken vom Hauptmanne zum Volke hin, und es packte ihn eine Eifersucht unerhörter Art. Er dachte daran, wie das Volk, das ganze Volk, das Weib, welches er liebte, im Hemde, fast nackt vor den Augen gehabt hätte. Er rang die Arme, wenn er sich vorstellte, daß dieses Weib, deren Formen von ihm allein in der Dunkelheit gesehen, die für ihn das höchste Glück gewesen wären, am hellen Tage, am hellen Mittage, gekleidet wie für eine wollüstige Nacht, dem ganzen Volke überlassen worden wäre. Er weinte vor Wuth über diese entweihten, besudelten, bloßgestellten und für immer geschändeten Geheimnisse der Liebe. Er weinte vor Wuth, wenn er sich vorstellte, wie viel unreine Blicke bei diesem ungenügend geschlossenen Hemde ihren Vortheil gefunden hätten; und daß dieses schöne Mädchen, diese ungebrochene Lilie, dieser Becher der Schamhaftigkeit und der Wonne, an den er seine Lippen nicht anders, als zitternd gesetzt, in eine Art gemeinsames Gefäß verwandelt worden sei, aus dem der niedrigste Pöbel von Paris, die Diebe, Bettler und Lakeien gemeinsam eine freche, unreine und verdorbene Lust zu stillen erschienen wären! Und wenn er versuchte, sich eine Vorstellung von dem Glücke zu machen, welches er auf Erden hatte finden können, wenn sie nicht Zigeunerin und er nicht Priester gewesen wäre, wenn es keinen Phöbus gegeben, und wenn sie ihn, den Archidiaconus, geliebt hätte; wenn er sich vorstellte, daß ein Leben voll Ruhe und Liebe für ihn, auch für ihn möglich gewesen wäre, daß es in diesem Augenblicke hier und da auf Erden glückliche Paare gäbe, die unter Orangenbäumen, am Ufer eines Baches, im Angesichte der untergehenden Sonne, einer gestirnten Nacht in ununterbrochene Plaudereien versunken seien; und daß, wenn Gott es gewollt hätte, er mit ihr eines dieser gesegneten Paare hätte bilden können, – da schwand sein Herz in Zärtlichkeit und in Verzweiflung hin.

„Ach! sie! sie ist es!“ Das war die fixe Idee, die immer und immer wiederkehrte, die ihn marterte, ihm das Gehirn zernagte, die Eingeweide zerriß. Er bedauerte nichts, nichts bereute er; alles was er gethan hatte, war er bereit noch einmal zu thun; er wollte sie lieber in den Händen des Henkers, als in den Armen des Hauptmanns sehen. Aber er litt; er litt so sehr, daß er sich zeitweilig Büschel Haare ausriß, um sich zu überzeugen, ob sie nicht weiß würden.

Unter andern kam ein Augenblick, wo ihm in die Gedanken kam, daß dies vielleicht die Minute wäre, in der die fürchterliche Kette, die er am Morgen gesehen hatte, ihre eiserne Schlinge um diesen so zarten und zierlichen Hals zusammenziehen könnte. Dieser Gedanke ließ ihm den Schweiß aus allen Poren dringen.

Dann kam ein anderer Moment, wo er für sich in ein teuflisches Lachen ausbrach, wenn er sich auf einmal die Esmeralda vorstellte, wie er sie am ersten Tage gesehen hatte: lebhaft, sorglos, heiter, herausgeputzt, tanzend, beflügelt und mit sich im Einklange, und die Esmeralda vom letzten Tage: im Hemde, den Strick um den Hals, langsam mit ihren nackten Füßen die eckige Leiter zum Galgen hinaufsteigend; er vergegenwärtigte sich dieses zwiefache Gemälde mit einer derartigen Lebendigkeit, daß er einen entsetzlichen Schrei ausstieß.

Während daß dieser Sturm der Verzweiflung alles in seiner Seele durcheinander warf, zerbrach, niederriß, umbog und entwurzelte, sah er in die Natur rings um sich. Zu seinen Füßen durchsuchten einige Hühner pickend das Gebüsch, krochen die Goldkäfer im Sonnenscheine fort; über seinem Haupte zogen Gruppen von Schäfchenwolken am blauen Himmel dahin; am Horizonte durchbrach der Thurm der Abtei Sanct-Victor die Hügellinie mit seinem Schieferobeliske; und der Windmüller auf dem Hügel Copeaux sah pfeifend zu, wie sich die arbeitenden Flügel seiner Mühle drehten. Dieses ganze thätige, geordnete, ruhige, um ihn unter tausend Formen sich wiederholende Leben that ihm weh. Er begann sich von neuem auf die Flucht zu begeben.

So lief er quer durch die Felder bis zum Abende. Diese Flucht vor der Natur, vor dem Leben, vor sich selbst, vor dem Menschen, vor Gott, vor allem währte den ganzen Tag. Manchmal warf er sich mit dem Gesichte zur Erde nieder und riß mit seinen Nägeln das junge Getreide aus dem Boden. Bisweilen hielt er in einer öden Dorfstraße Rast; und seine Gedanken wurden so unerträglich, daß er mit beiden Händen nach seinem Kopfe faßte und versuchte, ihn von seinen Schultern zu reißen, um ihn auf dem Pflaster zu zerschmettern. Um die Stunde, wo die Sonne hinabsank, prüfte er sich von neuem, und er hielt sich für beinahe wahnsinnig. Der Sturm, welcher in seinem Innern seit dem Augenblicke wüthete, wo er die Hoffnung und die Willenskraft verloren hatte, die Zigeunerin zu retten, dieser Sturm hatte in seinem Bewußtsein nicht einen einzigen gesunden Begriff, nicht einen einzigen vernünftigen Gedanken übrig gelassen. Sein Verstand lag fast ganz zerstört in ihm darnieder. Es fanden sich nur noch zwei deutliche Vorstellungen in seinem Geiste: die Esmeralda und der Galgen; alles andere war dunkel. Diese miteinander verbundenen Bilder stellten sich ihm als eine entsetzliche Gruppe dar; und je mehr er das, was ihm an Aufmerksamkeit und Denkkraft geblieben war, darauf richtete, desto mehr sah er sie, zufolge eines phantastischen Fortganges, wachsen: die eine an Anmuth, an Reiz, an Schönheit, an Glanz, den andern an Schrecken; so daß schließlich die Esmeralda ihm wie ein Stern, der Galgen wie ein ungeheurer, dürrer Arm erschien.

Ein merkwürdiger Umstand war dabei, daß während dieser ganzen qualvollen Lage der ernstliche Gedanke zu sterben ihm fern blieb. So war der Elende fertig. Er hing am Leben. Vielleicht sah er wirklich die Hölle im Hintergrunde.

Unterdessen ging der Tag immer mehr zur Neige. Das lebende Dasein, welches noch in ihm vorhanden war, dachte verwirrt an die Rückkehr. Er glaubte sich weit von Paris weg; aber als er sich über die Gegend orientirte, merkte er, daß er nichts anderes gethan hatte, als um die Umfassungsmauer des Universitätsviertels herumzugehen. Die Thurmspitze von Saint-Sulpice und die drei hohen Thürme von Saint-Germain-des-Prés ragten zu seiner Rechten über den Horizont hervor. Er wandte sich nach dieser Seite hin. Als er das „Wer-da?“ der Ritter des Abtes um den zinnengeschmückten Wall von Saint-Germain herum vernahm, wandte er sich ab, schlug einen Pfad ein, welcher sich ihm zwischen der Mühle der Abtei und dem Spitale des Fleckens zeigte, und befand sich nach Verlauf einiger Augenblicke am Rande der Studentenwiese. Diese Wiese war wegen der Unruhen, die Tag und Nacht auf ihr sich ereigneten, berühmt; es war die Hyder der armen Mönche von Saint-Germain. (Quod monachis Sancti Germani pratensis hydra fuit, clericis nova semper dissidorum capita suscitantibus.)Der Archidiaconus fürchtete dort jemandem zu begegnen; er hatte vor jedem menschlichen Angesichte Furcht; eben war er dem Universitätsviertel, dem Flecken Saint-Germain ausgewichen; er wollte erst so spät wie möglich in die Straßen zurückkehren. Er ging längs der Studentenwiese hin, schlug den einsamen Pfad ein, welcher sie von Dieu-Neuf trennte, und langte endlich am Ufer des Wassers an. Da fand Dom Claude einen Fährmann, welcher ihn für einige Pariser Heller die Seine bis zur Spitze der Altstadt hinauffuhr, und ihn auf jener einsamen Landzunge absetzte, wo der Leser bereits Gringoire hat träumen sehen, und die sich jenseits der königlichen Gärten, gleichlaufend mit der Insel des Viehfährmanns, hinerstreckte.

Das einförmige Wiegen des Kahnes und das Rauschen des Wassers hatten den unglücklichen Claude gewissermaßen eingeschläfert. Als der Fährmann sich entfernt hatte, blieb er betäubt am Uferrande stehen, blickte vor sich hin und nahm die Gegenstände nur noch durch Vergrößerungsoscillationen wahr, die ihm aus allem eine Art Gaukelspiel machten. Nicht selten bringt die Ermüdung, welche ein großer Schmerz nach sich zieht, diese Wirkung auf den Geist hervor.

Die Sonne war hinter dem hohen Nesle-Thurme untergegangen. Die Abenddämmerung hatte begonnen. Der Himmel war blaß und ebenso das Wasser des Flusses. Zwischen diese zwei weißen Flächen schob das linke Seineufer, auf das er die Blicke geheftet hatte, seine düstere Masse hinein und streckte sich, durch die Perspective immer schmäler und schmäler geworden, wie ein schwarzer Pfeil in den Nebel des Horizontes hinaus. Dieses Ufer war mit Häusern bedeckt, von denen man nur den dunkeln Schattenriß erkannte, der sich in der Abenddämmerung scharf auf dem hellen Grunde des Himmels und des Wasserspiegels abhob. Hier und da begannen Fenster sich wie Feuerlöcher zu erhellen. Jener ungeheure, schwarze Obelisk, der zwischen den zwei weißen Flächen des Himmels und des Flusses isolirt, und an dieser Stelle sehr breit, dalag, machte auf Dom Claude einen sonderbaren Eindruck, der dem ähnlich war, was ein Mensch empfinden müßte, der, am Fuße des Straßburger Münsters auf dem Rücken liegend, die riesige Spitze über seinem Haupte sich in die Halbschatten der Abenddämmerung erheben sehen würde. Hier nur war es Claude, welcher aufrecht stand, und der Obelisk, welcher lag; aber da der Fluß, der den Himmel wiederspiegelte, die Tiefe unter ihm vergrößerte, so schien das ungeheure Vorgebirge ebenso kühn in die Leere emporgeschwungen, wie jeder Münsterthurm, und der Eindruck war derselbe. Dieser Eindruck hatte sogar das Seltsame und das mächtiger Wirkende an sich, als ob es wohl der Straßburger Münsterthurm, aber ein Straßburger Münster von zwei Meilen Höhe wäre, – d. h. also etwas Unerhörtes, Gigantisches, Unermeßliches; ein Bauwerk, wie kein menschliches Auge es gesehen hat, ein wahrer babylonischer Thurm! Die Schornsteine der Häuser, die Zinnen der Mauern, die zugespitzten Giebel der Dächer, der Thurm des Augustinerklosters, der Nesle-Thurm: alle diese Erhöhungen, welche aus dem Profile des kolossalen Obelisken heraustraten, trugen zur Täuschung bei, indem sie in seltsamer Weise dem Auge die Einschnitte einer phantastischen und sonnenbunten Sculptur darstellten. Claude glaubte im Zustande der Sinnestäuschung, in dem er sich befand, den Thurm der Hölle zu sehen, mit seinen leiblichen Augen zu sehen; die Tausende von Lichtern, die über die ganze Höhe des ungeheuern Thurmes zerstreut waren, erschienen ihm als ebenso viele Hallen im Innern des ungeheuern Brennofens; die Stimmen und der Lärm, welcher daraus erschallte, als ebenso viel Geschrei und Röcheln der Verdammten. Da packte ihn die Furcht, er hielt sich mit den Händen die Ohren zu, um nichts mehr zu hören, wandte den Rücken, um nichts mehr zu sehen, und entfernte sich mit großen Schritten von der furchtbaren Erscheinung.

Doch die Vision war in seinem Innern.

Als er in die Straßen zurückkehrte, machten ihm die Leute, die sich im Scheine der Schaufenster durcheinander drängten, den Eindruck eines ewigen Hin- und Herrennens von Gespenstern um ihn herum. Er hörte seltsames Geräusch in seinen Ohren; sonderbare Bilder verwirrten seinen Geist. Er sah weder die Häuser, noch die Straße, noch Wagen, weder Männer noch Frauen, sondern ein Chaos von unbestimmten Gegenständen, die an den Rändern ineinander verschwammen. An der Ecke der Rue-de-la-Barillerie befand sich ein Materialwaarenladen, dessen Wetterdach seit undenklichem Herkommen in seinem Umfange mit blechernen Bügelhaken versehen war, an denen ein Kreis aus Holz nachgemachter Lichter hängt, die im Winde aneinander stoßen und wie Castagnetten klappern. Er glaubte in der Dunkelheit zu hören, wie die Skeletthaufen in Montfaucon aneinanderschlügen.

„Ach!" murmelte er, „der Nachtwind treibt sie gegen einander und vermischt den Lärm ihrer Ketten mit dem Lärme ihrer Knochen! Sie ist vielleicht auch da unter ihnen!"

In seinem Wesen ganz bestürzt, wußte er nicht, wohin er ging. Nachdem er einige Schritte gethan, befand er sich auf der Sanct-Michaelsbrücke. Am Fenster eines Erdgeschosses stand ein Licht; er trat heran. Durch eine zersprungene Scheibe sah er ein großes schmutziges Zimmer, das eine verworrene Erinnerung in seinem Geiste wach rief. In diesem Zimmer, das von einer kärglichen Lampe schlecht erleuchtet wurde, befand sich ein junger, blonder und kräftiger Mann, von fröhlichem Aussehen, der unter lautem Gelächter ein junges, sehr frech aufgeputztes Mädchen im Arme hatte; und bei der Lampe saß eine alte Frau, welche spann und mit meckernder Stimme dazu sang. Da der junge Mann nicht immer lachte, so gelangte das Lied der Alten bruchstückweise zum Ohre des Priesters; es enthielt unverständliches und abscheuliches Zeug:

Diebe schleichen durch die Nacht –
Spinn', mein Rädchen, spinn' mit Macht;
Spinn' dem Henker seinen Strick,
Frisch! es drängt der Augenblick. –
Diebe schleichen durch die Nacht.

Gebet Hanf zum Henkerband. –
Säet Hanf drum rings im Land;
Hanf nur sä't und kein Getreide.
Manchem schnurrt mein Rad zum Leide
Gebet Hanf zum Henkerband.

Diebe schleichen durch die Nacht –
Schönes Mädchen, hab' nur Acht.
Die sich deiner Lieb' heut freuen,

Morgen dich dem Galgen weihen. –
Diebe schleichen durch die Nacht.

Darauf lachte der junge Mann und liebkoste das Mädchen. Die Alte war die Falourdel, das Mädchen eine öffentliche Dirne, der junge Mann war sein Bruder Johann.

Er sah unverwandt hinein. Dieses Schauspiel war eins wie alle andern.

Er sah, wie Johann nach einem Fenster hinging, das im Hintergrunde des Zimmers war, es öffnete, einen Blick auf den Flußdamm warf, wo in der Ferne tausende von erleuchteten Fenstern schimmerten; und er hörte dann, während dieser das Fenster schloß, wie er sagte:

„Bei meiner Seele! da haben wir's, es ist Nacht. Die Bürger zünden ihre Lichter und der liebe Gott seine Sterne an."

Dann kam Johann zu der Dirne zurück und zerbrach eine Flasche, die auf dem Tische stand, wobei er ausrief:

„Schon leer, Donnerwetter! und ich habe kein Geld mehr! Isabeau, mein Liebchen, ich werde erst dann mit Jupiter zufrieden sein, wenn er Eure beiden weißen Brüste in zwei schwarze Flaschen verwandelt hat, aus denen ich Tag und Nacht Beaune-Weinsaugen will."

Dieser hübsche Scherz brachte das Freudenmädchen zum Lachen, und Johann ging weg.

Dom Claude hatte nur so viel Zeit, sich auf die Erde zu werfen, um von seinem Bruder nicht getroffen, ins Gesicht gesehen und erkannt zu werden. Glücklicherweise war die Straße dunkel, und der Student war betrunken. Er bemerkte jedoch den Archidiaconus, der auf dem Pflaster im Schmutze lag.

„Oh! Oh!" sagte er, „da liegt einer, der heute ein lustiges Leben geführt hat."

Er bewegte mit dem Fuße den Archidiaconus, der seinen Athem anhielt.

„Toll und voll," fuhr Johann fort. „Wirklich, er ist dick. Der reine Blutegel, der von einer Tonne abgefallen ist. Es ist ein Kahlkopf," fügte er, sich bückend, hinzu; „es ist ein Greis! Fortunate senex!"

Darauf hörte Dom Claude, wie er sich mit den Worten entfernte:

„Es ist einerlei: die Vernunft ist eine herrliche Sache, und mein Bruder, der Archidiaconus, ist sehr glücklich, weil er weise ist und Geld hat."

Der Archidiaconus erhob sich nun und lief in einem Athem nach Notre-Dame hin, deren mächtige Thürme er in der Dunkelheit sich über die Häuser erheben sah.

Im Augenblicke, wo er ganz athemlos auf dem Platze ankam, wich er zurück und wagte nicht die Blicke auf das unselige Gebäude zu erheben.

„Ach!“ sagte er mit schwacher Stimme, „ist es denn wirklich wahr, daß sich so etwas heute, an diesem Morgen sogar, hier zugetragen hat?“

Indessen erkühnte er sich, die Kirche anzusehen. Die Façade war in Dunkel gehüllt; im Hintergrunde funkelte der Himmel im Sternenlichte. Die Mondsichel, welche sich eben über den Horizont erhob, stand in diesem Augenblicke über der Spitze des Thurmes zur Rechten, und schien wie ein leuchtender Vogel auf dem Rande des in Kleeblattform durchbrochenen Geländers zu sitzen.

Die Thür zum Kloster war verschlossen; aber der Archidiaconus hatte den Schlüssel zum Thurme, in dem sich sein Laboratorium befand, immer bei sich. Er bediente sich dessen jetzt, um in die Kirche hineinzugelangen.

In der Kirche befand sich alles in der Dunkelheit und Stille eines Grabes. An den langen Schatten, die von allen Seiten in breiten Streifen herabfielen, erkannte er, daß die Behänge der Feierlichkeit vom Morgen noch nicht abgenommen worden waren. Das große silberne Kreuz funkelte hinten in der Dunkelheit, von einigen schimmernden Punkten überstreut, wie die Milchstraße dieser Grabesnacht. Die langen Chorfenster zeigten über den schwarzen Behängen die äußerste Bogenspitze, deren Scheiben, in die ein Mondstrahl fiel, nur die zweifelhaften Farben der Nacht: eine Art Violet, Weiß und Blau, als jene Farbe, die man nur auf Todtengesichtern findet, erkennen ließen. Als der Archidiaconus ringsum im Chore diese bleichen Bogenspitzen bemerkte, glaubte er die Mützen verdammter Bischöfe zu sehen. Er schloß die Augen, und als er sie wieder öffnete, glaubte er, daß sie einen Kreis blasser Gesichter bildeten, die ihn anschauten.

Er begann quer durch die Kirche zu fliehen. Da schien es ihm, als ob die Kirche gleichfalls wankte, sich bewegte, sich beseelte und lebte; als ob jede große Säule eine ungeheure Tatze würde, die den Boden mit ihrer breiten Steinsohle berührte, und als ob die gigantische Kathedrale nur eine Art riesenhafter Elephant wäre, der schnob und auf seinen Säulen anstatt Füßen, mit seinen zwei Thürmen anstatt Rüssel, und in dem ungeheuern schwarzen Tuche anstatt Schabracke, einherwandle.

So war das Fieber oder die Verrücktheit zu einem solchen Stärkegrade gelangt, daß die äußere Welt für den Unglücklichen nur noch eine Art sichtbarer, greifbarer, schrecklicher Apokalypse wurde.

Einen Augenblick lang fühlte er Linderung. Als er in eines der niedrigen Seitenschiffe eintrat, bemerkte er hinter einem Pfeilerschafte einen röthlichen Schimmer. Er eilte wie auf einen Stern darauf los. Es war die ärmliche Lampe, die Tag und Nacht das öffentliche Gebetbuch von Notre-Dame unter dem eisernen Gitter beleuchtete. Er warf sich begierig über das heilige Buch, in der Hoffnung, etwas Trost oder einige Ermuthigung darin zu finden. Das Buch war an jener Stelle des Hiob geöffnet, welche sein starres Auge überflog:

„Und ein Geist ging vor meinem Angesichte vorüber, und ich vernahm einen leisen Odem, und die Haare meines Leibes sträubten sich."

Beim Lesen dieser Klageworte empfand er das, was der Blinde empfindet, der sich von dem Stabe, den er aufgehoben hat, verwundet fühlt. Seine Knie brachen unter ihm zusammen, und er sank auf die Steinplatten nieder, als er an diejenige dachte, die im Laufe des Tages gestorben war. Er fühlte in seinem Gehirne so viele entsetzliche Dünste vorüberfliegen und aufsteigen, daß es ihm vorkam, als ob sein Kopf eine der Essen der Hölle geworden wäre.

In dieser Lage, scheint es, blieb er ziemlich lange, ohne mehr zu denken, in sich selbst versunken und machtlos in der Gewalt des Teufels. Endlich erlangte er einige Kraft wieder; er dachte daran, seine Zuflucht in den Thurm, zu seinem treuen Quasimodo zu nehmen. Er erhob sich und weil er Furcht hatte, nahm er, um sich auf dem Wege zu leuchten, die Lampe neben dem Gebetbuche mit. Das war ein Frevel; aber er dachte nicht mehr daran, auf so Geringfügiges zu achten.

Er klomm langsam die Treppe zu den Thürmen empor, von einem geheimen Schrecken erfüllt, der sich selbst den vereinzelten Passanten des Vorhofes mittheilen mußte, als das geheimnisvolle Licht seiner Lampe so spät von Luke zu Luke nach der Höhe des Glockenturmes sich noch fortbewegte.

Plötzlich fühlte er einen kalten Luftzug in seinem Gesichte, und befand sich unter der Thür zur höchsten Galerie. Die Luft war kalt, am Himmel zogen Wolken hin, deren große, weiße Wellen eine über die andere strömten, während sie sich an den Ecken zerdrückten und den Eisgang eines Flusses im Winter darstellten. Die Mondsichel, die mitten in diesen Wolken schwebte, machte den Eindruck eines himmlischen Schiffes, das in diesen luftigen Eisschollen festsaß.

Er senkte den Blick und betrachtete einen Augenblick lang, zwischen dem Gitter von Säulchen hindurch, welches die beiden Thürme verband, in der Ferne durch einen Dunst und Nebelschleier hindurch, die Menge schweigender Dächer von Paris, die spitz, zahllos, aneinandergequetscht und klein, wie die Wogen eines ruhigen Meeres in einer Sommernacht sich hinzogen. Der Mond warf einen schwachen Schein, der dem Himmel und der Erde ein aschfarbiges Aussehen verlieh.

In diesem Augenblicke ließ die Thurmuhr ihre helle und schrillklingende Stimme erschallen. Mitternacht ertönte. Der Priester dachte an Mittag; es waren die zwölf Schläge, welche wiederkehrten.

„Ach!" sagte er sich ganz leise, „sie muß jetzt kalt sein!"

Plötzlich löschte ein Windstoß seine Lampe aus, und fast zur selben Zeit sah er im entgegengesetzten Winkel des Thurmes einen Schatten, eine weiße Gestalt, ein Weib erscheinen. Er zitterte. Neben diesem Weibe befand sich eine kleine Ziege, die ihr Blöken mit dem letzten Schlage der Glocke vereinigte.

Er hatte die Stärke hinzusehen. Sie war es.

Sie war blaß und schwermüthig. Ihre Haare fielen auf die Schultern, wie am Morgen; aber am Halse hatte sie keinen Strick mehr, ihre Hände waren nicht mehr gebunden: sie war frei, sie war todt.

Sie war in Weiß gekleidet und hatte einen weißen Schleier auf dem Haupte. Sie kam langsam auf ihn zu, wobei sie die Blicke zum Himmel hob. Die geisterhafte Ziege folgte ihr. Er fühlte sich versteinert und zu unbeholfen, um zu fliehen. Bei jedem Schritte, den sie vorwärts that, machte er einen rückwärts, und das war alles. So kam er unter das dunkle Treppengewölbe zurück. Er war bei dem Gedanken erstarrt, daß sie vielleicht auch dorthin folgen könnte; wenn sie es gethan hätte, wäre er vor Schrecken todt gewesen.

Sie kam in der That vor die Thür der Treppe, blieb dort einige Augenblicke stehen, sah starr in das Dunkel, aber ohne daß sie den Priester da zu sehen schien, und ging vorbei. Sie erschien ihm viel größer, als da sie am Leben war; er sah den Mond durch ihr weißes Gewand; er hörte ihren Athem.

Als sie vorüber war, begann er mit der Langsamkeit, die er an dem Gespenst gesehen hatte, die Treppe wieder herabzusteigen. Scheu, das Haar ganz gesträubt, die erloschene Lampe immer noch in der Hand, hielt er sich selbst für ein Gespenst; und während er so die Wendeltreppe herabstieg, hörte er. ganz deutlich in seinem Ohre eine Stimme, die lachend die Worte wiederholte:

„. . . Ein Geist ging vor meinem Angesichte vorüber, und ich hörte einen leisen Odem, und die Haare an meinem Leibe sträubten sich.“

2. Bucklig, einäugig, lahm

Jede Stadt im Mittelalter, und bis auf Ludwig den Zwölften jede Stadt in Frankreich, hatte ihre Zufluchtsorte. Diese Freistätten waren inmitten der Sündflut von Strafgesetzen und barbarischen Rechtsprechungen, welche die Stadt überschwemmten, gewissermaßen Inseln, welche sich über das Niveau der menschlichen Gerechtigkeit erhoben. Jeder Verbrecher, der eine solche Stätte betrat, war gerettet. Es gab in einer Bannmeile fast ebenso viele Freistätten, als Richtplätze. Es fand ein Mißbrauch der Straflosigkeit neben dem Mißbrauche der Strafverhängung statt: zwei Uebelstände, die sich einer durch den andern zu bessern suchten. Die Paläste des Königs, die Schlösser der Prinzen, vor allem die Kirchen hatten Asylrecht. Bisweilen machte man aus einer ganzen Stadt, welche man wiederbevölkern mußte, zeitweilig eine Zufluchtsstätte. Ludwig der Elfte machte Paris im Jahre 1467 zum Asyle.

Hatte der Verbrecher einmal den Fuß in der Freistätte, so war seine Person geheiligt; aber er mußte sich hüten, sie zu verlassen: ein Schritt aus dem Heiligthume heraus, und er fiel in die Flut zurück. Das Rad, der Galgen, der Wippgalgen hielten gute Wache rings um eine Zufluchtsstätte, und warteten unaufhörlich auf ihre Beute, wie die Haifische um ein Schiff herum. Man hat Verurtheilte gesehen, welche auf diese Weise in einem Kloster, auf der Treppe eines Palastes, im Bezirke einer Abtei, unter der Vorhalle einer Kirche ergrauten; in dieser Art war das Asyl freilich ein Gefängnis, wie jedes andere. Manchmal ereignete es sich auch, daß ein feierlicher Parlamentsbeschluß das Asylrecht verletzte und den Verurtheilten wieder dem Henker überlieferte; aber der Fall war selten. Die Parlamente scheuten sich vor den Bischöfen; und wenn jene zwei Talare sich darüber ja entzweiten, so hatte das Amtskleid kein leichtes Spiel mit dem Priestergewande. Bisweilen jedoch, wie im Processe der Mörder des Kleinen Johann, des Henkers von Paris, und in dem Emery Rousseau's, des Mörders von Johann Valletet, sprang die Gerechtigkeit über die Kirche weg und schritt zur Vollstreckung ihrer Urtheile vor; aber war kein Parlamentsbeschluß vorhanden, wehe demjenigen, welcher mit bewaffneter Hand eine Zufluchtsstätte verletzte! Man weiß, welcher Art der Tod Roberts von Clermont, des Marschalls von Frankreich, und Johanns von Châlons, des Marschalls der Champagne, war; und dennoch handelte es sich dabei nur um einen gewissen Perrin Marc, einen Wechslerdiener, einen elenden Mörder; aber die zwei Marschälle hatten die Thüren von Saint-Méry erbrochen. Darin lag das ungeheure Verbrechen.

Es herrschte rings um alle Zufluchtsstätten eine solche Scheu, daß, um mit der Sage zu reden, sie manchmal sogar die Thiere ergriff. Aymoin erzählt, daß, als ein von König Dagobert gejagter Hirsch sich zum Grabe des heiligen Dionysius geflüchtet hatte, die Meute plötzlich in der Verfolgung anhielt. Die Kirchen hatten gewöhnlich ein für die Aufnahme solcher Hilfesuchenden hergerichtetes Zellchen. Im Jahre 1407 ließ ihnen Nicolaus Flamel über den Wölbungen der Kirche Saint-Jacques-de-la-Boucherie ein Zimmer bauen, das ihm vier Livres sechs Sous und sechzehn Heller Pariser Münze kostete.

In Notre-Dame war eine Zelle über dem Dache der Abseiten unter den Strebepfeilern, im Angesicht des Klosters und gerade an der Stelle hergerichtet, wo sich die Frau des gegenwärtigen Thurmwächters einen Garten angelegt hat, der sich zu den hängenden Gärten von Babylon verhält, wie eine Salatstaude zu einem Palmbaume, wie eine Pförtnerin zur Königin Semiramis.

Hier, an dieser Stelle, hatte Quasimodo nach seinem tollen Siegeslaufe durch die Thürme und Galerien die Esmeralda niedergesetzt. So lange dieser Lauf gedauert, hatte das junge Mädchen ihrer Sinne nicht mächtig werden können; halb im Schlafe, halb wachend, empfand sie nichts weiter, als daß sie in die Luft emporstieg, daß sie in ihr schwamm, in ihr flog, daß etwas sie über die Erde emporhob. Von Zeit zu Zeit hörte sie das ausbrechende Gelächter, die donnernde Stimme Quasimodo's in ihrem Ohre; sie öffnete ihre Augen, dann sah sie undeutlich unter sich Paris mit seinen Tausenden von Schiefer- und Ziegeldächern wie ein aus roth und blau zusammengesetztes Mosaik, über ihrem Kopfe blickte sie in Quasimodo's abstoßendes und vergnügtes Gesicht. Dann fielen ihr die Augenlider wieder zu; sie glaubte, daß alles zu Ende wäre, daß man sie während ihrer Ohnmacht hingerichtet hätte, und daß der mißgestaltete Geist, welcher ihr Geschick gelenkt, sie wieder gepackt hätte und sie davontrüge. Sie wagte nicht ihn anzublicken und überließ sich ihm ganz.

Aber als der wilde und keuchende Glöckner sie in der Zelle des Asyles niedergesetzt hatte, als sie fühlte, wie seine plumpen Hände den Strick losmachten, der ihr in die Arme schnitt, da empfand sie jene eigentümliche Erschütterung, die plötzlich die Passagiere eines Schiffes weckt, das mitten in einer dunkeln Nacht auf den Grund fährt. Ihre Gedanken erwachten gleichfalls wieder und kehrten einer nach dem andern zurück. Sie sah, daß sie sich in der Kirche Notre-Dame befand; sie erinnerte sich, aus den Händen des Henkers entrissen worden zu sein; daß Phöbus noch am Leben sei, daß Phöbus sie nicht mehr liebte; und während diese beiden Gedanken, von denen der eine so viel Bitternis über den andern ergoß, auf einmal vor die Seele der armen Sünderin traten, wandte sie sich an Quasimodo, der vor ihr stand, und der ihr Furcht einjagte; sie sagte zu ihm:

„Warum habt Ihr mich gerettet?"

Er blickte sie voll Beklemmung an, als ob er zu errathen suche, was sie zu ihm sage. Sie wiederholte ihre Frage. Da warf er ihr einen unendlich traurigen Blick zu und entfloh.

Sie blieb erstaunt sitzen.

Nach einigen Augenblicken kam er wieder und brachte ein Bündel, welches er zu ihren Füßen niederlegte. Es waren Kleider, welche mitleidige Frauen für sie auf der Schwelle der Kirchenthüre niedergelegt hatten. Da senkte sie ihre Blicke auf sich selbst nieder, sah, daß sie fast nackt war und erröthete. Die Lust zum Leben kam wieder.

Quasimodo schien etwas von dieser Schamhaftigkeit zu empfinden. Er bedeckte sein Auge mit seiner breiten Hand und entfernte sich noch einmal, aber mit langsamen Schritten.

Sie kleidete sich schnell an. Es war ein weißes Gewand mit einem weißen Schleier: ein Kleid, wie es die Novizen im Hôtel-Dieutrugen.

Sie war kaum damit zu Ende, als sie Quasimodo zurückkommen sah. Unter dem einen Arme trug er einen Korb, unter dem andern eine Matratze. In dem Korbe befanden sich eine Flasche, Brot und anderer Vorrath. Er setzte den Korb zur Erde und sprach: „Esset." Dann breitete er das Lager auf dem Boden aus und sagte: „Schlafet." Es war sein eigenes Mahl und sein eigenes Bett, das der Glöckner geholt hatte.

Die Zigeunerin hob die Augen auf ihn, um ihm Dank zu sagen; aber sie konnte nicht ein Wort hervorbringen. Der arme Teufel war wahrhaft schrecklich anzusehen. Sie ließ den Kopf mit einem Schauder des Schreckens sinken.

Jetzt sagte er zu ihr:

„Ich flöße Euch Furcht ein. Ich bin sehr häßlich, nicht wahr? Sehet mich gar nicht an; hört mir nur zu. Am Tage müßt Ihr hier bleiben; des Nachts könnt Ihr durch die ganze Kirche wandern. Aber verlaßt weder am Tage noch des Nachts die Kirche. Ihr würdet verloren sein. Man würde Euch tödten, und ich würde sterben."

Bewegt hob sie den Kopf, um ihm zu antworten. Er war verschwunden. Sie fand sich wieder allein, sann über die sonderbaren Worte dieses fast entsetzlichen Wesens nach, und war betroffen von dem Tone seiner Stimme, die so rauh und doch so sanft erklang.

Nun betrachtete sie ihre Zelle. Es war ein Zimmer von ohngefähr sechs Fuß im Geviert, mit einem kleinen Lukenfenster und einer Thür in der Wand des sanft geneigten Daches aus flachen Steinen. Mehrere Dachrinnen, in Form von Thiergestalten, schienen sich nach ihr herumzuneigen und den Hals vorzustrecken, um sie durch das Fenster zu betrachten. Am Rande ihres Daches bemerkte sie die Spitzen von Tausenden von Kaminen, die unter ihren Augen den Rauch aller Feuerstellen von Paris in die Luft steigen ließen: ein trauriges Schauspiel für die arme Zigeunerin, das Findelkind, die zum Tode Verurtheilte, das unglückselige Geschöpf ohne Vaterland, ohne Familie, ohne Heimat.

In dem Augenblicke, wo der Gedanke an ihre Absonderung sich ihr so, und schmerzlicher als jemals, aufdrängte, fühlte sie einen zottigen und bärtigen Kopf über ihre Hände und Knien gleiten. Sie erschrak (denn alles erschreckte sie jetzt) und sah sich um. Es war die arme Ziege, die behende Djali, die hinter ihr in dem Augenblicke entwischt war, als Quasimodo die Schaar Charmolue's auseinander gejagt hatte, und die sich seit fast einer Stunde zu ihren Füßen in Liebkosungen erschöpfte, ohne nur einen Blick von ihr empfangen zu können. Die Zigeunerin bedeckte sie mit Küssen. „Ach, Djali!" sagte sie, „wie habe ich dich vergessen! Du denkst doch immer noch an mich! Ach! du, du bist nicht undankbar!" Zu gleicher Zeit begann sie zu weinen, als ob eine unsichtbare Hand die Last von ihr genommen hätte, welche die Thränen seit so langem in ihrem Herzen zurückhielt; und in dem Maße, wie ihre Thränen flossen, fühlte sie damit das Herbste und Bitterste ihres Schmerzes verschwinden. Als der Abend gekommen war, fand sie die Nacht so schön, den Mond so mild, daß sie auf der obern Galerie, welche die Kirche umgiebt, einen Rundgang machte. Sie empfand darin eine Beruhigung, so ruhig erschien ihr, von dieser Höhe herab gesehen, die Erde.

3. Taub

Am folgenden Tage merkte sie, als sie erwachte, daß sie geschlafen hatte. Es war so lange Zeit her, daß sie des Schlafes entwöhnt war! Ein freundlicher Strahl der aufgehenden Sonne drang durch ihre Luke herein und streifte eben ihr Angesicht. Zu gleicher Zeit mit der Sonne bemerkte sie an diesem Fensterchen einen Gegenstand, der sie in Schrecken versetzte: das schreckliche Gesicht Quasimodo's. Unwillkürlich schloß sie die Augen wieder, aber vergebens; sie glaubte immer durch ihr rosiges Augenlid dieses einäugige, zahnlückige Gnomengesicht zu sehen. Weil sie jedoch ihre Augen immer geschlossen hielt, hörte sie nun eine rauhe Stimme, welche in sehr sanftem Tone sprach:

„Fürchtet Euch nicht. Ich bin Euer Freund. Ich war gekommen, um Euch schlafen zu sehen. Das ist Euch nicht unangenehm, nicht wahr, daß ich komme, um Euch schlafen zu sehen? Wie kann Euch das zuwider sein, daß ich hier bin, wenn Ihr die Augen geschlossen habt? Jetzt will ich davongehen. So, ich habe mich hinter die Mauer gesetzt. Ihr könnt jetzt die Augen öffnen."

Im Tone, mit dem diese Worte gesprochen wurden, lag noch etwas Klagenderes, als in ihnen selbst. Die Zigeunerin öffnete gerührt die Augen. Er war in Wirklichkeit nicht mehr an der Luke. Sie ging jetzt zum Fenster hin und sah den armen Buckligen in einer schmerzlichen und gefaßten Haltung in einer Mauerecke niedergeduckt. Sie machte eine Anstrengung, um die Abneigung zu überwinden, die er ihr einflößte. „Kommt," sagte sie in sanftem Tone zu ihm. Bei der Bewegung der Lippen der Zigeunerin glaubte Quasimodo, daß sie ihn forttrieb; darauf erhob er sich und zog sich hinkend, langsamen Schrittes und mit gesenktem Kopfe zurück, ohne daß er wagte, selbst einen verzweiflungsvollen Blick auf das junge Mädchen zu werfen. „Kommt doch," rief sie. Aber er entfernte sich immer weiter. Jetzt sprang sie aus ihrer Zelle heraus, eilte auf ihn zu und ergriff ihn am Arme. Als er sich von ihr berührt fühlte, zitterte Quasimodo an allen Gliedern. Er erhob sein Auge mit flehendem Ausdrucke zu ihr, und als er sah, daß sie ihn zu sich zurückführte, strahlte sein ganzes Antlitz vor Freude und Zärtlichkeit. Sie wollte ihn in ihre Zelle hineinführen, aber er bestand darauf, auf der Schwelle zu bleiben.

„Nein, nein," sagte er, „die Eule dringt nicht in das Nest der Lerche."

Dann kauerte sie sich zierlich mit der Ziege, die zu ihren Füßen eingeschlafen war, auf das Lager nieder. Alle beide verharrten einige Augenblicke bewegungslos und betrachteten einander, er so viel Anmuth, sie so viel Häßlichkeit, in Stillschweigen. Mit jeder Minute entdeckte sie an Quasimodo irgend eine Häßlichkeit mehr. Ihr Blick streifte von den krummen Knien zu dem buckligen Rücken, von diesem zu dem einzigen Auge. Sie konnte nicht fassen, daß ein so übel geschaffenes Wesen existiren könnte. Und dabei war über dies Ganze so viel Traurigkeit und Milde ausgegossen, daß sie begann, sich daran zu gewöhnen.

Er brach zuerst das Schweigen.

„Ihr sagtet mir also, daß ich wiederkommen sollte."

Sie machte mit dem Kopfe ein bejahendes Zeichen und sagte: „Ja."

Er verstand das Kopfnicken.

„Ach!" sagte er, wie zögernd um zu endigen, „ich . . . ich bin taub."

„Armer Mann!" rief die Zigeunerin mit dem Ausdrucke wohlwollenden Mitleides.

Er begann schmerzlich zu lächeln.

„Ihr findet, daß mir nur das noch fehlte, nicht wahr? Ja, ich bin taub. So bin ich nun einmal geschaffen. Es ist schrecklich, nicht wahr? Und Ihr, Ihr seid so schön!"

Es lag in dem Tone des Unglückseligen ein so tiefes Gefühl seines Elendes, daß sie nicht die Kraft hatte, ein Wort zu sprechen. Uebrigens würde er es nicht gehört haben. Er fuhr fort:

„Niemals habe ich meine Häßlichkeit bemerkt, wie jetzt. Wenn ich mich mit Euch vergleiche, habe ich wohl Mitleiden mit mir: so ein armes unglückliches Ungeheuer, wie ich bin! Ich muß auf Euch den Eindruck eines Thieres machen, sagt selbst . . . Ihr, die Ihr ein Sonnenstrahl, ein Thautropfen, das Lied eines Vogels seid! Ich, ich bin etwas Abscheuliches, weder Mensch noch Thier, ich bin, ich weiß nicht warum, etwas Härteres, etwas mehr mit den Füßen Getretenes und Mißgestalteteres, als ein Kieselstein!"

Dann begann er zu lachen, und dieses Lachen war so, wie man es sich nicht herzzerreißender in der Welt denken kann. Er fuhr fort:

„Ja, ich bin taub; aber Ihr könnt durch Geberden, durch Zeichen mit mir sprechen. Ich habe einen Herrn, welcher auf diese Weise mit mir sich unterhält. Und dann werde ich sehr bald Euern Willen an der Bewegung Eurer Lippen, an Eurem Blicke erkennen."

„Nun gut!" versetzte sie, dazu lächelnd, „sagt mir, warum Ihr mich gerettet habt."

Er sah sie aufmerksam an, während daß sie sprach.

„Ich habe verstanden," antwortete er. „Ihr fragt mich, warum ich Euch gerettet habe. Ihr habt jenen Elenden vergessen, der versucht hat, Euch eines Nachts zu entführen; jenen Elenden, dem Ihr sogar Tags darauf an ihrem schändlichen Pranger Beistand geleistet habt. Ein Tropfen Wasser und ein wenig Mitleid: das ist mehr, als daß ich es mit meinem Leben bezahlen könnte. Ihr habt diesen Elenden vergessen; er – er hat sich dessen erinnert."

Sie hörte ihm mit tiefer Rührung zu. Eine Thräne trat in das Auge des Glöckners, aber sie rollte nicht herab. Er schien eine Art Ehrensache daraus zu machen, sie zurückzudrängen.

„Höret,“ fuhr er fort, als er nicht mehr fürchtete, daß diese Thräne herabfließen könnte, „wir haben hier sehr hohe Thürme; ein Mensch, der von ihnen herunterfallen würde, wäre todt, ehe er das Pflaster berührte; wenn es Euch Vergnügen machen sollte, daß ich mich hinabstürze, braucht Ihr nicht einmal ein Wort zu sagen, ein Blick Eures Auges soll genügen.“

Nun erhob er sich. Dieses sonderbare Wesen erweckte in der Zigeunerin, so unglücklich sie auch selbst war, etwas Mitleiden. Sie gab ihm ein Zeichen zu bleiben.

„Nein, nein,“ sagte er, „ich darf nicht zu lange bleiben. Ich fühle mich nicht wohl hier. Es geschieht nur aus Mitleid, daß Ihr die Augen nicht von mir wendet. Ich gehe irgend wohin, von wo aus ich Euch werde sehen können, ohne daß Ihr mich erblickt: das wird besser sein.“

Er zog aus seiner Tasche eine kleine metallene Pfeife.

„Da,“ sagte er, „wenn Ihr meiner bedürfen solltet, wenn Ihr wollt, daß ich kommen soll, wenn es Euch nicht zu viel Abscheu verursachen wird, mich zu sehen, so möget Ihr damit pfeifen. Ich höre dieses Geräusch da.“

Er legte die Pfeife auf dem Boden nieder und entfloh.

4. Steingut und Krystall

Ein Tag nach dem andern ging dahin.

Nach und nach kehrte die Ruhe in Esmeralda's Seele zurück. Das Uebermaß des Schmerzes, wie das Uebermaß der Freude sind gewaltsame Zustände, die nicht lange dauern. Das Herz des Menschen kann nicht lange in der äußersten Spannung verharren. Die Zigeunerin hatte so viel gelitten, daß ihr nur noch das Staunen darüber übrig blieb.

Mit der Sicherheit war die Hoffnung wieder bei ihr eingekehrt. Sie stand außerhalb der Gesellschaft, außerhalb des Lebens, aber sie ahnte dunkel, daß es vielleicht nicht unmöglich sein würde, in beide zurückzukehren. Sie war einer Verstorbenen ähnlich, die einen Schlüssel zu ihrem Grabe im Vorbehalte haben durfte.

Sie fühlte, wie nach und nach alle die schrecklichen Bilder von ihr wichen, welche sie so lange gequält hatten. Alle scheußlichen Trugbilder, Pierrat Torterue, Jacob Charmolue erloschen in ihrem Geiste, alle, sogar der Priester selbst.

Und dann war Phöbus am Leben; sie war dessen gewiß, sie hatte ihn gesehen. Das Leben von Phöbus war ihr alles. Nach der Reihe von Schicksalsschlägen, die alles in ihrer Seele niedergerissen hatten, hatte sie nur einen Gegenstand, nur eine Empfindung in ihrer Seele unerschüttert wiedergefunden: ihre Liebe zu dem Hauptmanne. Denn die Liebe ist wie ein Baum: sie treibt von selbst, schlägt ihre Wurzeln tief in unser ganzes Wesen, und grünt noch oft auf einem gebrochenen Herzen weiter.

Und was am unerklärlichsten dabei, ist, daß je blinder diese Leidenschaft ist, sie desto beharrlicher sich zeigt. Sie ist niemals standhafter, als wenn keine Befriedigung in ihr ist.

Zweifelsohne dachte die Esmeralda nicht ohne Bitterkeit an den Hauptmann. Es war ohne Zweifel entsetzlich, daß auch er getäuscht worden war, daß er jenes unmögliche Ding hatte glauben, daß er für möglich hatte halten können, der Dolchstich wäre von derjenigen hergekommen, die tausend Leben für ihn gegeben hätte. Aber schließlich durfte sie ihm nicht allzusehr zürnen: hatte sie „ihr Verbrechen" nicht eingestanden? War sie als schwaches Weib nicht der Tortur erlegen? Die ganze Schuld lag auf ihrer Seite. Sie hätte sich eher sollen die Nägel ausreißen, als ein solches Wort abdringen lassen. Wenn sie endlich Phöbus nur ein einziges Mal, nur eine einzige Minute wiedersähe, es sollte nur eines Wortes, eines Blickes bedürfen, um ihn zu ent-täuschen, um ihn zurückzuführen. Sie zweifelte nicht daran. Sie beruhigte sich auch über viele auffällige Umstände, über die zufällige Anwesenheit von Phöbus am Tage der Kirchenbuße, über das junge Mädchen, mit dem sie ihn sah. Es war jedenfalls seine Schwester. Allerdings eine alberne Erklärung, über die sie sich aber beruhigte, weil es ihr Bedürfnis war, zu glauben, daß Phöbus sie immer noch liebte, und nur sie liebte. Hatte er es ihr nicht zugeschworen? Was bedurfte es für sie, naiv und leichtgläubig wie sie war, noch mehr? Und dann, sprachen nicht in dieser ganzen Angelegenheit die Umstände viel mehr gegen sie, als gegen ihn? Sie harrte also; sie hoffte.

Dazu kam, daß die Kirche, diese mächtige Kirche, welche sie von allen Seiten umgab, welche sie hütete und bewahrte, selbst eine ruhespendende Herrin war. Die feierlichen Linien dieses Baudenkmales, die heilige Haltung aller Gegenstände, welche das junge Mädchen umgaben, die frommen und ruhigen Gedanken, welche gleichsam aus allen Poren dieser Steinmasse entstiegen, wirkten unbewußt auf sie. Das Gebäude hatte seine Festgepränge von solcher Segenswirkung und Erhabenheit, daß sie diese kranke Seele beruhigten. Der eintönige Gesang der Priester, die Erwiderungsgesänge des Volkes an jene, welche bald unvernehmlich, bald donnernd erschallten, das harmonische Zittern der Fenster, die gleich hundert Trompeten schmetternde Orgel, die drei wie mächtige Bienenstöcke summenden Thürme, dieses ganze Orchester, über das eine gigantische und ohne Aufhören vom Volke zum Thurme auf- und absteigende Tonleiter hinbrauste: das alles betäubte ihr Gedächtnis, ihre Einbildungskraft, ihren Schmerz. Vornehmlich die Glocken wiegten sie ein. Es glich einem mächtigen Magnetismus, was dieses gewaltige Gepränge in breiten Fluten über sie ergoß.

Daher fand sie jede aufgehende Sonne ruhiger, wohler und weniger blaß. In dem Maße, wie ihre innern Wunden sich schlossen, erblühten ihre Anmuth und Schönheit, aber voller und frischer, wieder auf ihrem Antlitze. Ihre frühere Gemüthsart kehrte wieder, sogar etwas von ihrer Fröhlichkeit, die reizende Mundgeberde, ihre Liebe zur Ziege, ihre Lust am Gesange, ihre Schamhaftigkeit. Sie trug Sorge, sich am Morgen im

Winkel ihres Gemaches anzukleiden, aus Furcht, es möchte irgend ein Insasse der benachbarten Dachwohnungen sie durch das Fensterchen erblicken.

Wenn der Gedanke an Phöbus ihr Zeit dazu ließ, dachte die Zigeunerin zuweilen auch an Quasimodo. Das war das einzige Band, die einzige Verbindung, die einzige Gemeinschaft, welche ihr noch mit den Menschen, mit den Lebenden geblieben war. Die Unglückliche! sie stand in noch höherem Grade außerhalb der Welt, als Quasimodo. Sie wurde aus dem sonderbaren Freunde, den ihr der Zufall gegeben hatte, nicht klug. Oft machte sie sich Vorwürfe, daß sie nicht eine Dankbarkeit besaß, welche mitleidig die Augen zudrückte, aber sie konnte sich entschieden nicht an den Glöckner gewöhnen. Er war zu häßlich.

Sie hatte die Pfeife, welche er ihr gegeben hatte, auf der Erde liegen lassen. Das hinderte Quasimodo nicht, in den ersten Tagen von Zeit zu Zeit wieder zu erscheinen. Sie that ihr Möglichstes, sich nicht mit zu viel Widerstreben von ihm abzuwenden, wenn er erschien und ihr den Korb mit Lebensmitteln oder den Wasserkrug brachte; aber er bemerkte stets die geringste Regung dieser Art, und dann ging er traurig davon. Einmal kam er in dem Augenblicke dazu, wo sie Djali liebkoste. Er blieb einen Augenblick nachdenkend vor dieser anmuthigen Gruppe der Ziege und Zigeunerin stehen; endlich sagte er, seinen plumpen und mißgestalteten Kopf schüttelnd:

„Mein Unglück ist, daß ich noch zu sehr einem Menschen ähnlich sehe. Ich möchte völlig ein Thier, wie diese Ziege sein.“

Sie warf einen erstaunten Blick auf ihn.

Er antwortete auf diesen Blick:

„Ach! ich weiß wohl, warum.“ Und dann entfernte er sich.

Ein andermal zeigte er sich an der Thüre der Zelle (in die er niemals eintrat) in dem Augenblicke, wo die Esmeralda eine alte spanische Ballade sang, deren Worte sie nicht verstand, aber welche in ihrem Ohre geblieben war, weil die Zigeunerinnen sie als kleines Kind damit in den Schlaf gesungen hatten. Bei dem Anblicke dieses häßlichen Gesichtes, das plötzlich und unvermuthet inmitten ihres Liedes sich zeigte, brach das junge Mädchen mit einer unfreiwilligen Schreckensgeberde ab. Der unglückliche Glöckner fiel auf der Schwelle der Thür auf die Knien und faltete mit einer flehenden Geberde seine breiten unförmlichen Hände. „Ach!“ sagte er in schmerzlichem Tone, „ich beschwöre Euch, fahret fort und jagt mich nicht weg.“ Sie wollte ihn nicht kränken und fing, am ganzen Leibe zitternd, ihre Romanze wieder an. Währenddem schwand ihr Schrecken immer mehr, und sie überließ sich ganz dem Eindrucke der schwermüthigen und langsamen Melodie, welche sie sang. Er war auf den Knien liegen geblieben, die Hände wie zum Gebete gefaltet, aufmerksam, kaum athmend und seinen Blick auf die glänzenden Augen der Zigeunerin geheftet. Man hätte meinen sollen, er vernähme ihren Gesang aus ihren Augen.

Ein andermal wieder kam er mit schüchterner und furchtsamer Miene zu ihr. „Höret mich an,“ sagte er mit Ueberwindung, „ich will Euch etwas sagen.“

Sie gab ihm ein Zeichen, daß sie ihn höre. Er fing nun an zu seufzen, öffnete seine Lippen, schien einen Augenblick zum Sprechen bereit, sah ihr dann ins Gesicht, machte eine verneinende Bewegung mit dem Kopfe und entfernte sich, die Stirne in die Hand gedrückt, und die Zigeunerin ihrem Staunen überlassend, langsamen Schrittes.

Unter den phantastischen Menschengestalten, die an der Mauer in Stein gebildet waren, befand sich eine, zu der er ganz besonders Zuneigung gewonnen hatte, und mit der er oft brüderliche Blicke auszutauschen schien. Einmal hörte die Zigeunerin, wie er zu ihr sagte:

„Ach! warum bin ich nicht von Stein, wie du!“

Eines Tages endlich, an einem Morgen, war die Esmeralda bis an den Rand des Daches vorgetreten und sah über das spitze Dach von Saint-Jean-le-Rond weg auf den Platz hinunter. Quasimodo war auch da; er stand hinter ihr. Er stellte sich von selbst so hin, um dem jungen Mädchen so viel wie möglich die Unannehmlichkeit, ihn zu sehen, zu ersparen. Plötzlich schrak die Zigeunerin zusammen, eine Thräne und ein Freudenstrahl erglänzte zugleich in ihren Augen, sie sank am Rande des Daches auf die Knien nieder, streckte angstvoll ihre Arme nach dem Platze zu aus und rief: „Phöbus! komm! komm! ein Wort, ein einziges Wort, in des Himmels Namen! Phöbus! Phöbus!“ Ihre Stimme, ihr Antlitz, ihre Geberde, ihre ganze Person zeigten den herzzerreißenden Ausdruck eines Schiffbrüchigen, welcher dem fröhlichen Schiffe, das in der Ferne am Horizonte im Sonnenstrahle vorbeisegelt, ein Nothzeichen giebt.

Quasimodo neigte sich auf den Platz hinab und sah, daß der Gegenstand dieser zärtlichen und verzweiflungsvollen Bitte ein junger Mann, ein Hauptmann, ein schöner, ganz in Waffenschmuck strahlender Reiter war, welcher im Hintergrunde des Platzes sein Pferd tummelte und mit dem Helmbusche eine schöne lächelnde Dame auf ihrem Balkon grüßte. Uebrigens hörte der Offizier die Unglückliche, welche ihn rief, nicht; er war zu entfernt.

Aber der arme Taube hörte es wohl. Ein tiefer Seufzer hob seine Brust; er kehrte sich um; sein Herz war von allen Thränen, die er zurückdrängte, zum Zerspringen voll; seine krampfhaft zuckenden Fäuste fuhren nach seinem Kopfe, und als er sie zurückzog, hatte er in jeder Hand einen Büschel rother Haare.

Die Zigeunerin hatte keine Acht auf ihn.

Mit den Zähnen knirschend sagte er halblaut: „Verdammt! So also muß man beschaffen sein! Man braucht nur äußerlich schön zu sein!“

Währenddem war sie auf den Knien liegen geblieben und rief mit höchster Aufregung:

„Oh! das ist er, der vom Pferde steigt! ... Er will in jenes Haus hineingehen! ... Phöbus! ... Phöbus! ... Er hört mich nicht! ... Phöbus! ... Wie schändlich ist dieses Frauenzimmer, daß sie zu gleicher Zeit, wie ich, mit ihm spricht! Phöbus! ... Phöbus! ...“

Der Taube betrachtete sie. Er verstand dieses Geberdenspiel. Das Auge des armen Glöckners füllte sich mit Thränen, aber er unterdrückte sie. Plötzlich zog er sie sanft am Saume ihres Aermels. Sie wandte sich um. Er hatte eine ruhige Miene angenommen und sagte zu ihr:

„Wollt Ihr, daß ich ihn Euch hole?“

Sie stieß einen Freudenschrei aus.

„Auf! auf! gehet! lauf! schnell! Den Hauptmann! den Hauptmann! Bringet ihn mir her! Ich will dich lieb haben!“

Sie umfaßte seine Knien. Er konnte sich nicht enthalten mit schmerzlicher Geberde den Kopf zu schütteln.

„Ich will ihn Euch herbringen,“ sagte er mit schwacher Stimme. Dann wandte er den Kopf ab und stürmte, von Schluchzen erstickt, in großen Schritten die Treppe hinunter.

Als er auf dem Platze anlangte, sah er nichts weiter, als das schöne Pferd, das an der Thüre des Hauses Gondelaurier angebunden war; der Hauptmann war eben in dasselbe eingetreten.

Er hob seinen Blick zum Dache der Kirche empor. Die Esmeralda befand sich immer noch dort an demselben Platze, in derselben Stellung. Er machte ihr eine traurige Kopfbewegung; dann lehnte er sich an einen der Ecksteine der Vorhalle am Hause Gondelaurier, entschlossen zu warten, bis der Hauptmann herauskäme.

Im Hause der Familie Gondelaurier fand eine jener Festlichkeiten statt, wie sie der Hochzeit vorherzugehen pflegen. Quasimodo sah viele Leute hineingehen und niemanden wieder herauskommen. Von Zeit zu Zeit sah er nach dem Dache hinauf; die Zigeunerin rührte sich ebenso wenig wie er. Ein Stallknecht kam heraus, band das Pferd los und führte es in den Stall des Hauses. Auf diese Weise ging der ganze Tag dahin. Quasimodo saß am Ecksteine, die Esmeralda auf dem Dache, Phöbus ohne Zweifel zu den Füßen Fleur-de-Lys'. Schließlich kam die Nacht heran: eine mondlose, dunkle Nacht. Quasimodo heftete vergebens seinen Blick auf die Esmeralda; bald war sie nur noch ein weißer Schein in der Dämmerung, dann unerkenntlich. Alles verlosch; alles wurde schwarz.

Quasimodo sah, wie sich die Fenster des Hauses Gondelaurier von oben bis unten an der Vorderseite erleuchteten; er sah auch die andern Fenster des Platzes eins nach dem andern hell werden; dann sah er sie auch bis auf das letzte erlöschen; denn er verharrte den ganzen Abend auf seinem Posten. Der Offizier kam nicht heraus. Als die letzten

Wanderer auf den Straßen in ihre Wohnungen zurückgekehrt, als alle Fenster der übrigen Häuser erloschen waren, blieb Quasimodo ganz allein, ganz in Dunkel eingehüllt. Es gab damals noch keine Beleuchtung auf dem Vorhofe von Notre-Dame.

Währenddem waren die Fenster in der Wohnung der Frau Gondelaurier erhellt geblieben, selbst bis nach Mitternacht. Der regungslose und aufmerksame Quasimodo sah hinter den buntfarbigen Fenstern eine Menge lebhafter und tanzender Schatten vorüberschweben. Wenn er nicht taub gewesen wäre, so hätte er, in dem Maße wie der Lärm im schlafenden Paris verschwand, immer deutlicher im Innern des Hauses einen Festlärm, von Lachen und Musik untermischt, vernehmen können.

Gegen ein Uhr morgens begannen die Gäste sich zu entfernen. Quasimodo, in Nacht gehüllt, sah sie alle aus der kerzenerleuchteten Halle heraustreten. Keiner von ihnen war der Hauptmann.

Er war voll trauriger Gedanken; manchmal sah er in die Luft hinaus, wie Leute zu thun pflegen, die Langeweile haben. Große schwarze, schwere, zerrissene Wolken hingen tief wie Hängematten von Flor am gestirnten Nachthimmel. Man hätte sie die Spinneweben an der Himmelsdecke nennen können.

Während eines dieser Augenblicke sah er, wie sich auf einmal geheimnisvoll die Fensterthür des Balkons öffnete, dessen steinerne Brüstung über seinem Haupte hervorragte. Durch diese schmale Glasthüre traten zwei Personen ins Freie, hinter denen sie sich geräuschlos schloß: es war ein Mann und eine Frauensperson. Nicht ohne Anstrengung vermochte Quasimodo in dem Manne den schönen Hauptmann, in der Frauensperson die junge Dame zu erkennen, welche er am Morgen dem Offiziere den Willkommensgruß von demselben Balkon herab hatte entbieten sehen. Der Platz war völlig dunkel, und ein doppelter, purpurroter Vorhang, der in dem Augenblicke, wo die Thür sich geschlossen hatte, hinter ihr niedergefallen war, ließ das Licht des Zimmers kaum auf den Balkon dringen. Der junge Mann und das junge Mädchen schienen, so weit es unser Tauber, der nicht eins von ihren Worten vernahm, beurtheilen konnte, sich einem sehr zärtlichen Zwiegespräche zu überlassen. Das junge Mädchen schien dem Offiziere erlaubt zu haben, seinen Arm um ihren Leib zu schlingen, und leistete seinem Kusse nur schwachen Widerstand.

Quasimodo wohnte von unten dieser um so reizender anzuschauenden Scene bei, als sie nicht dazu bestimmt war, gesehen zu werden. Er betrachtete dieses Glück, diese Schönheit mit bitterem Gefühle. Die Natur war bei dem armen Teufel überhaupt nicht stumm, und sein Rückgrat, so garstig gekrümmt es sonst war, zitterte ebenso wie ein anderes. Er dachte an das elende Loos, welches die Vorsehung ihm bestimmt hatte; daß das Weib, die Liebe, die Wollust ewig vor seinen Augen vorüberfliehen würden, und daß er niemals etwas anderes erreichen würde, als bei der Glückseligkeit anderer den Zuschauer zu machen. Aber was ihn bei diesem Schauspiele am meisten schmerzte, zu seinem Verdrusse den Unwillen hinzufügte, das war, wenn er daran dachte, was die Zigeunerin leiden müßte, wenn sie das sähe. Freilich war die Nacht sehr dunkel und die Esmeralda, wenn sie an ihrem Platze geblieben wäre (woran er nicht zweifelte), sehr weit entfernt; und allerhöchstens konnte er nur ganz allein die Liebenden auf dem Balkone erkennen. Das tröstete ihn.

Indessen wurde ihre Unterhaltung immer feuriger. Das junge Mädchen schien den Offizier anzuflehen, nichts weiter mehr von ihr zu verlangen. Quasimodo erkannte von dem allen nur die schönen gefalteten Hände, das mit Thränen vereinigte Lachen, die zu den Sternen erhobenen Blicke des jungen Mädchens, und die feurig auf sie gerichteten Augen des Hauptmanns.

Glücklicherweise – denn das junge Mädchen leistete jetzt nur noch schwachen Widerstand – öffnete sich plötzlich die Thüre des Balkons; eine alte Dame zeigte sich: die Schöne schien verwirrt, der Offizier nahm eine ärgerliche Miene an, und alle drei gingen in das Zimmer zurück. Kurze Zeit darauf stampfte ein Pferd unter der Vorhalle, und der glänzende Offizier sprengte, in seinen Nachtmantel gehüllt, eilig an Quasimodo vorüber.

Der Glöckner ließ ihn um die Straßenecke biegen; dann fing er an, mit seiner Affenbehendigkeit hinter ihm herzulaufen und rief:

„Heda! Hauptmann!"

Der Hauptmann hielt sein Roß an.

„Was will der Schurke von mir?" rief er, als er in der Dunkelheit, diese Art lendenlahmer Gestalt bemerkte, die humpelnd auf ihn zulief.

Quasimodo war währenddem bei ihm. angelangt und hatte dreist den Zügel seines Pferdes ergriffen.

„Folget mir, Hauptmann; es ist jemand hier, der mit Euch sprechen will."

„Beim Horne des Teufels!" murmelte Phöbus, „das ist ein häßlicher, struppiger Vogel, den ich, wie mir scheint, irgendwo gesehen habe. Holla! Meister, willst du wohl den Zügel meines Pferdes loslassen?"

„Hauptmann," antwortete der Taube, „fragt Ihr mich nicht, wer es ist?"

„Ich sage dir, du sollst mein Pferd loslassen," antwortete Phöbus ungeduldig geworden. „Was will dieser Kerl, daß er sich an den Stirnriemen meines Schlachtrosses hängt? Hältst du etwa mein Pferd für einen Galgen?"

Quasimodo, weit entfernt, den Zügel des Pferdes los zu lassen, schickte sich an, es zur Umkehr zu bringen. Weil er sich das Widerstreben des Hauptmannes nicht erklären konnte, so sagte er eilig zu ihm:

„Kommt, Hauptmann, es ist ein Weib, welches Euch erwartet.“ Er fügte mit Anstrengung hinzu: „Ein Weib, welches Euch liebt.“

„Ein sonderbarer Wicht!“ sagte der Hauptmann, „der da glaubt, ich sei verpflichtet, zu allen Weibern zu kommen, die mich lieben, oder es vorgeben . . . Und wenn sie zufällig dir ähnlich sieht, du Nachteulengesicht? . . . Sage derjenigen, die dich schickt, daß ich mich verheirathen will, und daß sie sich zum Teufel scheren möge!“

„Höret an,“ rief Quasimodo, der mit einem Worte sein Zögern zu besiegen glaubte, „kommet, gnädiger Herr! Es ist die Zigeunerin, die Ihr kennt!“

Dieses Wort machte in der That einen gewaltigen Eindruck auf Phöbus, jedoch nicht denjenigen, welchen der Taube davon erwartete. Man wird sich erinnern, daß unser galanter Offizier sich mit Fleur-de-Lys einige Augenblicke vorher zurückgezogen hatte, ehe Quasimodo die Verurteilte aus den Händen Charmolue's errettete. Seitdem hatte er sich bei allen Besuchen im Hause der Frau Gondelaurier wohl gehütet, wieder von diesem Frauenzimmer zu sprechen, an die zu denken ihm, allem zufolge, peinlich war; und Fleur-de-Lys hatte es ihrerseits nicht für weltklug gehalten, ihm zu sagen, daß die Zigeunerin am Leben wäre. Phöbus hielt also die arme „Similar“ für todt, und daß seitdem schon ein oder zwei Monate vergangen seien. Dazu kam, daß der Hauptmann seit einigen Augenblicken an die tiefe Dunkelheit der Nacht, an die übernatürliche Häßlichkeit, an die Grabesstimme des seltsamen Boten dachte; daß Mitternacht vorüber, die Straße öde war, wie an dem Abende, wo der gespenstige Mönch ihn angeredet hatte, und daß sein Pferd schnob, als es Quasimodo erblickte.

„Die Zigeunerin!“ rief er fast entsetzt. „Nun denn, kommst du aus der andern Welt?“

Bei diesen Worten legte er die Hand an das Gefäß seines Degens.

„Schnell! schnell!“ sagte der Taube, indem er versuchte, das Pferd fortzuziehen, „hierhin!“

Phöbus versetzte ihm einen kräftigen Fußtritt auf die Brust.

Quasimodo's Auge funkelte. Er machte eine Bewegung, als ob er sich auf den Hauptmann stürzen wollte. Dann sagte er an sich haltend:

„Ach! wie glücklich seid Ihr, daß Ihr jemanden habt, der Euch liebt!“

Er sprach das Wort „jemanden“ mit Nachdruck, ließ den Zügel des Pferdes fahren und rief:

„Hinweg mit Euch!“

Phöbus gab seinem Pferde fluchend die Sporen. Quasimodo sah ihn im Dunkel der Straße verschwinden.

„Ach!“ sagte der arme Taube ganz leise, „so etwas auszuschlagen!“

Er kehrte nach Notre-Dame zurück, zündete seine Lampe an und stieg den Thurm wieder in die Höhe. Wie er gedacht hatte, so fand er die Zigeunerin immer noch auf derselben Stelle. Sobald sie ihn nur in der Ferne bemerkte, lief sie auf ihn zu.

„Allein!“ rief sie, indem sie schmerzerfüllt ihre schönen Hände zusammenschlug.

„Ich habe ihn nicht wiederfinden können,“ sagte Quasimodo kalt.

„Du hättest die ganze Nacht auf ihn warten sollen,“ versetzte sie mit Heftigkeit.

Er sah ihre zornige Geberde, und verstand den Vorwurf.

„Ich will ihm ein andermal besser nachspüren,“ sagte er den Kopf neigend.

„Hinweg mit dir!“ sagte sie zu ihm.

Er verließ sie. Sie war unzufrieden mit ihm. Er hätte lieber von ihr gemißhandelt sein wollen, als sie betrüben mögen. Er hatte den ganzen Schmerz für sich behalten.

Von diesem Tage an sah ihn die Zigeunerin nicht mehr. Er vermied es, in ihre Zelle zu kommen. Höchstens sah sie bisweilen auf der Spitze eines Thurmes das Gesicht des Glöckners, das schwermüthig auf sie gerichtet war. Aber sobald sie ihn erblickte, verschwand er. Wir müssen sagen, daß sie wenig über diese freiwillige Abwesenheit des armen Buckligen betrübt war. Im Grunde ihres Herzens wußte sie ihm deshalb Dank. Uebrigens gab sich Quasimodo in dieser Hinsicht keiner Täuschung hin.

Sie sah ihn nicht mehr, aber sie fühlte die Gegenwart eines guten Geistes in ihrer Nähe. Ihre Mundvorräthe wurden von einer unsichtbaren Hand, während ihres Schlafes, erneuert. Eines Morgens fand sie an ihrem Fenster einen Käfig voll Vögel. Ueber ihrer Zelle befand sich ein Bildhauerwerk, welches ihr Furcht einflößte. Sie hatte es mehr als einmal vor Quasimodo geäußert. Eines Morgens (denn alle diese Dinge geschahen nachts) sah sie es nicht mehr; man hatte es abgebrochen. Derjenige, welcher bis zu jenem Bildhauerwerke geklettert war, hatte sein Leben wagen müssen.

Bisweilen hörte sie des Abends von einer Stimme, die unter dem Wetterdache des Thurmes verborgen war, ein trauriges und sonderbares Lied erklingen, als ob man sie in den Schlaf singen wollte. Es waren reimlose Verse, wie ein Tauber sie machen kann:

Sieh auf das Gesicht nicht,
Junges Mädchen, sieh aufs Herz.

Häßlich ist oft eines schönen Mannes Herz.
Herzen giebt es, wo die Lieb' nicht treu verharrt.

Schön ist nicht die Tanne, junges Mädchen,
Ist so schön nicht wie die Pappel,
Aber sie bewahrt im Winter ihre Blätter.

Ach! was kann es helfen, das zu sagen?
Was nicht schön ist, hat kein Recht zu sein;
Schönheit liebt allein nur Schönheit,
Dem April zeigt Januar den Rücken.

Nur die Schönheit ist vollkommen,
Schönheit nur allein kann alles.
Schönheit ist das Ding allein, das nicht halb vermag zu sein!

Nur am Tage fliegt der Rabe,
Nur die Eule fliegt bei Nacht;
Tag und Nacht doch fliegt der Schwan.

Eines Morgens sah sie, als sie erwachte, in ihrem Fenster zwei Vasen mit Blumen gefüllt. Die eine war eine sehr schöne und sehr glänzende Vase, aber gesprungen. Sie hatte das Wasser, mit dem sie gefüllt war, herausrinnen lassen, und die Blumen, welche sie enthielt, waren verwelkt. Die andere war ein Gefäß aus Steingut, plump und gewöhnlich, aber welches sein ganzes Wasser behalten hatte, und dessen Blumen frisch und hochroth geblieben waren.

Ich weiß nicht, ob es absichtlich geschah: genug, die Esmeralda nahm den verwelkten Strauß und trug ihn den ganzen Tag an ihrem Busen.

An diesem Tage hörte sie die Stimme aus dem Thurme nicht singen.

Sie machte sich nur geringe Sorgen darum. Sie verbrachte ihre Tage damit, Djali zu liebkosen, die Thüre zum Hause der Frau Gondelaurier zu beobachten, sich ganz leise mit Phöbus zu unterhalten und den Schwalben Brotkrumen hinzustreuen.

Uebrigens hatte sie völlig darauf verzichtet, Quasimodo zu hören und zu sehen. Der arme Glöckner schien aus der Kirche verschwunden zu sein. Eines Nachts jedoch, als sie nicht schlief und an ihren schönen Hauptmann dachte, hörte sie neben ihrer Zelle etwas seufzen. Erschrocken stand sie auf und sah beim Scheine des Mondes eine unförmliche Masse, welche quer vor ihrer Thüre lag. Es war Quasimodo, welcher dort auf dem Steinboden schlief.

5. Der Schlüssel zur Rothen Pforte

Inzwischen hatte die öffentliche Meinung dem Archidiaconus hinterbracht, auf welche wunderbare Weise die Aegypterin gerettet worden war. Als er das erfuhr, wußte er kaum, was er dabei empfand. Er hatte sich mit Esmeralda's Tode zufrieden gegeben. So war er ruhig geworden: er hatte den tiefsten Schmerz, der nur denkbar war, ausgekostet. Das menschliche Herz (Dom Claude hatte über solche Dinge nachgedacht) kann nur ein gewisses Maß von Verzweiflung fassen. Wenn der Schwamm vollgesogen ist, so kann das Meer darüber rollen, ohne daß auch nur ein Tropfen mehr hineindringt.

Nun, die Esmeralda war todt; der Schwamm war vollgesogen; damit war alles für Dom Claude auf dieser Erde gesprochen. Aber sie und auch Phöbus am Leben wissen – das waren die Martern, die Schläge, die Wechselwirkungen, welche das Leben wieder begannen. Und Claude war dessen überdrüssig.

Als er diese Nachricht erhalten hatte, schloß er sich in seine Klosterzelle ein. Er erschien weder bei den Stiftsbesprechungen, noch beim Gottesdienste. Er verschloß allen seine Thür, selbst dem Bischofe. In dieser Weise war er mehrere Wochen eingemauert geblieben. Man hielt ihn für krank. Er war es in der That.

Was that er in dieser Abgeschlossenheit? Mit welchen Gedanken schlug sich der Unglückliche herum? Lieferte er seiner fürchterlichen Leidenschaft einen letzten Kampf? Schmiedete er einen letzten Todes- und Vernichtungsplan für sie und ihn?

Sein Johann, sein geliebter Bruder, sein verhätscheltes Kind kam einmal an seine Thüre, klopfte, beschwor ihn, flehte, nannte zehnmal seinen eigenen Namen: – Claude öffnete nicht.

Er verbrachte ganze Tage, das Gesicht gegen die Scheiben seines Fensters gepreßt. Von diesem im Kloster befindlichen Fenster aus konnte er die Freistatt der Esmeralda sehen; oft erblickte er sie selbst mit ihrer Ziege, manchmal auch mit Quasimodo. Er bemerkte die kleinen Aufmerksamkeiten des häßlichen Tauben, seine aufmerksamen Geberden, seine höfliche und unterwürfige Haltung gegen die Zigeunerin. Er erinnerte sich, denn er hatte ein gutes Gedächtnis – und das Gedächtnis ist die Folter der Eifersüchtigen – er erinnerte sich also des eigenthümlichen Blickes, den der Glöckner eines Abends auf die Tänzerin warf. Er fragte sich, welchen Beweggrund Quasimodo hätte haben können, sie zu retten. Er war Zeuge von tausend kleinen Vorfällen zwischen der Zigeunerin und dem Tauben, dessen Geberdensprache ihm, von weitem gesehen und von seiner Leidenschaft erklärt, sehr zärtlich vorkam. Er mißtraute den seltsamen Neigungen der Frauen. Dann fühlte er dunkel, daß eine Eifersucht in ihm erwache, die er niemals vermuthet hatte, eine Eifersucht, die ihn vor Scham und Unwillen erröthen machte. „Der Hauptmann mag noch hingehen, aber dieser!“ Dieser Gedanke marterte ihn.

Seine Nächte waren schrecklich. Seitdem er wußte, daß die Zigeunerin am Leben war, waren die frostigen Gespenster- und Grabesgedanken verschwunden, und das Fleisch begann wieder ihn zu stacheln. Er warf sich in dem Gefühle, das braune junge Mädchen so nahe bei sich zu haben, ruhelos auf dem Lager umher.

Jede Nacht vergegenwärtigte ihm seine rasende Einbildungskraft die Esmeralda in allen den Körperstellungen, welche sein Blut am heftigsten zum Sieden gebracht hatten. Er sah sie unter dem erdolchten Hauptmanne, mit geschlossenen Augen, ihren schönen Busen vom Blute des Phöbus bedeckt in dem wonnevollen Augenblicke hingestreckt, wo der Archidiaconus auf ihre blassen Lippen jenen Kuß gedrückt hatte, dessen Glut die Unglückliche, wiewohl halb todt, gefühlt hatte. Er sah sie wieder, wie sie von den rohen Fäusten der Folterknechte entkleidet wurde; wie sie ihren kleinen Fuß entblößen und in den mit eisernen Schrauben verschränkten Folterstiefel einzwängen ließ: er sah ihr zartes rundes Bein, ihr weißes und biegsames Knie. Er sah dieses Elfenbeinknie noch einmal, wie es aus dem fürchterlichen Marterinstrumente Torterue's hervorglänzte. Er stellte sich schließlich das junge Mädchen im Hemde vor, mit dem Strick um den Hals, mit nackten Schultern, nackten Füßen, fast ganz nackt, wie er sie am letzten Tage gesehen hatte. Diese wollüstigen Bilder brachten seine Hände zum ballen und ließen einen Schauder über seine Rückgratwirbel rieseln.

In einer Nacht besonders erhitzten diese Bilder sein frisches Priesterblut so heftig, daß er in sein Kopfkissen biß, aus seinem Bett sprang, einen Chorrock über sein Hemd warf, und mit der Lampe in der Hand, halb nackt, verstört und glühenden Blickes seine Zelle verließ.

Er wußte, wo der Schlüssel zur Rothen Pforte, die das Kloster mit der Kirche verband, zu finden war; und er hatte, wie man weiß, immer einen Schlüssel zur Treppe der beiden Thürme bei sich.

6. Fortsetzung der Geschichte vom Schlüssel zur Rothen Pforte

In dieser Nacht war die Esmeralda in ihrem Zimmerchen ganz selbstvergessen, voll Hoffnung und süßer Gedanken eingeschlafen. Sie schlief seit einer geraumen Zeit und träumte wie immer von Phöbus, als es ihr schien, als ob sie Geräusch in ihrer Nähe höre. Sie hatte einen leichten und unruhigen Schlaf, einen Vogelschlaf; das geringste Geräusch weckte sie auf. Sie öffnete die Augen. Die Nacht war sehr dunkel. Jedoch bemerkte sie am Dachfenster ein Gesicht, welches sie betrachtete; eine Lampe, welche dabei war, beleuchtete diese Erscheinung. In dem Augenblicke, wo sich dieses Gesicht von der Esmeralda bemerkt sah, löschte es die Lampe aus. Nichts desto weniger hatte das junge Mädchen Zeit gehabt, es zu erkennen: ihre Augenlider schlossen sich vor Schrecken.

„Ach!“ sagte sie mit erloschener Stimme, „der Priester!“

Ihr ganzes vergangenes Unglück trat ihr wie mit einem Blitzstrahle vor die Seele. Sie fiel starr auf ihr Lager zurück.

Einen Augenblick darauf fühlte sie der Länge ihres Körpers nach eine Berührung, welche sie dermaßen entsetzte, daß sie, munter geworden, sich wüthend aufrichtete.

Der Priester war eben zu ihr ins Bett geschlüpft. Er umschlang sie mit beiden Armen.

Sie wollte schreien und konnte es nicht.

„Hinweg mit dir, Ungeheuer! Hinweg, Meuchelmörder!“ rief sie mit vor Zorn und Entsetzen zitternder und matter Stimme.

„Erbarmen! Erbarmen!" murmelte der Priester und preßte seine Lippen auf ihre Schultern.

Sie faßte mit beiden Händen seinen kahlen Kopf an dem Haarreste und bemühte sich, seine Küsse abzuwenden, als ob es Bisse wären.

„Erbarmen!" wiederholte der Unglückliche. „Wenn du wüßtest, wie groß meine Liebe zu dir ist! Es ist Feuer, geschmolzenes Blei, es sind tausend Dolche in meinem Herzen!"

Und er hielt ihre beiden Arme mit übermenschlicher Gewalt fest. Erschreckt sagte sie zu ihm:

„Laß mich los oder ich speie dir ins Gesicht!"

Er ließ sie los.

„Beschimpfe mich, schlage mich, sei zornig auf mich, mache was du willst! Aber habe Mitleid! Liebe mich!"

Jetzt schlug sie mit kindischer Wuth auf ihn los. Sie streckte ihre schönen Hände aus, um ihm das Gesicht zu zerkratzen.

„Hinweg, Satan!"

„Liebe mich! liebe mich! Erbarmen!" rief der arme Mönch, indem er sich auf sie wälzte und ihre Schläge mit Liebkosungen vergalt.

Plötzlich fühlte sie, daß er stärker wurde als sie.

„Ich will zu Ende kommen!" sagte er und knirschte mit den Zähnen.

Sie war überwältigt, zuckend, gebrochen in seinen Armen, ganz in seiner Willensmacht. Sie fühlte eine unzüchtige Hand an ihr herumtasten. Sie machte eine letzte Anstrengung und begann zu rufen: „Hilfe! her zu mir! Ein Vampir! ein Vampir!"

Niemand kam. Djali allein war aufgeweckt und blökte ängstlich.

„Schweig!" sagte der Priester keuchend.

Während die Zigeunerin sich so sträubte, stieß ihre Hand, welche am Boden herumtappte, plötzlich an etwas Kaltes und Metallisches. Es war die Pfeife Quasimodo's. Sie ergriff sie mit freudigem Schreck, führte sie an ihre Lippen und pfiff darauf mit aller Kraft, die ihr noch geblieben war. Die Pfeife gab einen hellen, scharfen und durchdringenden Ton von sich.

„Was ist das?" fragte der Priester.

Fast im selben Augenblicke fühlte er sich von einem starken Arme in die Höhe gehoben. Die Zelle war dunkel; er konnte nicht deutlich erkennen, wer ihn so emporhielt; aber er hörte Zähne vor Wuth klappern, und es war bei aller Dunkelheit gerade noch so viel Licht vorhanden, um über seinem Kopfe eine breite Messerklinge funkeln zu sehen.

Der Priester glaubte Quasimodo's Gestalt zu erkennen. Er vermuthete, daß nur er es sein könnte. Er erinnerte sich, beim Eintreten in das Gemach über ein Bündel gestolpert zu sein, das draußen quer vor der Thüre hingebreitet lag. Indessen da der neue Ankömmling nicht ein Wort vorbrachte, so wußte er nicht, was er denken sollte. Er stürzte sich auf den Arm, der das Messer hielt und schrie: „Quasimodo!“ Er vergaß in diesem gefährlichen Augenblicke, daß Quasimodo taub war.

In einem Augenblicke war der Priester zu Boden geworfen und fühlte, wie ein bleischweres Knie sich auf seine Brust stemmte. Am eckigen Drucke dieses Knies erkannte er Quasimodo; aber was thun? Wie seinerseits von diesem erkannt werden? Die Nacht machte den Tauben auch blind.

Er war verloren. Das junge Mädchen, mitleidslos, wie eine gereizte Tigerin, schlug sich nicht ins Mittel, um ihn zu retten. Das Messer näherte sich seinem Kopfe; der Augenblick war bedenklich. Plötzlich schien sein Gegner von einem Zaudern ergriffen.

„Kein Blut in ihrer Nähe!“ sagte er mit dumpfer Stimme.

Es war in der That die Stimme Quasimodo's.

Nun fühlte der Priester die mächtige Hand, welche ihn am Fuße aus der Zelle herauszog; draußen sollte er also sterben. Zum Glücke für ihn war der Mond eben seit einigen Augenblicken aufgegangen.

Als sie die Thüre des Gemaches überschritten hatten, fiel sein bleicher Strahl auf die Gestalt des Priesters. Quasimodo sah ihm ins Gesicht, ein Zittern ergriff ihn, er ließ den Priester los und fuhr zurück.

Die Zigeunerin, welche auf die Schwelle ihrer Zelle getreten war, sah mit Ueberraschung, wie sich die Rollen plötzlich vertauschten. Jetzt war es der Priester, welcher drohte, und Quasimodo, welcher bat.

Der Priester, welcher den Tauben mit zornigen und tadelnden Geberden niederschmetterte, gab ihm in heftiger Weise ein Zeichen, sich zu entfernen. Der Taube ließ den Kopf sinken; dann warf er sich vor der Thür der Zigeunerin auf die Knien.

„Gnädiger Herr,“ sagte er mit ernstem und ergebenem Tone, „nun möget Ihr thun, was Euch gefällt; aber tödtet mich zuvor.“

Bei diesen Worten reichte er dem Priester sein Messer hin. Außer sich stürzte sich der Priester darauf zu. Aber das junge Mädchen war flinker, als er; sie riß das Messer aus Quasimodo's Händen und brach in ein wüthendes Gelächter aus.

„Komm her!“ rief sie dem Priester zu.

Sie hielt die Klinge hoch. Der Priester blieb unschlüssig. Sie hätte sicher zugestoßen.

„Du magst nicht wagen, näher zu kommen, Feigling!" rief sie ihm zu. Dann fuhr sie mit unbarmherzigem Ausdrucke, und wohl wissend, daß sie das Herz des Priesters mit tausend glühenden Eisen zerreißen müßte, fort: „Ach, ich weiß wohl, daß Phöbus nicht todt ist!"

Der Priester warf Quasimodo mit einem Fußtritte zur Erde nieder und verschwand dann, vor Wuth schaudernd, unter der Wölbung der Treppe.

Als er verschwunden war, raffte Quasimodo die Pfeife auf, welche die Zigeunerin eben gerettet hatte.

„Sie rostet," sagte er und gab sie ihr zurück; dann ließ er sie allein.

Das junge Mädchen, das durch diesen heftigen Auftritt in tiefster Seele erschüttert war, fiel erschöpft auf ihr Lager nieder und fing an, laut schluchzend zu weinen. Ihr Horizont bedeckte sich wieder mit düstrem Gewölk.

Der Priester seinerseits war tappend in seine Zelle zurückgekehrt.

Das Ende vom Ganzen war: Dom Claude war eifersüchtig auf Quasimodo! Er wiederholte mit nachdenklicher Miene sein verhängnisvolles Wort: „Niemand soll sie besitzen!"

Zehntes Buch

1. Gringoire hat mancherlei gute Gedanken im Verfolge der Bernhardinerstraße

Seitdem Peter Gringoire gesehen hatte, welches Ende dieser ganze Vorfall nehmen würde, und daß Strick, Galgen und andere Unannehmlichkeiten den Hauptpersonen dieser Komödie bevorstehen müßten, hatte er keine Sorge mehr getragen, sich hineinzumischen. Die Landstreicher, unter denen er, in Erwägung, daß es am Ende die beste Gesellschaft von Paris wäre, ausgeharrt hatte, – die Landstreicher also hatten nicht aufgehört, an der Zigeunerin Antheil zu nehmen. Er hatte das ganz natürlich an Leuten gefunden, die, wie sie, keine andere Aussicht, als Charmolue und Torterue hatten, und die, wie er, nicht in den Regionen der Phantasie auf den Flügeln des Pegasus sich tummelten. Er hatte aus ihren Reden erfahren, daß seine, beim zerbrochenen Topfe angetraute, Gattin sich in die Kirche Notre-Dame geflüchtet hätte, und er war sehr froh darüber. Aber er gerieth nicht einmal in die Versuchung, sie dort zu besuchen. Er dachte manchmal an die kleine Ziege, das war aber auch alles. Uebrigens machte er, um leben zu können, am Tage Kraftkunststücke, und des Nachts arbeitete er an einer Denkschrift gegen den Bischof von Paris; denn er hatte noch nicht vergessen, wie er von dessen Mühlrädern durch und durch naß geworden war, und bewahrte ihm deshalb einen alten

Groll. Auch beschäftigte er sich damit, das schöne Werk von Baudry-le-Rouge, des Bischofs von Noyon und Tournay: „de Cupa Petrarum“ mit Anmerkungen zu versehen, welches ihm eine heftige Neigung für die Baukunst eingeflößt hatte, eine Neigung, welche in seinem Herzen die Leidenschaft für den mystischen Unsinn verdrängt hatte, von der sie übrigens nur eine natürliche Folge war, da ja eine innige Verwandtschaft zwischen der Alchymie und der Freimaurerei stattfindet. Gringoire war von der Liebe zu einer Idee zur Liebe für die Gestaltung dieser Idee übergegangen.

Eines Tages war er in der Nähe von Saint-Germain-l'Auxerrois, an der Ecke eines Gebäudes, welches man das „Bischofsgericht“ nannte, stehen geblieben, und welches einem andern, das „Königsgericht“ genannt, gegenüber stand. Zu diesem Bischofsgerichte gehörte eine hübsche Kapelle aus dem vierzehnten Jahrhunderte, deren Chorseite nach der Straße zu lag. Gringoire untersuchte andächtig die äußern Bildhauerarbeiten daran. Er befand sich in einem jener Augenblicke selbstsüchtigen, ausschließlichen und höchsten Genusses, wo der Künstler in der Welt nichts als die Kunst und die Kunst in der Welt sieht. Plötzlich fühlte er, daß sich eine Hand schwer auf seine Schulter legte. Er drehte sich um. Da stand sein alter Freund, sein alter Lehrer, der Herr Archidiaconus vor ihm.

Er stand bestürzt da. Seit langem hatte er den Archidiaconus nicht gesehen, und Dom Claude war einer jener feierlichen und leidenschaftlichen Menschen, deren Begegnung stets das Gleichgewicht eines skeptischen Weltweisen stört.

Der Archidiaconus beobachtete einige Augenblicke lang Stillschweigen, während dessen Gringoire Muße hatte, ihn zu beobachten. Er fand Dom Claude sehr verändert: blaß wie einen Wintermorgen, hohläugig, das Haar fast ganz gebleicht. Endlich brach der Priester das Schweigen, indem er mit ruhigem, aber eisigem Tone sagte:

„Wie geht's Euch, Meister Peter?“

„Mit meiner Gesundheit?“ antwortete Gringoire. „Ei nun! man kann dies und jenes von ihr sagen. Bei alledem ist sie im Ganzen gut. Ich genieße von keiner Sache zu viel. Ihr wißt, Meister, das Geheimnis sich wohl zu befinden, „id est,“ nach Hippokrates, „cibi, potus, somni, venus, omnia moderata sint.“

„Ihr habt also keinen Kummer, Meister Peter?“ fragte der Archidiaconus und sah Gringoire scharf an.

„Meiner Treu, nein!“

„Und was treibt Ihr denn jetzt?“

„Ihr seht es, lieber Meister. Ich untersuche den Schnitt dieser Steine und die Art und Weise, in der dieses Basrelief ausgearbeitet ist.“

Der Priester begann zu lächeln, aber mit jenem bittern Lächeln, welches nur einen Mundwinkel verzieht.

„Und daran habt Ihr Gefallen?“

„Es ist mein Paradies!“ rief Gringoire aus. Und indem er sich auf die Bildhauerarbeiten mit der verzückten Miene eines Menschen neigte, der lebende Erscheinungen erklärt, sagte er: „Findet Ihr, zum Beispiel, diese Verwandlung in halb erhabener Arbeit nicht mit vieler Geschicklichkeit, Zartheit und Geduld ausgeführt? Betrachtet dieses Säulchen. Um welchen Säulenkopf herum habt Ihr wohl zartere und vom Meißel mit mehr Liebe gearbeitete Blätter gesehen? Hier sind drei Haut-Reliefs von Jean Maillevin. Es sind nicht die schönsten Arbeiten dieses großen Genies. Nichtsdestoweniger machen die Naivetät und Lieblichkeit der Gesichter, die Heiterkeit der Stellungen und Gewandungen, und diese unaussprechliche Lieblichkeit, welche sich mit allen seinen Fehlern verbindet, diese Figuren höchst anmuthig und sehr zierlich, vielleicht sogar beides zu sehr. Findet Ihr nicht, daß dies unterhaltend ist?“

„Ganz gewiß!“ sagte der Priester.

„Und wenn Ihr das Innere der Kapelle sähet!“ fuhr der Dichter mit seiner geschwätzigen Begeisterung fort. „Ueberall Sculpturen. Sie ist ganz dick belaubt davon, wie der Herzkern eines Kohlkopfes. Der Chor hat eine sehr erhabene und so eigenartige Form, daß ich nichts derartiges anderswo gesehen habe!“

Dom Claude unterbrach ihn:

„Ihr seid also glücklich?“

Gringoire antwortete mit Feuer:

„Auf Ehre, ja! Ich habe zuerst Weiber, dann Thiere geliebt. Jetzt liebe ich Steine. Das ist alles ebenso ergötzlich, als Thiere und Weiber, und vor allen ist es nicht so treulos.“

Der Priester legte seine Hand auf die Stirn. Es war das eine gewöhnliche Geberde von ihm.

„In Wahrheit?“

„Wisset!“ sagte Gringoire, „man hat seltene Genüsse.“ Er nahm den Arm des Priesters, welcher sich ihm überließ, und führte ihn in den kleinen Treppenthurm des Bischofsgerichtes. „Das nenne ich mir eine Treppe! Jedesmal, wenn ich sie sehe, bin ich ganz glücklich. Das ist eine Treppe von der einfachsten und in Paris seltensten Art. Alle Stufen sind nach unten abgerundet. Ihre Schönheit und ihre Einfachheit besteht in der Trittbreite aller, die einen Fuß oder nahe daran beträgt; dazu sind sie ineinander geschlungen, eingelocht, gefügt, verkettet und ineinander gearbeitet, und halten auf eine wahrhaft feste und zierliche Weise zusammen.“

„Und Ihr wünscht nichts weiter?“

„Nein.“

„Und bereuet nichts?“

„Weder Reue noch Wunsch. Ich habe mein Leben geordnet.“

„Was die Menschen ordnen,“ sagte Claude, „werfen die Umstände über den Haufen.“

„Ich bin ein zweifelsüchtiger Philosoph,“ antwortete Gringoire, „und ich halte alles im Gleichgewichte.“

„Und wie erwerbt Ihr Euern Lebensunterhalt?“

„Ich mache hier und da noch Heldengedichte und Trauerspiele; aber was mir am meisten einträgt, das ist der Erwerbszweig, der Euch bekannt ist, mein Lehrer: Pyramiden aus Stühlen auf meinen Zähnen zu tragen.“

„Das Gewerbe ist plump für einen Philosophen.“

„Das gehört auch zum Gleichgewicht,“ sagte Gringoire. „Wenn man einen Gedanken hat, so findet man ihn in allem wieder.“

„Ich kenne das,“ antwortete der Archidiaconus.

Nach einer Pause fuhr der Priester fort:

„Ihr seid nichtsdestoweniger recht elend.“

„Elend, ja; aber unglücklich nicht.“

In diesem Augenblicke ließ sich ein Pferdegetrappel hören, und unsere zwei sich unterhaltenden Freunde sahen am Ende der Straße eine Compagnie Bogenschützen von der königlichen Leibwache mit aufgerichteten Speeren, den Offizier an der. Spitze, vorüberziehen. Der Aufzug war glänzend, und das Pflaster ertönte unter ihm.

„Wie Ihr jenen Offizier mit Euern Blicken verfolgt!“, sagte Gringoire zum Archidiaconus.

„Weil ich ihn wieder zu erkennen glaube.“

„Wie nennt ihr ihn?“

„Ich glaube,“ sagte Claude, „daß er Phöbus von Châteaupers heißt.“

„Phöbus! ein merkwürdiger Name! Es giebt noch einen Phöbus, Grafen von Foix. Ich erinnere mich, ein Mädchen gekannt zu haben, die nur bei dem Namen Phöbus schwur.“

„Kommt mit,“ sagte der Priester, „ich habe Euch etwas zu sagen.“

Seitdem dieser Soldatentrupp vorübergezogen war, brach eine gewisse Unruhe aus der eisigen Hülle des Archidiaconus hervor. Er begann sich auf den Weg zu machen. Gringoire folgte ihm, gewohnt, ihm zu gehorchen, wie alles, was einmal mit der gewaltigen Natur dieses Mannes in Berührung gekommen war. Schweigend schritten sie so bis zur Bernhardinerstraße, welche ziemlich einsam war. Dom Claude blieb jetzt stehen.

„Was habt Ihr mir mitzutheilen, lieber Meister?“ fragte ihn Gringoire.

„Findet Ihr nicht,“ antwortete der Archidiaconus mit der Miene tiefen Nachdenkens, „daß das Gewand dieser Reiter, welche wir soeben gesehen haben, schöner ist, als Eures und meins?“

Gringoire schüttelte mißbilligend den Kopf.

„Meiner Treu! meine gelbe und rothe Joppe ist mir lieber, als jene eisernen und stählernen Schuppenröcke. Ein schönes Vergnügen fürwahr, beim Gehen denselben Lärm zu verursachen, wie die Boutiquen auf dem Trödlerdamme bei einem Erdbeben!“

„Also, Gringoire? Ihr habt niemals diese schönen Burschen in ihren Kriegsröcken beneidet?“

„Neid auf was, Herr Archidiaconus? Etwa auf ihre Stärke, ihre Rüstung, ihre Mannszucht? Besser sind fürwahr die Weltweisheit und die Unabhängigkeit in Lumpen. Ich will lieber ein Fliegenkopf, als ein Löwenschwanz sein.“

„Das ist sonderbar,“ sagte der Priester in Gedanken versunken. „Eine schöne Uniform bleibt doch schön.“

Gringoire, der ihn so nachdenklich sah, trat zur Seite, um die Vorhalle eines benachbarten Hauses zu bewundern. Er kam zurück und schlug in die Hände.

„Wenn Ihr weniger für die Waffenröcke der Kriegsleute eingenommen wäret, Herr Archidiaconus, so würde ich Euch bitten, mitzukommen und jenes Thor zu betrachten. Ich habe es immer gesagt, das Haus des Herrn Aubry hat den prachtvollsten Eingang von der Welt.“

„Peter Gringoire,“ sagte der Archidiaconus, „was habt Ihr mit der kleinen Zigeunertänzerin angefangen?“

„Der Esmeralda? Ihr ändert sehr plötzlich die Unterhaltung.“

„War sie nicht Eure Frau?“

„Ja, infolge eines zerbrochenen Kruges. Wir hatten uns für vier Jahre . . . Aber,“ fügte Gringoire mit einer halb spaßhaften Miene hinzu, während er den Archidiaconus ansah, „wie? Ihr denkt also noch immer daran?“

„Und Ihr, Ihr denkt nicht mehr daran?“

„Wenig . . . Ich habe mancherlei andere Dinge! . . . Mein Gott, wie reizend war die kleine Ziege!“

„Hatte Euch diese Zigeunerin nicht das Leben gerettet?“

„Bei Gott, das ist wahr."

„Nun denn! was ist aus ihr geworden? Was habt Ihr mit ihr angefangen?"

„Ich kann es Euch nicht sagen. Ich glaube, sie haben sie gehangen."

„Ihr glaubt?"

„Ich weiß es nicht gewiß. Als ich gesehen habe, daß die Leute sie hängen wollten, habe ich mich vom Spiele zurückgezogen."

„Ist das alles, was Ihr von ihr wißt?"

„Wartet doch. Man hat mir erzählt, sie hätte sich in die Kirche Notre-Dame geflüchtet und wäre dort in Sicherheit; und ich bin erfreut darüber, und ich habe nicht entdecken können, ob sich die Ziege mit ihr gerettet hat, und das ist alles, was ich davon weiß."

„Ich will Euch noch mehr wissen lassen," schrie Dom Claude, und seine bis dahin leise, langsame und fast dumpfe Stimme war donnernd geworden. „Sie hat in der That ihre Zuflucht zur Kirche Notre-Dame genommen. Aber in drei Tagen wird die Gerechtigkeit sie dort wieder ergreifen, und sie wird auf dem Grèveplatze gehangen werden. Es liegt ein Parlamentsbeschluß vor."

„Das ist traurig," sagte Gringoire.

Der Priester war im Nu wieder kalt und ruhig geworden.

„Und wer Teufel," begann der Dichter wieder, „hat sich denn das Vergnügen gemacht, ein Ergänzungsurtheil zu beantragen. Konnte man das Parlament nicht in Frieden lassen? Was macht es, wenn ein armes Mädchen sich hinter den Strebepfeilern von Notre-Dame, neben den Schwalbennestern, in Sicherheit bringt?"

„Es giebt Satane in der Welt," antwortete der Archidiaconus.

„Das ist verteufelt schlecht eingefädelt," bemerkte Gringoire.

Der Archidiaconus nahm nach einer Pause wieder das Wort:

„Also sie hat Euch das Leben gerettet?"

„Bei meinen guten Freunden, den Landstreichern. Es fehlte noch ein Haar breit und ich wurde gehangen. Es müßte ihnen heute noch leid thun."

„Wollt Ihr denn gar nichts für sie thun?"

„Ich wünsche nichts mehr, als das, Dom Claude; aber wenn ich mir eine häßliche Geschichte auf den Hals lade!"

„Was thut's?"

„Bah! was es thut? Ihr seid sehr gütig, Ihr, lieber Meister! Ich habe zwei große Werke angefangen."

Der Priester schlug sich vor die Stirne. Ungeachtet der Ruhe, die er erkünstelte, zeigte von Zeit zu Zeit eine heftige Geberde seine innern Zuckungen.

„Wie sie retten?“

Gringoire sagte zu ihm:

„Theurer Meister, ich will Euch antworten: „Il padelt“, was auf türkisch heißt: Gott ist unsere Hoffnung.“

„Wie sie retten?“ wiederholte Claude in Nachdenken versunken.

Jetzt schlug sich Gringoire vor die Stirn.

„Höret, lieber Meister, ich besitze Phantasie, ich will Euch Mittel und Wege zu finden suchen. Wie, wenn man den König um Begnadigung bäte?“

„Ludwig den Elften! Um Begnadigung?“

„Warum nicht?“

„Geh und nimm dem Tiger seinen Knochen!“

Gringoire begann nach neuen Lösungen zu suchen.

„Nun gut! Halt! . . . Wollt Ihr, daß ich an die Matronen eine Bittschrift richte mit der Erklärung, daß das Mädchen schwanger ist?“

Hier sprühte das hohle Auge des Priesters Flammen.

„Schwanger? Bursche! weißt du vielleicht etwas davon?“

Gringoire war entsetzt über sein Aussehen. Er fuhr schnell fort:

„Oh! ich ganz und gar nicht. Unsere Ehe war ein echtes foris maritagium.Ich bin draußen geblieben. Aber schließlich würde man einen Aufschub damit erlangen.“

„Dummheit! Schande! Schweig'!“

„Ihr habt unrecht, Euch zu erzürnen,“ murmelte Gringoire. „Man erlangt eine Frist: das verursacht niemandem Schaden, und die Matronen, welche arme Frauen sind, gewinnen dabei vierzig Pariser Heller.“

Der Priester hörte nicht auf seine Worte.

„Und doch muß sie von dort fort!“ murmelte er. „Das Urtheil wird binnen drei Tagen vollstreckbar! Uebrigens würde gar kein Parlamentsbeschluß gekommen sein . . . dieser Quasimodo! Die Weiber haben mitunter sehr verdorbene Geschmacksrichtungen!“

Er erhob seine Stimme: „Meister Peter, ich habe reiflich überlegt; es giebt nur ein Rettungsmittel für sie.“

„Welches? Ich, für meine Person, ich sehe keins mehr.“

„Höret zu, Meister Peter, erinnert Euch, daß Ihr dem Mädchen das Leben verdankt. Ich will Euch offen meinen Gedanken sagen. Die Kirche ist Tag und Nacht bewacht; man läßt nur diejenigen wieder heraus, welche man hat hineingehen sehen. Ihr könnt also hineingehen. Ihr werdet hinkommen. Ich werde Euch zu ihr führen. Ihr sollt die Kleider mit ihr vertauschen. Sie wird Euer Wamms, Ihr sollt ihren Rock anziehen."

„So weit geht die Sache gut," bemerkte der Philosoph. „Und dann?"

„Und dann? Sie wird in Euern Kleidern herauskommen; Ihr werdet in den ihrigen dortbleiben. Man hängt Euch vielleicht; aber sie wird gerettet werden."

Gringoire kratzte sich mit sehr ernster Miene hinter dem Ohre.

„Wisset!" sagte er, „das ist fürwahr eine Idee, die mir nicht von allein eingefallen wäre."

Bei dem unerwarteten Vorschlage Dom Claude's hatte sich der offene und gutmüthige Gesichtsausdruck des Dichters plötzlich verfinstert, wie eine lachende Landschaft Italiens, wenn auf einmal ein unglücklicher Windstoß einherfährt, der eine Wolke über die Sonne deckt.

„Nun? Gringoire, was sagt Ihr zu diesem Mittel?"

„Ich sage, theurer Meister, daß man mich nicht vielleicht hängen, sondern daß es mir ohne Zweifel den Hals kosten wird."

„Das geht uns nichts an."

„Den Teufel auch!" sagte Gringoire.

„Sie hat Euch das Leben gerettet. Es ist eine Schuld, die Ihr abtragt."

„Ich habe deren noch viele andere, die ich nicht bezahle!"

„Meister Peter, Ihr müßt unweigerlich."

Der Archidiaconus sprach im befehlenden Tone.

„Höret, Dom Claude," antwortete der Dichter ganz bestürzt. „Ihr haltet an diesem Gedanken fest, und Ihr habt unrecht. Ich sehe nicht ein, warum ich mich an Stelle eines andern soll hängen lassen."

„Was habt Ihr denn, was Euch so sehr ans Leben fesselt?"

„Oh! tausend Gründe."

„Welche? wenn ich fragen darf."

„Welche? Die Luft, den Himmel, den Morgen, den Abend, den Mondschein, meine guten Freunde die Landstreicher, die lustigen Streiche mit den Mädchen, die schönen Baudenkmäler von Paris zu studiren, drei dicke Bücher zu schreiben, davon eins gegen den Bischof und seine Mühlen, und Gott weiß, was noch? Anaxagoras sagte, daß er auf der Welt wäre, um die Sonne zu bewundern. Und dann habe ich das Glück, alle meine Tage, vom Morgen bis zum Abende, mit einem Menschen von Genie zu verleben, nämlich mit mir selbst, und das ist sehr angenehm."

„Ein Hartkopf, um eine Schelle daraus zu machen!" brummte der Archidiaconus . . . „Ei! sprich doch, wer hat dir das Leben, das du dir so angenehm machst, erhalten? Wem verdankst du es, daß du diese Luft athmest, diesen Himmel erblickst, daß du deinen Lerchenkopf noch mit Albernheiten und Possen ergötzen kannst! Wo wärest du, ohne sie? Du bringst es also über dich, daß sie stirbt, sie, durch die du das Leben hast? Sie soll sterben, dieses schöne, süße, anbetungswürdige, zum Lichte der Welt nothwendige Geschöpf, die göttlicher ist, als Gott selbst; während du, halb gescheit und halb närrisch, ein leeres Erzeugnis von irgend etwas, eine Art Pflanze, die zu wandeln und zu denken meint – während du das Leben weiterleben willst, das du ihr gestohlen hast, und das eben so nutzlos ist, wie eine Kerze am hellen Mittage? Wohlan! habe ein wenig Mitleid, Gringoire; jetzt sei du großmüthig, denn sie hat damit den Anfang gemacht."

Der Priester war heftig geworden. Gringoire hörte ihn anfangs mit unentschlossener Miene an, dann wurde er weich, und schnitt endlich eine tragische Grimasse, die sein blasses Gesicht demjenigen eines Neugeborenen ähneln ließ, welches Leibschneiden hat.

„Ihr seid voll Pathos!" sagte er und trocknete eine Thräne. „Nun gut! ich werde es mir überlegen . . . Es ist eine närrische Idee, die Ihr da gehabt habt . . . Überhaupt," fuhr er nach einer Pause fort, „wer weiß! Vielleicht werden sie mich nicht hängen. Nicht immer folgt die Hochzeit auf die Verlobung. Wenn sie mich in jenem Kämmerchen finden sollten, so wunderlich in Weiberrock und Haube herausgeputzt, so werden sie vielleicht in Lachen ausbrechen . . . Und dann, wenn sie mich hängen, ei nun! der Strick ist eine Todesart, wie jede andere, oder besser gesagt, es ist kein Tod, wie ein anderer. Es ist ein des Weisen würdiger Tod, welcher sein ganzes Leben hindurch geschwankt hat: ein Tod, der nicht Fleisch und nicht Fisch ist, wie der Geist des echten Skeptikers, ein Tod, der ganz die Zweifelsucht und Unschlüssigkeit ausdrückt, der die Mitte zwischen Himmel und Erde hält, der einen in der Schwebe hält. Es ist der Tod eines Philosophen, und ich bin vielleicht vom Schicksale dazu auserwählt. Es ist prächtig zu sterben, wie man gelebt hat."

Der Priester unterbrach ihn: „Sind wir einig?"

„Was ist der Tod, alles in allem genommen?" fuhr Gringoire mit Überspanntheit fort. „Ein schlechter Augenblick, eine Zollstätte, der Uebergang vom Wenig zum Nichts. Als jemand den Kerkidas von Megalopolis gefragt hatte, ob er gern stürbe: „Warum nicht?" antwortete er; „denn nach meinem Tode werde ich jene großen Männer: einen Pythagoras unter den Philosophen, Hekatäus unter den Geschichtsschreibern, Homer unter den Dichtern, Olympus unter den Musikern sehen.""

Der Archidiaconus reichte ihm die Hand hin: „Es ist also abgemacht? Ihr werdet morgen kommen?“

Diese Bewegung brachte Gringoire zur Wirklichkeit zurück.

„Ach, meiner Treu, nein!“ sagte er im Tone eines Menschen, der aus dem Traume erwacht. „Gehangen werden? Das ist zu albern. Ich mag nicht.“

„Gott befohlen denn!“ Und der Archidiaconus fügte, zwischen den Zähnen murmelnd, hinzu: „Ich werde dich wiederfinden!“

„Ich mag nicht, daß dieser Teufel von Menschen mich wiederfinde,“ dachte Gringoire; und er lief hinter Dom Claude her. „Wartet doch, Herr Archidiaconus, kein Groll unter alten Freunden! Ihr interessirt Euch für dieses Mädchen, für meine Frau, will ich sagen, das ist gut. Ihr habt eine Kriegslist ausgedacht, um sie heil aus Notre-Dame herauszubringen, aber Euer Mittel ist äußerst unangenehm für mich, den Gringoire ... Wenn ich nun dafür ein anderes hätte! ... Ich will Euch nun mittheilen, daß mir eben plötzlich, in diesem Augenblicke, ein sehr lichtvoller Gedanke gekommen ist ... Wenn ich nun einen rathsamen Einfall hätte, um sie aus dem schlimmen Handel herauszuziehen, ohne daß mein Hals mit der kleinsten Strickschleife in Collision geriethe? Was würdet Ihr dazu sagen? Würde Euch das gar nicht zufrieden stellen? Ist es unbedingt nothwendig, daß ich gehangen werde, damit Ihr zufrieden seid?“

Der Priester riß vor Ungeduld die Knöpfe von seinem Oberkleide ab. „Eine Flut von Worten! ... Worin besteht dein Mittel?“

„Ja,“ versetzte Gringoire, indem er in sich hineinsprach, und zum Zeichen der Ueberlegung den Zeigefinger an seine Nase legte ... „das ist's! ... Die Landstreicher sind tapfere Burschen ... Die Zigeunerhorde liebt sie! ... Ein Handstreich ... Mit Hilfe der Verwirrung wird man sie leicht entführen können! ... Schon morgen Abend ... Sie können es nicht besser wünschen.“

„Das Mittel! sprich!“ sagte der Priester ihn schüttelnd.

Gringoire wandte sich würdevoll nach ihm um: „Laßt mich doch zufrieden! Ihr seht ja wohl, daß ich eben entwerfe.“ Er überlegte noch einige Augenblicke, dann fing er an, bei seinem Gedanken in die Hände zu klatschen, indem er rief: „Bewunderungswürdig! sicherer Erfolg!“

„Das Mittel!“ wiederholte Claude zornig.

Gringoire strahlte vor Freude.

„Kommt, ich will es Euch ganz leise sagen. Es ist wahrhaftig eine kühne Gegenlist, die uns alle aus der fatalen Lage herauszieht. Bei Gott! Ihr müßt gestehen, daß ich kein Dummkopf bin!“

Er unterbrach seine Rede:

„Ach so! befindet sich die kleine Ziege bei dem Mädchen?“

„Ja. Daß dich der Teufel hole!“

„Diese würden sie auch gehangen haben, nicht wahr?“

„Was geht mich das an?“

„Ja, sie würden sie gehangen haben. Sie haben ja auch im vergangenen Monate ein Schwein gehangen. Der Henker thut das gern; nachher verzehrt er das Thier. Meine reizende Djali hängen! Armes kleines Lamm!“

„Verflucht!“ rief Dom Claude aus. „Der Henker bist du. Welches Rettungsmittel hast du denn ausfindig gemacht, Narr? Soll man dir deine Idee mit der Geburtszange entreißen?“

„Gemach, Meister! Eben sollt Ihr sie erfahren.“

Gringoire neigte sich zum Ohre des Archidiaconus und sprach ganz leise mit ihm, wobei er einen unruhigen Blick von einem Ende der Straße zum andern warf, auf der doch niemand hinging. Als er geendigt hatte, ergriff ihn Dom Claude bei der Hand und sagte kalt zu ihm:

„Es ist gut. Auf morgen also!“

„Auf morgen,“ wiederholte Gringoire.

Und während sich der Archidiaconus nach einer Seite entfernte, ging er nach der entgegengesetzten davon, währenddem er mit halber Stimme zu sich sprach: „Das ist ein kühnes Unternehmen, Herr Peter Gringoire. Thut nichts; es ist nicht gesagt, daß, weil man ein geringer Mann ist, man vor einem großen Unternehmen erschrecken soll. Biton trug einen großen Stier auf seinen Schultern; die Bachstelzen, die Grasmücken und Schwarzkehlchen fliegen über den Ocean.“

2. Werdet ein Landstreicher!

Der Archidiaconus fand, als er nach dem Kloster zurückkehrte, an der Thür seiner Zelle seinen Bruder Johann-du-Moulin, welcher ihn erwartete, und der sich die Langeweile des Wartens damit vertrieben hatte, daß er mit einer Kohle das Profil seines Bruders, mit einer riesigen Nase geschmückt, an die Mauer zeichnete.

Dom Claude beachtete kaum seinen Bruder; er hatte andere Sorgen. Das fröhliche Antlitz des Taugenichts, dessen freudiger Ausdruck so viele Male die düstere Physiognomie des Priesters wieder aufgeheitert hatte, war jetzt ohnmächtig, den Schatten zu zerstreuen, der sich mit jedem Tage dichter über diese verderbte, mephitische und sumpfige Seele senkte.

„Lieber Bruder,“ sagte Johann schüchtern, „ich komme, um Euch zu besuchen.“

Der Archidiaconus wandte kaum die Blicke nach ihm hin. „Weiter!“

„Lieber Bruder,“ fuhr der Heuchler fort, „Ihr seid so gütig gegen mich, und Ihr gebt mir so gute Rathschläge, daß ich immer wieder zu Euch zurückkehre.“

„Was weiter?“

„Ach! lieber Bruder, Ihr hattet wohl Recht, als Ihr mir sagtet: „Johann! Johann! cessat doctorum doctrina, discipulorum disciplina.Johann, werdet vernünftig, Johann, lernt etwas, Johann, bleibt die Nächte nicht aus der Schule weg ohne triftigen Grund und ohne die Erlaubnis des Lehrers. Prügelt Euch nicht mit den Picarden herum (noli Johannes, verberare Picardos). Verfaulet nicht, wie ein ungelehrter Esel (quasi asinus illiteratus) auf dem Schulstroh. Johann, laßt Euch nach Belieben des Lehrers bestrafen. Johann, gehet alle Abende zur Kapelle, und singet dort zu Ehren unserer lieben Frau, der ruhmreichen Jungfrau Maria, eine Antiphonie mit Bibelvers und Gebet.“ Wehe! was waren das für ausgezeichnete Rathschläge!“

„Und dann?“

„Lieber Bruder, Ihr sehet einen Schuldigen, einen Verbrecher, einen Elenden, einen ausschweifenden Gesellen, einen abscheulichen Menschen vor Euch! Mein theurer Bruder, Johann hat aus Euern Rathschlägen Stroh und Mist gemacht, um mit den Füßen darauf herumzutreten. Ich bin dafür sehr gestraft, und der liebe Gott ist außerordentlich gerecht. So lange ich Geld hatte, habe ich geschmaust, Thorheiten getrieben und ein lustiges Leben geführt. Ach! wie häßlich und verdrießlich ist ein liederliches Leben, so sehr es einen anfangs anlachte, am Ende! Jetzt besitze ich keinen Weißpfennig mehr; ich habe mein Tischtuch, mein Hemde und mein Handtuch verkauft; aus ist es mit dem lustigen Leben! Die schöne Kerze ist verloschen, und ich habe nur noch den häßlichen Talgdocht, der mir in die Nase stinkt. Die Mädchen machen sich lustig über mich. Ich trinke Wasser. Ich werde von Gewissensbissen und Gläubigern gemartert.“

„Das Ende?“ sagte der Archidiaconus.

„Ach! allertheuerster Bruder, ich möchte gern zu einem bessern Lebenswandel zurückkehren. Ich komme voll Zerknirschung zu Euch. Ich empfinde Reue. Ich bekenne es. Ich zerschlage meine Brust mit mächtigen Faustschlägen. Ihr hattet sehr Recht mit Eurem Wunsche, daß ich eines Tages Licenciat und Untermonitor am Collegio Torchi werden sollte. Auf einmal fühle ich jetzt ein glänzendes Talent für diesen Stand in mir. Aber ich habe keine Tinte mehr, ich muß mir wieder welche kaufen; ich habe keine Federn mehr, die muß ich mir wieder besorgen; ich habe kein Papier, keine Bücher mehr, das alles muß ich mir wieder anschaffen. Dafür gebrauche ich nothwendig ein wenig baares Geld, und ich komme zu Euch, lieber Bruder, voller Zerknirschung.“

„Ist das alles?“

„Ja,“ sagte der Schüler. Ein wenig Geld.“

„Ich habe keins."

Da sagte der Student mit ernster und zugleich entschlossener Miene:

„Nun gut! lieber Bruder. Es thut mir leid, Euch sagen zu müssen, daß man mir andererseits sehr schöne Anerbieten und Vorschläge gemacht hat. Ihr wollt mir also kein Geld geben? . . . Nein? . . . In diesem Falle gehe ich und werde ein Landstreicher."

Während er dieses furchtbare Wort aussprach, nahm er eine Ajaxmiene an, weil er sich darauf gefaßt machte, den Blitz auf sein Haupt fallen zu sehen.

Der Archidiaconus sagte in kaltem Tone zu ihm:

„Werdet Landstreicher!"

Johann grüßte ihn mit tiefer Verbeugung und stieg pfeifend die Klostertreppe wieder hinunter.

In dem Augenblicke, wo er im Hofe des Klosters, unter dem Fenster der Zelle seines Bruders vorbeiging, hörte er, wie dieses Fenster sich öffnete; er hob die Nase in die Höhe und sah das strenge Haupt des Archidiaconus durch die Oeffnung herausfahren.

„Scher' dich zum Teufel!" rief Dom Claude, „hier ist das letzte Geld, das du von mir bekommen wirst."

Zu gleicher Zeit warf der Priester seinem Bruder Johann eine Börse zu, die dem Studenten eine dicke Beule an der Stirn verursachte, und mit welcher Johann, erzürnt und zufrieden zugleich, wie ein Hund, den man mit Markknochen werfen würde, davonging.

3. Es lebe die Fröhlichkeit!

Der Leser hat vielleicht nicht vergessen, daß ein Theil des Wunderhofes von der alten Ringmauer der Stadt eingeschlossen wurde, von der eine hübsche Anzahl Thürme schon zu dieser Zeit in Verfall zu gerathen begannen. Einer dieser Thürme war von den Landstreichern in einen Vergnügungsort verwandelt worden. Es befand sich eine Schenke in dem untern Saale, die übrigen Räume lagen in den obern Stockwerken. Dieser Thurm war der lebhafteste und infolge dessen auch der abschreckendste Sammelpunkt der Landstreichersippe. Es war eine Art ungeheurer Bienenschwarm, der dort Tag und Nacht summte. Nachts, wenn der übrige Bettlerschwarm schlief, wenn kein Fenster in den schmutzigen Häuserfronten des Platzes mehr erleuchtet war, wenn man aus jenen zahllosen Häuschen, von jenen aus Dieben, Dirnen und gestohlenen oder unehelichen Kindern gebildeten Menschenhaufen kein Geschrei mehr ertönen hörte, so erkannte man immer noch den lustigen Thurm an dem Lärme, welcher aus seinem Innern scholl, an dem rothen Lichte, welches zugleich in Kellerlöchern, Fenstern, in den Spalten gesprungener Mauern schimmernd, gewissermaßen aus allen seinen Poren hervorstrahlte.

Der Kellerraum war also die Kneipe. Man stieg durch eine niedrige Thüre und vermittelst einer Treppe, die gerade so schwerfällig war, wie ein klassischer Alexandriner, in sie hinab. Ueber der Thür befand sich, anstatt des Schildes, eine merkwürdige Schmiererei, welche neue Heller und geschlachtete Hühnchen vorstellte, mit dem Wortspiele darunter: „Zu den Glöcknern für die Verstorbenen."

Eines Abends, in dem Augenblicke, wo das Abendgeläute von allen Glockentürmen von Paris erklang, hätten die Soldaten der Nachtwache, wenn man ihnen erlaubt hätte, den schrecklichen Wunderhof zu betreten, bemerken können, daß in der Herberge der Landstreicher noch mehr Lärm tobte, als gewöhnlich; daß man dort noch mehr zechte und fluchte. Draußen auf dem Platze waren zahllose Gruppen, welche sich mit leiser Stimme unterhielten, wie wenn ein großes Vorhaben angesponnen wird, und hier und da kauerte ein Kerl, welcher eine schlechte Eisenklinge auf dem Pflaster wetzte.

In der Schenke selbst waren der Wein und das Spiel indessen eine so mächtige Ablenkung von den Gedanken, welche an diesem Abende da die Landstreichersippe beschäftigten, daß es schwer gewesen wäre, aus den Reden der Trinker zu errathen, um was es sich handelte. Nur hatten sie eine fröhlichere Miene, als gewöhnlich; und man sah bei ihnen allen irgend eine Waffe zwischen den Schenkeln glänzen: eine Hippe, eine Axt, einen großen Pallasch oder den Haken einer alten Donnerbüchse.

Der Saal von runder Form war sehr groß; aber die Tische waren so eng aneinander gerückt, und die Zecher so zahlreich, daß alles, was die Schenke enthielt: Männer, Weiber, Bänke, Bierkrüge, einige, die tranken, schliefen oder spielten, die Gesunden, die Lahmen bunt durcheinander mit ebenso viel Ordnung und Eintracht zusammengepfercht schienen, wie ein Haufen Austerschalen. Auf den Tischen brannten einige Talgkerzen; aber die wirkliche Beleuchtung der Schenke, die, welche in ihr die Rolle des Kronleuchters in einem Opernsaale ausfüllte, war das Feuer. Diese Höhle war so feucht, daß man in ihr den Kamin niemals, selbst im Hochsommer nicht, kalt werden ließ. Der ungeheure Kamin hatte einen mit Steinmetzarbeit verzierten Rauchfang, war von oben bis unten mit eisernen Feuerböcken und Küchengeräth behangen; darin brannte eines jener großen, von Holz und Torf genährten Feuer, welches nachts in den Dorfstraßen den Glutschein der Schmiedefenster so grell auf die gegenüberliegenden Mauern wirft. Ein großer Hund, welcher ernsthaft in der Asche saß, drehte vor der Glut einen mit Fleischstücken behangenen Bratspieß. Wie groß auch immer die Verwirrung auf den ersten Blick war, so konnte man doch in dieser Menschenmenge drei Hauptgruppen unterscheiden, die sich um drei Personen herum drängten, welche der Leser bereits kennt. Die eine dieser Personen, welche mit allerhand morgenländischem Flitterstaat ausstaffirt war, war Mathias Hungadi Spicali, der Herzog von Aegypten und Böhmen. Der Halunke saß mit übereinander geschlagenen Beinen auf einem Tische, hatte den Finger erhoben und theilte mit lauter Stimme den zahlreichen Zuhörern, die ihn mit offenem Munde umstanden, von seinem Wissen in der weißen und schwarzen

Magie mit. Ein anderer Haufe drängte sich um unsern alten Freund, den heldenmütigen König von Thunes, der bis an die Zähne bewaffnet war. Clopin Trouillefou vertheilte mit sehr ernster Miene und leiser Stimme den Inhalt einer ungeheuern, mit Waffen gefüllten Tonne, die breit vor ihm hingestürzt war, und aus welcher, wie Aepfel und Trauben aus einem Füllhorne, Aexte, Schwerter, Sturmhauben, Panzerhemden, Schilde, Lanzen- und Wurfspießspitzen, Pfeile und Bolzen in Menge herausfielen. Jeder nahm von dem Haufen: der die Pickelhaube, jener den Stoßdegen, ein anderer den Ritterdolch mit dem Kreuzgriffe. Selbst die Kinder bewaffneten sich, und sogar Krüppel fanden sich, welche geharnischt und gepanzert, zwischen den Beinen der Zecher wie große Käfer durchkrochen. Endlich sperrte ein dritter, und zwar der lärmendste, lustigste und zahlreichste Zuhörerkreis, die Bänke und Tische, inmitten welcher eine flötende Stimme, die unter einer wuchtigen Rüstung, vollständig vom Helm bis zu den Sporen, hervorklang, schwatzte und fluchte. Das Individuum, welches sich so eine vollständige Ritterrüstung auf den Leib geladen hatte, verschwand dergestalt unter dem Kriegsgewande, daß man nichts weiter von seiner Person, als eine freche, rothe, aufgestülpte Nase, einen Zopf blonder Haare, einen rothen Mund und dreiste Augen sah. Er trug den Gürtel voll Messer und Dolche, einen großen Degen an der Seite, hielt eine verrostete Armbrust in seiner Linken, und vor ihm stand eine riesige Schleifkanne mit Wein, ganz zu schweigen von einem dicken Mädchen mit bloßen Brüsten, die zu seiner Linken stand. Alle die Mäuler rings um ihn her lachten, fluchten und tranken.

Man denke sich noch zwanzig Nebengruppen dazu: die Aufwärter und Aufwärterinnen, die mit Kannen auf den Köpfen herumliefen, die Spieler, welche sich über die Kugeln, über das Mühlenspiel, über die Würfel, über die Brettsteine, über das leidenschaftliche Stäbchenspiel bückten, die Streitigkeiten in dem einen Winkel, das Schäkern und Küssen im andern, und man wird sich eine Vorstellung von dem Ganzen machen können, über welchem der Schein eines großen flammenden Feuers flackerte, das zahllose riesige und wunderliche Schattenbilder an den Wänden der Schenke tanzen ließ. Was den Lärm betrifft, so glich er dem Innern eines Glockenturmes, wenn alle Glocken läuten.

Die Bratpfanne, in welcher eine Lache Fett schmorte, füllte mit ihrem fortwährenden Knattern die Pausen dieser zahllosen Unterhaltungen aus, welche von einem Ende des Saales zum andern flogen.

Mitten in diesem Lärme, im Hintergrunde der Schenke, auf einer Bank neben dem Kamine, saß ein Philosoph, welcher nachdachte, die Füße in die Asche gesteckt, das Auge auf die Feuerbrände gerichtet. Es war Peter Gringoire.

„Wohlauf, schnell! waffnet euch! in einer Stunde begiebt man sich auf den Marsch!“ sprach Clopin Trouillefou zu den ihn umringenden Gaunern.

Ein Mädchen trällerte:

„Guten Abend, lieber Vater, liebe Mutter,
Die Letzten löschen das Feuer.“

Zwei Spieler stritten sich.

„Bube?“ rief der am meisten Geröthete, indem er dem andern die Fauste wies, „ich will dir Points im Treff anlegen. Du kannst den Treffbuben beim Kartenspiel unseres gnädigen Herrn des Königs vertreten.“

„Au!“ rief ein Normanne, der an seinem näselnden Tone erkenntlich war, „man ist hier wie die Heiligen von Caillouville zusammengedrängt!“

„Kinder,“ sagte der Herzog von Aegypten zu seinen Zuhörern, indem er im Falset sprach, „die Hexen in Frankreich eilen ohne Besen, ungesalbt und unberitten, nur mit Hilfe einiger Zauberworte zum Hexentanze. Die Hexen in Italien haben immer einen Bock, der sie an ihren Thüren erwartet. Alle sind verpflichtet, durch den Schornstein davonzufliegen.“

Die Stimme des jungen, von Kopf bis zu Fuß geharnischten Kerls übertönte den verworrenen Lärm.

„Juchhe! Juchhe!“ rief er. „Meine ersten Waffenthaten verrichte ich heute! Als Landstreicher! Ich bin Landstreicher, beim Leibe Christi! Schenket mir zu trinken ein! . . . Meine Freunde, ich heiße Johann Frollo-du-Moulin, und ich bin ein Edelmann. Ich bin der Meinung, daß, wenn Gott ein Kriegsmann wäre, er ein Räuber werden würde. Brüder, wir wollen einen schönen Zug unternehmen. Wir sind tapfre Männer. Eine Kirche zu erstürmen, die Thüren einzuschlagen, das schöne Mädchen herauszureißen, sie aus den Händen der Richter, aus den Händen der Priester zu retten, das Kloster zu schleifen, den Bischof in seinem Bisthume zu verbrennen – das führen wir in kürzerer Zeit aus, als ein Bürgermeister braucht, um einen Löffel voll Suppe zu essen. Unsere Sache ist gerecht, wir wollen Notre-Dame ausplündern, und damit soll alles ausgemacht sein. Wir wollen Quasimodo hängen. Kennt ihr den Quasimodo, ihr Jungfräulein? Habt ihr ihn gesehen, wie er bei der Brummglocke an einem Tage des hohen Pfingstfestes außer Athem gerieth? Beim Horne Gottes! das ist schön! Man sollte meinen, er wäre der Teufel auf einem Höllenrachen reitend . . . Meine Freunde, höret mich an, ich bin Landstreicher im Grunde meines Herzens, ich bin Gauner von ganzer Seele, ich bin zum Diebe geboren. Ich bin sehr reich gewesen und habe mein Hab und Gut durchgebracht. Meine Mutter wollte einen Offizier, mein Vater einen Subdiaconus, meine Tante einen Criminalrath, meine Großmutter einen Protonotar des Königs, meine Großtante einen Schatzmeister in kurzem Gewande aus mir machen, ich aber, ich bin ein Landstreicher geworden. Ich habe das meinem Vater gesagt, der mir seinen Fluch ins Gesicht spie, dann meiner Mutter, welche als alte Frau zu weinen und zu geifern begann, wie jenes Scheit auf dem Feuerbocke. Es lebe die Freude! Ich bin ein echter Tollhäusler!

Wirthin, mein Liebchen, andern Wein! Ich habe noch Geld zum bezahlen. Ich mag keinen Wein mehr von Surène. Er beizt mir den Schlund. Ich möchte mir, Potz Blitz! ebenso gern die Gurgel mit einem Korbe aushecheln!“

Währenddem gab die Menge ihren Beifall mit lautem Gelächter zu erkennen; und als der Student sah, daß der Tumult sich um ihn verdoppelte, rief er:

„Ach! ein köstlicher Lärm! Populi debacchantis populosa debacchatio!“Nun begann er, das Auge wie in Verzückung getaucht, mit dem Tone eines Kanonikus, der die Vesper anstimmt, zu singen: Quae cantica! quae organa! quae cantilenae! quae melodiae hic sine fine decantantur! sonant melliflua hymnoroum organa, suavissima angelorum melodia, cantica canticorum mira! . . .“Er unterbrach seinen Gesang:

„Speisewirthin des Teufels, gieb mir etwas zum Abendessen.“

Einen Augenblick hindurch trat fast Ruhe ein, während welcher der Herzog von Aegypten, der seine Zigeuner unterrichtete, seine kreischende Stimme erhob:

„Das Wiesel heißt Aduine, der Fuchs Blaufuß oder Waldläufer, der Wolf Graufuß oder Goldfuß, der Bär der Alte oder der Großvater . . . Die Kappe eines Gnomen macht unsichtbar und läßt unsichtbare Dinge erblicken . . . Jede Kröte, welche man tauft, muß in rothen oder schwarzen Sammet gekleidet sein, eine Schelle um den Hals haben und eine an den Füßen. Der Pathe hält den Kopf, die Pathin das Hintertheil. Sidragasum heißt der Teufel, welcher die Macht besitzt, die Mädchen ganz nackt tanzen zu lassen.“

„Bei der heiligen Messe!“ rief Johann dazwischen, „ich möchte wohl der Teufel Sidragasum sein.“

Unterdessen fuhren die Landstreicher fort sich zu waffnen, während sie am andern Ende der Schenke mit einander flüsterten.

„Diese arme Esmeralda!“ sagte ein Zigeuner . . . „Sie ist unsere Schwester . . . Wir müssen sie von da herausholen . . .“

„Ist sie denn noch immer in Notre-Dame?“ nahm ein Handelsmann von jüdischem Aussehen das Wort.

„Ja, bei Gott!“

„Nun gut, Kameraden!“ rief der Handelsmann, „in Notre-Dame! Um so besser; denn in der Kapelle der heiligen Féréol und Ferrution befinden sich zwei Bildsäulen: die eine von Johannes dem Täufer, die andere vom heiligen Antonius, ganz aus Gold, welche zusammen siebzehn Mark und fünfzehn EstellinsGoldgewicht haben; und die Fußgestelle aus vergoldetem Silber sind siebzehn Mark fünf Unzen schwer. Ich kenne das; ich bin Goldschmied.“

Jetzt trug man Johann sein Abendessen auf. Er rief, während er sich an die Brust des Mädchens an seiner Seite lehnte:

„Beim heiligen Voult-de-Lucques, den das Volk den heiligen Goguelu nennt, ich bin vollkommen glücklich. Da vor mir sehe ich einen Dummkopf, der mich mit dem glatten Gesichte eines Erzherzoges betrachtet. Zu meiner Linken sitzt ein anderer, der so lange Zähne hat, daß sie ihm das Kinn verstecken. Und dann mache ich es, wie der Marschall von Gié bei der Belagerung von Pontoise, ich halte meine Rechte auf eine Brustwarze gestützt . . . Beim Leibe des Mahomet! du siehst ja aus wie ein Stoffhändler, und du willst dich neben mich setzen! Ich bin adlig, Freund. Der Handel verträgt sich nicht mit dem Adel. Scher' dich weg von da . . . Holla! he! Ihr da, schlagt euch nicht! Wie, Baptist Croque-Oison, du, der eine so schöne Nase hat, will sie gegen die dicken Fäuste dieses Tölpels aufs Spiel setzen! Narr! Non cuiquam datum est habere nasum . . .Du bist wahrhaft himmlisch, Jacqueline Rouge-Oreille! es ist schade, daß du keine Haare hast . . . Holla! ich heiße Johann Frollo, und mein Bruder ist Archidiaconus. Möge ihn der Teufel holen! Alles, was ich euch sage, ist die reine Wahrheit. Als ich Gauner wurde, habe ich mit freudigem Herzen auf die Hälfte eines im Paradiese gelegenen Hauses verzichtet, welche mir mein Bruder versprochen hat. Dimidiam domum in paradiso.Ich führe die Originalworte an. Ich habe ein Lehengut in der Straße Tirechappe, und alle Weiber sind in mich verliebt, so gewiß, als es wahr ist, daß der Heilige Eligius ein ausgezeichneter Goldschmied war, und daß zu den fünf Handwerken der guten Stadt Paris die Lohgerber, die Weißgerber, die Lederbereiter, die Beutelmacher und die Lederschwitzer gehören, und daß der heilige Laurentius mit Eierschalen verbrannt worden ist. Ich schwöre es euch zu, Kameraden,

Daß ich nicht trinke in einem Jahr
Vom Honigmeth, wenn das nicht wahr!

„Meine Schöne, es ist Mondenschein; sieh doch da unten durch das Kellerloch, wie der Wind die Wolken zerzaust! So mache ich es mit deinem Brusttuche . . . Ihr Mädchen! schnäuzet die Kinder und die Lichter . . . Christus und Mahomet! Was esse ich denn da, beim Jupiter? He! alte Vettel! die Haare, welche man nicht auf dem Kopfe deiner Dirnen findet, die findet man in deinen Eierkuchen wieder. Höre, Alte! ich esse die Eierkuchen gern ohne Haare. Möge der Teufel dich plattnasig machen! . . . Eine schöne Wirtschaft des Beelzebub, wo die Dirnen sich mit den Gabeln kämmen!"

Als er so gesprochen hatte, schmetterte er seinen Teller auf den Boden und begann aus vollem Halse zu singen:

„Traun! ich acht',
Bei Christi Tod,
Weder Treue, noch Gebot.
Herd und Haus –
Mach' mir nichts draus!

Gott und König –
Gilt mir gleich wenig!

Unterdessen hatte Clopin Trouillefou seine Waffenvertheilung beendigt. Er näherte sich Gringoire, welcher die Beine über einen Feuerbock gestreckt, in tiefes Nachsinnen versunken schien.

„Freund Peter," sagte der König von Thunes, „zum Teufel, an was denkst du?"

Gringoire drehte sich mit einem schwermüthigen Lächeln nach ihm um.

„Ich habe das Feuer gern, lieber Herr. Nicht aus dem alltäglichen Grunde, weil das Feuer unsere Füße wärmt oder unsere Suppe kocht, sondern weil es Funken giebt. Manchmal verbringe ich ganze Stunden damit, die Funken zu beobachten. Ich entdecke tausenderlei Dinge in diesen Sternen, welche durch den schwarzen Hintergrund des Herdes sprühen. Auch diese Sterne da sind Welten."

„Der Donner soll mich –, wenn ich dich verstehe!" sagte der Bettler. „Weißt du, wie viel Uhr es ist?"

„Ich weiß nicht," antwortete Gringoire.

Clopin trat jetzt an den Herzog von Aegypten heran.

„Kamerad Mathias, die Stunde ist nicht gut gewählt. Man sagt, der König Ludwig der Elfte sei in Paris."

„Ein Grund mehr, um ihm unsere Schwester aus den Klauen zu reißen," antwortete der alte Zigeuner.

„Du sprichst wie ein Mann, Mathias," sagte der König von Thunes. „Uebrigens werden wir leichte Arbeit haben. In der Kirche ist kein Widerstand zu fürchten. Die Domherrn sind Hasenfüße, und wir sind stark an Zahl. Die Herren vom Parlamente werden morgen sehr gefoppt sein, wenn sie sie holen wollen!"

„Bei den Gedärmen des Papstes! ich mag nicht, daß man das hübsche Mädchen aufhängt!"

Clopin verließ die Schenke.

Diese ganze Zeit hindurch rief Johann mit heiser gewordener Stimme:

„Ich trinke, ich esse, ich bin betrunken, ich bin Jupiter! . . . Ei! Pierre-l'Assommeur, wenn du mich noch einmal so ansiehst, werde ich deine Nase mit Nasenstübern bedenken."

Gringoire seinerseits, der aus seinen Grübeleien herausgerissen war, fing an, sich die wilde und lärmende Scene, welche ihn umgab, zu betrachten und murmelte zwischen den Zähnen: Luxuriosa res vinum et tumultuosa ebrietas.Ach! wie sehr habe ich recht, nicht zu trinken, und wie treffend sagt der heilige Benedikt: Vinum apostatare facit etiam sapientes!"

In diesem Augenblicke trat Clopin wieder in die Schenke ein und rief mit donnernder Stimme: „Mitternacht!"

Bei diesem Worte, das die Wirkung hervorbrachte, wie das Signal zum Aufsitzen auf ein rastendes Regiment, stürzten alle Bettler, Männer, Weiber und Kinder haufenweise mit großem Waffenlärme und Gerassel zur Schenke hinaus.

Der Mond hatte sich verhüllt.

Der Wunderhof war ganz dunkel. Nirgends bemerkte man ein Licht. Und dennoch war er ganz und gar nicht verlassen. Man unterschied hier einen Haufen Männer und Weiber, welche leise miteinander sprachen. Man hörte sie summen und sah aller Art Waffen in der Dunkelheit blitzen. Clopin stieg auf einen großen Stein.

„An Eure Plätze, Gauner! an Eure Plätze, Aegypten und Galiläa!"

Eine Bewegung entstand in der Dunkelheit. Die ungeheure Menschenmenge schien sich in Colonnen zu ordnen. Nach einigen Minuten erhob der König von Thunes noch einmal die Stimme:

„Jetzt, Schweigen beim Durchzuge durch Paris! Das Paßwort ist: „Messer in der Tasche!" Die Fackeln werden erst bei Notre-Dame angezündet! Marsch!"

Zehn Minuten später flohen die Reiter der Nachtwache entsetzt vor einem langen Zuge schwarzer und schweigender Männer einher, welcher nach der Wechslerbrücke zu, durch die krummen Straßen hinabzog, die nach allen Richtungen hin das feste Hallenviertel der Stadt durchschneiden.

4. Der ungeschickte Freund

In dieser nämlichen Nacht schlief Quasimodo nicht. Er hatte soeben seinen letzten Rundgang in der Kirche gemacht. Er hatte nicht bemerkt, daß in dem Augenblicke, wo er ihre Thüren schloß, der Archidiaconus an ihm vorbeigegangen und einigen Verdruß gezeigt hatte, als er sah, wie er sorgfältig den ungeheuern Eisenbeschlag, der ihren breiten Flügeln die Festigkeit einer Mauer verlieh, mit Riegeln und Vorhängeschlössern sperrte. Dom Claude zeigte eine noch sorgenvollere Miene, als gewöhnlich. Uebrigens mißhandelte er Quasimodo beständig seit dem nächtlichen Vorfalle in der Zelle; aber umsonst behandelte er ihn grob, schlug ihn manchmal sogar: nichts erschütterte die Unterwürfigkeit, die Geduld und opferfähige Gelassenheit des treuen Glöckners. Von Seiten des Archidiaconus ertrug er alles: Schmähungen, Drohungen, Schläge, ohne einen Vorwurf zu murmeln oder eine Klage auszustoßen. Höchstens verfolgte er ihn mit unruhigen Blicken, wenn Dom Claude die Treppe zum Thurme hinaufstieg; aber der

Archidiaconus hatte es von freien Stücken unterlassen, sich wieder vor den Augen der Zigeunerin blicken zu lassen.

Diese Nacht also war Quasimodo, nachdem er seinen so schmählich verlassenen Glocken Jacqueline, Marie und Thibaut einen Blick zugeworfen hatte, auf die Spitze des nördlichen Thurmes gestiegen und begann von da aus Paris zu betrachten, nachdem er seine wohl verschlossene Blendlaterne auf den Bleiplatten niedergestellt hatte. Die Nacht war, wie wir schon gesagt haben, sehr dunkel. Paris, das in diesem Zeitraume gewissermaßen noch keine Beleuchtung hatte, bot dem Auge einen wirren Haufen schwarzer Massen dar, der hier und da von der weißschimmernden Krümmung der Seine durchschnitten wurde. Quasimodo sah nur noch Licht am Fenster eines Gebäudes in der Ferne, dessen undeutlichen und düsteren Umrisse sich hoch über den Dächern nach dem Thore Saint-Antoine hin abzeichneten. Da fand sich auch jemand, der noch wach war.

Während der Glöckner sein einziges Auge in diesem von Nebel und Nacht verhüllten Gesichtskreise herumschweifen ließ, fühlte er in seinem Innern eine unaussprechliche Unruhe. Seit mehreren Tagen war er auf seiner Hut gewesen. Er sah unaufhörlich Leute von unheimlichem Aussehen die Kirche umschleichen, welche die Freistätte des jungen Mädchens nicht aus den Augen ließen. Er überlegte, daß vielleicht irgend ein heimlicher Anschlag gegen den unglücklichen Flüchtling angezettelt würde. Er stellte sich vor, daß beim Volke ein ebensolcher Haß gegen sie vorhanden sei, wie das gegen ihn der Fall war, und daß sich wahrscheinlicherweise bald etwas ereignen müsse. Daher verblieb er auf seinem Glockenturme auf der Lauer, „in sein Nachdenken versunken“, wie Rabelais sagt, das Auge bald auf die Zelle, bald auf Paris gerichtet, und hielt wie ein guter Hund, mit tausend argwöhnischen Gedanken in seiner Seele, sichere Wache.

Plötzlich, während er die große Stadt mit diesem Auge erforschte, das die Natur, gleichermaßen zum Ersatz, so durchdringend geschaffen hatte, daß es fast die übrigen Sinne ersetzen konnte, welche Quasimodo fehlten, schien es ihm, als ob der Schattenriß des Quai de-la-Vieille-Pelletrie etwas Sonderbares zeigte, als ob an diesem Punkte eine Bewegung vor sich ginge, als ob die in der Nacht von der Helle des Wassers sich abhebende Linie der Brustwehr nicht gerade und ruhig bliebe, wie diejenige der übrigen Quais, sondern als ob sie vor dem Blicke wie die Wogen eines Flusses oder wie die Köpfe einer vorwärts schreitenden Menge hin- und herschwanke. Das schien ihm befremdlich. Er verdoppelte seine Aufmerksamkeit. Die Bewegung schien nach der Altstadt heranzukommen. Nirgends war ein Licht zu sehen. Sie dauerte einige Zeit auf dem Quai fort, dann verschwand sie nach und nach, wie wenn das, was vorüberzöge, sich nach der Seineinsel zu bewegte; dann hörte die Bewegung ganz auf, und die Quailinie nahm wieder ihre gerade Richtung und Unbeweglichst an.

In dem Augenblicke, wo Quasimodo sich in Vermuthungen erschöpfte, schien es ihm, als ob die Bewegung wieder in der Straße zum Domvorhofe erschiene, welche sich in gerader Linie mit der Façade von Notre-Dame nach der Altstadt hin verlängert. Endlich sah er, so tief die Dunkelheit auch war, eine Spitze des Zuges aus dieser Straße herauskommen, und in einem Augenblicke sich eine Menge über den Platz ergießen, von der man bei der Finsternis nichts weiter erkennen konnte, als daß es ein Menschenhaufe war.

Dieses Schauspiel hatte seine erschreckende Seite. Wahrscheinlich beobachtete dieser eigentümliche Aufzug, dem es so sehr angelegen zu sein schien, sich in tiefe Nacht zu hüllen, ein ebenso tiefes Schweigen. Indessen mußte der Zug doch irgend ein Geräusch verursachen, wäre es auch nur ein solches von Fußtritten. Dieser Lärm jedoch drang nicht einmal zum Ohre unseres Tauben, und diese große Menschenmenge, von der er kaum etwas sah, geschweige denn etwas hörte, und die nichtsdestoweniger voll Aufregung so nahe an ihm vorbeizog, machte auf ihn den Eindruck eines stummen, gespenstigen Haufens von Todten, der in einer Rauchwolke versteckt war. Es schien ihm, als ob er eine Nebelwolke voll Menschen auf sich loskommen, als ob er Schattengestalten im Dunkel sich bewegen sähe.

Jetzt kehrten seine Besorgnisse bei ihm zurück; der Gedanke an ein Unternehmen gegen die Zigeunerin trat vor seine Seele. Er fühlte dunkel, daß er einer gewaltthätigen Rolle entgegenging. In diesem entscheidenden Augenblicke ging er bei sich mit besserer und entschlossenerer Urteilskraft zu Rathe, als man es von einem so schlecht eingerichteten Gehirne hätte erwarten sollen. Sollte er die Zigeunerin aufwecken? sie entschlüpfen lassen? Wohinaus? Die Straßen waren besetzt, die Kirche lag am Flusse. Kein Kahn war zu sehen! kein Ausweg offen! ... Es gab nur ein Mittel: sich auf der Schwelle von Notre-Dame tödten zu lassen, wenigstens so lange Widerstand zu leisten, bis Hilfe käme, wenn je welche kommen sollte, und den Schlaf der Esmeralda nicht zu stören. Die Unglückselige würde immerhin früh genug geweckt werden, um in den Tod zu gehen. Als er diesen Entschluß einmal gefaßt hatte, fing er an, „den Feind“ mit mehr Ruhe zu beobachten.

Der Haufe schien mit jedem Augenblicke sich auf dem Vorhofe zu vergrößern. Er allein schien der Meinung zu sein, daß er nur sehr wenig Geräusch verursachen müßte, da die Fenster der Straßen und des Platzes geschlossen blieben. Auf einmal glänzte ein Licht, und in einem Augenblicke bewegten sich sieben oder acht brennende Fackeln, deren Flammenbüschel in der Dunkelheit hin- und herfuhren, über den Köpfen. Quasimodo sah jetzt deutlich eine fürchterliche Menge von Männern und Weibern in Lumpen auf dem Domvorhofe sich drängen, die mit Sensen, Piken, Dolchen und Partisanen bewaffnet waren, deren zahllose Spitzen funkelten. Hier und da bildeten schwarze Stellen Ecken in dieser fürchterlichen Kopfzahl. Er erinnerte sich dunkel dieses Pöbelhaufens, und glaubte alle diese Köpfe wiederzuerkennen, die ihn einige Monate früher als Narrenpapst begrüßt hatten. Ein Mann, welcher eine Fackel in einer Hand, in der andern einen Birkenstab hielt, stieg auf einen Eckstein und schien eine Ansprache zu halten. Zu gleicher Zeit machte die seltsame Armee einige Bewegungen, als ob sie rings um die Kirche Aufstellung nähme. Quasimodo packte seine Laterne und stieg auf die Plattform zwischen den Thürmen hinab, um das sonderbare Schauspiel mehr in der Nähe beobachten und auf Vertheidigungsmittel bedacht sein zu können.

Clopin Trouillefou, der vor dem hohen Portale von Notre-Dame angekommen war, hatte in der That seine Truppe in Schlachtordnung aufgestellt. Obgleich er auf gar keinen Widerstand rechnete, so wollte er doch als kluger Feldherr eine Ordnung aufrecht erhalten, die ihm nötigenfalls ermöglichte, einem plötzlichen Angriffe der Nachtwache und der Einunddreißiger von der Polizeiwache Trotz zu bieten. Er hatte seine Truppe derartig aufgestellt, daß man sie, aus der Höhe und von fern gesehen, für das römische Dreieck aus der Schlacht bei Ecnomos, für den Schweinskopf Alexanders, oder für die berühmte Keilstellung Gustav Adolphs hätte halten können. Die Grundlinie dieses Dreieckes stützte sich auf den Hintergrund des Platzes, so daß sie die Straße zum Domvorhofe verrammelte; die eine seiner Seiten beobachtete das Hôtel-Dieu, die andere die Straße Saint-Pierre-aux-Boeufs. Clopin Trouillefou hatte sich mit dem Herzoge von Aegypten, unserem Freunde Johann und den muthigsten Bettlern an die Spitze der Bande gestellt.

Ein Unternehmen, wie dasjenige, welches die Bettler in diesem Augenblicke gegen die Kirche Notre-Dame versuchten, war in den Städten des Mittelalters ganz und gar keine sehr seltene Erscheinung. Das, was wir heutzutage „Polizei" nennen, gab es damals nicht. In den volkreichen Städten, vor allen in den Hauptstädten, war keine einheitliche, bestimmende Centralgewalt vorhanden. Das Lehnswesen hatte diesem großen Gemeinwesen eine wunderliche Einrichtung gegeben. Eine Stadt war eine Vereinigung von tausend Lehnsherrlichkeiten, welche sie in Abtheilungen von allen Formen und Größen theilten. Infolge dessen gab es tausend sich gegenseitig aufhebende Polizeiverordnungen, das heißt: keine Polizeigewalt. In Paris zum Beispiel gab es, unabhängig von den hunderteinundvierzig Lehnsherren, welche richterliche Gewalt beanspruchten, noch fünfundzwanzig, welche Rechtspflege und Lehnsrecht beanspruchten, vom Bischofe von Paris an, der hundertundfünf Straßen innehatte, bis zum Prior von Notre-Dame-des-Champs, welcher deren vier besaß. Alle diese Lehnsgerichtsherren erkannten die Oberlehnsherrlichkeit des Königs nur dem Namen nach an: alle besaßen das Recht der Straßenpolizei. Alle waren Herren in ihrem Bezirke. Ludwig der Elfte, dieser unermüdliche Arbeiter, welcher die Niederreißung des Feudalgebäudes so mächtig begonnen hat, die von Richelieu und Ludwig dem Vierzehnten zum Vortheil der Königsmacht fortgesetzt, und von Mirabeau zum Heile des Volkes beendigt wurde, – Ludwig der Elfte hatte es wohl versucht, dieses Netz von Lehnsgewalten, welches Paris bedeckte, zu zerreißen, indem er gewaltthätig zwei oder drei Verordnungen über allgemeine Polizei mitten hineinwarf. So erließ er im Jahre 1465 einen Befehl an die Einwohner, beim Anbruche der Nacht, bei Strafe des Stranges, ihre Fenster mit Lichtern zu erleuchten und ihre Hunde einzusperren; in demselben Jahre einen andern Befehl, des Abends die Straßen mit eisernen Ketten zu sperren, und das Verbot, des Nachts auf den Straßen Dolche oder Angriffswaffen zu tragen. Aber nach kurzer Zeit kamen alle diese Versuche einer Gemeindegesetzgebung außer Gebrauch. Die Bürger ließen die Lichter in ihren Fenstern vom Winde auslöschen und ihre Hunde herumlaufen; die eisernen Ketten wurden nur beim Belagerungszustande ausgespannt; das Verbot, Dolche zu tragen, führte unter andern Aenderungen nur die herbei, daß der Name der Straße Coupe-Gueule in den Namen Coupe-Gorgeverwandelt wurde, was ein offenbarer Fortschritt ist. Das alte Gerüst der Lehnsgerichtsbarkeiten blieb stehen; und damit der ungeheure Wust von Amtsbezirken und Lehnsherrlichkeiten, die sich in der Stadt durchkreuzten, im Wege standen, sich verwickelten, einander in die Quere geriethen und die Befugnisse abschnitten, nebst dem unnützen Gestrüpp von Wachen, Unterwachen und Gegenwachen, mitten durch die der Diebstahl, Raub und Aufruhr mit bewaffneter Hand hindurchzogen. Bei dieser Verwirrung waren also solche Handstreiche eines Pöbelhaufens auf einen Palast, ein Schloß, ein Haus in den bevölkertsten Stadtvierteln kein unerhörtes Vorkommnis. In den meisten Fällen mischte sich die Nachbarschaft nur dann in die Angelegenheit, wenn die Plünderung bis an ihre eigenen vier Pfähle kam. Sie verstopften sich die Ohren bei den Musketenschüssen, schlossen ihre Fensterladen, verrammelten ihre Thüren, ließen den Streit sich mit oder ohne Nachtwache beilegen, und am andern Tage erzählte man sich in Paris: „Vergangene Nacht ist Etienne Barbette Gewalt angethan worden. Dem Marschall von Clermont ist man an den Leib gegangen, u. s. w.“ Daher hatten nicht allein die königlichen Gebäude: das Louvre, der Palast, die Bastille, die Parlamentsgerichtsgebäude, sondern auch die Wohnsitze der Lehnsherren schlechtweg: Klein-Bourbon, das Hôtel de Sens, das Hôtel d'Angoulème u. s. w. ihre Schießscharten in den Mauern und ihre Lukenerker über den Thoren. Die Kirchen waren durch ihre Heiligkeit geschützt. Einige jedoch, unter deren Zahl Notre-Dame nicht gehörte, waren befestigt. Die Abtey Saint-Germain-des-Prés war mit Zinnen, wie ein Freiherrnsitz versehen, und in ihr war mehr Kupfer noch bei den Bombarden als bei den Glocken verbraucht. Man sah ihre Befestigung noch im Jahre 1610. Heutzutage ist kaum noch ihre Kirche vorhanden.

Kehren wir zu Notre-Dame zurück. Als die ersten Anordnungen getroffen waren (und wir müssen zur Ehre der Bettlermannszucht sagen, daß die Befehle Clopins schweigend und mit einer bewundrungswürdigen Genauigkeit ausgeführt wurden), stieg der würdige Anführer der Bande auf die Brustwehr des Vorhofes und erhob seine rauhe und mürrische Stimme, indem er sich nach Notre-Dame hinwandte und seine Fackel schwang, deren vom Winde bewegtes und jeden Augenblick vom eigenen Rauche verhülltes Licht die geröthete Façade der Kirche den Blicken zeigte und entzog.

„Mit dir, Louis von Beaumont, dem Bischofe von Paris, dem Rathe beim Parlamentsgerichtshofe, rede ich, Clopin Trouillefou, der König der Bettler, der große Fürst, der Herr des Gaunerthums, der Narrenbischof: Unsere Schwester, welche ungerechter Weise wegen Zauberei verurtheilt ist, hat sich in deine Kirche geflüchtet.

Du bist ihr Schutz und Schirm schuldig. Nun will der Parlamentsgerichtshof sie dort wieder festnehmen lassen, und du giebst deine Zustimmung hierzu, dergestalt, daß man sie morgen auf dem Grèveplatze hängen will, wenn Gott und die Bettler nicht da wären. Demnach kommen wir zu dir, Bischof. Wenn deine Kirche geheiligt ist, ist unsere Schwester es auch; wenn unsere Schwester es nicht ist, so ist es deine Kirche auch nicht. Deshalb fordern wir dich auf, uns das Mädchen auszuliefern, wenn du deine Kirche retten willst, oder wir selbst wollen das Mädchen herausholen und werden deine Kirche plündern. Das wird gewiß geschehen. Als Unterpfand dessen pflanze ich hier mein Banner auf und Gott sei dir gnädig, Bischof von Paris!"

Unglücklicherweise konnte Quasimodo diese mit einer Art düsterer und wilder Majestät ausgesprochenen Worte nicht hören. Ein Bettler reichte Clopin sein Banner hin, welches er feierlich zwischen zwei Pflastersteinen aufpflanzte. Es war eine Gabel, an deren Zinken ein blutiges Stück Aas hing. Als das geschehen war, wandte der König von Thunes sich um und ließ seine Augen über das Heer schweifen – jene wilde Menge, deren Blicke fast ebenso sehr, wie ihre Piken funkelten. Nach einer kurzen Pause rief er:

„Vorwärts, Kinder! an die Arbeit, ihr Teufel!"

Dreißig robuste Kerle mit vierschrötigen Gliedmaßen und Schmiedegesichtern traten mit Hämmern, Zangen und eisernen Brechstangen auf den Schultern aus den Reihen hervor. Sie schritten auf die Hauptthür der Kirche los, stiegen die Stufen hinan, und bald sah man sie unter der Wölbung kauern und die Thüre mit Zangen und Brecheisen bearbeiten. Ein Haufe Bettler folgte ihnen, um ihnen beizustehen oder ihnen zuzusehen. Die elf Stufen des Portales waren von ihnen besetzt.

Die Thür indessen hielt tapfer aus. „Teufel! sie ist hart und starrköpfig!" sagte einer. – „Sie ist alt, und sie hat zähe Knorpel," sagte ein anderer. – „Muth! Kameraden!" erwiederte Clopin. „Ich wette meinen Kopf gegen einen Pantoffel, daß ihr die Thür geöffnet, das Mädchen entführt und den Hochaltar entkleidet haben werdet, ehe noch ein Kirchendiener munter geworden ist. Horcht! ich glaube, das Schloß giebt nach."

Clopin wurde durch ein entsetzliches Krachen unterbrochen, das in diesem Augenblicke hinter ihm erscholl. Er wandte sich um. Ein ungeheuerer Balken war soeben vom Himmel gefallen; er hatte ein Dutzend Bettler auf der Kirchentreppe zerschmettert und prallte auf dem Pflaster mit dem Getöse eines Geschützstückes zurück, während er noch hier und da einigen aus dem Bettlerhaufen, der mit Schreckensgeschrei auseinanderstob, die Beine brach. In einem Augenblicke war die eingeschlossene Brustmauer des Vorhofes leer. Die Einbrecher verließen, obgleich sie von den tiefen Bogenwölbungen des Portales geschützt waren, die Thür, und Clopin selbst wich auf ehrerbietige Entfernung von der Kirche zurück.

„Ich bin mit heiler Haut davongekommen!" rief Johann. „Ich habe das Sausen davon gehört, Sapperlot!. Aber Pierre l'Assommeur ist erschlagen!"

Es ist unmöglich zu schildern, welches mit Entsetzen gepaarte Staunen durch diesen Balken auf die Banditen herabfiel.

Einige Minuten lang standen sie mit in die Höhe gerichteten Blicken da und waren über dieses Stück Holz bestürzter, als über zwanzigtausend Bogenschützen des Königs.

„Satan!“ murmelte der Herzog von Aegypten, „das riecht mir nach Zauberei!“

„Der Mond wirft uns diesen Balken zu,“ sagte der rothe Audry.

„In diesem Falle möchte man behaupten,“ erwiederte François Chanteprune, „der Mond sei Busenfreund von unserer lieben Frau, der heiligen Jungfrau!“

„Tausend Päpste!“ rief Clopin, „ihr seid alle Dummköpfe!“ Aber er wußte selbst nicht, wie er den Sturz des Balkens erklären sollte.

An der Façade selbst nämlich, bis zu deren Spitze der Schein der Fackeln nicht drang, bemerkte man nichts. Der schwere Balken lag mitten auf dem Vorhofe, und man hörte das Wimmern der Unglücklichen, die seinen ersten Stoß empfangen hatten und nun mit zerschmettertem Leibe zusammengebrochen an der Ecke der steinernen Stufen lagen.

Der König von Thunes fand, nachdem das erste Staunen vorüber war, endlich eine Erklärung, welche seinen Gefährten wahrscheinlich erschien.

„Himmel und Hölle! sind es etwa die Domherren, welche sich vertheidigen? Auf denn, zur Plünderung! zur Plünderung!“

„Zur Plünderung!“ wiederholte die Meute mit wüthendem Angriffsgeschrei. Und die Armbrüste und Hakenbüchsen gaben eine Salve auf die Façade der Kirche.

Bei diesem Gekrach erwachten die friedfertigen Bewohner der benachbarten Häuser; man sah mehrere Fenster sich öffnen und Nachtmützen und Hände, die Lichter hielten, an den Oeffnungen erscheinen. „Schießt auf die Fenster!“ rief Clopin. Sofort schlossen sich die Fenster wieder, und die armen Bürger, die kaum Zeit gehabt hatten, einen bestürzten Blick auf diese von Waffen und Lichtern schimmernde Aufruhrscene zu werfen, krochen, Angstschweiß vergießend, zu ihren Weibern zurück und fragten sich, ob jetzt der Hexensabbath auf dem Vorhofe von Notre-Dame abgehalten würde, oder ob ein Sturm der Burgunder stattfände, wie im Jahre 64. Da dachten die Männer an Plünderung, die Weiber an Nothzüchtigung, und alle zitterten. „Zur Plünderung!“ wiederholten die Gauner; aber sie wagten nicht, sich zu nähern. Bald sahen sie die Kirche an, bald betrachteten sie den Balken. Der Balken rührte sich nicht, das Bauwerk bewahrte sein ruhiges und ödes Aussehen; aber etwas verursachte den Bettlern Entsetzen.

„An die Arbeit, frisch, ihr Teufelsgesellen!“ rief Trouillefou. „Sprenget die Thüre!“ Niemand that einen Schritt vorwärts. „Bart und Bauch!“ rief Clopin, „ihr seid Männer, die vor einem Balken Furcht haben!“

Ein alter Landstreicher wandte sich mit dem Worte an ihn: „Hauptmann, der Balken ist es nicht, der uns ärgert, die Thür ist es, die ganz mit eisernen Bändern bedeckt ist. Die Zangen vermögen nichts an ihr."

„Was müßt ihr denn haben, um sie einzuschlagen?" fragte Clopin.

„Ach! wir müssen einen Sturmbock haben."

Der König von Thunes eilte muthig auf den furchtbaren Balken zu, und setzte seinen Fuß darauf. „Hier ist einer," rief er, „die Domherrn sind es, die ihn euch schicken." Und mit einem spöttischen Gruße nach der Kirche hin, sagte er: „Schönen Dank, ihr Domherren!"

Diese Herausforderung verursachte eine ausgezeichnete Wirkung; der Zauber des Balkens war gebrochen. Die Bettler faßten wieder Muth; bald war der mächtige Balken von zweihundert nervigen Armen wie eine Feder in die Höhe gehoben und warf sich mit Wuth auf die große Thür, die man schon zum Wanken zu bringen versucht hatte. Wer bei dem Halbdunkel, das die spärlichen Fackeln der Bettlerhorde über den Platz verbreiteten, diesen langen Balken so gesehen hätte, wie er von dieser Menschenmenge getragen wurde, welche mit ihm im Sturme auf die Kirche losstürzte, hätte glauben müssen, ein tausendfüßiges Ungeheuer zu erblicken, das mit gesenktem Kopfe den steinernen Riesen angriffe.

Unter dem Stoße des Balkens erklang die halbmetallene Thür wie eine ungeheuere Trommel; sie brach nicht, aber die Kathedrale bebte von unten bis oben, und man hörte die tiefen Gewölbe des Bauwerkes dröhnen. Im nämlichen Augenblicke begann ein Regen von mächtigen Steinen aus der Höhe der Façade auf die Sturmlaufenden herabzufallen. „Teufel!" rief Johann, „schütteln uns etwa gar die Thürme ihre Steingeländer auf die Köpfe?" . . . Aber die Begeisterung war angeregt, der König von Thunes hatte ein Beispiel gegeben. Es war ganz bestimmt der Bischof, welcher sich vertheidigte, und man stürmte deswegen mit nur um so mehr Wuth gegen die Thüre, ungeachtet der Steinwürfe, welche rechts und links die Köpfe zerschmetterten.

Merkwürdig ist, daß diese Steine alle einer nach dem andern niederfielen; aber sie folgten dicht hinter einander. Die Gauner merkten deren immer zwei auf einmal, einen zwischen die Füße, den andern auf ihre Köpfe niederfallen. Nur wenige von ihnen waren, die keinen Wurf davontrugen, und schon blutete und zuckte eine große Menge Todter und Verwundeter unter den Füßen der Stürmenden, die jetzt in Wuth gerathen, sich unaufhörlich erneuerten. Der lange Balken donnerte unausgesetzt und im regelmäßigen Takte gegen die Thüre, wie der Klöppel einer Glocke; unausgesetzt regnete es Steine herab, und ohne Aufhören krachte die Thür.

Der Leser ist ohne Zweifel gar nicht im Unklaren, zu errathen, daß dieser unerwartete Widerstand, der die Bettler so in Aufregung versetzte, von Quasimodo herrührte.

Der Zufall hatte sich zum Unglücke dem tapfern Tauben dienlich erwiesen.

Als er auf die Plattform zwischen den Thürmen herabgestiegen war, waren die Gedanken in seinem Kopfe noch in Verwirrung. Er war einige Minuten lang die ganze Galerie wie ein Unsinniger hin- und her gelaufen, als er von oben sah, wie die dichte Masse der Bettler bereit war. sich auf die Kirche loszustürzen, und betete zum Teufel oder zu Gott, die Zigeunerin zu retten. Der Gedanke war ihm durch den Kopf geschossen, zum Glockenstuhle nach Süden hin emporzusteigen und Sturm zu läuten; aber ehe er die große Glocke hätte in Schwung bringen können, ehe die mächtige Stimme der Marie einen einzigen Ton hätte hinauszuschicken vermocht, wäre in dieser Zeit die Thüre der Kirche nicht zehn Mal eingeschlagen worden? Es war gerade der Augenblick, wo die Einbrecher mit ihren Schlosserwerkzeugen gegen sie vorrückten. Was da thun?

Plötzlich fiel ihm ein, daß den ganzen Tag über Mauerer damit beschäftigt waren, die Mauer, das Gebälk und die Bedachung des südlichen Thurmes auszubessern. Das war ein Lichtstrahl in seinem Kopfe. Die Mauer bestand aus Steinen, das Dach aus Blei, das Gebälk aus schweren Stämmen. (Dieses ungeheuere Dachgebälk war so dicht gefügt, daß es „der Wald“ genannt wurde.)

Quasimodo eilte nach diesem Thurme hin. Die untern Gelasse waren in der That mit Baumaterialien angefüllt. Da lagen Haufen von Bausteinen, zusammengerollte Bleiplatten, Lattenbündel, schwere, mit der Säge bereits zugeschnittene Balken und Berge von Schutt. Es war ein vollständiges Zeughaus.

Die Zeit drängte. Die Pfähle und Hämmer waren unten an der Arbeit. Mit einer Kraft, welche das Gefühl der Gefahr verzehnfachte, hob er einen der Balken, und zwar den schwersten und längsten, auf; er steckte ihn durch eine Luke, dann ergriff er ihn wieder an der Außenseite des Thurmes, ließ ihn über die Ecke der Balustrade, welche die Plattform umkränzt, hinabgleiten und über dem Abgrunde hinuntersausen. Das ungeheuere Holzstück, das bei diesem Sturze von hundert und sechzig Fuß die Mauer schleifte und die Sculpturarbeiten zerschlug, drehte sich mehrere Male um sich selbst wie ein Windmühlenflügel, der allein durch die Luft kreist. Endlich schlug es auf dem Boden auf, ein entsetzliches Geschrei erhob sich, und der schwarze Balken glich beim Zurückprallen vom Pflaster einer springenden Riesenschlange.

Quasimodo sah, daß die Bettler beim Sturze des Balkens wie die Asche, wenn ein Kind in sie hineinbläst, auseinanderstoben. Er machte sich ihr Entsetzen zu Nutze, und während sie ihre abergläubischen Blicke auf die vom Himmel gefallene Masse hefteten und die steinernen Heiligen des Portales mit einer Salve von Pfeilen und Flintenkugeln verstümmelten, häufte Quasimodo in aller Stille Schutt, Quadern, Bruchsteine, ja sogar Säcke mit Maurergeräthe auf dem Rande jener Balustrade auf, von wo der Balken zuvor hinabgeschossen war.

Sobald sie begannen gegen die große Thür zu stürmen, begann auch der Steinhagel auf sie herabzufallen; und es kam ihnen so vor, als ob die Kirche selbst über ihren Köpfen zusammenzustürzen begönne.

Wer Quasimodo in diesem Augenblicke hätte sehen können, wäre erschrocken gewesen. Unabhängig von dem, was an Wurfgeschossen auf dem Geländersimse aufgehäuft war, hatte er einen Haufen Steine auf der Plattform selbst zusammengetragen. Sobald die am äußern Rande angehäuften Bruchsteine verbraucht waren, nahm er den Steinhaufen in Angriff. Jetzt bückte er sich, richtete sich in die Höhe, bückte und erhob sich immer wieder mit unglaublicher Emsigkeit. Sein dicker Gnomenkopf bog sich über das Geländer vor, dann flog ein ungeheurer Stein hinab, dann ein zweiter, dann noch einer. Von Zeit zu Zeit folgte sein Auge einem hübschen Steine, und wenn er jemanden ordentlich getroffen hatte, rief er: „Ho!"

Indessen verloren die Bettler den Muth nicht. Schon mehr als zwanzig Mal hatte die dicke Thür, auf welche sie losstürmten, unter der Wucht ihres hölzernen Sturmbockes, dessen Wirkung durch die Kraft von hundert Menschen vervielfältigt wurde, gebebt. Die Füllungen krachten, die getriebenen Verzierungen flogen in Stücken umher, die Haspen sprangen bei jedem Stoße in ihren Angelringen krachend in die Höhe, die Bohlen gaben nach, und das Holz zerstob, zwischen den eisernen Bändern zermalmt, in Spänen herum. Zum Glücke für Quasimodo war mehr Eisen als Holz an der Thüre. Er merkte jedoch, daß die große Thür wankte. Obgleich er nichts hörte, so dröhnte doch jeder Stoß des Sturmbockes zugleich in den Wölbungen der Kirche und in seinem Innern wieder. Er sah von oben, wie die Bettler, siegesgewiß und racheschnaubend, die Fäuste gegen die dunkle Façade ballten, und im Herzen der Zigeunerin und in seinem eignen beneidete er die Eulen, welche über seinen Kopf in Schwärmen davonflogen, um ihre Fittige. Sein Steinregen genügte nicht, um die Anstürmer zurückzutreiben.

In diesem angstvollen Augenblicke bemerkte er ein wenig unterhalb der Balustrade, von wo aus er die Gauner zerschmetterte, zwei lange steinerne Dachrinnen, welche unmittelbar über der großen Thüre ausmündeten. Die innere Mündung dieser Dachrinnen ging auf den Boden der Plattform. Ein Gedanke fuhr ihm durch den Kopf; er holte ein Reißigbündel aus seiner Läuterkammer, legte auf dieses Bündel eine Menge Lattenbunde und Bleiplatten – jenes Vertheidigungsmaterial, von dem er noch keinen Gebrauch gemacht hatte –, und nachdem er diesen Scheiterhaufen gehörig vor dem Loche der zwei Dachrinnen aufgebaut hatte, zündete er ihn mit seiner Laterne an.

Als während dieser ganzen Zeit keine Steine mehr herabfielen, hatten die Bettler aufgehört, in die Höhe zu sehen. Keuchend wie eine Meute, welche den Keiler in seiner Lache aufstören, drängten sich die Banditen lärmend um die große Thür zusammen, die von dem Sturmbocke übel zugerichtet war, aber noch fest stand. Sie warteten zitternd vor Begierde auf den Hauptstoß, auf den Stoß, unter dem sie zusammenbrechen sollte. Jeder suchte so nahe als möglich an sie heranzukommen, um sich unter den Ersten mit hineinstürzen zu können, wenn der Zugang zu dieser strotzend reichen Kathedrale, zu dieser mächtigen Schatzkammer, in der sich die Schätze von drei Jahrhunderten überall her aufgehäuft hatten, frei sein sollte. Sie erinnerten sich einander mit vor Freude und Begierde gerötheten Gesichtern an die schönen silbernen Kreuze, an die köstlichen golddurchwirkten Chorröcke, die herrlichen, silberstrotzenden Grabdenkmäler, die großartigen Prachtstücke des Chores, an die blendenden Feste, die von Leuchtern schimmernden Weihnachtsfeste, das von der Monstranz funkelnde Osterfest, an alle diese glänzenden Festlichkeiten, bei denen Reliquienkästchen, Leuchter, Hostiengefäße, Sacramentshäuschen, Reliquienschreine die Altäre mit einem Berge von Gold und Diamanten überhäufen. Sicherlich dachten in diesem schönen Augenblicke die Diebe, Schwindsüchtigen, Erzschelme und Abgebrannten viel weniger an die Befreiung der Zigeunerin, als an die Plünderung von Notre-Dame. Wir möchten sogar gern glauben, daß für eine ganze Anzahl unter ihnen die Esmaralda nur ein Vorwand war, wenn Räuber überhaupt Vorwände nöthig hätten.

Plötzlich, in dem Augenblicke, wo sie sich zu einer letzten Anstrengung um den Sturmbock vereinigt hatten, jeder seinen Athem anhielt und seine Muskeln anspannte, um seine ganze Kraft zu einem entscheidenden Stoße aufzuwenden, erhob sich ein Geheul, das noch fürchterlicher, als dasjenige war, das unter dem niederstürzenden Balken losgebrochen und erstorben war, in ihrer Mitte. Diejenigen, welche nicht mitschrieen und diejenigen, welche noch am Leben waren, sahen sich um. Zwei Güße geschmolzenen Bleies fielen von der Höhe des Gebäudes auf die Menge, wo sie am dichtesten war. Dieses Menschengewoge war soeben unter dem siedenden Metalle hingesunken, welches an den zwei Stellen, wo es niederfiel, zwei schwarze und rauchende Löcher gemacht hatte, wie es etwa siedendes Wasser im Schnee verursachen würde. Man erblickte hier Sterbende, die halb verkohlt waren und vor Schmerz aufschrieen. Rings um diese zwei Hauptgüsse fielen Tropfen dieses fürchterlichen Regens nieder, welche sich über die Stürmenden ergossen und wie Flammenbohrer in die Schädel einbohrten. Es war ein gewaltiges Feuer, welches diese Elenden wie ein Hagelwetter durchlöcherte.

Das Geschrei war herzzerreißend. Sie warfen den Balken auf die Leichen und entflohen in völliger Verwirrung, die Muthigsten sowohl wie die Furchtsamsten, und der Vorhof war zum zweiten Male geleert.

Aller Augen hatten sich nach der Höhe der Kirche erhoben. Was sie da sahen, war etwas Ungewöhnliches. Auf dem Gipfel der höchsten Galerie, hoch oben über der Mittelrosette, war eine große Flamme zu sehen, die zwischen den beiden Glockentürmen mit Funkenwirbeln aufstieg, eine große, prasselnde und grimmige Flamme, von welcher der Wind zeitweilig eine Funkenwolke im Rauche davontrug. Unterhalb dieser Flamme unter der dunkeln Balustrade, durch deren Fugen die Glut schimmerte, spieen zwei Dachrinnen wie Rachen von Ungeheuern unaufhörlich jenen glühenden Regen hervor, welcher sein schimmerndes Geplätscher in die Nacht der untern Façade hinabgoß. In dem Maße, als sich die zwei Ströme flüssigen Bleies dem Boden näherten, verbreiterten sie sich zu Garben, wie das Wasser, welches aus den zahllosen Löchern der Gießkanne heraussprudelt. Ueber dieser Flamme sah man die ungeheuern Thürme mit ihren zwei aufsteigenden und grell sich abhebenden Fronten, von denen eine dunkel, die andere ganz roth beleuchtet war, und die bei dem ungeheuern Schatten, den sie am Himmel warfen, noch größer erschienen. Die zahllosen, in Stein gemeiselten Teufels- und Drachenfiguren gewährten einen furchtbaren Anblick. Der zitternde Schein der Flamme zeigte sie dem Auge, als ob sie sich bewegten. Da fanden sich Schlangen, welche zu lachen schienen, Traufrinnen, welche man glaubte kläffen zu hören, Salamander, welche in das Feuer bliesen. Und unter diesen Ungeheuern, welche so von jener Flamme und jenem Getös aus ihrem steinern Schlafe geweckt waren, befand sich eins, welches einherwandelte, und das man von Zeit zu Zeit an der brennenden Seite des Scheiterhaufens, wie eine Fledermaus vor einem Lichte vorüberstreichen sah. Zweifelsohne mußte dieser seltsame Leuchtthurm weit draußen den Holzhauer auf den Hügeln von Bicêtre wecken, der erstaunt sein würde, zu sehen wie der riesige Schatten der Thürme von Notre-Dame auf seinem Haidelande schwanke.

Es entstand ein Schweigen des Entsetzens unter den Bettlern, während dem man nur die Nothschreie der in ihrem Kloster eingesperrten Domgeistlichen vernahm, die sich unruhiger benahmen, wie Pferde in einem brennenden Stalle; dann hörte man noch das verstohlene Geräusch von schnell geöffneten und noch schneller geschlossenen Fenstern, die Verwirrung im Innern der Wohnungen des Hôtel-Dieu, den Wind in der Flamme, das letzte Röcheln der Sterbenden und das anhaltende Knattern des Bleiregens auf dem Boden.

Unterdessen hatten sich die angesehensten Bettler unter die Vorhalle des Hauses Gondelaurier zurückgezogen und hielten Rathschlag. Der Herzog von Aegypten, der auf einem Ecksteine saß, betrachtete mit einer Art religiöser Furcht den geisterhaften Scheiterhaufen, der in einer Höhe von zweihundert Fuß dort oben brannte. Clopin Trouillefou biß sich vor Wuth in seine dicken Fäuste.

„Unmöglich, hineinzukommen!“ murmelte er zwischen den Zähnen.

„Eine alte gefeite Kirche!“ brummte der alte Zigeuner Mathias Hungadi Spikali.

„Bei des Papstes Schnurrbarte!“ fuhr ein altersgrauer Kerl fort, der gedient hatte, „das sind fürwahr Kirchendachtraufen, die euch geschmolzenes Blei besser entgegenspeien, als die Erkerluken von Lectoure.“

„Seht ihr jenen Teufel da, der vor dem Feuer hin- und hergeht?“ rief der Herzog von Aegypten.

„Bei Gott!“ sagte Clopin, „es ist der verdammte Läuter, es ist Quasimodo.“

Der Zigeuner schüttelte mißbilligend den Kopf. „Ich sage euch, ich, daß es der Geist Sabnak, der große Marquis, der böse Geist der Festungswerke ist. Er hat die Gestalt eines bewaffneten Soldaten, einen Löwenkopf. Manchmal besteigt er ein scheußliches Pferd. Er verwandelt die Menschen in Steine, aus denen er Thürme baut. Er befiehlt über fünfzig Legionen. Er ist es sicher, ich erkenne ihn. Bisweilen ist er in ein schönes, goldgeschmücktes Gewand nach Art der Türken gekleidet."

„Wo ist Bellevigne-de-l'Etoile?" fragte Clopin.

„Er ist todt," antwortete ein Bettlerweib.

Der rothe Andry stieß ein einfältiges Lachen aus: „Notre-Dame," sagte er, „giebt dem Hôtel-Dieu Arbeit."

„Es giebt also keine Mittel, diese Thüre einzuschlagen?" rief der König von Thunes und stampfte mit dem Fuße auf.

Der Herzog von Aegypten zeigte ihm mit trauriger Geberde die zwei Bäche siedenden Bleies, welche unausgesetzt über die dunkle Façade wie zwei Phosphorstreifen herabrieselten.

„Man hat Kirchen gekannt, die sich so von selbst verteidigten," bemerkte er seufzend. „Die der Heiligen Sophie in Constantinopel hat vor vierzig Jahren dreimal hintereinander den Halbmond Muhameds durch Schütteln ihrer Kuppeln, welche ihre Häupter sind, zur Erde geworfen. Wilhelm von Paris, der diese hier gebaut hat, war ein Zauberer."

„Müssen wir also jämmerlich wie Bediente von der Heerstraße abziehen?" sagte Clopin. „Unsere Schwester dort lassen, welche diese Wölfe in Mönchskutten morgen hängen werden!"

„Und die Sakristei, wo ganze Karren voll Gold liegen!" fügte ein Bettler hinzu, dessen Namen wir bedauern nicht zu wissen.

„Beim Barte Muhameds!" rief Trouillefou.

„Versuchen wir es noch einmal," fuhr der Bettler fort.

Mathias Hungadi schüttelte mißbilligend den Kopf.

„Wir werden nicht durch die Thüre hineinkommen. Wir müssen eine schwache Stelle in der Rüstung der alten Zauberin auffinden, ein Loch, ein blindes Ausfallthor, irgend eine Ritze."

„Wer ist dabei?" sagte Clopin, „ich gehe wieder zu ihr hin . . . Ja so, wo ist denn der kleine Student Johann, der so von Kopf zu Fuß gerüstet ist?"

„Er ist zweifelsohne todt," antwortete jemand, „man hört ihn nicht mehr lachen."

Der König von Thunes runzelte die Augenbrauen.

„Um so schlimmer. Es schlug ein tapferes Herz unter diesem Eisenkleide. – Und Meister Peter Gringoire?“

„Hauptmann Clopin,“ sagte der rothe Andry, „er hat sich heimlich davongemacht, als wir noch an der Wechslerbrücke waren.“

Clopin stampfte mit dem Fuße.

„Beim Haupte Gottes! er ists, der uns hierher treibt, und er läßt uns mitten in der besten Arbeit sitzen! . . . Der feige Schwätzer, der einen Pantoffel auf dem Kopfe trägt!“

„Hauptmann Clopin,“ sagte der rothe Andry, der in die Straße zum Vorhofe hinabsah, „da ist der kleine Student.“

„Pluto sei gepriesen!“ sagte Clopin.

„Aber was Teufel schleppt er hinter sich her?“

Es war in der That Johann, der so schnell herbeieilte, als es ihm sein schweres Paladinsgewand und eine lange Leiter, die er muthig über das Pflaster schleifte, erlaubten; er war athemloser als eine Ameise, die sich vor einen zwanzig Mal längern Grashalm, als sie selbst ist, gespannt hat.

„Sieg! te Deum!“schrie der Student.

„Da ist die Leiter der Abläder vom Hafen Saint-Landry.“

Clopin näherte sich ihm.

„Bursche, was zum Teufel, willst du mit dieser Leiter anfangen?“

„Ich habe sie,“ antwortete Johann laut keuchend. „Ich wußte, wo sie war . . . Unter dem Schuppen im Hause des Hafenverwesers. Da ist ein Mädchen, welches ich kenne, und die mich schön, wie einen Cupidofindet, Ich habe mich ihrer bedient, um die Leiter zu erlangen; beim Grabe Muhameds! . . . Das arme Mädchen ist im bloßen Hemde gekommen, um mir zu öffnen.“

„Gut,“ sagte Clopin, „aber was willst du mit dieser Leiter beginnen?“

Johann sah ihn mit einem schalkhaften und pfiffigen Blicke an, und ließ seinen Finger wie Castagnetten klappern. Er sah in diesem Augenblicke prächtig aus. Er trug auf seinem Kopfe einen jener überladenen Helme des fünfzehnten Jahrhunderts, welche den Feind mit ihrem ungeheuerlichen Helmstutze in Schrecken jagten. Der seinige war mit zehn eisernen Schnäbeln besetzt, so daß Johann dem homerischen Schiffe Nestors das furchtbare Beiwort δεκέμβολοςhätte streitig machen können.

„Was ich damit machen will, erhabener König von Thunes? Sehet Ihr die Reihe von Bildsäulen mit den dummen Gesichtern da oben über den drei Hauptthoren?

„Ja. Nun weiter?“

„Das ist die Galerie der Könige von Frankreich."

„Was in aller Welt geht das mich an?" sagte Clopin.

„So wartet doch! Am Ende dieser Galerie ist eine Thüre, welche niemals anders, als mit einem Drücker verschlossen wird; und mit dieser Leiter steige ich hinauf und bin dann in der Kirche."

„Bursche, laß mich zuerst hinaufsteigen."

„Nein, nein, Kamerad, die Leiter gehört mir. Kommt, Ihr sollt der Zweite sein."

„Daß dich Beelzebub erdrossele!" sagte der mürrische Clopin; „ich mag hinter niemandem sein."

„Dann, Clopin, suche dir eine Leiter!" Johann begann über den Platz zu laufen, schleppte seine Leiter hinter sich her und schrie: „Her zu mir, Jungen!"

In einem Augenblicke war die Leiter aufgerichtet und an die Balustrade der untern Galerie, über eines der Seitenportale angelegt. Der Haufe der Bettler stieß ein lautes Beifallsgeschrei aus und drängte sich am Fuße desselben zusammen, um hinaufzusteigen. Aber Johann behauptete sein Recht und setzte zuerst den Fuß auf ihre Sprossen. Der Weg nach der Höhe war ziemlich lang. Die Galerie der Könige von Frankreich erhebt sich heute ohngefähr sechzig Fuß über den Boden. Die elf Stufen der Freitreppe erhöhten sie noch. Johann stieg langsam und von seiner schweren Rüstung ziemlich behindert nach oben, hielt sich mit einer Hand an der Leitersprosse an, in der andern trug er seine Armbrust. Als er sich mitten auf der Leiter befand, warf er einen schwermüthigen Blick auf die armen todten Gauner, mit denen die Treppe bedeckt war. „Ach," sagte er, „da liegt ein Berg Leichname, welcher des fünften Gesanges des Iliade würdig ist!" Dann stieg er weiter hinauf. Die Bettler folgten ihm. Auf jeder Leitersprosse befand sich einer von ihnen. Beim Anblick dieser Linie geharnischter Rücken, die sich im Dunkeln nach oben zu fortbewegten, hätte man glauben sollen, eine stahlgeschuppte Schlange zu sehen, die sich gegen die Kirche aufrichtete. Johann, welcher den Kopf bildete und pfiff, vervollständigte die Täuschung.

Der Student erreichte endlich den Balcon der Galerie und schwang sich ziemlich gewandt, und unter dem Beifallsgeschrei der ganzen Bettlerzunft, darüber hinweg. Als er so Herr der Kirchenfeste war, stieß er einen Freudenschrei aus; aber plötzlich verstummte er wie versteinert. Er hatte soeben hinter einer Königsstatue Quasimodo bemerkt, der funkelnden Auges in der Finsternis stand.

Ehe ein zweiter Belagerer auf der Galerie hätte Fuß fassen können, sprang der furchtbare Bucklige nach der Spitze der Leiter zu, packte, ohne ein Wort zu sagen, das Ende der beiden Pfosten mit seinen mächtigen Händen, hob sie, entfernte sie von der Mauer, schaukelte die lange, biegsame und von oben bis unten mit Bettlern besetzte Leiter, während ein fürchterliches Angstgeschrei sich erhob, und warf plötzlich mit übermenschlicher Kraft diese Menschenmasse nach dem Platze zurück. Das war ein Moment, wo den Verwegensten das Herz pochte. Die nach hinten geschleuderte Leiter stand einen Augenblick gerade und aufrecht und schien zu zaudern, dann schwankte sie und plötzlich, nachdem sie einen fürchterlichen Kreisbogen von achtzig Fuß im Halbmesser beschrieben, schlug sie mit der Banditenlast rascher auf das Pflaster nieder, als eine Zugbrücke, deren Ketten reißen. Man hörte eine gräßliche Verwünschung, dann schwieg alles, und einige Unglückliche schleppten sich kriechend unter dem Leichenhügel hervor.

Ein Aufschrei des Schmerzes und der Erbitterung folgte unter den Belagerern auf die ersten Siegesrufe. Quasimodo sah, beide Arme auf die Balustrade gestützt, dem Ganzen unempfindlich zu. Er sah aus wie ein alter langhaariger König an seinem Fenster.

Auch Johann Frollo war in einer mißlichen Lage. Er befand sich mit dem fürchterlichen Glöckner in der Galerie allein, von seinen Gefährten durch eine senkrechte Mauer von achtzig Fuß Höhe getrennt. Während Quasimodo mit der Leiter sein Spiel trieb, war der Student zu dem Ausfallthore, das er für offen hielt, hingeeilt. Vergebens: der Taube hatte es, als er in die Galerie eintrat, hinter sich verschlossen. Darauf hatte sich Johann hinter einem steinernen Könige verborgen, wagte nicht zu athmen und sah auf den scheußlichen Buckligen mit einer entsetzten Miene hin, wie jener Mann, der, als er der Frau eines Menageriewärters die Cour machte, und eines Abends zum verliebten Stelldichein ging, sich beim Uebersteigen in der Mauer irrte und plötzlich einem weißen Bären gegenüber stand. In den ersten Augenblicken hatte der Taube keine Acht auf ihn; aber schließlich wandte er den Kopf um und richtete sich plötzlich wieder auf. Er hatte soeben den Studenten bemerkt.

Johann machte sich auf einen furchtbaren Zusammenstoß gefaßt, aber der Taube blieb regungslos stehen; nur hatte er sich nach dem Studenten hingewandt, den er betrachtete.

„Ho! ho!“ sagte Johann, „was hast du mich mit diesem einzigen und schwermüthigen Auge so anzusehen?“

Und bei diesen Worten spannte der junge Schelm tückisch seine Armbrust.

„Quasimodo!“ rief er, „ich will deinen Beinamen ändern; man soll dich den Blinden nennen.“

Der Schuß ging los. Der befiederte Pfeil zischte und fuhr in den linken Arm des Buckligen hinein. Quasimodo gerieth darüber nicht mehr in Aufregung, als über eine Schramme, die der König Pharamund davon getragen hätte. Er legte die Hand an den Pfeil, riß ihn aus seinem Arme heraus und zerbrach ihn ruhig an seinem dicken Knie; dann ließ er die beiden Stücke, mehr als daß er sie warf, auf den Boden fallen. Aber Johann fand keine Zeit ein zweites Mal zu schießen. Nachdem der Pfeil zerbrochen war, schnob Quasimodo plötzlich auf, sprang wie eine Heuschrecke in die Höhe und stürzte auf den Studenten nieder, dessen Rüstung sich von dem Stoße gegen die Mauer plattdrückte.

Nun erblickte man in diesem Halbdunkel, in dem das Licht der Fackeln hin- und herschwankte, einen schrecklichen Hergang. Quasimodo hatte mit der linken Hand die beiden Arme Johanns gepackt, der sich gar nicht wehrte, so sehr hatte er sich gleich verloren gegeben. Mit der Rechten riß ihm der Taube schweigend und mit einer fürchterlichen Langsamkeit alle Stücke seiner Rüstung, eines nach dem andern: den Degen, die Dolche, den Helm, den Panzer, die Armschienen vom Leibe. Man hätte ihn für einen Affen halten können, der eine Nuß abschält. Quasimodo warf dann Stück für Stück von dem eisernen Gehäuse des Studenten vor seinen Füßen nieder.

Als der Student sich entwaffnet, entkleidet, machtlos und nackt in diesen fürchterlichen Händen befand, machte er keinen Versuch, sich mit dem Tauben zu verständigen, sondern er begann, ihm in frecher Weise ins Gesicht zu lachen, und mit der unerschrockenen Sorglosigkeit eines sechzehnjährigen Burschen das damals volksthümliche Lied anzustimmen:

Was für schöne Kleider hat
Cambrai, die gute Stadt:
Marafin hat sie geplündert.

Er brachte es nicht zu Ende. Man sah Quasimodo aufrecht auf der Brustwehr der Galerie stehen; in einer Hand allein hielt er an den Füßen den Studenten, welchen er über dem Abgrunde wie eine Schleuder kreisen ließ; dann hörte man einen Krach, wie denjenigen einer knöchernen Dose, die gegen eine Mauer rasselt, und man sah etwas niederfallen, was im dritten Theile der Höhe an einem Vorsprunge der Kathedrale hängen blieb. Es war ein todter Körper, welcher zusammengeknickt, mit zerschmetterten Beinen und leerer Hirnschale da herabhing.

Ein Schrei des Entsetzens erhob sich unter den Bettlern.

„Rache!“ schrie Clopin. – „Auf zur Plünderung!“ antwortete die Menge. – „Sturm! Sturm!“ – Alsdann entstand ein fürchterliches Geheul, in welchem sich alle Sprachen, alle Mundarten, alle Aussprachen durcheinander mischten. Der Tod des armen Studenten brachte ein wüthendes Ungestüm in diese Menge. Die Scham packte sie und der Zorn, so lange vor einer Kirche von einem Buckligen in Schach gehalten worden zu sein. Die Wuth fand Leitern, vervielfältigte die Fackeln, und nach Verlauf einiger Minuten sah Quasimodo mit Bestürzung, wie dieses furchtbare Menschengewimmel Notre-Dame von allen Seiten im Sturme erklomm. Diejenigen, welche keine Leitern hatten, bedienten sich mit Knoten versehener Stricke, die, welche keine Stricke besaßen, kletterten an den Zacken der Steinmetzarbeiten in die Höhe. Sie hingen sich einander an ihre Lumpen. Kein Mittel gab es mehr, dieser aufsteigenden Flut fürchterlicher

Gestalten Widerstand zu leisten; die Wuth röthete diese wilden Angesichter, von ihren schmutzigen Stirnen floß der Schweiß herab; ihre Augen blitzten, alle diese Fratzen und häßlichen Wesen umringten Quasimodo. Man hätte meinen sollen, daß irgend eine andere Kirche ihre Gorgonen, ihre Hunde, ihre Steingespenster, ihre Dämonen und sonderbarsten Steingebilde zum Sturme auf Notre-Dame abgeschickt hätte. Sie erschienen wie eine Schicht bebender Ungeheuer über den steinernen Ungethümen der Façade.

Unterdessen hatte sich der Platz von tausend Fackeln erhellt. Diese wirre Scene, die bis dahin in der Dunkelheit verborgen geblieben, war plötzlich von Licht überglänzt. Der Vorhof glänzte und warf einen Strahlenschein zum Himmel; der Holzstoß, welcher auf der Plattform angezündet war, brannte noch immer und erleuchtete fernhin die Stadt. Der ungeheuere Schattenriß der zwei Thürme, der sich in der Ferne über den Dächern von Paris zeigte, warf in diese Helligkeit einen breiten Schattenabschnitt. Die Stadt schien in Aufregung gerathen zu sein. In der Ferne heulten Sturmglocken. Die Bettler schrien, keuchten, fluchten und stiegen in die Höhe; und Quasimodo, der sich machtlos gegen so viele Feinde fühlte, für die Zigeunerin zitterte und sah, wie sich die wüthenden Gesichter immer mehr und mehr seiner Galerie näherten, bat den Himmel um ein Wunder und rang voll Verzweiflung die Hände.

5. Die Einsamkeit, in der Herr Ludwig von Frankreich seine Horen betet

Der Leser hat vielleicht nicht vergessen, daß Quasimodo einen Augenblick zuvor, ehe er die nächtliche Bande der Bettler bemerkte, und als er von seinem Thurme herab Paris überblickte, hier nur ein einziges Licht schimmern sah, welches ein Fenster im höchsten Stockwerke eines hohen und düstern Gebäudes neben dem Thore Saint-Antoine erhellte. Dieses Gebäude war die Bastille. Dieser Lichtschimmer war die Kerze Ludwigs des Elften.

Der König Ludwig der Elfte war in der That seit zwei Tagen in Paris. Er war willens, am zweitnächsten Tage wieder nach seiner Feste Montilz-les-Tours zurückzureisen. Er nahm stets nur kurzen und seltenen Aufenthalt in seiner guten Stadt Paris, weil er hier nicht genug Fallgruben, Galgen und schottische Bogenschützen in seiner Nähe wußte.

An jenem Tage war er gekommen, um sein Nachtlager in der Bastille aufzuschlagen. Das große Zimmer von fünf Klaftern im Geviert, welches er im Louvre besaß, mit dem großen Kamine, der mit zwölf großen Thiergestalten und dreizehn großen Propheten bedeckt war, und sein mächtiges Bett von elf Fuß Breite und zwölf Fuß Länge gefielen ihm wenig. Er verlor sich in allen diesen großen Räumlichkeiten. Dieser gut bürgerliche König zog die Bastille mit einem Kämmerchen und einem Bettchen darin vor. Und dann war die Bastille weit fester als der Louvre.

Dieses „Kämmerchen", welches sich der König in dem berüchtigten Staatsgefängnis vorbehalten hatte, war noch ziemlich groß und nahm das oberste Stockwerk eines

Thürmchens ein, das auf einen großen Schloßthurm aufgesetzt war. Es war ein Gemach von runder Form, mit Matten aus weißem Stroh überkleidet, die Decke mit Balken verschalt, an denen Lilien aus vergoldetem Zinn sich erhoben, zwischen den Balken farbige Füllungen; die Wände waren mit reichem Holzwerke ausgetäfelt, das mit Rosetten von weißem Zinn übersäet und mit Hellgrün aus Goldgelb und feinem Indigo gemalt war.

Es befand sich nur ein Fenster in langer Spitzbogenform darin, das mit Eisendraht und Eisenstäben vergittert und übrigens von schönen gemalten Scheiben mit den Wappen des Königs und der Königin, deren Fassung auf zweiundzwanzig Sou zu stehen kam, verdunkelt war.

Es hatte gleichfalls nur einen Eingang: eine Thür im neuern Geschmack mit flachgewölbtem Bogen, innen mit einem Thürteppiche und außen mit einer jener irländischen, hölzernen Vorhallen, diesen zierlichen Holzbauen merkwürdig gearbeiteter Tischlerkunst geziert, welche man noch in zahlreichen alten Häusern vor hundert und fünfzig Jahren sah. „Obgleich sie die Räume verunzieren und versperren," sagt Sauval voll Verzweiflung, „so wollen sich unsere Alten dennoch durchaus nicht von ihnen trennen und behalten sie jedermann zum Trotze bei."

In diesem Zimmer fand man nichts von den Möbeln, welche sich in gewöhnlichen Wohnzimmern vorfinden: weder Bänke, noch Tragstühle, weder Polsterbänke, noch gewöhnliche Fußschemel in Kastengestalt, noch schöne Schemel, die von Füßen und Strebesäulchen getragen werden, das Stück zu vier Sou. Man sah hier nur einen sehr prächtigen Klappstuhl mit Armen: das Holz daran war mit Rosen auf rothem Grunde bemalt, der Sitz aus dunkelrothem Corduanleder, mit langen Seidenfransen geschmückt und mit zahlreichen goldenen Nägeln beschlagen. Die Vereinzelung dieses Stuhles zeigte an, daß nur eine einzige Person das Recht hätte, in diesem Zimmer sich zu setzen. Neben dem Stuhle und ganz dicht am Fenster befand sich ein Tisch, der mit einem Teppiche bedeckt war, in den Vogelgestalten eingewirkt waren. Auf diesem Tische stand ein tintenfleckiges Schreibzeug, einige Pergamente, Federn und ein in Silber getriebener Humpen; ein wenig weiter entfernt ein Kohlenbecken, ein Betpult aus dunkelrothem Sammete, gleichfalls mit goldenen Buckeln beschlagen. Endlich sah man im Hintergrunde ein einfaches Bett aus gelbem und rosenfarbigem Damast ohne Flitterstaat und Tressen, mit Franzenbesatz in wirrer Form. Es ist dies das berühmte Bett, in welchem Ludwig der Elfte die Stunden des Schlafes oder der Schlaflosigkeit verbrachte, und welches man noch vor zweihundert Jahren bei einem Staatsrathe in Augenschein nehmen konnte, wo es von der alten Frau Pilou, die im „Cyrus"unter dem Namen „Aricidia" oder „die lebende Moral" gefeiert wird, gesehen worden ist.

So war das Zimmer beschaffen, welches man „die Einsamkeit, in der Herr Ludwig von Frankreich seine Horen betet", benannte.

In dem Augenblicke, wo wir den Leser hier eingeführt haben, war es sehr dunkel in diesem Zimmer. Die Abendglocke war vor einer Stunde geläutet worden; es war Nacht, und man sah nur eine einzige flackernde Wachskerze auf dem Tische stehen, welche fünf, verschiedenartig im Zimmer gruppirte Personen beleuchtete.

Der Erste, auf welchen das Licht fiel, war ein prächtig in Beinkleider und Rock aus scharlachrothem, silbergestreiftem Stoff gekleideter Herr, der einen Mantel aus schwarzgemustertem Goldstoff mit geschnürten Buffärmeln um die Schultern trug. Dieser funkelnde Anzug, auf welchem das Licht spielte, schien an allen Falten von Flammen zu schillern. Der Mann, welcher ihn trug, hatte auf der Brust sein in hellen Farben gesticktes Wappen: einen Balken mit einem springenden Damhirsche am Ende. Der Wappenschild war rechts von einem Olivenzweige, links von einem Damhirschgeweih umkränzt. Derselbe Mann trug an seinem Gürtel einen reich gearbeiteten Dolch, dessen dunkelrothes Gefäß in Gestalt eines Helmstutzes getrieben und von einer Grafenkrone gekrönt war. Er hatte ein boshaftes Wesen, eine stolze Miene, und trug den Kopf hoch. Beim ersten Blicke ersah man auf seinem Gesichte den anmaßenden Dünkel, beim zweiten die Hinterlist.

Er stand unbedeckten Hauptes, ein langes Aktenstück in der Hand, hinter dem Armstuhle, auf welchem mit nachlässig zusammengesunkenem Körper, die Kniee eins über das andere geschlagen, mit dem Ellenbogen auf den Tisch gestützt, eine übel gekleidete Person saß. Man denke sich in der That auf dem sehr reichen Sitze von Corduanleder zwei eingebogene Knien, zwei magere Schenkel, welche ärmlich in eine schwarzwollene enganliegende Hose gekleidet waren, einen Rumpf, der in einen Ueberrock aus Barchent mit Pelzfütterung gehüllt war, an der man weniger Haare als Leder sah; endlich, um dem Ganzen die Krone aufzusetzen, einen alten schmutzigen Hut aus dem schlechtesten schwarzen Stoffe, der ringsum mit einer Schnur kleiner bleierner Figuren besetzt war. Das war, nebst einem schmutzigen Käppchen, das kaum ein Haar hervorschauen ließ, alles, was man an der sitzenden Person erkennen konnte. Er hielt sein Haupt dermaßen auf die Brust geneigt, daß man nichts von seinem im Schatten versteckten Gesichte erblicken konnte, außer allein das Ende seiner Nase, auf die ein Lichtstrahl fiel, und die sehr lang sein mußte. Aus der Magerkeit seiner runzeligen Hand schloß man auf einen Greis. Es war Ludwig der Elfte.

In einiger Entfernung hinter ihnen unterhielten sich mit leiser Stimme zwei, nach flamländischem Schnitte gekleidete Männer, welche nicht so sehr im Schatten versteckt waren, daß jemand von denen, welche der Aufführung von Gringoires Schauspiel beigewohnt hatten, in ihnen nicht zwei der vornehmsten flamländischen Gesandten hätte wiederkennen sollen: nämlich Wilhelm Rym, den verschlagenen Pensionair der Stadt Gent, und Jacob Coppenole, den volksthümlichen Strumpfwirker. Man wird sich erinnern, daß diese beiden Männer bei der geheimen Politik Ludwigs des Elften mit im Spiel waren.

Endlich ganz im Hintergrunde des Zimmers, neben der Thüre, stand in der Dunkelheit, bewegungslos wie eine Bildsäule, ein kräftig gebauter Mann mit stämmigen Gliedmaßen im Soldatenharnisch und wappengeschmückten Mantel, dessen vierschrötiges, stirnloses Gesicht mit Augen darin, welche mit den Stirnknochen gleichstanden, mit dem ungeheuern Munde querdurch, und seinen Ohren, die sich unter zwei breiten Wetterdächern von glatten Haaren versteckten, zu gleicher Zeit einem Hunde und einem Tiger ähnelte. Alle waren unbedeckten Hauptes, mit Ausnahme des Königs.

Der Herr, welcher neben dem Könige stand, schien ihm aus einer Art langen Rechnungsberichte vorzulesen, welchen Seine Majestät aufmerksam anzuhören schien. Die beiden Flamländer flüsterten mit einander.

„Kreuz Gottes!“ murmelte Coppenole, „ich habe das Stehen satt; giebt es denn keinen Stuhl hier?“

Rym antwortete mit einer verneinenden Geberde, die von einem diskreten Lächeln begleitet war.

„Kreuz Gottes!“ begann Coppenole wieder, ganz unglücklich darüber, die Stimme so dämpfen zu müssen, „die Lust wandelt mich an, mich mit untergeschlagenen Beinen auf die Erde zu setzen, wie ich es als Strumpfwirker in meiner Werkstatt mache.“

„Hütet Euch ja, das zu thun! Meister Jacob.“

„Potz tausend! Meister Wilhelm! hier kann man also nur auf seinen Füßen bleiben!“

„Oder auf den Knien,“ antwortete Rym.

In diesem Augenblicke erhob sich die Stimme des Königs. Sie schwiegen.

„Fünfzig Sous für die Kleider unserer Bedienten, und zwölf Livres für die Mäntel der Kanzelisten unserer Krone! Ja! verschwendet das Gold tonnenweise! Seid Ihr toll, Olivier?“

Während er so sprach, hatte der Greis das Haupt erhoben. Man sah an seinem Halse die goldenen Muscheln der Kette des Heiligen Michaelordens glänzen. Die Kerze beleuchtete voll sein fleischloses, grämliches Profil. Er riß das Papier aus den Händen des andern.

„Ihr richtet uns zu Grunde!“ schrie er, während er seine tiefliegenden Augen über das Heft schweifen ließ. „Was soll das Alles? Wozu gebrauchen wir einen so verschwenderisch eingerichteten Hofstaat? Zwei Hauskapläne mit einem Gehalte von zehn Livres jeder den Monat, und einen Kapelldiener mit hundert Sous! Einen Kammerdiener mit neunzig Livres jährlich! Vier Küchenmeister mit einhundertzwanzig Livres jeder jährlich! Einen Bratenwender, einen Suppenkoch, einen Saucenbereiter, einen Oberkoch, einen Waffenmeister, zwei Schaffnergehilfen, jeder mit zehn Livres monatlich! Zwei Küchenjungen zu acht Livres! Einen Stallknecht und seine zwei Gehilfen zu vierundzwanzig Livres monatlich! Einen Ausläufer, einen Pastetenbäcker, einen Brotbäcker, zwei Fuhrleute, jeder sechzig Livres jährlich! Und den Hufschmied sechsundzwanzig Livres jährlich! Und den Aufseher unserer Schatzkammer zwölfhundert Livres jährlich! Und den Controleur fünfhundert! . . . Was weiß ich! Das ist Raserei! Die Gehalte unserer Diener setzen Frankreich der Plünderung aus! Alle Schätze des Louvres werden bei einem solchen Verschwendungsfeuer zusammenschmelzen! Wir werden unser Tafelgeschirr dazu verkaufen müssen! Und, im nächsten Jahre, wenn Gott und Unsere liebe Frau (hier lüftete er seinen Hut) uns Leben verleihen, werden wir unsere Arzneitränke aus einem Zinntopfe trinken müssen!"

Während er so sprach warf er einen Blick auf den silbernen Humpen, welcher auf dem Tische funkelte. Er hustete und fuhr dann fort:

„Meister Olivier, die Fürsten, welche über große Landesherrlichkeiten regieren, wie Könige und Kaiser, sollen die Verschwendung nicht in ihren Haushaltungen Wurzel fassen lassen; denn von da aus verbreitet sich das Feuer durch das Reich . . . Also, Meister Olivier, laß dir das gesagt sein. Unsere Ausgabe vermehrt sich von Jahr zu Jahr. Die Sache mißfällt uns. Wie, beim allmächtigen Gott! bis zum Jahre 79 hat sie die Summe von sechsunddreißigtausend Livres gar nicht überstiegen; im Jahre 80 hat sie dreiundvierzigtausendsechshundertundneunzehn Livres erreicht . . . ich habe die Zahl im Kopfe . . . im Jahre 81 sechsundsechzigtausendsechshundertundachtzig Livres; und in diesem Jahre, auf Ehre meines Leibes! wird sie achtzigtausend Livres erreichen! Verdoppelt in vier Jahren! Ungeheuerlich! . . ."

Er hielt athemlos inne, dann fuhr er zornig fort:

„Ich sehe nur Leute um mich, die sich an meiner Magerkeit mästen! Ihr saugt mir die Thaler aus allen Poren!"

Alle beobachteten Stillschweigen. Es war einer jener Zornausbrüche, die man vorübergehen läßt. Er fuhr fort:

„So verhält es sich auch mit jener lateinischen Bittschrift der Barone und Lehnsherren von Frankreich, in welcher sie verlangen, daß wir das, was sie die großen Kronwürden nennen, wieder herstellen mögen! Bürden in Wahrheit! Würden welche überbürden! Oh! ihr Herren! ihr behauptet, daß wir kein König wären, weil wir „dapifero nullo, buticulario nullo"regieren! Wir werden es euch zeigen, beim alleinigen Gotte! ob wir kein König sind!"

Hier lächelte er im Gefühle seiner Macht; seine böse Laune besänftigte sich darüber, und er wandte sich an die Flamländer:

„Seht Ihr, Gevatter Wilhelm? Der Oberbrotmeister, der Oberkellermeister, der Oberkämmerer, der Oberseneschall wiegen nicht den geringsten Kammerdiener auf . . . Behaltet das, Gevatter Coppenole . . . sie dienen zu nichts.

Wenn sie sich so nutzlos in der Nähe des Königs aufhalten, so kommen sie mir vor, wie die vier Evangelisten, welche das Zifferblatt der großen Uhr des Palastes umgeben, und die Philipp Brille eben wieder aufgefrischt hat. Sie sind vergoldet, aber sie zeigen die Stunde nicht an, und der Zeiger kann sie entbehren."

Er hielt einen Augenblick nachdenklich inne, dann fuhr er, sein altes Haupt schüttelnd, fort:

„Ho! ho! bei Unserer lieben Frau, ich bin nicht Philipp Brille, und ich will die großen Vasallen nicht wieder vergolden . . . Fahre fort, Olivier."

Die Person, welche er mit diesem Namen benannte, nahm das Heft wieder aus seinen Händen und begann wieder mit lauter Stimme zu lesen.

„. . . An Adam Tenon, Beamten bei der Siegelbewahrung des Obergerichtes von Paris: für Silber, Form und Stechung besagter Siegel, welche neu hergestellt worden sind, deshalb weil die vorher benutzten wegen ihrer Alterthümlichkeit und Abnutzung nicht gehörig mehr dienen konnten – zwölf Livres Pariser Münze."

„An Wilhelm Frère die Summe von vier Livres vier Sous Pariser Münze für seine Bemühungen und als Löhnung für die Fütterung und Unterhaltung der Tauben in den beiden Taubenschlägen des Parlamentsgerichtsgebäudes während der Monate Januar, Februar und März dieses Jahres; und wofür er sechs Sester Gerste gegeben hat."

„An einen Franziskanermönch, für die Beichte eines Verbrechers, vier Sous Pariser Münze."

Der König hörte schweigend zu. Von Zeit zu Zeit hustete er; dann setzte er den Becher an seine Lippen und trank einen Schluck, wobei er das Gesicht verzog.

„In diesem Jahre haben auf Befehl des Gerichtsamtes, an den Straßenecken von Paris, unter Trompetenschall, sechsundfünfzig öffentliche Verkündigungen stattgefunden. Rechnung noch zu berichtigen."

„Für Aufgraben und Nachsuchen an gewissen Orten sowohl in Paris als anderswo nach Geld, welches, dem Gerücht zufolge, da vergraben sein sollte, wo aber nichts gefunden worden war, fünfundvierzig Livres Pariser Münze."

„Einen Thaler vergraben, um einen Sou herauszuscharren!" sagte der König.

„Für die Instandsetzung von sechs Fensterfüllungen mit weißem Glas, im Gebäude des Parlamentsgerichtshofes, an der Stelle, wo der eiserne Käfig steht, dreizehn Sous. – Laut Befehl des Königs für Anfertigung und Lieferung des Fensters zu den wilden Thieren, von vier Wappenschilden mit dem Wappen des genannten Herrn, ganz herum mit

Rosensimsen eingefaßt, sechs Livres. – Für zwei neue Aermel an das alte Wamms des Königs, zwanzig Sous. – Für eine Büchse Fett, um die Stiefeln des Königs zu schmieren, fünfzehn Heller. – Einen Stall erneuert, um die schwarzen Schweine des Königs unterzubringen, dreißig Livres Pariser Münze. – Mehrere Verschläge, Bretter, Fallthüren angefertigt, um die Löwen bei Saint-Paul einzusperren."

„Das nenne ich mir Bestien, die sehr kostspielig sind," sagte Ludwig der Elfte. „Thut nichts; es ist schickliche Prachtliebe eines Königs. Da ist ein großer, rothgelber Löwe, den ich wegen seiner artigen Manieren gern habe ... Habt Ihr ihn gesehen, Meister Wilhelm? Fürsten müssen von diesen bewunderungswürdigen Thieren besitzen. Bei uns Königen müssen unsere Hunde Löwen, und unsere Katzen Tiger sein. Das Großartige paßt zu den Kronen. Zur Zeit des Heiden Jupiters, wenn das Volk den Kirchen hundert Ochsen und hundert Schafe darbrachte, gaben die Kaiser hundert Löwen und hundert Adler. Das war wild und sehr schön. Die Könige von Frankreich haben immer solches Gebrüll um ihren Thron gehabt. Nichtsdestoweniger wird man mir die Gerechtigkeit widerfahren lassen, daß ich noch weniger Geld darauf verschwendet habe, als sie, und daß ich eine geringere Begierde nach Löwen, Bären, Elephanten und Leoparden besitze ... Nur weiter, Olivier. Das wollten wir unsern flamländischen Freunden zu wissen thun."

Wilhelm Rym verneigte sich tief, während Coppenole mit seiner Miene ganz das Aussehen eines jener Bären hatte, von denen seine Majestät sprach. Der König achtete nicht darauf. Er hatte eben die Lippen aus dem Becher benetzt und spie den Schluck wieder aus, indem er sagte: „Pfui! der unangenehme Trank!" Derjenige, welcher las, fuhr fort:

„Für die Beköstigung eines Landstreichers, welcher seit einem halben Jahre in der Zelle des Schindangers hinter Schloß und Riegel sitzt, bis man weiß, was mit ihm geschehen soll, – sechs Livres vier Sous."

„Was heißt das?" unterbrach ihn der König; „das ernähren, was man hängen soll! Beim allmächtigen Gott! ich will nicht einen Sou mehr für diese Beköstigung hergeben ... Olivier, verständigt Euch über diesen Punkt mit Herrn von Estouteville, und noch heute Abend trefft mir die Zurüstung zur Vermählung des Biedermannes mit einem Galgen ... Fahret fort."

Olivier machte bei dem Posten des „Landstreichers" ein Zeichen mit dem Daumen und ging weiter.

„An Henriet Cousin, den Meister Vollstrecker der peinlichen Urtheile des Criminalgerichtes zu Paris, die Summe von sechzig Sou Pariser Münze, welche ihm vom gestrengen Herrn Oberrichter von Paris ausgesetzt und zugesprochen worden ist, auf Verordnung genannten Herrn Oberrichters für Ankauf eines großen, breiten Richtschwertes, das dazu dient, die Personen, welche nach Urtheil und Recht für ihre

Vergehen verurtheilt sind, hinzurichten und zu enthaupten; ingleichen für Beschaffung eines Futterales und alles dessen, was dazu gehört; desgleichen für Instandsetzung und Herrichtung des alten Richtschwertes, welches bei der Urteilsvollstreckung des Herrn Ludwig von Luxemburg zerbrochen und schartig geworden war, wie mehr als sattsam ersehen werden kann . . ."

Der König unterbrach ihn. „Genug; ich bewillige die Summe von ganzem Herzen. Das sind Ausgaben, wo ich nicht darauf sehe. Dergleichen Geld hat mich niemals gereuet . . . Fahret fort."

„Für Herstellung eines neuen, großen Käfigs . . ."

„Ah!" sagte der König, indem er mit seinen beiden Händen die Armlehnen seines Stuhles angriff, „ich wußte ja doch, daß ich in irgend einer Angelegenheit in diese Bastille gekommen war . . . Wartet, Meister Olivier. Ich will den Käfig selbst in Augenschein nehmen. Ihr könnt mir die Kosten vorlesen, während ich ihn untersuchen will . . . Meine Herren Flamländer, kommt und sehet das an; es ist merkwürdig."

Er erhob sich jetzt, stützte sich auf den Arm seines Vorlesers, gab dem anscheinend Stummen, welcher vor der Thür stand, ein Zeichen voranzugehen, den beiden Flamländern ein solches, ihm zu folgen, und schritt aus dem Zimmer hinaus. Die Begleitung des Königs ergänzte sich an der Thür des Gemaches mit bewaffneten, in Eisen starrenden Männern und kleinen Pagen, welche Wachsfackeln trugen. Sie schritt eine Zeit lang im Innern des düstern Zwingthurmes dahin, der von Treppen und Corridoren bis in die Mauerndicke durchbrochen war. Der Hauptmann der Bastille ging an der Spitze und ließ die Thüren vor dem alten kranken und gebückt hinschreitenden Könige öffnen, der beim Gehen hustete.

Bei jeder Pforte mußten alle Köpfe sich neigen, mit Ausnahme desjenigen des vom Alter gebeugten Greises. „Hm!" murmelte er zwischen seinen Kinnladen, denn er hatte keine Zähne mehr, „wir sind schon völlig bereit für die Pforte des Grabes – nahe an der niedrigen Pforte, die man nur gebückt überschreitet."

Endlich, nachdem man durch eine letzte Thür geschritten war, die so mit Schlössern verrammelt, daß man eine Viertelstunde gebrauchte, um sie zu öffnen, traten sie in einen hohen und weiten, gothisch gewölbten Saal ein, in dessen Mitte man beim Scheine der Fackeln einen großen massiven Würfel aus Mauerwerk, Eisen und Holz erkannte. Das Innere war hohl. Es war einer dieser berüchtigten Käfige für Staatsgefangene, welche man „die Töchterchen des Königs" nannte. In den Seitenwänden befanden sich zwei oder drei kleine Fenster, die so reich mit dicken Eisenbalken vergittert waren, daß man das Glas derselben nicht sah. Die Thür war eine große flache Steinplatte, wie auf Gräbern, – eine von den Pforten, die allein zum Eintritte dienen. Nur war hier der Todte ein lebendes Wesen. Der König fing an, langsam um das kleine Bauwerk herumzuschreiten, wobei er es sorgfältig untersuchte während daß Meister Olivier, der ihm folgte, ganz laut den Rechnungsbericht herlas:

„Für Herstellung eines neuen großen Käfigs aus Holz von dicken Balken, Blöcken und Schwellen, im Durchmesser von neun Fuß in der Länge zu acht in der Breite, und sieben Fuß in der Höhe zwischen beiden Böden, geglättet und ausgeschlagen mit dicken Eisenplatten, welcher Käfig in einem Gemache aufgestellt worden ist, welches in einem der Basteithürme von Saint-Antoine sich befindet und in welchen Käfig auf Befehl des Königs, unseres gnädigen Herrn, ein Gefangner geworfen ist und festgehalten wird, welcher vor diesem einen alten, baufälligen und morschen Käfig bewohnte. – Sind zu diesem neuen Käfige sechsundneunzig Schichtbalken und zweiundfünfzig aufrecht stehende Balken, zehn Schwellen von drei Klaftern Länge verbraucht worden; und sind neunzehn Zimmerleute zwanzig Tage lang beschäftigt gewesen, um all das genannte Holzwerk im Basteihofe zu behauen, auszuarbeiten und zuzuschneiden . . .“

„Ziemlich schönes eichenes Kernholz,“ sagte der König, während er mit der Faust an das Gebälk klopfte.

„. . . In diesem Käfig,“ fuhr der andere fort, „sind hineingegangen: zweihundertundzwanzig dicke Eisenplatten von neun und von acht Fuß, der Rest von durchschnittlicher Länge, mit den, zu genannten Platten dienenden Reifen, Krispen und Strebebändern; das ganze genannte Eisen im Gewichte von dreitausendsiebenhundertundfünfunddreißig Pfund; außerdem acht große Haspen von Eisen, die dazu dienen, den besagten Käfig festzumachen, nebst Krampen und Nägeln, zusammen zweihundertachtzehn Pfund Eisen schwer, nicht mitgerechnet das Eisen zu den Fenstergittern in dem Gemache, wo der Käfig aufgestellt worden ist, die Eisenstäbe an der Thür des Gemaches und andere Dinge . . .“

„Das ist ja sehr viel Eisen,“ sagte der König, „um die Flüchtigkeit eines Geistes im Zaum zu halten!“

„. . . Das Ganze kommt auf dreihundertsiebzehn Livres fünf Sous und sieben Heller zu stehen.“

„Beim allmächtigen Gotte!“ rief der König aus.

Bei diesem Schwure, der der Lieblingsschwur Ludwigs des Elften war, schien es, als ob jemand im Innern des Käfigs erwachte; man hörte Ketten, welche auf dessen Boden mit Gerassel hinschleiften, und es erhob sich eine schwache Stimme, welche aus dem Grabe herauszudringen schien: „Sire! Sire! Gnade!“ Man konnte denjenigen nicht sehen, der so sprach.

„Dreihundertsiebzehn Livres fünf Sous sieben Heller!“ wiederholte Ludwig der Elfte.

Die klägliche Stimme, welche aus dem Käfig erklungen war, hatte alle Umstehenden starr gemacht, selbst den Meister Olivier. Der König allein zeigte eine Miene, als ob er sie nicht gehört hätte. Auf seinen Befehl begann Olivier wieder seine Vorlesung, und Seine Majestät setzte kaltblütig die Besichtigung des Käfigs fort.

„. . . Außer diesem ist an einen Maurer, welcher die Löcher zum Einsetzen des Gitterwerkes der Fenster, und den Fußboden des Gemaches, wo der Käfig sich befindet, gemacht hat, weil der Fußboden diesen Käfig wegen seiner Schwere nicht hätte tragen können, siebenundzwanzig Livres vierzehn Sous Pariser Münze gezahlt worden . . ."

Die Stimme begann wieder zu ächzen. „Gnade! Sire! Ich schwöre Euch, es ist der Herr Cardinal von Angers, welcher die Verrätherei begangen hat, und nicht ich."

„Der Maurer ist unverschämt!" sagte der König. „Fahre fort, Olivier." Und Olivier fuhr fort:

„An einen Tischler für Fenster, Bettstellen, einen durchlöcherten Sessel und andere Dinge, zwanzig Livres zwei Sous Pariser Geld . . ."

Die Stimme fuhr gleichfalls fort:

„Ach! Sire! Wollt Ihr mich nicht erhören? Ich betheuere Euch, daß ich es nicht war, der die Sache dem Herzoge von Guyenne geschrieben hat, sondern der Herr Cardinal Balue!"

„Der Tischler ist theuer," bemerkte der König . . . „Ist das alles?"

„Nein, Sire . . . An einen Glaser für die Fenster des genannten Gemaches, sechsundvierzig Sous acht Heller Pariser Münze."

„Habt Erbarmen, Sire! Ist es denn nicht genug, daß man alle meine Güter meinen Richtern, mein Tafelgeräth dem Herrn von Torcy, meine Bibliothek dem Meister Pierre Doriolle, meine Teppiche dem Gouverneur von Roussillon gegeben hat? Ich bin unschuldig. Es sind nun vierzehn Jahre, daß ich in einem eisernen Käfige zittere. Habt Erbarmen, Sire! Ihr werdet es im Himmel wiederfinden."

„Meister Olivier," sagte der König, „die ganze Summe?"

„– Dreihundertsiebenundsechzig Livres acht Sous drei Heller Pariser Münze."

„Bei Unserer lieben Frau!" rief der König. „Das ist ein schändlicher Käfig!"

Er riß das Heft aus den Händen Meister Oliviers und begann selbst an seinen Fingern nachzurechnen, wobei er abwechselnd das Papier und den Käfig prüfte. Während dem hörte man den Gefangenen schluchzen. Das war entsetzlich in der Kerkernacht und die Gesichter sahen sich erblassend einander an.

„Vierzehn Jahre, Sire! Vierzehn Jahre sind es! seit dem Monat April 1469. Im Namen der heiligen Mutter Gottes, Sire, hört mich an! Ihr habt Euch diese ganze Zeit hindurch an der Wärme der Sonne erfreut. Ich Elender, soll ich denn niemals wieder das Tageslicht erblicken? Gnade, Sire! Seid barmherzig. Die Milde ist eine schöne Tugend des Königs, welche die Ausbrüche des Zornes aufhält. Glaubt Eure Majestät, daß es in der Stunde des Todes eine große Befriedigung für einen König ist, keine Beleidigung ungestraft gelassen zu haben? Uebrigens, Sire, habe ich Eure Majestät gar nicht verrathen; das hat der Herr von Angers gethan. Und ich trage am Fuße eine sehr schwere Kette und eine große eiserne Kugel daran, viel schwerer als es billig ist. Wohlan! Sire! habt Erbarmen mit mir!"

„Olivier," sagte der König, wobei er den Kopf mißbilligend schüttelte, „ich bemerke, daß man mir das Mudfaß Gyps mit zwanzig Sous anrechnet, während es doch nur zwölfe kostet. Ihr werdet diese Rechnung berichtigen."

Er kehrte dem Käfig den Rücken zu, und schickte sich an, das Gemach zu verlassen. Der unglückliche Gefangene vermuthete bei der Entfernung der Fackellichter und des Geräusches, daß der König davonginge.

„Sire! Sire!" schrie er voll Verzweiflung. Die Thür schloß sich wieder. Er sah nichts mehr und hörte nur noch die rauhe Stimme des Schließers, welcher ihm das Lied in die Ohren sang:

Meister Jean Balue,
Bisthum und Macht
Schwanden Euch dahin!
Herr von Verdun,
Habt's auch nicht gedacht –
Schlagt's Euch aus dein Sinn!

Der König stieg schweigend wieder nach seinem einsamen Zimmer hinauf, und seine Begleitung folgte ihm, entsetzt von dem letzten Wimmern des Gefangenen. Plötzlich wandte sich Seine Majestät zum Hauptmann der Bastille um.

„Wie ist mir denn," sagte sie, „war nicht jemand in jenem Käfige?"

„Bei Gott, Sire!" antwortete der Hauptmann, über diese Frage aufs höchste erstaunt.

„Und wer denn?"

„Der Herr Bischof von Verdun."

Der König wußte das besser, als irgend jemand. Aber es war das eine fixe Idee von ihm.

„Ah!" sagte er mit unbefangener Miene, als ob er zum ersten Male daran dächte, „Wilhelm von Harancourt, der Freund des Herrn Cardinals Balue. Ein munterer Kerl von Bischof!"

Nach Verlauf einiger Augenblicke hatte sich die Thür des Geheimzimmers wieder geöffnet, dann wieder hinter den fünf Personen geschlossen, welche der Leser im Anfange dieses Kapitels dort gesehen hat, und welche hier ihre Plätze und Stellungen wieder eingenommen und ihre Unterhaltungen mit leiser Stimme wieder begonnen hatten.

Während der Abwesenheit des Königs hatte man auf seinem Tische einige Depeschen niedergelegt, deren Siegel er selbst erbrach. Dann fing er an, sie geschwind eine nach der andern durchzulesen, gab dem „Meister Olivier", welcher bei ihm das Amt eines Ministers zu bekleiden schien, ein Zeichen, eine Feder zu nehmen, und begann, ohne ihm den Inhalt der Depeschen mitzutheilen, ihm mit leiser Stimme die Antworten darauf zu dictiren, die dieser, in ziemlich unbequemer Stellung vor dem Tische kniend, niederschrieb.

Wilhelm Rym spielte den Beobachter.

Der König sprach so leise, daß die Flamländer von seinem Dictate nichts vernahmen, als hier und da einige abgerissene und kaum verständliche Fetzen, z. B.:

„. . . Die ergiebigen Plätze durch den Handel, die unergiebigen durch Fabriken zu heben . . . – den Herren aus England unsere vier Bombarden: London, Brabant, Bourg-en-Bresse, Saint-Omer zeigen . . . Die Artillerie ist die Ursache, daß der Krieg jetzt besonnener geführt wird . . . – An Herrn von Bressuire, unsern Freund . . . – Die Heere werden nicht ohne Steuern unterhalten . . . u. s. w."

Einmal erhob er seine Stimme:

„Beim allmächtigen Gotte! Der Herr König von Sicilien siegelt seine Briefe mit gelbem Wachse, wie ein König von Frankreich. Wir thun vielleicht Unrecht daran, es ihm zu gestatten. Mein schöner Cousin von Burgund verlieh kein Wappen auf rothem Felde. Die Macht der Häuser wird durch die Unverletzlichkeit der Vorrechte festgestellt. Schreibt das auf, Gevatter Olivier."

Ein zweites Mal sagte er:

„Oh! oh! eine dicke Botschaft! Was fordert unser Bruder, der Kaiser, von uns?"

Und während er das Sendschreiben mit den Augen durchlief, unterbrach er seine Lecture mit Ausrufungen: „Wahrlich! die Deutschen sind so stark und mächtig, daß es kaum zu glauben ist . . . Aber wir wollen das alte Sprichwort nicht vergessen: die schönste Grafschaft ist Flandern; das schönste Herzogthum ist Mailand; das schönste Königreich ist Frankreich . . . Nicht wahr, meine Herrn Flamländer?"

Dieses Mal verneigte sich Coppenole mit Wilhelm Rym. Der Patriotismus des Strumpfwirkers war geschmeichelt. Eine letzte Depesche verursachte Ludwig dem Elften ein Runzeln der Augenbrauen.

„Was ist das?" rief er aus. „Klagen und Beschwerdeschriften über unsere Besatzungstruppen in der Picardie! Olivier, schreibt eilends an den Herrn Marschall von Roualt . . . daß die Mannszucht nachläßt . . . daß die abcommandirte Reiterei, die

Adligen vom Bann, die Freischützen, die Schweizer den Landleuten zahllose Uebel verursachen . . . daß der Kriegsmann, nicht zufrieden mit den Vortheilen, die er im Hause der Bauern findet, sie mit schweren Stock- und Hellebardenschlägen zwingt, in der Stadt Wein, Fisch, Spezereiwaaren und andere überflüssige Dinge zu holen . . . daß der Herr König das in Erfahrung gebracht hat . . . daß wir unser Volk vor Benachtheiligungen, Räubereien und Plünderungen bewahrt wissen wollen . . . daß dies unser Wille ist, bei Unserer lieben Frau! . . . daß es uns außerdem nicht gefällt, daß irgend ein Musikant, Barbier oder Kriegsknecht wie ein Fürst in Sammet, Seidenstoff und mit goldenen Ringen an den Fingern einherstolzirt . . . daß diese Eitelkeiten Gott verhaßt sind . . . daß wir, der wir ein Edelmann sind, uns mit einem Tuchwammse, die Pariser Elle zu sechzehn Sous, begnügen . . . daß auch sie, die Herren Troßbuben, sich recht wohl soweit demüthigen können . . . Entbietet und verfügt das . . . An Herrn von Roualt, unsern Freund . . . Punktum."

Er dictirte diesen Brief mit lauter Stimme, mit einem festen Tone, und ruckweise. Im Augenblicke, wo er zu Ende war, öffnete sich die Thür und ließ eine neue Person herein, die sich ganz athemlos und mit dem Rufe ins Zimmer stürzte:

„Sire! Sire! es findet ein Volksaufstand in Paris statt!"

Das ernste Gesicht Ludwigs des Elften zog sich zusammen; aber das, was sichtbar in seiner Erregung war, flog wie ein Blitz vorüber. Er mäßigte sich und sagte mit ruhigem Ernste:

„Gevatter Jacob, Ihr tretet sehr ungestüm herein."

„Sire! Sire! es ist ein Aufruhr!" wiederholte der Gevatter Jacob ganz außer sich.

Der König, welcher sich erhoben hatte, ergriff ihn heftig am Arme und sagte ihm so, daß es nur von ihm allein gehört wurde, mit gesteigertem Zorne und einem Seitenblicke auf die Flamländer: „Schweig! oder sprich leise."

Der Neuangekommene begriff und fing an, ihm ganz leise einen sehr erregten Bericht abzustatten, den der König mit Ruhe anhörte, während dem Wilhelm Rym seinem Genossen Coppenole auf das Gesicht und Gewand des Neuangekommenen, seine pelzverbrämte Kapuze (caputia fourrata), seinen kurzen Beamtenmantel (epitogia curta), sein schwarzes Sammetgewand aufmerksam machte, welches einen Präsidenten des Rechnungshofes ankündete. Kaum hatte diese Person dem Könige einige Auseinandersetzungen gegeben, als Ludwig der Elfte in ein Gelächter ausbrach und rief:

„In Wahrheit! sprecht nur ganz laut, Gevatter Coictier! Was braucht Ihr so leise zu reden? Unsere liebe Frau weiß, daß wir keine Heimlichkeiten vor unsern guten Freunden aus Flandern haben."

„Aber, Sire . . ."

„Sprecht ganz laut!"

Der Gevatter Coictier blieb stumm vor Ueberraschung.

„Also,“ wiederholte der König . . . „sprecht, Herr . . . in unserer guten Stadt Paris findet eine Bürgerbewegung statt?“

„Ja, Sire.“

„Und welche, sagt Ihr, gegen den Herrn Vogt des Justizpalastes gerichtet ist?“

„Es hat den Anschein,“ sagte „der Gevatter“, der noch stotterte und über den plötzlichen und unerklärlichen Wechsel, der in den Gedanken des Königs eben vorgegangen war, ganz verdutzt war.

Ludwig der Elfte nahm wieder das Wort:

„Wo ist die Nachtwache dem Haufen begegnet?“

„Auf dem Wege von dem großen Bettlerquartiere bis zur Wechslerbrücke. Ich selbst bin ihnen begegnet, wie ich hierher ging, um den Befehlen Euerer Majestät zu gehorchen. Ich habe einige von ihnen schreien gehört: Nieder mit dem Vogte des Palastes!“

„Und was für Beschwerden haben sie gegen den Vogt?“

„Oh!“ sagte der Gevatter Jacob, „weil er ihr Lehnsherr ist.“

„Wahrhaftig!“

„Ja! Sire. Es sind Lumpen vom Wunderhofe. Sehet, sie beklagen sich schon lange über den Vogt, dessen Lehnsleute sie sind. Sie wollen ihn weder als Gerichtspfleger noch als Wegeherrn anerkennen.“

„Jawohl!“ versetzte der König mit einem Lächeln der Genugthuung, welches er sich vergebens bemühte zu verbergen.

„In allen ihren Bittschriften beim Parlament,“ fuhr der Gevatter Jacob fort, „behaupten sie nur zwei Herren zu haben: Euere Majestät und ihren Gott, welches, glaube ich, der Teufel ist.“

„Ei! ei!“ sagte der König.

Er rieb sich die Hände und lachte, mit jenem innerlichen Lachen, welches aus dem Gesichte wiederstrahlt; er konnte seine Freude nicht verhehlen, obgleich er einige Augenblicke versuchte, eine gleichgültige Miene anzunehmen. Niemand wurde daraus klug, selbst Meister Olivier nicht. Er verharrte einen Augenblick in Schweigen, mit einer nachdenklichen, aber zufriedenen Miene.

„Sind sie in großer Zahl?“ fragte er plötzlich.

„Ja, gewiß, Sire,“ antwortete der Gevatter Jacob.

„Wieviele?“

„Wenigstens sechstausend.“

Der König konnte sich nicht enthalten, zu sagen: „Gut!“ Er fuhr fort:

„Sind sie bewaffnet?“

„Mit Sensen, Piken, Hakenbüchsen, Karsten, mit aller Art gewaltigen Waffen.“

Der König schien keineswegs von dieser Herzählung beunruhigt zu sein. Der Gevatter Jacob glaubte hinzufügen zu müssen:

„Wenn Euere Majestät dem Vogte nicht schleunig Hilfe schickt, ist er verloren.“

„Wir werden welche schicken,“ sagte der König mit einer erzwungen ernsten Miene. „Es ist gut. Sicherlich werden wir welche schicken. Der Herr Vogt ist unser Freund. Sechstausend! Das sind verwegene Schelme. Die Dreistigkeit ist verwunderlich, und wir sind darüber sehr heftig erzürnt. Aber wir haben wenig Leute um uns in dieser Nacht . . . Es wird morgen früh noch Zeit sein.“

Der Gevatter Jacob rief:

„Sofort, Sire! Das Amtshaus wird zwanzig Mal in der Zeit geplündert, das Herrenhaus erstürmt, der Vogt gehangen sein. Um Gottes willen, Sire! schickt vor morgen früh Hilfe.“

Der König sah ihm ins Gesicht.

„Ich habe Euch gesagt morgen früh.“

Es war einer von jenen Blicken, auf welche es keine Widerrede giebt.

Nach einer Pause erhob Ludwig der Elfte von neuem die Stimme:

„Mein Gevatter Jacob, Ihr müßt das wissen. Welches war . . .“ Er begann noch einmal: „Welches ist der Lehnsgerichtssprengel des Vogtes?“

„Sire, der Vogt des Palastes hat die Rue de la Calandre bis zur Rue de l'Herberie, den Sankt-Michaelsplatz und die Gegenden der Stadt, welche gemeinhin „An den Mauern“ genannt werden, dicht neben der Kirche Notre-Dame-des-Champs (hier lüftete Ludwig der Elfte den Rand seines Hutes), welche Hôtels zur Zahl Dreizehn gehören; ferner den Wunderhof, dann das Siechenhaus, das Weichbild genannt, dann die ganze Dammstraße, welche bei diesem Siechenhause beginnt und an der Pforte Saint-Jacques endigt. Ueber diese verschiednen Oertlichkeiten hat er die Straßenpolizei, hohe, mittlere und niedrige Gerechtigkeitspflege, ist unumschränkter Herr.“

„Potztausend!“ sagte der König, indem er sich mit der rechten Hand hinter dem linken Ohre kratzte, „das macht ein gutes Ende von meiner Stadt aus! Oh! der Herr Vogt war König über alles das!“

Dieses Mal verbesserte er sich nicht. Er fuhr in Nachdenken versunken, und als ob er mit sich selbst spräche, fort: „Recht schön, Herr Vogt, Ihr hattet da ein artiges Stück von unserem Paris zwischen den Zähnen."

Plötzlich brach er los: „Beim allmächtigen Gott! wer in aller Welt sind diese Leute, die sich anmaßen, Wegeherren, Gerichtsherren, Lehnsherren und Herren in unserem Reiche zu sein? Die ihr Zollhaus an jeder Feldecke besitzen; ihr Gericht und ihren Henker an jeder Straßenecke unter meinem Volke haben? so daß, wie der Grieche an so viele Götter glaubte, als er Quellen hatte, und der Perser an so viele, als er Sterne sah, – daß, sage ich, der Franzose sich so viele Könige herzählt, als er, bei Gott! Galgen sieht! Das ist ein übel Ding, und die Verwirrung dabei mißfällt mir. Ich möchte wohl wissen, ob es der Gefallen Gottes ist, daß es in Paris einen andern Wegeherren, als den König, ein anderes Gericht, als das Parlament, einen andern Herrscher, als uns in diesem Reiche giebt! Beim Glauben an meine Seele! Es wird doch der Tag kommen müssen, wo es in Frankreich nur einen König, nur einen Herren, nur einen Richter, nur einen Scharfrichter geben wird, wie es im Paradiese nur einen Gott giebt!"

Er lüftete noch einmal seine Mütze und fuhr, immer noch in Gedanken versunken, mit der Miene und dem Tone eines Jägers fort, der seine Meute hetzt und losläßt: „Gut! mein Volk! Tapfer! zerreiße diese falschen Herren! Thu deine Arbeit! Frisch! munter! Plündere sie, hänge sie, raube sie aus! . . . Ah! Ihr wollt Könige sein, ihr gnädigen Herren! Drauf! mein Volk! Drauf!"

Hier unterbrach er sich plötzlich, biß sich in die Lippen, als ob er seinen halb entwischten Gedanken wieder fangen wollte, heftete sein durchdringendes Auge abwechselnd auf jede der fünf Personen, welche ihn umgaben, und faßte plötzlich seinen Hut mit beiden Händen, und während er ihn von vorn anblickte, sagte er zu ihm: „Oh! ich würde dich verbrennen, wenn du wüßtest, was sich in meinem Kopfe befindet."

Dann, während er von neuem den aufmerksamen und unruhigen Blick des Fuchses, der schleichend in seinen Bau zurückkehrt, um sich schweifen ließ, sagte er:

„Es thut nichts! wir wollen dem Herrn Vogt zu Hilfe kommen. Zum Unglück haben wir nur wenige Truppen hier in diesem Augenblicke gegen so viel Volk. Man muß bis morgen warten. Man wird die Ordnung wieder in der Stadt herstellen und frisch jeden hängen, der ergriffen werden wird."

„Da fällt mir ein, Sire!" sagte der Gevatter Coictier, „ich habe das in der ersten Verwirrung vergessen, – die Wache hat zwei Nachzügler von der Bande ergriffen. Wenn Euere Majestät diese Menschen sehen will, sie sind da."

„Ob ich sie sehen will!" rief der König. „Wie! beim allmächtigen Gott! Du vergißt so etwas! . . . Lauf schnell, du, Olivier! hole sie!"

Meister Olivier ging hinaus und kehrte einen Augenblick nachher mit den zwei Gefangenen, welche von Bogenschützen der Leibwache umringt waren, zurück. Der Erste hatte ein dickes, dummes Gesicht, auf welchem Trunkenheit und Staunen sichtbar waren. Er war in Lumpen gehüllt und ging mit gekrümmten Knien und schleppenden Füßen einher. Der Zweite war eine bleiche und lächelnde Erscheinung, welche der Leser bereits kennt.

Der König betrachtete sie einen Augenblick, ohne ein Wort zu sagen; dann wandte er sich plötzlich an den Ersten:

„Wie heißt du?“

„Gieffroy Pincebourde.“

„Dein Gewerbe?“

„Bettler.“

„Was wolltest du bei diesem verdammlichen Aufstande beginnen?“

Der Vagabund betrachtete den König, wobei er mit stumpfsinniger Miene seine Arme hin- und herschlenkerte. Er war einer von jenen übel gebildeten Köpfen, bei denen der Verstand ohngefähr ebenso gut dran ist, wie das Licht unter einem Lichtlöscher.

„Ich weiß nicht,“ sagte er. „Man ging, ich ging mit.“

„Wolltet ihr nicht schmählicher Weise Euern Herrn, den Vogt des Palastes angreifen und ausplündern?“

„Ich weiß, daß man bei jemandem etwas nehmen wollte. Das ist alles.“

Ein Soldat zeigte dem Könige eine Hippe, welche man bei dem Bettler gefunden hatte.

„Erkennst du diese Waffe wieder?“ fragte der König.

„Ja, es ist meine Hippe; ich bin Winzer.“

„Und erkennst du diesen Menschen als deinen Gefährten an?“ fragte Ludwig der Elfte weiter, während er auf den andern Gefangenen hinwies.

„Nein, ich kenne ihn nicht.“

„Es ist genug,“ sagte der König. Darauf gab er der stummen Person, die bewegungslos an der Thür stand und auf welche wir den Leser schon aufmerksam gemacht haben, ein Zeichen mit dem Finger. „Gevatter Tristan, das ist ein Mann für Euch.“

Tristan l'Hermite verneigte sich. Er gab mit leiser Stimme zwei Bogenschützen einen Befehl, welche den armen Landstreicher hinausführten.

Während dem hatte sich der König dem zweiten Gefangenen genähert, welcher vor Angst große Tropfen schwitzte.

„Dein Name?“

„Sire, Peter Gringoire.“

„Dein Gewerbe?“

„Philosoph, Sire!“

„Wie unterstehst du dich, Schurke, unsern Freund, den Herrn Vogt des Palastes anzugreifen, und was hast du über diesen Volksaufstand mitzutheilen?“

„Sire, ich war nicht dabei.“

„Wohlan! liederlicher Schurke, bist du nicht von der Nachtwache in dieser schlechten Gesellschaft ertappt worden?“

„Nein, Sire; es ist ein Mißverständnis. Es ist ein unglücklicher Zufall. Ich mache Trauerspiele. Sire, ich bitte Euere Majestät flehentlich, mich anzuhören. Ich bin Dichter. Es ist die schwermüthige Gewohnheit von Leuten meines Berufes, Nachts durch die Straßen zu wandern. Ich ging heute Abend da durch. Es ist bloßer Zufall. Man hat mich ungerechter Weise festgenommen; ich bin unschuldig an diesem Bürgeraufruhre. Euere Majestät sieht, daß mich der Gauner nicht als seines Gleichen erkannt hat. Ich beschwöre Euere Majestät . . .“

„Schweige!“ sagte der König zwischen zwei Schlucken seines Arzneitrankes. „Du zersprengst uns den Kopf.“

Tristan l'Hermite trat vor, und mit dem Finger auf Gringoire zeigend, sagte er:

„Sire, kann man diesen da auch hängen?“

Es war das erste Wort, welches er vorbrachte.

„Bah!“ antwortete der König nachlässig, „ich sehe dabei keine Nachtheile.“

„Ich für meine Person sehe viele dabei!“ sagte Gringoire.

Unser Philosoph war in diesem Augenblicke grüner, als eine Olive. Er sah an der kalten und gleichgültigen Miene des Königs, daß Rettung nur noch in etwas sehr Rührendem zu finden war, und er stürzte sich zu den Füßen Ludwigs des Elften, indem er mit verzweifeltem Geberdenspiele ausrief:

„Sire! Euere Majestät wird geruhen, mich anzuhören. Sire! brechet nicht in ein Unwetter über etwas so Weniges, als ich bin, los. Der mächtige Blitzstrahl Gottes schlägt in keine Salatstaude. Sire! Ihr seid ein erhabener, überaus mächtiger Monarch: habt Mitleid mit einem armen, ehrlichen Manne, welcher unfähiger sein würde, einen Aufstand anzuschüren, als ein Eiszapfen vermag, einen Funken von sich zu geben! Allergnädigster, mächtigster Herr, die Milde ist eine Löwen- und eine Königstugend. Ach! die Härte erbittert nur die Gemüther; die heftigen Stöße des Nordwindes können den Wanderer nicht veranlassen, seinen Mantel im Stiche zu lassen; die Sonne, welche nach und nach ihre Strahlen herabsendet, erhitzt ihn dermaßen, daß sie ihn zwingt, sich bis aufs Hemde zu entkleiden. Sire! Ihr seid die Sonne. Ich betheuere es Euch, mein unumschränkter Herr und König, ich bin kein verwilderter Bettler- und Räubergenosse. Der Aufruhr und die Räubereien gehören nicht zum Zubehöre Apollos. Ich werde mich am wenigsten in diese Schwärme stürzen, die in Aufruhrlärm losbrechen. Ich bin ein treuer Diener Euerer Majestät. Dieselbe Eifersucht, welche der Ehemann für die Ehre seines Weibes besitzt, das Gefühl, welches der Sohn für die Liebe des Vaters hegt, ein guter Diener muß sie für den Ruhm seines Königs besitzen; er muß für den Eifer um sein Haus, für die Ausbreitung seines Dienstes sich aufopfern. Jede andere Leidenschaft, welche ihn hinreißen würde, könnte nur Wahnwitz sein. Das, Sire, sind meine Staatsgrundsätze. Demnach haltet mich nicht für einen Meuterer und Plünderer wegen meines, an den Aermeln abgenutzten Kleides. Wenn Ihr, Sire, mir Gnade erweiset, will ich es durch Gebete bei Nacht und Tag für Euch zu Gott auch an den Knien abnutzen. Leider bin ich nicht übermäßig reich, es ist wahr. Ich bin sogar ein wenig arm; aber deshalb nicht lasterhaft. Meine Schuld ist das nicht. Jedermann weiß, daß die großen Reichthümer nicht von den schönen Wissenschaften herrühren, und daß die, welche sich auf gute Bücher am besten verstehen, nicht immer ein tüchtiges Ofenfeuer im Winter haben. Der Advocatenstand allein nimmt alles Korn für sich und läßt den übrigen gelehrten Gewerben das Stroh übrig. Es giebt vierzig sehr treffliche Sprichwörter über den durchlöcherten Mantel der Philosophen. Ach, Sire! die Milde ist das einzige Licht, welches das Innere einer großen Seele erleuchten kann. Die Milde trägt allen andern Tugenden die Fackel voran. Ohne sie sind sie Blinde, welche Gott im Finstern tappend suchen. Die Barmherzigkeit, welche dasselbe wie die Milde ist, erzeugt die Liebe der Unterthanen, welche für die Person des Fürsten die mächtigste Wache bildet. Was macht das für Euch aus, für Euere Majestät, deren Antlitz hoch erhaben ist, ob ein armer Mensch mehr auf der Erde ist, ein armer unschuldiger Philosoph, welcher mit leerem Geldbeutel, der an seinem hohlen Bauche klappert, in der Finsternis des Unglückes im Schlamme herumknetet. Uebrigens, Sire, bin ich ein Gelehrter. Die großen Könige setzen sich eine Perle in ihre Krone, wenn sie die Wissenschaften beschützen. Herkules verschmähte nicht den Titel des Musagetes.Mathias Corvinus begünstigte den Johann von Monroyal, die Zierde der Mathematiker. Aber das ist eine schlimme Art die Wissenschaften zu beschützen, wenn man die Gelehrten hängt. Welcher Schandfleck für Alexander, wenn er hätte den Aristoteles hängen lassen! Ein solcher Zug würde kein kleines Fleckchen auf dem Antlitze seines Ruhmes sein, um es zu verschönern, sondern vielmehr ein böses Geschwür, um es zu entstellen. Sire! ich habe ein sehr zweckmäßiges Hochzeitsgedicht auf das Fräulein von Flandern und den erhabensten Herrn Dauphin gemacht. Das ist doch nicht die Sache eines Rädelsführers des Aufruhres. Euere Majestät sieht, daß ich kein verkommenes Genie bin, daß ich vortreffliche Studien gemacht habe, und daß ich viel natürliche Beredsamkeit besitze. Uebet Gnade an mir, Sire. Wenn Ihr das thut, werdet Ihr Unserer lieben Frau eine brave Handlung erweisen, und ich schwöre

Euch, daß ich über die Vorstellung, gehangen zu werden, sehr in Schrecken gerathen bin!“

Bei diesen Worten küßte der untröstliche Gringoire die Pantoffeln des Königs, und Wilhelm Rym sagte ganz leise zu Coppenole: „Er thut wohl daran, auf der Erde zu kriechen. Den Königen geht es wie dem Jupiter von Creta; sie haben nur an den Füßen Ohren.“ Aber ohne sich mit Jupiter von Creta zu befassen, antwortete der Strumpfwirker mit einem plumpen Lächeln, das Auge auf Gringoire gerichtet: „Oh, wie hübsch das ist! Ich glaube den Kanzler Hugonet zu hören, wie er mich um Gnade bat.“ Als Gringoire endlich ganz außer Athem anhielt, erhob er zitternd sein Haupt nach dem Könige, der mit den Nägeln einen Schmutzfleck wegkratzte, den seine Beinkleider am Knie hatten; dann fing Seine Majestät an, aus dem Becher Arzneitrank zu trinken. Uebrigens sprach sie kein Wort, und dieses Schweigen marterte Gringoire. Der König sah ihn endlich an: „Das ist ein schrecklicher Schreihals!“ sagte er. Dann wandte er sich nach Tristan l'Hermite hin. „Bah! laßt ihn laufen!“

Gringoire fiel, vor Freude ganz erschrocken auf den Hintern.

„In Freiheit!“ brummte Tristan. „Euere Majestät wünscht nicht, daß man ihn ein wenig im Käfige einsperre?“

„Gevatter,“ versetzte Ludwig der Elfte, „glaubst du, daß wir etwa für solche Vögel Käfige bauen lassen, welche dreihundertsiebenundsechzig Livres acht Sou und drei Heller kosten? Laßt mir den liederlichen Schuft sofort los (Ludwig der Elfte liebte dieses Wort, welches mit „beim allmächtigen Gotte“ den Hintergrund seiner Fröhlichkeit bildete) und werft ihn mit ein paar Rippenstößen hinaus.“

„Ach!“ rief Gringoire, „was ist das für ein großer König!“

Und aus Furcht vor einem Gegenbefehle stürzte er nach der Thüre hin, welche Tristan ihm mit ziemlich schlechtem Danke wieder öffnete. Die Soldaten gingen mit ihm hinaus, während sie ihn mit mächtigen Faustschlägen vor sich her trieben, was Gringoire als wahrer stoischer Philosoph ertrug.

Die gute Laune des Königs blickte überall hervor, seitdem ihm der Aufruhr gegen den Vogt mitgetheilt worden war. Diese ungewohnte Milde war kein geringes Anzeichen dafür. Tristan l'Hermite sah in seiner Ecke wie ein verdrießlicher Bullenbeißer aus, der etwas gesehen, aber nichts erschnappt hat.

Der König indessen trommelte lustig auf den Armlehnen seines Stuhles den Marsch von Pont-Audemer. Er war ein Fürst von versteckter Gemüthsart, der aber viel besser verstand, seine Sorgen als seine Freuden zu verbergen. Diese äußerlichen Freudenbezeigungen bei jeder guten Nachricht gingen bisweilen sehr weit: so gelobte er bei dem Tode Karls des Kühnen dem heiligen Martin zu Tours silberne Geländer; bei seiner Thronbesteigung vergaß er sogar das Leichenbegängnis seines Vaters anzuordnen.

„Ei! Sire!“ rief plötzlich Jacob Coictier, „was ist aus dem heftigen Krankheitsanfall geworden, wegen dessen mich Euere Majestät hatte entbieten lassen?“

„Oh!“ sagte der König, „ich leide wahrlich sehr, mein Gevatter, ich habe Ohrensausen und in der Brust glühende Rachen, welche mich zerfleischen.“

Coictier ergriff die Hand des Königs und begann ihm mit geeigneter Miene den Puls zu fühlen.

„Sehet einmal an, Coppenole,“ sagte Rym mit leiser Stimme. „Da sitzt er zwischen Coictier und Tristan. Das ist sein ganzer Hofstaat. Ein Arzt für ihn, und ein Henker für die andern.“

Coictier nahm, während er den Puls des Königs befühlte, eine immer unruhigere Miene an. Ludwig der Elfte betrachtete ihn mit einer gewissen Aengstlichkeit. Coictier wurde zusehends düsterer. Der brave Mann hatte kein anderes Pachtgut, als den schlechten Gesundheitszustand des Königs. Er beutete ihn nach besten Kräften aus.

„Oh! oh!“ murmelte er, „das ist bedenklich, in der That.“

„Nicht wahr?“ sagte der König voll Unruhe.

„Pulsus creber, anhelans, crepitans, irregularis,“fuhr der Arzt fort.

„Beim allmächtigen Gotte!“

„Ehe drei Tage um sind, kann dieser Zustand seinen Mann hinwegraffen.“

„Bei Unserer lieben Frau!“ rief der König. „Und das Heilmittel, Gevatter?“

„Ich denke darüber nach, Sire.“

Er ließ Ludwig dem Elften die Zunge zeigen, schüttele bedenklich mit dem Kopfe, schnitt eine Grimasse, und mitten unter diesen Ziereien sagte er plötzlich:

„Wahrlich, Sire, ich muß Euch erzählen, daß eine Einnehmerstelle bei den Steuerkassen erledigt ist, und daß ich einen Neffen habe.“

„Ich gebe meine Einnehmerstelle deinem Neffen, Gevatter Jacob,“ sagte der König, „aber ziehe mir dies Feuer aus der Brust.“

„Da Euere Majestät so gnädig gesinnt ist,“ fuhr der Arzt fort, „wird sie mir die Bitte nicht abschlagen, mich ein wenig beim Bau meines Hauses in der Rue-Saint-André-des-Arcs zu unterstützen.“

„So, so!“ sagte der König.

„Ich bin mit meinem Gelde zu Ende,“ fuhr der Doctor fort, „und es würde wahrhaftig Schade sein, wenn das Haus kein Dach bekäme; nicht wegen des Hauses, welches einfach und ganz bürgerlich ist, sondern wegen der Malereien Johann Fourbaults, welche das Getäfel verschönern. Da sieht man eine Diana in der Luft schweben, welche fliegt, aber so vortrefflich, so zart, so geschmackvoll, von so edler Haltung, das Haupt so herrlich geschmückt und von einer Mondsichel gekrönt, das Fleisch so zart, daß sie diejenigen in Versuchung führt, welche sie zu begierig betrachten. Es befindet sich auch noch eine Ceres dort. Es ist ebenfalls eine sehr schöne Gottheit. Sie sitzt auf Getreidegarben, und ihr Haupt ist mit einer reizenden Aehrenguirlande geschmückt, in welche Bocksbart und andere Blumen geflochten sind. Man kann nichts Verliebteres sehen, als ihre Augen, nichts Runderes als ihre Beine, nichts Edleres als ihre Miene, nichts schöner im Faltenwurfe, als ihr Untergewand. Es ist eine der unschuldigsten und vollendetsten Schönheiten, welche der Pinsel hervorgebracht hat.“

„Quälgeist!“ murmelte Ludwig der Elfte, „wohinaus willst du damit?“

„Ich gebrauche ein Dach über diese Malereien, Sire, und obgleich dieses Dach nur ein unbedeutender Gegenstand ist, so habe ich doch kein Geld mehr.“

„Wieviel kostet es, dein Dach?“

„Aber . . . ein Dach aus vergoldetem Kupfer mit mythologischen Figuren, zweitausend Livres höchstens.“

„Ach! der Mörder!“ rief der König. „Er reißt mir keinen Zahn aus, der für ihn nicht ein Diamant wäre.“

„Bekomme ich mein Dach?“ sagte Coictier.

„Ja! und scher dich zum Teufel, aber mach mich gesund.“

Jacob Coictier verneigte sich tief und sagte:

„Sire! nur ein zurücktreibendes Mittel wird Euch retten. Wir wollen Euch das große Verbandmittel auf die Nieren auflegen, das aus Wachssalbe, armenischem Thon, Eiweiß, Oel und Essig besteht. Ihr werdet mit Euerem Arzneitranke fortfahren, und wir bürgen für Euere Majestät.“

Ein brennendes Licht zieht nicht blos eine einzige Mücke an. Meister Olivier, der den König so freigiebig sah und den Augenblick für günstig hielt, trat auch heran:

„Sire . . .“

„Was soll's noch?“ sagte Ludwig der Elfte.

„Sire, Euere Majestät weiß, daß Meister Simon Radin gestorben ist?“

„Nun weiter?“

„Daß er königlicher Rath beim Gerichtshofe des Schatzamtes war.“

„Nun?“

„Sire, seine Stelle ist unbesetzt.“

Während er so sprach, hatte das hochmüthige Gesicht Meister Oliviers den hochfahrenden Ausdruck mit einem demüthigen vertauscht. Das ist der einzige Wechsel, welcher im Gesicht eines Hofschranzen vorzugehen pflegt. Der König sah ihm fest ins Gesicht und sagte mit trockenem Tone:

„Ich verstehe.“

Er fuhr fort:

„Meister Olivier, der Marschall von Boucicaut pflegte zu sagen: „Schenkung steht nur beim Könige, und fischen kann man nur im Meere.“ Ich sehe, daß Ihr der Meinung des Herrn von Boucicaut seid. Jetzt hört folgendes, wir haben ein gutes Gedächtnis. Im Jahre 68 haben wir Euch zu unserem Kammerdiener gemacht; im Jahre 69 zum Castelan der Brücke von Saint-Cloud mit hundert Livres Gehalt in Toursscher Münze (Ihr wolltet sie in Pariser Gelde). Im November 73 haben wir Euch durch eine, zu Gergeaule ausgefertigte Urkunde zum Vogte des Gehölzes von Vincennes, an Stelle des Stallmeisters Gilbert Acle, eingesetzt; im Jahre 75 zum Forstmeister des Waldes zu Rouvray-lez-Saint-Cloud, an die Stelle Jacob Le-Maire's; im Jahre 78 haben wir allergnädigst, durch offene Urkunde, die mit grünem Wachse an doppelten Siegelhaltern gesiegelt ist, für Euch und Euere Frau eine Rente von zehn Livres Pariser Münze auf den Standplatz für die Kaufleute gelegt, welcher an der Schule Saint-Germain belegen ist; im Jahre 79 haben wir Euch zum Forstmeister des Waldes von Senart, an Stelle jenes armen Johann Daiz, gemacht; dann zum Hauptmann des Schlosses Loches; dann zum Oberbefehlshaber von Saint-Quentin; dann zum Hauptmann der Brücke von Maulan, nach welcher Ihr Euch Graf nennen laßt. Von den fünf Sous Strafe, welche jeder Barbier bezahlt, der an einem Festtage barbiert, kommen drei Sous auf Euch, und wir erhalten den Rest. Wir haben auch geruht, Euern Namen Le-Mauvais,der Euerer Miene zu sehr entsprach, abzuändern. Im Jahre 74 haben wir Euch, zur großen Unzufriedenheit unseres Adels, mit einem tausendfarbigen Wappen beliehen, das Euch eine wahre Pfauenbrust giebt. Beim allmächtigen Gotte! seid Ihr nicht übersatt? Ist der Fischzug nicht schön und wunderbar genug? Und fürchtet Ihr nicht, daß ein Lachs mehr Euern Kahn zum Sinken bringt? Der Stolz wird Euch zu Grunde richten, Gevatter. Der Stolz ist immer von Untergang und Schmach verfolgt. Erwäget das und schweigt.“

Diese mit Strenge gesprochenen Worte ließen die Unverschämtheit wiederum in Meister Oliviers Gesichtsausdrucke erscheinen.

„Gut,“ murmelte er fast ganz laut, „man sieht wohl, daß der König heute krank ist; er giebt dem Arzte alles.“

Ludwig der Elfte, der weit entfernt war, sich über dieses herausfordernde Betragen zu erzürnen, fuhr mit einer gewissen Sanftmuth fort:

„Halt, ich vergaß noch, daß ich Euch zum Gesandten bei der Prinzessin Marie in Gent gemacht habe ... Ja, meine Herren," fügte der König hinzu, indem er sich an die Flamländer wandte, „dieser ist Gesandter gewesen ... Dabei, Gevatter," fuhr er, sich an Meister Olivier wendend, fort, „wollen wir uns nicht erzürnen; wir sind alte Freunde. Doch es ist schon sehr spät. Wir haben unsere Arbeit beendet. Barbiert mich."

Unsere Leser haben ohne Zweifel schon längst in „Meister Olivier" jenen schrecklichen Figaro erkannt, welchen die Vorsehung, diese große Dramenschöpferin, so kunstgerecht in die lange und blutige Komödie Ludwigs des Elften verflochten hat. Wir wollen es hier nicht unternehmen, diese sonderbare Erscheinung darzustellen. Dieser Barbier des Königs hatte drei Namen. Am Hofe nannte man ihn höflicher Weise Olivier Le-Daim;im Volke Olivier den Teufel. Er hieß mit seinem wahren Namen Olivier Le-Mauvais.

Olivier Le-Mauvais also stand regungslos da, schmollte mit dem Könige, und sah Jacob Coictier von der Seite an.

„Ja, ja! der Arzt!" sagte er zwischen den Zähnen.

„Nun! ja, der Arzt!" entgegnete Ludwig der Elfte mit seltsamer Gutmüthigkeit; „der Arzt hat mehr Einfluß als du. Das ist ganz einfach: er hat Gewalt über uns an unserem ganzen Körper, und du hältst uns nur am Kinne fest. Geh, mein armer Barbier, das wird sich wiederfinden. Was würdest du denn sagen, und was würde aus deinem Dienste werden, wenn ich ein König wäre, wie König Chilperich, dessen gewöhnliche Gebärde es war, seinen Bart mit einer Hand zu halten? ... Wohlan, Gevatter, versieh dein Amt, rasiere mich. Hole, was du dazu nöthig hast."

Olivier, welcher sah, daß der König den Entschluß zu spotten gefaßt hatte, und daß es nicht einmal ein Mittel gab, ihn aufzubringen, ging murrend hinaus, um seine Befehle zu vollziehen.

Der König erhob sich, trat ans Fenster, und indem er es plötzlich mit ungewöhnlicher Erregung öffnete, rief er die Hände zusammenschlagend aus:

„Ach! ja! sehet da einen Glutschein am Himmel. Es ist der Vogt, welcher brennt. Es kann nicht anders sein. Oh! mein gutes Volk! Nun weiß ich doch, daß du mir endlich hilfst, die Lehnsherrlichkeiten niederzuwerfen!"

Dann wandte er sich an die Flamländer:

„Meine Herren, tretet her und seht das. Ist das nicht ein Brand, der den Himmel röthet?"

Die beiden Genter traten heran.

„Ein gewaltiger Brand," sagte Wilhelm Rym.

„Ho!" fügte Coppenole hinzu, dessen Augen plötzlich aufleuchteten, „das erinnert mich an den Brand des Hauses des Herrn von Hymbercourt. Da unten muß ein mächtiger Aufruhr stattfinden."

„Ihr glaubt Meister Coppenole?" Und das Angesicht Ludwigs des Elften nahm einen fast ebenso fröhlichen Ausdruck an, als dasjenige des Strumpfwirkers. „Nicht wahr, es wird schwer halten, dem Widerstand zu leisten?"

„Kreuz Gottes! Sire! Euere Majestät wird darüber sehr viele Compagnien Kriegsvolk aufs Spiel setzen können."

„Ach! ich! das ist etwas Anderes." fuhr der König fort. „Wenn ich wollte . . ." Der Strumpfwirker erwiederte dreist:

„Wenn dieser Aufruhr das ist, was ich vermuthe, so dürftet Ihr vergeblich wollen, Sire."

„Gevatter," sagte Ludwig der Elfte, „mit zwei Compagnien meiner Leibtruppe und einer Feldschlangensalve hat man leichten Handel mit einem Pöbelhaufen von Bauern."

Der Strumpfwirker schien, ungeachtet aller Winke, die ihm Wilhelm Rym gab, verwegen genug, dem Könige die Spitze zu bieten.

„Sire, die Schweizer waren auch Bauern. Der Herr Herzog von Burgund war ein stolzer Edelmann, und er verspottete diese Kanaille. In der Schlacht bei Granson, Sire, schrie er: „Kanoniere, Feuer auf dieses Bauernpack!" Und er schwur beim heiligen Georg. Aber der Stadtschultheiß Scharnachtal stürzte sich mit seiner Keule und seinem Volke auf diesen schönen Herzog, und bei dem Zusammenstoße mit den Bauern in Ochsenhäuten zersplitterte das glänzende Heer der Burgunder wie Glas vor einem Steinwurfe. Da befanden sich sehr viele Ritter unter den von den Schuften Erschlagenen; und man fand den Herrn von Château-Guyon, den stolzesten Edelmann Burgunds, unter seinem großen Grauschimmel todt in einem kleinen Morastloche."

„Freund," versetzte der König, „Ihr sprecht von einer Schlacht. Es handelt sich hier um eine Empörung. Und ich will damit zu Ende kommen, wenn es mir belieben wird, die Augenbrauen zu runzeln."

Der andere versetzte gleichgültig:

„Das ist möglich, Sire. In diesem Falle ist die Stunde des Volkes noch nicht gekommen."

Wilhelm Rym glaubte vermitteln zu müssen.

„Meister Coppenole, Ihr sprecht zu einem mächtigen Könige."

„Ich weiß es," antwortete der Strumpfwirker würdevoll.

„Laßt ihn reden, Herr Rym, mein Freund,“ sagte der König; „ich liebe diese freimüthige Sprache. Mein Vater Karl der Siebente sagte oft, die Wahrheit wäre krank. Ich für meine Person glaubte sogar, sie wäre todt und hätte gar keinen Bekenner mehr gefunden. Meister Coppenole belehrt mich eines Besseren.“

Dann legte er vertraulich seine Hand auf die Schulter Coppenoles und fuhr fort:

„Ihr sagtet also, Meister Jacob . . .“

„Ich sagte, Sire, daß Ihr vielleicht Recht habt, daß die Stunde des Volkes in Euerem Reiche noch nicht gekommen sei.“

Ludwig der Elfte sah ihn mit seinem durchdringenden Blicke an.

„Und wann wird diese Stunde kommen, Meister?“

„Ihr werdet sie schlagen hören.“

„Auf welcher Uhr, wenn es Euch gefällig ist?“

Coppenole veranlagte in seiner ruhigen und bäuerischen Haltung den König, ans Fenster zu treten.

„Höret mich an, Sire! Hier seht Ihr einen Zwingthurm, eine Sturmglocke, Kanonen, Bürger, Soldaten. Wenn die Sturmglocke einst heulen wird, wenn die Kanonen brüllen werden, wenn der Zwingthurm mit lautem Krachen zusammenstürzen wird, wenn Bürger und Soldaten schreien und sich unter einander morden werden, dann wird die Stunde schlagen.“

Ludwig des Elften Gesicht wurde düster und nachdenklich. Er blieb einen Augenblick in Schweigen versunken; dann schlug er sanft, wie man die Hüfte eines Schlachtrosses klopft, mit der Hand an die dicke Mauer des Thurmes.

„Oh! nein!“ sagte er. „Nicht wahr, du wirst nicht so leicht zusammenstürzen, meine gute Bastille?“

Dann wandte er sich mit heftiger Wendung an den kühnen Flamländer:

„Habt Ihr jemals einen Aufruhr erlebt, Meister Jacob?“

„Ich habe einen angestiftet,“ sagte der Strumpfwirker.

„Wie fingt Ihr das an,“ sagte der König, „um eine Empörung zu erregen?“

„Ah!“ antwortete Coppenole, „das ist nicht sehr schwierig. Es giebt hundert Wege. Nothwendig ist zunächst, daß Unzufriedenheit in der Stadt herrscht. Der Fall ist nicht selten. Und dann der Charakter der Einwohner. Diejenigen Gents sind zur Empörung geneigt. Die lieben stets den Sohn des Fürsten, niemals diesen selbst. Nun gut! Eines Morgens, will ich annehmen, tritt man in mein Gewölbe; man sagt mir: „Vater Coppenole, da ist dies, da ist das, das Fräulein von Flandern will ihre Minister in

Sicherheit bringen, der Oberamtmann verdoppelt den Zoll auf Sämerei, oder etwas Anderes." Was man will. Ich, ich lasse meine Arbeit liegen, ich trete aus meinem Strumpfwirkerladen heraus, ich gehe in die Straße, und ich rufe: „Auf zum Sturme!" Immer liegt wohl ein eingeschlagenes Faß da. Ich steige hinauf, und ich spreche ganz laut die ersten besten Worte, was ich auf dem Herzen habe; und wenn man zum Volke gehört, Sire, hat man immer etwas auf dem Herzen. Nun rottet man sich zusammen, man schreit, man läutet die Sturmglocke, man bewaffnet die Bürger mit den den Soldaten abgenommenen Waffen, die Leute vom Markte vereinigen sich damit, und man geht darauf los. Und das wird immer so sein, so lange es Herren in den Lehnsherrschaften, Bürger in den Städten und Bauern auf dem Lande geben wird."

„Und gegen wen empört Ihr Euch so?" fragte der König. „Gegen Eure Vögte? Gegen Euere Lehnsherren?"

„Manchmal, je nachdem. Auch gegen den Herzog mitunter."

Ludwig der Elfte setzte sich wieder nieder, und sagte lächelnd:

„Ah! hier haben sie es nur mit den Vögten zu thun."

In diesem Augenblicke trat Olivier Le-Daim wieder ein. Er war von zwei Pagen begleitet, welche des Königs Gewänder trugen; was aber Ludwig den Elften überraschte, war der Umstand, daß er außerdem vom Oberrichter von Paris und vom Befehlshaber der Nachtwache begleitet war, welche beide bestürzt zu sein schienen. Der rachsüchtige Barbier hatte gleichfalls eine bestürzte, aber dabei auch zufriedene Miene. Er nahm das Wort zuerst.

„Sire, ich bitte Euere Majestät um Verzeihung für die unglücksschwere Nachricht, welche ich Ihr bringe."

Der König, der sich schnell umdrehte, zerfetzte mit den Beinen seines Stuhles die Strohmatte des Fußbodens.

„Was hast du zu sagen?"

„Sire," versetzte Olivier Le-Daim mit der boshaften Miene eines Menschen, der sich freut, einen niederschmetternden Eindruck hervorbringen zu können, „nicht gegen den Vogt des Palastes ist dieser Volksaufruhr gerichtet."

„Und gegen wen denn?"

„Gegen Euch, Sire."

Der alte König hob sich kerzengerade wie ein junger Mann in die Höhe.

„Erkläre dich, Olivier! erkläre dich! Und halte ja deinen Kopf fest, Gevatter; denn ich schwöre dir beim Kreuze von Saint-Lo, daß, wenn du uns in dieser Stunde belügst, das

Schwert, das den Hals des Herrn von Luxemburg durchschnitten hat, nicht so schartig ist, daß es nicht auch noch den deinigen durchschneidet!“

Der Schwur war furchtbar; Ludwig der Elfte hatte nur zweimal in seinem Leben beim Kreuze von Saint-Lo geschworen. Olivier öffnete den Mund, um zu antworten:

„Sire . . .“

„Wirf dich auf die Kniee!“ unterbrach ihn der König heftig. „Tristan wachet über diesen Menschen!“

Olivier warf sich auf die Kniee und sagte kalt:

„Sire, eine Hexe ist von Eurem Parlamentsgerichtshofe zum Tode verurtheilt worden. Sie hat sich nach Notre-Dame geflüchtet. Das Volk will sich ihrer dort wieder mit offener Gewalt bemächtigen. Der Herr Oberrichter und der Herr Ritter von der Nachtwache, welche vom Aufruhre herkommen, sind hier, um mich Lügen zu strafen, wenn das nicht die Wahrheit ist. Notre-Dame ist's, welche das Volk belagert.“

„Wie!“ sagte der König mit leiser Stimme, ganz blaß und vor Zorn heftig zitternd. „Notre-Dame! Sie belagern Unsere liebe Frau, meine gnädige Gebieterin, in ihrer Kathedrale! . . . Steh auf, Olivier. Du hast Recht. Ich gebe dir die Stelle Simon Radins. Du hast Recht . . . Ich bin es, den man angreift. Die Hexe steht unter dem Schutze der Kirche, die Kirche unter meinem Schutze. Und ich für meine Person glaubte, daß es sich um den Vogt handelte! Gegen mich geht es!“

Nun begann er, von der Wuth verjüngt, große Schritte zu machen. Er lachte nicht mehr, er war furchtbar, ging hin und her; der Fuchs hatte sich in eine Hyäne verwandelt. Er schien erstickt, so daß er nicht sprechen konnte; seine Lippen zitterten, und seine fleischlosen Fäuste ballten sich. Plötzlich richtete er das Haupt in die Höhe, sein hohler Blick erschien voll Feuer, und seine Stimme erklang wie eine Trompete. „Leg Hand an, Tristan! leg Hand an diese Schurken! Geh, Tristan mein Freund! morde! morde!“

Als dieser Ausbruch vorüber war, setzte er sich wieder nieder und sagte mit kalter und vergrößerter Wuth:

„Hierher, Tristan! . . . Bei uns in dieser Bastille liegen fünfzig Lanzen des Vicomte von Gif, die dreihundert Pferde ausmachen: Ihr werdet sie mitnehmen. Auch liegt hier von unserer Leibwache die Compagnie Bogenschützen des Herrn von Châteaupers: Ihr werdet sie mitnehmen. Ihr seid Profoß der Reiterofficiere, Ihr habt die Leute Eueres Profoßamtes: Ihr werdet sie mitnehmen. Im Palast Saint-Pol werdet Ihr vierzig Bogenschützen von der neuen Wache des Herrn Dauphin finden: nehmt sie mit. Und mit allem dem eilt Ihr schnell nach Notre-Dame . . . Ah! Ihr Herrn Einwohner von Paris, Ihr werft Euch also quer auf die Krone von Frankreich, auf die Heiligkeit von Notre-Dame und den Frieden dieses Staates! . . . Vertilge! Tristan, vertilge! Und daß keiner von ihnen davonkomme, außer für Montfaucon.“

Tristan verneigte sich.

„Es ist gut, Sire.“

Er fügte nach einer Pause hinzu:

„Und was soll ich mit der Hexe anfangen?“

Diese Frage brachte den König zum Nachdenken.

„Ach!“ sagte er, „die Hexe! . . . Herr von Estouteville, was wollte eigentlich das Volk mit ihr anfangen?“

„Sire,“ antwortete der Oberrichter von Paris, „ich denke mir, daß, weil das Volk sie doch aus ihrer Freistatt in Notre-Dame herausreißen will, diese Straflosigkeit es verletzt und sie drum hängen will.“

Der König schien reiflich zu überlegen; dann wandte er sich an Tristan l'Hermite:

„Nun gut! lieber Gevatter, vertilge das Volk und hänge die Hexe.“

„Das heißt,“ sagte Rym ganz leise zu Coppenole, „das Volk bestrafen für sein Wollen, und das, was es will, selbst thun.“

„Genug, Sire,“ antwortete Tristan. „Wenn die Hexe sich noch in Notre-Dame befindet, soll man sie hier, ungeachtet des Asylrechtes, festnehmen?“

„Beim allmächtigen Gotte, das Asylrecht!“ sagte der König, während er sich hinter dem Ohre kratzte. „Dennoch muß das Weibsbild gehangen werden.“

Wie von einem plötzlichen Gedanken ergriffen warf sich der König jetzt von seinem Stuhle auf die Kniee nieder, nahm seinen Hut ab, legte ihn auf den Sitz und betrachtete andächtig eines der bleiernen Amulete, welche den Hut umkränzten: „Ach!“ sprach er mit gefalteten Händen, „Unsere liebe Frau von Paris, meine gnädige Beschützerin, vergebt mir. Ich will es nur dies Mal thun. Ich muß diese Verbrecherin strafen. Ich versichere Euch, theuere Jungfrau, meine süße Gebieterin, daß es eine Hexe ist, die Eures freundlichen Schutzes nicht würdig ist. Ihr wisset, Liebe Frau, daß sehr viele sehr fromme Fürsten dies Vorrecht der Kirchen übertreten haben zur Ehre Gottes und aus Notwendigkeit für den Staat. Der heilige Hugo, der Bischof von England, hat dem Könige Eduard erlaubt, sich eines Zauberers in seiner Kirche zu bemächtigen. Der heilige Ludwig von Frankreich, mein Gebieter, hat zu demselben Zwecke die Schwelle der Kirche des Heiligen Paul überschritten, und Herr Alphons, der Sohn des Königs von Jerusalem, sogar diejenige des Heiligen Grabes. Vergebt mir also dieses Mal, Unsere liebe Frau von Paris. Ich will es nicht wieder thun, und ich will Euch eine schöne silberne Bildsäule schenken, gleich wie diejenige, welche ich im vergangenen Jahre Unserer lieben Frau von Ecouys gegeben habe. Amen.“

Er machte ein Zeichen des Kreuzes, erhob sich wieder, setzte den Hut auf und sagte zu Tristan:

„Säumet nicht, lieber Gevatter. Nehmt den Herrn von Châteaupers mit Euch. Laßt die Sturmglocke läuten. Ihr werdet das Volk zerschmettern, werdet die Hexe hängen. Abgemacht. Und ich wünsche, daß die Hetzjagd der Hinrichtung von Euch angestellt werde. Ihr werdet mir Bericht davon abstatten . . . Wohlan, Olivier, ich will diese Nacht nicht zu Bett gehen. Barbiere mich."

Tristan l'Hermite verneigte sich und ging hinaus. Darauf verabschiedete der König mit einer Handbewegung Rym und Coppenole:

„Behüte euch Gott, meine Herren Flamländer, liebe Freunde. Pfleget ein wenig der Ruhe. Die Nacht rückt vor, und wir sind dem Morgen näher, als dem Abende."

Alle Beide zogen sich zurück, und als sie unter der Begleitung des Hauptmanns der Bastille ihre Gemächer gewonnen hatten, sagte Coppenole zu Wilhelm Rym:

„Hm! ich habe genug an diesem hustenden Könige! Ich habe Karl von Burgund betrunken gesehen; er war nicht so boshaft als der kranke Ludwig der Elfte."

„Meister Jacob," antwortete Rym, „das kommt davon, weil der Wein die Könige nicht so blutgierig macht, wie der Arzneitrank."

6. „Messer in der Tasche."

Als Gringoire die Bastille verlassen hatte, eilte er die Straße Saint-Antoine mit der Schnelligkeit eines entsprungenen Pferdes hinab. An der Pforte Baudoyer angelangt, ging er gerade auf das steinerne Kreuz los, welches sich in der Mitte dieses Platzes erhob, als ob er in der Dunkelheit die Gestalt eines schwarz gekleideten und in eine Kapuze gehüllten Mannes hätte erkennen können, der auf den Stufen des Kreuzes saß.

„Seid Ihr es, Meister?" fragte Gringoire.

Die schwarze Gestalt erhob sich.

„Tod und Hölle! Ihr macht mich rasend, Gringoire. Der Wächter auf dem Thurme von Saint-Gervais hat soeben halb zwei Uhr Morgens abgerufen."

„Oh!" versetzte Gringoire, „das ist nicht meine Schuld, sondern diejenige der Nachtwache und des Königs. Ich bin eben mit heiler Haut davongekommen! Es will mir immer nicht gelingen, gehangen zu werden. Das ist meine Vorherbestimmung."

„Dir mißglückt alles," sagte der andere. „Aber laß uns schnell gehen. Hast du das Paßwort?"

„Denkt Euch, Meister, daß ich den König gesehen habe. Ich komme von ihm her. Er trägt eine Hose von Barchent. Das ist ein Abenteuer."

„Ach! ein Haufen Worte! Was geht mich dein Abenteuer an? Hast du das Paßwort der Bettler?“

„Seid ruhig. Ich habe es: „Messer in der Tasche“.

„Gut. Andernfalls würden wir nicht bis zur Kirche vordringen können. Die Bettler sperren die Straßen. Glücklicherweise scheint es, als ob sie Widerstand gefunden haben. Wir werden vielleicht noch zur rechten Zeit ankommen.“

„Ja, Meister. Aber wie wollen wir in Notre-Dame hineingelangen?“

„Ich habe den Schlüssel zu den Thürmen.“

„Und wie wollen wir wieder herauskommen?“

„Hinter dem Kloster ist eine kleine Thüre, welche nach dem Terrain, und von da nach dem Flusse führt. Ich habe den Schlüssel dazu mitgenommen und heute Morgen einen Kahn dort angebunden.“

„Es ist mir auf hübsche Weise gelungen, dem Galgen zu entgehen!“ fuhr Gringoire fort.

„Schnell denn! Wir wollen gehen!“ sagte der andere.

Alle Beiden eilten mit schnellen Schritten nach der Altstadt zu.

7. „Châteaupers zu Hülfe!“

Der Leser erinnert sich vielleicht der mißlichen Lage, in welcher wir Quasimodo verlassen haben. Der tapfere Taube hatte, von allen Seiten angegriffen, wenn auch nicht allen Muth, so doch wenigstens alle Hoffnung verloren, zwar nicht sich – denn er dachte nicht an sich –, aber die Zigeunerin retten zu können. Er lief außer sich vor Bestürzung auf der Galerie hin und her. Notre-Dame war der Gefahr ganz nahe, von den Bettlern mit Sturm genommen zu werden. Plötzlich ertönten die benachbarten Straßen von lautem Pferdegalopp, und mit einer langen Fackelreihe brauste eine dichte Reiterkolonne mit verhängtem Zügel und mit gesenkten Lanzen unter den wüthenden Rufen: „Frankreich! Frankreich! Hauet die Kerle zusammen! Châteaupers zu Hülfe! Profoß! Profoß!“ wie ein Orkan über den Platz hin. Die bestürzten Bettler kehrten sich rasch um.

Quasimodo, der nichts hörte, sah die entblößten Schwerter, die Fackeln, die Lanzenspitzen, die ganze Reiterschaar, an deren Spitze er den Hauptmann Phöbus erkannte; er sah die Bestürzung der Gauner, den Schrecken bei den einen, die Unruhe bei den besten von ihnen, und er gewann durch diese unerwartete Hülfe wieder so viel Stärke, daß er die Ersten von den Angreifern, die schon die Galerie überstiegen, aus der Kirche zurückwarf. Es waren in der That die Truppen des Königs, welche unvermuthet auf dem Platze erschienen.

Die Bettler benahmen sich tapfer. Sie vertheidigten sich wie Verzweifelte. Von der Straße Saint-Pierre-aux-Boeufs in der Seite, und von der Straße, die zum Vorhofe der

Kathedrale führt, von hinten angegriffen, an Notre-Dame gedrängt, die sie noch stürmten und die Quasimodo vertheidigte, zu gleicher Zeit Belagerer und Belagerte, waren sie in der merkwürdigen Lage, in welcher sich nachher, bei der berühmten Belagerung von Turin im Jahre 1640, zwischen dem Prinzen Thomas von Savoyen, welchen er belagerte und dem Marquis von Leganez, der ihn einschloß, der Graf Heinrich d'Harcourt wieder befand: Taurinum obsessor idem et obsessus,wie seine Grabschrift besagt.

Das Handgemenge war entsetzlich. „In das Fleisch des Wolfes schlug der Zahn des Hundes,“ wie P. Mathieu sagt. Die Reiter des Königs, in deren Mitte sich Phöbus von Châteaupers heldenmüthig hervorthat, gaben keinen Pardon, und die Schneide ereilte, was der Spitze des Schwertes entging. Die schlecht bewaffneten Bettler schäumten und wehrten sich mit den Zähnen. Männer, Weiber, Kinder stürzten sich auf die Rücken und Brustseiten der Pferde, und klammerten sich da wie Katzen mit den Zähnen und den Nägeln der vier Gliedmaßen fest. Andere trafen mit Fackelschlägen das Gesicht der Bogenschützen. Andere hieben mit eisernen Haken in den Hals der Reiter und rissen sie zu sich hin. Die, welche herabfielen, rissen sie in Stücke. Man bemerkte einen unter ihnen mit einer breiten, leuchtenden Sense, welcher lange Zeit den Pferden die Beine abmähete. Es war entsetzlich. Er sang dazu ein näselndes Lied, hieb unaufhörlich ein und riß seine Sense zurück. Mit jedem Hiebe zog er rings um sich einen großen Kreis abgehauener Glieder. So rückte er in den dichtesten Haufen der Reiterei mit der ruhigen Langsamkeit, dem Kopfwiegen, dem regelmäßigen Keuchen eines Schnitters vor, welcher ein Getreidefeld abmähet. Es war Clopin Trouillefou. Ein Büchsenschuß streckte ihn zu Boden. – Während dem hatten sich die Fenster wieder geöffnet. Die Nachbarn hatten sich, als sie das Kriegsgeschrei der Leute des Königs vernahmen, in das Gefecht gemengt, und aus allen Stockwerken regnete es Kugeln auf die Bettler herab. Der Vorhofplatz zur Kirche war mit einer dichten Rauchwolke angefüllt, aus welcher das Feuer der Musqueten hervorblitzte. Man erkannte hier kaum die Façade von Notre-Dame und das uralte Hôtel-Dieu mit einigen abgezehrten Kranken, welche von der Höhe seines mit Fenstern besetzten Daches herabschauten.

Endlich wichen die Bettler. Die Ermattung, der Mangel an guten Waffen, der Schrecken dieses Ueberfalles, das Musquetenfeuer aus den Fenstern, der tapfere Vorstoß der Leute des Königs – alles das schlug sie nieder. Sie durchbrachen die Linie der Anstürmenden und begannen nach allen Richtungen hin zu entfliehen, wobei sie einen Berg von Todten zurückließen.

Was Quasimodo betrifft, der nicht einen Augenblick aufgehört hatte, zu kämpfen, so fiel er, als er diese wilde Flucht sah, auf beide Knien nieder und erhob die Hände zum Himmel; dann stürmte er vor Freude trunken davon, und stieg mit der Schnelligkeit eines Vogels zu jener Zelle empor, deren Zugänge er so unerschrocken vertheidigt hatte.

Er hatte jetzt nur noch einen Gedanken: es war derjenige, sich vor der auf die Knien niederzuwerfen, die er eben zum zweiten Male gerettet hatte.

Als er in die Zelle eintrat – fand er sie leer.

Elftes Buch

1. Der kleine Schuh

In dem Augenblicke, wo die Bettler auf die Kirche Sturm gelaufen waren, schlief die Esmeralda.

Bald aber hatten der um die Kirche immer mehr wachsende Lärm, und das unruhige Blöken ihrer Ziege, die vor ihr erwacht war, sie aus diesem Schlafe gestört. Sie hatte sich auf ihrem Lager erhoben, hatte gehorcht und sich umgeschaut; dann hatte sie sich, erschreckt von der Helligkeit und dem Geräusche, aus der Zelle gestürzt und war hin gegangen, um nachzusehen. Das Aussehen des Platzes, die Erscheinung, die dort hin- und herflutete, die Verwirrung dieses nächtlichen Sturmes, dieser scheußliche Haufen, der wie ein Schwarm Frösche herumhüpfte und in der Finsternis nur halb zu erkennen war, das Gekreisch dieser heisern Menge, diese einzelnen rothschimmernden Fackeln, welche durch die Nacht hin- und hereilten und sich wie Irrlichter kreuzten, die über die düstre Fläche der Sümpfe streichen – diese ganze Scene machte auf sie den Eindruck eines Kampfes, der zwischen den Gespenstern des Hexensabbaths und den steinernen Ungethümen der Kirche sich entspann. Von Kindheit an mit den abergläubischen Anschauungen des Zigeunerstammes genährt, war ihr erster Gedanke, daß sie die seltsamen, der Nacht angehörigen Wesen bei ihrem teuflischen Treiben überrascht hätte. Nun eilte sie entsetzt davon, um sich in ihre Zelle zu kauern und auf ihrem Lager einen weniger fürchterlichen Traum zu suchen.

Nach und nach waren die ersten Betäubungen des Schreckens verschwunden; an dem unaufhörlich wachsenden Lärme und aus andern Anzeichen der Wirklichkeit hatte sie gemerkt, daß sie nicht von Gespenstern, sondern von menschlichen Wesen umringt sei. Da hatte ihre Angst, ohne sich zu steigern, eine andere Form angenommen. Sie hatte an die Möglichkeit eines Volksaufstandes, um sie ihrer Freistatt zu entreißen, gedacht. Der Gedanke, noch einmal das Leben, die Hoffnung, Phöbus, welchen sie immer mit ihrer Zukunft verbunden sah, wieder zu verlieren; die unendliche Nichtigkeit ihrer Schwäche, die versperrte Aussicht auf Flucht, die Schutzlosigkeit, ihre gänzliche Verlassenheit, ihre Absonderung – diese Gedanken und tausend andere hatten sie zu Boden gedrückt. Sie war auf die Kniee gesunken; den Kopf auf ihr Bett gelehnt, die Hände über ihrem Kopfe gefaltet, hatte sie voll Angst und Schauder, und obgleich sie als Zigeunerin Heidin und Götzendienerin war, angefangen mit Schluchzen den lieben Gott der Christen um Gnade zu bitten und zu Unserer lieben Frau, ihrer Schutzherrin, zu beten. Denn, glaubt man auch an nichts, so giebt es doch Augenblicke im Leben, in welchen man es stets mit der Religion des Tempels hält, den man in seiner Nähe hat.

So lag sie sehr lange im Gebete da, während sie in Wahrheit mehr zitterte, als betete, vor dem Keuchen der sich immer mehr nähernden, wüthenden Menge erstarrte, ohne etwas von dem Ansturme zu begreifen; ohne zu wissen, was man anzettelte, was man that, was man beabsichtigte, aber im Vorgefühle eines schrecklichen Ausganges.

Da, mitten in dieser Todesangst, hört sie neben sich gehen. Sie wendet sich um. Zwei Männer, von denen einer eine Laterne trug, waren soeben in ihre Zelle eingetreten. Sie stieß einen schwachen Schrei aus.

„Fürchtet nichts,“ sagte eine Stimme, die ihr nicht unbekannt war, „ich bin es.“

„Wer? Ihr?“ fragte sie.

„Peter Gringoire.“

Dieser Name flößte ihr wieder Muth ein. Sic schlug die Augen auf und erkannte in der That den Dichter. Aber bei ihm befand sich eine schwarze und vom Kopfe bis zu den Füßen verhüllte Gestalt, die ihr Stillschweigen auferlegte.

„Ach!“ fuhr Gringoire mit vorwurfsvollem Tone fort, „Djali hatte mich eher, als Ihr erkannt.“

Die kleine Ziege hatte in der That nicht gewartet, bis Gringoire sich zu erkennen gab. Kaum war er eingetreten, als sie sich zärtlich an seine Kniee gedrängt hatte, wobei sie den Dichter mit Liebkosungen und weißen Haaren bedeckte; denn sie befand sich in der Härung. Gringoire beschenkte sie wieder mit Liebkosungen.

„Wer ist da bei Euch?“ sprach die Zigeunerin mit leiser Stimme.

„Seid ruhig,“ antwortete Gringoire. „Es ist einer von meinen Freunden.“

Darauf setzte der Philosoph seine Laterne auf den Boden, kauerte sich auf der Diele nieder und rief, Djali in seine Arme schließend, mit Entzücken aus: „Oh! es ist ein anmuthiges Thier, zweifelsohne bedeutender wegen ihrer Sauberkeit, als wegen ihrer Größe, aber gewitzt, scharfsinnig und gelehrt wie ein Grammatiker. Wir wollen sehen, meine Djali, hast du nichts von deinen hübschen Kunststücken vergessen?“ Wie macht's Meister Jacob Charmolue? . . .“

Der schwarze Mann ließ ihn nicht zu Ende kommen. Er näherte sich Gringoire und stieß ihn barsch gegen die Schulter. Gringoire stand auf.

„Es ist wahr,“ sagte er, „ich vergaß, daß wir es eilig haben . . . Dennoch ist kein Grund vorhanden, lieber Meister, die Leute auf diese Weise rasend zu machen . . . Mein liebes schönes Kind, Euer Leben ist in Gefahr und auch dasjenige Djalis. Man will Euch wieder gefangen nehmen. Wir sind Euere Freunde, und wir kommen, um Euch zu retten. Folgt uns."

„Ist es wahr?" rief sie außer Fassung aus.

„Ja, sehr wahr. Kommt schnell!"

„Ich will gern," stammelte sie. „Aber warum spricht Euer Freund nicht?"

„Ach!" sagte Gringoire, „das kommt daher, daß sein Vater und seine Mutter phantastische Leute waren, die ihm eine schweigsame Gemüthsverfassung gegeben haben."

Mit dieser Erklärung mußte sie sich zufrieden geben. Gringoire nahm sie bei der Hand; sein Begleiter ergriff die Laterne und ging voraus. Die Furcht machte das junge Mädchen bestürzt. Sie ließ sich wegführen. Die Ziege folgte ihnen springend, und war so fröhlich, Gringoire wieder zu sehen, daß sie ihn alle Augenblicke zum Stolpern brachte, weil sie mit ihren Hörnern zwischen seine Beine gerieth.

„So ist das Leben," sagte der Philosoph jedesmal, wenn er beinahe gefallen war; „es sind oft unsere besten Freunde, welche uns zu Falle bringen!"

Sie stiegen eiligst die Treppe der Thürme hinab, durchschritten die Kirche, die voll Finsternis und öde war und vom Lärme fürchterlich wiederhallte, was einen schrecklichen Gegensatz bildete, und traten durch die Rothe Pforte in den Hof des Klosters ein. Das Kloster war verlassen, die Stiftsherren waren nach dem bischöflichen Palaste entflohen, um da gemeinschaftlich zu beten; der Hof war leer, einige aufgescheuchte Klosterdiener duckten sich verstört in die dunkeln Ecken. Die drei richteten ihre Schritte nach der Thüre, welche von diesem Hofe auf das Terrain führte. Der schwarze Mann öffnete sie mit einem Schlüssel, den er bei sich hatte. Unsere Leser wissen, daß das Terrain eine lange, nach der Altstadt hin von Mauern eingeschlossene Landzunge war, die dem Domkapitel von Notre-Dame gehörte und die Insel im Osten, hinter der Kirche, abgrenzte. Sie fanden diesen eingeschlossenen Platz gänzlich verlassen. Hier war schon weniger von dem Tumulte in der Luft zu hören; der Lärm vom Sturme der Bettler schlug hier dumpfer und nicht so kreischend an ihr Ohr. Der frische Luftzug, welcher dem Laufe des Flusses folgte, schüttelte die Blätter des einzigen Baumes, der an der Spitze des Terrains stand, mit einem schon bemerklichen Rauschen. Indessen waren sie der Gefahr noch sehr nahe. Die ihnen am nächsten liegenden Gebäude waren die bischöfliche Residenz und die Kirche. Drinnen in der Wohnung des Bischofs herrschte ersichtlich eine große Verwirrung. Ihre dunkle Masse war ganz von Lichtern erhellt, die dort von Fenster zu Fenster huschten, ähnlich, wie wenn man Papier verbrannt hat, nun ein dunkler Aschenbau übrig bleibt, in dem die muntern Fünkchen tausend wunderbare Läufe machen. Daneben glichen die riesigen Thürme von Notre-Dame, wenn man sie so von hinten mit dem langen Schiffe sah, über welches sie sich erhoben, und wie sie über den rothen und weithinleuchtenden Schein, der den Vorhof füllte, in das Dunkel emporragten, zwei gigantischen Feuerböcken eines Cyklopenherdes.

Was man von Paris nach allen Seiten hin sah, erzitterte vor dem Auge, wie ein mit Licht gemischter Schatten. Rembrandt hat solchen Hintergrund in seinen Gemälden.

Der Mann mit der Laterne ging gerade auf die Spitze des Terrains los. Dort, am äußersten Rande des Wassers, befanden sich die morschen Trümmer eines Pfahlzaunes aus Lattengitterwerk, um die ein niedriger Weinstock einige dürre Zweige schlang, die wie die Finger einer geöffneten Hand vorgestreckt waren. Dahinter, im Schatten, den dieser Zaun verursachte, lag ein kleiner Kahn versteckt. Der Mann gab Gringoire und seiner Begleiterin ein Zeichen hineinzusteigen. Die Ziege folgte ihnen dahin. Der Mann stieg zuletzt auch hinein; dann schnitt er den Strick des Kahnes durch, stieß mit einem langen Hakenstocke vom Lande ab, ergriff die zwei Ruder und setzte sich an das Vordertheil des Kahnes, wo er mit Aufgebot aller seiner Kräfte nach der Mitte des Stromes zu ruderte. Die Seine ist an dieser Stelle sehr reißend, und es kostete ihm ziemliche Mühe, von der Spitze der Insel wegzukommen.

Gringoires erste Sorge, als er in den Kahn gestiegen, war, die Ziege auf seine Kniee zu legen. Er nahm am Hintertheile Platz, und das junge Mädchen, welcher der Unbekannte eine unbeschreibliche Unruhe einflößte, setzte sich gleichfalls nieder und drängte sich an den Dichter heran.

Als unser Philosoph den Kahn sich in Bewegung setzen fühlte, klatschte er in die Hände und küßte Djali zwischen die Hörner.

„Oh!“ sagte er, „jetzt sind wir alle vier gerettet.“ Er fügte mit der Miene eines tiefen Denkers hinzu: „Bisweilen ist man dem Glücke, bisweilen der List für den glücklichen Ausgang großer Unternehmungen Dank schuldig.“ Der Kahn bewegte sich langsam nach dem rechten Ufer hin. Das junge Mädchen beobachtete mit einer geheimen Furcht den Unbekannten. Dieser hatte sorgfältig das Licht seiner Blendlaterne verhüllt. Man sah ihn in der Dunkelheit auf dem Vordertheile des Kahnes wie ein Gespenst. Die immer noch herabgelassene Kapuze wurde für ihn zu einer Art Maske; und jedesmal, wenn er beim Rudern seine Arme ausstreckte, an denen lange schwarze Aermel herabhingen, hätte man sie für zwei große Fledermausflügel halten mögen. Uebrigens hatte er noch nicht ein Wort gesprochen, keinen Laut von sich gegeben. In dem Kahne hörte man kein anderes Geräusch, als die Hin- und Herbewegung der Ruder, welches sich in das Geplätscher der tausend Wasserkräuselungen längs des Kahnes mischte.

„Bei meiner Seele!“ rief Gringoire plötzlich, „wir sind ja munter und fröhlich wie Ohreulen! Wir beobachten ein Stillschweigen wie Pythagoräer oder wie Fische! Beim allmächtigen Gott! meine Freunde, ich wünschte wohl, daß jemand mit mir sich unterhielte . . . Die menschliche Stimme ist für das menschliche Ohr eine Musik. Ich bin es nicht, der das behauptet, sondern Didymus von Alexandria, und es sind berühmte

Worte ... Gewiß, Didymus von Alexandria ist kein mittelmäßiger Philosoph ... Ein Wort, mein schönes Kind! sagt mir, ich bitte Euch, ein Wort ... Dabei fällt mir ein – Ihr hattet sonst einen schnurrigen, sonderbaren kleinen Zug um den Mund, macht Ihr den immer noch? Wißt Ihr, mein Herzchen, daß das Parlament volle Rechtsgewalt über die Asylorte hat, und daß Ihr große Gefahr liefet in eurem Zellchen in Notre-Dame? Ach! der kleine Vogel Kolibri baut sein Nest in den Rachen des Krokodils ... Meister, seht doch, wie der Mond wieder heraustritt ... Wenn man uns nur nicht bemerkt! Wir thun ein löbliches Etwas, indem wir das Jüngferchen retten, und doch würde man uns im Namen des Königs hängen, wenn man uns erwischte. Leider! können die menschlichen Handlungen von zwei Seiten angegriffen werden. Man brandmarkt an mir, was man an jenem krönt. Mancher bewundert Cäsar, welcher Catilina tadelt. Ist es nicht so, lieber Meister? Was sagt Ihr zu dieser Philosophie? Ich, für meine Person, ich habe die Philosophie des Instinkts, der Natur, ut apes geometriam ...Wahrhaftig, niemand antwortet mir! Was habt ihr doch alle Beide für verdrießliche Launen! Ich muß ganz allein sprechen. Das nennen wir in der Tragödie einen Monolog ... Beim allmächtigen Gotte! ... Ich theile Euch mit, daß ich eben Ludwig den Elften gesehen, und daß ich seitdem diesen Schwur behalten habe ... „Beim allmächtigen Gotte“ also! In der Altstadt erheben sie immer noch ein fürchterliches Geheul ... Das ist ein häßlicher, boshafter, alter König. Er ist ganz mit Pelzwerk bedeckt. Er schuldet mir immer noch das Geld für mein Hochzeitsgedicht, und allerhöchstens hat er mich heute Abend nicht hängen lassen, was mir sehr ungelegen gewesen sein würde ... Er ist filzig gegen die Leute von Verdienst. Er sollte doch die vier Bücher Salvians von Cöln „Adversus avaritiam“lesen. In der That! er ist ein engherziger König in seinen Beziehungen zu den Gelehrten, und begeht dabei höchst barbarische Grausamkeiten. Er ist ein auf dem Volke liegender Schwamm, der das Geld einsaugt. Seine Sparsamkeit ist die Milzsucht, welche aus der Abzehrung aller andern Gliedmaßen anschwillt. Daher werden die Klagen über die Schwere der Zeit zu Murren über den Fürsten. Unter diesem milden und frommen Herrn krachen die Galgen von Gehängten, die Henkerblöcke faulen vom Blute, die Gefängnisse bersten wie zu volle Bäuche. Dieser König hat eine Hand, mit der er nimmt, und eine, mit der er hängt. Er ist der Anwalt der Frau Salzsteuer und des Herrn Galgen. Die Vornehmen werden ihrer Würden beraubt und die Geringen unaufhörlich mit neuen Lasten überhäuft. Er ist ein ungeheuerer Fürst. Ich liebe diesen Monarchen nicht. Und Ihr, theuerer Meister?“

Der schwarze Mann ließ den geschwätzigen Dichter seine boshaften Bemerkungen machen. Er kämpfte unausgesetzt gegen die heftige und geschlossene Strömung, welche den Vordertheil der Stadt von dem Hintertheile der Insel Notre-Dame trennt, und die wir jetzt die Insel des Heiligen Ludwig benennen.

„Da fällt mir ein, Meister!“ begann Gringoire plötzlich wieder, „hat Euere Hochwürden in dem Augenblicke, wo wir mitten durch die wüthenden Bettler auf den Vorhof gelangten, jenen armen kleinen Teufel bemerkt, dem Euer Tauber eben das Gehirn am

Treppengeländer zur Königsgalerie zerschmetterte? Ich bin kurzsichtig und habe ihn nicht zu erkennen vermocht. Wißt Ihr, wer es sein kann?“

Der Unbekannte antwortete mit keinem Worte. Aber er hörte plötzlich mit Rudern auf, seine Arme fielen wie gebrochen am Leibe herunter, sein Kopf fiel auf die Brust, und die Esmeralda hörte ihn krampfhaft schluchzen. Sie zuckte jetzt zusammen; sie hatte schon Seufzer, wie diese da gehört.

Das sich selbst überlassene Fahrzeug folgte nun einige Augenblicke dem Strome. Aber der schwarze Mann raffte sich wieder zusammen, nahm die Ruder wieder, und begann dem Strome entgegen zu steuern. Er segelte zum zweiten Male an der Spitze der Notre-Dame-Insel vorüber und lenkte nach dem Landungsplatze der Heukähne zu.

„Ach!“ sagte Gringoire, „sehet da unten das Haus Barbeau ... Haltet, Meister, betrachtet jene Gruppe schwarzer Dächer, welche so sonderbare Winkel bilden, da, unter dieser Menge tiefhängender, zerrissener, durcheinandergezogener und grauer Wolken, hinter denen der Mond ganz zerdrückt und hingezogen ist, wie die Dotter eines Eies, dessen Schale zerbrochen worden ... Das ist ein schönes Haus. Drin befindet sich eine Kapelle, die mit einer kleinen Wölbung voll reich gemeißelter Ausschmückungen gekrönt ist. Darüber könnt Ihr auch den sehr zart durchbrochenen Thurm sehen. Es ist auch ein Lustgarten dabei, welcher einen Weiher, ein Vogelhaus, ein Echo, eine Promenade, einen Irrgarten, ein Haus für die wilden Thiere, und eine Menge buschiger Baumgänge enthält, die der Venus sehr angenehm sind. Auch kann man noch einen schelmischen Baum dort sehen, welchen man „den Buhler“ nennt, weil er den Lüsten einer berüchtigten Prinzessin und eines galanten und schöngeistigen Konnetabel von Frankreich mit seinem Schatten gedient hat ... Ach! wir armen Philosophen, wir sind in den Augen eines Konnetabel das, was ein Kohl- oder Radieschenbeet für den Garten des Louvre ist. Was thut's indessen? Das menschliche Leben ist für die Großen wie für uns aus Gutem und Bösem gemischt. Der Schmerz steht immer neben der Freude, der Spondäus bei dem Daktylus ... Lieber Meister, ich muß Euch diese Geschichte des Hauses Barbeau erzählen. Es endigt auf eine tragische Weise. Sie ereignete sich im Jahre 1319, unter der Regierung Heinrichs des Fünften, des längsten aller Könige von Frankreichs. Die Moral der Geschichte ist, daß die Versuchungen des Fleisches gefährlich und boshaft sind. Wir sollen unsern Blick nicht zu oft auf das Weib unseres Nachbars werfen, so geschmeichelt unsere Sinne auch bei ihrer Schönheit sein mögen. Die Unzucht ist ein sehr frecher Gedanke. Der Ehebruch ist eine Neugierde nach dem Liebesgenusse eines andern ... Hört nur! wie sich der Lärm da unten verdoppelt!“

In der That wuchs der Tumult rings um Notre-Dame. Sie horchten. Man hörte ziemlich deutlich Siegesgeschrei. Plötzlich verbreiteten sich Hunderte von Fackeln, welche Helme bewaffneter Männer erglänzen ließen, über die Kirche in allen Stockwerken, über die Thürme, die Galerien, über die Strebebogen. Diese Fackeln schienen nach Etwas zu suchen; und bald gelangten die entfernten Schreie deutlich vernehmbar zu den Flüchtlingen: „Die Zigeunerin! die Hexe! zum Tode mit der Zigeunerin!“

Die Unglückliche ließ das Haupt auf ihre Hände sinken, und der Unbekannte begann mit wüthender Anstrengung nach dem Ufer hin zu rudern. Während dem überlegte unser Philosoph. Er preßte die Ziege in seine Arme und rückte ganz sacht von der Zigeunerin weg, die sich immer mehr an ihn drängte, als den einzigen Schutz und Schirm, der ihr noch blieb.

Sicherlich befand sich Gringoire in einer grausamen Verlegenheit. Er dachte daran, daß „nach dem bestehenden Gesetze“ auch die Ziege, wenn sie wieder eingefangen würde, gehangen werden würde; daß es doch sehr Schade sein würde um die arme Djali! Daß er zu viel hätte an zwei Verurtheilten, die sich so an ihn geklammert hätten; daß schließlich sein Gefährte nichts lieber wünschte, als sich der Zigeunerin anzunehmen. Es entstand ein heftiger Kampf zwischen seinen Gedanken, in welchem er, wie Zeus in der Iliade, abwechselnd die Zigeunerin und die Ziege nach ihrem Werthe abwog; und er betrachtete sie eine nach der andern mit thränenfeuchten Augen, während er zwischen den Zähnen sprach: „Ich kann euch doch nicht alle Beide retten.“

Ein Stoß unterrichtete sie endlich, daß der Kahn jetzt ans Land stieß. Das schreckliche Getöse erfüllte noch immer die Altstadt. Der Unbekannte erhob sich, trat an die Zigeunerin heran und wollte sie am Arme ergreifen, um ihr beim Aussteigen zu helfen. Sie stieß ihn zurück und hing sich an Gringoires Aermel, der seinerseits, als mit der Ziege beschäftigt, sie fast von sich abwehrte. Nun sprang sie allein aus dem Kahne heraus ans Land. Sie war so verwirrt, daß sie nicht wußte, was sie that, noch wohin sie ging. So blieb sie einen Augenblick betäubt stehen und sah, wie das Wasser dahin floß. Als sie nach und nach wieder zu sich kam, war sie allein mit dem Unbekannten an der Landungsstelle. Es schien, daß Gringoire sich den Augenblick der Landung zu Nutze gemacht hatte, um mit der Ziege in dem Häuserviertel der Straße Grenier-sur-l'Eau zu verschwinden.

Die arme Zigeunerin schauderte, als sie sich mit diesem Manne allein sah. Sie wollte sprechen, schreien, Gringoire rufen; die Zunge in ihrem Munde war gelähmt, und kein Ton kam über ihre Lippen. Plötzlich fühlte sie die Hand des Unbekannten auf der ihrigen. Es war eine kalte und starke Hand. Ihre Zähne schlugen an einander, und sie wurde blasser, als der Strahl des Mondes, welcher sie beschien. Der Mann sprach kein Wort. Er begann mit starken Schritten nach dem Grèveplatze zu hinaufzugehen, indem er sie an der Hand festhielt. In diesem Augenblicke fühlte sie, daß das Schicksal eine unwiderstehliche Macht ist. Sie besaß keine Spannkraft mehr, sie ließ sich fortschleppen, lief, während daß der Unbekannte fortschritt. Der Flußdamm ging an dieser Stelle bergan; ihr schien es indessen, als ob sie einen Abhang hinabstieg.

Sie blickte sich nach allen Seiten um. Nicht ein lebendes Wesen war zu sehen. Der Flußdamm war völlig öde. Sie hörte kein Geräusch; sie merkte den Lärm von Menschen nur in der tobenden und feuergerötheten Altstadt, von der sie nur durch einen Arm der Seine getrennt war, und von woher ihr Name, untermischt mit Todesschreien, an ihr Ohr schlug. Das übrige Paris lag in großen, dunkeln Massen rings um sie ausgebreitet da.

Inzwischen zog sie der Unbekannte immer mit demselben Schweigen und derselben Eile mit sich fort. Sie fand in ihrem Gedächtnisse keinen der Orte wieder, durch die sie jetzt dahineilte. Als sie an einem erleuchteten Fenster vorbeikam, überwand sie sich, sträubte sie sich plötzlich und schrie: „Hilfe!"

Der Bürger, welchem das Fenster gehörte, öffnete es, erschien an demselben im Hemde mit seiner Lampe, sah mit stumpfsinniger Miene auf den Flußdamm hinaus, sprach einige Worte, welche sie nicht verstand und schloß den innern Fensterladen wieder. Das war der letzte Hoffnungsschimmer, welcher erlosch.

Der schwarze Mann ließ keine Silbe vernehmen; er hielt sie fest, und fing an, schneller zu gehen. Sie leistete keinen Widerstand mehr und folgte ihm erschöpft. Von Zeit zu Zeit sammelte sie wieder ein wenig Kraft und sprach mit einer, von den Stößen des holprigen Pflasters und von der Athemlosigkeit des Laufes oft unterbrochenen Stimme: „Wer seid Ihr? Wer seid Ihr?" Er antwortete gar nicht.

So gelangten sie, immer längs des Flußdammes hineilend, an einen ziemlich großen Platz. Der Mond beleuchtete ihn ein wenig. Es war der Grèveplatz. Man bemerkte in der Mitte eine Art schwarzen Kreuzes ragen: es war der Galgen. Sie erkannte das alles wieder, und sah nun, wo sie sich befand. Der Mann blieb stehen, wandte sich nach ihr um, und schlug seine Kaputze zurück. „Ach!" stammelte sie versteinert, „ich wußte wohl, daß er es abermals war!"

Es war der Priester. Er sah wie sein Schatten aus. Das war die Wirkung des Mondlichtes. Es scheint, daß man in solchem Lichte nur die Schreckbilder der Dinge sieht.

„Höre zu," sagte er zu ihr, und sie schauderte bei dem Tone dieser furchtbaren Stimme, die sie seit langem nicht gehört hatte. Er fuhr fort. Er sprach in solchen kurzen, keuchenden Satzgefügen, welche in ihrem ruckweisen Hervorquellen tiefes inneres Leben verriethen. „Höre an. Wir sind jetzt hier. Ich will mit dir reden. Das ist der Grèveplatz. Hier ist ein entscheidender Augenblick. Das Verhängnis überliefert uns einander. Ich will über dein Leben, du sollst über meine Seele entscheiden. Hier ist ein Ort und eine Nacht, jenseits welcher man nichts sieht. Höre mich also an. Ich will dir sagen . . . Zuerst rede mir nicht von deinem Phöbus. (Während er das sagte, ging er hin und her, wie ein Mensch, der nicht an einer Stelle ausdauern kann, und zog sie hinter sich her.) Sprich mir nicht von ihm. Siehst du, wenn du diesen Namen aussprichst, weiß ich nicht, was ich thun werde; aber es wird etwas Gräßliches geschehen."

Als er so gesprochen, stand er wieder bewegungslos da, wie ein Körper, der seinen Schwerpunkt wieder findet; aber seine Worte verriethen noch eben soviel Unruhe. Seine Stimme wurde immer dumpfer.

„Wende deinen Kopf nur nicht so ab. Höre mich an. Es ist eine ernsthafte Angelegenheit. Zunächst vernimm, was sich ereignet hat . . . Man soll über alles das nicht lachen, schwöre ich dir . . . Was sagte ich denn eigentlich? Erinnere mich daran! Ach, ja! . . . Es liegt ein Parlamentsbeschluß vor, welcher dich dem Blutgerüste überliefert. Ich habe dich eben aus ihren Händen entrissen. Aber da sind sie, die dich verfolgen. Sieh hin."

Er streckte den Arm nach der Altstadt hin aus. Die Nachsuchungen schienen in der That da drüben fortzudauern. Das verworrene Getöse kam näher; der Thurm auf dem Hause des Wachoffizieres, das dem Grèveplatze gegenüber lag, war voll Lärm und Licht; und man sah auf dem gegenüberliegenden Flußdamme Soldaten mit Fackeln und unter den Rufen: „Die Zigeunerin! wo ist die Zigeunerin! zum Tode mit ihr! zum Tode!" vorbeilaufen.

„Du siehst wohl, daß sie dich verfolgen, und daß ich nichts Unwahres behaupte. Ich – ich liebe dich . . . Oeffne den Mund nicht; sprich lieber nicht mit mir, wenn du mir sagen willst, daß du mich hassest. Ich bin entschlossen, das nicht mehr zu hören . . . Ich habe dich soeben gerettet . . . Laß mich zuerst zu Ende kommen . . . Ich kann dich gänzlich retten. Ich habe alles vorbereitet. Es liegt an dir, es zu wollen. So wie du willst, werde ich es vermögen."

Er unterbrach sich gewaltsam. „Nein, das – das sollst du nicht sagen."

Und eilends, und während er sie miteilen ließ – denn er ließ sie nicht los – ging er gerade auf den Galgen zu, zeigte mit dem Finger auf ihn hin und sagte mit eisigem Tone: „Wähle zwischen uns beiden." Sie riß sich aus seinen Händen los, fiel am Fuße des Galgens nieder und umarmte dieses Todesgerüst; dann wandte sie ihr schönes Haupt halb zurück und blickte über ihre Schulter nach dem Priester hin. Man hätte sie für eine Heilige Jungfrau am Fuße des Kreuzes halten können. Der Priester war ohne Bewegung stehen geblieben; den Finger immer noch nach dem Galgen hin erhoben, verharrte er in seiner Stellung, wie eine Bildsäule.

Endlich sagte die Zigeunerin zu ihm:

„Er flößt mir noch weniger Entsetzen ein, als du."

Da ließ er langsam seinen Arm niedersinken und blickte mit tiefer, schmerzlicher Niedergeschlagenheit zu Boden.

„Wenn diese Steine reden könnten," murmelte er, „ja, sie würden sprechen, daß hier ein sehr unglücklicher Mensch steht."

Er nahm wieder das Wort. Das junge Mädchen, die von ihren langen Haaren umflossen, vor dem Galgen auf den Knien lag, ließ ihn sprechen, ohne ihn zu unterbrechen. Er hatte jetzt einen klagenden und sanften Ton angenommen, der einen schmerzlichen Gegensatz zu der stolzen Herbheit seiner Züge bildete.

„Ich, ja, ich liebe Euch. Ach! das ist doch gewißlich wahr. Es geht doch nichts über dieses Feuer, welches mir das Herz verbrennt! Wehe! junges Mädchen, Nacht und Tag, ja, Nacht und Tag; verdient das kein Mitleiden? Es ist eine Liebe für Nacht und Tag, sage ich Euch, es ist eine Folter ... Oh! ich leide zu viel, mein armes Kind! ... Das ist ein Umstand, der des Mitleidens werth ist. versichere ich Euch. Ihr sehet, daß ich sanft mit Euch spreche. Ich möchte doch, daß Ihr nicht mehr diesen Abscheu vor mir hättet ... Zuletzt, wenn ein Mann ein Weib liebt, so ist das nicht seine Schuld! ... Oh! mein Gott! ... Wie! niemals werdet Ihr mir also verzeihen? Ihr wollt mich immer hassen? Es ist also entschieden! Das gerade macht mich schlecht, seht Ihr? und mir selbst entsetzlich! ... Ihr seht mich nicht einmal an! Ihr denkt an etwas Anderes; vielleicht, während ich hier stehe und zitternd an der Schranke unserer beider Ewigkeit mit Euch rede! Vor allem – sprecht nicht mit mir von dem Offiziere! ... Was! ... ich sollte mich zu Euern Knien niederwerfen; wie! ich sollte Euere Füße nicht – das möchtet Ihr nicht – sondern die Erde küssen, welche unter Euern Füßen ist; was! ich sollte wie ein Kind schluchzen; ich sollte aus meiner Brust nicht Worte, sondern mein Herz und meine Eingeweide herausreißen, um Euch zu sagen, daß ich Euch liebe: – alles würde vergeblich sein, alles! ... Und dennoch ist Euere Seele nur voll Empfindung und Güte. Ihr strahlt die herrlichste Sanftmuth aus; Ihr seid ganz und gar anmuthig, gut, mitleidig und entzückend. Leider! habt Ihr für mich allein nur Bosheit! Oh! welches Mißgeschick!“

Er verbarg sein Gesicht in seinen Händen. Das junge Mädchen hörte ihn weinen. Es war das erste Mal. Während er so von Schluchzen geschüttelt dastand, war er elender und erschien hilfeflehender, als wenn er auf die Knien gesunken wäre. So weinte er eine geraume Zeit.

„Genug!“ fuhr er fort, als diese ersten Thränen vorüber waren, „ich finde keine Worte. Ich hatte doch so schön ausgedacht, was ich Euch sagen wollte. Jetzt zittere und bete ich, werde im entscheidenden Augenblicke schwach, ich empfinde etwas Allgewaltiges, das uns umgiebt, und ich stammele. Oh! ich werde zu Boden niedersinken, wenn Ihr kein Mitleid mit mir, keines mit Euch empfindet. Verdammet uns nicht alle Beide. Wenn Ihr wüßtet, wie sehr ich Euch liebe! Wo ist ein Herz wie das meinige! Ach! wie groß ist die Abtrünnigkeit von jeder Tugend! wie groß der verzweifelte Verrath an mir selbst! Als Gelehrter verhöhne ich die Wissenschaft, als Edelmann verunglimpfe ich meinen Namen; als Priester mache ich mein Meßbuch zu einem Kopfkissen der Wollust, speie in das Antlitz meines Gottes! Und das alles für dich, Zauberin! um deiner Hölle würdiger zu werden! Und du willst von dem Verdammten nichts wissen! Ach! könnte ich dir alles sagen! Noch mehr, etwas Schrecklicheres, ach! Schrecklicheres! ...“

Während er diese letzen Worte sprach, wurde sein Gesichtsausdruck plötzlich ganz verwirrt. Er schwieg einen Augenblick; dann fuhr er, als ob er mit sich selbst spräche, mit starker Stimme fort:

„Kain, was hast du mit deinem Bruder angefangen?"

Wieder entstand eine Pause, und er fuhr dann fort:

„Was ich mit ihm angefangen habe, Herr des Himmels? Ich habe ihn aufgenommen, habe ihn erzogen, ihn ernährt, ihn geliebt, habe ihn abgöttisch geliebt, und habe ihn gemordet! Ja, Herr des Himmels, du weißt, daß man ihm eben vor meinen Augen das Haupt an dem Steine deines Hauses zerschmettert hat; und das meinetwegen, dieses Weibes wegen, ihretwegen ..."

Sein Blick war irre. Seine Stimme erlosch nach und nach; er wiederholte noch mehrere Male mechanisch, in ziemlich langen Pausen, wie eine Glocke, die ihre letzte Schwingung verlängert: „Ihretwegen ... ihretwegen ..." Dann sprach seine Zunge keinen verständlichen Ton mehr, seine Lippen bewegten sich indessen noch immer. Plötzlich brach er in sich zusammen, wie ein einstürzender Gegenstand und blieb ohne Bewegung, das Haupt auf den Knien, am Boden liegen. Eine Streifung des jungen Mädchens, welche ihren Fuß unter ihm hervorzog, brachte ihn wieder zur Besinnung. Er fuhr langsam mit der Hand über seine eingefallenen Wangen und betrachtete einige Augenblicke betroffen seine Finger, welche feucht waren: „Was!" murmelte er, „ich habe geweint!"

Und er wandte sich plötzlich mit dem Ausdrucke unaussprechlicher Angst zur Zigeunerin hin:

„Wehe! Ihr habt mich weinen gesehen und seid kalt dabei geblieben? Kind, weißt du, daß diese Thränen Lavaströme sind? Ist es denn also wahr? An dem Menschen, welchen man haßt, rührt uns nichts? du könntest mich sterben sehen, und du würdest lachen. Ach! ich will dich nicht sterben sehen! Ein Wort! ein einziges Wort der Verzeihung! Sage mir nicht, daß du mich lieb hast, sage mir nur, daß du nichts dagegen hast; das soll genügen; ich werde dich retten. Wenn nicht ... Ach! die Stunde eilt. Ich bitte dich inständig bei allem, was heilig ist, warte nicht, bis ich wieder zu Stein geworden bin, wie dieser Galgen, der dich auch beansprucht! Bedenke, daß ich unser Beider Schicksal in meiner Hand halte, daß ich unsinnig bin, es fürchterlich ist, daß ich alles hinstürzen lassen kann, und daß sich unter uns ein unergründlicher Abgrund befindet, Unglückliche, wohinein mein Sturz den deinigen die Ewigkeit hindurch nach sich ziehen wird! Ein gütiges Wort! sprich ein Wort! nur ein Wort!"

Sie öffnete den Mund, um ihm zu antworten. Er stürzte sich vor ihr auf die Kniee nieder, um mit Anbetung das vielleicht gerührte Wort zu vernehmen, welches über ihre Lippen kommen wollte. Sie sagte zu ihm:

„Ihr seid ein Mörder!"

Der Priester riß sie wüthend in seine Arme und begann in ein entsetzliches Gelächter auszubrechen.

„Gut denn, ja! Mörder!" sagte er, „und ich werde dich besitzen. Du willst mich nicht als Sklaven, du sollst mich zum Herrn haben. Ich will dich besitzen. Ich habe ein Versteck, wohin ich dich schleppen will. Du wirst mir folgen, du wirst mir wohl folgen müssen, oder ich überliefere dich dem Henker! du mußt sterben, meine Schöne, oder mir gehören! dem Priester gehören! dem Abtrünnigen, dem Mörder gehören! Von heute Nacht an, hörst du es? Wohlan denn! zur Lust! wohlan, küsse mich, Närrchen! Das Grab oder mein Bett!"

Sein Auge funkelte vor wollüstiger Gier und vor Wuth. Sein geiler Mund röthete den Hals des jungen Mädchens. Sie sträubte sich in seinen Armen. Er bedeckte sie mit schäumenden Küssen.

„Beiße mich nicht, Ungethüm!" schrie sie. „Ach! über den widerwärtigen, schändlichen Mönch! Laß mich los! Ich werde dir deine eklen, grauen Haare ausraufen und sie dir bündelweise ins Gesicht werfen!"

Er wurde roth und wieder blaß vor Zorn, dann ließ er sie los und betrachtete sie mit finsteren Blicken. Sie glaubte über den Priester gesiegt zu haben und fuhr fort:

„Ich sage dir, daß ich meinem Phöbus angehöre, daß Phöbus es ist, den ich liebe, daß Phöbus schön ist. Du, Priester, du bist alt, bist häßlich. Hebe dich weg!"

Er stieß einen heftigen Schrei aus, wie der Unglückliche, an den man ein glühendes Eisen legt. „Stirb denn!" sprach er mit Zähneknirschen. Sie sah seinen fürchterlichen Blick und wollte fliehen. Er packte sie wieder, schüttelte sie, warf sie zur Erde nieder und ging in eiligen Schritten auf die Ecke des Rolandsthurmes los, während er sie an ihren schönen Händen hinter sich her über den Boden schleifte. Hier angelangt, wandte er sich an sie:

„Zum letzten Male, willst du mein sein?"

Sie antwortete mit Nachdruck:

„Nein."

Jetzt rief er mit lauter Stimme:

„Gudule! Gudule! Hier ist die Zigeunerin! räche dich!"

Das junge Mädchen fühlte, wie sie plötzlich am Ellbogen ergriffen wurde. Sie blickte auf. Es war ein fleischloser Arm, welcher aus einer Luke in der Mauer herauslangte und sie wie eine eiserne Hand festhielt.

„Halt fest!“ rief der Priester; „es ist die entwischte Zigeunerin. Laß sie nicht los. Ich will die Gerichtsdiener holen. Du sollst sie hängen sehen.“

Ein dumpfes Lachen antwortete aus dem Innern der Mauer auf diese blutdürstigen Worte. „Ha! ha! ha!“ Die Zigeunerin sah, wie sich der Priester eiligst in der Richtung der Notre-Dame-Brücke entfernte. Man hörte einen Reitertrupp auf dieser Seite.

Das junge Mädchen hatte die boshafte Klausnerin erkannt. Keuchend vor Entsetzen versuchte sie sich loszumachen. Sie wand sich, sie sprang vor Todesangst und Verzweiflung nach rechts und links, aber die Nonne hielt sie mit unerhörter Kraft fest. Die knochigen und magern Finger, die sie preßten, krampften sich um ihr Fleisch zusammen und schlossen sich fest herum. Man hätte glauben sollen, daß diese Hand an ihren Arm genietet sei. Es war mehr als eine Kette, mehr als eine Klammer oder eiserner Ring – es war eine geschickte und lebendige Zange, welche aus einer Mauer herausfuhr. Erschöpft sank sie an der Mauer nieder, und nun bemächtigte sich ihrer die Todesfurcht. Sie dachte an die Schönheit des Lebens, an die Jugend, an den Anblick des Himmels, an die Erscheinungen der Natur, an die Liebe, an Phöbus, an alles, was dahin floh und an alles, was ihr nahe trat, an den Priester, welcher sie angab, an den Henker, welcher kommen würde, an den Galgen, welcher dort stand. Da fühlte sie, wie ihr das Entsetzen bis in die Wurzeln der Haare stieg, und sie hörte das grausige Lachen der Klausnerin, die ganz leise zu ihr sprach: „Ha! ha! ha! du wirst gehangen werden!“

Sie wandte sich todesmatt nach der Luke hin und sah das fahle Gesicht der Büßerin durch die Gitterstäbe hindurch.

„Was habe ich Euch gethan?“ sagte sie fast leblos.

Die Klausnerin antwortete nicht; sie begann in einem singenden, erregten und spöttischen Tone zu murmeln:

„Tochter Aegyptens! Tochter Aegyptens! Tochter Aegyptens!“

Die unglückliche Esmeralda ließ ihr Antlitz unter ihrem Haar verschwinden, und begriff, daß sie es nicht mit einem menschlichen Wesen zu thun hätte.

Plötzlich rief die Klausnerin, als ob diese Frage der Zigeunerin die ganze Zeit gebraucht hätte, um zu ihrem Bewußtsein zu gelangen:

„Was du mir zu Leide gethan? fragst du! Oh! was du mir angethan hast, Zigeunerin! – Gut denn! höre . . . Ich hatte ein Kind, ja ich! Siehst du? Ich hatte ein Kind! ein Kind, sage ich dir! . . . Ein reizendes kleines Mädchen! . . . Meine Agnes“ fuhr sie verwirrt fort und küßte dabei etwas in der Dunkelheit . . . „Nun gut! siehst du, Tochter Aegyptens? Man hat mir mein Kind genommen, man hat mir mein Kind gestohlen; ja, man hat mir mein Kind gestohlen. Jetzt weißt du, was du mir Leids gethan hast.“

Das junge Mädchen antwortete wie das Lamm in der Fabel:

„Ach Gott! ich war damals vielleicht noch nicht geboren!“

„Oh! doch!“ fuhr die Klausnerin fort, „du mußtest geboren sein. Du warst dabei. Sie würde in deinem Alter sein! Also! . . . Das sind nun fünfzehn Jahre her, daß ich hier bin; fünfzehn Jahre, daß ich dulde; fünfzehn Jahre, daß ich bete; fünfzehn Jahre, daß ich mit meinem Kopfe gegen die vier Mauern renne . . . Ich sage dir, es sind Zigeunerinnen, die mir es gestohlen haben, hörst du es? und die es mit ihren Zähnen gefressen haben . . . Hast du ein Herz? Denke dir, was ein Kind ist, das da spielt; ein Kind, welches an der Brust liegt; ein Kind, das schlummert. Es ist so unschuldig! . . . Nun also! das, das ist es, was man mir genommen, was man mir gemordet hat! Der liebe Gott weiß es ja! Heute ist die Reihe an mir; ich will Zigeunerfleisch essen . . . Oh! wie gern würde ich dich anbeißen, wenn mich die Gitterstäbe nicht verhinderten! Ich habe einen zu dicken Kopf! . . . Die arme Kleine! während daß sie schlief! Und wenn sie sie geweckt hätten, während sie sie raubten, sie würde vergeblich geschrien haben: – ich war nicht da! Ach! ihr Zigeunermütter, ihr habt meine Tochter gefressen! Kommt, und seht jetzt die eurige.“

Nun fing sie wieder an zu lachen oder mit den Zähnen zu knirschen – beides blieb sich in diesem wüthenden Gesichte gleich. Der Tag begann zu grauen. Ein Dämmerschein beleuchtete undeutlich diese Scene, und der Galgen wurde immer sichtbarer auf dem Platze. Von der andern Seite her, aus der Gegend der Notre-Damebrücke, glaubte die arme Verurtheilte den Lärm des Reitertrupps herankommen zu hören.

„Gute Frau!“ rief sie mit gefalteten Händen, auf beide Knien gesunken, mit fliegendem Haar, entsetzt und vor Schrecken wahnsinnig, „gute Frau, habt Erbarmen. Sie kommen. Ich habe Euch nichts zu Leide gethan. Wollt Ihr mich auf diese schreckliche Art vor Euern Augen sterben sehen? Ihr seid mitleidig, ich bin dessen sicher. Es ist zu fürchterlich. Laßt mich Rettung suchen. Laßt mich los! Erbarmen! Ich will nicht so sterben!“

„Gieb mir mein Kind zurück!“ sagte die Klausnerin.

„Gnade! Gnade!“

„Gieb mir mein Kind zurück!“

„Laßt mich los, im Namen des Himmels!“

„Gieb mir mein Kind zurück!“

Jetzt auf einmal sank das junge Mädchen erschöpft, gebrochen, schon mit dem gläsernen Blicke jemands, der im Grabe liegt, zu Boden.

„Ach Gott!“ stammelte sie, „Ihr sucht Euer Kind, und ich, ich suche meine Eltern.“

„Gieb mir meine kleine Agnes zurück!“ fuhr Gudule fort. „Du weißt nicht, wo sie ist? Dann stirb! . . . Ich will dir erzählen. Ich war ein Freudenmädchen, ich hatte ein Kind, man hat mir mein Kind genommen . . . Es sind die Zigeunerinnen gewesen. Du siehst wohl, daß du sterben mußt. Wenn deine Mutter, die Zigeunerin, kommen wird, um dich zurückzufordern, so will ich zu ihr sagen: „Mutter, blicke nach jenem Galgen! . . . Oder aber gieb mein Kind zurück . . . Weißt du, wo sie ist, meine kleine Tochter? Halt, daß ich dir etwas zeige. Da ist ihr Schuh – alles, was mir von ihr geblieben ist. Weißt du, wo der andere ist? Wenn du es weißt, sage es mir, und wenn er selbst am andern Ende der Welt sich befindet, auf den Knien hinrutschend will ich ihn holen.““

Bei diesen Worten hielt sie mit ihrem andern Arme, den sie aus der Luke herausgestreckt hatte, der Zigeunerin den kleinen gestickten Schuh hin. Es war schon ziemlich hell, um seine Form und Farben unterscheiden zu können.

„Zeigt mir diesen Schuh," sprach die Zigeunerin zitternd. „Gott! Gott!" Und zu gleicher Zeit öffnete sie mit der Hand, welche sie frei hatte, leicht das kleine, mit grünen Glassteinen verzierte Säckchen, welches sie am Halse trug.

„Genug! genug!" murmelte Gudule, „durchsuche dein Teufelsamulet!" Plötzlich unterbrach sie sich, zitterte am ganzen Leibe und rief mit einer Stimme, die aus der tiefsten Tiefe des Herzens kam:

„Meine Tochter!"

Die Zigeunerin hatte eben einen kleinen Schuh aus dem Säckchen gezogen, der dem andern zum Verwechseln ähnlich sah. An diesem kleinen Schuhe war ein Pergamentstreifen befestigt, auf welchem folgender Knüttelreim geschrieben stand:

Wenn du mein Ebenbild entdeckt,
Der Mutterarm dir entgegen sich streckt.

In weniger Zeit, als ein Blitz dauert, hatte die Klausnerin die beiden Schuhe verglichen, die Aufschrift des Pergamentstreifens gelesen und ihr von einer himmlischen Regung strahlendes Gesicht an die Gitterstäbe der Luke gepreßt:

„Meine Tochter! meine Tochter!" rief sie.

„Meine Mutter!" antwortete die Zigeunerin.

Hier unterlassen wir, die Scene auszumalen.

Die Mauer und die eisernen Gitterstäbe befanden sich zwischen ihnen beiden.

„Ach! die Mauer!" rief die Klausnerin.

„Oh! sie zu sehen und nicht umarmen zu können! Deine Hand! Deine Hand!"

Das junge Mädchen streckte ihren Arm durch die Luke; die Klausnerin warf sich über diese Hand her, preßte ihre Lippen darauf, und blieb, in diesem Kusse versunken, darüber geneigt, ohne ein anderes Lebenszeichen mehr von sich zu geben, als ein Schluchzen, welches von Zeit zu Zeit ihren Leib durchzuckte. Während dem vergoß sie schweigend, in der Dunkelheit ihrer Zelle, Ströme von Thränen gleich einem nächtlichen Regengusse. Die arme Mutter leerte in Fluten über dieser angebeteten Hand den dunkeln und tiefen Thränenquell, der in ihr quoll, und aus dem ihr ganzer Schmerz seit fünfzehn Jahren tropfenweise hervorgequollen war.

Plötzlich richtete sie sich wieder in die Höhe, strich ihre langen, grauen Haare von der Stirn, und ohne ein Wort zu sagen, fing sie an, mit ihren beiden Händen an den Gitterstäben ihrer Zelle wüthender als eine Löwin zu rütteln. Die Stäbe hielten aus. Jetzt holte sie aus einem Winkel ihrer Zelle einen schweren Stein, der ihr als Kopfkissen diente, und schleuderte ihn mit solcher Macht gegen dieselben, daß einer von den Eisenstäben unter heftigem Funkensprühen zerbrach. Ein zweiter Schlag zertrümmerte vollständig das alte eiserne Kreuz, welches die Luke versperrte. Dann zerbrach und entfernte sie mit ihren beiden Händen völlig die verrosteten Stumpfe der Gitterstäbe. Es giebt Augenblicke, in denen die Hände eines Weibes übermenschliche Stärke besitzen.

Als die Bahn gebrochen war, und dazu bedurfte es weniger als einer Minute, faßte sie ihre Tochter um die Mitte des Leibes und zog sie in ihre Zelle hinein. „Komm! damit ich dich aus dem Abgrunde des Verderbens herauslange!“ murmelte sie.

Als ihre Tochter sich in der Zelle befand, setzte sie sie sanft auf den Boden nieder, nahm sie dann wieder auf, trug sie in ihren Armen, als ob sie immer noch ihre kleine Agnes wäre, und ging in der engen Zelle berauscht, wie rasend sich geberdend, fröhlich, schreiend, singend und ihre Tochter küssend hin und her; sprach mit ihr, brach in Gelächter aus und vergoß Thränen – alles durcheinander und in leidenschaftlichem Ausbruche.

„Meine Tochter! meine Tochter!“ sprach sie. „Ich habe meine Tochter! Da ist sie! Der liebe Gott hat sie mir wiedergegeben. Nun ihr – kommt alle her! Ist jemand hier, der sehen will, daß ich meine Tochter habe? Herr Jesus, wie schön sie ist! Du hast mich fünfzehn Jahre warten lassen, mein lieber Gott, aber nur, um sie mir so schön zurückzugeben . . . Die Zigeunerinnen hatten sie also nicht gegessen! Wer hatte das behauptet! Meine kleine Tochter! meine kleine Tochter! küsse mich. O diese guten Zigeunerinnen! Ich liebe die Zigeunerinnen! – Du bist es wirklich. Das also ist der Grund, warum mir jedesmal das Herz hüpfte, wenn du vorbeigingst. Ich aber hielt es für Haß! Vergieb mir, meine Agnes, vergieb mir! Du hast mich für sehr boshaft gehalten, nicht wahr? Ich liebe dich . . . dein kleines Mal am Halse, hast du es immer noch? Laß sehen. Sie hat es immer noch. Oh! du bist schön. Ich bin es, der dir diese großen Augen da gegeben hat, Jungfer. Küsse mich. Ich liebe dich. Das ist mir nun sehr gleichgültig, daß andere Mütter Kinder haben; was schere ich mich jetzt um sie. Sie brauchen nur zu kommen. Hier ist meins. Seht da seinen Hals, seine Augen, sein Haar, seine Hand. Suchet mir etwas Schöneres, als das! Oh! ich stehe Euch dafür, daß sie Liebhaber finden wird, die da! Ich habe fünfzehn Jahre lang geweint. Meine ganze Schönheit ist vergangen, und sie hat sie geerbt. Küsse mich!“

Sie führte mit ihr zahllose andere närrische Unterhaltungen, deren Ausdruck die ganze Anmuth bildete, brachte die Kleider des armen Kindes so in Unordnung, daß diese darüber roth wurde, glättete ihr das Seidenhaar mit der Hand, küßte ihr den Fuß, die Kniee, die Stirn, die Augen, und gerieth über alles außer sich vor Entzücken. Das junge Mädchen ließ sie gewähren, während sie manchmal ganz leise und mit unendlicher Anmuth wiederholte: „Meine Mutter!"

„Siehst du, mein Töchterchen," fuhr die Klausnerin fort, wobei sie alle ihre Worte mit Küssen unterbrach, „siehst du! ich will dich recht lieb haben. Wir wollen von hier weg gehen. Wir werden recht glücklich werden. In Reims, in unserer Heimat, habe ich etwas geerbt. Du weißt, Reims? Du, ach nein, du weißt das nicht; du warst zu klein! Wenn du wüßtest, wie hübsch du mit vier Monaten warst! Füßchen, die man der Seltenheit wegen zu sehen aus Epernay herkam, das sieben Stunden entfernt ist! Wir werden ein Feld und Haus besitzen. Ich will dich in mein Bett legen. Mein Gott! mein Gott! wer hätte das glauben sollen? Ich habe meine Tochter wieder!"

„O meine Mutter!" sagte das junge Mädchen, die endlich die Kraft fand, in ihrer Gemüthserregung zu sprechen, „die Zigeunerin hat es mir wohl gesagt. Es war eine gute Zigeunerin unter unsern Leuten, die im vergangenen Jahre gestorben ist, und die sich immer um mich wie eine Amme gekümmert hat. Die ist es, die mir das Säckchen um den Hals gehängt hat. Sie pflegte mir immer zu sagen: „Kleine, bewahre ja dies Kleinod. Es ist ein Schatz. Es wird dich deine Mutter wiederfinden lassen. Du trägst deine Mutter an deinem Halse." Sie hatte es vorhergesagt, die Zigeunerin!"

Die Nonne schloß ihre Tochter von neuem in ihre Arme.

„Komm, laß dich küssen! Du erzähltest das hübsch. Wenn wir in unserer Heimat sein werden, wollen wir einem Jesuskinde in der Kirche die kleinen Schuhe anziehen. Wir sind das wohl der guten heiligen Jungfrau schuldig. Mein Gott! was du für eine hübsche Stimme hast! Als du eben mit mir sprachst, war das eine Musik! Oh! mein Gott und Herr! ich habe mein Kind wiedergefunden! Aber ist diese Geschichte da wohl glaublich? Man stirbt an nichts, denn ich bin nicht vor Freude gestorben."

Und dann fing sie wieder an in die Hände zu klatschen und zu lachen und zu rufen: „Wir wollen glücklich werden!"

In diesem Augenblicke hallte die Zelle von einem Waffengeklirre und Pferdegalopp wieder, die von der Notre-Damebrücke herzukommen und sich mehr und mehr auf dem Flußdamme zu nähern schienen. Die Zigeunerin warf sich voll Todesangst in die Arme der Büßerin.

„Rettet mich! rettet mich! meine Mutter! Das sind sie, die herankommen!"

Die Klausnerin wurde blaß.

„O Himmel! was sagst du da? Ich hatte vergessen! Man verfolgt dich! Was hast du denn gethan?“

„Ich weiß nicht,“ antwortete das unglückliche Kind, „aber ich bin verurtheilt, zu sterben.“

„Sterben!“ sagte Gudule wankend wie von einem Blitzstrahle getroffen. „Sterben!“ wiederholte sie langsam und sah ihre Tochter mit einem starren Blicke an.

„Ja, meine Mutter,“ versetzte das junge Mädchen entsetzt, „sie wollen mich tödten. Horch, wie man kommt, mich zu greifen. Jener Galgen ist für mich! Rettet mich! rettet mich! Sie kommen schon! Rettet mich!“

Die Klausnerin stand mehrere Augenblicke starr wie ein versteinertes Bildnis da; dann schüttelte sie zum Zeichen des Zweifels den Kopf, dann brach sie plötzlich in ein lautes Gelächter aus, aber in ihr fürchterliches Lachen, das ihr wieder gekommen war. „Ho! ho! nein! es ist ein Traum, den du mir da erzählst. Ah, ja! ich sollte sie verloren haben, das sollte fünfzehn Jahre gedauert haben! und dann sollte ich sie wiederfinden, und das sollte eine Minute dauern! Und man sollte sie mir wiedernehmen! und jetzt gerade, wo sie schön ist, wo sie groß ist, wo sie mit mir spricht, wo sie mich liebt; und jetzt gerade sollten sie kommen, mir sie aufzufressen, vor meinen eigenen Augen – ich, die ich die Mutter bin? Oh, nein! Das sind Dinge, die nicht möglich sind. Der liebe Gott giebt so etwas nicht zu!“

Hier schien der Reitertrupp Halt zu machen, und man hörte eine Stimme in der Ferne, welche rief: „Hierher, Herr Tristan! Der Priester sagte, daß wir sie im Rattenloche finden werden.“ Das Pferdegetrappel fing von neuem an.

Die Klausnerin richtete sich mit einem verzweifelten Schrei hoch auf.

„Rette dich! rette dich! mein Kind! Es fällt mir alles wieder ein. Du hast Recht. Es ist dein Tod! Entsetzen! Flucht! Rette dich!“

Sie steckte den Kopf in die Luke und zog ihn schnell wieder zurück.

„Bleibe,“ sagte sie mit leisem, kurzem und traurigem Tone, während sie krampfhaft die Hand der Zigeunerin umklammerte, die mehr todt als lebend war. „Bleibe! athme nicht! Ueberall sind Soldaten. Du kannst nicht hinauskommen. Es ist zu hell.“

Ihre Augen waren trocken und glühend. Sie verharrte einen Augenblick im tiefen Schweigen; sie ging nur in großen Schritten in der Zelle umher, und blieb zuweilen stehen, um sich ganze Büschel ihrer grauen Haare auszuraufen, die sie dann mit den Zähnen zernagte.

Plötzlich sagte sie:

„Sie kommen heran. Ich will mit ihnen sprechen. Verstecke dich in diesem Winkel. Sie werden dich nicht sehen. Ich will ihnen sagen, du seiest entwischt, ich hätte dich, meiner Treu! losgelassen.“

Sie setzte ihre Tochter, die sie immer noch trug, in einem Winkel der Zelle nieder, den man von draußen nicht sehen konnte. Sie drückte sie nieder, setzte sie sorgfältig zurecht, sodaß weder ihr Fuß noch ihre Hand aus der Dunkelheit hervorragten, band ihr die schwarzen Haare los, welche sie über ihr weißes Kleid ausbreitete, um es zu verdecken, stellte ihren Krug und ihren Stein, die einzigen Geräthschaften, welche sie besaß, vor sie hin, in der Meinung, daß dieser Krug und Stein sie verbergen würden. Und als das beendigt war, ließ sie sich, ruhiger geworden, auf die Kniee nieder und betete. Der Tag, welcher erst graute, ließ noch viel Finsternis im Rattenloche zurück.

In diesem Augenblicke erklang die Stimme des Priesters, diese höllische Stimme, ganz dicht bei der Zelle; er rief:

„Hierher, Hauptmann Phöbus von Châteaupers!“

Bei diesem Namen, dieser Stimme machte die Esmeralda, welche in ihrer Ecke kauerte, eine Bewegung.

„Rühre dich nicht,“ sagte Gudule.

Sie endigte kaum, als ein Getümmel von Männern, Degen und Pferden sich rings um die Zelle verbreitete. Die Mutter erhob sich sehr schnell und stellte sich vor ihrer Luke auf, um sie zu versperren.

Sie sah einen großen Haufen bewaffneter Männer zu Fuß und zu Pferde, die auf dem Grèveplatz in Reih und Glied aufgestellt waren. Derjenige, welcher sie befehligte, setzte den Fuß auf die Erde und kam auf sie zu.

„Alte,“ sagte dieser Mann, der einen grausamen Gesichtsausdruck hatte, „wir suchen eine Hexe, die wir hängen wollen; man hat uns gesagt, daß du sie bei dir hättest.“

Die arme Mutter nahm die gleichgültigste Miene an, die sie vermochte, und antwortete:

„Ich weiß nicht recht, was Ihr sagen wollt.“

Der andere versetzte:

„Bei Gottes Haupte! was schwatzte denn dieser tolle Narr von Archidiakonus? Wo ist er?“

„Gnädiger Herr,“ sagte ein Soldat, „er ist verschwunden.“

„Wohlan, alte Närrin,“ nahm der Befehlshaber wieder das Wort, „lüge mir nichts vor. Man hat dir eine Hexe zu bewachen gegeben. Was hast du mit ihr angefangen?“

Die Klausnerin wollte nicht alles läugnen, aus Furcht Argwohn zu erwecken, und antwortete in einem aufrichtigen und mürrischen Tone:

„Wenn Ihr von einem großen, jungen Mädchen sprecht, welches man mir vorhin in die Hände gegeben, so muß ich Euch sagen, daß sie mich gebissen hat, und daß ich sie losgelassen habe. Nun wißt Ihr es. Laßt mich in Ruhe.“

Der Befehlshaber machte ein enttäuschtes Gesicht.

„Lüge mir nur nichts vor, altes Gespenst,“ versetzte er. „Ich heiße Tristan l'Hermite und bin des Königs Gevatter. Tristan l'Hermite, hörst du?“ Er fügte hinzu, während er rings um sich einen Blick auf den Grèveplatz warf: „Das ist ein Name, der hier Widerhall findet.“

„Und wenn Ihr Satan l'Hermite wäret,“ entgegnete Gudule, die wieder Hoffnung schöpfte, „so würde ich Euch nichts anderes zu sagen haben und keine Furcht vor Euch zeigen.“

„Beim Haupte Gottes!“ sagte Tristan, „das nenne ich mir eine Gevatterin! Ah! die Hexendirne hat sich gerettet! Und wohin hat sie die Flucht ergriffen?“

Gudule antwortete in sorglosem Tone:

„Durch die Rue-du-Mouton, glaube ich.“

Tristan wandte den Kopf zurück und gab seinem Trupp ein Zeichen, sich zum Abmarsch bereit zu machen. Die Klausnerin athmete auf.

„Gnädiger Herr,“ sagte plötzlich ein Bogenschütze, „fraget doch die alte Zauberin, warum die Gitterstäbe ihres Lukenfensters so herausgebrochen sind.“

Diese Frage ließ die Todesangst wieder in das Herz der unglückseligen Mutter zurückkehren. Dennoch verlor sie nicht alle Geistesgegenwart.

„Sie sind immer so gewesen,“ stotterte sie.

„Ach was!“ versetzte der Bogenschütze, „noch gestern bildeten sie ein schönes schwarzes Kreuz, das Andacht einflößte.“

Tristan warf einen Seitenblick auf die Klausnerin.

„Ich glaube die Gevatterin geräth in Verwirrung!“

Die Unglückliche fühlte, daß alles von ihrer Fassung abhinge, und, den Tod in der Seele, fing sie höhnisch zu lachen an. Alte Weiber haben eine Stärke darin.

„Unsinn!“ sagte sie, „dieser Mensch ist betrunken. Es ist länger, als ein Jahr her, daß das Hintertheil eines mit Steinen beladenen Karrens in meine Luke gestoßen und das Gitter darin zerbrochen hat. Wie habe ich deswegen den Fuhrmann ausgescholten!“

„Es ist wahr,“ sagte ein anderer Häscher, „ich war dabei.“

Ueberall finden sich stets Leute, welche alles gesehen haben. Diese unerhoffte Zeugenaussage des Häschers belebte die Klausnerin wieder, für welche dieses Verhör den Gang über einen Abgrund auf der Schneide eines Messers bedeutete.

Aber sie war zu einem fortwährenden Wechsel zwischen Hoffnung und Schrecken verurtheilt.

„Wenn das ein Karren gethan hat,“ nahm der erste Soldat wieder das Wort, „so müßten die Stücke der Stäbe nach innen gestoßen worden sein, während sie nach außen zu herausgeschlagen sind.“

„Ei! ei!“ sagte Tristan zu dem Soldaten, „du Nase wie ein Untersuchungsrichter im Châtelet. Antwortet auf das, was er sagt, Alte.“

„Mein Gott!“ rief sie zum Aeußersten gebracht, und mit einer wider ihren Willen von Thränen erstickten Stimme, „ich schwöre Euch zu, gnädiger Herr, daß nur ein Wagen diese Gitterstäbe zerbrochen hat. Ihr höret, daß dieser Mann es gesehen hat. Und dann, was hat denn das mit Euerer Zigeunerin zu thun?“

„Hm!“ brummte Tristan vor sich hin.

„Zum Teufel!“ nahm der Soldat, von dem Lobe des Profoß geschmeichelt, wieder das Wort, „die Brüche des Eisens sind ganz frisch!“

Tristan schüttelte den Kopf. Sie erblaßte.

„Wie lange Zeit ist es her, sagt Ihr, mit diesem Karren?“

„Vier Wochen, vierzehn Tage vielleicht, gnädiger Herr, ich – ich weiß nicht mehr.“

„Sie hat zuerst gesagt, länger als ein Jahr,“ bemerkte der Soldat.

„Wahrhaftig, das sind faule Fische!“ sagte der Profoß.

„Gnädiger Herr,“ rief sie immer an die Luke gelehnt und zitternd, daß der Argwohn jene antreiben könnte, den Kopf herein zu stecken und in die Zelle zu blicken, „gnädiger Herr, ich schwöre Euch, daß gewiß ein Wagen dieses Gitter zerbrochen hat. Ich schwöre es Euch bei den Engeln des Paradieses. Wenn es nicht ein Wagen gethan hat, so will ich ewig verdammt sein, und ich verläugne Gott!“

„Du legst sehr viel Feuer in diesen Schwur!“ sagte Tristan mit seinem Glaubensrichterblicke.

Das arme Weib fühlte, wie ihre Zuversicht mehr und mehr hinschwand. Sie war nahe daran, Ungeschicklichkeiten zu begehen, und sie begriff mit Entsetzen, daß sie nicht das sagte, was sie hätte sagen müssen.

Jetzt kam ein anderer Soldat herbei und rief:

„Gnädiger Herr, die alte Zauberin lügt. Die Hexe hat sich nicht durch die Rue-du-Mouton gerettet. Die Kette der Straße ist die ganze Nacht gespannt gewesen, und der Kettenwächter hat niemanden hindurchgehen gesehen.“

Tristan, dessen Gesichtsausdruck von Minute zu Minute Unheil verkündender wurde, forderte sie zur Entgegnung auf:

„Was hast du hierauf zu erwiedern?“

Sie versuchte abermals, diesem neuen Einwurfe die Spitze zu bieten.

„Daß ich nicht weiß, gnädiger Herr; daß ich mich habe täuschen können. Ich glaube, sie ist in der That über das Wasser entkommen.“

„Das ist die entgegengesetzte Seite,“ sagte der Profoß. „Doch hat es keine große Wahrscheinlichkeit, daß sie in die Altstadt hat zurückkehren wollen, wo man sie verfolgte. Du lügst, Alte!“

„Und dann,“ fügte der erste Soldat hinzu, „ist weder auf dieser Seite des Wassers, noch auf der andern ein Kahn zu sehen.“

„Sie wird hindurchgeschwommen sein,“ antwortete die Klausnerin, die das Terrain Schritt für Schritt vertheidigte.

„Schwimmen denn die Frauenzimmer?“ sagte der Soldat.

„Beim Haupte Gottes! Alte, du lügst! du lügst!“ versetzte Tristan zornig.

„Ich habe große Lust, jene Hexe da laufen zu lassen, und dich in Person mitzunehmen. Eine Viertelstunde Folter wird dir vielleicht die Wahrheit aus der Kehle holen. Wohlan! du kannst uns folgen.“

Sie nahm diese Worte mit Begierde auf.

„Wie Ihr wollt, gnädiger Herr. Greift zu! greift zu! Die Folter! Ich bin es zufrieden. Führt mich weg. Schnell! schnell! Wir wollen sofort davongehen . . .“ „Während der Zeit da,“ dachte sie, „kann meine Tochter sich retten.“

„Gottes Tod!“ sprach der Profoß, „welche Begierde nach der Folterbank. Ich werde aus dieser Närrin nicht klug.“

Ein alter Sergeant von der Nachtwache, mit grauem Kopfe, trat aus den Gliedern heraus und wandte sich an den Profoß:

„Närrin in der That, gnädiger Herr. Wenn sie die Zigeunerin freigelassen hat, so ist das nicht ihre Schuld, denn sie hat die Zigeunerinnen nicht gern. Es sind nun fünfzehn Jahre, daß ich die Nachtrunde mache, und daß ich sie mit endlosen Verwünschungen die Zigeunerweiber verfluchen höre. Wenn diejenige, auf welche wir fahnden, wie ich glaube, die kleine Tänzerin mit der Ziege ist, so verabscheuet sie diese vor allen andern.“

Gudule machte eine Bewegung und sagte:

„Jene vornehmlich.“

Das einstimmige Zeugnis der Leute von der Nachtwache bestätigte in den Augen des Profoß die Worte des alten Sergeanten. Tristan l'Hermite, der die Hoffnung aufgab, etwas aus der Klausnerin herauszubringen, kehrte ihr den Rücken zu, und sie sah mit unaussprechlicher Angst, wie er langsam auf sein Pferd losschritt.

„Genug,“ sagte er zwischen den Zähnen, „vorwärts! Wir wollen uns wieder auf die Suche machen! Ich will kein Auge zuthun, bevor die Zigeunerin nicht gehangen ist.“

Indessen zögerte er noch eine Zeitlang, ehe er sein Pferd bestieg. Gudule zuckte zwischen Leben und Tod, als sie ihn den Platz ringsherum mit jener unruhigen Miene eines Jagdhundes betrachten sah, welcher in seiner Nähe das Lager des Wildes spürt und Widerstreben zeigt, sich zu entfernen. Endlich schüttelte er den Kopf und sprang in den Sattel. Das so fürchterlich gepreßte Herz Gudules erweiterte sich, und sie sprach mit leiser Stimme, während sie einen Blick auf ihre Tochter warf, welche sie, solange jene da waren, nicht anzublicken gewagt hatte: „Gerettet!“

Das arme Kind war diese ganze Zeit hindurch ohne zu athmen, ohne sich zu rühren und mit dem Gedanken an den vor ihr stehenden Tod, in ihrer Ecke geblieben. Sie hatte nichts von jener Scene zwischen Gudule und Tristan überhört, und jede der Todesqualen ihrer Mutter hatte in ihrem Herzen Nachhall gefunden. Sie hatte das ununterbrochene Knacken des Fadens vernommen, der sie über dem Abgrunde in der Schwebe hielt; zwanzig Mal hatte sie geglaubt, ihn reißen zu sehen, und jetzt endlich begann sie aufzuathmen und den Fuß auf dem festen Boden zu fühlen. – In diesem Augenblicke hörte sie eine Stimme, welche zum Profoß sagte:

„Donner und Wetter! Herr Profoß, meine Sache als Kriegsmann ist es nicht, Hexen zu hängen. Das Volksgesindel ist niedergemacht. Ich überlasse Euch, das Uebrige ganz allein zu besorgen. Ihr werdet es billigen, daß ich zu meiner Compagnie zurückkehre, weil sie ohne Hauptmann ist.“

Diese Stimme war diejenige des Phöbus von Châteaupers. Was in ihr vorging ist unaussprechlich. Er war also hier, ihr Freund, ihr Beschützer, ihre Hilfe, ihre Zuflucht, ihr Phöbus! Sie erhob sich, und ehe ihre Mutter sie daran hatte verhindern können, hatte sie sich an die Luke geworfen und rief:

„Phöbus! zu mir, mein Phöbus!“

Phöbus war nicht mehr da. Er war soeben im Galopp um die Ecke der Rue-de-la-Coutellerie gesprengt. Aber Tristan war noch nicht abgezogen.

Die Klausnerin stürzte sich mit einem Wuthschrei auf ihre Tochter. Sie riß sie ungestüm nach hinten zurück, wobei sie ihr die Nägel in den Hals bohrte. Eine Mutter, die zur Tigerin wird, nimmt es dabei nicht so genau. Aber es war zu spät. Tristan hatte gesehen.

„Ih! ih!“ rief er mit einem Lachen, das alle seine Zähne bloßlegte und sein Gesicht dem Rachen eines Wolfes ähnlich machte, „zwei Mäuse in der Mausefalle!“

„Ich vermuthete es,“ sagte der Soldat.

Tristan schlug ihn auf die Schulter:

„Du bist eine gute Katze! . . . Frisch!“ fügte er hinzu, „wo ist Henriet Cousin?“

Ein Mann, der weder die Kleidung noch den Gesichtsausdruck eines Soldaten hatte, trat aus ihren Reihen heraus. Er trug einen halb grauen, halb braunen Anzug, glatt anliegende Haare, lederne Aermel und ein Bündel Stricke in seiner plumpen Hand. Dieser Mensch begleitete immer Tristan, der wieder stets in Ludwigs des Elften Gesellschaft sich befand.

„Freund,“ sagte Tristan l'Hermite, „ich vermuthe, daß die Hexe, die wir suchen, dort steckt. Du sollst mir sie hängen. Hast du deine Leiter?“

„Dort im Schuppen des Säulenhauses befindet sich eine“ antwortete der Mann.

„Sollen wir die Sache an jenem Hochgerichte da abmachen?“ fuhr er fort, indem er auf den steinernen Galgen zeigte.

„Ja.“

„Oh! he!“ versetzte der Mensch mit einem lauten, noch bestialischeren Gelächter, als dasjenige des Profoß war, „da werden wir keinen weiten Weg zu machen haben.“

„Beeile dich!“ sagte Tristan, „du kannst nachher lachen.“

Die Klausnerin indessen hatte, seitdem Tristan ihre Tochter gesehen und jede Hoffnung geschwunden war, noch nicht ein Wort gesprochen. Sie hatte die arme Zigeunerin halb todt in den Winkel der Höhle geworfen, und sich wieder an die Luke gestellt, nachdem sie ihre beiden Hände wie zwei Krallen in die Ecke des Gesimses gestützt. In dieser Stellung sah man sie, wie sie ihren Blick, der wieder wild und irrsinnig geworden war, über alle die Soldaten schweifen ließ. In dem Augenblicke, wo sich Henriet Cousin der Zelle näherte, zeigte sie ihm ein so wildes Gesicht, daß er zurückfuhr.

„Gnädiger Herr,“ sagte er zum Profoß zurückkehrend, „welche soll ich festnehmen?“

„Die Junge.“

„Um so besser. Denn die Alte scheint unbequem.“

„Die arme kleine Tänzerin mit der Ziege!“ sagte der alte Sergeant von der Wache.

Henriet Cousin näherte sich der Luke wieder. Der Blick der Mutter war so, daß er seine Augen niederschlug. Er sagte ziemlich furchtsam:

„Gute Frau . . .“

Sie unterbrach ihn mit sehr leiser, vor Wuth zitternder Stimme:

„Was wünschest du?“

„Von Euch nichts,“ sagte er, „von der andern.“

„Welche andere?“

„Die Junge.“

Sie begann den Kopf zu schütteln und rief:

„Niemand ist hier! Niemand ist hier! Niemand ist hier!“

„Doch!“ entgegnete der Henker, „Ihr wißt es wohl. Laßt mich die Junge ergreifen. Euch will ich nichts zu Leide thun, nicht Euch.“

Sie sagte mit einem sonderbaren Hohnlachen:

„Ah! mir willst du nichts zu Leide thun, mir nicht?“

„Ueberlaßt mir die andere, gute Frau; der Herr Profoß will es so.“

Sie wiederholte mit aberwitziger Miene:

„Hier ist niemand.“

„Und ich behaupte: Doch!“ entgegnete der Henker; „wir haben alle gesehen, daß Ihr zwei waret.“

„Sieh lieber herein!“ sagte die Klausnerin hohnlachend. „Stecke deinen Kopf durch die Luke.“

Der Henker betrachtete die Nägel der Mutter, und wagte es nicht.

„Beeile dich!“ rief Tristan, der eben seinen Trupp um das Rattenloch aufgestellt hatte, und der zu Pferde neben dem Galgen hielt.

Henriet kam noch einmal und ganz verlegen zum Profoß zurück. Er hatte seinen Strick auf die Erde niedergelegt, und drehte mit linkischer Geberde seinen Hut in den Händen.

„Gnädiger Herr,“ fragte er, „auf welchem Wege soll ich hineingelangen?

„Durch die Thüre.“

„Es ist keine da.“

„Durch das Fenster.“

„Das ist zu eng.“

„Mache es weiter,“ sagte Tristan zornig. „Hast du keine Spitzhacken?“

Aus der Tiefe ihrer Höhle sah die Mutter, die immer noch in Erwartung war, zu. Sie hoffte nichts mehr, sie wußte nicht mehr, was sie wollte; aber sie wollte nicht zugeben, daß man ihr die Tochter nähme. Henriet Cousin holte den Kasten mit Henkerhandwerkszeug aus dem Schuppen des Säulenhauses. Er zog auch die Doppelleiter daraus hervor, welche er sogleich an den Galgen anlegte. Fünf oder sechs Leute des Profoß bewaffneten sich mit Hacken und Brecheisen, und Tristan schlug mit ihnen die Richtung nach dem Lukenfenster ein.

„Alte," sagte der Profoß im strengen Tone, „liefere uns dieses Mädchen gutwillig aus."

Sie sah ihn an, wie wenn man jemanden nicht versteht.

„Beim Haupte Gottes," nahm Tristan wieder das Wort, „was hast du denn davon, diese Hexe zu hindern, sich hängen zu lassen, wie es dem Könige gefällt?"

Die Elende begann ihr wildes Lachen aufzuschlagen.

„Was ich davon habe? Es ist meine Tochter."

Der Ton, mit dem sie dieses Wort sprach, ließ sogar Henriet Cousin selbst erschaudern.

„Das thut mir Leid," versetzte der Profoß, „allein es ist des Königs Wille."

Während sie ihr schreckliches Lachen verdoppelte, rief sie:

„Was in aller Welt geht mich dein König an? Ich sage dir, daß es meine Tochter ist!"

„Brecht die Mauer durch," sagte Tristan.

Um eine hinlänglich große Oeffnung zu machen, genügte es, eine Lage Steine unterhalb der Luke loszubrechen. Als die Mutter hörte, wie die Hacken und Brechstangen ihre Festung untergruben, stieß sie einen fürchterlichen Schrei aus; dann begann sie mit erschreckender Schnelligkeit rings in ihrer Zelle herumzugehen, eine Gewohnheit wilder Thiere, welche der Käfig ihr gegeben hatte. Sie sprach nichts mehr, aber ihre Augen flammten. Die Soldaten waren in der Tiefe ihres Herzens erstarrt. Plötzlich griff sie nach ihrem Steine, lachte auf und warf ihn mit beiden Händen auf die Arbeiter. Der schlecht geworfene Stein (denn ihre Hände zitterten) traf niemanden, und rollte zwischen die Füße von Tristans Pferde. Sie knirrschte mit den Zähnen.

Während dem wurde es heller Tag, wiewohl die Sonne noch nicht aufgegangen war; ein schönes rosiges Roth glänzte an den alten, baufälligen Schornsteinen des Säulenhauses. Es war die Stunde, wo die im ersten Morgenroth schimmernden Fenster auf den Dächern der großen Stadt sich fröhlich öffneten. Einige Landleute, einige Obsthändler, welche auf ihren Eseln nach den Markthallen ritten, begannen über den Grèveplatz zu ziehen; sie machten einen Augenblick vor dieser Soldatengruppe, die rings um das Rattenloch aufgestellt war, Halt, betrachteten dieselben mit erstaunter Miene und zogen weiter.

Die Klausnerin hatte sich neben ihrer Tochter niedergesetzt, deckte sie mit ihrem Körper von vorn, und hörte mit starrem Blicke auf das arme Kind, welches sich nicht rührte und mit leiser Stimme nur das eine Wort: „Phöbus! Phöbus!" murmelte. In dem Maße, wie die Arbeit der Zerstörer fortzuschreiten schien, wich die Mutter unwillkürlich zurück und preßte das junge Mädchen mehr und mehr gegen die Mauer. Plötzlich sah die Klausnerin den Stein sich fortbewegen (denn sie paßte auf und ließ ihn nicht aus dem Auge), und sie hörte die Stimme Tristans, welcher die Arbeiter anfeuerte. Jetzt erwachte sie aus der Niedergeschlagenheit, in die sie seit einigen Augenblicken gesunken war, und sie schrie laut auf; und während die Worte ihrem Munde entflohen, zerriß ihre Stimme bald wie eine Säge das Ohr, bald stammelte sie, als ob alle Flüche sich auf ihren Lippen zusammengedrängt hätten, um auf einmal hervorzubrechen.

„Ho! ho! ho! Aber das ist schrecklich! Ihr seid Räuber! Kommt ihr wirklich, um mir meine Tochter zu entreißen? Ich sage euch ja, es ist meine Tochter! Oh! ihr Feiglinge! Oh! ihr Henkersknechte! ihr elenden Mordbuben! Hilfe! Hilfe! Feuer! Aber wollen sie mir wirklich mein Kind so entreißen? Wer ist denn der, den man den lieben Gott nennt?"

Darauf wandte sie sich wuthschäumend, mit verstörtem Blicke, wie ein Panther auf allen Vieren und mit zu Berge stehenden Haaren an Tristan:

„Komm einmal her, mir mein Kind zu nehmen! Verstehst du wirklich nicht, was ich, das Weib dir sagte, daß das meine Tochter ist? Weißt du, was das ist: ein Kind, das man besitzt? He! Luchs, hast du niemals bei deiner Wölfin gelegen? Hast du niemals ein Junges von ihr gehabt? Und wenn du Kleine hast, wenn sie heulen, hast du nichts im Leibe, was das bewegt?"

„Werft den Stein nieder," sagte Tristan, „er hält nicht mehr."

Die Brechstangen hoben den mächtigen Stein in die Höhe. Er war, wie wir schon gesagt haben, die letzte Schutzwehr der Mutter. Sie warf sich darüber her; sie wollte ihn festhalten; sie kratzte mit ihren Nägeln in den Stein, aber der schwere Block, der von sechs Männern in Bewegung gesetzt wurde, entschlüpfte ihrer Hand und glitt langsam an den eisernen Brechstangen entlang zur Erde herab.

Als die Mutter sah, daß der Zugang geöffnet war, stürzte sie quer vor der Oeffnung nieder, verbarrikadirte die Bresche mit ihrem Körper, rang die Arme, stieß den Kopf gegen den Fußboden, und schrie mit einer vor Ermattung so heiseren Stimme, daß man sie kaum hörte:

„Hilfe! Feuer! Feuer!"

„Ergreift jetzt das Mädchen," sagte Tristan noch immer empfindungslos.

Die Mutter sah die Soldaten in einer so fürchterlichen Weise an, daß diese mehr Lust verspürten zurückzuweichen, als hineinzudringen.

„Ich dächte gar," fuhr der Profoß fort. „Henriet Cousin, thue deine Pflicht!"

Niemand hob einen Fuß.

Der Profoß fluchte:

„Beim Haupte Christi! meine Krieger! Furcht vor einem Weibe!"

„Gnädiger Herr," sagte Henriet, „Ihr nennt das ein Weib?"

„Sie hat eine Löwenmähne!" sagte ein anderer.

„Vorwärts," wiederholte der Profoß, „das Loch ist breit genug. Dringt drei Mann hoch hinein, wie in die Bresche bei Pontoise. Wir wollen ein Ende machen, beim Tode Muhameds! Den Ersten, der weicht, haue ich in Stücke!"

Die Soldaten, die zwischen den Profoß und die Mutter gestellt, von beiden Seiten bedroht waren, schwankten einen Augenblick, dann gingen sie entschlossen auf das Rattenloch los.

Als die Klausnerin das sah, richtete sie sich plötzlich auf ihren Knien auf, strich sich die Haare aus dem Gesicht, und ließ darauf ihre magern und wundgeriebenen Hände auf ihre Schenkel niedersinken. Jetzt rollten dicke Thränen eine nach der andern aus ihren Augen; sie flossen in einer Falte über ihre Backen herab, wie ein Sturzbach in dem Bette, das er sich ausgehöhlt hat. Zugleich begann sie zu sprechen, aber mit einer so flehenden, so sanften, so demüthigen und eindringlichen Stimme, daß in Tristans Umgebung mehr als ein alter Haudegen, der Menschenfleisch verschlungen haben würde, sich die Augen trocknete.

„Gnädige Herren! meine Herren Häscher, ein Wort! Es ist etwas, was ich euch erzählen muß. Das ist meine Tochter, seht ihr? Meine theuere kleine Tochter, die ich verloren hatte! Höret mich an. Es ist eine Geschichte. Stellt euch vor, daß ich die Herren Häscher sehr gut kenne. Sie sind immer gütig gegen mich zu der Zeit gewesen, als die kleinen Knaben mit Steinen nach mir warfen, weil ich ein Liebesleben führte. Seht ihr? ihr werdet mir mein Kind lassen, wenn ihr das wißt! Ich bin ein armes Freudenmädchen. Die Zigeunerinnen haben sie mir gestohlen. Selbst ihren Schuh habe ich fünfzehn Jahre lang aufgehoben. Sehet, da ist er, solch einen Fuß hatte sie. In Reims, die Chantefleurie! In der Straße Folle-Peine! Ihr habt sie vielleicht gekannt. Das war ich. In euerer Jugend, damals war eine schöne Zeit, man verlebte schöne Augenblicke. Ihr werdet Mitleid mit mir haben, nicht wahr, gnädige Herren? Die Zigeunerinnen haben sie mir gestohlen; sie haben sie mir fünfzehn Jahre lang verheimlicht. Ich hielt sie für todt. Stellt euch vor, meine lieben Freunde, daß ich sie für todt hielt. Ich habe fünfzehn Jahre hier verlebt in diesem Keller, den Winter ohne Feuer. Es ist hart, das. Der arme liebe kleine Schuh! Ich habe so lange geschrien, bis der liebe Gott mich erhört hat. Heute Nacht hat er mir meine Tochter wiedergegeben. Es ist ein Wunder des lieben Gottes. Sie war nicht todt. Ihr werdet sie mir nicht nehmen, ich bin dessen sicher. Wenn ich es noch wäre, wollte ich nichts einwenden; aber sie, ein Kind von sechzehn Jahren! Lasset ihr Zeit, die Sonne zu sehen! ... Was hat sie euch gethan? Gar nichts. Ich auch nicht. Wenn ihr wüßtet, daß ich nur sie habe, daß ich alt bin, daß es ein Segen ist, den mir die Heilige Jungfrau schickt! Und dann seid ihr alle ja so gut! Ihr wußtet nicht, daß es meine Tochter ist; jetzt wißt ihr es. Ach! ich habe sie lieb! Gewaltiger Herr Profoß, ich möchte lieber ein Loch in meinem Herzen haben, als eine Schramme an ihrem Finger sehen! Ihr habt das Aussehen eines gütigen Herrn! Was ich Euch da sage, erklärt Euch die Sache, nicht wahr? Oh! wenn Ihr eine Mutter gehabt habt, gnädiger Herr! Ihr seid der Hauptmann, laßt mir mein Kind! Bedenket, daß ich Euch auf den Knien bitte, wie man zu Jesu Christo betet! Ich verlange von niemandem etwas; ich bin von Reims, gnädige Herren; ich habe ein kleines Feld von meinem Onkel Mahiet Pradon. Ich bin keine Bettlerin, ich mag nichts, aber ich will mein Kind! Ach! ich will mein Kind behalten! Der liebe Gott, welcher der Herr über Alles ist, hat es mir nicht umsonst wiedergegeben! Der König! Ihr sagt, der König! Das wird ihm doch nicht viel Vergnügen machen, daß man meine kleine Tochter tödtet! Und dann ist der König gütig! Es ist meine Tochter! es ist meine Tochter, meine eigene! Sie gehört nicht dem Könige! sie gehört nicht euch! Ich will fort von hier! Wir wollen beide fort von hier! Mit einem Worte: zwei Frauen, welche fortziehen, von denen eine die Mutter, die andere die Tochter ist, die läßt man ziehen! Laßt uns ziehen! Wir sind von Reims. Ach! ihr seid sehr gütig! Meine Herren Häscher, ich habe euch alle lieb. Ihr könnt mir meine liebe Kleine nicht nehmen, das ist unmöglich! Nicht wahr, das ist durchaus unmöglich! Mein Kind! mein Kind!"

Wir wollen es nicht versuchen, eine Vorstellung zu geben von ihrer Geberde, von dem Ausdrucke ihrer Worte, von den Thränen, die sie beim Sprechen schluckte, von den gefalteten und gerungenen Händen, von dem herzzerreißenden Lachen, von den nassen Blicken, von dem Wimmern und den Seufzern, von dem kläglichen und ergreifenden Geschrei, das sie in ihre unmäßigen, wahnwitzigen und zusammenhangslosen Worte mengte. Als sie schwieg, runzelte Tristan l'Hermite die Stirn, um eine Thräne zu verbergen, die in sein Tigerauge trat. Er überwand jedoch diese Schwäche, und sagte in kurzem Tone:

„Der König will es."

Dann neigte er sich zu Henriet Cousins Ohre und sagte ganz leise:

„Mach schnell ein Ende!" Der furchtbare Profoß fühlte vielleicht, daß es auch ihm schwach ums Herz wurde.

Der Henker und Häscher drangen in die Zelle ein. Die Mutter leistete gar keinen Widerstand; sie schleppte sich nur nach ihrer Tochter hin, und warf sich mit Ungestüm über sie her. Die Zigeunerin sah die Soldaten hereintreten. Das Entsetzen vor dem Tode belebte sie wieder:

„Meine Mutter!" rief sie mit einem Tone fürchterlicher Seelenangst, „meine Mutter! sie kommen! vertheidige mich!"

„Ja, meine Liebe, ich vertheidige dich!“ antwortete die Mutter mit tonloser Stimme; und während sie sie fest in ihre Arme preßte, bedeckte sie sie mit Küssen. Alle beide, Mutter und Tochter, die so auf dem Boden lagen, boten einen erbarmungswürdigen Anblick.

Henriet Cousin faßte das junge Mädchen unter ihren schönen Schultern mitten um den Leib. Als sie diese Hand spürte, stieß sie ein „Wehe!“ aus und fiel in Ohnmacht. Der Henker, welcher eine dicke Thräne nach der andern auf sie herabfließen ließ, wollte sie in seinen Armen wegtragen. Er versuchte die Mutter loszureißen, die ihre beiden Hände gleichsam um den Gürtel ihrer Tochter ineinandergeknotet hatte; aber sie hatte sich so außerordentlich an ihr Kind festgeklammert, daß es unmöglich war, sie davon zu trennen. Henriet Cousin zerrte das junge Mädchen nun aus der Zelle heraus und die Mutter hinter ihr her. Die Mutter hatte ihre Augen gleichfalls geschlossen.

In diesem Augenblicke hob sich die Sonne über den Horizont, und auf dem Platze war schon ein ziemlich zahlreicher Volkshaufen versammelt, der in der Entfernung mit ansah, was man so über den Boden weg nach dem Galgen hin schleppte. Denn das war die Art und Weise des Profoßes Tristan bei öffentlichen Hinrichtungen. Er hatte die fixe Idee, die neugierigen Gaffer fernzuhalten.

An den Fenstern war niemand zu erblicken. Man sah nur in der Ferne, an demjenigen auf der Höhe der Notre-Dame-Thürme, welches die Aussicht auf den Grèveplatz eröffnet, zwei dunkel am lichten Morgenhimmel sich abhebende Männer, welche zuzusehen schienen.

Henriet Cousin hielt mit dem, was er hinter sich herzerrte, am Fuße der verhängnisvollen Leiter an, und fast athemlos – so sehr hatte der Vorgang ihn in Mitleid versetzt – schlang er den Strick um den entzückenden Hals des jungen Mädchens. Das unglückselige Kind empfand die fürchterliche Umschlingung des hanfenen Strickes. Sie schlug die Augenlider auf und sah den dürren Arm des steinernen Galgens über ihrem Kopfe ausgestreckt. Sie wurde da von einem Schauder geschüttelt und schrie mit lauter und herzzerreißender Stimme: „Nein! nein! ich will nicht!“ Die Mutter, deren Kopf in den Kleidern ihrer Tochter vergraben und versteckt war, sprach kein Wort; man sah nur ihren ganzen Körper beben und hörte sie ihre Küsse an ihrem Kinde verdoppeln. Der Henker benutzte diesen Augenblick, um schnell die Arme loszumachen, mit denen sie die Verurtheilte umklammert hielt. War es Erschöpfung oder war es Verzweiflung, sie ließ ihn machen. Dann nahm er das junge Mädchen auf seine Schulter, von der das reizende Wesen gebrochen über seinen breiten Kopf zurücksank. Nun setzte er den Fuß auf die Leiter, um hinaufzusteigen.

In diesem Augenblicke öffnete die auf dem Boden hockende Mutter plötzlich die Augen. Ohne einen Schrei auszustoßen, richtete sie sich mit einem fürchterlichen Gesichtsausdrucke auf; dann stürzte sie sich, wie ein Thier auf seine Beute, auf die Hand des Henkers und biß hinein. Das war wie ein Blitzstrahl. Der Henker heulte vor Schmerz auf. Man eilte herbei und riß mit Mühe seine blutende Hand aus den Zähnen, der Mutter heraus. Sie beharrte in tiefem Schweigen. – Man stieß sie ziemlich heftig zurück, und beobachtete, wie ihr Kopf schwer auf den Boden niederschlug; man richtete sie wieder auf, sie ließ sich von neuem niedersinken. Sie war nämlich todt.

Der Henker, welcher das junge Mädchen nicht losgelassen hatte, begann die Leiter hinaufzusteigen.

2. La creatura bella bianco vestita.
(Dante)

Als Quasimodo sah, daß die Zelle leer war, daß die Zigeunerin sich nicht mehr dort befand, daß, während er sie vertheidigte, man sie entführt hatte, fuhr er sich mit beiden Händen in die Haare, und rannte vor Ueberraschung und Schmerz hin und her; dann fing er an durch die ganze Kirche zu laufen, suchte seine Zigeunerin, stieß seltsame Schreie in allen Mauerwinkeln aus und streute seine rothen Haare auf dem Boden herum. Es war gerade der Augenblick, wo die Häscher des Königs siegreich in die Kirche eindrangen, welche ja ebenfalls die Zigeunerin suchten. Quasimodo half ihnen hierbei, ohne daß der arme Taube ihre unseligen Absichten ahnte; denn er glaubte, die Bettler wären die Feinde der Zigeunerin. Er führte selbst Tristan l'Hermite in alle nur denkbaren Schlupfwinkel, öffnete ihm die geheimen Thüren, die Doppelböden der Altäre, die Hintergemächer der Sakristeien. Wenn die Unglückliche sich noch dort befunden hätte, so wäre er es gewesen, der sie ausgeliefert hätte. Als Tristan, da er nichts fand, des Suchens müde geworden war, – er, der nicht leicht ermüdete – fuhr Quasimodo ganz allein fort, zu suchen. Er machte zwanzig Mal, hundert Mal den Weg durch die Kirche nach der Länge und Breite, von Oben nach Unten, stieg hinauf und herunter, lief, rief, schrie, witterte und spürte herum, suchte und steckte seinen Kopf in alle Löcher und leuchtete verzweifelt und wahnwitzig mit einer Fackel in alle Gewölbe. Ein männliches Thier, das sein Weibchen verloren hat, ist nicht verstörter und schreit nicht so sehr. Endlich, als er sicher, ganz sicher war, daß sie nicht mehr da, daß es mit ihr aus wäre, daß man sie ihm geraubt hatte, stieg er langsam die Treppe zu den Thürmen empor, – diese Treppe, welche er mit so viel Eifer und Siegesgewißheit an dem Tage hinaufgestürmt war, als er sie gerettet hatte. Er ging noch einmal durch dieselben Plätze, das Haupt gesenkt, stumm, ohne Thränen und fast ohne Athem. Die Kirche war von neuem öde und in ihre Stille zurückgesunken. Die Häscher hatten sie verlassen, um die Hetze auf die Hexe in der Altstadt anzustellen. Quasimodo, der allein in dieser weiten Notre-Dame-Kirche zurückgeblieben war, die den Augenblick zuvor so bestürmt und lärmerfüllt gewesen, schlug den Weg zur Zelle ein, wo die Zigeunerin so viele Wochen unter seiner Obhut geschlafen hatte. Indem er sich ihr näherte, stellte er sich vor, daß er sie dort vielleicht finden könnte. Als er bei der Biegung der Galerie, welche über das Dach der Seitenschiffe führt, das enge Zimmerchen mit seinem Fensterchen und Thürchen bemerkte, das unter einem großen Schwibbogen wie ein Vogelnest unter einem Zweige versteckt war, sank dem armen Menschen der Muth, und er lehnte sich an einen Pfeiler, um nicht umzusinken. Er bildete sich ein, daß sie vielleicht dorthin zurückgekehrt wäre, daß ein guter Geist sie ohne Zweifel dahin zurückgeführt hätte; daß dieses Kämmerchen zu ruhig, zu sicher und zu reizend wäre, als daß sie nicht mehr dort sein könnte, und er wagte nicht einen Schritt weiter zu gehen, aus Furcht seine Täuschung zu zerstören. „Ja," sprach er bei sich, „sie schläft vielleicht oder betet. Wir wollen sie nicht stören." Zuletzt nahm er seinen Muth zusammen, ging auf den Fußspitzen heran, blickte hinein, trat ein. Leer! Die Zelle blieb immer leer. Der unglückliche Taube ging in langsamen Schritten darin herum, hob das Bett in die Höhe und blickte darunter, als ob sie zwischen der Diele und dem Polster versteckt sein könnte, dann schüttelte er den Kopf und stand stumpfsinnig da. Plötzlich zertrat er wüthend mit dem Fuße die Fackel, und ohne ein Wort zu sprechen, ohne einen Seufzer auszustoßen, stürzte er sich im vollen Laufe mit dem Kopfe gegen die Wand und sank ohnmächtig auf dem Boden zusammen.

Als er wieder zu sich kam, warf er sich auf das Bett, wälzte sich darauf herum und küßte wahnsinnig den noch warmen Platz, wo das junge Mädchen geschlafen hatte; er blieb hier einige Minuten bewegungslos liegen, als ob er da die Seele aushauchen wollte; dann erhob er sich in Schweiß gebadet, keuchend und sinnverwirrt wieder, und begann mit der schrecklichen Regelmäßigkeit des Klöppels seiner Glocken den Kopf gegen die Wände zu rennen, in der Entschlossenheit eines Menschen, der ihn daran zerschellen will. Schließlich fiel er zum zweiten Male erschöpft nieder; er schleppte sich auf den Knien aus der Zelle heraus, und kauerte der Thüre gegenüber in der Stellung dumpfen Staunens nieder. So verharrte er länger, als eine Stunde, ohne eine Bewegung zu machen, das Auge auf die verlassene Zelle gerichtet, düsterer und nachdenklicher, als eine Mutter, die zwischen einer leeren Wiege und einem vollen Sarge sitzt. Er brachte kein Wort vor, nur schüttelte ein Schluchzen in langen Zwischenräumen heftig seinen ganzen Körper, aber ein Schluchzen ohne Thränen, wie jene Blitze im Sommer, die keinen Donner verursachen.

Es ist offenbar, daß er jetzt, während er im Grunde seines trostlosen Herzens nachgrübelte, wer wohl der unvermuthete Räuber der Zigeunerin sein könnte, an den Archidiakonus dachte. Er erinnerte sich, daß Dom Claude allein einen Schlüssel zu der Treppe hatte, welche nach der Zelle führte; er dachte an dessen nächtliche Anschläge auf das junge Mädchen; an den ersten, bei welchem ihm Quasimodo behilflich gewesen war, an den zweiten, welchen er verhindert hatte. Er rief sich tausend einzelne Umstände zurück und zweifelte bald nicht mehr daran, daß der Archidiakonus ihm die Zigeunerin entrissen hätte. Jedoch war seine Ehrfurcht vor dem Priester so groß, die Erkenntlichkeit, die Ergebenheit, die Liebe zu diesem Manne hatten so tiefe Wurzeln in seinem Herzen, daß sie selbst in diesem Augenblicke den Krallen der Eifersucht und der Verzweiflung Widerstand leisteten.

Er dachte daran, daß der Archidiakonus das gethan hätte, und die Wuth nach Blut und Tod, die er gegen jeden andern empfunden haben würde, verwandelte sich von dem Augenblicke an, wo es sich um Claude Frollo handelte, bei dem armen Tauben in wachsenden Schmerz.

In dem Augenblicke, wo sein Gedanke sich so an den Archidiakonus klammerte, sah er, als das Morgengrauen die Strebepfeiler erhellte, im obern Stockwerke von Notre-Dame, an der Biegung, welche der Balustradenrand macht, der sich um den Chor dreht, eine Gestalt, welche dahinwandelte. Diese Gestalt kam auf ihn zu. Er erkannte sie. Es war der Archidiakonus. Claude ging langsamen und schweren Schrittes heran. Er sah im Gehen nicht vor sich herab – er wendete sich nach dem nördlichen Thurme zu – sondern sein Gesicht war zur Seite, nach dem rechten Ufer der Seine hin gekehrt, und er hielt das Haupt hoch, als ob er sich bemüht hätte, etwas über die Dächer hinweg zu sehen. Die Eule zeigt oft diese seitwärts gerichtete Haltung. Sie fliegt nach einem Punkte zu und sieht dabei nach einem andern hin. Der Priester ging also über Quasimodos Kopfe hin, ohne ihn zu sehen.

Der Taube, welchen diese plötzliche Erscheinung versteinert hatte, sah ihn unter dem Eingange der Treppe zum nördlichen Thurme verschwinden.

Der Leser weiß, daß dieser Thurm derjenige ist, von dem man das Stadthaus sieht. Quasimodo erhob sich und folgte dem Archidiakonus.

Quasimodo stieg die Treppe zum Thurme empor, um in Erfahrung zu bringen, weshalb der Priester da hinaufstieg. Uebrigens wußte der arme Glöckner Quasimodo selbst nicht, was er thun, was er sagen sollte, was er wollte. Er war wutherfüllt und zugleich voll Furcht. Der Archidiakonus und die Zigeunerin traten in seinem Herzen einander gegenüber.

Als er auf der Spitze des Thurmes angelangt war, untersuchte er, ehe er aus dem Dunkel der Treppe hervor- und auf die Plattform hinaustrat, vorsichtig, wo der Priester sich befand. Der Archidiakonus kehrte ihm den Rücken zu. Hier befindet sich ein durchbrochenes Geländer, welches den Glockenthurm umgiebt. Der Priester, dessen Augen auf die Stadt herabblickten, hatte die Brust gegen diejenige der vier Geländerseiten gestemmt, welche nach der Notre-Dame-Brücke zu gerichtet ist.

Quasimodo, der leise wie ein Wolf hinter ihm herschlich, wollte sehen, was er so scharf beobachtete. Die Aufmerksamkeit des Priesters war derartig von andern Dingen in Anspruch genommen, daß er gar nicht hörte, daß der Taube neben ihm herging. Es ist ein großartiges und bezauberndes Schauspiel, welches Paris, und vornehmlich das Paris von damals, von der Höhe der Notre-Dame-Thürme aus gesehen, dem Auge im glänzenden Schimmer eines Sommermorgens bietet. An jenem Tage mochte man sich im Monat Juli befinden. Der Himmel war vollkommen rein. Einige letzte Sterne erblichen an ihm an verschiednen Punkten, und unter ihnen stand ein sehr glänzender an der hellsten Stelle des östlichen Himmels. Die Sonne war im Begriffe, sich über den Horizont zu erheben. Paris begann sich zu regen. Ein sehr helles und reines Licht ließ alle Umrisse, welche die zahllosen Häuser der Stadt dem Auge bieten, lebhaft hervortreten. Der riesige Schatten der Thürme zog sich von Dach zu Dach, von einem Ende der großen Stadt zum andern. In einigen Stadtvierteln ertönte schon der Lärm und das Gewirr von menschlichen Stimmen durcheinander. Hier erklang ein Glockenschlag, dort ein Hammerschlag, da unten das verworrene Gerassel eines rollenden Wagens. Schon wogten hier und da einige Rauchwolken über jene ganze Dächerfläche wie durch die Risse eines ungeheuern Solfatara. Der Fluß, welcher sein Wasser unter den Bogen so vieler Brücken, an der Spitze so vieler Inseln hinwirbelte, war von Silberfurchen gekräuselt. Ringsum in der Stadt, außerhalb der Wälle verlor das Auge sich in einem großen Kranze flockiger Nebeldünste, durch welche man undeutlich die endlose Linie der Ebenen und die zierliche Erhebung der Hügelreihen erkannte. Allerlei Geräusch ergoß sich in Wogen über diese halberwachte Stadt. Nach Sonnenaufgang hin jagte der Morgenwind einige weiße Streifen über den Himmel, die von dem Nebelgewande der Hügel losgerissen waren.

Auf dem Vorhofe von Notre-Dame zeigten sich mehrere Mütterchen, die ihren Milchtopf in der Hand hatten, einander erstaunt die sonderbare Verunstaltung der großen Kirchenthüre, und zwei zwischen den Spalten der Sandsteine geronnene Bleiströme. Das war alles, was von dem nächtlichen Aufruhre übrig war. Der von Quasimodo angezündete Holzstoß zwischen den Thürmen war niedergebrannt. Tristan hatte den Platz bereits abräumen und die Todten in die Seine werfen lassen. Die Könige wie Ludwig der Elfte tragen Sorge, das Pflaster nach einer Metzelei schnell reinigen zu lassen.

Außerhalb der Balustrade des Thurmes, gerade unter dem Punkte, wo der Priester sich hingestellt hatte, befand sich eine jener steinernen, phantastisch geformten Dachrinnen, welche die gothischen Bauwerke zieren, und in einer Spalte dieser Rinne standen zwei hübsche, blühende Levkojen, welche vom Lufthauche bewegt und wie lebend erscheinend, sich schelmische Grüße zusandten. Ueber den Thürmen hoch oben, weit in der Tiefe des Himmels, hörte man das Zwitschern kleiner Vögel.

Aber der Priester hörte und sah nichts von alledem. Er war einer von den Menschen, für welche es keine Morgenröthen, keine Vögel, keine Blumen giebt. In diesem unendlichen Gesichtskreise, welcher so viele Anblicke rings um ihn gewährte, war seine Betrachtung nur auf einen einzigen Punkt hingezogen. Quasimodo brannte vor Verlangen ihn zu fragen, was er mit der Zigeunerin angefangen hätte; aber der Archidiakonus schien in diesem Augenblicke fern von der Welt zu sein. Er befand sich offenbar in einem dieser stürmischen Augenblicke des Lebens, wo man es nicht merken würde, wenn die Erde zusammenbräche. Die Augen unveränderlich auf eine bestimmte Stelle gerichtet, verharrte er unbeweglich und sprachlos; und dieses Schweigen und diese

Regungslosigkeit hatten etwas so Furchtbares, daß der wilde Glöckner davor zurückschrak und nicht wagte, sich an ihn zu machen. Es gab noch eine Art, den Archidiakonus auszuforschen: er folgte nur der Richtung seines Augenstrahles, und auf diese Weise fiel der Blick des unglücklichen Tauben auf den Grèveplatz.

Er sah also das, wonach der Priester hinblickte. Die Leiter war nahe an dem stehenden Galgen aufgerichtet. Es befanden sich einige Leute und viele Soldaten auf dem Platze. Ein Mann schleppte über den Boden einen weißen Gegenstand fort, an den sich etwas Schwarzes angeklammert hatte. Dieser Mann hielt am Fuße des Galgens an. Nun ereignete sich etwas, das Quasimodo nicht sehen konnte. Nicht etwa, weil sein einziges Auge seine weite Sehkraft nicht bewährt hätte, sondern weil ein Haufe Soldaten in der Nähe war, der alles zu erkennen verhinderte. Überdieß ging in diesem Augenblicke die Sonne auf, und ein solcher Lichtstrom ergoß sich über den Horizont, daß man hätte glauben mögen, alle hervorragenden Spitzen von Paris: Thurmspitzen, Schornsteine, Giebel ständen auf einmal in Flammen.

Während dem schickte der Mann sich an, die Leiter zu besteigen. Jetzt erkannte ihn Quasimodo wieder deutlich. Er trug ein Weib auf seiner Schulter: ein junges in Weiß gekleidetes Mädchen; dieses junge Mädchen hatte eine Schlinge um den Hals. Quasimodo erkannte sie. Sie war es.

Der Mann kam so an der Spitze der Leiter an. Dort befestigte er die Schlinge. Jetzt warf sich der Priester, um besser sehen zu können, an dem Geländer auf die Knien nieder.

Plötzlich stieß der Mann die Leiter heftig mit der Ferse zurück, und Quasimodo, der seit einigen Augenblicken nicht mehr athmete, sah am Ende des Strickes, zwei Klafterlängen über dem Boden, das unglückliche Kind mit dem Manne schaukeln, der seine Füße auf dessen Schultern gesetzt hatte. Der Strick machte mehrere Drehungen um sich selbst, und Quasimodo sah die schrecklichen Zuckungen, die durch den Körper der Zigeunerin liefen. Der Priester seinerseits betrachtete mit vorgestrecktem Halse und aus dem Kopfe getretenen Augen die furchtbare Gruppe des Mannes und des jungen Mädchens: – der Spinne und der Fliege!

In dem Augenblicke, wo das Entsetzlichste sich zutrug, fuhr ein Satansgelächter, ein Gelächter, welches man nur haben kann, wenn man kein Mensch mehr ist, über das bleifarbige Gesicht des Priesters. Quasimodo hörte dieses Gelächter nicht, aber er sah es. Der Glöckner trat einige Schritte hinter den Archidiakonus; dann stürzte er sich plötzlich voll Wuth auf ihn und stieß ihn mit seinen mächtigen Händen rücklings in die Tiefe, über welche Dom Claude sich hinabgebogen hatte.

„Verflucht!" schrie der Priester, und stürzte hinab.

Die Dachrinne, über welcher er sich befand, hielt ihn in seinem Falle auf. Er klammerte sich mit verzweifelten Händen an sie fest; und im Augenblicke, wo er den Mund öffnete, um einen zweiten Schrei auszustoßen, sah er am Kranze des Geländers, über seinem Kopfe, das furchtbare Rächerantlitz Quasimodos erscheinen. Da versagte ihm das Wort.

Der Abgrund lag unter ihm. Eine Tiefe von mehr, als zweihundert Fuß, und das Straßenpflaster dazu. In dieser schrecklichen Lage sprach der Archidiakonus nicht ein Wort, stieß keine Klage aus. Nur wand er sich mit unerhörten Anstrengungen auf der Dachrinne, um wieder nach oben zu gelangen; aber seine Hände hatten an dem Granite keinen Halt, seine Füße streiften die geschwärzte Mauer, ohne sich in sie einbohren zu können. Leute, welche auf die Thürme von Notre-Dame gestiegen sind, wissen, daß unmittelbar unter der Balustrade eine steinerne Ausbauchung sich befindet. Gerade auf dieser einspringenden Ecke erschöpfte der elende Archidiakonus seine Kraft. Er hatte es nicht mit einer senkrechten Wand, sondern mit einer Mauer, die unter ihm zurückwich, zu thun.

Quasimodo hätte, um ihn vom Abgrunde zurückzuziehen, nur nöthig gehabt, ihm die Hand hinzureichen; aber er sah ihn gar nicht einmal an. Er blickte nach dem Grèveplatze, nach dem Galgen, nach der Zigeunerin hinab. Der Taube hatte sich an der Stelle, wo den Augenblick vorher der Archidiakonus gestanden hatte, auf die Balustrade gelehnt, und hier stand er bewegungslos und stumm, wie ein vom Blitz erschlagener Mann, wandte den Blick nicht von dem einzigen Gegenstande, der für ihn in diesem Augenblicke in der Welt vorhanden gewesen war, und ein langer Thränenstrom rollte schweigend aus diesem Auge, das bis jetzt nur erst eine einzige Thräne vergossen hatte.

Inzwischen keuchte der Archidiakonus in seiner fürchterlichen Lage. Seine kahle Stirn troff von Schweiß, seine Nägel bluteten an dem Steine, und seine Kniee schunden sich an der Mauer. Er hörte, wie sein Priesterrock, mit dem er an der Dachrinne hängen geblieben war, mit jeder Erschütterung, die er verursachte, krachte und weiter aufriß. Um das Maß seines Unglückes voll zu machen, endigte diese Dachrinne in einem bleiernen Rohre, das sich unter der Last seines Körpers bog. Der Archidiakonus fühlte, wie dieses Rohr langsam nachgab. Der Unglückliche sagte sich, daß wenn seine Hände vor Anstrengung ermüdet, sein Gewand zerrissen, dieses Bleirohr niedergebogen sein würden, er fallen müßte; und das Entsetzen schüttelte ihn bis in die Eingeweide. Bisweilen betrachtete er mit verwirrtem Blicke eine Art schmaler Platte, die ohngefähr zehn Fuß tiefer von den Unebenheiten der Steinzierathen gebildet wurde, und er bat den Himmel im Grunde seines geängstigten Herzens, daß es ihm vergönnt sein möge, sein Leben auf diesem Raume von zwei Fuß im Gevierte beschließen zu dürfen: sollte es auch hundert Jahre dauern. Ein Mal blickte er unter sich auf den Platz, in den Abgrund; er wandte den Kopf zurück, schloß die Augen und alle Haare standen ihm zu Berge.

Es war etwas Furchtbares um das Schweigen dieser beiden Männer. Quasimodo weinte und blickte auf den Grèveplatz, während der Archidiakonus einige Fuß von ihm entfernt in dieser schrecklichen Weise mit dem Tode rang.

Als der Archidiakonus sah, daß alle seine Anstrengungen nur dazu dienten, den zerbrechlichen Stützpunkt, der ihm blieb, zu erschüttern, hatte er den Entschluß gefaßt, sich nicht mehr zu bewegen. So schwebte er dort, hielt die Dachrinne umfaßt, athmete kaum, rührte sich nicht, und zeigte keine anderen Bewegungen, als das mechanische Zucken des Leibes, welches man erleidet, wenn man im Traume glaubt, sich fallen zu fühlen. Seine starren Augen waren in krankhafter und erschrockener Weise aufgerissen. Nach und nach indessen verlor er an Raum: seine Finger glitten an der Dachrinne hin; er fühlte immer mehr und mehr die Schwäche seiner Arme und die Schwere seines Körpers. Die Krümmung der Bleiröhre, die ihn stützte, neigte sich in jedem Augenblicke um einen Grad dem Abgrunde zu. Er sah unter sich – ein fürchterlicher Anblick – das Dach von Saint-Jean-le-Roud, so klein wie ein in zwei Hälften zusammengefaltetes Kartenblatt. Er betrachtete die gefühllosen Bildhauerarbeiten des Thurmes eine nach der andern, die wie er über dem Abgrunde schwebten, aber ohne Furcht für sich selbst und ohne Mitleiden für ihn. Alles um ihn war von Stein: vor seinen Augen die Ungeheuer mit offenem Rachen; unten, ganz in der Tiefe, auf dem Platze, das Straßenpflaster; über seinem Haupte: Quasimodo, der Thränen vergoß.

Auf dem Vorhofe standen einige Gruppen neugieriger Leute, die gleichmüthig zu errathen suchten, wer der Narr sein könnte, der sich auf eine so seltsame Weise die Zeit vertriebe. Der Priester hörte, wie sie zu einander sagten, denn ihre helle und grelle Stimme gelangte bis zu ihm: „Aber er wird sich den Hals brechen!“

Quasimodo weinte noch immer.

Der vor Wuth und Entsetzen schäumende Archidiakonus begriff endliche daß alles nutzlos war. Er sammelte dennoch alle Kraft, die ihm geblieben war, zu einer letzten Anstrengung. Er steifte sich auf die Dachrinne, stieß die Mauer mit den beiden Knien ab, klammerte sich mit beiden Händen in eine Spalte der Steine, und er hätte es vielleicht erreicht, mit einem Fuße wieder in die Höhe zu klettern: aber diese Bewegung brachte plötzlich die Mündung des Bleirohres, auf welches er sich stützte, zum Weichen. Im selben Augenblicke riß das Gewand auseinander. Jetzt, da er alles unter sich wanken fühlte, als er nur noch seine starren und kraftlos werdenden Hände hatte, die etwas festhielten, schloß der Unglückliche die Augen und ließ die Dachrinne los. Er fiel in die Tiefe. Quasimodo sah, wie er hinabstürzte. –

Ein Sturz von solcher Höhe geschieht selten in senkrechter Richtung. Der in die Tiefe stürzende Archidiakonus fiel erst mit dem Kopfe nach unten und beide Hände von sich gestreckt; dann beschrieb er mehrere Umdrehungen um sich selbst; der Luftzug trieb ihn auf das Dach eines Hauses, wo der Unglückliche die erste Zerschmetterung erlitt. Als er dort anlangte war er jedoch nicht todt. Der Glöckner sah, wie er noch versuchte, sich mit den Nägeln an die Zinne anzuklammern; aber die Fläche war zu steil, und er besaß keine Kraft mehr. Er glitt schnell über das Dach herab wie ein Ziegel, der sich loslöst, und schlug endlich auf das Pflaster auf. Da blieb er regungslos liegen.

Quasimodo hob nun sein Auge wieder auf die Zigeunerin; ihren am Galgen hängenden Körper sah er in der Ferne, unter ihrem weißen Gewande, in den letzten Schauern des Todeskampfes zucken; dann senkte er den Blick wieder auf den Archidiakonus, der ohne eine menschliche Form mehr, am Fuße des Thurmes ausgestreckt lag, und er sprach mit einem Schluchzen, das aus der Tiefe seiner Brust drang: „Ach! Alles, was ich geliebt habe!“

3. Heirath des Phöbus

Um die Abendzeit des nämlichen Tages, als die Gerichtsbeamten des Bisthums erschienen, um den zerrissenen Leichnam des Archidiakonus vom Pflaster des Vorhofes aufzuheben, war Quasimodo aus Notre-Dame verschwunden.

Ueber dieses Ereignis schwirrten viele Gerüchte durch Paris. Man zweifelte nicht daran, daß der Tag gekommen wäre, wo, zufolge ihres Vertrages, Quasimodo, d. h. der Teufel, den Claude Frollo, d. h. den Zauberer, holen mußte. Man nahm an, daß, als er sich der Seele bemächtigte, er den Körper zerschmettert hätte: wie die Affen, welche die Schale zerbrechen, um eine Nuß zu verspeisen. Deshalb wurde der Archidiakonus auch nicht in geweihter Erde bestattet.

Ludwig der Elfte starb das Jahr darauf, im Monat August 1483.

Was Peter Gringoire betrifft, so gelang es ihm, die Ziege zu retten, und er hatte Erfolge in der Trauerspieldichtung. Es scheint, daß, nachdem er den Versuch mit der Sterndeutern, der Philosophie, der Baukunst, der Alchymie, mit allen Thorheiten gemacht hatte, er von ihnen zum Trauerspieldichten zurückkehrte, was das Tollste von allen Tollheiten ist. Das nannte er nämlich „ein tragisches Ende genommen haben.“ Folgendes sind die Worte, die man in Bezug auf seine Theatertriumphe seit 1483 in den Rechnungen des königlichen Haushaltes liest: „An Johann Marchand und Peter Gringoire, den Zimmermann und den Dichter, welche das Mysterium gefertigt und gedichtet haben, das im Châtelet zu Paris beim Einzuge des Herrn Legaten ausgeführt wurde, geordnet nach den Rollen, besagte gekleidet und vorgestellt, so wie es in dem genannten Mysterium gefordert wurde; und ingleichen die Bühnengerüste, die dazu nöthig, angefertigt zu haben; und für dessen Aufstellung: hundert Livres.“

Auch Phöbus von Châteaupers nahm ein tragisches Ende – er verheirathete sich.

4. Heirath des Quasimodo

Wir haben soeben erzählt, daß Quasimodo am Todestage der Zigeunerin und des Archidiakonus aus Notre-Dame verschwunden war. Man sah ihn in der That nicht wieder, und man wußte nicht, was aus ihm geworden war.

In der Nacht, welche auf die Hinrichtung der Zigeunerin folgte, hatten die Henkersknechte ihren Leichnam vom Galgen abgenommen und ihn, dem Gebrauche gemäß, in die Gruft von Montfaucon gebracht.

Montfaucon war, wie Sauval sagt, „der älteste und prächtigste Galgen des Königreichs.“ Zwischen den Vorstädten Le-Temple und Saint-Martin, ungefähr einhundertundsechzig Klafterlängen von den Mauern von Paris, einige Armbrustschüsse von La-Courtille, sah man aus dem Gipfel einer sanften, niedrigen Anhöhe, die hoch genug war, um einige Meilen in der Umgegend gesehen zu werden, ein Gebäude von seltsamer Gestalt, welches so ziemlich einem keltischen Druidentempel glich, und wo auch Menschenopfer dargebracht wurden.

Man denke sich auf dem Gipfel eines Kalkhügels ein großes Rechteck aus Mauerwerk, fünfzehn Fuß hoch, dreißig Fuß breit und vierzig Fuß lang, mit einer Thür, einer Rampe nach außen, und einer Plattform; auf dieser Plattform sechzehn ungeheuere, aufrecht stehende Säulen aus unbehauenem Steine von dreißig Fuß Höhe, die an drei der vier Seiten des Steinbaues, welcher sie trug, in Säulenordnung aufgestellt, und unter sich an ihrer Spitze durch starke Balken verbunden waren, an denen von Zwischenraum zu Zwischenraum Ketten herabhingen; an allen diesen Ketten Menschengerippe; in der Nähe in der Ebene ein steinernes Kreuz und zwei Galgen zweiten Ranges, die rings um das Hauptjoch Schößlinge zu treiben schienen; über dem allen, am Himmel, ein beständiges Geschwirr von Raben – und man kennt Montfaucon.

Am Ende des fünfzehnten Jahrhunderts war der furchtbare Galgen, der vom Jahre 1328 herdatirte, schon sehr verfallen; die Balken waren wurmstichig, die Ketten verrostet, die Pfeiler mit Schimmel bedeckt; die Grundschichten aus behauenem Steine waren aus ihren Fugen gewichen, und das Gras wucherte auf der Plattform, wo kein menschlicher Fuß mehr wandelte. Es gab keinen schrecklichern Anblick in der Ferne, als denjenigen dieses Bauwerkes, vor allem des Nachts, wenn ein schwaches Mondlicht auf diese bleichen Schädel fiel, oder wenn der Nachtwind Ketten und Gerippe an einander schlug, und das alles sich im Dunkel bewegte. Die Gegenwart jenes Galgens reichte hin, um die ganze Umgegend in eine unheimliche Stätte zu verwandeln.

Die steinerne Mauermasse, welche dem verhaßten Bauwerke als Grundlage diente, war hohl. Man hatte dort eine weite Gruft angelegt, die mit einem alten, zerbrochenen Eisengitter verschlossen war, und wohinein man nicht allein die menschlichen Ueberreste warf, die von den Ketten von Montfaucon herabfielen, sondern auch die Körper der Unglücklichen, die an den übrigen stehenden Galgen von Paris hingerichtet worden waren. In dieses tiefe Beinhaus, wo so viel menschlicher Staub und so viele Verbrechen zusammen vermodert sind, sind nach und nach unzählige Unschuldige gekommen, um ihre Gebeine zur Ruhe zu bringen – von Enguerrand von Marigni an, der Montfaucon einweihete und ein Gerechter war, bis zum Admiral von Coligny, der den Schluß davon machte, und der auch ein Gerechter war.

Was nun das geheimnisvolle Verschwinden Quasimodos betrifft, so ist Folgendes alles, was wir haben entdecken können.

Ohngefähr zwei oder anderthalb Jahre nach den Begebenheiten, welche diese Erzählung beschließen, als man in der Gruft von Montfaucon den Leichnam Oliviers-le-Daim aufsuchen wollte, der zwei Tage zuvor gehangen worden war, und dem Karl der Achte die Gnade gewährte, zu Saint-Laurent in besserer Gesellschaft beerdigt zu werden, fand man unter all den scheußlichen Gerippen zwei Skelette, von denen das eine das andere in sonderbarer Weise umarmt hielt. Das eine dieser beiden Skelette, welches dasjenige einer Frau war, hatte noch einige Kleiderfetzen eines Stoffes an sich, der weiß gewesen war, und man sah um seinen Hals eine Kette von Adrezarachperlen mit einem kleinen Säckchen aus Seidenstoff, das mit grünen Glassteinen verziert, und das offen und leer war. Diese Gegenstände hatten so wenig Werth, daß der Henker zweifelsohne kein Verlangen danach getragen hatte. Das andere, welches dieses eng umarmt hielt, war ein männliches Skelett. Man machte die Bemerkung, daß seine Wirbelsäule gekrümmt war, der Kopf zwischen den Schulterblättern saß, und ein Bein kürzer als das andere war. Es zeigte überdies keinen Bruch der Wirbelsäule am Genick; und es lag zu Tage, daß er nicht gehangen worden war. Der Mann, welchem es angehört hatte, war also hierher gekommen, und er war hier gestorben. Als man es von dem Skelette, welches es umfaßt hielt, losmachen wollte, zerfiel es in Staub.

Ende des zweiten und letzten Bandes.